明清文学与文献

第十一辑

杜桂萍　李小龙　主编

中国社会科学出版社

图书在版编目（CIP）数据

明清文学与文献. 第十一辑/杜桂萍，李小龙主编 . —北京：中国社会科学
出版社，2022.6
ISBN 978 - 7 - 5227 - 0888 - 1

Ⅰ . ①明… Ⅱ . ①杜…②李… Ⅲ . ①中国文学—古典文学研究—明清时代—
文集 Ⅳ . ①I206. 2 - 53

中国版本图书馆 CIP 数据核字（2022）第 178937 号

出 版 人	赵剑英
责任编辑	张　潜
责任校对	王丽媛
责任印制	王　超

出　　　版	中国社会科学出版社
社　　　址	北京鼓楼西大街甲 158 号
邮　　　编	100720
网　　　址	http://www.csspw.cn
发 行 部	010 - 84083685
门 市 部	010 - 84029450
经　　　销	新华书店及其他书店

印　　　刷	北京君升印刷有限公司
装　　　订	廊坊市广阳区广增装订厂
版　　　次	2022 年 6 月第 1 版
印　　　次	2022 年 6 月第 1 次印刷

开　　　本	710×1000　1/16
印　　　张	25.5
插　　　页	2
字　　　数	393 千字
定　　　价	139.00 元

目　　录

诗文研究

《清人诗文集总目提要》订补

　　——以高珩等五位北方作家为中心 …………………… 朱则杰（3）

李梦阳诗文中"职方王子""王子"新考

　　——兼论王阳明自京赴谪路线 ………………………… 童　飞（18）

王猷定生平经历考述 ……………………………………… 鲁　慧（33）

万寿祺与淮安诗坛的遗民交游创作 ……………………… 马旭彤（61）

"南书房旧史"：朱彝尊的词臣身份认同与诗风嬗变 ……… 殷　红（78）

提升艳情格调的策略及实践

　　——以黄之隽《香屑集》为中心 ………………………… 王愈奘（98）

戏曲小说研究

分阕排场与角色化身

　　——论《月中人拈花记》的剧体结构与叙事格局 …… 武晓静（121）

《元曲选》与元杂剧经典地位的形成 …………………… 刘建欣（137）

市民文化兴起与阮大铖《双金榜》的戏曲史意义 ……… 高　岩（154）

论明清通俗小说中翁婿人伦的叙事机制与潜能 ………… 朱锐泉（170）

新见日藏小说《避暑漫笔》考述 ………………………… 宋红玉（191）

基于本事考论的《邻女语》新解 ………………………… 刘　锐（202）

文献考辨与辑佚

归懋仪、李学璜集外诗文辑录 ……………………………… 葛云波（225）

明代李时勉别集版本考略 ……………………… 汤志波　李芷薇（230）

李慈铭《春融堂集》未刊批点辑录 ………………………… 蓝　青（244）

乾隆朝清宫演剧史料拾遗 ………………………………… 刘　铁（258）

吴兰修年谱 ………………………………………………… 谢永芳（286）

惠周惕行年考 ……………………………………………… 黄传星（364）

后　记 ……………………………………………………… 黄传星（405）

诗文研究

《清人诗文集总目提要》订补[*]

——以高珩等五位北方作家为中心

朱则杰

摘　要：今人柯愈春先生所著《清人诗文集总目提要》，从清代诗歌（包括散文）文献学的角度来说，代表了迄今为止该领域学术研究的最高成就。因此，以该书作为基准，对其中难免存在的若干舛误与疏漏进行订正与补充，从而使之尽可能地更趋完善，也就成了一项很有意义的工作。同时，这些遗留下来的问题，其难度相对来说也是最大的。现在即根据平日读书所得，对其中高珩、周再勋、谢宾王、陈僖、程云这五位北方地区作家的有关问题予以订补，供作者及其他相关读者参考。

关键词：清诗　《清人诗文集总目提要》　《清人别集总目》

在清代诗歌（包括散文）的文献学研究领域，世纪之交相继出版了李灵年、杨忠两位先生共同主编的《清人别集总目》和柯愈春先生所撰《清人诗文集总目提要》两种巨著①。两书均为 16 开三大册，各著录清代作家近两万人，别集约四万种。特别是《清人诗文集总目提要》（以下简

---

　* 本文系国家社会科学基金重大招标项目"清代诗人别集丛刊"（14ZDB076）的阶段性成果。

　① 李灵年、杨忠：《清人别集总目》，安徽教育出版社 2000 年版；柯愈春：《清人诗文集总目提要》，北京古籍出版社 2002 年版。

称《提要》），更可以说是后出转精，代表着目前该领域研究的最高水平。

但不难想见，涉及这么多的对象，即以《提要》而论，这里面的各种疏忽、缺漏乃至错误，自然也是难以尽免的。并且遗留下来的这些问题，一般说来，其难度恰恰也是最大的。对这些问题进行订正和补充，正可以使两书更趋完善。特别是关系到《提要》本身以及日后《全清诗》《全清文》等内部排序的作家生卒年问题①，更是解决一处是一处，完成一家多一家。因此，笔者在日常读书的过程中有所发现，即随时将它们记录下来，并陆续整理成文，相继分组发表，提供给编撰者以及其他有关读者参考。本篇取高珩、周再勋、谢宾王、陈僖、程云这五位北方地区作家，仍旧按照《提要》著录的先后立目排序，依次考述；有些同时涉及《清人别集总目》的问题，也附此一并予以指出。

一 高珩（卷五，上册，第78页）

高珩，《提要》称其"生于万历三十九年（1611），卒于康熙三十五年（1696）"；《清人别集总目》注为"1614～1697"②，即万历四十二年甲寅至康熙三十六年丁丑。

按高珩的传记资料，最翔实的就是《清人别集总目》所列第一种王士禛（禛）撰《诰授通奉大夫刑部左侍郎念东高公神道碑铭》（念东其字），同时见于王士禛《带经堂集》卷八十三《蚕尾续文·十一》、高珩《栖云阁文集》卷末附录，有关记载说：

> 康熙三十六年丁丑十一月十一日［公元 1697 年 12 月 23 日］，致仕刑部左侍郎高公卒于里第……公生以万历［四十年］壬子八月

---

① 《清人别集总目》虽然按作家姓氏笔画排序，但各家小传也力求注明生卒年。

② 《清人别集总目》第 2 册，安徽教育出版社 2000 年版，第 1916 页。

二十九日［公元 1612 年 9 月 23 日］，距其卒，得年八十有六。①

以此来看《提要》，显然误将生年、卒年整体提前了一年；究其原因，则
是由于其前已故邓之诚先生《清诗纪事初编》卷六高珩小传误称"卒于
［康熙］三十五年，年八十六"②，又已故袁行云先生《清人诗集叙录》
卷四高珩小传误称"卒于康熙三十五年，年八十六"③，一再沿袭所致。
至于《清人别集总目》所注的生年"1614"，则不知其"4"字是普通的
笔误或刊误，还是与"万历四十年"的"四"字有什么牵连。

另外江庆柏先生《清代人物生卒年表》，依据该神道碑铭确定高珩的
生年和卒年，都准确不误；但关于忌日，却特地加了一条注释：

> 高珩卒于康熙三十六年十一月二十一日，公历为 1698 年 1 月
> 2 日。④

这是把原文的"十一日"看成了"二十一日"，往后推迟了十天，并由此
导致公元年份进入了 1698 年。《清代诗文集汇编》影印本高珩《栖云阁
诗》前面新添的作者小传⑤，所列"参考文献"无《清代人物生卒年
表》，而所注卒年的公元年份恰恰也误作"一六九八"。

关于高珩的生卒时间，本来熟视无睹，以为都会正确的，却没想到
仍然存在这许多的疏忽。而这次之所以引起关注，还是因了本拙稿下文
第三条"谢宾王"，读者可以并参。

---

① （清）王士禛：《带经堂集》，载《清代诗文集汇编》第 134 册，上海古籍出版社 2010
年版，第 811—814 页；（清）高珩：《栖云阁文集》，载《四库全书存目丛书》集部第 202 册，
齐鲁书社 1997 年版，第 414—417 页。亦可见《王士禛全集·蚕尾续文集》卷 11，第 3 册，齐鲁
书社 2007 年版，第 2146—2150 页。

② 邓之诚：《清诗纪事初编·下册》，上海古籍出版社 1984 年版，第 666 页。

③ 袁行云：《清人诗集叙录》第 1 册，文化艺术出版社 1994 年版，第 98 页。

④ 江庆柏：《清代人物生卒年表》，人民文学出版社 2005 年版，第 660 页。

⑤ （清）高珩：《栖云阁诗》卷首，载《清代诗文集汇编》第 40 册，上海古籍出版社 2010
年版，第 535 页前。该丛书于高珩收录《栖云阁诗》及《拾遗》而不收《栖云阁文集》，既与
《四库全书存目丛书》重复而又不如《四库全书存目丛书》完备，这种做法不好。

二 周再勋（卷六，上册，第109页）

周再勋，《提要》缺少生卒年，《清人别集总目》有生年作"1600"即明万历二十八年庚子①。

按《清人别集总目》一书的作家生卒年，本来就是江庆柏先生负责整理。其中比较可靠的，后来都已经收入《清代人物生卒年表》②，并且尽可能加注原始依据。而周再勋在《清代人物生卒年表》中没有其人，就说明《清人别集总目》所定的这个生年缺乏可靠的原始依据，有待重新考察。

经查，此前袁行云先生《清人诗集叙录》卷一周再勋小传曾说：

> 周再勋……清……顺治……六年，刻《著娱斋诗集》十卷，东荫商序。自云"万历庚戌（三十八年）垂髫未娶"，则结集时年及五十。③

这里大致将万历三十八年庚戌（1610）周再勋"垂髫"理解为十岁左右，推测其顺治六年己丑（1649）"年及五十"。《清人别集总目》即以这年五十岁逆推，所以将其生年定为万历二十八年庚子（1600）。

《清人诗集叙录》引用的周再勋"自云"云云，出自《著娱斋诗集》卷三《搔愁琢句》内的《忆昔行》小序：

> 万历庚戌，勋垂髫未娶。献丹吉公者，妇翁也，令获鹿。勋以先府君命，就婚于邑……④

---

① 《清人别集总目》第2册，安徽教育出版社2000年版，第1457页。
② 江庆柏：《清代人物生卒年表》，人民文学出版社2005年版。
③ 袁行云：《清人诗集叙录》第1册，文化艺术出版社1994年版，第24页。该处谓周再勋"出为浙江婺州知州，迁金华知府"，实际上"婺州知州"就是金华知府的别称。其他某些疏误，另参下文。
④ （清）周再勋：《著娱斋诗集》，顺治刻本，第27a页。

与此相近的年龄线索，《著娱斋诗集》卷十《越装》内的《先子起家版曹，历守归德、毗陵、姑苏三郡。不肖勋，亦以版曹出守金华，途次凡三经棠荫。睹城郭之虽是，怆辽鹤之不归。禄养无从，悲凉千古》有云：

> 忆昔出襁褓，索饵枣栗时。
> 随宦凡三郡，瞻依无暂离。
> 仿佛能记忆，五十年于兹。①

此诗作于顺治六年己丑（1649）从京师往浙江的途中，回忆"出襁褓"以来大约"五十年"。假如据此逆推，那么其结果也会与《清人诗集叙录》以及《清人别集总目》相似。笔者在查阅《清人诗集叙录》之前，就曾误以为《清人别集总目》的依据是这首诗。

但是，上述"五十"以及"垂髫"，显然都不是确切的年龄，所以《清代人物生卒年表》后来放弃了。

幸运的是，在《著娱斋诗集》卷十三《婺虎续编》内，有一首七言律诗《甲午元日》，标题自注明确说"是岁六十"，又正文起句云"甲午还当甲子周"②。这里"甲午"是顺治十一年（1654），周再勋六十岁整，逆推即可知其出生于万历二十三年乙未（1595）。

《著娱斋诗集》同卷此诗之后第四题，还有《六十初度（客金华）》五言古诗二首③。这应该是生日当天所作，却可惜没有具体的月日。从这组诗歌后面的作品特别是第三题《富阳道中》四首之二"春山欲霁晚犹寒"推测④，只能大致知道在春季。

现在再回过头来看前面《清人诗集叙录》引用的那首《忆昔行》小序，当万历三十八年庚戌（1610），周再勋实际已经十六岁。所以，他一方面说是"垂髫"，另一方面又说"就婚"，也就是正文第二句提到的"赘婿"。而如果能够注意到"就婚"或"赘婿"，那么这个"垂髫"也

---

① （清）周再勋：《著娱斋诗集》，顺治刻本，第 17b 页。
② （清）周再勋：《著娱斋诗集》，顺治刻本，第 20b—21a 页。
③ （清）周再勋：《著娱斋诗集》，顺治刻本，第 24b—26a 页。
④ （清）周再勋：《著娱斋诗集》，顺治刻本，第 27a 页。

就不会理解为十岁左右了。

同样，周再勋在《提要》中的位置，本来应当移前至卷一"生于隆庆六年至万历二十三年（1572—1595）"者。而《提要》之所以大致归入本卷并附在生年为万历四十四年丙辰（1616）的作家之后，则是对待科名为举人而生年不详的作家，通常都只按中举年份净减二十（相当于该年二十一岁）来推算生年①；想不到周再勋在明崇祯九年丙子（1636）中举的时候，实际已经四十二岁了。《六十初度（客金华）》二首之一曾回忆自己"四十尚无闻"②，也就是这个意思。

此外关于《著娱斋诗集》一书，足本内文凡十四卷，每卷第一层次都有一个小集的名称，其中有些卷还含有第二层次不止一个的小集。例如最末的卷十四《两游志》，就包含《北山游》和《三竺游》两个小集，据两个小集的引言可知其发生在顺治十年癸巳（1653）的"中秋"和"十有一月之六日"③。而全书第一层次的小集，总体上按照时间先后顺序编排，其中时间最迟而又确切具体的作品是卷十三《婺虎续编》倒数第四题顺治十一年甲午（1654）《重阳后一日，鲁晋公招游武宁庵，坐竹林中，看水边红叶》④。又全书卷首，有钱谦益、东荫商、杨时化、沈颢四篇序文；其中东荫商、沈颢两序署款无时间，钱谦益、杨时化两序则分别署顺治十一年（1654）"甲午中秋前三日"⑤、十年（1653）"癸巳秋九月"⑥。现今国家图书馆"中华古籍资源库"网站同时收有国家图书馆藏和天津图书馆藏两种影像版⑦，而以天津图书馆该本最为完整。

由此来看《提要》本条，称"此集有顺治十年杨时化序，集当刻于此时，中国国家图书馆藏"，这就显然没有见到钱谦益该序。特别是《清人诗集叙录》，著录此集的内文只有十卷，创作历程止于顺治六年己丑

---

① 《提要》此类例证很多，具体从略。

② （清）周再勋：《著娱斋诗集》，顺治刻本，第24b页。

③ （清）周再勋：《著娱斋诗集》，顺治刻本，第1a页、第7b页。前者"癸巳"误刻作"辛巳"（崇祯十四年，1641）。

④ （清）周再勋：《著娱斋诗集》，顺治刻本，45b—46a页。

⑤ （清）周再勋：《著娱斋诗集》，顺治刻本，第9a页。此序钱谦益本集似未收录。

⑥ （清）周再勋：《著娱斋诗集》，顺治刻本，第6a页。

⑦ 网址：http://read.nlc.cn/thematDataSearch/toGujiIndex，2021年6月12日。

（1649），并且卷首四序只提到署款无时间的东荫商一篇，则其所据更是一个缺失十分严重的残本；不然前述周再勳六十岁的那两题诗歌，当初袁先生一定会读到的。

附带关于上及《著娱斋诗集》卷十四《两游志》之一《北山游》的引言，最末曾叙及：

> 同游之客为谁？兰溪祝子长康也。与余齐齿，癖嗜亦同，因结山水之缘，各赋游仙之句。①

这里所说祝基阜（长康其字）与周再勳"齐齿"，应该就是同年出生的意思。可惜有关祝基阜的信息比较匮乏，只大致知道他是贡生，曾官广东阳江（或曰阳春）训导，与同乡李渔交往密切；不然如果有确切的生年记载，则可以作为周再勳生年的一个佐证。不过反过来，在目前这种情况下，倒可以借此了解祝基阜的生年。

三 谢宾王（卷六，上册，第111页）

谢宾王，《提要》及《清人别集总目》均缺生卒年②。

按谢宾王的生卒时间，曾见今人已经说得很具体。例如较早解维俊先生编著《齐都名人》一书，最末"贤达篇"倒数第二章为《作品被收入〈四库全书〉的诗人——谢宾王》，其中叙及：

> 《谢氏家谱》载，谢宾王生于1621年，卒于1671年，卒年五十二岁。③

又较近王毅先生《至孝爱乡的诗人谢宾王》一文，进一步说：

---

① （清）周再勳：《著娱斋诗集》，顺治刻本，第3a页。
② 《清人别集总目》，见第3册第2294页。
③ 解维俊：《齐都名人》，百花文艺出版社2005年版，第233页。

谢宾王……明崇祯十二年（1639）19 岁中举人。……清康熙十年（1671）三月二十日谢宾王溘然而逝，享年 52 岁。①

而最新的"百度百科"网站，"谢宾王"条还有生日：

《谢氏家谱》载：谢宾王，生于明天启元年辛酉（公元 1621 年）2 月 17 日，卒于清康熙 10 年辛亥（公元 1671 年）3 月 20 日。卒年 52 岁。②

这样综合来看，有关记载都来自谢宾王的家谱，其生卒时间盖为天启元年辛酉二月十七日（公元 1621 年 3 月 9 日）至康熙十年辛亥三月二十日（公元 1671 年 4 月 28 日），享年则应该是五十一岁。

谢宾王的家谱，笔者未能获读；但从民国《临淄县志》的相关资料推测，这里至少生卒的年份值得相信。例如县志卷二十四《人物志·四》"宦绩·清"第一人谢宾王本传记载："十九捷于乡。"③ 而卷三十四《艺文志》"清"第一种谢宾王"兰雪堂诗集一卷"所附高珩序④，开头说：

起东谢君，予同科兄弟也。岁次乙〔己〕卯，〔与〕予暨兄绳东同举于乡；迫丙戌，复与予兄同捷南宫。金兰臭味，盖同年中指数之而不一二屈者。⑤

谢宾王（起东其字）确实与高珩以及其兄高玮（绳东其字）同为明崇祯

---

① 《春秋》杂志，2018 年第 5 期。

② 网址：https：//baike. baidu. com/，2022 年 3 月 16 日。

③ 舒孝先、崔象谷：民国《临淄县志》，民国九年（1920）石印本，第 13a 页。

④ 谢宾王《兰雪堂诗集》卷数，《提要》及《清人别集总目》均据《四库全书总目》而著录为三卷，此处"一"字不知是否属于刊误。另外关于此序的收录情况，参见下文。

⑤ 舒孝先、崔象谷：民国《临淄县志》，民国九年（1920）石印本，第 36b 页。

十二年己卯（1639）举人①，又与高玮同为清顺治三年丙戌（1646）进士②；中举该年十九岁，如同前引《至孝爱乡的诗人谢宾王》所述一样，逆推其生年正是天启元年辛酉（1621）。又高珩序下文说：

> 屈指旧游，不堪回首，而君玉楼之召，已十有九年，忽忽如梦久矣。……予数数日后，即七十有九岁。九幽咫尺，旦夕无多；与君握手谈笑，伊迩可卜也。……年眷弟高珩撰，时康熙己巳十二月也。③

这里"己巳"为康熙二十八年（1689），上距康熙十年辛亥（1671）谢宾王谢世，按照头尾计算确实已经"十有九年"；结合相关月份，实足也已经十八年又九个月以上，所以与家谱记载同样吻合。至于家谱称其享年为五十二岁，则"二"字很可能是"一"字的刊误。

另外从互联网上查得王毅先生在前引《至孝爱乡的诗人谢宾王》一文发表的 2018 年，还在团结出版社出版过一种通俗读物《山左诗人谢宾王》；该书虽然笔者一样未能获读，但其中关于谢宾王生卒时间的介绍，估计也不会有什么新的变化。

附带关于本拙稿前面第一条所说的高珩，他出生于明万历四十年壬子（1612）。本来下数至康熙二十八年己巳（1689），他还只有七十八岁；但因为上引这篇序文撰于年末，再过不久就是康熙二十九年庚午（1690），所以说"予数数日后，即七十有九岁"，这里并不存在矛盾之处。又今传高珩《栖云阁文集》十五卷，卷四有《起东诗序》《起东南

---

① 可见（清）岳濬、杜诏等：雍正《山东通志》卷十五之一《选举·一（自两汉至元明各朝，以地为类）》"明·制科（举人）·己卯科（崇祯十二年）"，《景印文渊阁四库全书》第 540 册，（台北）商务印书馆 1986 年版，第 98 页。

② 高珩为崇祯十六年癸未（1643）进士。高珩、高玮、谢宾王依次可见朱保炯、谢沛霖两位先生合编《明清进士题名碑录索引·下册》，上海古籍出版社 1979 年版，第 2622 页、第 2627 页、第 2628 页。

③ 舒孝先、崔象谷：民国《临淄县志》，民国九年（1920）石印本，第 37a—b 页。

游诗序》连续两篇为谢宾王而撰的诗序或赠序①，而上引这篇序文却未见收录，则可以定为佚作。

上及县志卷二十四谢宾王本传之后，还附录有高珩的一组"吊谢宾王诗"，凡五律四首②。其中的第二首"鹏鸟来何遽"云云，实即高珩《栖云阁诗》卷七"五言律诗［一］"《哭亡友二首》之二③。其《哭亡友二首》之一，首联云："比岁人琴恨，连翩王谢微。"这里的"王谢"既可以看成用典，又明显关合谢宾王；只是因为不限于谢宾王一人，所以标题泛言"哭亡友"。而"吊谢宾王诗"的另外三首，在《栖云阁诗》卷七、卷八两卷"五言律诗"，以及《拾遗》卷一"［五、七言］古、［五言］律诗"中④，都没有下落，则如同前述序文一样，可以定为佚作。可惜这两组挽诗，对于考察谢宾王的具体生卒时间，都起不到实际的作用。

四 陈僖（卷六，上册，第133页）

陈僖，《提要》及《清人别集总目》均缺生卒年⑤。

按陈僖生卒年仍旧不详，但大致生活时代可以重新考察。

关于上限，陈僖《燕山草堂集》卷二《束鹿县志后序》曾说：

> 前明熹庙时，先王父出守徽州，为织造事忤逆珰李实，被劾。……是时，僖尚未生也。越数年，僖始生。⑥

① （清）高珩：《栖云阁文集》，《四库全书存目丛书》集部第202册，齐鲁书社1997年版，第209页、第210—211页。

② 舒孝先、崔象谷：民国《临淄县志》，民国九年（1920）石印本，第14a—b页。

③ （清）高珩：《栖云阁诗》，《四库全书存目丛书》集部第202册，齐鲁书社1997年版，第45页。

④ （清）高珩：《栖云阁诗》，《四库全书存目丛书》集部第202册，齐鲁书社1997年版，第45页。

⑤ 《清人别集总目》，见第2册第1249页。

⑥ （清）陈僖：《燕山草堂集》，载《四库未收书辑刊》第八辑第17册，北京出版社2000年版，第427页。

这里"熹庙"指明熹宗天启皇帝。检清康熙《徽州府志》卷三《秩官志·上》"郡职官·明·知府"有关记载，陈僖祖父陈士章"天启二年［壬戌，1622］任"，其下一任刘尚信"天启三年［癸亥，1623］任"①。这样看起来，陈僖在《提要》中的位置，至少应当移至下一卷"生于天启元年至五年（1621—1625）"者，甚或再下一卷"生于天启六年至崇祯三年（1626—1630）"者。

关于下限，成文昭《蓉舫诗集·二集》卷三《丁亥京稿》，有便道所作《清苑吊陈蔼公》一诗②。这里"丁亥"为康熙四十六年（1707），陈僖（蔼公其字）必然卒于本年以前，享年至多在八十岁左右。

附带关于陈僖《燕山草堂集》，正如《提要》所说，应该刻于康熙二十二年癸亥（1683）。但《提要》称其系"陈祈年编"，则欠妥。集内卷一文类之前、卷五诗类之前分别有一篇《述略》、《偶述》，都是陈僖自撰的引言，而在末尾署款"陈僖蔼公识"之后同时都署有"男陈祈年永庵、陈恒年苍篆编辑"③。这种情况，实际上是陈僖自编，不过顺便带上两个儿子而已。《提要》即使要提两个儿子，那也不能遗漏陈恒年。

另外，王猷定《四照堂集·文集》卷一有一篇《陈蔼公诗序》④，陈僖《燕山草堂集》不知何故未收。而《燕山草堂集》卷二有一篇《重刻王于一遗稿序》⑤，则已见于康熙二十二年癸亥（1683）重刻本《四照堂集》卷首⑥。

---

① （清）丁廷楗，赵吉士等：康熙《徽州府志》，康熙三十八年己卯（1699）万青阁刻本，第59b页。

② （清）成文昭：《蓉舫诗集》，载《四库未收书辑刊》第八辑第26册，北京出版社2000年版，第457页。

③ （清）陈僖：《燕山草堂集》，《四库未收书辑刊》第八辑第17册，北京出版社，2000，第376页、第580页。

④ （清）王猷定：《四照堂集》，《四库未收书辑刊》第五辑第27册，北京出版社2000年版，第185—186页。

⑤ （清）陈僖：《燕山草堂集》，《四库未收书辑刊》第八辑第17册，北京出版社2000年版，第463页。

⑥ （清）王猷定：《四照堂集》，《四库未收书辑刊》第五辑第27册，北京出版社2000年版，第138—139页。另所见民国四年（1915）南昌退庐刻《豫章丛书》本《四照堂集》，卷首仅一篇周亮工原序。王猷定字于一。

五　程云（卷六，上册，第134页）

　　程云，《提要》及《清人别集总目》均缺生卒年①。

　　按《提要》及《清人别集总目》共同著录的程云诗集《松壶集》二十卷内，有许多作品涉及生年。例如卷六"五言古诗·三"，《纪死》小序说："予以丙戌岁，三十有六矣。"②《壬寅除夕，念伊卫署次沈曰俞韵》开头云："五十且有三，常为世所疾。"③《甲辰除夕》开头云："今年五十四，明年五十五。"④ 即清顺治三年（1646）三十六岁，康熙元年（1662）五十二岁（将要五十三岁）、三年（1664）五十四岁；据此逆推，均可知程云出生于明万历三十九年辛亥（1611）。又如卷十一"五言律［诗·四］"，康熙五年（1666）《丙午元日》首联云："早岁亲忧疾，五旬复六年。"⑤ 即五十六岁。康熙九年（1670）《庚戌元日》首联云："胡为多疾病，六十已平头？"⑥ 即六十岁整。康熙十三年（1674）《甲寅元日》尾联云："纵令能七十，只剩六年期。"⑦ 即六十四岁。凡此逆推，结论也都完全相同，可以确信无疑。

　　程云不但每逢"元日"、"除夕"都有写诗纪岁的习惯，而且每年具体的生日那一天通常也还要吟咏"初度"。例如卷九"五言律［诗·二］"有顺治九年（1652）《壬辰初度》，起句云"一榻清秋暮"⑧，可知其生日在暮秋九月。又卷十"五言律［诗·三］"有康熙元年（1662）《壬寅初度》⑨、二年（1663）《癸卯历阳初度》⑩，都排在同年九月"九

---

　　① 《清人别集总目》，见第 3 册第 2219 页。
　　② （清）程云：《松壶集》，康熙魏锡祚刻本，第 5b 页。
　　③ （清）程云：《松壶集》，康熙魏锡祚刻本，第 13a 页。
　　④ （清）程云：《松壶集》，康熙魏锡祚刻本，第 13b 页。
　　⑤ （清）程云：《松壶集》，康熙魏锡祚刻本，第 7a 页。
　　⑥ （清）程云：《松壶集》，康熙魏锡祚刻本，第 14a 页。
　　⑦ （清）程云：《松壶集》，康熙魏锡祚刻本，第 20b 页。
　　⑧ （清）程云：《松壶集》，康熙魏锡祚刻本，第 8b 页。
　　⑨ （清）程云：《松壶集》，康熙魏锡祚刻本，第 15a 页。
　　⑩ （清）程云：《松壶集》，康熙魏锡祚刻本，第 20b 页。

日"的作品之前，则可进一步知其生日在九月之初。如果能够仔细通读《松壶集》全书，说不定还会有更多的收获。

程云的卒年未能确考。《松壶集》内，目前年份最晚者为"甲寅"即康熙十三年（1674）。上引卷十一《甲寅元日》该诗，在"五言律[诗]"体裁中属于最末一首。此外卷二十"七言绝句·三"，有《甲寅清明二首》①。而除去可能"遗稿"缺失（参见下文）的因素不论，同年未见有几乎例行的九月"初度"和"除夕"之作。这样看起来，程云很可能就卒于这一年，享年六十四岁。只是《甲寅清明二首》之后第十三题《哭迪吉二首》，题注说："同六十八岁……今岁中秋后卒。"② 这里如果不存在刊印方面的错误，那么程云应该已经生活到康熙十七年戊午（1678）。

需要指出的是，《松壶集》同一体裁内部，作品前后排序明显错误的情况非但存在，而且像最末卷二十这个部分的七言绝句尤其严重。例如上引康熙十三年（1674）《甲寅清明二首》作于六十四岁那年，其后第六题却又是《六十作》③；特别是全书最末一首七言绝句为《戊申人日》，这里的"戊申"还只是康熙七年（1668），这就显然都是乱套的。同时，集内的错别字，也时或可见。例如卷二"古乐府"《人作牛谣》小序："丁丑牛疫死，戊寅罹兵祸，乙卯遂用人耕。"④ 这里三个年份依次为明崇祯十年（1637）、十一年（1638）、十二年（1639），而"乙卯"乃"己卯"之误。又如卷六崇祯十三年（1640）所作《饥诗（庚辰）》"弱龄嗜读书……悠忽正三十"云云⑤，这里的"悠忽"则系"倏忽"之误。因此，像上文的"同六十八岁"，如果找不到有关年份的旁证，那么基本上可以不予考虑。

附带关于《提要》本条对《松壶集》的介绍：

---

① （清）程云：《松壶集》，康熙魏锡祚刻本，第11a—b页。
② （清）程云：《松壶集》，康熙魏锡祚刻本，第13a页。
③ （清）程云：《松壶集》，康熙魏锡祚刻本，第12a页。
④ （清）程云：《松壶集》，康熙魏锡祚刻本，第12a页。
⑤ （清）程云：《松壶集》，康熙魏锡祚刻本，第4b页。

所撰《松壶集》，陆续刊行，戚藩为之序。魏锡祚梓行之诗，先后辑入《皇清百名家诗》及《山左诗钞》，题《程天翼诗》，仅一卷。至康熙间刻诗多至二十卷，题《松壶集》，复旦大学图书馆藏。

这段文字有些混乱，不够准确。原书卷首，除"社弟"戚藩以及"顺治癸巳（十年，1653）春"蒋应仔各一篇"原序"以外，还有一篇"同里后学"魏锡祚"序"，有关文字说：

> 先生之殁，距今三十余年，著作率皆散轶。余弟振祚，先生之婿也，从其家败簏中得遗稿二寸许，携以归，篇帙错乱，字画讹舛，多不可辨识，盖止存什之二三矣。……余……兹以公务之隙，取原本校雠编次之，序目则仍其旧。爰节缩薄俸，以授之梓。①

这里"原本"即指上文所说的"遗稿"（包括"原序"），魏锡祚首次予以校勘授梓，分体编次而诸体无缺，时间大约在康熙末年。在此之前，魏宪辑《皇清百名家诗》（又名《百名家诗选》），人各一卷；卷三十七选录程云诗②，即所谓《程天翼诗》，据"小引"可知当时程云刚刚谢世不久，原稿来自程云的进士同年程启朱③。后来卢见曾辑《国朝山左诗钞》，卷十二选录程云诗④，但只有十六首，而与唐梦赉（选录七十三首）等另外八人合为一卷，没有专门的题名，时间则已在乾隆中期。上引《提要》文字，可以根据这些情况适当加以修改；特别是"魏锡祚梓行之诗，先后辑入"这里，"诗"字应当前面加上句号而后面删去逗号。

---

① （清）程云：《松壶集》，康熙魏锡祚刻本，第1b—2a页。
② （清）魏宪：《百名家诗选》，《续修四库全书》第1625册，上海古籍出版社2002年版，第92—99页。
③ 参见本系列拙稿"程启朱"条，待刊。
④ （清）卢见曾：《国朝山左诗钞》，乾隆二十三年戊寅（1758）雅雨堂刻本，第17b—21a页。

作者简介：

朱则杰，男，文学博士，浙江大学传媒与国际文化学院国际文化学系教授、中国古代文学专业博士生导师，从事清代诗歌研究，已出版《清诗史》《清诗考证》《清诗考证续编》等专著。

李梦阳诗文中"职方王子""王子"新考

——兼论王阳明自京赴谪路线

童 飞

摘　要：李梦阳集中有五首诗文《发京师》（二首）、《哭白沟文》、《卫上别王子》（二首），其中的"职方王子""王子"，束景南《王阳明年谱长编》认为是王阳明，郝润华《李梦阳集校笺》认为是王尚绸。这两种看法均误，根据诗文中提供的信息，再结合相关史实，可知"职方王子""王子"是指陕西庆阳卫人王纶。《王阳明年谱长编》根据这些诗文中的地点，描述王阳明"出彰义门，过白沟，至卫上"，然后抵达钱塘的赴谪路线亦误。王阳明正德二年（1507）闰正月初一出京后，并未绕道河南，实际上是沿京杭大运河乘船南下钱塘。

关键词：李梦阳　职方王子　王阳明　王尚绸　王纶

将他人尊称为"某子"，是古代文士写作的习惯行为，明代复古派诗人更是如此，例如李梦阳诗中经常以"何子"代指何景明，"边子"代指边贡，"徐子"代指徐祯卿等。因为复古派诸子都喜欢这样相互称呼，所以被时人嘲笑为"子子股"①。在大多数情况下，结合诗歌内容和唱和诗

---

① （明）张治道：《翰林院修撰对山康先生状》，载黄宗羲《明文海》卷433，中华书局1987年版，第4547页。

可以明确"某子"是谁，但也存在难以确定"某子"为谁的情况，例如李梦阳《发京师》（二首）、《哭白沟文》、《卫上别王子》（二首）五篇诗文。前三篇序文中的"职方王子"、后两篇诗题中的"王子"的具体身份，学界有不同看法，束景南《王阳明年谱长编》认为是王阳明，郝润华《李梦阳集校笺》认为是王尚绌。但是王阳明与王尚绌的人生经历均不符合李梦阳诗文中所描述"王子"的身份特征，"职方王子"、"王子"另有其人。

《发京师》（二首）原文如下：

> 正德二年春二月，与职方王子同放归田里
>
> 驱车彰义门，遥望郭西树。冠盖辉青云，车马夹广路。威风何赫奕，各蒙五侯顾。回飙动地起，白日倏已暮。弃掷委蔓草，荣华若朝露。良无金石交，人生岂常故。绮绤足御冬，谁念纨与素。忔彼白华篇，气结不能愬。
>
> 其二
>
> 茑萝附松柏，枝叶固相因。行子恋俦匹，况遇同乡亲。北风起河梁，日暮多飞尘。携手同车归，驾言西适秦。道远长渴饥，客子怀苦辛。仰瞻天汉流，夜永不得晨。骖马媚其曹，鸣雁各求群。明星出东方，照见车下人。夙兴即往道，登彼高路津。还顾望京邑，怆焉何所陈。①

《哭白沟文》篇幅较长，摘录序文如下："正德二年闰月初吉，予与职方王子俱蒙放归，南道白沟之野。往白沟之战，王子伯大父、予曾大父死焉，百载愤痛，爰讬于斯文。"②《卫上别王子》一诗没有序文，而且诗题中只是称"王子"，并非"职方王子"，从外部特征来看无法判断与《发京师》《哭白沟文》是否作于同时，"王子"与"职方王子"是否为

---

① （明）李梦阳著，郝润华校笺：《李梦阳全集校笺》，中华书局 2020 年版，第 201—205 页。

② （明）李梦阳著、郝润华校笺：《李梦阳全集校笺》，中华书局 2020 年版，第 1863—1865 页。

同一人也尚未可知。故此处暂时先不转录，讨论完前三篇诗文中"职方王子"的身份后，再行分析此诗的写作时间和"王子"的身份。

要想探清《发京师》《哭白沟文》中的"职方王子"的身份，首先要对诗歌内容做出合理的解读，既要关注到序文的明显信息，也要剖析正文的隐藏信息。由序文可以得出关于"职方王子"的几条信息：一是履历信息，"王子"在兵部任职。"职方"是明代兵部下设四个清吏司之一，全称"职方清吏司"，或者简称为"职方司"。但明人有以某个重要的清吏司代指某部的习惯，例如以"职方"代指整个兵部，用"祠部"指代整个礼部，用"都水""虞部"指代整个工部等。所以李梦阳诗文中的"职方"可能是指具体的职方司，也可能是指兵部下属的其他清吏司。二是出京时间，"王子"正德二年（1507）闰正月（春二月）被贬出京，放归田里。三是祖辈事迹，"王子"的伯大父战殁于白沟。建文二年（1400）建文帝发军六十万同燕王朱棣交战于白沟河，朱棣反败为胜，取得战争的主动权，"白沟之战"即指此事。根据诗歌正文还可以推论出几条信息：一是与李梦阳的关系，"王子"是李梦阳的同乡，"行子恋俦匹，况遇同乡亲"说明此点。二是离京的目的地，此次"王子"离京是要前往在旧时秦国地域，即明代陕西境内，所以说"驾言西适秦"。这五条信息是解密"职方王子"身份的必要条件，缺一不可。

一 "职方王子"为王阳明辨误

认为"职方王子"是王阳明的，不止束景南《王阳明年谱长编》，如赵永刚"《〈阳明诗话〉专栏之十八：人间随地可淹留》"①，也认为《哭白沟文》中的"职方王子"是王阳明，但并未给出分析。

钱德洪《阳明先生年谱》对王阳明离京赴谪的前段路线——自京到钱塘——的记载较为模糊，只言"（正德元年）二月，上封事，下诏狱，

---

① 赵永刚：《〈阳明诗话〉专栏之十八：人间随地可淹留》，《贵阳晚报》2020 年 8 月 20 日，第 A16 版。

谪龙场驿驿丞"," (正德二年) 夏, 赴谪至钱塘"①。束景南在《王阳明年谱长编》"一五〇七 正德二年 丁卯 三十六岁"中详细梳理了王阳明的这段经历, 指出他与李梦阳一同出京至卫上分开, 即"闰正月初一日, 与空同李梦阳一起离京赴谪, 出彰义门, 过白沟, 至卫上分手"②。此处说王阳明和李梦阳于正德二年 (1507) 闰正月初一同日离京, 所据材料是诸位友人文集中的赠诗, 如陆深《空同子、阳明子同日去国, 作南征赋》、杭淮《送王阳明谪官龙场驿》、储巏《再次韵别伯安献吉》等, 自然无误; 说阳明与李梦阳一起"过白沟, 至卫上分手"所据材料是李梦阳集中的《发京师》《哭白沟文》《卫上别王子》五篇诗文, 则不可靠。

《王阳明年谱长编》的主要依据在于, 这三首诗文的序文中的时间、人物履历与王阳明相符。实际上并不完全吻合, 而有牴牾之处。陆深《空同子、阳明子同日去国, 作南征赋》中的"空同子阳明子同日去国"、湛若水诗中的"丁卯闰正月朔日", 正好对应李梦阳诗中的"正德二年闰月初吉, 予与职方王子俱蒙放归", 满足了出京时间这一项, 但是其他四条均不完全相合。首先, 在履历信息上, 王阳明在下狱前是否在"职方司"供职, 有待考查。束景南认为: "'职方'者, 阳明任兵部武选职方清吏司主事, 故称'职方王子'。"按钱德洪《阳明先生年谱》"(弘治十七年) 九月, 改兵部武选清吏司主事"③, 王阳明《给由疏》亦说"弘治十七年七月内病愈赴部, 改除兵部武选清吏司主事"④, 黄绾在《阳明先生行状》中说, "甲子, 聘为山东乡试考官, 至今海内所称重者, 皆所取士也。改兵部武库司主事"⑤, 黄说显然有误, 王阳明病愈回京后任武选司主事, 并非武库司主事。阳明在《送别省吾林都宪序》中说: "正德

① (明) 王守仁著, 吴光、钱明、董平、姚延福编校: 《王阳明全集》, 上海古籍出版社2021 年版, 第 1352—1353 页。

② 束景南: 《王阳明年谱长编》, 上海古籍出版社 2021 年版, 第 397 页。

③ (明) 王守仁著, 吴光、钱明、董平、姚延福编校: 《王阳明全集》, 上海古籍出版社2021 年版, 第 1352 页。

④ (明) 王守仁著, 吴光、钱明、董平、姚延福编校: 《王阳明全集》, 上海古籍出版社2021 年版, 第 332 页。

⑤ (明) 王守仁著, 吴光、钱明、董平、姚延福编校: 《王阳明全集》, 上海古籍出版社2021 年版, 第 1556 页。

初，某以武选郎抵逆瑾，逮锦衣狱。"① 一般来说，王阳明本人的叙述应该是最准确可靠的。按明人表述习惯，六部各司的："郎中""员外郎""主事"都可泛称为"郎"，阳明在这里明确说明了自己下狱前是在兵部武选司而非职方司任职。

《王阳明年谱长编》认为"阳明任兵部武选职方清吏司主事"，依据应当来自王阳明《对菊联句序》所提供的信息。序中记述了阳明与李永敷、黄昭三人联句的经过，而李永敷此时任兵部职方司郎中，黄昭任兵部职方司主事，因此束景南在按语中说"阳明亦由武选清吏司转入职方清吏司"②。或许作者自有其他证据，但是仅凭三人一同联句就说明三人同在职方司供职，理由并不充分。如阳明与李永敷在弘治十三年（1500）九月就已相交，此时兵部主事李永敷出使南直隶州，阳明与李东阳、杨一清等人为其赠别，王阳明有诗《送李贻教归省图诗》，此时阳明任职刑部云南清吏司，与李永敷并不在同一郎署。

《王阳明年谱长编》还举出了"职方王子"为王阳明的一个待考证据，即《光绪保定府志》所载王文公祠内左阶有阳明大书七言截句一首石刻，束景南认为或许是阳明过白沟所作③。这条证据也并不成立，不能说明王阳明于正德二年（1507）经过白沟河。这首石刻应当作于弘治十二年（1499）秋，王阳明奉旨前往浚县督造威宁伯王越坟，白沟河横亘于顺天府与保定府之间，王阳明应当经过此地。

在其他三条信息上，王阳明更加不符合要求。其一，王阳明没有"伯大父"（即伯祖父），仅有叔大父，自然就不会出现伯大父在白沟之战中牺牲的事迹。按《世德纪》中的《槐里先生传》和《竹轩先生传》可知，阳明曾祖父有二子，长子为王伦，即阳明大父，次子为王粲，即阳明叔大父。其二，王阳明与李梦阳只是在朝同僚和诗文好友，一为浙江余姚人，一为今甘肃庆阳人，断不能称为"同乡亲"。其三，王阳明此次出京，是要先回浙江，然后前往贬所贵州龙场驿，不能称之为"驾言西

---

① （明）王守仁著，吴光、钱明、董平、姚延福编校：《王阳明全集》，上海古籍出版社2021年版，第975页。

② 束景南：《王阳明年谱长编》，上海古籍出版社2021年版，第354页。

③ 束景南：《王阳明年谱长编》，上海古籍出版社2021年版，第399页。

适秦"。综合以上分析，李梦阳《发京师》《哭白沟文》中的"职方王子"并非王阳明，而是另有其人。

二 "职方王子"为王尚纲辨误

认为"职方王子"是王尚纲并非始于郝润华《李梦阳集校笺》，石麟《在复古浪潮与政治旋涡中的搏击沉浮——李梦阳研究之三》① 一文就认为《发京师》《哭白沟文》中的"职方王子"是王尚纲，但是并未像《李梦阳集校笺》一样给出详细分析。李梦阳确实与王尚纲交往密切，二人集中存在大量酬唱之作，所以人们容易将"王子"联想为王尚纲，但这也是一个误会。

《李梦阳集校笺》引用了《列朝诗集小传》和《本朝分省人物考》的相关记载：王尚纲于弘治十五年（1502）中进士后授兵部职方司主事，嘉靖丙戌起陕西右参政②，这两条重要的履历信息成为解读五篇诗文的关键。但是对材料的挖掘并不充分，即王尚纲在正德二年（1507）是否依旧任兵部职方司主事，这关系到李梦阳在正德二年离京时候对他的称谓。《列朝诗集小传》和《本朝分省人物考》所记王尚纲生平事迹较为简略，查王縯《明故浙江右布政使苍谷王子墓志铭》③ 可知：王尚纲于弘治十六年（1503）离职守孝，正德元年（1506）免丧后依旧担任兵部职方司主事，三年（1508）调吏部稽勋司主事，四年（1509）调吏部验封司员外郎，后升吏部稽勋司郎中。由此可知王尚纲正德二年（1507）确实在兵部职方司任职，"职方王子"符合王尚纲的身份特征。

但在正德二年闰正月，王尚纲并未因为刘瑾案而出京赴谪。《李梦阳集校笺》引薛应旂《苍谷先生传》，认为王尚纲为郏县（今属河南）人，

---

① 石麟：《在复古浪潮与政治旋涡中的搏击沉浮——李梦阳研究之三》，《湖北师范学院学报》2013 年第 1 期。

② 此处时间有误，《明故浙江右布政使苍谷子墓志铭》作"嘉靖乙酉调陕西"，并非嘉靖丙戌年。

③ （明）王尚綗：《苍谷全集·附录》，载《四库未收书辑刊》集部第 5 辑第 18 册，北京出版社 1997 年版，第 461—462 页。

因参与弹劾刘瑾，与梦阳同归河南①。按薛应旂所作传记中并无此言，传记中涉及刘瑾的另有其事，"壬戌（弘治十五年）第进士，授兵部职方主事，有贤名。正德戊辰（三年）调吏部稽勋主事，寻迁验封员外郎，己巳（四年）迁稽勋郎中。值尚书张彩依阿逆瑾，事焰熏灼，每有私嘱，辄以正对，且反覆理喻，彩不堪，甚衔之。或谓先生曰：'固知不屑于富贵，如将取祸何。'先生曰：'是有命焉，非逢迎之所能免也。'不阅月，彩坐瑾党伏诛，人服先生之达。"② 此处是说王尚绚正德四年升为吏部稽勋司郎中之后对张彩及刘瑾的态度，并非是参与弹劾刘瑾。事实上王尚绚在正德元年复任兵部职方司主事后，仕途一直处于上升状态，若是正德二年与王阳明、李梦阳等一同被刘瑾贬谪出京，怎么会在正德三年调为吏部稽勋司主事？遍查各种资料，未能发现王尚绚正德二年被贬黜的只言片语。

关于祖辈事迹，据《明故浙江右布政使苍谷王子墓志铭》可知，王尚绚父为王璇，祖父为王宗，曾大父为王斌，未发现其伯大父的相关信息，无法确定其伯大父是否战殁于白沟。至于王尚绚与李梦阳的籍贯，王尚绚为河南郏县人，李梦阳祖籍河南扶沟，生于庆阳，将二人视为同乡勉强可行。综合上述分析，李梦阳《发京师》《哭白沟文》中的"职方王子"，只有任职经历和籍贯两项信息与王尚绚相合，其余祖辈事迹、出京时间、出京目的地等几项信息都不吻合。"职方王子"显然并非王尚绚，而是另有其人。

三 "职方王子"为庆阳王纶考证

李梦阳《发京师》《哭白沟文》中的"职方王子"实际上是陕西庆阳卫人王纶。《王阳明年谱长编》《李梦阳集校笺》引用的材料中都出现此人，但均未引起注意，可谓失之眉睫之间。《王阳明年谱长编》引《国榷》卷六十四："正月二十八日，户部员外郎李梦阳谪山西布政司经历，

---

① （明）李梦阳著、郝润华校笺：《李梦阳全集校笺》，中华书局 2020 年版，第 205 页。
② （明）黄宗羲：《明文海》卷 388，中华书局 1987 年版，第 4011 页。

兵部主事王纶谪顺德推官。中旨谓梦阳附韩文、王岳，纶附刘大夏，盖瑾意也。"①《李梦阳集校笺》引《明武宗实录》卷二十一："正德二年正月，'降户部员外郎李梦阳为山西布政司经历，兵部主事王纶为顺德府推官，俱致仕。时太监李荣传旨，谓李梦阳阿附韩文、王岳，纶阿附刘大夏，故黜之。盖瑾意也。'"② 两则材料都提到了王纶与李梦阳一同遭贬之事。

按《弘治九年进士登科录》："王纶，贯陕西庆阳卫，军籍，西安府咸宁县人。国子生，治《春秋》。字演之，行二，年三十二，十月二十二日生。曾祖敬；祖忠；父福，知县。母魏氏，继母任氏。慈侍下。兄经，监生；弟缙，綖。娶杨氏。陕西乡试第六十一名，会试第四十八名。"③ 关于王纶更详细的信息见于《嘉靖庆阳府志》卷十四"乡贤·王福"之后，现摘录其中主要信息如下：

> 纶聪明超世，文书一过目终身不忘。……登弘治丙辰进士……授兵部主事，以才名重世。时阳明王公守仁，同列职方，并名相高，士大夫有南王、北王之称。出为四川佥事，……值母忧离任，……而纶服阕，止升饶州兵备副使。时宁庶人逆情已露，但居中有主，纶不敢明扬其非于廷，惟以揭帖密呈兵部。……后升为本省参政，赴任即遇宁庶人诞辰变起，惟孙、许挺然骂贼，而三司俱俯伏就拘。……及王阳明统天兵至，各官俱投首辕门，咸被原，而纶以夙昔争名，及居饶时抗傲不肯受属为恨，独坐同谋。④

王纶中进士后曾任兵部主事，后因加入宁王朱宸濠阵营而致死，这段经历于其名声有损，这可能也是人们未能联想到"王子"就是他的原因之一。据王阳明本人记载，自弘治十七年（1504）改兵部武选司主事，到

① 束景南：《王阳明年谱长编》，上海古籍出版社 2021 年版，第 390 页。
② （明）李梦阳著、郝润华校笺：《李梦阳集校笺》，中华书局 2020 年版，第 204 页。
③ 屈万里：《明代登科录汇编》第 4 卷，台湾学生书局 1969 年版，第 2015 页。
④ 庆阳地区志编纂委员会办公室整理：《庆阳府志》，甘肃人民出版社 2001 年版，第 312 页。

正德元年下锦衣狱，一直在武选司任职，并未任职方司主事，《嘉靖庆阳府志》说"时阳明王公守仁，同列职方"应为误记。或者此处"职方"代指整个兵部，前已言明时人有此表述习惯。从兵部职方司的人员设置上来看，此处的"职方"也应当是兵部的代称。正德年间兵部职方司下设两名主事，王尚䌹和黄昭在正德二年（1507）明确任职方司主事，故王阳明、王纶自然不可能于此同时再任职方司主事。

由上述两种材料提供的信息可知，王纶为庆阳人，故李梦阳在诗中称其为"职方王子"，称"行子恋俦匹，况遇同乡亲"。《弘治九年进士登科录》提供了王纶的祖辈三代的信息，其父王福，祖父王忠，曾祖父王敬。但是王纶的伯大父是谁，是否在白沟之战牺牲，这两点不得而知。《嘉靖庆阳府志》"忠义"中有一条记载："王尚行，洪武间指挥使，白沟河阵亡，挽之者有'岁月关山古，风霜战士寒'之句。"[①] 王尚行是否是王纶的伯大父，族谱、志书等资料中均无记载。从王纶的年龄推算其伯大父的年龄，大致也与王尚行相符。或许我们可以认为王尚行就是李梦阳所言"往白沟之战，王子伯大父、予曾大父死焉"中的王子伯大父。

登科录和方志基本解决了王纶的履历信息、与李梦阳的关系和祖辈事迹，但是依靠这些有限的资料，还无法确定王纶是否出京、出京时间，以及离京的目的地，还必须借助更多的材料。关于王纶任职兵部主事的时间，《崇祯松江府志》卷二十六"推官"载："王纶，字演之，陕西庆阳人，进士，弘治十二年任，十四年升兵部主事。"[②] 这进一步明确了王纶是弘治十四年（1501）开始担任兵部主事。关于这件事情的原委，明人陈洪谟《治世余闻》上篇卷三有详细的记载：

> 刘大夏承上眷顾，思欲荐才报国。予同年王纶，陕西人，因王亲除松江推官。为人谲诈务名，自负兵历医卜诸事，无不精晓，欲求为京官。乃托人延誉于朝，时考满来京，刘真以纶为知兵，遂破

---

① 庆阳地区志编纂委员会办公室整理：《庆阳府志》，甘肃人民出版社 2001 年版，第 341 页。

② （明）方岳贡修，陈继儒纂：《崇祯松江府志》，载《日本藏中国罕见地方志丛刊》，书目文献出版社 1991 年版，第 686 页。

例荐为职方主事。……纶得职方主事，其志洋洋矣。……然纶实非知兵，徒能言耳。杨都御史一清以其门人故，力荐之于刘，刘亦不察。观其后从宸濠反逆，为其行军，一败涂地，可见矣。人之难知有如此。①

这条材料不仅记录了王纶由松江府推官到京城任兵部主事的经过，还提供了一条重要的信息，即王纶为杨一清所推荐，为刘大夏所提携，这恰好成为正德二年（1507）王纶遭贬出京的重要缘由。杨一清不仅对王纶有过推荐，对其兄王经也有过推荐，《嘉靖庆阳府志》卷十四载："王经，福之子，久于郡庠，以明经接引后学，且练边情世务，见重于杨邃庵，翁以所议荐于部。"②

上文已经提到，"正德二年正月，'降户部员外郎李梦阳为山西布政司经历，兵部主事王纶为顺德府推官，俱致仕。时太监李荣传旨，谓李梦阳阿附韩文、王岳，纶阿附刘大夏，故黜之。盖瑾意也'"③，足以说明王纶于正德二年出京放归田里，在出京时间、离京目的地上符合李梦阳诗文中的要求。王纶为时任兵部尚书刘大夏提用为兵部主事，而刘大夏正是刘瑾意欲铲除的对象之一，在正德元年被刘瑾发令谪戍肃州，作为其下属的王纶也未能幸免。正德二年罢黜的官员多达五十三人，刘瑾将其造册，于三月辛未在金水桥前布告众官。《明武宗实录》《昭代芳华》《今言》都对此事都做了详细记载，李梦阳、王纶、王阳明均被列为"奸党"。《明武宗实录》记载："（正德二年三月）辛未敕谕文武群臣……户部郎中李梦阳，主事王守仁、王纶、孙磐、黄昭……递相交通，彼此穿凿，曲意阿附，遂成党比。……彼各反侧不安，因自陈，俯遂其休致之

---

① （明）徐洪谟撰，盛冬铃点校：《治世余闻》，《元明史料笔记丛刊》，中华书局1985年版，第27—28页。

② 庆阳地区志编纂委员会办公室整理：《庆阳府志》，甘肃人民出版社2001年版，第313页。

③ 《明武宗实录》中此条记载有误，李梦阳于正德元年升户部郎中，此处却依旧称其为户部员外郎。正德二年三月明确称其为户部郎中。

请。若自偾，则公遣谪之典。其敕内未罪者，吏部查令致士。"① 综合以上分析，李梦阳《发京师》《哭白沟文》中的"职方王子"，就是庆阳王纶。

四　《卫上别王子》中"王子"亦为王纶考论

与《发京师》《哭白沟文》紧密相关的还有《卫上别王子》（二首），《王阳明年谱长编》认为"王子"依旧指王阳明，并由此建构了王阳明出京赴谪的路线，即"闰正月初一日，与空同李梦阳一起离京赴谪，出彰义门，过白沟，至卫上分手"；《李梦阳集校笺》认为"王子"依然是王尚纲，并结合其履历认为此诗是嘉靖五年（1526）王尚纲赴陕就任前李梦阳为其送别所作。此诗实际上写于正德二年（1507）二月到三月间，原文如下：

> 晨风应候至，鸡鸣各严车。我今游宋中，子当旋旧闾。仆夫理前绥，辕马悲鸣趋。一别阻秦周，相望万里余。首春霜露重，厚汝征衣襦。昔为同袍士，今在天一隅。故者日以远，畴能察区区。
>
> 其二
>
> 税车朝歌里，送子辉水阳。群雁起高飞，凌风各分翔。敦交多故怀，况乃忧故乡。征夫愁短日，去马知路长。童童孤生柏，结根南山旁。愿言采此柏，遗我心所当。良无白鹄翼，何以得高颜。②

《李梦阳集校笺》已对诗中的地名予以笺注：卫上原是春秋时卫国之地，在今河南辉县一带。朝歌为商代帝乙、帝辛的别都，在今河南淇县。辉水即卫河，发源于河南卫辉府苏门山。但《李梦阳集校笺》忽略了诗中另外两个地点，即"我今游宋中，子当旋旧闾"中的"宋中"与"旧

---

① 中央研究院历史语言研究所校印：《明实录·明武宗实录》卷24，1962 年版，第661—663 页。

② （明）李梦阳著，郝润华校笺：《李梦阳全集校笺》，中华书局 2020 年版，第251—252页。

间",这关系到李梦阳与"王子"分别后的去向。宋中是古宋国境域,在今河南东部、江苏西北部和山东西南部之间,国都为商丘。隋唐时在商丘设置宋州或睢阳郡,明代改为归德州或归德府。但明人多称商丘和附近的区域为宋中,如林鸿《宋中送魏万之安西》、宋登春《宋中送客归襄阳》等。李梦阳在回到河南后也有《宋中诗》,《赦归冬日宴刘氏园庄十四韵》中有"脱难旋疆里,行歌入宋中"①之句。"旧闾"则是故乡之意,并非实指某地。这两句是说李梦阳在分别后将游历宋中,而"王子"将要回到家乡。结合李梦阳的经历可知,在被贬为山西布政司经历后,勒令致仕,于正德二年(1507)三月回到河南开封。其父李正曾担任开封周王府教授时迁徙于此,故李梦阳并没有回到庆阳。而王纶被贬为顺德府推官,后被勒令致仕,要回到家乡庆阳,因而李梦阳说"子当旋旧闾"。《嘉靖庆阳府志》称"庆阳乃古唐虞雍州之域,周之先后稷子不窋所居,号北豳","庆阳府并所属一州四县,古雍州秦地也"②,即庆阳府为周秦发源地,故而李梦阳说"一别阻秦周"。再从诗中的"首春霜露重,厚汝征衣襦"亦能看出此诗作于春季,即正德二年春季。综合以上分析,《卫上别王子》作于正德二年二月到三月间,紧承《发京师》《哭白沟文》之后,"王子"依旧是王纶。

五 王阳明自京赴谪路线

钱德洪《阳明先生年谱》并未言明王阳明自正德二年(1507)闰正月初一出京,至三月抵达钱塘的具体经过;《王阳明年谱长编》错误地根据李梦阳诗文中的地名,建构起王阳明出京后的路线。王阳明与李梦阳、王纶确实同日离开京城,但出京后的路线完全不同。李梦阳和王纶出京后乘车马至卫上分开,王阳明则是沿京杭大运河乘船南下钱塘。

王阳明走京杭大运河最直接的材料,是其本人的文字记录。在阳明

---

① (明)李梦阳著,郝润华校笺:《李梦阳全集校笺》,中华书局 2020 年版,第 401—402、966 页。

② 庆阳地区志编纂委员会办公室整理:《庆阳府志》,甘肃人民出版社 2001 年版,第 18、20 页。

出发之时，友人的赠诗中就已指出阳明南下的出行方式，如陆深《空同子、阳明子同日去国，作南征赋》说"顾仆夫以先后兮，喟河广之谁航"①，这里指明李梦阳是乘车，王阳明是乘船；湛若水《九章赠别》也说"北风吹湖船，帆挂南岳树"②，也点出王阳明是乘船南下。王阳明本人诗歌中也有对行程的记录，如回赠汪浚的诗中有"寄子春鸿书，待我秋江船""中夜不能寐，起视江月光"③，可以看出阳明是走的是水路。王阳明途径徐州时有诗《云龙山次乔宇韵》，明确交代了是乘船南下："几度舟人指南冈，东西长时客途忙。百年风物初经眼，三月烟花正向阳。芒砀汉云春寂寞，黄楼楚调晚凄凉。惟余放鹤亭前草，还与游人藉醉觞。"④ 束景南已指出此诗写于正德二年（1507）三月，"客途""三月""寂寞""凄凉"等字眼十分契合阳明的贬谪处境和心境。云龙山在徐州东南部，山上有放鹤亭，山北有黄楼。乔宇在正德元年（1506）出祭诸陵岳镇经过徐州，有《放鹤亭》诗，阳明诗正是次此诗韵。徐州位于京杭大运河沿岸，是南下北上的必经之地，阳明在弘治十七年（1504）七月赴山东主考乡试时经过此地，有诗《黄楼夜涛赋》，所以诗中说"几度舟人指南冈"⑤。阳明到达杭州后有诗《赴谪次北新关喜见诸弟》，诗中有言"扁舟风雨泊江关，兄弟相看梦寐间"⑥，更能够说明阳明是沿京杭大运河乘船南下。北新关又称北新钞关，是明代大运河七关之一，位于余杭塘河、小河与大运河三河交汇的运河东岸。

京杭大运河是明清时期东部地区南北交通大动脉，成为人们南来北往的首选道路。王阳明在正德二年赴谪之前多次往返于北京和绍兴之

① （明）陆深：《俨山文集》，《明别集丛刊》第 2 辑，黄山书社 2015 年版，第 299 页。
② （明）湛若水：《湛甘泉先生文集》卷 26，《四库全书存目丛书》集部第 57 册，齐鲁书社 1997 年版，第 164 页。
③ （明）王守仁著，吴光、钱明、董平、姚延福编校：《王阳明全集》，上海古籍出版社 2021 年版，第 749、754 页。
④ 束景南：《王阳明佚文辑考编年》（增订版），上海古籍出版社 2015 年版，第 236 页。
⑤ （明）王守仁著，吴光、钱明、董平、姚延福编校：《王阳明全集》，上海古籍出版社 2021 年版，第 1169—1171 页。
⑥ （明）王守仁著，吴光、钱明、董平、姚延福编校：《王阳明全集》，上海古籍出版社 2021 年版，第 756 页。

间，都是走大运河这条水路。例如弘治六年（1493）九月王华携阳明入京供职，林俊有赠诗《送王德辉还朝》，诗中有言"揽衣候残星，送别江之浒。岸枫叶赤天雨霜，日出未出江苍凉"[①]，从中可以看出王华父子是沿水路北上。再如弘治九年（1496）阳明会试下第后返回余姚，于当年十月途径济宁，有《太白楼赋》，篇首有言"岁丙辰之孟冬兮，泛扁舟余南征。凌济川之惊涛兮，览层构乎任城"[②]，反映出阳明是乘船沿大运河南下。时人从北京南下江浙地区，也大都是经由大运河。例如陆深的两部日记《淮封日记》和《南迁日记》，详细记录了自北京乘船沿大运河南下的行程。陆深于正德七年（1512）以编修充册封淮府副使，于嘉靖八年（1529）因事谪为延平府同知，两次都是走大运河水路。

王阳明早年在北京期间沉溺于辞章之学，与李梦阳、边贡等人往来频繁，王畿在《曾舜徵别言》中说："弘、正间，京师倡为词章之学，李、何擅其宗，阳明先师结诗社，更相倡和，风动一时。炼意绘辞，浸登述作之坛，几入其髓。"[③] 后来转向心性之学以后，对自己曾经从事的"辞章之学"多有遮掩和反思，钱德洪等门人也谨遵师意，在编纂阳明作品时多有删减，但是并不能完全割裂王阳明与李梦阳等人的关系。当下学人尝试复原这种联系，既然无法在阳明诗文中找到线索，那么李梦阳等旁人的诗文作品就成为重要的材料。《王阳明年谱长编》等看到《发京师》《哭白沟文》《卫上别王子》中的"职方王子"和"王子"，由于出京时间和任职经历上的偶合，遂将其误认作王阳明，并据此错误地建构了阳明被贬后出京赴钱塘的行进路线，这一失误应予以纠正。

---

① 转引自束景南《王阳明年谱长编》，上海古籍出版社 2021 年版，第 88 页。

② （明）王守仁著，吴光、钱明、董平、姚延福编校：《王阳明全集》，上海古籍出版社 2021 年版，第 726—727 页。

③ （明）王畿著、吴震编校：《王畿集》，《阳明后学文献丛书》，凤凰出版社 2007 年版，第 459 页。

作者简介：

童飞，男，北京大学中国古典文献学专业博士研究生，主要研究方向为明清文学与文献。

王猷定生平经历考述[*]

鲁　慧

摘　要：王猷定是明清之际的杰出文人，散文在当时有"开风气之先"的评价，然后世对其生平经历知之甚少，一定程度上影响了对其文学史地位的评估。观其一生，丧父、国变、丧妻等事件对其产生了重要影响，打击尤大，可以说是他一生中的重要转折点。他家学渊源深厚，少时聪颖异常，但随着父母、亲人的相继离世、国破家亡，他对世事有了更深刻的体察，并在晚年创作出《义虎记》《汤琵琶传》等颇具影响力的作品，奠定了其在文坛的重要地位。对王猷定生平经历加以梳理、探究，有助于解决王猷定研究中的相关问题，重新审视明清之际的文坛生态中其作为独特的"这一个"的价值和意义。

关键词：王猷定　生平经历　清初文学　文坛生态

王猷定（1599—1662），字于一，号轸石，江西南昌人，现有《四照堂文集》《四照堂诗集》存世。关于其生平经历，散见于《清史稿》《明遗民诗》《碑传集》《清诗纪事初编》《清史列传》等多种著述中，但多篇幅简短，又有语焉不详之处。本文结合以上著述，细读《四照堂文集》《四照堂诗集》及相关作家、作品，对其生平经历进行考述可以发现，丧

---

* 本文系国家社科基金重大招标项目"清代诗人别集丛刊"（14ZDB076）的阶段性成果。

父、国变、丧妻等事件对王猷定的人生经历产生了重要影响，打击尤大，可以说是他一生中的重要转折点。而一生漂泊无依，时常处于困窘之中，深刻影响了他的心态与文学创作。故而本文对王猷定生平经历主要以客观描述为主，力求揭示王猷定生平、创作的相关情况，以期推进明清之际文坛生态的一些认识。

一

关于王猷定的家世，清人韩程愈《王君猷定传》记载："南昌王于一，天挺异材，家学渊源。"①魏元旷《南昌县志》载王猷定之高祖王崇祯"以孙希烈贵，赠侍郎兼学"，曾祖王廷望（1492—1574）"以子希烈贵，赠承德郎"②。另，《万历新修南昌府志》卷 22 载："赠礼部侍郎王崇祯墓在连珠岭，封礼部侍郎王廷望墓在本里官庄。"③ 可见，王猷定出生在官宦之家，其高祖、曾祖都因其祖父王希烈而显贵。王猷定之从祖父王希烈，字子忠，嘉靖三十二年（1553）进士，改庶吉士。魏元旷《南昌县志》对王希烈生平记载如下：

> 王希烈……嘉靖三十二年（1553）进士，改庶吉士，授编修，累官国子祭酒、礼部侍郎，改吏部，兼侍讲学士，掌詹事府，充经筵日讲，尝摄宗伯事，肃府中尉某阴规为嗣，正色绝之。万历甲戌典会试，江陵子落地，人服其不私，卒赠礼部尚书，谥文裕。④

由以上材料可以看出，王希烈曾经在万历甲戌年（1574）同吕调阳一起主持会试，不阿谀张居正，时人誉其公正无私、刚正不阿。万历元年

---

① （清）韩程愈：《王君猷定传》，见陶福履、胡思敬编《豫章丛书》（集部十一），江西教育出版社 2007 年版，第 218 页。

② （清）魏元旷：《南昌县志》，台湾成文出版社有限公司 1935 年版，第 543 页。

③ （明）章潢：万历《新修南昌府志》卷 22，明万历十六年刻本。

④ （清）魏元旷：《南昌县志》，台湾成文出版社有限公司 1935 年版，第 783 页。

（1573），他曾为首辅张居正专为明神宗朱翊钧创作的《帝鉴图说》作序①。诚如孟久丽教授所言，此文除充满赞誉之辞外，王希烈还指出张居正出版此书的另一原因，即"使当世士大夫，知今日所亟，在君德，不在政事……人人各举其职，则主必益圣，治必益隆，太平可期日而望。是亦公刻以传之意也"，张居正"希望以此来突出他自己的威信"②，这就表明，王希烈不仅有文才，而且非常有识见，有自己独特的思想。他所作的《游白鹿洞一首》诗，于嘉靖二十七年（1558）刻在"中国四大书院"之一——白鹿洞书院的石碑上，成为"明代白鹿洞书院诗歌、游记类碑刻三十余块"③中的一块，这些都足以见出他在当时朝廷中的重要地位和影响力。

王猷定之父王时熙是万历二十九年（1601）进士，"官太仆卿。天启中，名在东林"④。魏元旷《南昌县志》对王时熙生平所述较详：

> 王时熙，万历二十九年（1601）进士，官御史。奸人刘世学，诚意伯刘荩臣从祖也，疏诋顾宪臣⑤。时熙与其同官周起元交章论列，力斥其非。南京缺提学御史，吏部尚书赵焕调浙江巡按，吕图南补之，为周永春所劾，弃官归。时熙与汤兆京为图南申雪。又疏论汤宾允为韩敬关节事，赵焕乃以年例转时熙于外，分巡浙东。越二年，京察复被黜。寻擢太仆寺卿，珰祸起，以忧愤呕血，卒京师，名在东林朋党录。⑥

由是可知，王时熙当为东林党内名人，而且个性鲜明，做事有原则，不轻易妥协，呕心沥血，最终于天启五年（1625）卒于京师。清人饶宇朴

---

① 序言全文参见（明）张居正撰，王飞飞译注：《帝鉴图说赏析》，故宫出版社2013年版，第280—281页。

② ［德］孟久丽（Julia K. Murray）：《道德镜鉴：中国叙述性图画与儒家意识形态》，何前译，生活·读书·新知三联书店2014版，第171页。

③ 吴国富、黎华：《白鹿洞书院》，湖南大学出版社2013版，第209页。

④ （清）徐鼒：《小腆纪传补遗》卷69，清光绪金陵刻本。

⑤ 笔者按："臣"应为"成"，此处应为笔误。

⑥ 魏元旷：《南昌县志》，台湾成文出版社有限公司1935年版，第867—868页。

说王时熙"自昆山令入为御史，抗疏论万历庚戌科场，击党魁，劾勋贵，再起而陟闾寺者也"①，亦可为之佐证。

　　王猷定就是在这样清正的家风与优渥的家境下成长的。少时的他聪慧异常，却个性十足，"不屑为章句学"②，且兴趣广泛，喜琴善书："余幼嗜琴，闻四方有蓄，必造观，然佳者往往不多见。余论琴颇与人异。审其质以考声，而知阴阳之所自生；察其形以验气，而知清浊之所由出。"③ 甚至到了睡觉都要怀抱其中的地步王玒："于一有洁癖，一匙一盏非手涤不入口。所爱博山、焦尾癉瘵怀抱中，拂拭未尝假仆婢。"④ 世交饶宇朴说他"天资善书"⑤，曾拜著名书法家董其昌为师。他在《跋董文敏公书》中自言：

　　　　余少学书于董文敏公。公曰："子知琴乎？余释褐时，有琴师讽学琴，因请教严中舍。中舍曰：'此事极难。初下指时，一声不合即终身无复合理。书道亦然。然则初下指时，一笔不合则竟不合，顾所合者何法也。'米南宫谓'吾书右军，无一点俗气'。东坡诋子厚，谓从门入者不是家珍。乃知离合之故，理绝言提，古人妙悟，故自不传。"

　　　　公书初学北海、南宫，晚学颜平原。然皆独露本色，天然秀拔，迥出标格之外，其合处当从未落笔时参取，惟菊溪先生知之耳。⑥

《昭代名人尺牍小传》记王猷定"善书，得李北海笔法"⑦。少时得到董

<hr />

　　① （清）饶宇朴：《四照堂集序》，见《豫章丛书》集部十一，江西教育出版社 2007 年版，第 221 页。

　　② （清）王玒：《四照堂集序》，王猷定《四照堂文集》卷首，清康熙二十二年刻本。

　　③ （清）王猷定：《寒碧琴记》，《四照堂文集》卷4，清康熙二十二年刻本。

　　④ （清）韩程愈：《王君猷定传》，载陶福履、胡思敬编《豫章丛书》集部十一，江西教育出版社 2007 年版，第 218 页。

　　⑤ （清）韩程愈：《王君猷定传》，载陶福履、胡思敬编《豫章丛书》集部十一，江西教育出版社 2007 年版，第 221 页。

　　⑥ （清）王猷定：《跋董文敏公书》，《四照堂文集》卷5，清康熙二十二年刻本。

　　⑦ （清）震钧：《国朝书人辑略》卷1，清光绪三十四年刻本。

其昌的亲授，这也可以窥见其书"得李北海笔法"。但王猷定亦染晚明之习气，倾尽家财，"驰骋声伎，狗马、陆博、神仙，迂怪之事，无所不好，故产为之倾"①。种种行为让王猷定似乎颇有"不肖子孙"的味道，但是这恰恰也体现出了他的名士之气。明代名士如袁中道、陈所学等皆尚"趣"，如袁中道在《南北游诗序》中言，"夫名士者，固皆有过人之才，能以文章不朽者也。然使其骨不劲，而趣不深，则虽才不足取"，强调了"趣"的重要性。由此可见，此期的王猷定不自觉地受到了当时社会环境的影响，名士之气初露端倪。

在这一时期，对王猷定影响最大的莫过于家人和老师。其中，父亲对王猷定的影响是巨大的。王猷定是王时熙的第二个儿子，因天资过人，聪颖异常，深得父亲喜爱。"于一为太仆公仲子，以颖悟见钟爱，出入必随。太仆公与客讲良知之学，于一咸侍侧，则能执笔记其语。及长，一目十行下，无书不读，视金紫如拾地芥。"② 王猷定常常随父亲四处游宦，耳濡目染，对时势有着较为深刻的理解，这不仅会直接影响到他的创作风格，而且让他增长了许多见识，结识了许多朋友。在《许氏七义烈传》中，王猷定回忆起当年随父亲游宦至大梁的情景，如是说："余与菊溪先生有世好，自尊府君与先太仆始。先生官金陵，余获从游。因念昔从先人游宦道大梁，时方幼，能问昔有宋宫阙陵寝，贤士大夫所聚及李纪、种师道用兵之所，而独未至南阳。今乃于先生问之。"③ 可见，他与按察司许宸④的友情是从父辈那里延续下来的。幼年良好的家风、丰富的阅历、多彩的见识，对王猷定未来的人生产生重要影响。

此外，外祖母熊孺人对幼时的王猷定也颇多教诲，常常向其"口授

---

① （清）李元度：《国朝先正事略·王于一先生事略》，载陶福履、胡思敬编《豫章丛书》集部十一，江西教育出版社 2007 年版，第 220 页。

② （清）韩程愈：《王君猷定传》，载陶福履、胡思敬编《豫章丛书》集部十一，江西教育出版社 2007 年版，第 218 页。

③ （清）王猷定：《许氏七义烈传》，《四照堂文集》卷 4，清康熙二十二年刻本。

④ 许宸，字素臣，号菊溪，内乡人。官至江西按察使。参见吕友仁、查洪德：《中州文献总录》（下），中州古籍出版社 2002 年版，第 1085 页。

史传诸事"①，而王猷定有些许进步、"略背上口"②都会让外祖母颇为欣喜。王猷定的母亲亦时常告诫王猷定"小子识之"，这些都让他幼时的心灵倍感温暖，日后深情回忆道：

> 昔猷定日侍先恭人，每道外王母事，未尝不泫然曰："小子识之。"呜乎！定生也晚，犹记方髫时，从母之外家，孺人发鬖鬖，尝拥树面予，口授史传诸事，略背上口则喜。比稍长，见先恭人事姑孝，声言不出梱，曰："孺人是仪也。"孺人于先太仆有神鉴，今已矣。向之口授予者亡矣。先恭人之所仪而命予"小子识之"者，不复闻矣。世远事湮，使无闻于后，予罪也夫！③

可见，外祖母、母亲的学识、性格在无形中浸润着王猷定的心灵，潜移默化地对王猷定其人其文产生影响，王猷定散文尤其是传记文生动的叙事，娴熟的笔法当与其外祖母幼时常"口授史传诸事"不无关系。

王猷定的青少年时期不仅受到家庭环境的熏陶，也有良师的影响，除上文提到的书法受教于著名书法家董其昌以外，文学方面亦曾受教于黄汝亨④、李嗣京⑤等名师。黄汝亨"博学多才，能文善诗，又善书法，名气很大"⑥。王猷定受业于黄汝亨，受益良多。他在《黄母顾夫人七十寿序》中说：

> 吾师少参黄寓庸先生，以文章名天下，一时学者翕然宗之。其

---

① （清）王猷定：《熊孺人列传》，《四照堂文集》卷4，清康熙二十二年刻本。

② （清）王猷定：《熊孺人列传》，《四照堂文集》卷4，清康熙二十二年刻本。

③ （清）王猷定：《熊孺人列传》，《四照堂文集》卷4，清康熙二十二年刻本。

④ 黄汝亨（1558—1626），字贞父，号寓庸，仁和（今浙江杭州）人。万历二十六年（1598）进士，历任进贤县令、礼部郎中、江西布政司参议等。著有《天目记游》《廉吏传》《古秦议》《寓林集》《寓庸游记》等。参见（明）张岱：《陶庵梦忆评注》，生活·读书·新知三联书店2013年版，第22页。

⑤ 李嗣京，字少文，曾任浙江道御史，巡按福建，有《冷吟斋集》《匡山吟》，刻印过宋杨亿等《册府元龟》、邹德溥《圣朝泰交录》、王维桢《王允宁先生存笥稿》等。参见瞿冕良：《中国古籍版刻辞典》，苏州大学出版社2009年版，第332页。

⑥ 龚笃清：《八股文汇编》，岳麓书社2014年版，第342页。

后乃以节义著，称备德焉。予少受知先生，则自先生而下，凡其壸
教与其子孙之贤者皆可得而知也。先生长子东生，有才，早世。其
元配顾夫人以未亡人抚两孤者三十年。辛丑夏六月，春秋七十。其
子灿、炜暨孙敬修属余言以介觞……今少参公下世若而年，文章节
义备德于前，而夫人如其才节继之于后……余奉教于师门，不敢同
世俗之誉，谨述其大者若此。夫人其以余为知言，而进一觞也？①

从以上叙述可知，王猷定是受黄汝亨子孙之托为师母顾夫人作寿序的。
尽管黄汝亨"四方弟子千余人"②，但独嘱王猷定为顾夫人作序，其在老
师及其后代心中的地位不言而喻。他极有可能是黄汝亨当年的得意门生
之一，黄汝亨的亲自指导对他后来的文学创作势必会产生重要影响。

他的另外一位老师李嗣京是明朝内阁首辅李春芳之曾孙。崇祯元年
（1628）进士，官南昌府推官。与哥哥李长科、弟弟李乔皆以文名传天
下，时称"淮南三李"③。王猷定与他的感情极其深厚，如同父子一般：
"师初理南昌时，法甚峻。宰相铨部子弟入见，不少宽以礼数。独遇定欢
然若家人父子，尝角巾野服，抵掌而谈当世之务。忌者侧目，定不顾，
师亦不顾。"④ 二人高谈阔论，有许多共同的话题。不仅如此，在崇祯三
年（1630）王猷定母亲去世、懵然之时，李嗣京竭其所能、亲自为其操
持丧事：

> 庚午，定有母之丧，懵然不能须臾，师日事鬼薪贯索，慰恤靡
> 有间。先是，学使者举先太仆乡贤，旋入闱校士。会先恭人病且笃，
> 小子忧劳窘棘，谋襄事，格于势，不得达。师从风雨中，举体淋漓，

① （清）王猷定：《黄母顾夫人七十寿序》，《四照堂文集》卷3，清康熙二十二年刻本。

② （明）张岱著，谷春侠、张立敏注析：《陶庵梦忆·西湖梦寻》，中州古籍出版社2012
年版，第41页。

③ 郭馨馨：《明末清初李长科世系、著述考述》，《苏州大学学报》（哲学社会科学版）
2010年第5期。

④ （清）王猷定：《祭侍御少文李老师文》，《四照堂文集》卷5，清康熙二十二年刻本。

角崩踞请督学，得俞旨乃起，人以此诧师。师曰："我为王生自寻常事。"①

王猷定晚年对此事仍记忆犹新，面对老师的无私帮助，不禁慨叹：

为人父母谋，而生者得以济，死者得以荣，此岂寻常事乎？定怀此恩二十五年，入祠庙如见师焉，过丘墓如见师焉。庶竭顶踵以报万一，何期不才沦丧若此。定之负师，天欤？人欤？②

认为自己有负恩师。此外，王猷定还写到了尽管李嗣京"抱济世之略，顾戹于时"，有许多人想主动拜谒他，但能够"相与伤往事者"，只王猷定一人而已：

定每过金陵造谒，师必曲尽宴款，感愤流连，念龙沙蚓于百战，弦歌十万户荡为冷灰，幸存余息，相与伤往事者，小子一人而已。仲春，觞定郊园，足站站遮泥涂，惟恐别。岂意渡江一月，而师遂弃予小子，作百年永诀耶？痛哉！师初病痿痹，定与师之伯兄小有居广陵，惊闻，趣国医诊视，尼不用。未几，遂疽发不可救。噫！人事果无憾乎？天之殄绝善类，兵不已而重以疾乎？抑师厌世之不可居，宁绝见闻，郁郁以至于死乎？皆非小子所能知也。所无解于心者，闻师病革，犹殷殷以不获遗赠为恨。命似君简定生平笔墨藏之。呜乎！小子何修，而师谬爱若此哉？定悔不能举学道事，劝师从事于早；又不能躬视师疾，听颠倒于庸医之手。负师之痛，讵止一端？惟有辑师嘉言懿行以传千古，如斯已耳。呜乎，师其鉴诸！③

字里行间渗透出对老师离世悲恸的同时，更多的是"负师之痛"。对李嗣

---

① （清）王猷定：《祭侍御少文李老师文》，《四照堂文集》卷5，清康熙二十二年刻本。
② （清）王猷定：《祭侍御少文李老师文》，《四照堂文集》卷5，清康熙二十二年刻本。
③ （清）王猷定：《祭侍御少文李老师文》，《四照堂文集》卷5，清康熙二十二年刻本。

京无限怀念的文字背后蕴藏着恩师当年对其的谆谆教导，虽然李嗣京已故去，但王猷定会"辑师嘉言懿行以传千古"，让老师的精神不朽。透过这篇祭文，足以看出李嗣京对其影响之大。

过人的天资、得天独厚的家庭环境、良师授业让王猷定度过了丰富、快乐、充实的青少年时期。但不幸也接踵而至。天启五年（1625），父亲王时熙去世，不久发妻也奔赴黄泉："太仆没，豫贞亦捐闺阁。于一既服阕，弗乐于家，辄徙维扬居之。"① 父亲的离世对一向乐观、爽朗的王猷定而言，打击是巨大的，已经达到了"困踬跬步不敢前"② 的地步。王猷定守丧期满之后，不愿再留在故园，即离家到扬州，并于天启七年（1627）拜见与父同籍且同志、私交甚笃的刘宗周。二人思及王时熙，不禁痛哭流涕。更不幸的是，约5年后的崇祯三年（1630），王猷定的母亲又离开了人间："庚午，定有母之丧。"③ 短短五年，挚爱的父母双亲、发妻相继离世，可想而知对王猷定的打击之大。自此，王猷定心中也开始萌生不再参加科举考试的种子，并有焚"制义"之举："崇祯季寇乱，余弃诸生，制义尽焚去。"④

崇祯三年（1630），王猷定与万寿祺⑤初次相遇于淮："迨庚午，君得隽，予始遇君于淮，而两家之先人已下世。"⑥ 王时熙尚在世时，就对王猷定称许过万寿祺的才华，可惜未能相见。造化弄人，二人相见之时，两家之先人均已离世，虽然此次见面未免有世事无常之叹，但却为二人之后的交往提供了契机："因为身体染病，不利于行，万寿祺在生命的最后几年里大都困居淮安。而天下名士，凡过淮者，多相造访，前后算来，不下百人，其中大部分为明朝遗民。著名的有阎尔梅、顾炎武、归庄、

---

① （清）韩程愈：《王君猷定传》，载陶福履、胡思敬编《豫章丛书》集部十一，江西教育出版社2007年版，第218页。

② （清）王猷定：《表贞遗墨弁言》，《四照堂文集》卷5，清康熙二十二年刻本。

③ （清）王猷定：《祭侍御少文李老师文》，《四照堂文集》卷5，清康熙二十二年刻本。

④ （清）王猷定：《孝廉张公传》，《四照堂文集》卷4，清康熙二十二年刻本。

⑤ 万寿祺（1603—1652），字年少，徐州人。风流豪宕，倾动一时。参见孙静庵：《明遗民录》，浙江古籍出版社1985年版，第87页。

⑥ （清）王猷定：《祭万年少文》，《四照堂文集》卷5，清康熙二十二年刻本。

胡介、王猷定、梁以樟、邢昉、宋曹等。"① 万寿祺向以天下为己任，去世后王猷定等人专门作文悼念之，彰显了天崩地坼易代之际的"文章气谊"②。

旅淮期间，王猷定与姻亲袁继咸③交往密切。崇祯十六年（1643），王猷定到袁继咸家中探望，同时见到了女儿和两岁的外孙：

> 先是癸未，公罢江督，挈家之金陵。余自广陵省公，吾女抱外孙，甫二岁，随别去。④

根据当时王猷定外孙的年龄推测，他和袁继咸结成儿女亲家当在此期间。通过袁继咸的介绍，王猷定在崇祯七年（1634）结识了"与其仲兄职方公超宗并有名于时"⑤ 的郑侠如：

> 时袁公临侯以御史出为扬州副使，忓阉人，远嫌罕有至者。公独偕职方公往，侃侃言地方事，于利弊罔不中。袁公重之，数为余言，余之知公自袁公始也。⑥

郑侠如仗义直言、不惧权贵的性格颇得王猷定的钦佩，二人共同经历了"天下盛衰、骨肉友朋合散"⑦ 之事，结下了深厚的友谊，为王猷定的晚

---

① 田秉锷、张瑾：《书香徐州》，南京出版社 2015 年版，第 130 页。

② 曹虹：《集群流派与布衣精神——清代前期文史的一个观察》，《苏州大学学报》（社会科学版）2012 年第 6 期。

③ 袁继咸（1593—1646），字季通，号临侯，湖北宜春人。天启五年（1625）进士，授行人。累官兵部右侍郎，兼右金都御史。左梦庚降清，执袁北去，不屈被杀。参见（明）王思任著、李鸣注评《王思任小品全集详注》，北京联合出版公司 2018 年版，第 368 页。

④ （清）王猷定：《外孙袁子制义序》，《四照堂文集》卷 1，清康熙二十二年刻本。

⑤ （清）王猷定：《贺郑水部士介公暨汪夫人五十双寿序》，《四照堂文集》卷 3，清康熙二十二年刻本。

⑥ （清）王猷定：《贺郑水部士介公暨汪夫人五十双寿序》，《四照堂文集》卷 3，清康熙二十二年刻本。

⑦ （清）王猷定：《贺郑水部士介公暨汪夫人五十双寿序》，《四照堂文集》卷 3，清康熙二十二年刻本。

年留下了许多美好的回忆。诚如王猷定晚年自己所说：

> 余敝庐荡析，而公门阀既完且新。因叹人生盛衰合散，虽百年，须臾事。然自余知公以来，及见公壮年慷慨论列时，天下之变，骨肉之所存、友朋之相见有几？而公与夫人转徙兵戈中若而年，迄今春秋方艾，见子之荣，虽余衰且老，流离患难之余犹获从公歌咏，以再睹其盛，岂其幸哉！①

虽然王猷定自己"敝庐荡析"，但看到好友"门阀既完且新"，心中还是颇多欣慰的。人生知己，本就难得，更何况他还为自己贫困的晚年生活带来了充足的、满满的回忆，这何尝不是一种别样的幸运、幸福！

除郑侠如之外，王猷定此期还结识了袁芳、李长科、李缁仲等名士。袁芳，"长洲人。善医，所至多活人，间为画，皆不欲有名，自号樗叟"②，为人爱憎分明，好打抱不平。李长科，字小有，"故相国李文定公之孙"③，在医学和文学领域都成就颇著，一生有《残本金汤十二筹八卷》《广仁品二集》《兴化李氏传略附别记》《牧怀五纪》《李小有诗集》《淮南三凤文钞》《妇科秘方胎产护生篇》《广遗民录》等多部著作④，与王猷定感情甚笃，去世前将自己的《广遗民录》遗稿交给王猷定保管，可见对其信任有加："小有殁，以其稿属王于一。"⑤

综上所述，此一时期，王猷定父母、妻子等亲人的离世给他造成了很大打击，但是在这一时期，他与许多故朋新知相会，对世事有了更深刻的体察。与万寿祺的初次谋面，与袁继咸的相处，与郑侠如、袁芳、李长科等坦坦荡荡、才华横溢之人的相识，都丰富了他的人生见闻，从

---

① （清）王猷定：《贺郑水部士介公暨汪夫人五十双寿序》，《四照堂文集》卷3，清康熙二十二年刻本。

② （清）王猷定：《樗叟传》，《四照堂文集》卷4，清康熙二十二年刻本。

③ （清）钱谦益：《牧斋有学集》卷49，四部丛刊景清康熙本。按：钱谦益记"小有"为名，"长科"为"字"当为误记。

④ 郭馨馨：《明末清初李长科世系、著述考述》，《苏州大学学报》（哲学社会科学版）2010年第5期。

⑤ （清）钱谦益：《牧斋有学集》卷49，四部丛刊景清康熙本。

某种程度上弥补了他心灵所受到的创伤，丧亲之痛在志同道合的朋友那里得到了缓解，这些宝贵的经历都是一笔无形的财富，对他未来的人生和文学无疑是大有裨益的。

二

崇祯十七年（1644）到顺治七年（1650），这七年的时光看似很短暂，但于王猷定而言，却是炼狱般的七年。国破家亡，先是入史可法幕做记事参军，"情文动一时"①。随着南明小朝廷的覆灭，他不得不携带续娶之妻子及家眷四处逃生，多次遇险于途，差点丧命。尽管每次都能逢凶化吉，死里逃生，但生活上却时常困窘，经常断炊，王猷定不得不靠鬻文为生，甚至有时还要靠妻子和孩子挖野菜自给，甚而自嘲"贫而乞食"②。王猷定专门有《黄叶篇·纪年七咏》来记载这特殊的七年，可见这七年在他不平常的人生中是极具特殊意义的，这也是他人生中最为艰难、彷徨、痛苦的七年。

崇祯十七年（1644），甲申之变不仅对国家的影响是颠覆性的，对王猷定的影响亦是如此。其《东湖二仲诗序》云：

> 两公皆明德之后，有声名于时，卜筑东湖，人谓之"东湖二仲"云……予居湖上，两公年皆六十余…迫国变而两公（仲阳、宣仲）死，予浮家江淮。③

可见，"国变"之前，王猷定曾在南昌东湖居住，东湖自古就是南昌的主要行政区域，当地许多高官、名人等皆曾在此安家，由此也可以看出王猷定家世曾经的显赫，但这一切均被"国变"打破，他不得不举家迁移，流徙于江淮。因此，"国变"可以看作是王猷定人生的重要转折点之一。

---

① （清）韩程愈：《王君猷定传》，载陶福履、胡思敬编《豫章丛书》集部十一，江西教育出版社 2007 年版，第 218 页。

② （清）王猷定：《祭万年少文》，《四照堂文集》卷 5，清康熙二十二年刻本。

③ （清）王猷定：《东湖二仲诗序》，《四照堂文集》卷 1，清康熙二十二年刻本。

王猷定先入史可法幕，担任文书工作，撰写了名噪一时的迎立福王的檄文，轰动一时："甲申之变，史公倡大义，表迎福藩于留都，又草檄，檄四方忠节之士，情文动一时，皆于一为之谋也。"①《清史列传·王猷定传》亦有类似记载："史可法闻其贤，征为记室。可法迎立福王，传檄四方，情文动一时，皆猷定为之谋也。"② 由此可见，王猷定杰出的文学才华在当时得到了南明小朝廷的认可，此时的王猷定也一定是期盼有一番作为的。可现实是血淋淋的、残酷的，山河破碎、小朝廷的腐败、百姓流离失所等真实情况都逐渐凝固了他的热血，所以后来亲家袁继咸屡次致书邀请他出仕时，都被他坚决拒绝了：

> 弘光之世，文耻郎署，武鄙参游……于时奉命江楚，特疏荐公可大用于朝，又以书起于一。于一方坚卧，为书累千言复袁公，道不乐仕进意。及玄纁到门，竟不赴，今其书载集中。及两京陷没，人士沮丧，遂绝意人间世，日以诗文相娱乐。③

> 袁继咸奉命江楚，亦疏荐猷定可大用，猷定坚卧，复书累千言，道不乐仕进意。既入国朝，遂绝意人世，日以诗文自娱。晚寓浙中西湖僧舍，大吏重其人，皆虚左事之。按察使宋琬尤与相契。已而琬以事被逮，宾客散亡，猷定独周旋患难中。④

可见，"国变"以后，王猷定已再无仕进之意，而是把主要精力都放在了诗文创作上，为后来所取得的文学成就奠定了坚实基础。此后，因为到处战乱、硝烟四起，王猷定便真正开始了四处漂泊、颠沛流离的生活。

"九庙殄灭"⑤ 的同时，对王猷定影响较大的还有另外一件事，就是

---

① （清）韩程愈：《王君猷定传》，载陶福履、胡思敬编《豫章丛书》集部十一，江西教育出版社 2007 年版，第 218 页。

② 王钟翰点校：《清史列传·王猷定传》，中华书局 1987 年版，第 5721 页。

③ （清）韩程愈：《王君猷定传》，载陶福履、胡思敬编《豫章丛书》集部十一，江西教育出版社 2007 年版，第 218 页。

④ 王钟翰点校：《清史列传·王猷定传》，中华书局 1987 年版，第 5721 页。

⑤ （清）王猷定：《黄叶篇·纪年七咏》，《四照堂诗集》卷 2，清康熙二十二年刻本。

继妻的亡故。他一度万念俱灰、自暴自弃，在《黄叶篇·纪年七咏》中，如是记道：

> 右甲申。是年三月，予自石城归，九庙殄灭，一妻沦亡，病卧一小楼，人伦念绝。①

继妻亡故，王猷定自己也因身体虚弱，"病卧一小楼，人伦念绝"，但是自古男儿肩上就扛着更多更重的责任，于是最终在亲友"宗祧大义"的劝说下，于同年九月再娶，渐渐地从继妻离世所带来的阴影中走出来，并赋诗一首来记载这一年的遭际："国破家亡此一时，天崩岂复问干支？新裳已溅铜驼泪，旧枕难听薤露辞。母到墓门劳淑妇，天为祖庙锡孤儿。当年阁下东湖水，短草幽燐却照谁？"② 国破家亡，物是人非，王猷定面对此情此景时复杂惆怅的心情不言而喻。

顺治二年（1645）至顺治三年（1646）两年间，王猷定由南向北，携家人不断地逃难：

> 乙酉。时事日非，正月，挈氏归里，改葬先王父，二月改葬先王母。及葬，先太仆公氏从予处，荒谷诛茅，营窀岁毕，始入城。七月兵乱，予居围城中得不死，氏奔窜落星桥。土寇发难，趋丰城。十月乱平，复迁省城。③

顺治三年（1646），王猷定作的一首诗颇能说明当时的境况和心态："包胥谁为哭秦庭？仡仡崇墉战血腥。白鹭舟前酹古月，黄河马上乞残星。廿龄弓韣愁边酒，半夜刀环梦里萍。我去天津桥畔望，兵声都作杜鹃听。"④ 他真切体验到了古人所说的行路之难，妻子终日以泪洗面，抱儿

---

① （清）王猷定：《黄叶篇·纪年七咏》，《四照堂诗集》卷，清康熙二十二年刻本。
② （清）王猷定：《黄叶篇·纪年七咏》，《四照堂诗集》卷，清康熙二十二年刻本。
③ （清）王猷定：《黄叶篇·纪年七咏》，《四照堂诗集》卷，清康熙二十二年刻本。
④ （清）王猷定：《黄叶篇·纪年七咏》，《四照堂诗集》卷，清康熙二十二年刻本。

痛哭，虽然"无怨声"①，但王猷定也非常难过，奔波之苦尽然体现。此间，袁继咸被捕，他沿途北上，想与之相见，可惜历尽千辛万苦到达时，袁继咸早已死于三忠祠。他不得不沿途寻找袁继咸坠亡遗迹，吊访崇祯遗墟，流离于淮阴、南京之间："迨乙酉，袁公以皖督被执北去，君橐□徒步崎岖燕市，而袁公死三忠祠已阅月。于是访鼎湖之遗墟，寻西袁之坠迹，流离淮阴，踯躅邗上。"② 值得说明的是，袁继咸早在临死前即知自己性命难保，所以特地密书一封，托"牧儿"致王猷定：

> 书衣带藏败箧，使牧儿授定，俾蚤达。又贻定书曰："从此，雪窖冰天，为异域鬼矣。寄语家人，收我骨南归，幸甚！"③

可见，王猷定为袁继咸深信之人。袁继咸离世后，其门人高孝先整理袁继咸手迹时，没来得及收录的《浔阳》一编，嘱托王猷定补入："所不及收者《浔阳》一编，属猷定补入。"④ 王猷定也表示自己与高孝先"当效铁函沉狼山古井，年年焚香陈酒浆祭酹，听杜宇哭冬青耳"⑤，悲恸之情显而易见。

此时的王猷定已经非常困窘，常到万寿祺处畅饮抒怀，"望故垒"，狂吟大叫，世俗之人见王猷定此举很奇怪，好奇其已经贫穷至此，为何还如此猖狂自是？王猷定对此给出的回答是"苟非是，将不活"：

> 当是时，予赴友难，窜身燕、蓟间已，挈妻孥泾上，颠毛种种，羸惫非人。而君亦缊袍草屦，瞥见似不相识。久之，乃执手相劳曰：

---

① （清）王猷定：《黄叶篇·纪年七咏》，《四照堂诗集》卷，清康熙二十二年刻本。

② （清）饶宇朴：《四照堂集序》，载陶福履、胡思敬编《豫章丛书》集部十一，江西教育出版社 2007 年版，第 222 页。

③ （清）王猷定：《书袁山先生四山楼藏卷补入浔阳手迹事》，《四照堂文集》卷5，清康熙二十二年刻本。

④ （清）王猷定：《书袁山先生四山楼藏卷补入浔阳手迹事》，《四照堂文集》卷5，清康熙二十二年刻本。

⑤ （清）王猷定：《书袁山先生四山楼藏卷补入浔阳手迹事》，《四照堂文集》卷5，清康熙二十二年刻本。

"子为故人良苦。" 自是，每过韩王台下，必造君之浦，委巷春泥，茅堂秋草，不留连不已。酒酣则徜徉于黄河之岸，望故垒，闻水声溅溅，雄心激荡，相与走狭邪，狂吟大叫。世俗之人鲜不诧王子贫而乞食，何乃猖狂若是？而不知王子苟非是，将不活，盖举人世可悲可涕之事藉君以少宽焉。及予再迁邗上，求一髭髯君之声音笑貌而不可得。予以是叹友朋之难也。①

由此可以想见王猷定当时的困顿愤懑之境。顺治三年（1646），王猷定到达京师，在那里他第一次见到了宋琬，并相谈甚欢。②

顺治四年（1647），王猷定自北向南归，《黄叶篇·纪年七咏》载："右丁亥。正月，予出都。二月返淄川，携家南归。城戒严，从兵间十余日始渡河，侨寓宝应。四月，予往于湖问故园消息，舟回銮江，不幸效相如反成都事，噫！竹竿袅袅吟可再咏邪？八月返泾上，氏病脾，憔悴甚矣。"③ 在此期间，王猷定与梁以樟订交："公少负王佐才，余知公二十年，丁亥始订交泾上。"④ 且与梁以樟、梁仲木兄弟"从容抵掌论天下事"，相谈甚欢：

初，丁亥春，余自京师来宝应，君在越中。公狄为予言君与海内贤豪游，既，从其司马公驰驱王事，及佐弟戎行，孤城血战，是心窃壮之。迨相见，言昔年收召中原河北义士事，不就，酒酣击柱，髯戟张靴顿地起。余既悲君之志，自念未即衰，与君兄弟，风雨鸡鸣，从容抵掌论天下事，尚未至潦倒无用于世。⑤

王猷定与梁以樟性情相似、个性相投，二人的相识给王猷定带来了极大欢喜，精神上自然是愉悦的。可是现实很残酷，王猷定的平时生活日益

---

① （清）王猷定：《祭万年少文》，《四照堂文集》卷5，清康熙二十二年刻本。
② 汪超宏：《宋琬年谱》，人民文学出版社2010年，第59页。
③ （清）王猷定：《黄叶篇·纪年七咏》，《四照堂诗集》卷2，清康熙二十二年刻本。
④ （清）王猷定：《赠鹪林梁公序》，《四照堂文集》卷1，清康熙二十二年刻本。
⑤ （清）王猷定：《祭梁君仲木文》，《四照堂文集》卷5，清康熙二十二年刻本。

窘迫不堪，至顺治五年（1648），甚至到了有时无食可吃，靠妻子和儿子采野菜自给的地步：

> 戊子正月，江省乱，道路荒塞。夏秋乞食于淮，归则行戚家溪草上，手一编。忆乱城中火三日，氏弃裙布，纳书于簏，良苦。旅烟不起，有枭来庭，氏携儿子采野菜自给。殡之日，无嫁时衣。悲夫！①

身为书香世家、名门之后，却落得如此困顿，王猷定深感悲哀和羞愧，但字里行间却又透露着无可奈何，或许只有他的诗才能最真切地表现他此时的心情："乡心曲曲阵云西，老惯穷愁咽鼓鼙。每对黄花羞汗漫，可能白发有端倪。絧衣葬火残书泪，土灶生尘野鹏啼。剩得一棺萤苑冷，戚家芳草尚萋萋。"②凄凉中充斥着无限哀伤。

顺治六年（1649），王猷定携家眷在高邮、南京等地继续漂泊，加上受到洪水影响，生活条件愈加艰苦。《黄叶篇·纪年七咏》载："己丑五月，迁高邮，寄孥走邗上。秋大水，及其半扉，予惊操短舸屋梁下，手持门扇渡，乱流至河故道，乃易两舟，泛太湖，双行树杪止寒河。十一月去淮，稍得食。祠灶日反，氏作食，请余祭诗。"③幸得友人高胎簪之母张太夫人救助：

> 吾家在涂，去夏大水，挈孥居馆舍，荫一壁，炀一灶。母察之，给米假担薪，十五朔以来无倦容。先是，余室病三日，前导而往。室既蓐蚁，母亦就木。④

这让王猷定非常感动，将其当做亲生母亲看待，"小人无母，二子之母，

① （清）王猷定：《黄叶篇·纪年七咏》，《四照堂诗集》卷2，清康熙二十二年刻本。
② （清）王猷定：《黄叶篇·纪年七咏》，《四照堂诗集》卷2，清康熙二十二年刻本。
③ （清）王猷定：《黄叶篇·纪年七咏》，《四照堂诗集》卷2，清康熙二十二年刻本。
④ （清）王猷定：《祭高母张太夫人文》，《四照堂文集》卷5，清康熙二十二年刻本。

吾母也"①。此间，他一度鬻文为生，作于顺治十六年（1659）的《祭尚宝丞刘公文》云："十年以前，兄约身不取一钱，余卖文以食，穷且殆"②，说的就是此一时期的事情。

至顺治七年（1650）正月，王猷定自己独居，备感忧愁，遂与高姓友人自广陵抵滁阳，游览山水名胜，并作《滁游记》一篇以记之，开篇即云：

> 岁庚寅，叶诸大横之卜。乃中慅慅兮，独居块处，如不可以终日，因思《离骚》，赋《远游》。远游必涉江，乃抱食欋笔簏，偕高子从广陵雨行三十邮签抵滁阳。滁，古南北谯也，土荒俭无足观，亦无地道主款交者，乃仿《禹贡》，纪山川不纪人物如左。③

这或许是王猷定七年中唯——次真正放松身心的机会，他很珍视这次滁阳之行，每一日的游览都记得颇为详细，而且创作出多首诗歌，正如他在最后作结时说的那样：

> 兹游也，不经旬而雨三日，雪一日。吾得洞三，得泉四，亭之可停者八，台之可以望云物者一，潭之駿鲞可畏者亦一，而观止；得古体、歌行、近体凡二十首，删其六，而诗亦止。昔屈原见放，彷徨山泽，见楚先王庙及公卿祠堂，图画天地、山川、神灵，琦玮儡诡，及古圣贤、怪物行事，因书其壁而问之，以泄愤懑。刘梦得游连、朗州，亦效屈子作《九歌》，使楚人以迎送神，乃倚其声作《竹枝词》十余首。予之呼龙、拜梅，毋乃类是欤？枯居沉郁，则游以散之，而山川蔽亏，道路荒塞，周流而无所极也，犹有蹇产而不释者，谓之何哉！④

① （清）王猷定：《祭高母张太夫人文》，《四照堂文集》卷5，清康熙二十二年刻本。
② （清）王猷定：《祭尚宝丞刘公文》，《四照堂文集》卷5，清康熙二十二年刻本。
③ （清）王猷定：《滁游记》，《四照堂文集》卷4，清康熙二十二年刻本。
④ （清）王猷定：《滁游记》，《四照堂文集》卷4，清康熙二十二年刻本。

由此可见，王猷定此行收获颇丰。该年农历十月十四日，王猷定喜得一女，字琼生，可惜刚出生四十日母即身亡，又过十日，琼生亦亡。王猷定极为悲痛，作《庚寅孟冬十四日，予产一女。以蕃釐台花字之，曰琼生。四十日，母亡；又十日，琼亦亡。悲哉！作百十二字，忏之。冀此种不复再落人间，与一切有情永断终古耳》诗悼念不幸离世的妻女，诗云：

> 母死儿生知不知？儿生儿死一人悲。悲时不为寻娘乳，乳断生前母是谁？

> 何曾啼母只啼饥，也脱绯衣换孝衣。孝得母时刚十日，两衣齐着一棺微。

> 忏汝来生勿再生，只今恩怨未分明。弟兄但识娘恩重，头血濡濡撞阿穷。

> 百千万恨无言说，想像惟怜肖母形。忏得情销天地外，残生只写法华经。

由是可见，妻子、幼女的相继离世对王猷定的打击之大，外部环境本就恶劣，家中又屡遭变故，此时的他感到深深的绝望和无力，只想"残生只写法华经"。

综上所述，从崇祯十七年（1644）到顺治七年（1650），是王猷定人生当中最为黑暗的七年，南北奔波不停，饱尝丧亲之痛，外部战争不断，家中又屡屡断炊，堂堂七尺男儿，却无法保证家人最基本的温饱，王猷定曾经的意气风发在现实面前不堪一击。这七年让他真切体验到漂泊与贫穷的滋味，同时也让他体会到与梁以樟等人至情至性的情谊，这些都为他后来的文学创作积累了丰富的素材，并促使他应用得游刃有余，为他成为一代散文名家奠定了坚实基础。

三

在经历了人生的富贵与贫穷、大起大落之后，王猷定对世态人情有了更深刻的体察，表现得也更为理性、冷静、沉着、淡然、成熟。此一时期，他常常参与友人的集会，据汤宇星教授考证，仅顺治十四年（1657）秋，王猷定就与龚鼎孳、陈维崧、冒襄、余怀、杜濬、姜鹤侪、许宸、梅磊、姜廷幹等人有过多次雅集。① 顺治十六年（1659）八月十七日，梁巽卿宴客，王猷定与张鞠存、高汉思、袁青来、程娄东、张季望、阎百诗、张云予等人于梁巽卿处集会，作《得树庭记》：

> 梁子巽卿居枚里之北，有慕乎古之学道者，游饮自晦，不近荣势。居旁有楼，楼之外有隙地，可数亩。有树森蔚参错隅左。主人曰："此可资吾庭之胜者也。累土杂袭，攒以数峰，复架广其上，以宠吾树。小廊回折，随其高下，与后楹接，帘栊窈窕，几席可私。于是乎跬步之内，别有天地。"己亥八月十七日，主人宴客，张乐甚盛，残阳在树，翠竹虚壁。已而月上，影达人面。酒半，主人具绰楔，以属王子命名。
>
> 王子执盏言曰：今何时哉？戎马纷驰，中原无安土。顾兹河曲，犹有昔时丝竹管弦遗音之盛者乎？有之，而觥筹旅献，不足引重风雅，其谓之何？今群彦毕集，文雅纵横，抑何盛也！何地无树？虽青牛采华，撑霄障日，其不为人游息之具者，犹之丛莽无人之地。而兹庭得之，又何幸与？因取少陵"老树空庭得"之句与标斯胜。古之名庭者不一，如卢征君草堂曰"枕烟幂翠"，皆本于扬雄"爱静神游"之义，今之名亦取诸此。
>
> 一时同集者为张鞠存先生、高汉思、袁青来、程娄东、张季望、

---

① 汤宇星：《丛桃叶渡到水绘图·十七世纪的江南与冒襄的艺术交往》，中国美术学院出版社 2012 年版，第 214—216 页。

阎百诗、张云予诸君，而王子猷定为之记。①

可见，王猷定应主人梁巽卿之请为其庭命名，他根据杜甫"老树空庭得"之句为其命名为"树庭"，并作文以记当时集会时的情况和参与者。

顺治十八年（1661）正月三日，王猷定与宋琬、宋实颖、唐豫公、张陛等诸友人同游千峰阁，有《正月三日宋使君荔裳携酒过千峰阁对雪》诗记之。

顺治十八年（1661）五月十九日，与施闰章、邹祗谟、徐缄、罗坤同集王晫霞举草堂。王晫《松溪漫兴》有《五月十九日与南州王于一、宣城施愚山、晋陵邹程村、山阴徐伯调、会稽罗弘载诸公过草堂》诗。②施闰章《王丹麓松溪诗集序》言：

> 往岁辛丑客西湖，丹麓觞予霞举堂。是时新建王于一、山阴徐伯调、武进邹訏士、会稽罗弘载与比邻陆荩思、高仲兄弟皆在，穷日夜咏言，醉则就榻，今十许年耳。曩者之客，惟余及荩思、弘载三人无恙，余皆地下游矣。良会为难，诗文益可爱惜，予与丹麓相视怃然，未可以一二言尽也！③

由是可见，王晫与施闰章所言为同一事也。该年，王猷定与他们醉酒吟诗，何其不是一件快意之事。顺治十八年（1661）夏，王猷定与钱拂水、曹洁躬、周亮工、施闰章、袁于令、祁班孙等诸先生共同泛舟，游杭州西湖，朱彝尊在其《静志居诗话》中对此次盛会有详细记载。

除同友人大规模的集会外，王猷定也常常和友人互相唱和，与钱谦益、施闰章、方文、屈大均、孙枝蔚、杜濬、孙默等人均有往来。如方文就曾在顺治十五年（1658）于王猷定在扬州会面后，作《扬州饮王于一、孙豹人斋头，偕宗兄圣羽学博》一首以记之：

---

① （清）王猷定：《四照堂文集》卷4，清康熙二十二年刻本。
② 蒋寅：《清代文学论稿》，凤凰出版社2009年版，第190页。
③ （清）施闰章：《学余堂集》文集卷7，清文渊阁四库全书本。

芜城好友苦不多，一二寓公藏烟梦。雄文丽句世莫敌，深巷短垣少人过。见予拊掌忽大笑，呼童贳酒且狂歌。广文先生官虽冷，也骑瘦马来婆娑。①

王猷定此时在扬州热情好客，并热衷于集会唱和，看似远离政治，但实际上并不代表他不关心政治。相反，他将满腔的爱国热血、政治见解、思想情感诉诸笔端，借助文字倾诉衷肠、发表自己的想法和见解。

虽然王猷定晚年经常说自己"老而不敏"②"不复言文章事"③，且屡次以"不敏"为由婉拒他人请其作文的要求，但综观他一生的文学创作，显然这一时期的作品更具影响力。流传后世的《义虎记》《汤琵琶传》等作品皆创作于这一时期，他在有意识地为许多忠义之士如钱烈女、张德等作传，在他看来，精神传承更为重要："俾诸死者庶几于不泯，则予志也夫。"④ 他想以这种方式使死者精神不朽的同时，感染到更多的人。事实证明，王猷定的选择是正确的，正所谓愤怒出诗人，在这一时期，他的文章无论是在数量上还是质量上都较前期有很大的突破，现存的大多数文章都创作于这一时期即为明证。王猷定展示出较强创作能力的同时，对同时代人也产生很大影响，许多人都慕名向其求教，这不乏后来广为后世所知的顾炎武等名人："顾炎武自顺治十四年起北游达二十多年，结交了大量北方学者，他的《肇域志》的最后定稿以及《音学五书》《日知录》的完成皆在此一时期。这些著作与山东、河南、山西、陕西等地'当世之大人先生'的倾力支持是分不开的，而北方学者之所以能'助之闻见，以成其书'，除顾炎武'弛声文苑'的因素外，王猷定等二十余位名士的引荐是极其重要的方面。"⑤ 王猷定此时在文坛的影响力可以想见。

在这一时期，他凭借着"遗民"的特殊身份，至情至性的性格，优秀的文学、书法作品等吸引到了许多仁人志士，与他们志同道合，并最

---

① （清）方文：《嵞山集》，清康熙二十八年王概刻本。
② （清）王猷定：《王瑞虹先生传》，《四照堂文集》卷4，清康熙二十二年刻本。
③ （清）王猷定：《表烈集序》，《四照堂文集》卷1，清康熙二十二年刻本。
④ （清）王猷定：《表烈集序》，《四照堂文集》卷1，清康熙二十二年刻本。
⑤ 何宗美：《明末清初文人结社研究》，上海三联书店2016年版，第366页。

终成为好朋友，如毛先舒、屈大均等。尽管王猷定此期在扬州结识到许多朋友，但是他的内心其实非常渴望能够早回故里，在《寿卢乐居表兄六十序》中，他说："余少有四方之志，及遭世多故，自放于江湖，而流离客处，恒愿得早返故里。"① 想回故乡，却"欲归不得"，思念女儿、外孙，却又无法相见，其悲苦可以想见：

> 余飘泊江淮十余年，回首里门，欲归不得。思吾女而不见，辄呜咽不已。因念外孙昔在襁褓，欲想像其笑啼面目，不复记忆。亦可悲矣！②

他向往一家人欢坐一起，谈笑风生，尽享天伦之乐的晚年生活，但这于他而言无疑是很难得到的事情，他对此也是深有感触：

> 先太仆门第既更变乱，篱门草舍，历落数椽。亲知故旧，岁时伏腊，候问往来，谈说生平；里社饮酒，歌呼笑乐，放怀天地之外；兄弟姻戚白首追随，口不及户外事；如昔人高话羲皇、儿孙更抱者之乐而不可得。③

随着父亲的离世，"门第"遭遇几次变乱，椽子换过无数，乡亲邻里之间叙旧、怀抱儿孙之福的愿景难以实现。

顺治十六年（1659），他曾与潘陆④见面。是年，王猷定在淮安避乱，恰逢"江如从涟水至淮"，二人相见于此，"时南北鼎沸，岷江数百里山飞水立，禽鸟之过者，翔而不敢下"⑤。王猷定和潘陆登城望战，看见老人、幼儿路边旁哭，心酸不已，潘陆"凄然泣下"，王猷定则表现得相对镇定，安慰他。但之后却也只能借酒消愁，以致于"狂走西东而不自

---

① （清）王猷定：《寿卢乐居表兄六十序》，《四照堂文集》卷3，清康熙二十二年刻本。
② （清）王猷定：《外孙袁子制义序》，《四照堂文集》卷1，清康熙二十二年刻本。
③ （清）王猷定：《寿卢乐居表兄六十序》，《四照堂文集》卷3，清康熙二十二年刻本。
④ 潘陆，字江如，吴江人，有《穆溪集》。
⑤ （清）王猷定：《潘江如穆溪诗序》，《四照堂文集》卷1，清康熙二十二年刻本。

知"：

> 余与江如登韩信城望战云，城下羽檄飚驰间左，幽障之兵鞭淮
> 戍卒，挽舟以就锋镝，老弱号哭于道。江如凄然泣下，曰："吾家城
> 西不当如是耶？"当是时，余虽勉慰之，而中怀慷慨，恒与振腕终
> 宵，以至酒悲歌怨，病呓梦魇，狂走西东而不自知。而世所号为明
> 哲者，目语心笑。江如掉头不顾，方欲涉下邳，历齐鲁之墟以自坚
> 其志，以此思君子生当斯世，有终老他乡而不悔者，其为感愤可胜
> 道哉！比少安，其子钟渡江省亲，抱头相慰，言润州事辄呜咽，城
> 中十万户荡为冷灰，独妻孥屹无恙。呜呼！岂非先世之德然欤？而
> 欲求城西之居，则又不可得矣。①

面对不断的战争，王猷定也想归家，但是"君子生当斯世，有终老他乡
而不悔者，其为感愤可胜道哉"。现实总是残酷的，有多少人囿于现实而
不得不终老他乡。友人"城西之居"，尚"不可得"，何况自己离家乡这
么远，安慰友人，更是在安慰自己。"城中十万户荡为冷灰，独妻孥屹无
恙。呜呼！岂非先世之德然欤？"王猷定在许多文章中皆提到在战火纷飞
的环境里，死伤无数，但却总有人"妻孥无恙"，他将这种好运归功于
"先世之德"，可见，当无力改变现实时，他有时会寄希望于某种难以言
说的力量当中，认为祖荫有德，便可以保佑子孙的平安。在《送孙无言
归歙序》中，他表达了自己对"归家"的看法：

> 人而不念其所生之乡乎哉！燕雀之过故都也，犹有啁噍踯躅之
> 意焉，而况人乎！余尝论之，命世王霸皆有情之人，而审时则为英
> 雄。天下既定，何地非家？威加海内而犹思故乡者，隆准之真也。
> 天下未定，何者是家？甫衣锦衣而遽返故乡者，重瞳之陋也……余
> 友孙子无言，歙之隐君子也。淹于广陵，四方贤士多与之游，而于
> 余交更笃。一日归，别余邸舍。余见孙子车马之色，自念十年不归

---

① （清）王猷定：《潘江如穆溪诗序》，《四照堂文集》卷1，清康熙二十二年刻本。

故乡，墟墓之思，伤心战垒间，遭时若此，噫！可哀也。虽然，丈夫不得志而归，与不得志而不归，迹异心同。而离别之际，盖亦有难言者焉。①

"天下既定，何地非家……天下未定，何者是家？"其中不免流露出对国家统一的期盼以及"天下一家"的思想，这实在是难能可贵。诚如杜桂萍教授所言，在王猷定心中，"文人四海为家，以'志'为主，不必因为黄山是故乡就一定眷眷不舍，非要回去；归与不归，衡量之标准是'心'而非日常行迹，所谓'但令心在黄山中，何妨老作扬州客'"②。

王猷定曾一度很向往平静的生活，能够与两三位遗老谈谈知心话以了残生，足矣。在作于顺治十年（1653）的《祭万年少文》中，他表达了这样的期许："吾侪老人生无井里丘墓之乐，而又畏见一切后来功名之人。惟是二三遗老相与谈洪荒海外之事以送余年。"可是，就是这样简单的心愿却无法达成："而今亦并夺之去，使人寂然如日行阴雪中，仰视苍天，谓之何哉？"③ 在这之后，王猷定的许多好友相继离世，尤其是顺治十四年（1657），好友李长科、刘西佩、弟弟子展均离世，同一年失去这么多好友、家人，这对本已飘零凄苦的王猷定之打击可以想见，如他自己所言："老人飘流江淮十余年，忧危穷蹙，赖以朝夕者，一载顿尽。"④ 随着岁月的流逝，陪伴在王猷定身边的亲人、朋友渐渐地离他远去，他也倍感孤独。这一时期，王猷定时常称自己为"旅人"，《东湖二仲诗序》云：

> 迨国变而两公死，予浮家江淮。南浦人来言：戊子后，东湖蓬蒿十里，白昼多鬼哭。又十年，两公之子孙竟无存者。独予与伯玑从兵火遗箧中搜其残诗，刻之以传……旅人王猷定题。⑤

---

① （清）王猷定：《送孙无言归歙序》，《四照堂文集》卷2，清康熙二十二年刻本。

② 杜桂萍：《"名士牙行"与孙默归黄山诗文之征集》，《社会科学战线》2015年第1期。

③ （清）王猷定：《祭万年少文》，《四照堂文集》卷5，清康熙二十二年刻本。

④ （清）王猷定：《祭梁君仲木文》，《四照堂文集》卷5，清康熙二十二年刻本。

⑤ （清）王猷定：《东湖二仲诗序》，《四照堂文集》卷1，清康熙二十二年刻本。

“戊子”为顺治五年（1648），所以此文定作于顺治十五年（1658）之后，此时，王猷定自称“旅人”；在《寿喜崇素四十序》中，他如是说：“今孟冬之月，公览揆四十。余，旅人也，不能具觞以介礼。”① 亦以“旅人”自称，可见，王猷定虽然客居广陵十年，结交了许多朋友，但始终没有“家”的感觉，自己仍然是一个“旅人”，尤其晚年更有漂泊无依之感，无论是身体还是心灵，其实一直都是在“路上”。

康熙元年（1662），在杭州西湖僧舍，王猷定走完了自己的一生，时年六十四岁。陆莘行《老父云游始末》记：

> 康熙元年壬寅春二月，父友王于一者，自闽至浙，寓昭庆寺。忽疾作，父亟为调治，昼夜不息，王竟不起。父为敛资棺敛，并出床头十金，令其仆扶柩归里。是猷定以壬寅客死于杭。②

赖友人相助，王猷定之子方能扶柩归里。周亮工《王于一遗稿序》说：

> 方于一之游于越也，渡江过京口，历吴门，达于武林。以彼其才，交游半天下，所至宜无不合，乃栖迟湖上，落落者两载，卒以客死。死之日，囊无一钱，至不办棺殓。赖陆丽京、严子问、毛驰黄诸君子经纪其丧，广陵诸君子复醵金，俾其子往迎其柩，扶归江右……③

王玑《四照堂集序》也说王猷定“及捐馆武林，不办含殓，赖严子问、陆丽京两先生为之经纪其丧”④。不过，笔者在梳理相关资料的过程中，发现除了陆圻、严津、毛先舒等人为其经纪后事外，亦有其他人参与其

---

① （清）王猷定：《寿喜崇素四十序》，《四照堂文集》卷3，清康熙二十二年刻本。

② （清）陆莘行：《秋思草堂遗集》，见《中国野史集成》编委会，四川大学图书馆编：《中国野史集成》(39)，巴蜀书社1993年版，第318页。

③ （清）周亮工：《王于一遗稿序》，载周亮工《赖古堂集》，华东师范大学出版社2014年版，第277页。

④ （清）王玑：《四照堂集序》，王猷定《四照堂文集》卷首，清康熙二十二年刻本。

中。如：

> 徐林鸿，字大文，一字宝名。钱塘学生，工辞翰，上拟左氏，下类两晋。康熙戊午，诏举博学鸿词，以林鸿荐。既而，归扫一室，读书其中，作为诗歌，清新典丽，所著有《两间草堂诗文集》四十卷。尤笃友谊。汉阳王世显、南昌王猷定客死于杭，太仓王昊、四明周容卒京师，皆为经理其丧，复收遗稿，付其孤，人高其谊。①

> 涂酉，字子山，明季人，入本朝以游为事，无意进取，所至登览名胜，交其地贤士大夫，游踪涉历南北，而客广陵最久，为人守道，狭中，所与游少，当意以是，得狂名。待朋友笃气谊，与南昌王猷定交善，王没，酉为经纪其丧。②

可见王猷定卒之后，除陆圻、严津、毛先舒等人为其操办丧失之外，孙默、徐林鸿、涂酉等亦参与其中。此足可见王猷定交游之广、友人之多、影响之远。

王猷定幼有大志，一生胸怀韬略，可惜遭逢国变，时运不济，使得他和同时代作为怀才不遇典型代表的"松陵四子"一样③，皆是才高学深，个性简傲张扬，狂放不羁，却最终"抱无穷之恨于没世"④。在作于顺治十七年（1660）的《表贞遗墨弁言》中，他说自己"老而飘零"⑤，的确，总结其一生，"飘零"一词最合适不过。

由是可见，明清易代，山河破碎，每一个个体的命运都不可避免地受到国家动荡的影响、甚至是冲击，尤其是对出生于书香世家、对国家政治比较敏感的王猷定而言，更是如此。观王猷定一生的命运沉浮，其转折点多与明末清初之际的大事件紧密相连，通过他的生平经历，可以

---

① （清）嵇曾筠：雍正《浙江通志》卷179），清文渊阁四库全书本。

② （清）刘昌岳修，邓家祺纂：同治《江西新城县志》卷10，清同治十年刊本。

③ 于金苗：《"松陵四子"并称的意义及文学影响》，《苏州大学学报》（哲学社会科学版）2022年第1期。

④ （清）王猷定：《四照堂文集》卷5《祭尚宝丞刘公文》，清康熙二十二年刻本。

⑤ （清）王猷定：《四照堂文集》卷5《表贞遗墨弁言》，清康熙二十二年刻本。

看到当时政治、经济、文化对像他一样的文人生命的冲击及对相关作品风貌的影响。因此，对其生平经历的探求有助于我们更理性、客观地审视当时的文学生态。

作者简介：

鲁慧，女，文学博士，哈尔滨学院文法学院讲师，主要从事明清文学与文献研究。

万寿祺与淮安诗坛的遗民交游创作[*]

马旭彤

摘　要：明末北方战乱至清初进一步波及江南，为避难、治生，南北文人纷纷涌入淮安，清初淮安诗坛因此名家云集。万寿祺以其卓著的诗歌、艺术才能，长久的居住时间，活跃的交游及广泛的影响，成为寓淮文人的重要代表。考万寿祺避难、治生等入淮缘由，大略可见时人纷纷入淮的社会、历史状况及部分细节。万寿祺与本地、流寓遗民展开广泛的交游，在此基础上，通过以姻亲、友朋关系增强淮安吸引力和主动充当淮安遗民交往中介等方式积极作用于当地的遗民交游。万寿祺从"量"与"质"两个方面影响着淮安诗坛的遗民创作，即，围绕着他，淮安诗坛生成了大量遗民诗篇，其中不乏以直白的情感表露、犀利的语言表达、酣畅的风格书写对抗时间、世俗的遗民情志者。

关键词：淮安诗坛　万寿祺　避乱治生　交游创作

　　清初动荡的时局中，淮安因交通便利、社会稳定、漕盐繁荣等因素吸引着各地文人前来避难、治生，淮安诗坛一时名家云集，前所未有地受到江南乃至全国诗坛的关注，迎来地域诗歌发展史的"高光"时期。与诸多短期流寓淮安的文人相比，入清后颇负盛名的万寿祺定居淮安之

---

　　* 本文系国家社科基金重大项目"清代诗人别集丛刊"（编号：14ZDB076）的阶段性成果；受北京语言大学校级项目资助（中央高校基本科研业务费专项资金）（项目批准号：21YBB22）。

举尤备受关注，时人已视其为淮浦翘楚，归庄在其突然离世后有"此子既丧，淮浦遂无人矣"①之叹；当今淮安诗坛研究与诗人个案研究中也多关注万寿祺寓淮经历及相关创作②，惜多囿于诗歌意象梳理、诗艺探讨等，对诗人与淮安诗坛关系的关注不足。万寿祺流寓淮安不仅是易代背景中重要的个人选择，也透露出众人纷纷涉足淮安的诸多时代因素；其远超本土诸人的声名又格外吸引淮安诗坛当地诗人与流寓诗人的倾慕，其隰西草堂成为淮安重要的遗民交游、创作中心。考察万寿祺入淮缘由、在淮交游、对淮影响不仅能够推动个案研究，也有益于借助人地关系视角进一步审视清初文学生态中的淮安诗坛。

一 万寿祺入淮缘由考略

万寿祺（1603—1652），字介若、字若、年少等，出身徐州官宦之家，其父

万崇德，历任浙江临海县知县、云南道监察御史、山东按察副史等职，虽于明末辞官，但"素饶于赀，田园数千顷"③，为万寿祺的生活成长、教育交游等提供了优渥条件。万寿祺博学工诗、才华斐然，崇祯二年（1629）入复社，崇祯三年（1630）即中举，在南京与杨维斗、张溥、陈子龙、吴伟业等人相交甚欢，未及而立之年已跻身江南名士间。此后不久其父去世，"父卒，年少操家枋，凡三党及交游困乏者，多周济之，一时有慷慨誉"④，声名自然更盛。不仅如此，在与以江南文人为主的交游中，万寿祺多才多艺的形象令人印象深刻，如《今世说》"万年少自诗文画之外，琴棋剑器，百工技艺，细而女红刺绣，粗而革工缝纫，无不

---

① （清）归庄：《与王于一》，《归庄集》，上海古籍出版社 2010 年版，第 315 页。
② 参见杨胜朋：《清初淮安诗坛研究——以"望社"为中心》，博士学位论文，浙江大学，2012 年；郭宝光：《清初淮安山阳"望社"研究》，博士学位论文，苏州大学，2013 年；任广永：《清初遗民万寿祺诗歌研究》，硕士学位论文，苏州大学，2010 年；李澄琦：《万寿祺及其诗文研究》，硕士学位论文，南京师范大学，2012 年。
③ （清）陈鼎：《万年少传》，《留溪外传》卷十八，清刻本。
④ （清）陈鼎：《万年少传》，《留溪外传》卷十八，清刻本。

通晓。唐叔升叹谓'我辈十指虽具，乃如悬槌，若是何种慧性，一能至此'"①之类字里行间透露出倾慕之意的记载，在当时并不鲜见，甚至延续在有清一代的文献中。可以想见，若非山河易主，万寿祺的人生大概将一直浸润在明末文人风流之中，然而时代的激变牵动了如他一样的众多文人士子的命运，也重新"规划"了万寿祺与淮安之关系。

以明末行迹观之，万寿祺所向往的当是江南人文鼎盛之地，在由徐州前往金陵、吴中、华亭等地的途中，他也曾多次匆匆经过淮安。与淮安的特别亲近每每伴随着时代的阴影，由其《黄侦卿文稿序》可知，天启三年（1623）万寿祺因避难入淮：

> 予少时与黄子同舍读书徐州，久之，各散去。癸亥山东盗起，黄子与老母幼弟避难楚州，予亦避难，同舍止宿。②

当时以徐鸿儒为首的白莲教起义在山东风起云涌，相邻之徐州亦被波及，万寿祺与山东滕县友人黄家瑞一家一同南迁至淮安避难，由此可见，明末，淮安已经因地理、军事、经济等因素成为周边人避难的重要区域。此后，随着清军多次劫掠与此起彼伏的农民起义，淮安北部区域之人入淮避难的情况更加频繁。万寿祺在崇祯十一年（1638）至十二年（1639）间再次入淮避难，其同乡阎尔梅也在崇祯十四年（1641）"率壮士截杀贼，不胜，壮士多被创。山人走，贼踪之，尽焚其室庐"③的危机时刻急入淮安，《移家淮上有感》中"作客先为薪米计，怀乡每苦乱离深"④之慨正由此而发。值得注意的是，此时，即使就避难而言，万寿祺的理想之所应仍为江南。他曾一度奉母命南行，正是"外侮益甚，乃奉孺人命，

---

① （清）王晫撰，吴晶、周膺点校：《今世说》，当代中国出版社 2014 年版，第 135 页。

② （清）万寿祺：《黄侦卿文稿序》，《万寿祺集》，浙江人民美术出版社 2014 年版，第 175 页。

③ （清）阎圻：《文节公白耷山人家传》，载王汝涛、蔡生印编注《白耷山人诗集编年注》，中国文联出版社 2002 年版，第 842 页。

④ （清）阎尔梅，王汝涛、蔡生印编注：《白耷山人诗集编年注》，中国文联出版社 2002 年版，第 50 页。

避地江南。当是时，海内乱兆隐伏未形，江南又佳丽地，与诸名士文讌，纵横酒旗歌扇间，跌宕自喜"①，时江南尚且稳定，避难之际又能纵享文人风流，此间乐趣自能弥补不少家乡离乱的烦忧。

1644 年，清军进入北京，第二年即挥师南下，江南较大规模的抗清军事斗争虽然持续时间不长，但其惨烈程度尤酷，清廷在此后长期内都对江南呈现出提防、抑制、打压的态度。清初，尤其是顺治年间，江南本身也成罹难之地，万寿祺自然也无法避难江南，其《自志》云：

> 乙酉五月，江以南郡县皆陷。炳（沈自炳）、儁（戴之儁）、芑（钱邦芑）起陈湖，瑞（黄家瑞）、龙（陈子龙）起泖，易（吴易）起笠泽，皆来会。八月溃，被执不屈，将加害。有阴救之者，囚系两月余，得脱，还江北……既脱难，携妻子渡江北，隐于山阳之浦西，筑庐治圃，号曰隰西草堂。②

从中可知，清军南下之际，万寿祺身处江南，并与好友陈子龙、黄家瑞等人共襄抗清斗争，失败被捕入狱两月有余，曾有性命之虞，为人所救后急归江北。不久后，万寿祺即携妻子流寓淮安，建隰西草堂，时在顺治二年（1645）。此后，直至顺治九年（1652）去世，万寿祺虽不乏四方之游，但长期以淮安为家。

万寿祺移家淮安，与当时众多短期入淮者一样，主要为避难与治生。就避难而言，前文已提及明末淮安就为江北避难重镇，清初，江南人亦纷纷因此到来。对经历牢狱之灾而惊魂未定的万寿祺而言，淮安首先便于藏身，故而他"居陋巷中，前后多牧豕人"，第一次筑隰西草堂时特选址"西邻普应寺"③，混迹农人牧民、临近寺院均利于掩藏。而淮安地处运河、淮河、黄河交汇之所，西临洪泽湖，水网密集、四通八达，藏身自然不难，即使情况有变，遁逃亦十分便利。其次，淮安政治环境与社

---

① 罗振玉：《万年少先生年谱》，上海古籍出版社 2013 年版，第 769 页。

② （清）万寿祺：《自志》，《万寿祺集》，浙江人民美术出版社 2014 年版，第 213 页。

③ （清）万寿祺：《自志》，《万寿祺集》，浙江人民美术出版社 2014 年版，第 213 页。

会治安相对稳定，既没有经历"扬州十日"般的毁灭性打击，又因漕兵护卫而较少遭受战后盗、匪的劫掠。顺治三年（1656），时任漕运总督的沈文奎"与淮徐道张兆雄发兵击斩邳州盗杨秉孝、王君实等。江、淮间始稍安"①。万寿祺寓淮时曾多次致信岳父，其中提及"严元复盟兄到淮，传言赵恭叔、源屋两亲翁去冬又被盗劫，何多灾如此"②，与众友相比，虽"淮上兵过不绝，人家惶惶"，但"寒家人口皆无恙"③。第三，在"天下九督，淮居其二"的庞杂官僚系统中，淮安官员不乏乐于保全遗民者。万寿祺能够在淮安稳度日，与淮安推官马颐的帮助有很大关系。淮安推行"剃发令"之际，"彭城万年少避地淮上，幅巾衲衣，以书画自娱，市人谤为异服，公夜往私候之，谤者顿息"④。当时身份敏感的万寿祺削发为僧，谣言顿生，正是马颐挺身而出，正风气于舆论中伤万寿祺之前。为此，阎尔梅为马氏作《题马人表胆庐兼示其子乳簠》诗，以"彭城万子说当时，谁杀谁生两不知。试把胆庐双字看，斋名题得有须眉"⑤ 赞其对万寿祺及自己肝胆相照的情谊。从龚鼎孳"才大自捐文法事，官贫更急友生装"⑥，阎尔梅"人皆杀我君生我"⑦，及程邃《从龚孝升先生联船淮阴，赴马司理顾公招》诗等可知受马氏庇护者甚众多，当然在淮从事类似活动的官员也非马氏一人。

随着因抗清风波而产生的生存危机的解除，如何治生成为万寿祺要面对的主要问题。当时"故里屋宇皆已焚毁，余者官据为公廨田园"⑧，万氏家族多年积累的家资多已荡然无存，万寿祺在经济上也已无所依傍，

① 赵尔巽等撰：《清史稿》，吉林人民出版社1998年版，第7560页。

② （清）万寿祺：《致岳父书》，《万寿祺集》，浙江人民美术出版社2014年版，第324页。

③ （清）万寿祺：《致岳父书》，《万寿祺集》，浙江人民美术出版社2014年版，第324页。

④ （清）阎尔梅：《杞县马进士墓志铭》，《清代诗文集汇编》第19册，上海古籍出版社2010年版，第359页。

⑤ （清）阎尔梅：《题马人表胆庐兼示其子乳簠》，《清代诗文集汇编》第19册，上海古籍出版社2010年版，第267页。

⑥ （清）龚鼎孳：《赠别马人表司李》，《清名家诗丛刊初集·龚鼎孳诗》，广陵书社2006年版，第650页。

⑦ （清）阎尔梅：《题马人表胆庐兼示其子乳簠》其三，《清代诗文集汇编》第19册，上海古籍出版社2010年版，第276页。

⑧ 罗振玉：《万年少先生年谱》，上海古籍出版社2013年版，第762页。

从他入淮初期多次寄信岳父祈求帮助转卖或可收回的少量资产以解燃眉之急的恳求，可见其经济之困窘，此期他"时时曳杖入退院中，与沙弥争余渖也"①。然而到顺治五年（1648），万寿祺的经济状况已大有改观，不仅在清江浦买地新建隰西草堂，还在游扬州时以五千钱购买曾被内府收藏的《五字损本兰亭序》②。次年又在草堂之侧继续购地并建廊、榭等建筑，仿陶渊明以"南村"名之。万寿祺是否收回部分祖产已无从考证，但可以确定的是，这种经济的改善，主要与其在淮安的谋生之道有关，其自述云：

> 仆侨居淮水，家业既已荡尽，八口待食，无以为业，则卖书画以疗饥。唐伯虎所谓"闲来写幅丹青卖，不使人间作业钱"。③

在家业荡尽的情况下，所幸自己的书画已颇有声名，万寿祺决定依靠自己的艺术特长谋生，基于此，淮安是他当时最好的选择。易代战争中，唐寅卖画的江南地区因与清廷军事、政治、文化等多方面的斗争正被肃杀之气包围，艺术品市场自然也被波及；以往因盐商追慕风雅而兴盛的扬州文化商品市场，也处于巨大破坏后的恢复阶段。与之相比，此时已跻身运河四大城市之列的淮安不仅因及时迎降得以保全，而且在漕运、盐业的支撑下平稳发展，在当时的社会环境中更显格外繁荣。淮北盐运分司设于淮安城西北部的河下镇，清初淮北盐商纷纷在此修建园林，延揽文人，诗酒风流，一时风雅之名尤甚。在此背景下，淮安为文人治生提供了诸多可能。盐商喜以文化产品彰显自身品味，万寿祺的书画作品在此间自然颇有市场。据胡介"隰西道人所书《金刚经》流传海内者，予所见已十数本。字形大者仿佛梵本，小者亦类指项。此卷为吾友阎容庵所藏，独收束如蝇头，其收纵攒捉之妙，遒丽萧远，真所称'凤翥鸾

---

① （清）万寿祺：《自志》，《万寿祺集》，浙江人民美术出版社 2014 年版，第 213 页。
② 罗振玉：《万年少先生年谱》，上海古籍出版社 2013 年版，第 763 页。
③ （清）万寿祺：《答吕大》，《万寿祺集》，浙江人民美术出版社 2014 年版，第 182 页。

翔'者也"①，可知盐商阎修龄家藏有万氏手书《金刚经》之精品，其价格必然不菲。万寿祺在淮曾正式发布出售书画的启示，明码标价，颇受欢迎，此类所得当是其入清后主要的经济来源。

与万寿祺相似，方文、王猷定、胡介、程邃等众多文人在此期纷纷流入淮安，如画家翁陵，说书艺人柳敬亭，演奏艺人汤应曾、杨正经等亦以艺能专长活跃于淮安，可见乱世之中，淮安的确是人们寻求避难、治生的重要场所。也正是如万寿祺般的众多知名文人的到来，为淮安诗歌发展注入了巨大的活力，使淮安诗坛焕发生机，成为清初江南诗坛中值得关注的重要区域。

二　万寿祺与淮安诗坛遗民交游

万寿祺在明末所交者张溥、陈子龙、李雯、侯方域、冒襄等，皆一时名流，说明他此期也已跻身名士之列，知名士林间。国变后，万寿祺直接参与抗清行动，失败后坚决不仕新朝，以忠贞高洁的遗民品格著称，连顾炎武都以"万子当代才，深情特高爽。时危见縶维，忠义性无枉"②称许之，其在遗民中的美名可见一斑，可以说，他是当时徐淮地区首屈一指的名士。万寿祺定居淮安之初，本地文人与流寓文人已纷纷慕名拜谒，而他此时正杂居园丁渔户中以求避祸，不得不专作《谢客》以拒绝来访，只与少数命运相似的遗民挚友吐露心怀，如与徐君平"时时策杖过衡门，斜日沉巷，辄痛饮酒，尽，继之以痛哭"③。随着生存危机的缓解与出售书画的需求，万寿祺的交游也活跃起来，寓淮期间，除部分此前友人外，万寿祺重点交往者多为遗民。

就淮安本地文人而言，万寿祺自明末多次入淮，到清初定居，来往

　　① （清）胡介：《跋隰西金刚经》，载（清）万寿祺《万寿祺集》，浙江人民美术出版社2014年版，第414页。

　　② （清）顾炎武：《赠万举人寿祺》，《顾亭林诗文集·诗集》卷二，中华书局2008年版，第323页。

　　③ （清）万寿祺：《徐君平高士行谊记》，《万寿祺集》，浙江人民美术出版社2014年版，第318页。

之间已与众淮人相熟，如沃起龙。李挺秀、张屿若、陈台孙、阎修龄、张养重、丘象随等望社诸子多与万寿祺有交集，然万氏最亲厚者，除其姻亲陈台孙外，其余如沃起龙、李挺秀、张屿若等均为遗民。据淮安后辈吴玉揢考察，"万先生旅寓淮阴时，与吾乡沃先生最善，子弟皆令受业其门，今其家断楮残墨尚有存者"①，这位沃先生即遗民沃起龙。"鼎革后，兄弟并弃举子业，幅巾杖履，隐居教授，一时里中推为祭酒"②，其"诗法、书法皆得力于隰西者为多"③。据"少为名诸生，沧桑后托业市阛，藉以遁迹"④ 的遗民李挺秀之子李孙伟回忆，万、李两家偕隐山林，交情甚厚，正是"因避兵燹来，清淮事奔走。时与名公游，吾父交最厚。偕隐入山林，俱为忘年交。高风莫可攀，论心在诗酒。风雨数过从，予亦追随后。记昔总角时，呼余招以手"⑤。从万寿祺诗歌来看，其对"曾以白衣参某阁部军事，后辞去。甲申后，与舅氏郭海日先生同日落诸生籍"⑥ 的遗民张屿若颇为推崇，现存四首赠诗中，多有如"每到问年多掩泪，白云碧树对松楸"⑦ "更有避人张仲蔚，同时举目送冥鸿"⑧ "天道未还卿未老，相将射虎北山前"⑨ 等表达遗民相怜、相惜、相勉之意的诗句。

对以遗民居多的流寓文人而言，拜谒万寿祺成为他们入淮后的重要活动，如王猷定、归庄、顾炎武、唐允甲、程邃、胡介、宋曹等人皆造访隰西草堂，其中不乏多次前往或居住良久者。以隰西草堂为中心，万

---

① （清）丁晏辑，周桂峰校点：《山阳诗征》，陕西人民出版社 2009 年版，第 380 页。

② （清）丁晏辑，周桂峰校点：《山阳诗征》，陕西人民出版社 2009 年版，第 297 页。

③ （清）丁晏辑，周桂峰校点：《山阳诗征》，陕西人民出版社 2009 年版，第 297 页。

④ （清）丁晏辑，周桂峰校点：《山阳诗征》，陕西人民出版社 2009 年版，第 332 页。

⑤ （清）李孙伟：《过隰西草堂吊明志道人》，《惕介盘存稿》不分卷，江苏淮安楚州图书馆藏道光三十年（1850）刻本。

⑥ （清）丁晏辑，周桂峰校点：《山阳诗征》，陕西人民出版社 2009 年版，第 318 页。

⑦ （清）万寿祺：《张胎簪先生七十岁》，《万寿祺集》，浙江人民美术出版社 2014 年版，第 119 页。

⑧ （清）万寿祺：《同唐一夜会徐孝若草堂张大伯玉后至》，《万寿祺集》，浙江人民美术出版社 2014 年版，第 119 页。

⑨ （清）万寿祺：《赠张大屿若》，《万寿祺集》，浙江人民美术出版社 2014 年版，第 112 页。

寿祺与本地、流寓遗民展开广泛的交游，在此基础上，万寿祺还以良好的声誉与广泛的影响力积极作用于淮安的遗民交游。

首先，通过姻亲、友朋等关系，吸引更多遗民入淮。万寿祺安家淮安后，仍不时前往江南，游走过程中也向江南文人推荐着易于避难与治生的淮安。唐允甲、归庄、顾炎武等人入淮或直接，或间接与万寿祺的影响有关。唐允甲"自其弱冠，才名籍甚，有诗数百篇。乱后诗益工"①，入清后以诗歌自娱，颇有诗名，钱谦益曾为之序诗。顺治七年（1650）唐允甲首次访淮即在万寿祺隰西草堂逗留两月有余。考其缘由，周亮工《印人传》云"（寿祺）有令子睿，吾友唐祖命婿也"②，唐祖命《题年少醒世图》也说"道人为弱息之翁"③，可知唐允甲之子为万寿祺之婿，这种姻亲关系当为唐允甲入淮的重要推动力。归庄受万寿祺邀请入淮之事甚明。顺治九年（1652），万寿祺游吴中拜访归庄，特延其至淮以教子，归庄作《彭城万年少流寓淮阴，特来吴中延余教其子，遂挈琨儿与偕行》以记之。归庄入淮乃是万寿祺欲以自身友朋关系为后辈构筑良好师承关系的结果，也有助于缓解友人的生计问题。然不久后万寿祺即突然离世，归庄在淮先有"年少长逝，门人乳臭，此地复少人才，闭门兀坐，昏昏而已"④ 之叹，数月之后又"幸此地风俗，甚尊其师"，并计划"明年仍当栖迟于此"⑤。虽然万寿祺没能来得及引导归庄融入到淮安的遗民交游中，但仍然引发了归庄重新审视淮安及其诗坛的可能。顾炎武入清后以商贸谋生，据年谱可知其顺治二年（1645）、五年（1648）、七年（1650）均北行至镇江，但未涉足淮安。顺治八年（1651），顾炎武首次入淮，万寿祺为之作《秋江别思图卷》，序言云：

---

① （清）钱谦益：《唐祖命诗稿序》，《钱牧斋全集·有学集》，上海古籍出版社 2003 年版，第 789 页。

② （清）周亮工：《印人传·书沙门慧寿印谱前》，载（清）万寿祺《万寿祺集》，浙江人民美术出版社 2014 年版，第 425 页。

③ 张伯英甄选，徐东侨编次，薛以伟点校：《徐州续诗征》，广陵书社 2014 年版，第 666 页。

④ （清）归庄：《与蒋路然书》，《归庄集》，上海古籍出版社 2010 年版，第 316 页。

⑤ （清）归庄：《与葛瑞五》，《归庄集》，上海古籍出版社 2010 年版，第 317 页。

> 辛卯春，始遇顾子于旧都。顾子名圭年。顾子曰："再转注而得
> 此名。"予以异之。是年秋，顾子抱布为商贾，由唐市至淮之浦西，
> 过余草堂。余始虽心异顾子，至是乃详知顾子之为予友也。[①]

从中可知，当年春天万寿祺与顾炎武初见于南京并定交，秋天顾炎武就因商贸目的至淮。淮安是清初商贸重地，时从事商贸的顾炎武应该有所耳闻，但与谋生于淮的万寿祺相识不久后终于涉足此区，其中很可能有万氏的推介作用。一定程度上可以认为，顾炎武入淮间接受到万寿祺的影响，这也是他在淮安拜访万氏并为之作《赠万举人寿祺》的重要原因。其中"南方不可托，吾亦久飘荡"[②]既是当时江南动荡、文人播迁的写照，也指向二人相似的境遇，透露出知己之感。综上所述，万寿祺以其谋生淮安的亲身经历吸引着遗民亲友入淮，此为其能够成为淮安遗民交游中心的助推力。

其次，万寿祺在淮安遗民交游中扮演着中介角色：本地与流寓遗民，不同地域的流寓遗民往往相识于隰西草堂。当时淮安往来人员众多，对人生地不熟的外来者而言，要融入当地往往需要契机，以胡介在淮交游为例可以窥见万寿祺在其中的作用。顺治五年（1648）胡介首次入淮，"介犹记戊子之役矣，秋冬之交，渡江涉淮，访桐轩于山阳，年少于公路。神交目击，论世征心，恨相见晚也"[③]。当时胡介在淮交往甚少，经过万寿祺等人的介绍，他认识了淮安遗民张岹若，正是"二子固独称张子伯玉贤，明日见张子于年少坐中""对知其意量远有不渝之节，因与论交"[④]。张岹若为淮安望社成员，与他相识后，胡介在淮交游逐渐广泛，成为活跃在淮安诗坛的重要流寓作家，甚至在后来促进了淮安与杭州文

① （清）万寿祺：《秋江思图跋》，《万寿祺集》，浙江人民美术出版社2014年版，第322页。

② （清）顾炎武：《赠万举人寿祺》，《顾亭林诗文集·诗集》卷二，中华书局2008年版，第323页。

③ （清）胡介：《张胎簪先生六十寿序》，《旅堂诗文集》，《四库未收书辑刊》第7辑第20册，北京出版社2000年版，第753页。

④ （清）胡介：《张胎簪先生六十寿序》，《旅堂诗文集》，《四库未收书辑刊》第7辑第20册，北京出版社2000年版，第753页。

人的交流。在直接引荐外，对来访隰西未曾见面的遗民，万寿祺也不乏推引之言。从胡介"丙申，介再渡江客淮，始得见所谓宋生射陵者于淮阴市上，短褐萧条，退然若处子，宋生亦从隰西道人、桐轩子识介生平甚悉"① 的叙述来看，他此前虽然与自盐城来到府治淮安、同属"外来者"的遗民宋曹素未谋面，但由于万寿祺在世时的反复提及，二人对彼此已十分熟悉。陆嘉淑为胡介作传时提及"（介）乃游江淮，访万年少寿祺于隰西草堂，年少大喜，为集淮楚诸名士如季贞辈十余人，流连啸咏者，越旬月乃归"②，其中虽然信息有误（胡介与丘象随相识为万寿祺去世以后之事），但陆、胡二人为好友，这种描述无疑来自胡介所述入淮之大致印象，其中万寿祺组织众多遗民相会、相识之事乃是这种印象的核心，万氏在淮影响可见一斑。在以胡介为代表的遗民之外，万寿祺的隰西草堂偶尔也沟通着淮安的遗民与非遗民。如龚鼎孳《季夏集万年少隰西草堂》诗后注"同祖命、于一、伟南、阶六、愚山诸子赋"③，龚鼎孳、施闰章、陈台孙以万寿祺为中介与王猷定、唐允甲等遗民共聚一堂，寻求精神的契合。

三 万寿祺与淮安诗坛遗民创作

清初，在舆图换稿、山河易主的时代悲剧中，遗民创作蔚然成风，具体到各地域诗坛中，遗民诗歌创作又呈现出不同的风貌。就在易代战争中相对平稳过渡，且依托于漕盐商贸的淮安而言，其诗坛虽不乏遗民创作，但整体偏向"饮酒赋诗，各行其抑郁不平之气，以追古之作者，非有裁量人物，讥刺得失，故不致如娄东之贻祸"④ 之样貌，张养重的

---

① （清）胡介：《宋射陵诗序》，《旅堂诗文集》，《四库未收书辑刊》第7辑第20册，北京出版社2000年版，第749页。

② （清）陆嘉淑：《胡彦远传》，载（清）胡介《旅堂诗文集》，《四库未收书辑刊》第7辑第20册，北京出版社2000年版，第694页。

③ （清）龚鼎孳：《季夏集万年少隰西草堂》，《清名家诗刊初集·龚鼎孳诗》，广陵书社2006年版，第1092页。

④ 谢国祯：《增订晚明史籍考（上）》，北京出版社2014年版，第257页。

"吞声饮恨徒尔为"① 一定程度上可视为当地遗民创作心态的写照。与之相对，如万寿祺等流离失所、艰难谋食的流寓者多是"以歌吟寄其幽隐郁结、枕戈泣血之志的悲怆诗人"②，为淮安遗民诗歌创作注入了鲜活的力量。万寿祺不仅以自身创作丰富了淮安诗坛的遗民书写，也凭借上文提及的广泛交游为其他流寓诗人提供了倾诉遗民情怀的良好空间与氛围。

万寿祺寓淮近八年的诗歌创作结《隰西草堂集》，观此集创作，纪行诗、田园诗、节日诗及酬赠诗等中无不充盈着悲郁、苦涩的遗民情怀。万寿祺带着抗清失败后的不甘与愤恨隐居淮安，欲以诗为史，记录纷乱的时代。《鬼鸥》以"杀人如麻二百日，骸骨累累高崔嵬"③ 揭露清军在苏杭地区的暴行；《友人说南渡事作长歌以示之》洋洋洒洒四百余言叙述、议论南明的覆灭，字里行间难掩锥心之痛，也不乏"虏骑入城随进散，草草一时尽杀死"④ 等，以"骆驼千骑""戎""虏"直露对清廷的蔑视之语。

万氏以隰西草堂题咏为中心的田园诗

在表达对陶渊明式田园生活向往的同时，贯穿着"所思人不见，身世两悠悠"⑤ 的惆怅。值得注意的是，万寿祺诗歌中有关愁的指向总是明确的，即源于如"手疏自称前进士，心知不是古遗狂"⑥ "老病移淮市，担簦称逸民"⑦ 等对前朝的忠贞。万寿祺在淮期间始终坚持其遗民创作个性，《丁亥中秋》《五日》《庚寅孟春一日》等节日诗歌记录着他数年来的痛苦心路，以《淮中九日》为例体验之：

何处登高暮雨催，蓼花开后菊花开。人随汉月投南去，雁带腥风自北来。战罢几家归井市，酒馀满目见蒿莱。新亭故垒空回首，

---

① （清）张养重：《吞声》，《古调堂集》不分卷，国家图书馆藏清刻本。

② 严迪昌：《清诗史》，浙江古籍出版社 2002 年版，第 61 页。

③ （清）万寿祺：《鬼鸥》，《万寿祺集》，浙江人民美术出版社 2014 年版，第 23 页。

④ （清）万寿祺：《友人说南渡事作长歌以示之》，《万寿祺集》，浙江人民美术出版社 2014 年版，第 307 页。

⑤ （清）万寿祺：《隰西草堂》，《万寿祺集》，浙江人民美术出版社 2014 年版，第 47 页。

⑥ （清）万寿祺：《隰西草堂》，《万寿祺集》，浙江人民美术出版社 2014 年版，第 115 页。

⑦ （清）万寿祺：《隰西草堂》，《万寿祺集》，浙江人民美术出版社 2014 年版，第 46 页。

孤负韩侯旧钓台。①

流寓他乡的万寿祺在思乡怀亲的重阳佳节里仍不能搁置遗民之思。登高望远，所见之态尽皆萧瑟，所闻之味犹余血腥；所思者为南明朝廷的节节败退，所恨者乃汉家明月的恢复无望，类似韩信的壮志只能在种种不甘、挣扎、无奈中消磨，化为无力的新亭之泣。入清以后，虽然万寿祺的生存境遇不断好转，但他诗歌中的遗民之思、之志却未因时间流逝而冲淡，正是胡介所言"'庾信平生最萧瑟，暮年诗赋动江关'，唯吾年少可不负此语"②。以其创作反观淮安本地遗民诗歌创作，在家园被圈为"牛马溲渤之场"③后，淮人多不敢直陈其事，普遍借助《乌夜呼行》《绕树行》等古题以鸟失家园自怜自喻；面对山河易主，淮安望社遗民将"愁"拆解为"秋心"作为不甚明晰的情感背景，隐射时代剧变中的心态；易代之初，望社诗人尚能"徘徊丞相之祠，瞻望田横之国，其可为恸哭流涕者多矣"④，不久后就普遍转向以盐商为主导的诗酒风流。可以说，与万寿祺相比，淮人在相关话题的言说中包含着更多的生存策略。在特殊的时代背景中，不同选择自然各有考量与优劣，但显而易见，万寿祺的诗歌确实为淮安诗坛的遗民创作注入了鲜活、淋漓的张力。

如果说以上创作还停留在个人情绪的抒发层面，那么万寿祺及其周围的酬赠诗则将这种鲜活、淋漓的张力更加广泛地注入到淮安诗坛的遗民诗歌创作中。万寿祺是在淮遗民交游的重点对象，"遗民故老过淮阴者，亦辄造草堂，流连歌哭，或淹留旬月"⑤。众多生成于其周围的往来酬赠之作成为淮安诗坛遗民诗歌创作不可忽略的构成。万寿祺本人的相关作品多为强烈遗民情感的载体，如《送蒋一还晋陵》《赠顾大》《读程大邃书》《答梁大似梓》等，从高频出现的"故陵""故国""异国"

---

① （清）万寿祺：《淮中九日》，《万寿祺集》，浙江人民美术出版社 2014 年版，第 89 页。

② （清）胡介：《答彭城万年少》，载（清）万寿祺《万寿祺集》，浙江人民美术出版社 2014 年版，第 347 页。

③ 李元庚：《望社姓氏考》，载《国粹学报》第七十一期。

④ （清）丘象随：《淮安诗城序》，载丘象随《淮安诗城》卷首，国家图书馆藏清刻本。

⑤ 赵尔巽等撰：《清史稿》，吉林人民出版社 1998 年版，第 10458 页。

"旧台""旧京""落日"等语词不难看出其情感基调。以万寿祺为陈台孙所作《为陈台孙歌楚声》为例，可见此类创作风貌：

> 泯泯酒百壶，坎坎伐大鼓。我为若楚歌，若为我楚舞。日月不知落何处，蛟螭上天龙为脯。乾坤浩浩碛风深，□□群游□为伍。天帝自深醉，山川独劳苦。嗟哉三户民，尔无忘尔楚。①

陈台孙在国变后入仕新朝，为了缓解内心的矛盾，以"酒人"自居，自作《楚州酒人传》以索题诗。"远近同学俱有长歌相赠"② 之作多侧重刻画陈台孙沉湎醉乡，"逢人开口笑一声，问事茫如不识字"③ 的迷离、懒散、失意形象，背后隐含着对其仕清选择的理解与同情。万寿祺与陈台孙有姻亲关系，从其困顿时提及"俟兵过已完，陈阶六亲翁即南来"④ 可知曾受陈氏的接济，但即使在这种关系中，万寿祺仍然在诗歌中明确提醒"楚州酒人"不要逃避于"醉"而忘记故国。陈台孙之"楚"乃淮安古称"楚州"之意，万寿祺则联想到"楚虽三户，亡秦必楚"之"楚"，在使用"楚歌""楚舞"等典故后，更直接强调"嗟哉三户民，尔无忘尔楚"。与万寿祺的这种创作相关，归庄入淮后在其影响下所作的《楚州酒人为陈阶六进士赋》也延续了这一风格：

> 生淮南，长淮浦，不就小山招，犹望宣王旅。中怀复何限，欲言不敢语。酒人对酒索我歌，听我歌罢朱颜酡。楚州酒人何姓名？前朝进士陈先生。⑤

---

① （清）万寿祺：《为陈台孙歌楚声》，《万寿祺集》，浙江人民美术出版社 2014 年版，第310 页。

② （清）陈台孙：《与陶菴》，载（清）周亮工辑《尺牍新钞》，商务印书馆 1936 年版，第281 页。

③ （清）靳应升：《楚州酒人歌赠陈阶六》，载（清）丁晏辑《山阳诗征》，陕西人民出版社 2009 年版，第 404 页。

④ （清）万寿祺：《致岳父书》，《万寿祺集》，浙江人民美术出版社 2014 年版，第 325 页。

⑤ （清）归庄：《楚州酒人为陈阶六进士赋》，《归庄集》，上海古籍出版社 2010 年版，第74 页。

类似于万寿祺对"楚"的生发，归庄由"淮南"切入，指出陈台孙生于淮南招隐之地，却汲汲于仕途，正是"不就小山招，犹望宣王旅"，以"前朝进士"做结，讽刺与调侃溢于言表。对陈台孙新朝官员的身份来说，这样的书写无疑有尴尬之感，故而淮安当地诗人几乎未将笔锋触及于此，万寿祺及周围创作的直言不讳正是独特遗民创作个性的体现。归庄入淮伊始就在题隰西草堂诗中以"吾徒盟主斯人在，愿属橐鞬会乘车"① 表示对万寿祺的倾慕，他们互为唱和，在嬉笑怒骂中讽刺时事的遗民创作亦不止于"楚州酒人"唱和。如"万年少尝作狗诗六首骂世"，且"每章各有所指云"②，讽刺国破家亡后部分小人损人利己、颠倒黑白的丑恶嘴脸，斥其"嗟哉尔且苟，逐臭一何工"③（万寿祺）、"只今论六畜，此物俨称尊"④（归庄），正是"万年少、归玄恭愤世变，抑郁难舒，好矢口谩骂，口诛笔伐，信其亡国之恨所积至深"⑤。

除了意气相投，善于嬉笑怒骂的归庄，造访隰西草堂的其他人也无不在与万寿祺的酬唱中书写遗民之思。如王猷定"自是每过韩王台下，必造君之浦，委巷春泥，茅堂秋草，不留连不已。酒酣则徜徉于黄河之岸，望故垒，闻水声溅溅，雄心激荡，相与走狭邪，狂吟大叫，世俗之人鲜有不诧"⑥；唐允甲"远发姑熟，来观淮阴，在予隰西中二月，日有唱和""余闻之，志有不得则思，思之不能则唱叹生焉。祖命高洁之士，自南渡为党人，被发行吟，托言香草，则风人之遗也。余为比丘，情无从生，何思之有，而日同唱叹，有类行国，后之君子必有知吾两人者"⑦；

① （清）归庄：《过万年少淮浦隰西草堂，次元韵题赠》，《归庄集》，上海古籍出版社2010年版，第71页。

② （清）归庄：《万年少尝作狗诗六首骂世，戏和之，亦乃六章，每章各有所指云》，《归庄集》，上海古籍出版社2010年版，第74页。

③ （清）万寿祺：《狗》，《万寿祺集》，浙江人民美术出版社2014年版，第59页。

④ （清）归庄：《万年少尝作狗诗六首骂世，戏和之，亦乃六章，每章各有所指云》，《归庄集》，上海古籍出版社2010年版，第74页。

⑤ 李圣华：《冷斋诗话》，上海古籍出版社2007年版，第312页。

⑥ （清）王猷定：《祭万年少文》，载（清）万寿祺《万寿祺集》，浙江人民美术出版社2014年版，第350页。

⑦ （清）万寿祺：《自书诗卷跋》，《万寿祺集》，浙江人民美术出版社2014年版，第321—322页。

胡介"况把臂一堂，倡酬间作，至今读倡和诗者，人人谓如出一手，憔悴之子媲美姬姜，疑有神助矣"①等，在与万寿祺的唱和中，淮安诗坛文人留下了众多书写遗民情思的诗篇。甚至如龚鼎孳、施闰章等非遗民也在此受遗民之思感发而竞相为诗。

综上所述，万寿祺的遗民创作在淮安诗坛独具个性，在其影响与带动下，隰西草堂成为淮安诗坛重要的遗民创作中心。围绕万寿祺，淮安诗坛生成了大量的遗民诗篇，其中不乏以直白的情感表露方式、犀利的语言、酣畅的风格等书写对抗时间、世俗的遗民情志者。此类种种，均构筑着淮安诗坛遗民创作的多样景观。

结　语

万寿祺为明末清初徐淮地区首屈一指的诗人、艺术家，也以独立的人格气概、诚挚的遗民情怀知名于江南文人间。从其去世后归庄"惟君不世才，胸臆包宇宙，视天复画地，智略洵辐辏"②，阎尔梅"当世谁堪语，斯人复永违"③等江南、江北文人的评价可窥其影响力之一斑。进一步考察万寿祺的活动、创作有可能为深化清初徐淮与江南包括人员、艺术、诗歌等方面的地域互动提供有益的视角。就淮安而言，万寿祺以其淋漓的创作、广泛的交往作用于淮安诗坛的遗民交游与创作。顺治九年（1652），万寿祺的逝世对淮安诗坛而言无疑是巨大的损失，遗民间一时有"此子既丧，淮浦遂无人矣"④之叹。此后，随着新朝统治的稳定、盐业的进一步繁荣、社会氛围的转向等，淮安诗坛也不会再复现万寿祺在时的遗民创作盛景，从这个角度说，万寿祺虽非本地人，但仍然可视为淮安诗坛一时诗歌风气之代表。

---

① （清）胡介：《答彭城万年少》，载（清）万寿祺《万寿祺集》，浙江人民美术出版社2014年版，第347页。

② （清）归庄：《哭万年少五首》，《归庄集》，上海古籍出版社2010年版，第72页。

③ （清）阎尔梅：《至徐州过万年少故宅》，阎尔梅著，王汝涛、蔡生印编注：《白耷山人诗集编年注》，中国文联出版社2002年版，第156页。

④ （清）归庄：《与王于一》，《归庄集》，上海古籍出版社2010年版，第315页。

作者简介:

马旭彤, 文学博士, 北京语言大学中华文化研究院博士后, 主要研究方向为元明清文学。

"南书房旧史"：朱彝尊的词臣身份认同与诗风嬗变[*]

殷 红

摘 要：擢布衣为词臣是康熙帝在己未（1679）词科中的重要政治策略，它所造就的词臣身份认同之达致是朱彝尊通籍后诗歌创作"四变而为应制之体"的内在原因。作为一名曾经的抗清志士，朱彝尊词臣身份认同的产生、发展与最终形成是康熙朝士人心态转变颇具代表性的重要景观。它所带来的朱彝尊创作上的应制化倾向顺应了康熙朝施行文治与建构正统性的时代需要。

关键词：朱彝尊 词臣 身份认同 应制

在己未（1679）词科中擢布衣为词臣是康熙帝彰显礼贤姿态、招揽士望人心的重要手段。孟森曾道："天子而能留意及布衣，自为天下将定，以收人心为急，当时士为民望，能得士即能得民，故与制科委屈周全至如此。"[①]此言便是对康熙帝政治意图的准确揭示。作为清初"四大布衣"[②]之一的朱彝尊（1629—1709），自然成为康熙帝的重点网罗对象，

---

* 本文系国家社科基金重大招标项目"清代诗人别集丛刊"（14ZDB076）的阶段性成果。

① 孟森：《明清史论著集刊》（下），《己未词科录外录》，中华书局 2006 年版，第 494 页。

② 关于"四大布衣"，一说为李因笃、姜宸英、严绳孙、朱彝尊，一说为李因笃、潘耒、严绳孙、朱彝尊。"三布衣"指进入史馆之潘耒、严绳孙、朱彝尊。具体参见孟森：《明清史论著集刊》（下），《己未词科录外录》，中华书局 2006 年版，第 494 页。

在被擢为翰林之后，又获入值南书房之殊遇。在此过程中，朱彝尊放下早年的抗清立场，身份意识开始转化为清廷词臣。词臣身份认同的最终达致，使得政治对其文学创作的内在制约迅速增强，其诗风由之一变。本文将以朱彝尊之由布衣为词臣为主要切入点，考察词臣身份认同与其诗风嬗变的关系，以期借此观照康熙帝的文治策略对士人心态及文学创作的影响。

一 从"布衣"到"南书房旧史"：词臣身份认同之达致

古人在文章、书信落款处自题身份、名号，本为寻常，而朱彝尊的自题有竹垞、醧舫、金风亭长、小长芦钓鱼师、布衣秀水朱彝尊、南书房旧史秀水朱彝尊等数十种之多，颇可注意。综而观之，这些自题与朱彝尊的人生轨迹大致相应。① 其中，竹垞、醧舫、金风亭长、小长芦钓鱼师等皆与其住处相关，而"布衣秀水朱彝尊"和"南书房旧史秀水朱彝尊"则比较特别，指向朱彝尊不同时期的社会身份及其对自身身份的认知。

"布衣"往往指代未曾出仕者。在康熙十八年（1679）通籍之前，"布衣"是朱彝尊自题身份的主要用语，如"顺治乙未（1655）畅月，布衣秀水朱彝尊书"② 等，这首先是其对自身社会身份的标示。朱彝尊生于崇祯二年（1629），尚未在明朝取得任何功名身份，便遭逢明清鼎革。康熙十七年（1678）正月，康熙帝诏开博学宏词科，朱彝尊有荐于朝。次年三月，五十一岁的朱彝尊被擢居一等，授翰林院检讨，充《明史》纂修官，③ 自此才改变布衣身份。

---

① 张宗友：《朱彝尊年谱》，凤凰出版社2014年版，第4页、第10页。

② （清）朱彝尊：《曝书亭集》卷六十八《题柯山寺壁》，王利民校点《曝书亭全集》，吉林文史出版社2009年版，第665页。

③ （清）朱彝尊：《曝书亭集》卷三十九《〈腾笑集〉序》，王利民校点《曝书亭全集》，吉林文史出版社2009年版，第452页。

在布衣身份期间，朱彝尊"历游燕晋、齐鲁、吴楚、闽粤之交"①。早年，他曾在吴越、闽粤同魏耕、屈大均等人组织抗清活动，直至顺治十八年（1661）魏耕等人被清廷抓获。② 次年，朱彝尊前往永嘉（今浙江温州）避祸，自此转徙燕晋、齐鲁等地，先后在山西按察副史曹溶、山西布政史王显祚、山东巡抚刘芳躅、直隶通永道龚佳育等处度过了长达十七年的游幕时光。此外，又分别在康熙三年（1664）、康熙六年（1667）、康熙九年（1670）、康熙十一年（1672）、康熙十七年（1678）年五入京师。

结合通籍前的行迹检视其诗歌创作，不难发现除标示社会身份外，随着朱彝尊在不同时期的心态变化，"布衣"的内涵也有所不同。在抗清阶段，自称"布衣"是其抵抗清廷姿态的隐性传达。顺治十一年（1654），朱彝尊结识魏耕，开始参与反清事宜。③ 同年，其《寂寞行》一诗道："寂寞复寂寞，四壁归来竟何诧。男儿不肯学干时，终当饿死填沟壑。布衣甘蹈湖海滨，饥来乞食行负薪。不然射猎南山下，犹胜长安作贵人。"④ 以贫不求显言说义不仕清。而随着对清廷认可的加深，"布衣"的易代色彩逐渐褪去，更多指向与官绅相应范畴的涵义，这在其京师诗歌中有较多体现。康熙十三年（1674），朱彝尊身在京师，第四次入都的他与辇下诸臣来往频繁，早年"犹胜长安作贵人"的想法也在多年游幕和四入京师的过程中消散殆尽，相应的交游应酬之作也增多。本年，朱彝尊应王崇简之招，与钱澄之等人宴集于丰台药圃，有诗曰："上苑寻幽少，东山载酒行。发函初病起，出郭始心清。一老风流独，群贤少长

---

① （清）朱彝尊：《曝书亭集》卷三十六《〈感旧集〉序》，王利民校点《曝书亭全集》，吉林文史出版社 2009 年版，第 422 页。

② 朱则杰：《朱彝尊研究》，《朱彝尊抗清考》，凤凰出版社 2020 年版，第 109 页、第 129 页。

③ 张宗友：《朱彝尊年谱》，凤凰出版社 2014 年版，第 59 页。

④ （清）朱彝尊：《曝书亭集》卷三《寂寞行》，王利民校点《曝书亭全集》，吉林文史出版社 2009 年版，第 65 页。

并。甘从布衣饮，真得古人情。"① 王崇简早在康熙三年（1664）便以礼部尚书身份致仕，因而朱彝尊称其为"尚书"。"甘从布衣饮，真得古人博"夸赞王崇简作为礼部尚书，不拘身份高下之别，同众布衣饮宴，以之表达对主人王崇简的奉承之意。此时，朱彝尊对"长安贵人"已没有早年的拒斥之态，由此也可见出他对清廷态度的转变。

这种对清廷由抵抗到认可的态度转变在鸿博待试期间更为显著。康熙十八年（1679），在鸿博开考之前，朱彝尊作《古意投高舍人士奇》一诗，其中有言曰：

> 奕奕九成台，泠泠五弦琴。威凤刷其羽，歌舞乐帝心。朝仪灵沼上，夕息高梧阴。览辉千仞余，求友及遐深。爰居本海处，亦复辞烟浔。东门一戾止，游目嘉树林。和风动阊阖，百鸟啁啾吟。独无笙簧舌，臆对难为音。主人轸物微，饲花若黄金。食之非不甘，愧莫报以琛。寄言鸾凤侣，释此归飞禽。②

"和风动阊阖，百鸟啁啾吟"或指众多鸿博征士在达官之门奔竞之况，有记载道："康熙十七年（1678），仿唐制开博学宏词科，四方之士，待诏金马门下，率为二三耆臣礼罗延致。"③ "独无笙簧舌，臆对难为音"则表达了在众人奔忙间的无所适从之感。作为"博学鸿词科中圣祖的得力助手"④，冯溥（1609—1691）门下此时"设食受室，灿然成列者，已不

① （清）朱彝尊：《曝书亭集》卷九《王尚书崇简招同钱澄之毛会建陆元辅陈祚明严绳孙计东宴集丰台药圃四首》其一，王利民校点《曝书亭全集》，吉林文史出版社 2009 年版，第 142 页。

② （清）朱彝尊：《曝书亭集》卷十《古意投高舍人士奇》，王利民校点《曝书亭全集》，吉林文史出版社 2009 年版，第 157 页。

③ （清）陈康祺：《郎潜纪闻二笔》卷十五《佳山堂六子》，（清）陈康祺撰，晋石校点《郎潜纪闻初笔二笔三笔》，中华书局 1997 年版，第 613 页。

④ 张立敏：《冯溥与康熙京师诗坛》，中国社会科学出版社 2011 年版，第 90 页。

齊昭王之馆、平津之第也"①，而朱彝尊却"独未获游公之门"②；试后，他又在家信中道："冯中堂（冯溥）怪我不往认门生，杜中堂（杜立德）极贬我诗，李中堂（李霨）因而置我及汪于一等末。"③ 皆为其"臆对难为音"的佐证。此诗写作之时，其浙江同乡高士奇（1645—1704）方被擢入南书房不久。或是因为不得冯溥等人助力，朱彝尊先在诗中对南书房内高士奇与康熙帝和谐的君臣交往展开想象，以此恭维高士奇，继而陈述困顿之状，表现出明显的投谒之意，相较之下，"释此归飞禽"则显得言不由衷。由此，可见朱彝尊在考试之前便产生了脱下过往之"布衣"、穿上清廷之"朝衫"的身份追求。

康熙十八年（1679），朱彝尊被授为翰林院检讨，这意味着其"布衣"身份的终结、"词臣"身份的开始。所谓词臣，乃是朝廷中以馆阁翰苑官员为主的知识精英。就清朝而论，其主要任务为"载笔史宬，陈书讲幄，入承偓直，出奉皇华"④，具体而言，则有经筵日讲、纂修翻译书史、考选庶吉士、主考会试与乡试、侍值扈从、应制诗文等职责。⑤

穿上"朝衫"之后，朱彝尊屡蒙康熙帝赏识，先是在《明史》馆修史，至康熙二十年（1671），"天子赠置日讲记注官……是秋出典江南省试"⑥。纂修《明史》、担任日讲起居注官与出典江南乡试，皆为词臣职责所在。朱彝尊对待这些任务很尽心，以典试为例，在还未南下之前，他在家书中写道："主恩□，惟有立誓矢慎矢公。"⑦ 这封家信虽残缺，但

---

① （清）毛奇龄：《佳山堂诗集》序，载（清）冯溥撰《佳山堂诗集》卷首，《清代诗文集汇编》第 29 册，上海古籍出版社 2010 年版，第 514 页。

② （清）朱彝尊：《曝书亭集》卷六十六《万柳堂记》，王利民校点《曝书亭全集》，吉林文史出版社 2009 年版，第 650 页。

③ （清）朱彝尊：《曝书亭集外诗文补辑》卷十一《彝尊家信十札》（其二），王利民校点《曝书亭全集》，吉林文史出版社 2009 年版，第 1017 页。

④ （清）鄂尔泰、张廷玉等撰：《词林典故》卷三《职掌》，载傅璇琮、施纯德编《翰学三书》，辽宁教育出版社 2003 年版，第 38 页。

⑤ （清）鄂尔泰、张廷玉等撰：《词林典故》卷三《职掌》，载傅璇琮、施纯德编《翰学三书》，辽宁教育出版社 2003 年版，第 46 页。

⑥ （清）朱彝尊：《曝书亭集》卷三十九《〈腾笑集〉序》，王利民校点《曝书亭全集》，吉林文史出版社 2009 年版，第 452 页。

⑦ （清）朱彝尊：《曝书亭集外诗文补辑》卷十一《竹垞家书三通》其二"辛酉七月"，王利民校点《曝书亭全集》，吉林文史出版社 2009 年版，第 1016 页。

从"主恩"等词和其他家信来看，朱彝尊之所以要"矢慎矢公"，乃是感念"皇上拔于众中"，自觉"惟有同事一心，揽真才以佐盛治"①。本次典试的结果也正如朱彝尊所愿，时人皆谓之得士，被誉为清初第一直臣、时任刑部尚书的魏象枢，在朱彝尊自江南返京之后，穿朝衣过朱彝尊拜，说道："江南乡试，为关节贿赂所汩久矣。兹得子澄清之。吾非拜子也，庆朝使之得人也。"②

康熙二十二年（1683）正月二十日，"天子召入南书房，赐宅景山之北，黄瓦门东南。"③ 朱彝尊的身份再次发生重要变化。关于南书房，乾隆朝宗室爱新觉罗·昭梿（1776—1830）道："本朝自仁庙建立南书房于乾清门右阶下，拣择词臣才品兼优者充之。"④ 康熙十六年（1677）十二月十七日，张英和高士奇作为第一批南书房翰林正式入值南书房，此后陈廷敬、叶方蔼、王士禛、徐乾学等人也时有入值。南书房地处禁近，身份清要，凡入值南书房者，皆称为"南书房翰林"，为词臣中之佼佼者。

明清十分重视翰林出身，康熙帝曾道："翰林院乃是储养人材之地。"⑤ 翰林职位清华，进入翰林院、成为一名词臣是古代众多文士子的理想。按例，进入翰林院需要经过严格的科举考试选拔，以布衣入翰林并不常见，因此朱彝尊曾言："故事，翰林非进士及第与改庶吉士者，不居是职。而主人（朱彝尊）以布衣通籍，洵异数也。"⑥ 鸿博中以布衣选

① （清）朱彝尊：《曝书亭集》卷八十《贡院誓神文》，王利民校点《曝书亭全集》，吉林文史出版社 2009 年版，第 745 页。

② （清）朱彝尊：《曝书亭集》卷三十八《〈尚书魏公刻集〉序》，王利民校点《曝书亭全集》，吉林文史出版社 2009 年版，第 436 页。

③ （清）朱彝尊：《曝书亭集》卷三十九《〈腾笑集〉序》，王利民校点《曝书亭全集》，吉林文史出版社 2009 年版，第 452 页。

④ （清）爱新觉罗·昭梿：《啸亭续录》卷一《南书房》，冬青校点《啸亭杂录 续录》，上海古籍出版社 2012 年版，第 282 页。

⑤ 徐尚定标点：《康熙起居注》（三），康熙二十三年二月初三，东方出版社 2013 年版，第 10 页。

⑥ （清）朱彝尊：《曝书亭集》卷三十九《〈腾笑集〉序》，王利民校点《曝书亭全集》，吉林文史出版社 2009 年版，第 452 页。

入翰林者其实仅有朱彝尊、李因笃、严绳孙、潘耒等数人而已，[①] 而在由布衣擢词臣的众人中，朱彝尊又是唯一入值南书房者，更见康熙帝对其恩遇非常。进入南书房后，朱彝尊的词臣身份又得到进一步的加强。

与此同时，朱彝尊对其词臣身份的认同感也最终形成，这从其离开南书房后的选择可以见出。康熙二十三年（1684）正月，朱彝尊坐牛钮弹劾落职。三月，"自禁垣徙居宣武门外海波寺街古藤书屋"[②]，作诗曰："诏许携家具，书难定客踪。谁怜春梦断，尤听隔墙钟。"[③] 以"春梦断"喻南书房入值生涯之终结，短短二十字道尽委屈、不甘与落寞。此后，他坚持留在京师，谋求复官机会。期间曾因穷困从古藤书屋搬至槐市斜街，终于在康熙二十九年（1690）得补原官。[④] 但好景不长，康熙三十一年（1692），再次被罢，方绝望离京。这段长达八年的续梦期，显示出朱彝尊对词臣身份的深深眷恋与认同。

离开京师之后，"南书房旧史"成为其撰写文章、书信最常用的身份标识，诸如"康熙岁在昭阳协洽（1703）八月初吉，南书房旧史秀水朱彝尊谨序"[⑤] "岁在屠维赤奋若（1709），月在则余，壬寅朔，南书房旧史秀水朱彝尊序。时年八十一"[⑥] 之类，在朱彝尊后期文集中尤为常见。考察同一时期的其他南书房翰林，则较少有此现象，如侍值南书房二十余年之久的张英，几乎未在文集中以南书房翰林自我标识。这一特殊现象体现出朱彝尊晚年对南书房翰林身份的自豪与追忆，也显示出其词臣身份认同经过通籍前对清廷态度的渐变、担任翰苑官员时期的词臣职责强化，最终形成于南书房侍值期间。

---

① （清）乾隆敕撰：《皇朝文献通考》卷四十八《选举考（二）·举士》，文渊阁《四库全书》本。

② （清）杨谦：《朱竹垞先生年谱》，（清）朱彝尊著，王利民校点《曝书亭全集》，吉林文史出版社2009年版，第1048页。

③ （清）朱彝尊：《曝书亭集》卷十二《自禁垣徙居宣武门外》，王利民校点《曝书亭全集》，吉林文史出版社2009年版，第172页。

④ 张宗友：《朱彝尊年谱》，凤凰出版社2014年版，第377页。

⑤ （清）朱彝尊：《曝书亭集外诗文补辑》卷五《〈迎銮集〉序》，王利民校点《曝书亭全集》，吉林文史出版社2009年版，第947页。

⑥ （清）朱彝尊：《曝书亭集》卷三十五《〈五代史记注〉序》，王利民校点《曝书亭全集》，吉林文史出版社2009年版，第410页。

二 "四变而为应制之体"：词臣身份
认同与应制创作

具体到文学写作层面，朱彝尊的词臣身份认同促进了其诗歌创作"四变而为应制之体"。朱彝尊对自己的诗歌风格转变有过论断，其言曰："予舟车南北，突不暇黔，于游历之地，览观风尚，往往情为所移。一变而为骚诵，再变而为关塞之音，三变而吴伧相杂，四变而为应制之体，五变而成牧歌，六变而作渔师田父之语，迄未成一家之言。"① 其中"四变而为应制之体"，便集中指其在南书房行走期间诗歌的创作风格。

从地理位置上看，南书房在乾清门内，地处内廷，距康熙帝办公、学习的乾清宫、懋勤殿非常近，翰林院则在东长安门之外，距内廷较远。进入南书房之前，朱彝尊作为翰林院一员，仅在轮班时进入内廷侍值，四年内仅见九次应制。而成为南书房翰林后，则须每日供奉内廷，珥笔禁近的次数自然骤增，应制诗文的职能也得以凸显。因而在侍值南书房的一年内，应制次数增加为十七次，且除应制体外，鲜见其他类型的诗歌创作。②

就应制体而言，应制诗的重要读者乃是帝王，应制场域乃是皇权中心，因而迎合皇帝趣味、适应政权需要、描绘皇家气象等皆是应制作者的重要诉求。这决定了应制诗自有其体式规范，如"应制诗非他诗可比，自是一家句法，大抵不出于典实富艳"③ 等便是应制体在语词、风格上的特殊要求。从内容上看，应制诗须以颂赞功德为主。下文将结合朱彝尊南书房时期的应制创作，从三个方面探讨其应制之体的文本特征。

其一，由布衣擢词臣的特殊经历，使得朱彝尊的应制诗在词臣身份认同的规范之下具有朝野交融的特征，这是其诗风由在野至在朝这一过

---

① （清）朱彝尊：《曝书亭集》卷三十六《〈荇溪诗集〉序》，王利民校点《曝书亭全集》，吉林文史出版社 2009 年版，第 428 页。

② 《曝书亭集》为朱彝尊晚年自编诗文集，其中诗歌以编年为序，其各阶段应制诗详见（清）朱彝尊：《曝书亭集》"屠维协洽"（1679）至"阏逢困敦"（1684），王利民校点《曝书亭全集》，吉林文史出版社 2009 年版，第 158 页、第 172 页。

③ （南宋）葛立方：《韵语阳秋》卷 2，上海古籍出版社 1984 年版，第 28 页。

程的渐变体现。朱彝尊并未经过科举考试选拔，也缺少馆阁应制诗风的有序培养，且其通籍前的诗歌创作总体上以表现情韵、心声为主，保有独特气格。而骚诵、关塞之音、吴伧相杂等创作经验，恰好为其应制创作注入了鲜活灵动之气，如其《除日侍宴乾清宫夜归赋》诗曰：

> 千门除日已春融，两度椒盘侍禁中。坐听钧天仙乐后，起看珠斗上阑东。归鞍笑逐三鬃马，守岁欢迎五尺童。不是云浆浮凿落，衰颜那傍烛花红。①

此诗写除夕侍宴，"钧天仙乐""珠斗""云浆"等语词体现出"冠裳珮玉"的应制特征。而在典雅富丽、吟咏升平的传统应制框架之外，朱彝尊借助一连串侍宴过程中的动作和情态描写，引入"五尺童"这一生活化的形象，甚至还描绘了烛花衬红诗人"衰颜"的鲜活情态，使其欢欣与微醺都跃然纸上，以此映射出太平盛世之气象，也具现出内心对于皇恩之感念。总体而言，显然有以诗人之笔作词臣之诗的特色。科举出身的南书房翰林张英多除夕侍宴应制，如：

> 饯岁恩晖奉紫宸，翠飞阿阁物华新。崇阶喜接金张贵，秘殿欢陪卫霍亲。谏果特分宣口敕，衢樽频赐被温纶。来朝共庆三微节，拜手尧年二十春。（《除夕乾清宫侍宴恭纪》）②

朱、张二人虽然都是在写除夕侍宴，但是张诗明显着意表现天家风范，大而化之，较为板重。而朱诗则侧重于表现人间情态，细处落笔，人情味儿十足，这或许与朱彝尊在市井生活中浸润已久有关。其《元日南书房宴归上复以看果二席赐及家人恭纪》更加表现出生活气息，诗曰：

---

① （清）朱彝尊：《曝书亭集》卷十一，王利民校点《曝书亭全集》，吉林文史出版社2009年版，第171页。

② （清）张英：《存诚堂诗集》"应制三"，江小角、杨怀志点校《张英全集》（下册），安徽大学出版社2013年版，第79页。

> 才承曲宴侍仙闱，又撤琼筵到北扉。岁酒更番移席勤，主恩一念感心微。比邻漏下惊窥户，儿女灯前笑揽衣。闲向金坡说遗事，全家赐食古来稀。①

以生活情致铺写领受皇恩之荣。张英诗中亦多记康熙帝赐食之事，其诗曰：

> 岁月恩波里，风光禁御中。佳辰叨法膳，备物愧愚衷。荣逮宗祊远，甘分稚子同。尧厨天酒绿，寒谷总春融。（《十二月二十八日蒙赐食品酒醴恭纪二首（其二）》）②

较朱诗之欢欣满溢，张诗明显更为气象端庄。同样写到皇恩施及家人，朱彝尊笔下是"儿女灯前笑揽衣"的生活场景，张英笔下则是"荣逮宗祊远，甘分稚子同"的端恭谨慎。擅长融合日常生活之心绪、情态入诗，也体现出朱彝尊之诗由骚诵、关塞之音、吴伧相杂，再至应制之体的渐变过程。

其二，在词臣身份认同的制约下，其应制之作在内容上始终不外乎歌颂盛世与感念皇恩。这不仅促使朱彝尊南书房应制的颂圣主题十分突出，也成为他塑造康熙帝王形象的叙述元素。他在应制诗中不断强调自己的身份，以此来强化颂圣的叙述效果，如：

> 本作渔樵侣，翻联侍从臣。（《二十日召入南书房供奉》）③

---

① （清）朱彝尊：《曝书亭集》卷十一，王利民校点《曝书亭全集》，吉林文史出版社2009年版，第172页。

② （清）张英：《存诚堂诗集》"应制三"，江小角、杨怀志点校《张英全集》（下册），安徽大学出版社2013年版，第63页。

③ （清）朱彝尊：《曝书亭集》卷十一《二十日召入南书房供奉》，王利民校点《曝书亭全集》，吉林文史出版社2009年版，第167页。

　　端绮入春恩再恰，称诗弥愧在梁鹙。(《赐绤纪事》)①

　　素餐臣节愧，推食主恩频。(《醍醐饭》)②

　　罟师题字在，宁分小臣尝。(《梭鱼》)③

　　其词臣身份认同主要通过两处对比凸显出来：一为今昔对比。昔日之为"渔樵侣"，而今日却为"侍从臣"，身份由卑转尊，而变化的根源正是帝王之"主恩"，这就以昔日身份之卑来凸显今日词臣身份之尊，进而彰显皇恩之浩荡。二为君臣之对比。与巍巍帝王相比，朱彝尊自觉自己不过是尸位素餐的词臣，是"无德居位""无功食禄"的在梁之鹙④，是微不足道的"小臣"，这就以词臣的眇眇之身突出皇权之至高无上。对于词臣身份的双重认知贯穿于朱彝尊的应制创作中，成为他塑造君臣良好关系和一代明君形象的重要文学元素。

　　将身份认同作为应制创作的叙事元素，并不是朱彝尊的个人特色，它来源于应制诗的创作传统。清前，诸如"小臣叨载笔，欣此颂巍巍"⑤之类的表达已然很常见，兼具自谦与颂圣之意。康熙朝士人应制，常以"小臣"来彰显"圣君"，如张英有"小臣拜献甘泉赋，愿逐凫鹥捧御觞"⑥"自愧小臣叨侍从，得沾两度圣恩隆"⑦ 等，高士奇有"亲见至尊

---

　　① （清）朱彝尊：《曝书亭集》卷十一《赐绤纪事》，王利民校点《曝书亭全集》，吉林文史出版社 2009 年版，第 168 页。

　　② （清）朱彝尊：《曝书亭集》卷十一《醍醐饭》，王利民校点《曝书亭全集》，吉林文史出版社 2009 年版，第 169 页。

　　③ （清）朱彝尊：《曝书亭集》卷十一《梭鱼》，王利民校点《曝书亭全集》，吉林文史出版社 2009 年版，第 171 页。

　　④ 陈子展：《〈诗经·曹风·候人〉解题》，《诗三百解题》，复旦大学出版社 2001 年版，第 549 页。

　　⑤ （唐）李乂：《奉和九月九日登慈恩寺浮图应制》，载（清）彭定求编《全唐诗》第 3 册卷九十二，中华书局 1979 年版，第 995 页。

　　⑥ （清）张英：《存诚堂诗集》"应制一"《瀛台赐宴赏荷恭纪应制二十韵》，江小角、杨怀志点校《张英全集》（下册），安徽大学出版社 2013 年版，第 14 页。

　　⑦ （清）张英：《存诚堂诗集》"应制一"《南苑纪事诗十首应制》其五，江小角、杨怀志点校《张英全集》（下册），安徽大学出版社 2013 年版，第 16 页。

挥翰藻，小臣惊喜戴神明"① "小臣欲献巴人曲，里调何堪颂圣君"② 等，皆体现出对前人应制书写方式的继承。对这种应制书写传统的自觉融入，是其词臣身份认同的具体表现。

其三，朱彝尊有意通过应制创作来建构康熙朝文治隆盛的盛世景象，具体表现为对于前代文治盛况的追忆与比附，如：

> 流传文馆记，盛世景龙稀。（《银盘菇》）③

> 烧尾闻唐日，今朝宴亦宜。（《鹿尾》）④

> 闲向金坡说遗事，全家赐食古来稀。（《元日南书房宴归上复以肴果二席赐及家人恭纪》）⑤

"文馆记"指的是武平一之《景龙文馆记》，该书记载了武平一关于唐中宗景龙年间修文馆内盛极一时的宫廷文事活动的追忆。此处乃是以康熙文治比附中宗景龙盛况。"烧尾闻唐日"甚至将宴会上的鹿尾也追溯至唐朝盛世，比附之意显而易见。"闲向金坡说遗事"，所谓"金坡说遗事"，应与钱惟演之《金坡遗事》一书相关，该书记载了宋代学士院之掌故。此处乃是以宋初文事之盛来突出全家赐食之殊恩。

需要注意的是，词臣身份认同之达致与应制之体的写作，也将朱彝尊的文学创造力束缚在清廷馆阁文风之中。对此，乾隆年间的文人汤大

---

① （清）高士奇：《随辇集》卷一《懋勤殿侍值仰瞻皇上亲洒宸翰恭纪》，《清吟堂全集》，《清代诗文集汇编》第 166 册，上海古籍出版社 2010 年版，第 456 页。

② （清）高士奇：《随辇集》卷四《南书房侍值咏春雪》其二，《清吟堂全集》，《清代诗文集汇编》第 166 册，上海古籍出版社 2010 年版，第 478 页。

③ （清）朱彝尊：《曝书亭集》卷十一，王利民校点《曝书亭全集》，吉林文史出版社 2009 年版，第 168 页。

④ （清）朱彝尊：《曝书亭集》卷十一，王利民校点《曝书亭全集》，吉林文史出版社 2009 年版，第 171 页。

⑤ （清）朱彝尊：《曝书亭集》卷十二，王利民校点《曝书亭全集》，吉林文史出版社 2009 年版，第 172 页。

奎总结道："竹垞佳处全在气格，初刻《文类》一编，沉实高华，自是景隆遗响；至通籍后，不过以料新调脆，炫人目睛，风格颓然放矣。"① 这种通籍前后的诗歌风格变化与应制创作对其风格的规范不无关系。正如晚清文人所言："文字入于馆阁应制体裁，失去自由天然之性，非不圆整美好也，而真意全亡。"② 以至于朱彝尊被贬出南书房后，无论是困守京师期间，还是绝望离京之后，其文学创作都始终拘囿于词臣身份的创作框架之内。

三 词臣身份的再追求与应制体之余绪

康熙二十五年（1686），离开南书房近两年的朱彝尊将通籍以来的诗文辑为八卷，命名为《腾笑集》以自嘲。康熙二十八年（1689），朱彝尊为黄宗羲作寿序，其中有"予之出，有愧于先生"③ 之语，此外，这一时期朱彝尊诗歌中也多"对此临风一惘怅，归与归与范蠡湖"④ "吾今妻子返里间，明年归弃觳觫车"⑤ "已脱朝衫分卜耕，剧怜乡味算归程"⑥ 之类的表达，很多研究者据此认为，朱彝尊出仕后内心常有悔意。⑦

但也需要看到，朱彝尊的这些牢骚之语并没有阻碍他坚守京师长达八年之久。如果说早年应试鸿博尚且是奉朝廷之诏，那么这次留守京师则完全是朱彝尊的个人意愿。康熙二十三年（1684），其子朱昆田在家信中写道："京师邸报已来，部议降二级调用，上止从宽降一级。想父亲必

---

① （清）汤大奎：《炙砚琐谈》卷上，清乾隆五十七年赵怀玉亦有生斋刻本。

② （清）孙宝瑄：《忘山庐日记·戊申下》七月十七日，《续修四库全书》史部第582册，上海古籍出版社2002年版，第175页。

③ （清）朱彝尊：《曝书亭集》卷四十一《黄征君寿序》，王利民校点《曝书亭全集》，吉林文史出版社2009年版，第464页。

④ （清）朱彝尊：《曝书亭集》卷十二《题王叔楚〈墨竹〉为家上舍载震赋》，王利民校点《曝书亭全集》，吉林文史出版社2009年版，第173页。

⑤ （清）朱彝尊：《曝书亭集》卷十二《秋泾行示吴秀才周瑾》，王利民校点《曝书亭全集》，吉林文史出版社2009年版，第178页。

⑥ （清）朱彝尊：《曝书亭集》卷十二《鲈鱼同魏坤作四首》，王利民校点《曝书亭全集》，吉林文史出版社2009年版，第188页。

⑦ 刘世南：《清诗流派史》，人民文学出版社2004年版，第152页。

不甘出都，将来补京官亦是京职，或于补官之日仍留词林，亦未可知也。"① "仍留词林"之语道出了朱彝尊对重拾词臣身份确有期待。后来，朱昆田又在家信中说道："数次作信苦劝南还，终不决计也。"② 康熙三十三年（1694），朱彝尊在为其妻冯孺人所撰行述中回忆道："是月，予被劾谪官。三月，移寓宣武门外。孺人寻病。病愈，以秋八月浮舟潞河还，语予曰：'君恩重，夫子且留，毋悻悻去。'自是予留京师。"③ 也透露出朱彝尊留在京师乃是因为有复官之求。

在等待恢复词臣身份的这段时间，朱彝尊以诗干谒之意颇为明显，不复有鸿博待试期间"独无笙簧舌，臆对难为音"的拘谨之态。宋荦（1634—1713）时在通永金事任，康熙二十三年（1684）冬，朱彝尊向其求助道："今年燕台数雨雪，雪晴九陌吹回风。欲鸣不鸣曷旦鸟，得过且过寒号虫。茸裘已弊库尚典，浊酒苦贵樽常空。故人念我倘分赠，蓟门白炭盘山崧。"④ 既言四季之冬，亦言处境之冬，显然有望宋荦施以援手之盼。

这种词臣身份认同下的干谒姿态，使得朱彝尊这一时期的很多诗歌赓续了颂赞君德与吟咏太平的应制体特征。康熙二十三年（1684），康熙帝第一次南巡，失去词臣身份的朱彝尊自然无权扈从，但他仍作《嘉禾篇颂张先生》着力对康熙帝第一次南巡加以词臣的叙事建构。该诗截取了康熙第一次南巡途中的山东段加以集中叙述，先以"水旱频告凶"制造矛盾点，并借这一矛盾发生和解决过程来凸显"主贤臣良"之主题："十行诏下轸三农，薄徭放税宽租庸"写康熙帝之恤民，"晨炊不举夜不

---

① 于翠玲：《朱彝尊家书与康熙"己未词科"史料——启功先生〈朱竹垞家书卷跋〉详说》，北京师范大学学报（社会科学版）2004 年第 4 期。于翠玲指出："此书落款为'三月初七'，应是康熙二十三年事。"

② 于翠玲：《朱彝尊家书与康熙"己未词科"史料——启功先生〈朱竹垞家书卷跋〉详说》，北京师范大学学报（社会科学版）2004 年第 4 期。

③ （清）朱彝尊：《曝书亭集》卷八十《亡妻冯孺人行述》，王利民校点《曝书亭全集》，吉林文史出版社 2009 年版，第 188 页。

④ （清）朱彝尊：《曝书亭集》卷十二《简宋观察荦》，王利民校点《曝书亭全集》，吉林文史出版社 2009 年版，第 177 页。

春，夫子下车忧懔懔。请发仓粟救鞠讻，乡师为粥吏佐饔"① 写清臣张先生之忧民，"载筐及筥包以粽，来告节使献九重" 则是百姓对君贤臣良之"圣朝美政"的最高认可。君、臣、民和谐关系的展示，体现出朱彝尊词臣之笔力。

三藩之乱是康熙朝前期的重大历史事件。离开南书房后，朱彝尊对相关历史情况的叙述仍然带有浓厚的词臣应制色彩。康熙二十三年（1684）六月，时年六十岁的保和殿大学士李霨因病去世。在为李霨撰写的墓志铭中，他并没有单纯叙述李霨一生经历及功绩，而是将其生平、官绩与康熙正统性建构的需求紧密结合，在事件叙述中融入对康熙帝和清朝统治的政治肯定。其中，在叙述李霨在三藩之乱中的行动举止时，朱彝尊写道：

> 吴三桂倡乱，据滇黔，陷蜀，秦楚驿骚，闽粤相继逆命。察哈尔部落亦叛，天子智勇仁圣，应变若神，命将讨不庭，运筹决策，虽万里外若照烛。然公受事久，又上所倚任，参预机密，天子尝口授公起草论统兵亲藩将帅方略，退食或至夜分，或留宿阁中。出，或问以时事，默不应，其慎重不泄，识者谓得古大臣礼。②

李霨之谨慎持重本应为叙事重心，然而朱彝尊却先对康熙帝之智勇仁圣大加颂赞，为这篇私人撰述之墓志铭添加了浓厚的应制色彩。凡此种种，皆可见出朱彝尊罢官后对词臣身份的再追求，为其诗歌创作保留了诸多应制余绪。

康熙二十九年（1690），朱彝尊如愿以偿地"补原官"③，再次跻身清廷翰苑词臣行列。本年，康熙帝第一次亲征准噶尔，八月，噶尔丹请降。复职后的朱彝尊企图借助应制创作再结上知，作诗对此事大加渲染，

---

① （清）朱彝尊：《曝书亭集》卷十二，王利民校点《曝书亭全集》，吉林文史出版社2009年版，第177页。

② （清）朱彝尊：《曝书亭集》卷十二《光禄大夫太子太师户部尚书保和殿大学士文勤李公墓志铭》，王利民校点《曝书亭全集》，吉林文史出版社2009年版，第972页。

③ 张宗友：《朱彝尊年谱》，凤凰出版社2014年版，第377页。

其序言曰：

> 臣闻柔远人则四方归，有常德而六师整。……于疆于理，无贰无虞。宜有颂声，用扬盛美。钦惟我皇上，轶尧包舜，扬武觌文。陟禹迹而方行，合轩符而在握。……靡一物不怀帝德，神人之所助者。顺允率土，莫非王臣。画谋造化之先，制胜霄旻之上。乃喀尔喀，虽修职贡，反侧靡常，与厄鲁特，妄构兵端，陑穷已甚。皇上湛恩溥博，克全仁濡义育之中。睿虑周详，不遗曲成范围之内。……于是扬葭启路，总驭回銮。百千万人，皆感恩而泣下。四十九部，益慕义而欢腾。……万年有道，千古未闻。臣幸际昌辰，式观醲化。自惭弇陋，仰沐崇深。恭赋短章，奉扬骏烈。①

此序先以"于疆于理，无贰无虞"，指出清朝在疆域上统一而不可分割，在道德上仁义且堪称典范。接着从疆域和道德两方面肯定了康熙帝平定准噶尔之战争的正义性：从疆域上来看，"顺允率土，莫非王臣"，而准噶尔"虽修职贡"，却妄构兵端，破坏一统。从仁义上来看，康熙帝"轶尧包舜，扬武觌文"，使得"靡一物不怀帝德"，而噶尔丹却违反臣道，背叛君主，最终强调在康熙帝的"仁濡义育"之下，方有了"百千万人，皆感恩而泣下。四十久部，益慕义而欢腾"的结局，以其为"万年有道，千年未闻"的仁德之举，这是典型的词臣建构手法，显示出朱彝尊短暂复官时期浓烈的词臣身份认同对其应制体创作从内容到构思上的深刻影响。

康熙三十一年（1692），竹垞再次遭谪，终于心灰意冷地离开了京师，不复入京，其诗风也进入了"五变而成牧歌，六变而作渔师田父之语"阶段。康熙元年（1662），朱彝尊为躲避魏耕等人"通海案"的风波，入永嘉王世显幕，期间在前往处州府缙云县时，途径严子陵钓台。清初，严子陵钓台以其所承载的历史文化意蕴成为文人悼念故明的重要

---

① （清）朱彝尊：《曝书亭集》卷十五《皇仁绥远诗八首》，王利民校点《曝书亭全集》，吉林文史出版社 2009 年版，第 208 页、第 209 页。

意象。① 当此之际，也勾起了朱彝尊的故国之思，他作诗一首，诗题后以小字注曰："宋谢参军翱有《西台恸哭记》"，其诗道：

> 七里严陵濑，平生眺览初。江山谁痛哭，天地此扶舆。竹暗翻朱鸟，滩清数白鱼。扁舟如可就，吾亦钓台居。(《七里濑经严子陵钓台》)②

另有词作《秋霁·严子陵钓台》，此词上阕抒发"只合此中垂钓"的归隐之思，下阕则突入易代之悲：

> 当此更想、去国参军，白杨悲风、应化朱鸟。翠微深、鸬鹚飞处，半林茅屋掩秋草。历历柂楼人影小。水远山远，君看满眼江山，几人流涕，把莓苔扫。子陵，梅福女婿。恭军谓谢翱。《西台恸哭记》有"化为朱鸟兮将安居"之歌。③

谢翱的《西台恸哭记》乃是为哀恸宋亡而作，明遗民常暗以"化为朱鸟兮将安居"隐含朱明。无论诗词，朱彝尊都特将此记注出，试图将笔下严子陵钓台的意蕴与谢翱此记建立情感连接，"江山谁痛哭""几人流涕"等语也透露出内心对明亡的悲痛，易代之思可谓溢于言表。康熙三十七年（1698），为刊刻经籍，朱彝尊在查慎行的陪同下前往福建建阳，再次途径严州桐庐县严子陵钓台，作二诗曰：

> 桐江生薄寒，急雨晚淋漉。炊烟起山家，化作云覆屋。居人寂

---

①　黄东妮：《清初文学作品中的西台书写》，硕士学位论文，北京师范大学，2020 年。

②　（清）朱彝尊：《曝书亭集》卷五，王利民校点《曝书亭全集》，吉林文史出版社 2009 年版，第 101 页。

③　（清）朱彝尊：《曝书亭集》卷二十四，王利民校点《曝书亭全集》，吉林文史出版社 2009 年版，第 285 页、第 286 页。

无喧，一气沉岭腹。白鹭忽飞翻，让我沙际宿。(《桐庐雨泊》)①

　　七里濑急鸣哀湍，严陵于此留钓坛。两崖怪石青攒攒。雨来欲上不得上，竹篙撑过鸬鹚滩。(《七里濑》)②

且不论这两首诗中所含情感与早年已截然不同，单就其抒情方式而言，综观此二诗，朱彝尊的个人情思淡化于行旅天气和沿途风物的书写之中，失却早年抒情之淋漓。严迪昌总结朱彝尊的诗歌创作变化，说道："六变原不只是体格声调之变，而更关键的是情韵心声之变。……不是表现为噤若寒蝉，言不及义，就是演化成所谓的'渔师田父'式的远离社会现实的感情封闭。"③ 这种晚年"渔师田父"的创作转变，或许便与其诗歌呈现出经过词臣身份规范后的中正之态有关。

　　在这种"渔师田父"的诗风之下看似淡化、实则从未剥离的词臣身份认同在康熙帝南巡时又开始蠢蠢欲动。康熙三十八年（1699），康熙帝第三次南巡，朱彝尊至无锡迎驾。④ 康熙四十二年（1703），康熙帝第四次南巡，已经七十五岁高龄的朱彝尊"欢闻属车至，跟跄发舟，抵惠山，恰好迎驾"⑤。康熙四十四年（1705），已经七十七岁高龄的朱彝尊再次至无锡迎驾，"初九日，朝皇上于行殿，进《经义考》一套，又进皇太子《经义考》一套"⑥，康熙帝评价说"此书甚好"，并"特赐'研经博物'

---

① （清）朱彝尊：《曝书亭集》卷十八，王利民校点《曝书亭全集》，吉林文史出版社2009年版，第229页。

② （清）朱彝尊：《曝书亭集》卷十八，王利民校点《曝书亭全集》，吉林文史出版社2009年版，第229页。

③ 严迪昌：《清诗史》，浙江古籍出版社2002年版，第506页。

④ （清）杨谦：《朱竹垞先生年谱》，载王利民校点：《曝书亭全集》，吉林文史出版社2009年版，第1051页。

⑤ （清）朱彝尊《竹垞老人晚年手牍》（其二），王利民校点：《曝书亭全集》，吉林文史出版社2009年版，第1004页。

⑥ （清）朱桂孙、朱稻孙：《皇清钦授征仕郎日讲官起居注翰林院检讨显祖考竹垞府君行述》，载王利民校点：《曝书亭全集》，吉林文史出版社2009年版，第1035页。

四字匾额"①，作应令诗《白杜鹃花诗》（疑佚）。积极迎驾、进呈书籍等举动，皆显示出词臣身份认同一直潜伏在晚年朱彝尊心中，从而促使其常在署款中自题"南书房旧史"。

结　语

朱彝尊由布衣入翰苑，又入值南书房，遭逢非常之恩遇，由"布衣"至"南书房旧史"这一词臣身份认同之达致促使其诗歌创作转变为应制之体。离开南书房后，对词臣身份的再追求使得应制体的颂圣元素仍在其诗中保持着旺盛的生命力。此外，在词臣身份意识的制约之下，其晚年诗歌也呈现为鲜见情韵、心声的"渔师田父"之语。

同时，朱彝尊由布衣至词臣之转变，不仅对其个人心态和诗风产生重要影响，也激发出某种集体心理效应。在朱彝尊和其他士人的共同书写之下，这种身份转变为清朝建构正统性制造了象征性的话题。朱彝尊将由布衣为词臣的仕宦经历置入各类文学写作中，既体现出文治策略下心态的转变，也彰显出鸣盛的词臣姿态。康熙四十一年（1702），以布衣入选的严绳孙去世，朱彝尊为其作墓志铭，回忆当年四布衣入翰苑之事道："诏下，五十人齐入翰苑。布衣与选者四人，除检讨富平李因笃、吴江潘耒，其二，予及君也。……未几，李君疏请归田养母，得旨去，三布衣者，骑驴入史局，卯入申出，监修、总裁交引相助。越二年，上命添设日讲官起居注八员，则三布衣悉与焉。……三布衣先后均有得士之目。而馆阁应奉文字，院长不轻假人，恒嘱三布衣起草。二十二年春，予又入值南书房，赐居黄瓦门左。"② 这类文学追忆也频繁出现在其他墓志铭、序文、题跋中，成为其他文人谈论"三布衣""四布衣"的第一手资料。

其他文人也对"四布衣"入选词林之事也津津乐道。王士禛特意记

---

① （清）朱桂孙、朱稻孙：《皇清钦授征仕郎日讲官起居注翰林院检讨显祖考竹垞府君行述》，载王利民校点：《曝书亭全集》，吉林文史出版社 2009 年版，第 1035 页。

② （清）朱彝尊：《曝书亭集》卷七十六《承德郎日讲官起居注右春坊右中允兼翰林院编修严君墓志铭》，王利民校点《曝书亭全集》，吉林文史出版社 2009 年版，第 721 页。

载在"四布衣"入选之前，康熙帝曾问及四布衣的名字。① 康熙三十三年（1694），徐釚与朱彝尊同游，以"今子又以布衣通籍，居词馆，为天子日讲、记注官，子之诗词流传江湖垂四十年，前岁典江南省试，文章衣被海内，则子之堂构宏矣"② 等语肯定其成就，有艳羡之意。康熙五十六年（1717），曾入值南书房的后生汪士鋐谈及已经去世的朱彝尊，说道："先生以布衣入翰林，在韩公后，而与新城公同时在史馆。三先生之升沉虽不同，而其振起文教崇奖后进则一也。"③ 直到晚清，李慈铭谈及己未词科布衣之授官，仍曰："国朝康熙之初，圣祖仁皇帝特开博学宏词科，优礼备至，而吏议犹力抑之，其授官皆出特旨。"④ 由此可见，康熙帝以朱彝尊等布衣为词臣这一政治举动，不仅促进了布衣们身份意识和文学创作的嬗变，使其由"遗民诗人"转化为"国朝诗人"，也为清廷推行"振起文运"这一话语策略创造了舆论优势，还为同时及后来的士人群体制造了可资谈论与向往的词林掌故，从而收到了宣扬文治和建构正统性的特殊效果。

作者简介：

殷红，女，北京师范大学文学院博士研究生，主要从事明清文学研究。

---

① （清）王士禛：《池北偶谈》卷二《四布衣》，袁世硕主编《王士禛全集》（四），齐鲁书社 2007 年版，第 2853—2854 页。

② （清）徐釚：《南州草堂集》卷二十三《游放鹤洲记》，《续修四库全书》集部第 1415 册，上海古籍出版社 2002 年版，第 394 页。

③ （清）汪士鋐：《秋泉居士集》卷二《玉堂掌故序》，《四库未收书辑刊》第八辑第 19 册，北京出版社 2000 年版，第 557 页。

④ （清）李慈铭：《晋书礼记》卷三，《越缦堂读史札记全编》（下册），北京图书馆出版社 2003 年版，第 655 页。

提升艳情格调的策略及实践

——以黄之隽《香屑集》为中心

王愈奊

摘　要：清代华亭人黄之隽的《香屑集》是一部艳情诗集句诗集。该集历时三年，规模庞大，技巧出奇，新意迭出，从卷首诗话，到卷中诗歌，无不彰显着黄之隽提升艳情诗品的创作动机。在这部艳情集句诗集中，黄之隽运用尊题、取法乎上、严肃写作等创作策略，从诗学理论阐释到创作书写实践，为艳情诗进行了系统的正名，使之具备清雅的审美品格与创作严肃性，成为黄之隽提升艳情格调的实践。故以《香屑集》为中心，考察作者于该集中运用的提品策略与创作实践，以期为诗歌思潮史提供一种案例。

关键词：黄之隽　《香屑集》　艳情　格调

　　集句诗是中国古代文学特有的一种体裁，即组合他人现成诗句，别成新诗。这一特殊体裁，令其具备了阐释与接受的双重性质。清代华亭人黄之隽（1668—1748）的《香屑集》，是集句诗集的一个代表。这部历时三年完成的著作，相较于其他集句诗集而言，自有特点。该集不仅作品数量众多、体量丰富，且每首诗歌均为艳情题材。集句，被视作游戏文体；艳情，亦被视作品格低下，似乎无论从任何一方面窥视，作者的创作动机都将受到时人的质疑。本就香艳的主题，又被冠以游戏文体的外在形式，这样的作品看似难以服众。面对特殊的体裁与特定的题材，黄之隽思考并阐释其创作意义，运用相关写作策略，提升其艳情作品的格调。他在该集卷末《自题香屑集卷末十二首》之三中云："自书自勘不辞劳，心路玲珑格调高。"① 以高格标举其诗，说明黄之隽是自觉地运用了一定的书写策略来支撑他提升艳情格调的实践的。

一　尊题

既然是提升艳情诗的格调，作者理应对其题材进行合法性论证，这一策略便是尊题。关于提高词体的地位，古有"尊体"一说，此处笔者借鉴此说，将论证艳情诗写作合法性、赋予艳情诗深刻题旨，以提高其作品品格为目的的策略，视作"尊题"。

我国的艳情传统，可追溯至《诗经》《楚辞》。这两部被后世赋予典范意义的作品，其中的艳情成分，亦成为人们阐释的对象。为使其经典意义合法化，人们常常以儒家诗教对其进行阐释，即以比兴寄托的道德含义包裹艳情本身，赋予艳诗以正统的诗学品味。这一经典的传统阐释策略，在清初仍具强大的生命力。钱谦益《读梅村宫詹艳诗有感书后四首》小序云："韩致尧遭唐末造，流离闽、越，纵浪香奁，亦起兴比物，申写托寄，非犹夫小夫浪子沉湎流连之云也。"② 又冯班"脂腻铅黛之辞""规讽劝戒亦往往而在"③ 二者便是这一时期以比兴寄托提升艳情诗品格的典型论断。而述风花雪月，托己之身世，则成为这一阐述策略的范式。

黄之隽有意沿用此种策略，其《诗话八则》之二云："《香屑集》系己卯岁以前所作。黄子屡应乡试，连辄斥。卯秋，背疡，不应举，穷愁外侮，百感纷至，则每用艳体为集句，寓美人芳草之言，以写忧而寄思。"④ 言《香屑集》是借香草美人寄托怀抱、抒发幽思的诗集。又《自序》："聊因炜管，庶几申骚客之情；犹隔锁窗，仿佛入神仙之境。而授

---

① （清）黄之隽：《香屑集》卷末，清雍正十二年（1734）遂初园刻本，第1a页。
② （清）钱谦益：《钱牧斋全集》，上海古籍出版社2003年版，第116页。
③ （清）冯班：《钝吟杂录》，中华书局2013年版，第153页。
④ （清）黄之隽：《香屑集》卷首，清雍正十二年（1734）遂初园刻本，第1a—1b页。

仆以幽忧孤愤之性，不解衮裯；博我以风赋比兴之旨，空持砚席。是故心灵若丧，梦想徒劳，览绮纨之游践；锦石封泥，指簪履以输怀"①，"式以风骚，命女史以书之"②，以诗骚为式，从史论着意，足见其欲借艳情抒发牢骚、寄托怀抱之意。其后又言："疑者曰鼓扇轻浮，班扬扫地；识者曰摹拟窜窃，庄列寓言。"③ 又借以鸟兽虫鱼寓微言大义的《庄子》《列子》寓言故事类比《香屑集》，反驳轻视艳情诗歌的文人。以上引文正是黄之隽运用微言大义这一尊题范式来提升其作品品格的范例。黄之隽对于风骚的重视，还表现在他将其模仿古诗的一部分诗作，直接命作《仿风》《仿雅》，如卷三的《仿风十六首》《仿雅十六首》④。在《自题香屑集卷末十二首》之三中他亦云："知叹有唐三百载，劣于汉魏近风骚。"⑤ 同时，为使这一策略贯穿始终，黄之隽又于卷末《自题香屑集卷末十二首》之十中重申其旨："黄昏哭向野田春，三十功名志未伸。采得百花成蜜后，不知辛苦为何人。"⑥ 照应卷首，再度点明了其欲借香草美人寄寓怀抱之意。黄之隽关于此种范式的反复陈说与刻意解释，亦在跋文中被再次强调，陈邦直评《香屑集》为："辞采于三唐，旨通于《国风》。"⑦ 于此可见黄之隽对其艳情集句合理性及其价值的重视，以及他提升艳情格调的明确意识。

除以儒家诗教冠名的方式尊题之外，还有另外一条略显迂回的尊题策略，便是冠之以深厚的情义。黄之隽曾在《论诗二首》之二中说道："大圣首重诗，称有伦物功。体制虽递降，道性情则同。"⑧ 可见，黄之隽虽重温柔敦厚之诗教，却并不排斥情性的抒发。将诗看作儒教的重要组成部分，同时强调其道性情的一面，该策略较之前种来说，更重视情感

---

① （清）黄之隽：《香屑集》卷1，清雍正十二年（1734）遂初园刻本，第6b—7a页。

② （清）黄之隽：《香屑集》卷1，清雍正十二年（1734）遂初园刻本，第7a页。

③ （清）黄之隽：《香屑集》卷1，清雍正十二年（1734）遂初园刻本，第7a页。

④ （清）黄之隽：《香屑集》卷3，清雍正十二年（1734）遂初园刻本，第1a—21a页。

⑤ （清）黄之隽：《香屑集》卷末，清雍正十二年（1734）遂初园刻本，第1a页。

⑥ （清）黄之隽：《香屑集》卷末，清雍正十二年（1734）遂初园刻本，第2b页。

⑦ （清）黄之隽：《香屑集》跋，清雍正十二年（1734）遂初园刻本，第1a页。

⑧ （清）黄之隽：《唐堂集》，见《清代诗文集汇编》第221册，上海古籍出版社2010年版，第363页。

的抒发，亦更符合人之本性。再观《香屑集》卷首《诗话八首》之八：

> 或谓："黄子方肆力于古人之学以立言，乃效棘猴楮叶之所为，且詹詹用奁体，何卑也？"则应之曰："张籍谏韩子好为驳杂无实之说，使人陈之以为欢，挠气害性，有累令德。而韩子谓：'此吾所以为戏耳。'虽圣人亦有戏。予集唐人句，当作如是观。朱子废《小序》而注郑、卫诗，皆为男女相悦之作。然《小序》已言《桑中》刺奔，《溱洧》刺乱，圣人皆存之。至如'嗟我怀人，置彼周行''云谁之思，西方美人''其新孔嘉，其旧如之何''甘与子同，梦迨及公子同归'等语，所谓发于情也。予用'香奁体'当作如是观。"①

此处，黄之隽以《诗经》不废情诗，来彰显情诗的合法性。前半部分所述与前相同，认为《诗经》中的言情作品微言大义，有其政治道德寓意；后半部分则重在强调《诗经》中言情之作的情感特质，以示重情不会害性累德。如果说该则阐述中还包含政治道德隐喻，那么，自序中的一段叙述，则从情感的高度，肯定了艳诗的价值："纤罗碍日，彼洛水之灵非匹；犹赋陈思；楚襄之梦应然，思齐宋玉。用开笔海，竞落文河。刻乎贞金翠珉，贮之幽房密寝。淫文艳韵，诚非丈夫所为；尽态极妍，此为才子之最。"②《洛神赋》《高唐赋》虽赋艳情，却用情至深，千载后仍令人动容。艳词丽句虽不足为大丈夫所道，但其摇荡性灵，却是最能体现才子性情的。"才子之最"，从情的角度彰显了艳情诗的价值。

前两种尊题范式经过千百年的流传与实践，已为诗人及评论家所熟知，成为他们提升艳情诗品的常用手段，姑且将其称为显性的尊题策略。而更为重要的，是黄之隽使用的隐性尊题策略，这是前人未曾注意过的特殊领域，即以集句的形式提升艳情诗的品格。如果说先前的策略角度重在内容，那么，黄之隽则重在形式。集句诗虽被一些评论家目为游戏

---

① （清）黄之隽：《香屑集》卷首，清雍正十二年（1734）遂初园刻本，第3a—3b页。
② （清）黄之隽：《香屑集》卷1，清雍正十二年（1734）遂初园刻本，第7a页。

之作，认为其不登大雅之堂，但不可否认的是，集句诗对诗人的文学素养有着很高的要求。正如吴承学先生所言，集句"是在对前人作品的玩赏中表现自己的智力和创造性的文体"①，因其"既需博学，又尚急智；既要巧思，又要雅趣"②。集句看似游戏，实则不易。集句诗人兼读者与作者双重身份于一身的特殊性，决定了其在再创作过程中，必须具备丰厚的知识储备、敏锐的才情、卓越的领悟力以及非凡的创造力，缺少任何一种能力，都将导致作品完整性的缺失或情感的枯竭。所以说，集句诗除游戏之外，本身亦具有一定的严肃性，而这表现在其较非集句作品更具难度与挑战性。从形式上说，集句诗必须符合一定的文体要求及韵律结构。从内容上说，集句诗既要前后通顺，文气连贯；又要寄托身世，抒发情怀，故集句诗人应具备高超的创作技巧，使其作品如从己出。黄之隽于此深有感触，当时人批评《香屑集》是在"捋割补衲""串穿""诔意"时，他笑言："固云戏也，不过偃师之技耳，立剖散倡者可也。"③ 有戏亦有技，这一巧妙的回复，正回应了《香屑集》是集游戏与严肃为一体的集句诗作。

关于创作之难，黄之隽曾于《诗话八则》之五中说道："若'香奁体'，为古诗弥难于集矣。黄子各撰五、七言古，以备厥体，惜不遇老铁一评也。耳食者幸勿与世之集唐而概蔑之。"④ 又于《自题香屑集卷末十二首》之五中云："日日成篇字字金，酒浓花暖且闲吟。诗中得意应千首，颇学阴何苦用心。"⑤ 道尽其集艳情诗之苦。"不三四年，凡八百首。灿若编贝，章章贵奇。端如贯珠，句句欲活。"⑥ 然苦中作乐，苦中有甜，黄之隽的这种自得之情，在他的《自题香屑集卷末十二首》中表现得尤为突出。"小碎诗篇取次书，吟看句句是琼琚。王杨卢骆当时体，管领春风总不如"（其一），"未愧金銮李谪仙"（其二），"五色毫端弄逸才，绮

① 吴承学：《集句论》，《文学遗产》1993 年第 4 期。

② 吴承学：《集句论》，《文学遗产》1993 年第 4 期。

③ （清）黄之隽：《香屑集》卷首，清雍正十二年（1734）遂初园刻本，第 3b 页。

④ （清）黄之隽：《香屑集》卷首，清雍正十二年（1734）遂初园刻本，第 2b 页。

⑤ （清）黄之隽：《香屑集》卷末，清雍正十二年（1734）遂初园刻本，第 1b 页。

⑥ （清）黄之隽：《香屑集》卷 1，清雍正十二年（1734）遂初园刻本，第 7b 页。

罗长拥乱书堆。比于黄绢词尤妙，明媚谁人不看来"（其六）①。正因如此，黄之隽对《香屑集》期许甚高：

> 香屑者，黄子偶集唐人句为诗，或五言，或六言、七言，绮罗脂粉，故曰香；割缀琐碎，故曰屑也。往见韩偓《香奁诗》间游戏集句，次其题，韵三十余首，既又拓为他题。辄自嗟曰：平生呕心撚髭，为诗古文词，金享帛，玉抵鹊，雕镂烂然。人以为訬痴符耳，是不足传。谅不若斯之可永也。庄周言："大音不入于里耳，《折杨》《皇荂》，则嗑然而笑。"宋玉言："歌郢中者，曰《下里》《巴人》，则属而和者数千人。"斯之为《折杨》《下里》也夫？是以或永也。遂别一集而字之。②

他将集中作品自嘲为《折杨》《皇荂》《下里》《巴人》一样的民间俗乐，并非甘于庸俗，而是希冀其作品能同俗乐一样，流传广泛而久远。得以流传久远的作品，不可能是无价值的，故"谅不若斯之可永也""是以或永也"两句，不仅是对艳情诗传播功用的肯定，也是对艳情诗本身价值的肯定。又《自题香屑集卷末十二首》之七："多少鱼笺写得成，直应天授与诗情。《阳春》唱后应无曲，尽是人间第一声"，其八："天生旧物不如新，裁剪烟花笔下春。谁许风流添兴咏，酒垆犹记姓黄人。"③ 字里行间包含以文字传世不朽之意，毫不讳言地表达了他对于《香屑集》的认同与期许。之所以对《香屑集》有着高度的赞誉，正是因为黄之隽深知此集创作的苦心，极言其创作难度大、存世价值高，是对集句这一体裁自身严肃性的考量，以及利用这一形式自身严肃性来提升艳情格调的明确意识。

《香屑集》的成书可谓是作者呕心沥血的成果。以集句的形式包裹艳情的内核，强调集句技巧的难度，赋予艳情诗以艺术严肃性，从而提升

---

① 分别见（清）黄之隽：《香屑集》卷末，清雍正十二年（1734）遂初园刻本，第1a、1a、2a页。

② 分别见（清）黄之隽：《香屑集》卷首，清雍正十二年（1734）遂初园刻本，第1a页。

③ 均见（清）黄之隽：《香屑集》卷末，清雍正十二年（1734）遂初园刻本，第2b页。

艳情诗品格，便是黄之隽创作《香屑集》的深层意图，也是黄之隽所使用的隐性尊题策略的基本思路。

二 取法乎上

清初，整个诗坛被唐宋诗之争的风气笼罩，面对唐诗与宋诗两种不同的审美理想，诗学家对其抱有不同的态度。然而，不论作家个人的审美价值判断如何，唐诗的经典地位始终不容动摇。黄之隽自然明白这一道理，于是，他选择取法唐诗，以求以取法高格的策略提升其集内作品的品格。在卷首《诗话八则》之一中，黄之隽描述了自己的编纂动机："香屑者，黄子偶集唐人句为诗，或五言，或六言、七言，绮罗脂粉，故曰香；割缀琐碎，故曰屑也。往见韩偓《香奁诗》间游戏集句，次其题，韵三十余首，既又拓为他题。"① 其二亦云："《列朝诗集》载集句一卷，八十余首，唯莆田陈山人言诸体俱佳，余子无全璧。或一首中用一人二、三句，则隘；或杂用唐、宋、元、明人句，则滥；或以一句对此句，复移对彼句，则复。《香屑》千首中，句无重出；每一首中，人无叠见；其波及五代，阑入诗余者，皆沿《全唐诗》例为之。"② 考察以上两则诗话，黄之隽取法乎上的策略包含三层。一是视唐诗为诗歌上品，认为集中杂入其他朝代的作品，是粗制滥造。二是以《全唐诗》规范其体例。对《全唐诗》体例的祖述，除是对第一层策略的延伸外，亦是对体例的严谨追求。三是宗法韩偓。韩偓是艳情诗的代表诗人，对其进行追摹，正是取法第一义之举。黄之隽有意强调《香屑集》对于唐诗的崇尚，与其提升艳情诗品有着密切联系。

黄之隽对于唐诗的重视，除在卷首以类似凡例的口吻予以阐述，如《诗话八则》之三：

> 集句诗惟系姓名，恐有点窜以属对，袭讹以成章者，甚或杜撰

---

① 均见（清）黄之隽：《香屑集》卷首，清雍正十二年（1734）遂初园刻本，第1a页。
② 均见（清）黄之隽：《香屑集》卷首，清雍正十二年（1734）遂初园刻本，第1b页。

诗句以冒唐人刻本流传，诬妄尤甚。黄子是集，句系人，人系题，使撰者不欺，读者有考，且唐人诗题迥绝，后人皆有矩矱可师法。故备注其下，俱考诸专集。今得新刻《全唐诗》备矣，其有一刻某人者，从吾所知；其有一作某字者，从吾所用。①

亦于正文当中予以贯彻。黄之隽确如其言，在每首诗后详细备注各句出处，使其出之有据。明确各句出处，告诫读者每句均出自唐人，似在有意强调诗句取法的合理性，以及由此产生的高格。试看第八则诗话："或谓'诗句嫚亵，背于大雅'以戒黄子，则对之曰：'辞非己出也，绮语泥犁，唐人当之矣。'"② 时人以诗句淫靡猥亵讥刺作者，作者则以诗句不为自己而是唐人所作予以反驳。一问一答中，实则隐含了问答双方默认的两重事实。其一，唐诗是诗歌典范；其二，唐人亦作艳诗。第一重事实，可视为取法唐诗的原因；第二重事实，则是为艳情正名。既然唐诗是诗歌典范，那么唐诗不废艳情，不正是承认了艳情诗的价值吗？此种阐释，正与《诗经》不斥言情一致。将此则诗话同上述第三则诗话对照并观，作者想要表达的似是此种涵义：《香屑集》取法的是第一义中的艳情，便也是艳情诗中的第一义，那么，《香屑集》自具高格自是顺理成章之事。

如果说视唐诗为上品的策略在第二卷中表现为对韩偓的追摹而专列一卷"和《香奁》题次韵"③，那么，在最后一卷，则表现为对杜甫的瓣香。如果说对韩偓的追摹，是因其为艳情诗的代表，那么，对杜甫诗句的集合重组，不仅是因杜甫崇高的诗坛地位，更是因杜甫高尚的人格魅力，而这足令艳诗提升其自身品格。黄之隽在《诗话八则》第六则中说道：

> 黄子见名流多集杜句，然不近艳体，乃戏集数十首为一卷，亦必通首无复题，通卷无复句。既成而曼吟之，宛若少陵野老伸眉吮

---

① 均见（清）黄之隽：《香屑集》卷首，清雍正十二年（1734）遂初园刻本，第1b—2a页。

② 均见（清）黄之隽：《香屑集》卷首，清雍正十二年（1734）遂初园刻本，第3b页。

③ 均见（清）黄之隽：《香屑集》卷2，清雍正十二年（1734）遂初园刻本，第1a页。

毫而出之者。闲情不玷高风，梅花未损相业。此老当亦无怪于持螯也。①

该则诗话叙述了黄之隽集杜甫艳情诗的原因。一是出于创新意识。集杜之人虽多，但未有专集杜甫艳情诗的诗人。二是提升艳情品格。"闲情不玷高风，梅花未损相业"，意指艳情无伤大雅。集杜素来有其传统，自宋以来，渐呈气候，但将爱情题材引入集杜，以集杜写艳情，则始于黄之隽的《香屑集》。② 集杜诗的这一新变为黄之隽探得，应不是偶然。除清代集杜继续发展，较前代为盛外，黄之隽应是有意借用杜诗为己之诗集正名。前已述及，唐诗不废艳情，故艳情的存在合情合理。顺此思路，杜诗不废艳情，那么，不更证明了艳情诗存在的合理性吗？以杜甫的诗作集为艳诗，不仅借重了诗圣之高名，让读者明白具有高世之德的诗圣也写艳情，从而起到为艳情正名之目的；同时，也借助了杜诗之审美内涵，以构成其所集艳情诗歌清绝的美学风格，顺利地提升了艳诗的品格。

《香屑集》卷十八的集杜诗，通过将原本沉郁顿挫的杜诗进行重组与改造，选取杜诗中可融入艳情的诗句，组合成新的艳情诗歌。由于杜诗本身用词较为含蓄典雅，加之黄之隽选取的诗句多具空灵之象与清新之态，故《香屑集》中的集杜诗呈现的是一派娴雅清秀的体格风貌。试看其集杜诗《无题九首》之三：

> 楼上炎天冰雪生，山头落日半轮明。
> 青袍白马有何意，湖水林风相与清。
> 语尽还成开口笑，谁家巧作断肠声。
> 此心炯炯君应识，巫峡泠泠非世情。③

炎天冰雪、山头斜照、湖水清凉、林风萧瑟，景致已是超脱清拔，继又

---

① 均见（清）黄之隽：《香屑集》卷首，清雍正十二年（1734）遂初园刻本，第2b—3a页。

② 林小园：《清代诗人黄之隽集杜诗研究》，《阴山学刊》2018年第6期。

③ 均见（清）黄之隽：《香屑集》卷18，清雍正十二年（1734）遂初园刻本，第9b页。

融入离愁之思、断肠之音，以映衬忠贞之心与无奈之情，一派清冷高隽之象顷刻跃然纸上。再如其七：

> 愿吹野水注金杯，恐失佳期后命催。
> 返照入江翻石壁，行云几处傍琴台。
> 无边落木萧萧下，但见群鸥日日来。
> 不有小舟能荡桨，一生襟抱为谁开？①

该诗写情人间的别后相思，将思念的愁苦，融进苍凉萧瑟的景致当中，层层铺开，情感至尾联达到高潮：心上人儿远隔万水千山，如何传达我深沉的情谊？全诗设色淡雅，静谧之中包含隽永的深情，绝非艳俗之诗可比。即使是热恋场景，黄之隽的集杜艳情诗也没有猥亵，只让人感到情的深沉与美的体验，如描写欢会场景的《艳体十九首》之一：

> 绝代有佳人，琴台隐绛唇。
> 烛斜初近见，酒绿正相亲。
> 紫萼扶千蕊，银河没半轮。
> 一时今夕会，瑞锦送麒麟。②

既为艳情正名，又提升了艳情诗的品格，可谓两全其美。对于经典的追摹，旨在重申创作的合法性，这对提升艳情诗的品格，无疑起着不可忽视的作用。

三 严肃写作

黄之隽于卷首、自序及卷末中，不时流露出其希冀超越前人的创作动机，因黄之隽清楚，不论运用何种策略，要想达到提升艳情诗品格的

---

① 均见（清）黄之隽：《香屑集》卷18，清雍正十二年（1734）遂初园刻本，第10b页。
② 均见（清）黄之隽：《香屑集》卷18，清雍正十二年（1734）遂初园刻本，第1a页。

目的，归根结底还是要以作品服众。如何运用艳情诗集与集句形式，极
大程度地发挥它的优越性，彰显作品的严肃性，是衡量诗歌高品的标准
之一。在具体的创作实践中，黄之隽又运用了一系列精细的写作策略，
使其笔下的艳情集句诗具备较高的艺术水平，从而提升艳情诗的品格。

　　试图超越前人，便要有所开拓创新，《香屑集》中不乏出奇制胜之
处，而这些均是黄之隽力图超越前人，以期达到"前无古人，后无来
者"① 的创举。《香屑集》自序便落笔不凡，堪称豪举："忽然凑泊得三
千余言，以示同学，自谓：'庶几致光之序《香奁》。'人谓：'突过孝穆
之序《玉台》也。'"② 该序效仿《香奁集》序，采用骈文体制，洋洋洒
洒千余言，有过之而无不及。该序在当时便得到了时人的好评，将其比
之徐陵的《玉台新咏序》。更为难得的是，该序本身亦是集句之体，所集
之句，均出唐人之手。这种超越前人、不甘人后的创新意识，已于正文
之前窥得一二。而纵观整部《香屑集》，则有三大创新之处。一是备体备
题。《诗话八则》之五言："集句诗多绝句，次则律，而古诗绝少。……
若"香奁体"，为古诗弥难于集矣。黄子各撰五、七言古，以备厥体。"③
集句诗多绝句与律诗，少古诗，《香屑集》一变而为备体，且于五古、七
古均备。集内作品更是在艳情这一大的题材中，将艳情诗的各个种类、
艳情发展的各个阶段，叙述完备，无一遗漏，可谓体大详备。二已如前
所述，即将艳情引入集杜，扩大了集杜的题材范围。三是体例上每首句
无重出，人无叠见（除第十八卷集杜诗外），并于诗后附注各句出处。需
要说明的是，在实际的操作过程中，作者有时会刻意打破此种苛刻的条
例，并于龃龉处加以说明，绝不蒙混姑息。如卷二《无题五首》尾注：
"全部内，每首无复入，唯此篇用子美二句，鲁望二句"④，卷四《艳歌
行二十六首》之八尾注："用徐铉二句"⑤，等等，足见其态度之严谨。
这些新变，均是黄之隽希冀提升作品格调的策略。除此，《香屑集》尚有

① （清）永瑢等：《四库全书总目》下册，中华书局1965年版，第1529页。
② （清）黄之隽：《香屑集》卷首，清雍正十二年（1734）遂初园刻本，第2a页。
③ （清）黄之隽：《香屑集》卷首，清雍正十二年（1734）遂初园刻本，第2b页。
④ （清）黄之隽：《香屑集》卷2，清雍正十二年（1734）遂初园刻本，第9b页。
⑤ （清）黄之隽：《香屑集》卷4，清雍正十二年（1734）遂初园刻本，第5b页。

许多地方体现了作者的匠心独运，具体表现如下。

（一）艺术巧构

《香屑集》汇集艳情诗句，常对女性体貌或情感进行观照，一些作品风格纤冶，设色艳丽，仅从内容而言，谈不上高品。黄之隽以技巧入手，创作精细工妙的诗歌，意在以高超的艺术手法提升艳情诗的水平，这首先表现在结构的安排。《香屑集》多组诗，这些组诗往往有其内在逻辑，或以时间为序，或以情感发展为序，或按一定的相似性将事物排列起来。如按季节顺序，分咏春、夏、秋、冬四时艳事的《春十首》《夏十首》《秋十首》《冬十首》① 四组组诗，不仅在物候上完全按照时间发展顺序进行叙述，就连人物的情感亦是随之起伏波动的。最为典型的是《春十首》，从春花烂漫、啼鸟鸣叫，到落红阵阵、芳草萋萋，情感也由亲密到疏远，热烈到平淡，景朝横向扩展，情则往纵向加深。这些含有一定时间顺序的组诗，其末往往以艳情的消亡作结，就连整部《香屑集》的末篇——集杜《艳体十九首》之十九②，也是一首怨诗。这样的安排，似包含着作者特定的考量。将男女恋情置于悲剧的审美效果上，较热恋更具审美上的超脱与洗礼，精神的升华，自然对应了诗品的提升。它如《女咏十首》③，以同一模式开头，分咏十位身份不同的女性，其首句分别为："秦地吹箫女""飘渺巫山女""金钏越溪女""宋玉东家女""垆边酒家女""采莲溪上女""窗下抛梭女""秋千细腰女""十五小家女""窈窕双鬟女"，构思巧妙，与之类似的还有《佳人四十首》《美人四十首》④。此外，《别情十七首》⑤ 与《怨情十五首》⑥ 两组组诗，同为叙述离情、寄托哀思之作，却又同中有异，前者尚怀希望，后者绝望悲戚。这些意脉连贯的组诗，在在都是作者精心结撰的成果。

---

① （清）黄之隽：《香屑集》卷5，清雍正十二年（1734）遂初园刻本，第1a—11a页。
② （清）黄之隽：《香屑集》卷18，清雍正十二年（1734）遂初园刻本，第5b—6a页。
③ （清）黄之隽：《香屑集》卷5，清雍正十二年（1734）遂初园刻本，第11a—13b页。
④ （清）黄之隽：《香屑集》卷9，清雍正十二年（1734）遂初园刻本，第1a—1b页。
⑤ （清）黄之隽：《香屑集》卷7，清雍正十二年（1734）遂初园刻本，第11a—15b页。
⑥ （清）黄之隽：《香屑集》卷8，清雍正十二年（1734）遂初园刻本，第1a—4b页。

而单看一首，也能发现作者的巧思。如《仿风十六首》之十二：

> 昔岁梦游春，春来有女郎。黄金扼双腕，偎门匀红妆。羞人映
> 花立，含情双玉珰。灿然顾我笑，问我来何方。徘徊春风前，吹却
> 兰麝香。含笑引素手，罗袖从回翔。小苑花台间，昼阴横半墙。开
> 轩卷绡幕，尊酒坐高堂。帷横双翡翠，树栖两鸳鸯。香摇五明扇，
> 瓯擎五云浆。我有一端绮，五色成文章。持为美人赠，欢喜入心肠。
> 谁家无风月，独我到寝房。夜影寄红烛，自非日月光。殷勤照永夜，
> 悄悄夜正长。灯花助春意，吹上玳瑁床。碧云暗雨来，宛若巫山阳。
> 悠悠春梦余，觉来疑在侧。枕席芙蓉馨，求之不可得。徒看春草芳，
> 犹带罗裙色。①

诗歌讲述男子回忆往日所做之梦，不仅描绘了梦中景象，亦叙述了男子
醒后的感觉，故事结构完整，写景如在目前。又如《艳情六十首》之四：

> 双燕入卢家，娇莺语更夸。
> 玉封千挺藕，金剪一枝花。
> 地锦排苍雁，春盘擘紫虾。
> 隔帘妆掩映，眉月隐轻纱。②

前两联以比的手法，刻画女子动听的声音与动人的姿态，颈联描绘宴饮
时的欢娱场面，尾联则于朦胧的意境之下，点出女子美丽的容颜。整首
诗由粗到细，由物及人，层层诱出诗中女主人公，结撰有序。

　　黄之隽高超的艺术手法亦表现在写作的熨帖上。组诗《芳年十三
首》③，按年龄顺序描绘妙龄少女。不同年龄段的女性有着不同的韵致，
组诗将她们不同年龄段的情态表现得栩栩如生，使其符合每一阶段的心

---

① （清）黄之隽：《香屑集》卷3，清雍正十二年（1734）遂初园刻本，第8a—8b页。
② （清）黄之隽：《香屑集》卷6，清雍正十二年（1734）遂初园刻本，第1b页。
③ （清）黄之隽：《香屑集》卷13，清雍正十二年（1734）遂初园刻本，第17a—20b页。

态与外貌特点。其中，第三首尾联的"慢靸轻裙行欲近，只能欢笑不能愁"，更是饱含了作者对歌女深切的同情，情感同为熨帖。另一组组诗《闺中月令诗》①，分咏十二个月的闺中情态，时间的运行轨迹对应情感的亲疏变化，情景交融，贴切非常。而《竹枝词三十三首》②，亦符合该体裁的语言特征：作者有意寻找同双关、连珠等民歌手法相关的诗句集结成篇，使之颇具民歌色彩。

另外，尚有一些韵律方面的巧构，如《倒押前韵》③，将前首诗的韵律完全颠倒，组成的新诗却仍然语意连贯，自然得体。又《无题上下平三十首》《无题代寄三十首上下平韵》《无题代答三十首上下平韵》《又无题上下平三十首》④，这些组诗均各三十首，以前后每十首对应上、下、平押韵，这是在本有集句的难度之上，再添一重难度，令人叹服。

（二）清雅品格

《香屑集》集中作品于追摹中见新意，效仿中出奇思，屡见妙语巧构，包含着作者的独运匠心。除作品的巧构精思之外，黄之隽又以清雅的诗歌品味与其配合，在内容与风格上提升艳情诗的格调。

黄之隽论诗本重雅正，观其自谓是"概论作诗大旨"的《诗者何为四首寄焦征君》，其第三首的主题便强调了"性情之正"的重要："缘情众知，孰云其性？……性不影情，图以人胜。"⑤ 诗人心目中的情，是受到心性制约的、符合正道的情。持有该种观念的黄之隽，亦将其贯彻到了《香屑集》的创作当中。《香屑集》虽是集句诗集，但集中作品却是诗人的再创作，它们收摄着诗人的情感体验，凸显着诗人的主体意识。作者将自身情感投射到作品中去，使其诗歌有了情感的依托或身世的寄托，

---

① （清）黄之隽：《香屑集》卷17，清雍正十二年（1734）遂初园刻本，第7a—9a页。
② （清）黄之隽：《香屑集》卷17，清雍正十二年（1734）遂初园刻本，第1a—7a页。
③ （清）黄之隽：《香屑集》卷2，清雍正十二年（1734）遂初园刻本，第9b—10a页。
④ （清）黄之隽：《香屑集》卷8，清雍正十二年（1734）遂初园刻本，第4b—12a页、卷10 第1a—10a页、卷10 第10a—18b页、卷16 第1a—11b页。
⑤ （清）黄之隽：《唐堂集》，《清代诗文集汇编》第221册，上海古籍出版社2010年版，第331页。

从而显出厚重的深度，这是《香屑集》虽为艳情诗集，亦不失清雅的一个原因。如《艳情六十首》之一：

> 红豆生南国，余阴照比邻。
> 柳堤遥认马，芳树欲留人。
> 烂漫三春媚，温暾四气匀。
> 绿苔行屐稳，来往蹑遗尘。①

该诗表现女子对游子的思念，整首全由行动和景物烘托浓烈的情感。满怀期待的盼归，却又一次次地失落，深情已于颔联道出；徘徊苔上、闲寻旧迹的行动，又是对回忆的追述，再一次晕染了相思，此情之深厚力透纸背。又如同题之十六：

> 明眸利于月，美色艳于莲。
> 柳叶来眉上，花丛在眼前。
> 定应形梦寐，故欲伴神仙。
> 有意留连我，无媒窃自怜。②

美艳的女子倾心于钟爱的男子，却恨无媒为之说合。最后一句言近旨远，顾影自怜，道尽万般无奈，似有寄托，又无寄托。若说该诗不一定寄寓君臣之义，那么集杜诗《艳体十九首》之十一，一报一效，似于此有合。其诗如下：

> 唤起搔头急，春生力更无。
> 盈盈当雪杏，冉冉下蓬壶。
> 邀我尝春酒，怀君想报珠。

---

① （清）黄之隽：《香屑集》卷6，清雍正十二年（1734）遂初园刻本，第1a页。
② （清）黄之隽：《香屑集》卷6，清雍正十二年（1734）遂初园刻本，第4b页。

珠中有隐字，折骨效区区。①

综观《香屑集》全集，其情感表达总体上较为含蓄委婉，这同黄之隽多用景物渲染或侧面烘托手法，而较少直接对女性身形的白描不无关系。同时，在气氛的烘托与情感的抒发上，黄之隽也多择景语，使艳情诗歌于语词格调层面显现清雅的格调。如《艳情六十首》之二：

> 杨柳伴啼鸦，绿窗人似花。
> 梦余蟾隐映，钗转凤倚斜。
> 夜影寄红烛，朝光借绮霞。
> 既倾南国貌，金谷不能夸。②

该诗表现女性容貌体态之美。除"钗转凤欹斜"一句，直接描绘女性头饰及发型之外，未再有对其体貌形态的直接描写，而是通过具有朦胧澄澈之美的外在景物渲染，及同石崇侍女的对比当中，烘托女子之美。又同题组诗之五十九尾联："过客多相指，将行又驻留。"③从行人被女子吸引、不愿前行的角度，侧面烘托了女子之美。而《别情十七首》之十三颔联："雾垂鸦翅发，雨湿翠毛簪。"④则从对女子夜不能寐，不顾环境恶劣，临槛远眺，等待爱人归来场景的描绘，道出女子深切的相思之情。此外，《香屑集》还多用花、树象征人物，如"宿雾蒙琼树，朝霜润紫梨"⑤"杏花如有意，春草自应知"⑥"露委花相妒，亭香草不凡"⑦，有的还用蜡烛作喻："镜上有尘犹可拂，暗中无烛若为行。"⑧这些诗句含蓄蕴藉，曲笔道来，弱化了绮罗脂粉的炫目色彩，减少了狎欢亲昵的庸俗

---

① （清）黄之隽：《香屑集》卷18，清雍正十二年（1734）遂初园刻本，第3a页。
② （清）黄之隽：《香屑集》卷6，清雍正十二年（1734）遂初园刻本，第1a页。
③ （清）黄之隽：《香屑集》卷6，清雍正十二年（1734）遂初园刻本，第15b页。
④ （清）黄之隽：《香屑集》卷7，清雍正十二年（1734）遂初园刻本，第14b页。
⑤ （清）黄之隽：《香屑集》卷7，清雍正十二年（1734）遂初园刻本，第15b页。
⑥ （清）黄之隽：《香屑集》卷6，清雍正十二年（1734）遂初园刻本，第12a页。
⑦ （清）黄之隽：《香屑集》卷8，清雍正十二年（1734）遂初园刻本，第12a页。
⑧ （清）黄之隽：《香屑集》卷12，清雍正十二年（1734）遂初园刻本，第13b页。

成分，诗歌品格得以提升。同时，黄之隽还受游仙诗的影响，习惯在《香屑集》中营构仙家境界。如多用桃花源、巫山神女、刘晨阮肇、牛郎织女与投佩交甫等仙家艳情典故，亦多用"仙"字，称呼诗中人物为"仙郎""仙客""女仙""神仙""仙子"①，将人物置于或晶莹洁净，或冷清高峻的仙境加以刻画，以凸显人物的冰清玉洁。同时，黄之隽还有意突出女性才华，于诗中引入文房意象，使艳情变俗为雅，诗歌品格顿感超拔。如《艳情六十首》之五十一有"索句写梅真""风流与才思"，《无题上下平三十首》之十九有"有时闲弄笔，词体近风骚"，其二十四有"丽藻终思我，非关笔砚灵"② 之句。

（三）活用语义

集句诗能够成为独立的文学作品，甚至实现跨越题材的重组，取决于语义的伸缩与延展，即同一词句在不同语境下会产生多重语义。活用语义，进行诗句之间的重组衔接，便能得到一首崭新的集句诗歌。在黄之隽笔下，语言的这一特性被他运用得炉火纯青。他充分调动语言的多义性，重新阐释诗句含义，让本无关联的诗句通过精心的结撰，连缀成篇。这些对仗工整、语意连贯、如出己手的集句诗，将艳情与友谊、哲理、风景，等等，实现了共通。一句"香尘岂是尘"③，将原句的佛家空境，一变而为红尘世俗，不仅同上句"真玉却非玉"④ 构成极为工整的对仗，更以寥寥五字，将女子体态的轻盈与别时的难舍表现得淋漓尽

---

① 以上含"仙"字的词组分别见《欢情四十一首》之一、三，《佳人》之十，《古意上五十四首》之四，《古意中五十四首》之四十一，对应的页码为（清）黄之隽：《香屑集》，清雍正十二年（1734）遂初园刻本，卷7第1a页、卷7第1b页、卷9第3a页、卷11第2a页、卷12第13a页。

② 分别见（清）黄之隽：《香屑集》，清雍正十二年（1734）遂初园刻本，卷6第13b页、卷8第9a页、卷8第10b页。

③ （清）黄之隽：《别情十七首》之六，《香屑集》卷7，清雍正十二年（1734）遂初园刻本，第12b页。

④ （清）黄之隽：《别情十七首》之六，《香屑集》卷7，清雍正十二年（1734）遂初园刻本，第12b页。

致。而《无题上下平三十首》之九中尾联"谁能挹香水，流影入君怀"① 这一流水对，则巧妙运用对句原句中表达愿望的殷切心理，继之艳情，改对句原诗出句"一为濯烦纡"② 所表现的清思寡欲为恋曲相思，使之更具形象性与想象力。同题之十六末句"马过隔墙鞭"③ 和《佳人四十首》之十二末句"梅花扑酒尊"④，则均改原诗单纯的写景而为结有余韵的情语，盼望情人的焦急与叹逝青春的哀怨活现纸上，较原作更具风力。《佳人四十首》之二十一的颈联"乍惊珠缀密，应笑画堂空"⑤，《无题代寄三十首上下平韵》之十一尾联"咫尺画堂深似海，魂消目断未逢真"⑥，则不仅衔接自然，亦对空间及心绪关系的把握上细致到位。而《美人四十首》之二十八的尾联"桃李惭无语，吹香匝绮茵"⑦，好似桃李因羞愧而落，直令人想到闭月羞花之典，不仅想象奇特，也照应了开头"美人争探春"一句：此时若再不赏春，春事就要过去了。黄之隽将语言的多义及其同语境的关系发挥到极致，活用语义，让诗句重获新生，在约束中实现自由。这些颇具艺术水准的佳作，是黄之隽提升艳情诗格调的最好证明。

结　语

关于黄之隽的策略，陈邦直于《香屑集》跋文中亦重加申明："唐堂夫子粹然儒者，而不讲学，尤不言禅悟。然当少壮时，沦落未遇，乃寓情《离骚》芳美以消块垒。仿王介甫、孔毅父体，截唐诗，集为

---

① （清）黄之隽：《香屑集》卷8，清雍正十二年（1734）遂初园刻本，第6b页。
② （唐）杨衡：《病中赴袁州次香馆》，（清）彭定求等：《全唐诗》，中华书局1960年版，第5287页。
③ （清）黄之隽：《香屑集》卷8，清雍正十二年（1734）遂初园刻本，第8b页。
④ （清）黄之隽：《香屑集》卷9，清雍正十二年（1734）遂初园刻本，第3b页。
⑤ （清）黄之隽：《香屑集》卷9，清雍正十二年（1734）遂初园刻本，第6a页。
⑥ （清）黄之隽：《香屑集》卷10，清雍正十二年（1734）遂初园刻本，第4a页。
⑦ （清）黄之隽：《香屑集》卷9，清雍正十二年（1734）遂初园刻本，第17b页。

《香屑》，多至千首。"① 并认为此集"辞采三唐，旨通于《国风》"②，最后评定《香屑集》为"巧夺天工"③之作。可以说，陈邦直的跋文对黄之隽于《香屑集》中提升艳情格调的策略与实践做了高度的概括与评价。

《香屑集》作为黄之隽提升艳情格调的实践，总体较为成功，后世评论家亦对其有较高评价。谢章铤云："集唐极有盛名，《香屑》一集，不胫而走。"④ 钱仲联云："云间诗学，唐堂中兴。其得名乃在《香屑》一集，集唐诗九百四十三首，各体皆备。其自序集骈文三千余字，工巧浑成，千变万化，屈伸自如，极才人之能事。"⑤《四库全书总目提要》云："之隽是编，虽取诸家之成句，而对偶工整，意气通贯。排比联络，浑若天成。且惟第二卷《无题》五言长律中重用杜甫二句，陆龟蒙二句。余虽洒洒巨篇，亦每人惟取一句，不相重复。且有叠韵不已，至于倒前韵，而一一如自己出。可谓前无古人，后无来者。虽其词皆艳冶，千变万化，不出于绮罗脂粉之间，于风骚正轨未能有合。而就诗论诗，其记诵之博，运用之巧，亦不可无一之才矣。"⑥

受黄之隽提升诗品这一诗学思潮影响的谭献，亦在为汪渊《麝尘莲寸集》作序时云："辞者意内而言外，尚友者诵诗而读书。唐堂《香屑》之千篇，竹垞《蕃锦》为一集。此空中语，作如是观。"⑦《麝尘莲寸集》系汪渊著，其妻程淑笺注的一部集句诗集，其中多涉男女恋情，风格轻艳绮靡，同《香屑集》中作品内容风格相似。可见，谭献认为《香屑集》同《麝尘莲寸集》一样，意内言外，别有寄托，绝非浅俗之辈。虽然《香屑集》并不一定如谭献所言，是别有寄托之作，但其确为艳诗品格的提升提供了一个可资借鉴的创作实践。

---

① （清）黄之隽：《香屑集》跋，清雍正十二年（1734）遂初园刻本，第1a页。
② （清）黄之隽：《香屑集》跋，清雍正十二年（1734）遂初园刻本，第1a页。
③ （清）黄之隽：《香屑集》跋，清雍正十二年（1734）遂初园刻本，第1b页。
④ （清）谢章铤：《赌棋山庄词话》，厦门大学出版社2013年版，第237页。
⑤ 钱仲联：《顺康雍诗坛点将录》，《苏州大学学报》1991年第1期。
⑥ （清）永瑢等：《四库全书总目》下册，中华书局1965年版，第1529页。
⑦ （清）汪渊：《麝尘莲寸集》，安徽文艺出版社1989年版，第4页。

总之,《香屑集》是黄之隽运用相关策略,以集句形式赋予作品严肃文学性的创作,它包含着黄之隽创作的甘苦,凝聚着黄之隽提升艳情格调的心血,在提升诗品的思潮史与创作史上都留下了一笔不可磨灭的印记,彰显着华亭人士的人文智慧。

作者简介:

王愈燊,女,复旦大学博士研究生,主要研究方向为元明清文学。

戏曲小说研究

分阕排场与角色化身

——论《月中人拈花记》的剧体结构与叙事格局

武晓静

摘　要：安徽绩溪月鉴主人章传莲所作《月中人拈花记》一剧因剧本的获取难度与文本的阅读难度历来为学界所忽视。文章以《古本戏曲丛刊七集》所收乾隆乐真别墅刊本为研究对象，首次从戏曲美学的角度切入研究。"以阕入折"的标目方式体现出月鉴主人对于戏剧排场结转的关注，上下对称的分本策略透露出叙事分层的深入。该剧以演说"觉性妙心"为创作契机，并取喻于月，以隐喻的方式为剧中角色命名，并通过佛教三身说理念构筑角色之间的关系场域，借由角色的迷悟来阐释深奥的佛理。《月中人拈花记》回应了晚明以来"以戏为佛事，可乎"的重要议题，为戏、佛融通提供了一个可资借鉴的方法。

　　关键词：《月中人拈花记》　脚色　排场　叙事

　　章传莲，字天山，号月鉴主人，别号乐真子，生于康熙癸酉（1713），卒于乾隆丁丑（1757），博涉经史，工诗、文、词①，于三教之

---

① 王裕明的《〈月中人〉作者月鉴主人考》一文首次对传奇《月中人拈花记》的作者以及著述情况进行考证，根据民国《绩溪西关章氏族谱》考证出月鉴主人为清代绩溪章传莲，并据《族谱》卷三十四可知章传莲共撰有《周易参同契正注》二卷、《心经正注》一卷、《张紫阳悟真篇正注》四卷、《后刻心经正注》一卷、《内外丹指要》一卷、《与十二友问答》一卷、《月鉴尺牍》一卷、《拈花记》十卷、《离骚注》《喝水曲》一卷、《觉情别录》二卷、《回文新锦》一卷、《天山诗集》十卷等。见于王裕明《〈月中人〉作者月鉴主人考》，《学海》2011 年第 5 期。

书无不通晓，平生以修道为主。乾隆癸酉（1753）冬，月鉴主人章传莲与雪尊山人郑宏纲演说"觉性妙心"而作《月中人拈花记》①，同时亦受女道士雪芳子《鉴中天》的影响②。月鉴主人取喻于月，以隐喻的话语系统构筑文本中的角色命名与关系场域，赋予梅水韵、华尊云情障的轮回，打破月华隐者、水影娘人相、我相的固执，焚灭雪梦的爱、贪的欲念，不仅普劝沉沦于情海欲河的痴情儿女，也给参悟佛理者提供渡河木筏。章传莲以修行者的身份介入戏曲创作，这一跨界身份的戏曲创作回答了自晚明以来"以戏为佛事，可乎"的重要议题，即以传奇语阐佛理，可令听者解惑。吴晓铃先生认为该剧文字庸俗，内容为千篇一律的宣扬佛法的故事③，但本文认为《月中人拈花记》在以戏说法、顺欲潜导的戏佛融通方面具有重要的突破与创新意义，这种对话性凸显了戏佛本质的同异性，从某种程度上建立起两者融通的管道，其处理戏曲形式及内容与佛法的美学关系值得进一步探究。

一　分阕与析目：排场结转与剧体结构

《月中人拈花记》从佛教见思二惑生发戏剧矛盾，由三条线索穿插共构而成：主线为主角水韵道人与尊云仙子因未能斩断情根而下凡变为梅水韵和华尊云，二人饱经离合聚散，走出情网，同证极乐；副线一：月

---

①　章传莲在《月中人拈花记·缘起》中记录该剧的创作缘由：缘起于寒岩积雪，归途险阻，寓梅涧西窗，时癸酉之冬也。与雪尊山人话无生法忍，偶及古德有为"临去秋波"契悟者。雪尊云："临去秋波，何如当来春色？今夕月明如镜，满涧梅花，春到枝头已十分矣。月鉴主人可即此梅此月谱出阳春白雪，为雪尊竖一指乎？"月鉴云："竿木随身，逢场作戏，有何不可？"遂按《琵琶记》《牡丹亭》诸剧文，比叶律吕阴阳，积月余填成此剧，弁曰"月中人拈花记"。见于章传莲《月中人拈花记》，载《古本戏曲丛刊七集》，清乾隆乐真别墅刊本，国家图书馆出版社 2018 年版。

②　卧雪居士在《月中人拈花记·月圆》一折中指出："月鉴主人十年以前，因见女仙子雪芳子所撰《鉴中天》传奇，心焉慕之，遂以'月鉴'为号。因对九宫谱录其剧本付样，遂谙填词之法。后来既悟佛最上乘，始觉其剧尽为仙家修命之术，而于佛法最上一乘有所未尽，是以即名此剧曰'月中人'，以续《鉴中天》之后，读者庶几知有性命双修真究竟也"。见于章传莲《月中人拈花记》，载《古本戏曲丛刊七集》，清乾隆乐真别墅刊本，国家图书馆出版社 2018 年版。

③　吴晓铃：《吴晓铃集》第 2 卷，河北教育出版社 2006 年版，第 7—8 页。

华隐者与蕊珠仙子二人因固执于人相、我相而下凡，先于梅水韵与华萼云彻悟，并在二人离合、迷悟的关键时刻助其参悟；副线二：净脚雪梦为众恶写照，是梅水韵与华萼云二人相遇、订情、分离、彻悟的媒介，并通过雪梦的欲生、欲炙、欲灭来达到劝善惩恶的目的。月鉴主人创作"正目三十六折并小目六十六阕"的长篇传奇来敷演此事，一反明清传奇以"出"为划分单位的惯例，转而以"折"来命名剧出，又在折内分阕细化，可谓是对传奇剧目命名方式的一次新变，这种匠心独运的分阕方式值得去进一步探究。

（一）阕目与排场结转

《月中人拈花记》一剧正目三十六折，并小目六十六阕。每一折可分为三阕，也可分为两阕，亦可不分阕。如第三十一折《月窥》分为前月窥、中喝水、后出尘三阕，第二十三折《月拯》分为前泣月、后拯梅两阕，第三折《寓月》、第十五折《影寂》等不分阕。在三十六折剧目中，不分阕的有 18 折，其中上本有 13 折，下本有 5 折；分为两阕的有 6 折，其中上本 2 折，下本 4 折；分为三阕的有 12 折，其中上本 3 折，下本 9 折。由此可知，在三十六折剧目中，一半分阕，一半不分阕，上本共计二十六阕，下本共计四十阕。现将阕目表列出如下：

表 1 　　　　　　　　《月中人拈花记》阕目表

折目	阕目	分阕文字提示
第 2 折月因	前诘疑　中开悟　后入世	老旦喝云；老旦掩泪下
第 8 折吼雪	前吼雪　后觌影	丑付下；净吊场
第 16 折冰闹	前冰闹　中醋殒　后冰静	并下，净、副净同上；同哭下
第 18 折月演	前济雪　中晤影　后悟舞	径下，小生扮月华隐者元神仙装握拂子上；小旦复扮冰山女王便服佩剑带小丑捧玉瓶上
第 20 折梅酸	前酸怀　后酸痛	虚下；小丑携书卷上

折目	阕目	分阕文字提示
第21折桃艳	前萱苏　中艳妆　后艳试	扶老旦下；并下；生上唱
第22折雪祟	前祟幻　后祟掳	呐喊下
第23折月拯	前泣月　后拯梅	金甲神执红旗掩小生上
第24折云玩	前失贞　中玩月　后骊泪	并下，复各执提灯照旦上；内扮二仆人慌上
第25折梦影	前疑梦　中梦影　后善报	小旦仙妆握拂子扮水影娘袖画函上；小旦闪下；内扮二报人执报单走上
第28折冰化	前探报　中雪变　后冰化	净扮黑驴末仍披挂骑上；前众军呐喊上绕场呐喊一回下；前众军呐喊上绕场呐喊一回下
第29折双卺	前信誓　中合卺　后疑冰	携手下；场上设花烛等项；并下；外老旦吊场坐介
第31折月窥	前月窥　中喝水　后出尘	走下；生旦贴互代拭泪上；生野服斗笠负行囊、贴女扮男装斗笠，同握扇上
第34折梦觉	前妄疑　后真觉	生仙装握拂子上云
第35折华聚	前华聚　中说法　后拈花	小生小旦仙装携花篮贮净瓶养金碧青三色莲花金甲神红旗掩上；小生小旦下平地介
第9折诧影	前探雪　后诧影	外展画卷后半幅云
第32折雪听	前课法　中怒火　后契悟	小旦弹指；内作石裂声，生贴惊诧介；生下座笑介；贴指笑唱介
第33折华生	前月复　中桃生　后云生	小旦弹指；内作石裂声，生贴惊诧介

由上表可知，以"阕"入"折"作为一种独特的传奇剧作标目方式，"阕"并不指乐曲的终了，也不指一支曲子。经过对一折之内宫调套式的组合、脚色上下场的运用、科介提示以及道具的舞台呈现方式等的归纳总结，认为可将"阕"解释为"场"之意，即一个完整的故事段落。简而言之，分阕即为分场，前阕、中阕、后阕乃是一折之内因剧

情变动而引起的排场①转移。而排场的转移在剧中主要体现在以下两个方面。

其一，从套曲排场来看，分阕使曲牌的宫调与声情发生改变。如第二十五折《梦影》分为疑梦、梦影、喜报三阕，分别用了南双调、北双调、南越调三种宫调，场景也发生了现实——梦境——现实的三次转变。首先，前阕疑梦的南双调曲牌属于细曲，感情基调较为幽怨悲伤，华萼云、华冰桃、含春因梅郎音信全无而忧心忡忡，引曲【胡捣练】从三人憔悴的病容透露出悲伤的氛围，【三仙桥】、【前腔】在争论之中透出三者互相猜疑与隐瞒的心思：华梦影因让华冰桃代替自己约见梅郎而后悔；华冰桃因无法再遇梅郎而伤情；含春因猜测华冰桃欺骗小姐而愤恨。其次，中阕梦影为蕊珠仙子点化迷梦中的华萼云。小旦蕊珠仙子独唱北双调【新水令】十支套曲，曲调雄健激昂，与庄严肃穆的佛法曲文相配合，以他梦的妄与自梦的真相对举，并以画图来提示华萼云不必拘泥于人相、我相之分，无奈华萼云迷障太深，无法一一堪破佛法真谛，蕊珠仙子认为点破南柯一梦的机缘恐还未到，离开华萼云的梦境，再图他日点化。最后，后阕喜报为南越调套曲，梅郎高中状元的喜讯一扫前阕的阴霾，华萼云三人转忧为喜。由此来看，前、中、后三阕使排场的感情基调由悲伤转激昂再转欢喜，宫调也因曲情的变化做出相应的转换。

其二，从角色转接来看，分阕使主场角色发生改变。如第八折《吼雪》分为吼雪与觑影两阕，前阕吼雪的主场角色为雪梦与雪妻，后阕的主场角色为雪梦。前阕雪妻"艳妆厚粉高髻短衣紧袖红鞋扮雪大娘携画卷"出场，"孟光株守半梁鸿，画影分明如见，怎相容"② 突出雪妻善妒的性格特征，引出下文审问雪梦一事。将画图比附为《牡丹亭》

---

① 有关"排场"的含义探讨有以下几种：一，许之衡认为"知排场"是作传奇的第一要务，要从剧情与套数的关系来讨论；二，王季烈认为演剧者上下动作谓之排场；三，曾永义认为排场是中国戏剧的脚色在"场"上所表演的一个段落。

② 章传莲：《月中人拈花记》第 2 册，载《古本戏曲丛刊七集》，乾隆乐真别墅刊本，国家图书馆出版社 2018 年版，第 44 页。（以下所引《月中人拈花记》原文均为此刊本，故不再出注。）

中杜丽娘的画像，赋予其欲念的祸根，雪梦为自己的私欲色心辩驳，雪妻被雪梦的花言巧语所迷惑，二人重归于好。此阕争论由画图而起，猜疑与辩白成为双方争执的立场。雪妻下场之后由雪梦吊场，排场进入后阕觑影，画图犹如潘多拉的魔盒一般，将美人占为己有的欲念支配着雪梦的行动。另如第二十四折《云玩》分为矢贞、玩月、骇泪三阕，前阕主场角色为含春与华冰桃，承接第二十一折《桃艳》中华冰桃作为华梦影替身人与梅水韵私会一事，含春认为痴情的替身人华冰桃实为可怜。其后含春一句"冰桃姐，你看月已高也，伺候小姐夜膳了，好到花园耍子去"表明时间与空间的转移，场景由闺房变为花园，主场角色由含春、冰桃变为华尊云。中阕玩月从华尊云的视角展示了梅郎的书房，从中看出华尊云的爱意，继而又转回花园玩赏天狗吃月的月象，对于书房的着墨和月象的渲染十分符合华尊云饱读诗书的角色设定。

作为一部巨制传奇，排场的结转是首要难题，它牵连出整部剧作的结构布局。《冰闹》《月演》《桃艳》《云玩》《梦影》《冰化》《双卺》《月窥》《雪听》《华生》《梦觉》等分阕的折目，几乎为全剧的重场戏，为故事的重要转折之处，一般包含两到三个故事单元，即两到三阕；而《寓月》《居云》《影悟》《热雪》等不分阕折目基本上为过场戏，通常只敷演一个完整的故事单元。如第十八折《月演》为上本的小收煞，分为济雪、晤影与悟舞三阕，月鉴主人不仅于此处收笔，同时设伏：前阕济雪祸中藏福，被焚毁一切的雪梦携带火中所得的"三宝"求助于冰山女王，出资救助雪梦，于山重水复处得见柳暗花明，祸福相伏相生。中阕彻悟的月华隐者以"演神"的方式与蕊珠仙子相见，二人以铸器与小旦兼扮蕊珠仙子、冰山女王的比喻，参悟本无人相我相的佛理。后阕悟舞月华隐者以冰山女王手中之花比附为灵山法会上世尊手中之花，冰山女王也彻悟并无人相我相之分的道理。从中可以看出该折有三个排场的转换，前阕承上启下，后两阕打破上本人相我相的偏执，开启下本情嶂之劫。第十三折《热雪》不分阕，是雪梦与灭一下、灭二下三人的过场戏，灭氏两兄弟为雪梦夺取画图中美人献策，为后一折《倚冰》伏线。

（二）折目与故事嵌套

《月中人拈花记》第一折《月影》以【月宫春】【沁园春】两支曲子敷演全剧大意，为传奇中常见的开场形式，不足为奇。但是第二折《月因》并不是传奇中常见的生脚家门，生脚梅水韵的冲场之曲被放置于第三折《寓月》处。李渔在《闲情偶寄》中强调："传奇格局，有一定而不可移者，有可仍可改，听人自为政者。开场用末，冲场用生；开场数语，包括通篇，冲场一出，酝酿全部，此一定不可移者"①，而第二折《月因》的插入直接打破此例，月鉴主人的用意何在？本文认为此一做法正是月鉴主人作剧的高明之处，插入的第二折《月因》与全剧的最后一折《月圆》相照应。《月圆》的题解指出"前阕《华聚》，剧已圆矣，华圆而月犹未圆乎？曰：'月未半而华影已圆，而月体必至望时乃圆也'"，再反观第二折《月因》题解"全剧因缘起于演说觉性妙心。觉性妙心，无可演说，取喻于月"所言，此二折的题解恰好说明该剧借用"月"之本体与变体演说佛教教义，第二折《月因》与最后一折《月圆》对应的是月光本体的圆满，第三折《寓月》与第三十五折《华聚》对应的是月的变体，即剧中水、影、梅、雪等角色的圆满，该四折巧妙地形成了一种前因后果、照应贯穿的结构模式，与李渔"每编一折，必须前顾数折，后顾数折。顾前者欲其照应，顾后者便于埋伏"②的戏曲作法有异曲同工之妙。

传奇剧本一般分为上下两卷，上卷末出为小收煞，下卷末出为大收煞，但是月鉴主人却将《月中人拈花记》分为四本，分别是：上本之上、上本之下、下本之上、下本之上，且上下本的折目分布极为对称，或许与月鉴主人通晓《周易》之书相关，又喜作璇玑回文云锦，将中国传统审美讲求的中和对称之美运用到戏剧的结构布局之上，详见表格：

表2　　　　　　　　　　　　《月中人拈花记》分本表

上下本之分	折目	折数
上本之上	《月影》《月因》《寓月》《居云》《影悟》《画影》《醉花》《吼雪》	8
上本之下	《诧影》《离月》《馆梅》《题影》《热雪》《倚冰》《影寂》《冰闹》《雪焚》《月演》	10
下本之上	《云剪》《梅酸》《桃艳》《雪崇》《月拯》《云玩》《梦影》《议剿》《雪陷》《冰化》	10
下本之下	《双卺》《品莲》《月窥》《雪听》《华生》《梦觉》《华聚》《月圆》	8

如图所示，上本之上主要担任传奇"出脚色"与生发戏剧矛盾的功能，李渔强调"本传中有名脚色，不宜出之太迟。如生为一家，旦为一家，生之父母随生而出，旦之父母随旦而出，以其为一部之主，余皆客也"①，因此第三折《寓月》梅水韵出场，第四折《居云》华梦影出场。李渔又进一步指出"即净丑脚色之关乎全部者，亦不宜出之太迟。善观场者，止于前数出所见，记其人之姓名；十出以后，皆是枝外生枝，节中长节"②，因此第七折《醉花》副线之一的重要角色雪梦出场，雪妻也在第八折出场。上本之上涵盖两个不同的叙事空间：一为天上的水月瑶宫，一为地上的水家庄、雪家庄。水月瑶宫的四位仙人因未能契悟佛法而再次轮回，在凡间经历情嶂与人相我相的考验。上本之下中有一个奇特的现象：作为主角之一的华梦影在长达十出之中仅仅于《题影》一折出现。月鉴主人以这种旦脚潜伏暗场的笔法来构筑本剧中的另外两条副线：一为月华隐者与蕊珠仙子的契悟飞升，二为雪梦见色起意、倚冰抢人的喧闹结局。下本之上华梦影以明场身份多次出场，《桃艳》《云玩》两折从华梦影的角度叙写坠入情网的过程，呼应了上本之上《画影》中

① 李渔：《闲情偶寄》，载《中国古典戏曲论著集成》第7册，中国戏剧出版社1959年版，第68页。

② 李渔：《闲情偶寄》，载《中国古典戏曲论著集成》第7册，中国戏剧出版社1959年版，第68页。

梅水韵的情嶂。下本之下通过"合—离—悟"的结构模式来阐发一切有情皆为罣碍，只有看破情嶂，方能悟得本来面目。综上，上本之上主要由主线角色来促进"情"的生发与推进，上本之下主要由副线角色来阐发人相我相的偏执与因果报应不爽的伦理警示。下本之上又转回到生旦二人感情的结合、分离、彻悟之上，为下本之下月鉴主人抉情网而臻极乐蓄笔。

月鉴主人在剧本的创作过程中始终贯彻着"布局第一""独先结构"的戏曲结构观念，"以阅入折"的标目方式突出了月鉴主人对传奇中排场结转的独特认知，角色的上下场、宫调与声情、剧情的转换、道具的舞台呈现成为重要的分场标志。对称的分本布局以嵌套的方式拓宽了此剧的叙事空间，将主副三条线索交叉推进，角色之间的矛盾得以凸显。

二 化身与影子：脚色线与叙事格局

《月中人拈花记·月因》题解指出："全剧因缘起于演说觉性妙心。觉性妙心，无可演说，取喻于月。……蕊珠，水中月影也；萼云，月边华影也；剧中即以水影、华影为蕊珠、萼云姓名。水影，月之影也；华影，月华之影也；水韵，海潮音也；海潮，月之信也。"[1] 由此可知月鉴主人借鉴佛经中以本月喻法身，以水月喻化身的方法来构筑文本的角色命名与关系场域[2]。"觉性妙心"就如月的本体一样不可言说，为"第一义"；而水中之月、月边华影是月的影现，是"第二义"，月鉴主人将"第二义"赋予故事中的水影娘、华影娘、梅水韵、月华隐者四人，通过他们的经历来反映"第一义"的真谛。又从名字本身与角色性格悖离的角度增设雪梦与冰山女王二人：雪与冰本是纯洁、克制、无欲无求之物，

---

① 章传莲：《月中人拈花记》第 2 册，载《古本戏曲丛刊七集》，国家图书馆出版社 2018 年版，第 2 页。

② 《月中人拈花记》一剧共出脚色十四种，包括生、旦、小生、小旦、贴、净、副净、丑、小丑、外、末、老旦等，其中出于化身叙事的需求，小旦兼扮水影娘与冰山女王。其中（生）梅水韵出场 20 折，（旦）华萼云出场 15 折，（贴）华冰桃出场 14 折，（小生）月华隐者出场 13 折，（净）雪梦出场 11 折，（小旦）水影娘出场 11 折，（小旦）冰山女王白似玉出场 7 折。

但是月鉴主人却把此名赋予见色起意的雪梦与抢人为夫的冰山女王身上，突出"热雪"与"炎冰"的特征。这一隐喻与影照的方式不仅仅体现在剧中角色的命名之上，更体现在角色性格、开悟经历的塑造之中。

（一）戏里戏外 影照自我

从立主脑的角度来看，《月中人拈花记》中的"一人"为梅水韵，"一事"为水韵画影。梅水韵作为剧中主脑式的人物，牵连起其他角色的出场与行动，构成了复杂的角色关系场。同时他又被月鉴主人赋予了更多的个人印记，通过描写梅郎的个性与经历来表现、影照自我。

"真月不可摹画，可摹画者，影耳。影，无明也。无明则妄，因妄起惑，因惑造业，因业感报，戏剧生于此矣。"从佛教的观念来看，真月为"第一义"，不可言说，不可描画，而梅水韵笔下的"画图"仅仅是根据"第二义"的"影"所作，这一创作本身缘起于心中的欲念，画图无疑代表了梅水韵对华梦影的想象与欲望，也是雪梦对画中人的妄想与欲念。月鉴主人解构了《牡丹亭》中画像"情真"与"情至"的意涵，转而赋予无节制的欲望，成为戏剧生发的必要条件。"画图"不仅是欲念的根源，也是斩断欲念的关键。月鉴主人在《雪听》一折以焚图一事度化梅水韵：

> （焚烛上）（生见抹袖叫阿呀抢不及又叫阿呀介）（纸灰飞入小旦身衣）（通身燃着）（用晃脑涂衣焚不损）（金甲神红旗掩小旦下）（众呆看良久介）（生云）这是那里说起？将我的画图烧去了，岂不负了我的他一片至情么？（拭泪介）……（贴云）师父也不必伤情，和尚也不要忧心，看来凡物有形，无有不坏。天长地久，终有了期。一切有情，无非梦想颠倒；一切有心，无非罣碍恐怖。如今肉身已化，画图已空，才是寸丝不挂。破也，破也，堕也，堕也。（生恍然云）如是，如是。我今日了无罣碍恐怖，永离颠倒梦想，真真究竟涅槃了。

"烛"为焚图这一行为的借力工具，"纸灰"是焚毁画图的一种活态表现，欲念在外力的作用下化为灰烬。"纸灰"飞入小旦华冰桃的衣袖中进一步复燃，"叫阿呀抢不及又叫阿呀介""众呆看良久介""拭泪介"三个连续性科介形象地展示出梅水韵对于欲念的贪恋，而"通身燃着"的这一场景警示了沉迷欲海的后果，最后华冰桃以"破""堕"二字彻底点破梅水韵。

水韵道人首次以梅水韵的身份出场出现于第三折《寓月》中，定场词【鹧鸪天】充分体现了月鉴主人的自身印记：

> 万卷缥缈一字无，痴人空读十年书。文章并未遭秦火，糟粕只堪饱蠹鱼。
> 离幻翳，露真予，寒风御影入清虚。紫云回处权留寓，大地山河亦寄居。

上阕以儒者身份泄愤抒怀，下阕一扫沉闷阴郁，转而以大地山河为寄居，离乡访道成为人生的追求，这与章传莲的人生经历十分吻合。词中的"紫云回寓"并不是虚设的场地，是章传莲现实居所的名字，以实地处所入戏曲，更加反映出其自我影写的创作特征。月鉴主人曾制有璇玑回文云锦图百余幅，雪莩山人选取其中三十六幅附以戏剧简端，并命名为《月中人拈花记附参》，与剧文形成互文性的对话阐释。其中题为"月鉴心印"的图仿效篆文"心印"二字，创作回文同韵七言《话心》二律，顺读皆"心"字起，逆读皆"空"字起，选取其中一首试作分析：

> 空空不在自行吟，影里沤涵递古今。红漾水光浮宝筏，紫垂杨线度金针。
> 风流雾目窥花艳，露湛云衣玷墨黔。工拙任机灵泼泼，融圆妙月鉴传心。

颔联"度金针"与尾联"鉴传心"再次表明月鉴主人的作剧用心，一为金针度人，二为影照自身。第二十折《梅酸·酸怀》连用七支北黄钟宫套曲抒发自己往日的情怀，卧雪居士于此处批注"七曲似月鉴主人昔日情怀，逐节验之"。首曲【醉花阴】写梅郎厌倦儒家经典，转向求仙问道，次曲【喜迁莺】写自己在象数星河中自由翱翔，紧接着【出队子】中"我可也是隐居求志，抱经论欲济时。须不是只一味乐天真自任这些儿，便做道蕙帐空嘲孔氏，也由我适所遇此时异彼时"表达出梅郎自我意识的矛盾与分裂，庙堂与江湖究竟该如何取舍？【刮地风】"我不会效旧样把纶竿上钓矶，我不惯擅风流诗酒琴棋。我怎肯托鸣高啸傲人间世，我怎耐痼烟霞膏盲泉石。我何必薄浮云眇他富贵，我何可厌朱紫恣我支离。我岂应玉自遗、宝自迷、恁似逃如避，我待欲何之，不信竟已而。我岂愿自沉沦、辜负清时"又再一次为自己的矛盾心理申辩。这种徘徊在入世与出世中的复杂心态如何不是月鉴主人矛盾心理的影照呢？

（二）金钏肠断　情影梦觉

华蕚云与华冰桃于第四折《居云》首次出场，配以相似的穿关，"旦雅淡妆""贴亦雅淡妆"，华蕚云坚称自己"六根禀赋生来稳"，华冰桃也秉持"念观音，破除烦恼净根尘"的心性，《居云》的题解又从佛理的关系将二人定位为梅水韵的情人，"月之华为蕚云，月之信为海潮，海潮音，水之韵也，故偶焉，梅漱玉即水韵也。华冰桃有情而无情，无情而有情，华之果者也，故冰桃亦偶玉梅"，可见华冰桃为华蕚云的补影。两人在随后的剧情中几乎如影随形般地存在着，华蕚云出场14折，华冰桃出场13折，仅未出现在《梦觉》一折中。

第三十一折《月窥》写三人为离别而肝肠寸断，月华隐者、蕊珠仙子借机前来度化三人，并从旁观者视角来揭示情欲的牵绊，"便饶他万劫深情，不值我一声长叹。甚盟山誓海，盟山誓海，能到得井枯石烂"，其后的问答对白更为精彩：

（小生云）你们的肝肠当真断了么？可都挈出来，我们替你们续好，不要你们银钱，我是个续肝肠的神白化工匠手也。……（生云）我们只因离别，当真肝肠寸断了也。（小旦云）我如今行个方便，都替你们续好了罢。快取利刀，一个个的都剖出肝肠来，好替你们续者。（旦云）剖出肝肠怕要死了。（小旦云）喝！你们到了这离别的时节，还拚舍不得一死么？（贴爽然良久云）我华冰桃已醒悟了也。师父受我冰桃一拜。

此段问答与张瑶星以国亡、家破、君崩度化侯、李二人入道有异曲同工之妙，"肝肠"既是身体的一部分，也象征着情爱的物化依附，"断"与"续"体现出对于情爱的抛与守，"利刀""剖""死"构筑了一个血淋淋的死亡场面，处于天平两端的离别与死亡第一次摆在三人面前，无奈只有华冰桃将生死置之度外，从而也超越了情爱的束缚，而华冰桃的醒悟犹如一面镜子反射出华梦影更深一层的执念。

第三十四折《梦觉》为华梦影彻悟的关楗之处，彻悟后的梅水韵潜入华梦影的梦中度化于她，但是华梦影认为"纵使我忘情不把私情献，不信你忍情不许痴情恋。敢道是有情不若无情便，我也只得把情丝自剪，褪去花钿，掉除金钏"，于是"使性脱钏掷地"，这番举动并不是斩断情丝，而是因情动怒。梅水韵也看破这一点，趁机劝戒"只怕你剪情丝刀未坚，也似我断莲根丝犹恋。须知道鉴冶容不在去花钿，鉴慢藏不在除金钏"，梅水韵又进一步点化：

（生云）你的喜怒哀乐都是动于客气。（旦云）喜怒哀乐，情之正也，便是性之正。郎君怎的见得我是动于客气那？（生云）只缘你性命于气了。（旦云）又怎的是性命于气呢？（生云）心性是你的主人，心情是你主人的家用器具，气血是你主人的奴仆。只缘你的主人不在，所以那些家用器具，都被这些奴仆占用了。奴仆是作不得主的，易为外客摇夺，所以气一则动志也。（旦恍然云）哎也，我知道了。这个身体，竟是一个牵线傀儡，暗线不在自己手中，便要被那别人牵动了。郎君呵，我如今客气已平和了。

此处梅水韵将心性比作主人，心情比作家用器具，气血比作奴仆，按从属的关系来看，心情与气血都是心性的奴隶，主人心性不在，奴隶才可以恣意妄为，也就是说华梦影失去了自己的本来心性，痴念、情欲与求而不得的怨气才会乘机作祟，此刻她的一举一动都非出自本心，而是意念牵动。这种比喻的方式使华梦影明晓"心性"的重要性，与彻悟的距离更近一步。华梦影自梦中醒来顿悟：

> （欠申介）今夜是甚时候了？原来这盏灯儿还恁的明亮也。（俯视介）呀，怎的这金钏掉在地下去了？（拾看想介）哦，分明是我的梦魂自己掷下地去。（沉吟介）这也是奇事了。怎么梦里的魂，竟脱得掉身上的金钏。我不信还在这里做梦么？（失手脱钏介）（恍然云）哎也！我醒也！（复拾钏看介）（笑云）原来梦里的、醒处的，幻里的、真处的，他的、我的，梦魂的、醒人的，都是这个么？我醒也。好快乐也。

此处八种连续性的科介展示了华梦影从迷到悟的心路历程，"金钏"是欲海情爱的物证，"脱钏"这一行为是彻悟的契机，华梦影在明晓心性之后，从堕钏这一契机彻底抛却罣碍恐怖，象征情爱的"金钏"转变为敲醒众生的木鱼。

（三）冰水化寂 人我合璧

（小旦）水影娘的出场折目有《寓月》《影悟》《影寂》《月演》《月拯》《冰化》《月窥》《华生》《华聚》《月圆》，（小旦）冰山女王出现的折目有《倚冰》《冰闹》《月演》《冰化》《雪听》《华聚》《月圆》，交叉的折目仅有《月演》《冰化》《华聚》《月圆》四折，但是此四折排场转变较多，一般分为前、中、后三阕，两人从未在同一阕中出现。冰山女王作为剧中次重要的角色，迟迟于第十四折首次现身登场，这远不符合《闲情偶寄·出脚色》中对脚色出场顺序规律的总结。

从月鉴主人给角色的命名来看，二者分别以"冰"和"水"为标志，"水分体而成冰，而寂水者冰也；水寂即为冰，冰化仍为水，生灭分合，本不二也"，水与冰从本质上来看是相同的物质，只是在不同的阶段会有不同的呈现方式。小收煞《月演》一折借水影娘之口道破玄机："他金枝分叶，我珠茎分衍，彼此由来同串。我未烟飞紫玉，到是他先飞白玉成烟。可知道非他无我，是我为他，两下难相见"，可知蕊珠仙子为法身，冰山女王为她的千百亿化身之一，这种设定符合佛教中的三身理念。随后又从脚色扮演的角度阐明二者的关系："比之做戏一般，我也是小旦扮的，他也是小旦扮的。扮了我就不见他出场了，扮了他又不见我出场了。这便是分分明明的轮回样子，你还不明白么"，说明二者不能共生。大收煞《月圆》一折中月光大士要求冰山女王与蕊珠仙子合为一体出现：

> （小旦云）禀月光大士：华家萼云仙子正副二身一齐都来献花也。弟子白似玉的正身蕊珠仙子，也到水月瑶官门首了。（老旦）这等你去合一了蕊珠仙子的本体，再来见我。免得七零八落、闪得我法眼生花也。（小旦应介）法身原不二，水月眼中别。水分月分影，水合影合月。（下）

通过"月落万川"的象喻可知水中之月只是天上之月的随缘显现，即水影娘与冰山女王只是蕊珠仙子法身的千百亿化身，本质上仍是一体之物。有趣的是作为化身影子的——冰山女王却为"炎冰"，被色欲牵动心性，抢人为夫，逼迫水影娘圆寂，契合"雪风凌逼水凝冰，冰白争如水净"的谶语。

《月中人拈花记》中角色命名的隐喻性以及角色关系的影照性与月鉴主人的自身经历、知识素养有关，佛教的三身理念无疑在其中具有重要的指导作用。梅郎的自我影照，华梦影、华冰桃互为镜像的补影，水影娘、冰山女王略带悖离的影摄，以及对于画图、金钗情欲内涵的解构，都是月鉴主人以戏曲演说佛事的具象化表达。

结　语

《月中人拈花记》的创作具有一定的机缘性，即受启于月鉴主人与雪萼山人有关"觉性妙心"的谈论，同时又具有明确的目的性，一为普劝有情儿女脱离烦恼业障，二为修行者提供渡河宝筏，以绮语写情，以禅语破欲，以戏语宣佛。虽然它未能如《归元镜》一般作为祖师实录被收入藏经，但是又不像普通的以宣传因果报应为主的宗教题材戏曲，引入佛教水月观念以及三身说理念构筑角色关系与故事场域，为戏佛的融通提供指导意义，同时其与女仙雪芳子姜玉洁的《鉴中天》的承续关系也值得学界进一步探索。

作者简介：

武晓静，女，四川大学博士研究生，主要研究方向为明清文学。

《元曲选》与元杂剧经典地位的形成[*]

刘建欣

摘　要：明代万历以后，人们习见的元杂剧并不是真正的元代杂剧，而是以臧懋循《元曲选》为代表的明代改编本的"元杂剧"。《元曲选》不仅契合了万历年间心学及复古思潮的发展，反映了"汤沈之争"后音律与曲辞并重的时代诉求，还在文本体制的规范性、剧本的完整性、细节的完善性诸多方面表现出较为成熟的样态，尤其插图的设计与正文格式的编辑体例虽被以往研究忽视，却是其规范体制形成的重要方面。当然，元杂剧经典地位的形成并不是臧懋循一人、《元曲选》一部选本之功，而是明代多位戏曲选家共同努力的结果。只是随着时间的推移、岁月的沉淀，大多元杂剧选本已湮没无闻，只有《元曲选》一枝独秀，成为了元杂剧最具影响力的范本。而其中所传达的宗元思想、树立范本的意识不仅强化了元杂剧的经典地位，也直接影响并开启了近代学术对于元杂剧的定位与书写。

关键词：《元曲选》　臧懋循　元杂剧　经典　宗元

元杂剧作为"一代文学"的代表，一直备受学界关注，其经典地位的形成也与文体、文献、文化等诸多因素有关。然而，"我们读到的是

---

*　本文系国家社科基金重大招标项目"中国古代园林文学文献整理与研究"（18ZDA240）、黑龙江大学杰出青年科学基金"园林描写与明清戏曲文本的艺术建构"（JC2021W2）的阶段性成果。

'元'杂剧吗"①？至少从明代万历以后直至现在，我们所认知的元杂剧更多地来自于以《元曲选》为代表的明代改编本的"元杂剧"。《元曲选》，又名《元人百种曲》，由明人臧懋循（1550—1620）编选，其中收录元杂剧100种，分前后两集分别于万历四十三年（1615）及万历四十四年（1616）出版。那么，我们习见的元杂剧为什么不是元代杂剧？明代元杂剧选本如此之多，《元曲选》为何能脱颖而出，成为后世认知元杂剧的重要文本，从而促成了元杂剧经典地位的形成呢？笔者不揣谫陋，试分析之，以期有益于《元曲选》及元杂剧经典问题的研究。

一 《元曲选》编选的时代文化背景

《元曲选》问世的明代万历年间，正是我国古代文化、思想最为灿烂、丰富、活跃的时期之一。心学的极速发展促使戏曲、小说等通俗文体的创作、演出、阅读成为时尚，复古思潮的再次推进也使人们将关注对象从诗文扩展到戏曲领域，而戏曲创作理念的不断成熟也亟需一部选本来诠释，《元曲选》即是在此种时代文背景的影响下应运而生。

首先，万历时期心学的发展，人们在肯定自我价值、人情物欲的同时，更关注自身的享乐与精神生活，戏曲、小说、民歌等通俗文学也得到了长足的发展和空前的繁荣。小说领域出现了长篇章回体名著"四大奇书"及"三言""二拍"等话本小说，民歌方面也有冯梦龙编写的《挂枝儿》《山歌》等集子，而"明代心学兴起所促成的对民间文化的重视，强化了文人士大夫求新求异的审美趣味，从事戏曲创作一时成为时尚"②。不仅戏曲创作数量明显上升，呈现出百花齐放的局面，明代戏曲的代表作《牡丹亭》《四声猿》等也都创作在这一时期。臧懋循敏锐地感知到了时代的气息，在《代送陈驾部视学两浙序》中即言："考亭夫子讲道在白鹿洞，而余邑王文成先生镇豫章之日，又以致良知之学相与反复而绍明之，此大夫之所熟闻也。……大夫盍思以牖浙哉？自今两浙士，

---

① 伊维德著，宋耕译：《我们读到的是"元"杂剧吗》，《文艺研究》2001年第3期。
② 杜桂萍：《清初杂剧研究》，人民文学出版社2005年版，第172页。

有能嗣文成而奋起者，余知其为大夫功矣。"① 可见，此时"致良知"之心学已对士大夫的影响日深，与他同时期的很多文人如李贽与徐渭都对俗文学给予充分肯定②，将目光从正统的雅文学转向了更广阔的俗文学空间。臧懋循也意识到了通俗文学在心学的影响下越来越受到大众的欢迎，于是选取了百种著名的元代杂剧，合为十集，曰《元曲选》。这自然得益于其"余家藏杂剧多秘本。顷过黄从刘延伯借得二百种，云录之御戏监，与今坊本不同"③，以及晚明商品经济发展，刻印出版图书更加便利，人们也更关注于精神生活的享受，更重要的是，对于元杂剧的选择是基于他对于心学的接受，《元曲选》也是顺应明代这一潮流风尚的杰出产物。

其次，复古思潮的推进也将文人的关注对象从诗文扩展到戏曲领域，明代戏曲复古的直接指向即为戏曲文体生成即高峰的元杂剧。戏曲受台阁体、性气诗的影响，创作上也多重视文辞与理学，以邱濬《伍伦全备记》、邵灿《香囊记》为代表的理学派、文辞派充斥着曲坛。臧懋循也曾直指明代戏曲创作之弊：

> 至郑若庸《玉玦》，始用类书为之。而张伯起之徒，转相祖述，为《红拂》等记，则滥觞极矣。……而屠长卿《昙花·白终》折无一曲，梁伯龙《浣纱》、梅禹金《玉盒》白终本无一散语，共谬弥甚。汤义仍《紫钗》四记，中间北曲，骎骎乎涉其藩矣。独音韵少

---

① （明）臧懋循：《代送陈驾部视学两浙序》，载《负苞堂集》，古典文学出版社 1958 年版，第 30 页。

② （明）李贽：《童心说》，载俞为民、孙蓉蓉编《历代曲话汇编》（明代编第一集），黄山书社 2009 年版，第 538 页。"天下之至文，未有不出于童心焉者也。苟童心常存，则道理不行，闻见不立，无时不文，无人不文无一样创制体格文字而非文者。"（明）徐渭：《奉师季先生书·其三》，载《徐渭集》，中华书局 1983 年版，第 458 页。"乐府盖取民俗之谣，正与古国风一类。今之南北东西虽殊方，而妇女儿童、耕夫舟子、塞曲征吟、市歌巷引，若所谓竹枝词，无不皆然。此真天机自动，触物发声，以启其下段欲写之情，默会亦自有妙处，决不可以意义说者。"

③ （明）臧懋循：《元曲选·自序一》，载蔡毅《中国古典戏曲序跋汇编》，齐鲁书社 1989 年版，第 438 页。

谐，不无"铁绰板唱大江东去"之病。①

嬲斯以评，新安汪伯玉《高唐》《洛川》四南曲，非不藻丽矣，然纯作绮语，其失也靡；山阴徐文长《祢衡》《玉通》四北曲，非不伉傸矣，然杂出乡语，其失也鄙。豫章汤义仍，庶几近之。而识乏通方之见，学罕协律之功，所下句字，往往乖谬，其失也疏。他虽穷极才情，而面目愈离。按拍者既无绕梁遏云之奇，顾曲者复无辍味忘倦之好。此乃元人所唾弃而戻家畜之者也。②

指出明曲"不寻宫数调"、"始用类书"、曲白与骈偶过多以及"靡""鄙""疏"等缺点。借助于文坛主流的复古思潮，一些有识之士效法诗文的"复古"，要求为戏曲建立新的标准与范本。从《改定元贤传奇》到《古杂剧》，明人一直在努力建构一个完整、统一的元杂剧文本模式，《元曲选》就顺应了这一戏曲潮流的发展，认为"今南曲盛行于世，无不人人自谓作者，而不知其去元人远也"③。所以，"选杂剧百种，以尽元曲之妙，且使今之为南者，知有所取则云尔"④。也就是说，他编选《元曲选》的目的之一就在于为后世戏曲树立一个以元曲为最高典范的文本，让后来作曲者"知有所取"，让一代文学之元曲可以"藏之名山而传之通邑大都"⑤，为明人提供了认知元杂剧的典范文本。《元曲选》的编选亦是基于他对明代戏曲的不满而作的，通过对元曲的规范与推广达到纠正明代曲坛不良风气的目的。文学史上，诗文领域不断以宗汉、宗唐、宗宋等相号召，后出之戏曲则主要体现为以"元"为宗，这来自对元曲成

---

① （明）臧懋循：《元曲选·自序一》，载蔡毅《中国古典戏曲序跋汇编》，齐鲁书社1989年版，第438页。

② （明）臧懋循：《元曲选·自序二》，载蔡毅《中国古典戏曲序跋汇编》，齐鲁书社1989年版，第440页。

③ （明）臧懋循：《元曲选·自序二》，载蔡毅《中国古典戏曲序跋汇编》，齐鲁书社1989年版，第439页。

④ （明）臧懋循：《元曲选·自序二》，载蔡毅《中国古典戏曲序跋汇编》，齐鲁书社1989年版，第440页。

⑤ （明）臧懋循：《元曲选·自序一》，载蔡毅《中国古典戏曲序跋汇编》，齐鲁书社1989年版，第438页。

绩及其高峰地位的认可，又得到明清两代文学复古思潮的有力激发，深刻影响了传奇戏曲乃至南杂剧的创作及相关理论建构。而戏曲家以创作、评点、选本编纂、格律谱制作等方式体现出的观念呼应，也在一定程度上助益于诗文复古运动的视野拓展与理论深化。①

再次，《元曲选》作为臧懋循戏曲观的重要践行载体，反映了在"汤沈之争"的"当下"视域之下，戏曲家们对于音律与曲辞等相关问题的反思，也顺应并契合了晚明戏曲理论不断发展与成熟的趋势。臧懋循编选《元曲选》不仅对杂剧的文字进行修改、润色，甚至是改写，还在很大程度上改变了文本的体制、内容、思想。因此，《元曲选》不仅收录、表现元代作品，更是臧懋循戏曲观念的呈现。尤其他在《元曲选》序言中就提出了其戏曲观中最为重要的"当行"理论：

> 曲本词而不尽取材焉，如六经语，子史语，二藏语，稗官野乘语，无所不供其采掇。而要归断章取义，雅俗兼收，串合无痕，乃悦人耳，此则情词稳称之难；宇内贵贱妍媸、幽明离合之故，奚啻千百其状！而填词者必须人习其方言，事肖其本色，境无旁溢，语无外假，此则关目紧凑之难；北曲有十七宫调，而南止九宫，已少其半。至于一曲中有突增数十句者，一句中有衬贴数十字者，尤南所绝无而北多以是见才。自非精审于字之阴阳，韵之平仄，鲜不劣调。而况以吴侬强效伧父喉吻，焉得不至河汉？此则音律谐叶之难。②

臧懋循认为戏曲创作要"当行"，就要达到"情词稳称""关目紧凑""音律谐叶"三个方面的要求。这些要求已经涉及汤沈之争的核心观点——"情词""音律"，尤其作为沈璟格律论的忠实拥护者和践行者，他对于明代戏曲不守音律的情况非常反对，并对汤显祖发难，以示其对

---

① 杜桂萍：《明清戏曲"宗元"观念及相关问题》，《中国社会科学》2018 年第 3 期。

② （明）臧懋循：《元曲选·自序二》，载蔡毅《中国古典戏曲序跋汇编》，齐鲁书社 1989 年版，第 439 页。

不守音律者的不满。他曾多次提及汤显祖及其作品，批判其"音韵少谐"：

> 汤义仍《紫钗》四记，中间北曲，骎骎乎涉其藩矣。独音韵少谐，不无"铁绰板唱大江东去"之病。①
>
> 豫章汤义仍，庶几近之。而识乏通方之见，学罕协律之功，所下句字，往往乖谬，其失也疏。②
>
> 临川汤义仍为《牡丹亭》四记，论者曰："此案头之书，非筵上之曲。"夫既谓之曲矣，而不可奏于筵上，则又安取彼哉？③
>
> 今临川生不踏吴门，学未窥音律。艳往哲之声名，逞汗漫之词藻，局故乡之闻见，按亡节之弦歌，几何不为元人所笑乎！④

他不但公开指责汤显祖不懂音律，其剧作是"案头之书，非筵上之曲"，而且将汤显祖的《玉茗堂四梦》重新改写，并言只有使之"事必丽情，音必谐曲"⑤，才能"使闻者快心而观者忘倦，既与王实甫《西厢》诸剧并传乐府可矣"⑥。今人朱恒夫对雕虫馆版臧懋循评改的《牡丹亭》进行分析后认为，其在音律上改编的五方面成绩⑦，也充分说明了臧懋循在音律方面的造诣之深，正如凌濛初所肯定的："吾湖臧晋叔，知律当行

① （明）臧懋循：《元曲选·自序一》，载蔡毅《中国古典戏曲序跋汇编》，齐鲁书社 1989 年版，第 438 页。

② （明）臧懋循：《元曲选·自序二》，载蔡毅《中国古典戏曲序跋汇编》，齐鲁书社 1989 年版，第 440 页。

③ （明）臧懋循：《玉茗堂传奇·引》，载俞为民、孙蓉蓉编《历代曲话汇编》（明代编第一集），黄山书社 2009 年版，第 622 页。

④ （明）臧懋循：《玉茗堂传奇·引》，载俞为民、孙蓉蓉编《历代曲话汇编》（明代编第一集），黄山书社 2009 年版，第 623 页。

⑤ （明）臧懋循：《玉茗堂传奇·引》，载俞为民、孙蓉蓉编《历代曲话汇编》（明代编第一集），黄山书社 2009 年版，第 623 页。

⑥ （明）臧懋循：《玉茗堂传奇·引》，载俞为民、孙蓉蓉编《历代曲话汇编》（明代编第一集），黄山书社 2009 年版，第 623 页。

⑦ 朱恒夫：《论雕虫馆版臧懋循评改〈牡丹亭〉》，《抚州社会科学》2006 年第 3 期。

在沈伯英之上，惜不从事于谱。使其当笔订定，必有可观。"① 当然，除去对汤显祖不守音律的不满外，臧懋循还是给予汤显祖很高的评价，如评"《紫钗》四记，中间北曲，骎骎乎涉其藩矣"，"庶几近之"。《玉茗堂传奇引》中也言："且以临川之才，何必减元人？"② 其评改《牡丹亭》第十三折时亦言："今临川已矣，恨不及而共评骘也。"③ 他评改"四梦"时，汤显祖已仙逝，在评语中也多流露出对汤显祖的悼念及仰慕之情。也就是说，此时的臧懋循已经在临川派与吴江派的论争中超拔出来，并以一种中和、融通的态度来看待汤沈之争了，文采与格律并重的时代诉求也是晚明戏曲理论的一个新的走向。

臧懋循在《元曲选》的编改过程中也更多注意到作品"情词稳称""关目紧凑""音律谐叶"等问题，并得到了时人及后人很大程度上的认可。孟称舜就非常推崇臧懋循及《元曲选》，他在《古今名剧合选·自序》中不但极力赞同臧懋循所言的作曲"三难"，而且也称《古今名剧合选》所收元曲是"元曲自吴兴本外，所见百余十种，共选得十之七"④，可见其选择作品之时也是以《元曲选》作为其重要的参考标准的。臧懋循对于这种戏曲观念及文化思潮的契合，也直接影响并推进了《元曲选》成为元杂剧范本，并最终确认了元杂剧经典地位的形成。

二 《元曲选》编辑体例与元杂剧规范体制的定型

现存最早的、惟一的元杂剧刻本《元刊杂剧三十种》（以下简称为"元刊本"）可以为我们提供最接近真实面貌的元代杂剧剧本。它原属李开先旧藏，至清代辗转于何煌、元和顾氏、黄丕烈、顾鳞士等人手中，

① （明）凌濛初：《谭曲杂札》，载俞为民、孙蓉蓉编《历代曲话汇编》（明代编第三集），黄山书社 2009 年版，第 195 页。

② （明）臧懋循：《玉茗堂传奇引》，载俞为民、孙蓉蓉编《历代曲话汇编》（明代编第一集），黄山书社 2009 年版，第 622 页。

③ 转引自朱恒夫《论雕虫馆版臧懋循评改〈牡丹亭〉》，《抚州社会科学》2006 年第 3 期。

④ （明）孟称舜：《古今名剧合选·自序》，载蔡毅《中国古典戏曲序跋汇编》，齐鲁书社 1989 年版，第 445 页。

到民国间又为日本人购去，后又为罗振玉所得。王国维见此书后非常重视，略加整理，始有《元刊杂剧三十种》之名。1914 年，日本京都帝国大学请著名湖北刻书人陶子麟加以复刻，但由于印数很少，国内学者也颇不易见。直至 1924 年，上海中国书店又据日本复刻本照相石印，此书才成为较为易见的读书。① 此书于民国前一直为藏书家所珍藏，民国后又几经周转，限于其传播方式及路径，鲜为读者所见。

即使 20 世纪初再次面世后，元刊本也因刻印等问题依然没有被元杂剧研究者广泛应用。由于当时刊刻条件的限制以及用字方法的不同，元刊本出现很多讹误、错字、脱字等现象；出于戏曲本身发展以及追求舞台演出效果的原因，原始戏曲（如大曲、诸宫调等艺术形式）的因素与游离于剧情之外的科诨也大量存在；虽然"元人无论在理论批评、舞台演出，还是文本创作上，都已经有了对本朝戏曲艺术加以经典化的自觉意识"②，但因元代戏曲本身演出功能的侧重，故剧本对文本形式体制上的要求也不严格。因此，台湾学者郑骞在《校订元刊杂剧三十种序》中言："这部书是元代书坊所印的'小唱本'，刻工非常草率拙劣，错字、掉字、同音假借字、简体俗字、满纸都是，有时简直刻得不成字形。讲到时行款格式，则宾白与曲文常是混在一起，分不出来，曲调牌名也常有误刻或漏刻。此外还有一种毛病，就是宾白不全，只有正末或正旦的简单说白，或竟全无宾白。于是，别无他本诸剧的情节常是弄不清楚。有了这两个缺点，对于元剧修养有素的人，读此书也有时颇感吃力，更不必说初学。此书虽好虽重要而不太通行，就是这个缘故。"③ 换句话来说，元刊本粗疏的文本形态是不适宜普通读者阅读的。具体来讲，从宾白与曲辞来看，元刊本宾白较少，有的杂剧甚至没有宾白，曲辞也相对通俗，口语、俗语广泛使用；从分折上来看，其中杂剧皆是不分折的，但基本上保留了元杂剧一人主唱的特点；从总题来看，题目前多有"大都新编""古杭新刊"等字样，字数也是四言至九言不等；从题目正名

---

① 苗怀明：《二十世纪戏曲文献学述略》，复旦大学出版社 2018 年版，第 147、149 页。

② 高岩：《论元曲的自我经典化》，《民族文学研究》2017 年第 3 期，第 129 页。

③ 郑骞：《校订元刊杂剧三十种序》，（台北）世界书局 1962 年版，第 2 页。

看，它不是杂剧固定组成部分，题目、正名的使用亦不规范；从脚色使用看，一些脚色还不成熟，甚至如《疏者下船》《赵氏孤儿》都没有分出脚色名来；从科范来看，元刊本中的科范形式比较混杂，数量也较少。凡此，都给元刊本元杂剧的传播带来阻碍。

比较而言，出现在万历年间的《元曲选》在各个方面都表现出戏曲较为成熟的样态，其对于元杂剧规范体制的形成发挥了重要作用，并促进了选本的进一步传播。

关于《元曲选》对元杂剧文本体制的规范化的问题，概括来说，一是《元曲选》更注重文本的规范性。如四折的划分，对总题与题目的修正、科范形式的统一、脚色的运用等等，这些既是戏曲观念成熟的表现，也有利于戏曲的传播。二是《元曲选》注重剧本本身的完整性。如宾白的增加、科范的运用，都有助于读者阅读，也无疑促进了传播。三是《元曲选》更注重细节的完善与完美[1]，尤其也引进了明代传奇的相关作法，对元代杂剧进行了修改。《元曲选》在这些方面的改进符合时代、读者对于"宗元"意义的元杂剧的体制要求，因此得到了更多人的关注与认可。目前，学界对这一问题讨论较多，这里不赘言，而特别要强调的是，插图的设计与正文格式的编辑体例也是其规范体制的重要方面，其不仅使元杂剧呈现出统一、整饬的面貌易于读者的接受，加速了选本的传播，更是《元曲选》能够成为元杂剧范本，被后世广泛认可的重要原因。

《元曲选》中插图共 222 幅，按照目录的顺序集中放于曲论后、正文前，一般每种 2 幅插图，其中《梧桐雨》《风光好》《蝴蝶梦》《勘头巾》《陈抟高卧》《酷寒亭》《城南柳》《金线池》《误入桃源》《魔合罗》《菩萨蛮》11 种为 4 幅插图。现存的戏曲选本中，《元曲选》前只有《古杂剧》中有插图，并且是每剧 4 幅插图放在戏曲中间。《元曲选》刊刻的万历年间，出版业十分发达，中国版画也进入了它的黄金时期，"不仅数量

---

① 刘建欣：《论〈元曲选〉与元杂剧体制的定型》，载杜桂萍主编《明清文学与文献》（第一辑），黑龙江大学出版社 2012 年版，第 24—53 页。

众多，而且流派纷呈，风格各异。"① 《元曲选》"在明中后期单本传奇版画徘徊在一二十幅的情况下，这是一个大的成就，又且图版宏大富丽，绘刻精美工整，堪称中国古代戏曲版画中的瑰宝，也是万历时期在戏曲版画插图形式特征方面最值得重视的成就。其插图临摹古代名画家的不同画法，生动逼真地将各剧的情节特点表现出来，图画线条细腻流畅，极尽婉丽之美，在中国版画史上具有极重要的地位"②。《元曲选》以这样 222 幅的巨制呈现在人们面前，一方面是选本广告宣传的重要手段。戏曲选本作为商业文化的产物，是否能够引起消费者兴趣并获得利润，是选本成功与否的重要标识，而这样做工精制、内容丰富、数量众多的插图，无疑可以在第一时间吸引消费者，增加消费者的购买几率。另一方面也可以有助于读者阅读剧本。插图可以更直接地为读者展示人物、展现背景，更明了地诠释文本，帮助理解剧情，以更直观的方式拉近与读者的距离，尤其是对一些文化水平偏低的读者来讲，插图不仅可以减少语言文字的阅读困难，还可以帮助回忆或回味剧情。在《元曲选》之后，很多戏曲选本都纷纷效仿，《元明杂剧》正文前有插图 2 幅，《古今名剧合选》插图也是位于正文前，其中《柳枝集》每剧 2 幅，共 52 幅；《酹江集》中《渔阳三弄》《替父从军》《真傀儡》《鞭歌妓》四种为 1 幅，其余每剧 2 幅。共 56 幅。形式与《元曲选》最为相似，正如邓绍基所言："孟称舜的《酹江集》本基本上是按照《元曲选》本重刻的。"③ 散出选本中插图更是常见，并且形式多样，有整幅图、有小图，有插于文本中间的，亦有集中放在目录之后的。尤其是《玄雪谱》将仇英、沈周、唐寅等 20 余位名家画作刊刻为插图，大大地提高了选本的吸引力。

另外，整齐规范又不失活泼的正文格式安排也是《元曲选》对于选本所做出的杰出贡献。正文最先是总题，总题末尾附有"杂剧"二字，然后是撰人、"明吴兴臧晋叔校"字样，杂剧主体采用 9 行格式，字体大致上分两种，大字体占全格，用于标题、作者、折数、曲辞（包括曲牌

① 赵春宁：《论〈西厢记〉的插图版画》，《厦门大学学报（哲学社会科学版）》2002 年第 5 期。
② 元鹏飞：《论明清的戏曲刊本插图》，《雁北师范学院学报》2007 年第 3 期。
③ 邓绍基：《〈元曲选〉的历史命运》，《社会科学战线》1998 年第 3 期。

名）、题目正名以及"音释"二字，小字体占半格，靠右书写，用于宾白、舞台提示以及音释的具体内容，其中，曲牌名用方括号括上，舞台提示用圈划上，以示区分。在格式方面，总题顶格书写，作者、校者书于次行末，最后大约空两个小字体的位置，折数与曲辞顶格书写，开始或另起的宾白与舞台提示每行空大字体的一格。正文后的题目正名，一般为两句，每句占一行，"题目"与"正名"两字分别写于每句之上（若四句则写于二、三句之上），"题目"与"正名"两字的前后分别空小字的一格和两格，每句的题目正名位置相同。最后的总题是顶格书写，最后缀一小字体"终"字，但不是每种杂剧最后都有总题。

《元曲选》对于戏曲的各个部分采用不同的字体、格式、圈括，把戏曲的不同部分以形象的方式展现在读者面前，这样既使其避免了以前过于平板的印刷体制，又使读者一目了然，快速定位内容，也给阅读带来更多的方便与乐趣。《元曲选》这样的文本安排并非首例，之前的戏曲刊本和选本也间或用字体大小、曲牌标识等区分文本的各部分，但是都没有达到《元曲选》这样全面、统一的格式，并且也没有产生《元曲选》这样的影响。后世的选本在这方面不仅对《元曲选》作了合理化的继承，而且还有选择性的创新，如《盛明杂剧》中每种杂剧前有一页专门写总题，曲牌名的处理方法不是用方括号，而是用黑底白字，区别更明显，并且有点顿。《杂剧三集》基本上传承《盛明杂剧》而来，到了《古今名剧合选》每种戏曲题目、作者之后，正文开始之前，有所谓"正目"者，与之前戏曲的题目正名相当，曲牌名用方括号，有点顿。这些选本在整体上都有一定的范式，又不是绝对相同，但是每种选本的内部是遵循一定的原则与规范的。这与元杂剧的案头化直接相关，这样不仅方便阅读，形成了选本整饬统一的面貌，也客观上促进了《元曲选》及元杂剧的传播。

当然，这里要特别指出的是，元杂剧经典地位的形成并不是臧懋循一人、《元曲选》一部选本之功，而是明代多位戏曲选家共同努力的结果。《元曲选》问世的万历年间正是元杂剧选本高度繁荣的时期，现存的很多戏曲选本在编选体例、文本形式、结构体制、题材内容等方面都与《元曲选》很相似，如较早的《改定元贤传奇》，万历年间的《古名家杂剧》《元人杂剧选》《阳春奏》《脉望馆钞校本古今杂剧》《元明杂剧》《古杂剧》，还包括崇祯年间的《古今名剧合选》等，在这些选本的合力之下，元杂剧才形成了我们今天习见的面貌。我们这里强调《元曲选》的价值，一方面缘于它是其中最具代表性的选本，其在选取作品数量之多、完善细节问题之精细等方面，堪称元杂剧选本之典范；另一方面也与它的传播与影响有关。

三 《元曲选》传播与元杂剧影响的达成

《元曲选》一问世就受到了戏曲家、批评家的广泛关注，与臧懋循同时代的王骥德就在《曲律》中言及《元曲选》：

> 近吴兴臧博士晋叔校刻元剧，上下部共百种。自有杂剧以来，选刻之富，无逾此。读其二序，自言搜选之勤，多从秘本中遴出。……其百种之中，诸上乘从来脍炙人口者，已十备七八。第期于满百，颇参中驷，不免鱼目、夜光之混。又句字多所窜易，稍失本来，即音调亦间有未叶，不无遗憾。晋叔故俊才，诗文并楚楚，乃津津曲学，而未见其一染指，岂亦不敢轻涉其藩耶？要之，此举搜奇萃涣，典型斯备，厥勋居多，即时露疵缪，未称合作，功过自不相掩。若其妍媸差等，吾友吴郡毛允遂每种列为关目、曲、白三则，自一至十，各以分数等之，功令犁然，锱铢毕析。其间全具足数者，十不得一，既严且确，不愧其家董狐。行当悬之国门，毋庸赘一辞矣。①

他高度赞扬了臧懋循的"选刻之富""搜选之勤"，认为"其百种之中，诸上乘从来脍炙人口者，已十备七八"，是有杂剧以来，最为完备者。尤言其编纂选本"搜奇萃涣，典型斯备"，已凸显此中元杂剧的完备

---

① （明）王骥德：《曲律》，载俞为民、孙蓉蓉编《历代曲话汇编》（明代编第二集），黄山书社 2009 年版，第 130—131 页。

与成熟，说明了《元曲选》的典型意义。当然"时露疵缪"亦是百种曲中不可避免的。在评论之余还言及毛允遂对《元曲选》中的作品进行衡量打分，虽言其中"全具足数者，十不得一"，但是亦足以说明《元曲选》在当时影响之大，已成人们品评的焦点。之后，徐复祚与凌濛初的论述即是很好的证明：

> 晋叔不闻有所构撰，然其刻元人杂剧多至百种，一一手自删定，功亦不在沈先生下矣。①
>
> 吾湖臧晋叔，知律当行在沈伯英之上，惜不从事于谱。使其当笔订定，必有可观。晚年校刻元剧，补缺正讹之功，故自不少；而时出己见，改易处亦未免露出本相，识有余而才限之也。②

这些与臧懋循同时或稍后的批评家们，对于《元曲选》的态度大体上是在肯定的基础上指出不足，总体上认为臧懋循"诚元人功臣"③，只是在修改时存在不当或是未能尽善尽美的情况。

其后的批评家很少对《元曲选》过分苛责，并将《元曲选》视为元杂剧的标准与典范。

> 北词，晋叔所刻元人百剧及我朝谷子敬《三度城南柳》、《闹阴司》，贾仲明《度金童玉女》，王子一《刘阮天台》，刘东生《月下老世间配偶》，丹丘先生《燕莺蜂蝶》、《复落娼》、《烟花判》，俱曾一一勘过。④
>
> 昔涵虚子论元人曲有十二种，一曰"神仙道化"，故臧晋叔《元

---

① （明）徐复祚：《三家村老曲谈》，载俞为民、孙蓉蓉编《历代曲话汇编》（明代编第二集），黄山书社 2009 年版，第 263 页。

② （明）凌濛初：《谭曲杂札》，载俞为民、孙蓉蓉编《历代曲话汇编》（明代编第三集），黄山书社 2009 年版，第 195 页。

③ （清）张大复：《寒山堂曲话》，载俞为民、孙蓉蓉编《历代曲话汇编》（清代编第一集），黄山书社 2008 年版，第 15 页。

④ （明）徐复祚：《三家村老曲谈》，载俞为民、孙蓉蓉编《历代曲话汇编》（明代编第二集），黄山书社 2009 年版，第 264 页。

曲选》此科居十之三。①

演戏脚色，初止戏弄、参鹘，元时院本用五人，一曰副净，古谓之参军，一曰副末，古谓之苍鹘，一曰引戏，一曰末泥，一曰装孤。《元人百种曲》中，有正末、冲末、副末、老旦、正旦、卜儿、外、净、丑，又有徕儿、孛老、搽旦、孤。②

按及元人宫调，仙吕等宫，是为六宫；大石等调，是为十一调。即今《百种》诸书，其所彰明较著者，如是而已。③

若夫《元人百种》并无散曲以及无题者，使亦照《雍熙乐府》格式，则《元人百种》总名几无所用作题头矣，学者何从而识元人之面目乎？是以不行分注原名，统注为《元人百种》。④

他们在论述戏曲如校勘、题材、脚色、宫调等方面时，都将《元曲选》及其中作品作为元曲的典范、论述的标准。可见，在当时《元曲选》已经成为人们认识元杂剧的重要选本，时人也已将《元曲选》看成是真正意义上的元杂剧了。明末清初著名戏曲家李渔的《闲情偶寄》中也屡屡提到《元曲选》：

元有天下，非特政、刑、礼、乐一无可宗，即语言、文学之末，图书、翰墨之微，亦少概见。使非崇尚词曲，得《琵琶》、《西厢》以及《元人百种》诸书传于后代，则当日之元，亦与五代、金、辽同其泯灭焉，能附三朝骥尾而挂学士文人之齿颊哉！

此等曲则纯乎元人！置之《百种》前后，几不能辨。以其意深词浅，全无一毫书本气也。

---

① （清）洪昇：《扬州梦·序》，载俞为民、孙蓉蓉编《历代曲话汇编》（清代编第一集），黄山书社 2008 年版，第 659 页。

② （清）袁栋《书隐丛说》，载俞为民、孙蓉蓉编《历代曲话汇编》（清代编第二集），黄山书社 2008 年版，第 41 页。

③ （清）王正祥：《新定十二律京腔谱·自序》，载俞为民、孙蓉蓉编《历代曲话汇编》（清代编第二集），黄山书社 2008 年版，第 14 页。

④ （清）周祥钰：《新定九宫大成北词宫谱·凡例》，载俞为民、孙蓉蓉编《历代曲话汇编》（清代编第三集），黄山书社 2008 年版，第 273 页。

而元曲之最佳者，不单在《西厢》、《琵琶》二剧，而在《元人百种》之中。

予谓：全本太长，零出太短。酌乎二者之间，当仿《元人百种》之意，而稍稍扩充之，另编十折一本，或十二折一本之新剧，以备应付忙人之用。①

李渔数次提及《元曲选》而未及其他选本也可以充分说明：随着时间的推移、岁月的沉淀，到李渔所在的明清之际，大多元杂剧选本已湮没无闻，只有《元曲选》一枝独秀，成为最受欢迎、影响最大的元杂剧选本了。而李渔曾牵合尚仲贤《洞庭湖柳毅传书》、李好古《沙门岛张生煮海》两部元杂剧创作《蜃中楼》传奇，同时期的李玉也曾移植无名氏《谢金吾诈拆清风府》、朱凯《昊天塔孟良盗骨》两部元杂剧创作《昊天塔》传奇，移植无名氏《庞涓夜走马陵道》杂剧创作《七国传》传奇，尤侗则受马致远《破幽梦孤雁汉宫秋》杂剧启发创作《吊琵琶》杂剧，等等。在这些创作活动中，《元曲选》应当都发挥了重要的文献保存功能和参考价值。② 至清代曲论中，涉及元杂剧选本几乎仅提《元曲选》一本，其他诸选鲜有提及，至王国维已称："元人杂剧罕见别本，《元人杂剧选》久不可见，即以单行本言，平生仅见郑廷玉《楚昭王疏者下船》一种，乃钱唐丁氏善本书室所藏明初写本，曲文拙劣，尚在此本下，盖经优伶改窜也。此百种岿然独存。呜呼，晋叔之功大矣！"③ 事实上，明清曲论对于戏曲选本的关注不多，而《元曲选》却反复地被评价、提及，已可见其传播与影响已远超其他元杂剧选本，对于元杂剧经典地位的形成也具有了突出的意义。

《元曲选》的问世不仅为明清戏曲的创作与批评提供了典范、标准，

---

① （清）李渔：《闲情偶寄》，载俞为民、孙蓉蓉编《历代曲话汇编》（清代编第一集），黄山书社 2008 年版，第 234、249、250、297 页。

② 任刚：《论清初苏州传奇对同题材元杂剧的移植》，载杜桂萍、陈才训主编《明清文学与文献》第十辑，社会科学文献出版社 2021 年版，第 288—305 页。

③ 王国维：《〈元曲选〉跋》，载蔡毅《中国古典戏曲序跋汇编》，齐鲁书社 1989 年版，第 440 页。

而且它的保存与传播之功也得到了批评家的一致认可。如清人陈栋即言："《太和正音谱》及《录鬼簿》载元剧千余本，陶九成《辍耕录》自云见元剧七百余本，而录中所列名目半不可解。今存者自臧晋叔元人《百种曲》外，寥寥无几。《百种曲》虽多点串，要亦饩羊。杂剧卷帙不多，易于散失。藏书家又以无关经史，置不宝贵，苟非汇而刻之，风霜兵焚，日复一日，必至消来净尽。晋叔为功词坛，岂浅鲜哉?"① 戏曲从问世起就不受文人墨客的重视，藏书家又因其无关经史而置之不理，所以长年日久，戏曲都散佚无存了，《元曲选》的问世将之前零散的戏曲收集在一起，虽然不能求全，但毕竟功劳不小。事实上，《元曲选》以外的很多元曲都已经佚失，它的确为我们保存下来很多优秀的元杂剧作品，我们认识的元杂剧也多从中来。但我们同时又不能不承认，《元曲选》的广泛传播与影响在客观上造成了它之外很多作品的流失与散佚。李调元即言："元人剧本，见于《百种曲》仅十分之一。考陶宗仪《辍耕录》所载，……十四人，共三十五本。及涵虚子编元群英：……以上六十七人，共五百四十九本；又娼夫不入群英，如赵明镜、张酷贫、红字李二、花李郎四人，共十一本。以上剧本，半皆失传，可知此外所佚多矣。"②《元曲选》作为影响最大的一部元杂剧选本被一直历代批评家所关注，不仅体现了选本本身的杰出价值及受欢迎的程度，也反映出了明清人的审美理想与价值取向。

明清时期，南曲传奇已经取代了元代杂剧的主导地位，而杂剧不但没有销声匿迹，反而以"以杂剧律南曲"的姿态出现，成为戏曲中的"正音"。由于《元曲选》的价值及影响，其后以收录元杂剧为主的选本并不多，但其中所传达的宗元思想、树立范本的意识却意义深远。如袁于令就认为《盛明杂剧》的编选即是要批驳"使当世之好音而束杀文章，

---

① （清）陈栋：《北泾草堂曲论》，载俞为民、孙蓉蓉编《历代曲话汇编》（清代编第三集），黄山书社 2008 年版，第 535 页。

② （清）李调元：《雨村剧话》，载俞为民、孙蓉蓉编《历代曲话汇编》（清代编第二集），黄山书社 2008 年版，第 316—317 页。

舆夫能文而毁裂宫调者"，达到"宣扬律元，以正其乱音之罪"① 的宗旨。《杂剧三集》的编选者邹式金言："临川而外，佳者寥寥，不若杂剧足以极一时之致。"② 亦是希望达到以杂剧律传奇的目的。徐翙、张元征等人都认为沈泰的《盛明杂剧》可继《元曲选》而任之，是可"与《元人百种》并传"③ 的。邹绮《杂剧三集》也说："《元人百种》鸣盛于前，明代两集继媺于后。"④ 在这一过程中，《元曲选》不仅以"百种"之数量、规范之体制、独一无二之影响得到了广泛的关注，还不断强化了元杂剧的经典地位，直接影响并开启了近代学术对于元杂剧的定位与书写。

作者简介：

刘建欣，女，西北大学博士后，黑龙江大学文学院副教授，主要从事中国古代戏曲研究。

---

① （明）袁于令：《盛明杂剧·序》，载蔡毅《中国古典戏曲序跋汇编》，齐鲁书社 1989 年版，第 459—460 页。

② （明）邹式金：《杂剧三集·自作小引》，载蔡毅《中国古典戏曲序跋汇编》，齐鲁书社 1989 年版，第 465 页。

③ （明）张元征：《盛明杂剧·序》，载蔡毅《中国古典戏曲序跋汇编》，齐鲁书社 1989 年版，第 461 页。

④ （明）邹绮：《杂剧三集·跋》，载蔡毅《中国古典戏曲序跋汇编》，齐鲁书社 1989 年版，第 467 页。

市民文化兴起与阮大铖《双金榜》的
戏曲史意义 [*]

高 岩

摘 要: 随着个性解放思潮的涌动,晚明市民文化兴起,与俗文学互动共生,一方面市民文化推动俗文学进程,为俗文学发展提供人文土壤,另一方面俗文学创作、演出的蓬勃演又为市民文化增添丰富多彩的内涵。如此,戏曲创作活动主要集中于崇祯朝的阮大铖在人物选择、情节布设、叙事艺术等方面都表现出符合时代趣尚的市民文化视角。阮大铖的戏曲创作在明末引起较大轰动,原因是多方面的,但其适宜市民文化审美风尚而不落窠臼的"以戏曲讲故事"意识,应功不可没,其《双金榜》体现出的对戏曲叙事结构的重视与实践,推动了戏曲观念由"重曲"向"重剧"的递变。

关键词: 阮大铖 《双金榜》 文本生成 叙事结构

阮大铖出生于明清时期才俊辈出的安徽桐城,魏晋名士阮籍是其远祖,故其诗集名为《咏怀堂诗集》。阮氏家族在明代即声名赫赫,少负才华的阮大铖像许多明清时代的望族子弟一样渴望科举扬名、传承家声,其十七岁中举,二十九岁中进士,有"江南第一才子"之美誉。少有才

* 本文系国家哲学社会科学基金一般项目"戏曲经典与明清文学风尚变迁研究"(18BZW069);中国博士后基金面上资助项目"元曲经典化问题研究"(2018M640359)的阶段性成果。

华，进士出身，原本可以实现其"有官万事足"的人生理想，但晚明炽热的党争却将其击得粉碎。在东林党与魏忠贤的明争暗斗中，阮大铖最初站在东林党的一边，天启四年（1624）的吏部都给事科事件，致使他被东林党驱逐，而被认定为阉党一派。整个崇祯朝的十七年，阮大铖便在期冀与东林党重归于好的路途上挣扎，而东林党始终没有给他这个机会，甚至在崇祯七年（1634）的时候将闲居在家的阮大铖再次驱逐。最终，在南明小朝廷获得权柄的阮大铖大肆迫害东林党，成为《明史》仅记的十五位奸臣之一。然其戏曲创作却在晚明产生了广泛而深远的影响，关于这一点刘世珩有"曲文隽妙，尚存元人余韵。脍炙艺林，传播最广，观者不以人废言也"① 之评价。至于其人品与文品的关系，张岱则云："阮圆海大有才华，恨居心勿静，其所编诸剧，骂世十七，解嘲十三，多诋毁东林，辩宥魏党，为士君子所唾弃，故其传奇不之著焉。"②《曲海总目提要》中也有所提及，"推其大指，总因崇祯初年，大铖丽名逆案，弃不复用，借传奇以寓意，谓己无辜受屈，欲求洗雪之意"③。吴梅总结到，"其品固不论，而其才实不可及"④。前贤学者关于阮大铖的研究主要集中在戏曲创作动机、戏曲内容的寄寓性、戏曲"错认"情节等相关研究，从晚明市民文化的视角，对其戏曲叙事结构的研究还略显不足。在前贤学者研究的基础上，本文探讨晚明市民文化对阮大铖《双金榜》文本生成的积极影响及其带来的对晚明戏曲以结构为中心的观念形成。

一 市民形象参与剧本结构搭建

晚明，文人传奇创作蓬勃发展，无论是戏曲创作亦或是戏曲理论都

---

① （明）阮大铖撰，徐凌云、胡金望点校：《阮大铖戏曲四种》（刘世珩跋），黄山书社 2014 年版，第 630 页。

② （明）张岱：《陶庵梦忆》卷 8，作家出版社 1995 年版，第 157 页。

③ （清）无名氏：《曲海总目提要》卷 11，载俞为民、孙蓉蓉编《历代曲话汇编·清代编》上，黄山书社 2009 年版，第 440 页。

④ （明）阮大铖撰，徐凌云、胡金望点校：《阮大铖戏曲四种》（吴梅跋），黄山书社 2014 年版，第 479 页。

取得丰硕成绩，涌现出一大批戏曲创作家与理论家，戏曲向着文人化、案头化的方向发展，但同时也暴露出文人传奇创作的种种弊端。在创作主题和内容方面，主要表现为文人成为戏曲的主人公，文人生活、文人情趣成为戏曲表现的主要内容，陈陈相因，难于突破。阮大铖敏锐地捕捉到市民文学的勃勃生机，但是对通俗文学有自己的看法："噫！童子哉，童子哉，其惟填词乎？而芥纳须弥，义固无漏，要其海嗤纳败，端有二焉。夫取事板古，吾未见晓风残月之可以大特书也，若平话鼓词，此又识字大伯垆边醒睡底本，根地卑湫，牵苔垩秒，何其尽菰芦而然也。"① 要么是过于典雅而走向词藻的堆砌，要么是过于俚俗而毫无情趣意境。《双金榜》则取文人之风雅与市民之俚俗合二为一，在作品中不仅塑造了志不获展、备受冤屈的文人，同时也塑造了生动可感的平民形象，表现出更为广阔的社会生活画面，扩大了传奇文体结构布设空间。

在《双金榜》中，市民形象成为文人戏曲的主人公。剧中的市民形象不但笔墨丰满，而且符合市民文化的精神内核，如善解人意、助人为乐的詹彦道，不仅在风雪交加的天气为皇甫敦送寒衣，而且在朋友有难时帮其抚养幼子。当养子詹孝标高中探花后，又主动助其复姓归宗，"谢天谢地，孩儿高中，老汉瞑目了"② 表达了詹太公淳朴厚道的美好人格。剧中写道"如今人象你的也少，那有朋友的儿子，这般看待"③。"二十年生死交无改"④ 的朋友情谊不能不令观者动容，这是从市民的视角来对性情纯良的詹彦道的褒奖。詹彦道临终之际，他的善举感动了周围的邻居，即使是来看病的医生也认为其是："好人，好人，我也不禁泪珠流

---

① （明）阮大铖撰，徐凌云、胡金望点校：《阮大铖戏曲四种》，黄山书社 2014 年版，第320 页。

② （明）阮大铖撰，徐凌云、胡金望点校：《阮大铖戏曲四种》，黄山书社 2014 年版，第438 页。

③ （明）阮大铖撰，徐凌云、胡金望点校：《阮大铖戏曲四种》，黄山书社 2014 年版，第420 页。

④ （明）阮大铖撰，徐凌云、胡金望点校：《阮大铖戏曲四种》，黄山书社 2014 年版，第420 页。

落。"① 如，江洋大盗莫佽飞是文人皇甫敦两次因"误会"而被冤的主要制造者，但作者并没有把他塑造成十恶不赦之人，而是将两次制造冤案的原因，写成是为报皇甫敦之恩而产生的"误会"。再如，招牌卖药但错字连篇的蔡蒲包，热心助人的半老村妇等，这些市民形象进入戏曲作品，共同钩织出色彩斑斓的市民生活图景，延展了戏曲文学的表现视域。

对市民形象的正面塑造与讴歌，反映出阮大铖较为传统的思想观念。在《咏怀堂诗集自叙》中他提出"善所群怨""以情治情""怨而无失其人伦之正"等文学观念。在《自叙》开篇即点明："夫诗者，教所存以情治情之物也。情亦奚事治？盖身心与物触，而诗生焉。于是导以理义，黜正其有未合者，则人之所为诗，圣人教人之所为诗也。人生身世得失，亦何多端，而人心世道亦罔不善，罔不治。"要通过导以理义，人的情合乎圣人的观念，使人的情感都走上善的一途，以圣人之情规范普通人之情。将此类文字与其戏曲作品中市民形象的淳朴善良对读，或可明了阮大铖市民形象寄寓的风化旨趣。

《双金榜》中市民形象不仅丰满生动，而且在戏曲作品中承担着结构线索性的意义，绝不是可有可无的点缀，如詹彦道，在剧中第二出《雪哄》、第十三出《托嗣》、第二十九出《饯惑》、第三十五出《捷诀》均是主角，而第三十四出《洛迎》、第三十七出《讣浣》均是以其为主要叙述对象，可见其在剧中起到连绵情节的重要作用。与詹彦道相关联的衣服、血书、临终遗书都成为故事结构前后相互关联的重要砌末，不可或缺，具有结构性意义。如外扮詹彦道与生扮皇甫敦均在第二出出场，书生皇甫敦的出场采用才子落魄的传统方式，孤身一人投身白马寺，在"今日小年，又值这般大雪，好不凄凉人也"的时空背景中，"小立檐下，风色寒紧"，正期盼着"谁送椒花酒，草阁聊翻竹筒书"之时，外扮詹彦道以"裘帽骑驴"上场，"【江儿水】（外）背郭村烟断，临风径行斜，杖藜把不住溪桥滑，冻缰绳，紧把青驴跨。只为鼓盆有客栖莲社，短景

---

① （明）阮大铖撰，徐凌云、胡金望点校：《阮大铖戏曲四种》，黄山书社 2014 年版，第437 页。

难堪独夜，因此上破泞冲泥，炙酒剪灯长话"① 一曲，通俗晓畅，符合村居老父的语言特点，同时将"雪中送寒衣"的浓浓温情传递。正因为詹彦道雪中送来的"新衣"，才有了第六出《逃儒》中，皇甫敦因去赴宴汲嗣源，而脱下旧衣换新衣的情节，"小生缊袍百结，怎生插在其间。幸喜年内詹太公，制下衣巾，新新展展，今日穿戴起来，才成了体面，也有许多风采"。皇甫敦换上"新衣"去赴宴，而换下的"旧衣"就恰好成为莫佻飞为掩饰身份行窃的砌末。如此一来，皇甫敦第一次被冤才有了合情合理的"证物"，而皇甫敦被冤远走他乡，才有了与卢氏的婚姻，才发展成为一兄一弟、一南一北的结构线索。

再如，莫佻飞是皇甫敦两次冤案的制造者，第一次是使皇甫敦远走岭南，第二次是使皇甫敦滞留海外，而这两次冤案的最终结果都是让皇甫敦离开幼子，这样才有了两兄弟见面不相认的互相攻讦。而其偷盗宝珠事件是戏曲叙事的起点，"平起风波，向如来顶首暗摩挲，惹出许多精怪"②，其引外番归朝、宝珠还归佛顶是戏曲叙事的终点。在这条线索上，莫佻飞始终起到重要的文本结构意义。如莫佻飞在第四出出场："只为着真腊国那颗龙母宝珠，在天宝年分，贡入大唐。闻得此珠被太真娘娘赐作白马寺伽文佛顶珠。经云：有顶首珠，三界稀有。运三昧火，炼七昼夜，无有间歇，珠现宝华，百千万忆。子珠护母，聚于炼人，如恒河沙，不可思议。俺想此珠入手，何愁东西诸洋这一班君长，不以宝坛狎主，尊奉俺家。"③ 当莫佻飞想要借居白马寺的时候，遭到了禅堂客管的阻拦，这时皇甫敦出手相助，"这头陀象貌虽凶凶的，却也有些奇怪，不是庸髡。这般大雪，叫他们往那里安身？自古道，'与人方便，自己方便'，把这头陀就安在伽蓝殿里。那班人支在十方堂安下，过了这雪天，叫他起单也不迟。"因为皇甫敦的"与人方便，与己方便"，更因为在皇甫敦

---

① （明）阮大铖撰，徐凌云、胡金望点校：《阮大铖戏曲四种》，黄山书社2014年版，第323页。

② （明）阮大铖撰，徐凌云、胡金望点校：《阮大铖戏曲四种》，黄山书社2014年版，第477页。

③ （明）阮大铖撰，徐凌云、胡金望点校：《阮大铖戏曲四种》，黄山书社2014年版，第330页。

看来莫佽飞不是"庸髡""观君相貌，不是凡髡。暂尔绕树寻枝，终是搏风运海"①的知音之情，日后莫佽飞为报答皇甫敦的知遇之恩而将偷盗来的府银赠与，制造了皇甫敦的第一次冤案。当皇甫敦流落岭南，与卢氏伉俪情深，所育之子尚在襁褓的时候，莫佽飞又出现了，并且邀请他海岛相聚，番鬼隆重的欢迎仪式，再一次成为皇甫敦通海盗的"误会"，从此滞留海外，构成了皇甫敦的第二次冤案。可见，莫佽飞不仅有市民形象塑造层面的意义，同时还承担着重要的线索结构意义。

此外，《双金榜》中还善于运用人物叙述将结构有机融合，如第九出《摸珠》中，莫佽飞出场："咱从白马寺中，换着衣服，改扮儒装，行进城来，并没有半个来盘诘。早已在那谯楼左侧小屋角头，飞身直入安抚中来了。（走介）特湾抹角，此处看一看是甚么所在。（看笑介）月亮中，明月照见是长盈库三个字，恰好恰好。"②当莫佽飞绕过醉酒后熟睡的库吏而进入府库后，仍有一段人物叙述，用人物的视角引领观众看府库内的情况："你看月光在天窗上透进来，如白日一般。那地下明晃晃的，堆了许多元宝。似这般耀眼糊心，都爱煞孔方兄弟。果然采色晶光，难怪如今人这等爱他。"③用人物叙述的视角使文本结构成为一个有机的整体，增强了戏曲作品的叙事性。

从以书生为中心，到市民形象进入文本，再到市民形象参与文本建构的自觉运用，阮大铖探索了文人独创传奇都要面对的结构问题，而且市民角色的有效介入，打破传统戏曲的双线结构，形成多条线索交织的网状结构、使剧本的叙事空间立体多元，一定程度上解决了戏曲受到文人视角空间限制的问题。

---

① （明）阮大铖撰，徐凌云、胡金望点校：《阮大铖戏曲四种》，黄山书社 2014 年版，第339 页。

② （明）阮大铖撰，徐凌云、胡金望点校：《阮大铖戏曲四种》，黄山书社 2014 年版，第346 页。

③ （明）阮大铖撰，徐凌云、胡金望点校：《阮大铖戏曲四种》，黄山书社 2014 年版，第347 页。

二 "别开生面"的市民审美观照

与阮大铖同时代的文震亨指出晚明戏曲创作之弊："盖近来词家，徒骋才情，未谙声律，说情说梦，传鬼传神，以为笔笔灵通，重重慧现。几案尽具奇观，而一落喉吻间，按拍寻腔，了无是处。移换推敲，每烦顾误，遂使歌者分作者之权。而至于结骸造形，未能吹气生活，分出砌白，又多屋下架梁，使登场者与观场者之神情，两不相属。谁为作俑，吾不能如侏儒附和矣。"① 而阮大铖则"一洗此习，独开生面，觉余心口耳目间，靡所不惬"②。

阮大铖的戏曲创作不仅关注文本，同时也关注舞台演出效果，其组建的"阮家班"在晚明较有影响。将民间戏曲演出的场面植入文人戏曲作品是阮大铖在戏曲结构艺术上的成功实践，如《双金榜》中唱民歌（第二十二出）、说番语（第二十三出）均展现出灵动的生活气象与民间视角，同时又巧妙地将其与文本叙事、情节发展缩结一处。"（《双金榜》）通本情节诙诡，梵典图经恣意渔猎，非胸罗书卷笔具辘轳者不能作。明人传奇多喁喁儿女语，独圆海诸作皆合歌舞为一……皆耳目一新，使观场者迷离惝恍，此又同时诸家所无有者矣"③ 这种颇具创新意义的剧本建构方式，为晚明戏曲结构理论提供了创作实践的注脚，也为晚明戏曲演出注入了活力。

"戏中戏"的娴熟运用是《双金榜》的显著特色，其"戏中戏"的选择都是以民风民俗为标准。"戏中戏"即在一部戏曲中穿插引用另一部戏曲，将这部分作为一个片段与整部剧相连，增加戏剧的表达效果。如第七出【灯游】演出了官民同乐的元宵赏灯场面，"六街灯火一半是梅

---

① （明）阮大铖撰，徐凌云、胡金望点校：《阮大铖戏曲四种》（文震亨题词），黄山书社2014年版，第313页。

② （明）阮大铖撰，徐凌云、胡金望点校：《阮大铖戏曲四种》（文震亨题词），黄山书社2014年版，第313页。

③ （明）阮大铖撰，徐凌云、胡金望点校：《阮大铖戏曲四种》（吴梅跋），黄山书社2014年版，第480页。

花。开小队，放高衙，香烟细细，马前百戏喧哗"，场面华丽而闹热，"象瀛洲一座鳌山，赛华胥万户人家"。有闹滚灯："斗辉星灿，倘东西随方逐圆，杨花滚作木绵弹。光乍乍，白鬖鬖，似老僧伽脑磕琉璃殿。"① 有跳竹马："乘风掣电，半空中高揭鸡竿，曹交半截木靴穿。龙作马，玉为鞭，阿修罗一对央儿战。"② 有妆故事："（杂扮昭君抱琵琶、杨六娘对舞梨花枪上）'冰絃檀板，扮当场优孟衣冠，琵琶马上泪偷弹。红叱拨，锦连环，舞矛俞四面梨花颤。'"③ 还有筵席烟火等传统的民间歌舞形式轮番登场。再如，第十八出《煎珠》中摆放佛像、花灯、香幡、火炉等的场景描写及宝峰师父宣演经咒的大段唱念，龙王虾兵鼋将舞上旋下的表演及龙女献珠、海鬼献珊瑚、鲛人献绡的舞蹈，都是在文人传奇中难得一见的。

如第二十一出《诺婚》中写到："我们这边风俗，男女成婚时，定要对坐草茸中，女家先唱个竹枝腔词儿，男家答一个，一答答上了，方才携手归墟，洞房花烛哩。"④ 这里有意表演出异乡的婚俗之奇，"不似你周礼周公在洛阳"（第二十一出），增强舞台表演的新奇感。第二十五出《浮海》的表演性也特别强，以"生大惊"的科介来表现场面之奇异。可见，有的关目就是为舞台表演而有意设计的，"千里飞帆，令人惊眩欲绝""生长中土，视此便作稀奇""今日相招到此，真是井蛙观海，见所未见，令人心目俱开"⑤ 等均表现出场面之宏大，及景观之视听刺激。再如，第三十一出《变夷》，皇甫敦为番邦讲授中原文化："这些岛夷番鬼，

---

① （明）阮大铖撰，徐凌云、胡金望点校：《阮大铖戏曲四种》，黄山书社 2014 年版，第 341 页。

② （明）阮大铖撰，徐凌云、胡金望点校：《阮大铖戏曲四种》，黄山书社 2014 年版，第 341 页。

③ （明）阮大铖撰，徐凌云、胡金望点校：《阮大铖戏曲四种》，黄山书社 2014 年版，第 341 页。

④ （明）阮大铖撰，徐凌云、胡金望点校：《阮大铖戏曲四种》，黄山书社 2014 年版，第 398 页。

⑤ （明）阮大铖撰，徐凌云、胡金望点校：《阮大铖戏曲四种》，黄山书社 2014 年版，第 413 页。

各各鱼贯成列，躲舌谈经，颇有中华礼乐之风。"① 但同时也存在语言沟通的障碍，因此需要通官翻译，并且用番语写了一曲由占城、真腊、三佛齐、爪哇四处世子舞唱的【清江引】"撒摩撒褪挤弥哩，杂塔乌泥利。乌弥杂并渐，瑟帝知俱底。"② 这些穿插在剧本叙事结构中的民俗演出，增强了戏曲作品的可观演性，将文人戏与民间戏融为一炉。晚明戏曲是比较关注舞台演出的③，而阮大铖之《双金榜》则更进一步丰富了舞台演出的形式。

阮大铖是明末独创性极强的文人剧作家，其认为自己创作的传奇"于稗官野说无所取焉"，原因是"盖稗野亦臆也，则吾宁吾臆之愈"④，可见作为"江南第一才子"对自身才华的自负，同时也与当时盛行的生新尚奇的审美风气息息相关。《双金榜》以市民生活为背景，构建"奇"的结构，不落俗套，张岱有言："阮圆海大有才华……如就戏论，则亦锹镰能新，不落窠臼者也。"⑤ 在阮大铖现存的四种传奇中，《春灯谜》《牟合台》《双金榜》都是文人独创传奇，即使是有蓝本的《燕子笺》也"出目迥异"⑥。

《双金榜》中娴熟地运用"牡丹花"之奇，将现实与梦境有机融合。如第十二出《散花》中旦在现实中出场，描述的是闺中少女的生活日常："奴家为着母亲许舍香山寺宝幡，自年内起手到今，绣了两月，幸喜工天已完过七八分上了。牙尺剪刀，每夜灯前，长是不歇。"⑦ 而天女着彩衣

---

① （明）阮大铖撰，徐凌云、胡金望点校：《阮大铖戏曲四种》，黄山书社 2014 年版，第 424 页。

② （明）阮大铖撰，徐凌云、胡金望点校：《阮大铖戏曲四种》，黄山书社 2014 年版，第 425 页。

③ 刘建欣：《毛晋的名剧意识与〈六十种曲〉的编纂》，《文艺理论研究》2021 年第 3 期，第 172 页。

④ （明）阮大铖撰，徐凌云、胡金望点校：《阮大铖戏曲四种》，黄山书社 2014 年版，第 5 页。

⑤ （明）张岱：《陶庵梦忆》卷 8，作家出版社 1995 年版，第 157 页。

⑥ （明）阮大铖撰，徐凌云、胡金望点校：《阮大铖戏曲四种》（刘世珩跋），黄山书社 2014 年版，第 630 页。

⑦ （明）阮大铖撰，徐凌云、胡金望点校：《阮大铖戏曲四种》，黄山书社 2014 年版，第 362 页。

散牡丹花的情节，则是由旦的人物叙述完成："适才睡去，似梦非梦，见两个女子，似天仙妆束一般，空中飞舞，手中先撒花片，后抛下一个花球儿，红得可爱，恰好掉在奴家鬓儿上，猛然惊醒了。咭！没要紧闪这一闪。呀！这胆瓶边红艳艳的，果然一枝花在此。"① 虚实相生，连贯而曲折。再如，利用两次冤案牵扯出两兄弟的两条叙事线索，"一南一北，却如何这般相似，也奇，也奇"②。利用玉蝴蝶构建的"千里姻缘一线牵"的婚姻线，"这一门姻眷也结得奇"（第四十三出）等，都是以来源于市民生活本身的"奇"搭建结构。

"尚奇""尚新"是明清文人曲家的艺术追求，"传奇，纪异之书也。无奇不传，无传不奇"③。戏曲是舞台艺术，新奇是观众赏戏的一个重要看点，创作戏曲自然要追求新奇，但天下之最新奇见于平常之中，如能达到在平常中蕴含新奇动人的力量，则是至高的艺术境界。汤显祖也持此观点："天下布帛菽粟之文最是奇文，但不足以悦时目耳，然有志著书人，岂肯与时目作缘者？东嘉此书，不特其才大，其品亦甚高。"④ 并从中悟出"生天生地生鬼生神，极人物之万途，攒古今之千变"⑤ 的艺术启示。张岱在《答袁箨菴》强调："兄看《琵琶》《西厢》，有何怪异？布帛菽粟之中，自有许多滋味，咀嚼不尽，传之永远，愈久愈新，愈淡愈远。"⑥ 明中后期，传奇朝着"奇异怪幻"趋势发展，戏曲家发现了这种艺术追求的危险性。

---

① （明）阮大铖撰，徐凌云、胡金望点校：《阮大铖戏曲四种》，黄山书社 2014 年版，第 363 页。

② （明）阮大铖撰，徐凌云、胡金望点校：《阮大铖戏曲四种》，黄山书社 2014 年版，第 430 页。

③ （明）倪倬：《二奇缘·小引》，载吴毓华编《中国古代戏曲序跋集》，中国戏剧出版社 1990 年版，第 231 页。

④ （清）毛声山：《第七才子书琵琶记·前贤评语·汤若士》，载俞为民、孙蓉蓉编《历代曲话汇编·清代编》第 1 集，黄山书社 2008 年版，第 483 页。

⑤ （明）汤显祖：《宜黄县戏神清源师庙记》，载俞为民、孙蓉蓉编《历代曲话汇编·明代编》第 1 集，黄山书社 2009 年版，第 608 页。

⑥ （明）张岱：《答袁箨菴》，载俞为民、孙蓉蓉编《历代曲话汇编·明代编》第 3 集，黄山书社 2009 年版，第 521 页。

"布帛菽粟之中，自有许多滋味，咀嚼不尽"① 成为理想的艺术范式。阮大铖认为"出奇"固然可贵，但不可脱离现实，优秀的作品是既能"尚奇"，又不失生活真趣。李渔在总结戏曲发展规律时专写《戒荒唐》："凡作传奇，只当求于耳目之前，不当索诸闻见之外。无论词曲，古今文字皆然。凡说人情、物理者，千古相传；凡涉荒唐、怪异者，当日即朽。"脱离社会现实，一味地追求新奇，凭虚驾幻、荒诞不经，这样的作品被明清曲家批评而且排斥，阮大铖以成功的戏曲创作实践，从市民日常生活的"布帛菽粟"之中生新求奇，回应了晚明对"尚奇"戏曲结构的探索。

三 市民文化影响下"以戏曲讲故事"的结构理念

《双金榜》以结构取胜，体现了剧学中心的叙事观念。吴梅评价其"头绪纷繁，一丝不乱，是大手笔。云亭、稗畦俱拜下风矣"②。从文章学角度看，阮大铖重视传奇创作的文法结构，将传奇创作观念从抒情性叙事迁移到戏剧性叙事，上承王骥德的"工师建室"，下启李渔的"结构第一"，在明清传奇叙事结构理论发展中具有重要意义，主要表现为宏观整体布局、微观有机统一，并缓急得当地运用戏剧节奏，达到张弛有度的戏剧效果。

《双金榜》中人物关系错综复杂，但是叙事结构主次分明、脉络清晰，整体格局有伏有应，情节连贯，虽复杂多绪，但却表现为井然有序，可以看出阮大铖极其擅长对戏曲整体结构的布设安排。除整体的结构搭建之外，局部的有机统一也显得十分突出。

一是前因后果的结构观照。如第二出斋夫向皇甫敦催收礼物时，皇甫敦打了斋夫，斋夫记恨在心，于是在第九出《摸珠》中蓝安抚审理宝珠被盗一事时，照应前文，写斋夫的心理活动，"皇甫敦你打得我好！今

① （明）张岱：《答袁箨庵》，载俞为民、孙蓉蓉编《历代曲话汇编·明代编》第 3 集，黄山书社 2009 年版，第 521 页。

② （明）阮大铖撰，徐凌云、胡金望点校：《阮大铖戏曲四种》（吴梅跋），黄山书社 2014年版，第 480 页。

日撞到我手里来了"①，于是诬陷皇甫敦"平日里来往无非游侠儿"②，而成为了皇甫敦"误会"被冤偷盗事件的人证。如第十一出《闹勘》中，蓝廷璋因武断专行而导致皇甫敦流亡海外，至第三十八出《浼咈》，蓝廷璋得知詹孝标是皇甫敦的儿子，联想到当年自己的行为，认为其是自己的"冤对"，于是阻止詹孝标复姓归宗，使剧情再起波澜。再如第十三出《托嗣》中写皇甫敦写血书将幼子托付给詹彦道，至第四十四出《廷讦》中，皇甫敦当众背诵血书内容，成为父子相认的最有利证据，当年托嗣时的悲痛之情也再次被唤起，不仅产生了重温前文叙述的效果，而且合情合理地推动了情节的发展。

如第五出《春谒》中，外扮的弘农郡刺史汲嗣源提醒在"满城大放花灯三夜""这太平歌管莫教辜负"时，要特别注意防盗，"此地五方杂处，探丸御货，各属时时报闻。虽值盘游，亦须防毖。大酺欢娱，那鸡鸣狗盗须防跋扈"③，是为后来莫伙飞偷盗行为设置的伏笔，有意提醒观众此处有戏。在第九出回应第五出，以插科打诨的形式，描写了元宵佳节守府库吏醉酒的滑稽相，而其擅离职守又为第五出中汲嗣源的"预言"提供佐证。至此，前有因、后有果的细节勾连还没有停止，在第十一出《闹勘》中，汲嗣源劝说蓝安抚重审皇甫敦偷盗一案，遭到拒绝后，有一段心理描写，"可笑，可笑。功名鸡肋，弃之何难。只是天理人心，恐难昧煞"，并且重温前文的情节："况放灯一节，也曾力言要加防范，却全然不蒙见采，及至疏虞失事，却又罗织无罪书生，希图脱卸。古云：'无罪而杀士，则大夫可以去。'下官今日不去何待！"④ 第五出、第九出、第十一出都对蓝廷璋不听劝告而导致府库失窃的因果做了回环照应。

剧本不仅在叙事内容上前后呼应、互为因果，同时在关目布设中也

---

① （明）阮大铖撰，徐凌云、胡金望点校：《阮大铖戏曲四种》，黄山书社2014年版，第350页。

② （明）阮大铖撰，徐凌云、胡金望点校：《阮大铖戏曲四种》，黄山书社2014年版，第350页。

③ （明）阮大铖撰，徐凌云、胡金望点校：《阮大铖戏曲四种》，黄山书社2014年版，第337页。

④ （明）阮大铖撰，徐凌云、胡金望点校：《阮大铖戏曲四种》，黄山书社2014年版，第359页。

追求前后相继的有机关联，如第十二出《散花》中旦角在岭南梦天仙撒下牡丹花，而旦角的一句"闻说牡丹洛阳地方才盛"①，直接引出第十三出皇甫敦离开洛阳，远戍岭南。再如，第十四出《斗草》中因卢小姐游园而被帅府苗衙内墙头窥见，于是求婚嫁引出第十六出《待字》，卢母拒绝苗衙内的求亲后，也成为后来皇甫敦第二次"误会"遭冤案的缘起。总之，因果相继的构思，使得剧本逻辑谨严，文思细密。

二是悲喜相生的关目设计。如第十五出《泊遇》写由悲而喜，先写皇甫敦面对波罗大王的神位哭泣自己含冤被远戍的痛苦，紧接着写遇见因听见哭泣声而将他捕到海船的莫侬飞，从此皇甫敦得到莫侬飞的善待。如第三十五出《捷诀》写由喜而悲，将詹彦道病重过世的噩耗与詹孝标中探花的捷报布设在同一叙事时间。如第三十六出《慈养》写由喜而悲，面对因皇甫孝绪中状元而即将获得的封赠，卢母反而"悲戚"："我良人未归，鸾诰何心独受，这封赠断断不必送来，添我伤感。"② 至第四十一出《赚封》则由悲而喜，卢母正与皇甫孝绪伤感其父下落不明之时，传来皇甫敦已经回到海南的喜讯，从"不禁含悲怆，旧事心头涌"到"天大的喜事爹爹已归到海南了"③。如第四十四出《廷讦》，从亲兄弟互相攻讦，到父子、兄弟相认，"以情以理"④。正如王骥德所言："文章之妙，不难于令人笑，而难于令人泣：盖令人笑者不过能乐人，而令人泣者，实有以动人也。夫动人而至于泣，必非佳人才子、神仙幽怪之文，而必其为忠贞节孝之文可知矣！"⑤《双金榜》在悲喜相生的结构布局中，展现出情感的激荡和情节的挪移。

---

① （明）阮大铖撰，徐凌云、胡金望点校：《阮大铖戏曲四种》，黄山书社 2014 年版，第364 页。

② （明）阮大铖撰，徐凌云、胡金望点校：《阮大铖戏曲四种》，黄山书社 2014 年版，第441 页。

③ （明）阮大铖撰，徐凌云、胡金望点校：《阮大铖戏曲四种》，黄山书社 2014 年版，第457 页。

④ （明）王骥德：《新校注古本西厢记评语》，载俞为民、孙蓉蓉编《历代曲话汇编·明代编》第 2 集，黄山书社 2009 年版，第 160 页。

⑤ （清）毛声山：《第七才子书琵琶记批语·第一出》，载俞为民、孙蓉蓉编《历代曲话汇编·清代编》第 1 集，黄山书社 2008 年版，第 498 页。

三是同中之异的叙事美学追求。如第二出《雪哄》中雪中送衣的詹彦道与催取年节礼的儒学斋夫的对比，一善一恶，美丑互现。如第十一出《闹勘》中，武断专横的安抚使蓝廷璋与爱才惜才、伸张正义的弘农郡刺史汲嗣源的对比。此外，还有同类事件的前后映照，如第十三出《托嗣》和第二十九出《栈惑》："你可记得，那皇甫秀才当年与我分别正在这个所在，今日又在此地送他孩儿。""无穷惆怅上心来，记当年此地付与婴孩。算如今十零八载，养成个梁栋之材。"第二十二出《踏歌》与第三十三《赘郊》，前者写岭南婚俗，后者写中原婚俗，都是以婚姻仪式表演的形式呈现，表现不同地域不同风俗的同时，体现出剧作家巧妙地运用戏剧结构营造同而不同的叙事艺术。

四是戏剧节奏的缓急调控。《双金榜》的戏剧节奏缓急有秩，有的为了密针线而插入，故一笔带过，如第二十四出《徙官》，交代蓝廷璋荐举汲嗣源复官，第二十六出《环赐》，交代汲嗣源的复官，此二出均是为结局做铺垫。而第十三出《托嗣》则为了表现皇甫敦被冤远戍的委曲与无奈托孤幼子的痛楚，而使叙事时间暂停，从而使得长亭送别的皇甫敦与詹彦道两人有充足的表演时间，淋漓尽致地抒发个体情感，营造悲情意境，达到与观众共情的艺术效果。戏剧节奏放缓的还有第三十一出《变夷》，此出详细地叙写皇甫敦为外番世子讲解《诗经》《书经》《礼经》《春秋经》的情境，运用大段的唱词以及表演动作抒发了书生"既达孔圣书，还要习熟周公礼数"的教化之旨和政治理想。再如第四十四出《廷讦》，对两兄弟互相诘难的细节充分展开，因为这是全剧的重心，也是剧作者苦心经营的大结局，"要其大意，于以见坎止蜃楼，冤亲圆相，众生之照心失而无明起也。盲攻瞆诋，大约蚩蚩焉，如皇甫氏之父子弟兄尔"①。

此外，《双金榜》中虽有市民文化的融入，但阮大铖是进士出身，因此，剧作对文人之才的寄托仍然比较强烈，"才华品行，冠冕天中"（第五出）是剧作者的文人化表达。如在第八出《署集》中，汲嗣源与才子

---

① （明）阮大铖撰，徐凌云、胡金望点校：《阮大铖戏曲四种》，黄山书社 2014 年版，第320 页。

联诗对句，提到“末后二句，我们俱不消作，就把杜审言的诗依韵续成了罢”，于是应对“火德云官齐道泰，天长地久属牛羊”。从阮大铖现存四种曲均采用集唐诗来看，此一结构的布设，应为对剧作集唐诗的提示与自我肯定。如在本出的落场诗：“东池送客醉年华，问道风流胜习家。今夜月明人尽望，中庭地白问栖鸦。”前两句出自唐代吕温的《道州郡斋卧疾寄东馆诸贤》，后两句出自唐代王建《十五夜望月寄杜郎中》，与本出元宵佳节文人雅集的情景呼应吻合，和谐统一。

阮大铖在戏曲作品中表现出的“曲为心曲”，也是明末清初文人戏的重要旨趣。“曲者，非指爱物之形也。闻之曲为心曲，名言为曲，实本为心，心直中皆曲。”① 闲居期间，阮大铖素好延揽，招纳游侠，始终欲以“边才”启用。了解这一点，我们再读《双金榜》中的外番因教化而归顺朝廷的结构布设，就不能简单地理解为是文人逞才炫奇了。剧中“还是招率四夷，争来宾服。此功名载在竹帛，这才是真正英雄所为”就成为阮大铖现实人生理想的折射，面对“这一班番鬼们，言语侏离，礼度箕踞，不通文教，难于招徕”的外患，能采取的办法只有“设帐此地，用夏变夷，日久年深，化诲熟落，建此功业，便不难矣。”（第二十七出）而最终实现“羁海外教习蛮童，习礼乐来享天朝”（第四十出）的政治理想，经过“十八年用夏变诸夷”（第四十四出）的不懈努力，终获“（莫佽飞）俺为探珠得母，俨然据岛称王。赖皇甫兄廿年设教，用夏变夷，遂使禹贡外之山川革心向化。如今尧天中之日月稽颡来同”（第四十五出）的华夷统一，“舞羽著成功，万岛星辰朝拱。名儒教化，侏离革尽夷风，稽首望龙鳞还陈控”（第四十五出）是阮大铖以“边功”启用的戏曲表达。文人之才的作用，不仅仅是花前月下的诗书传情，而是发挥出更大的政治力量，在舞台演出中实现自己在现实中无处安放的政治理想，达到“曲尽人情”宣泄情感的目的。

---

① （明）阮大铖撰，徐凌云、胡金望点校：《阮大铖戏曲四种》，黄山书社 2014 年版，第 311 页。

结　语

晚明是戏曲结构理论发展的重要时期，这既有理论家的探索，也来源于戏曲创作家的实践。关于戏曲结构，元代周德清《作今乐府法》中说"尤贵在首尾贯穿，意思清新"①；乔吉则提出"凤头、猪肚、豹尾"的结构美学，王骥德在《曲律》中说："必先分段数，从何意起，何意接，何意作中段敷衍，何意作后段收煞，整整在目，而后可施结撰。"此外，臧懋循、冯梦龙等先后提出戏曲结构理论主张；李贽则将诗文评点引入戏曲批评中，开拓了戏曲叙事结构批评的新领域，"传奇第一关捩子全在结构""结构玲珑""结构活"等观念带动了戏曲创作家关注戏曲结构意义。清代李渔在晚明戏曲理论家和创作家探索的基础上，提出"立主脑""脱窠臼""密针线"等戏剧结构原则，为中国古典戏曲结构理论做了全面而深入的总结。阮大铖在晚明市民文化的影响下创作的《双金榜》，不落窠臼，独辟蹊径，打破文人传奇"模式化""程式化"的套路，采取文人独创的艺术方式，减少了因袭类作品的诸多束缚，形成文人风雅传统与市民文化叙事的有机统一，扩大了传奇叙事的结构空间，呈现出较为丰富多元的叙事层次，同时前后连贯、内在统一、逻辑谨严、文法缜密的成功实践，为中国古典戏曲结构理论提供了有益实践经验。

作者简介：

高岩，女，绥化学院教授，主要从事元明清文学研究。

---

① 陶宗仪：《南村辍耕录》，载俞为民、孙蓉蓉编《历代曲话汇编·唐宋元编》，黄山书社2006年版，第430页。

论明清通俗小说中翁婿人伦的
叙事机制与潜能*

朱锐泉

摘　要：明清通俗小说真实反映了青年男女成长过程中面临的的求偶问题。以往学界的研究忽略了按照青年男女自择配偶与父母择婿选妇的不同标准，对这一问题重新予以观照，因此倡导研究视角由男女择偶向父亲择婿转变：既心系情节方面翁婿关系的建立、冲突及各种演变形态，又注意围绕在这一组人物关系周边的岳母、媒人等中间人和竞争者、破坏者的人物设置功能及意义，以此从逻辑层面实现对于翁婿叙事的展开。

关键词：明清通俗小说 伦理叙事 翁婿

文学，往往借助情节、人物等形象的手段，来展示一些人伦关系或某种道德行为，寓含道德判断，通过表现伦理道德的矛盾、冲突和纠葛，揭示一定的道德规范和道德理想，指导人们的道德选择。这即是本文所界定的"伦理叙事"的内涵。在此学术视野之下，孟子所言"五伦"，与师徒、结拜兄弟等其他人伦都将获得更为细致精密的观察。依靠男女婚姻达成的岳父与女婿，正是一种值得深挖内涵的亲缘关系。

＊ 本文系 2021 年国家社科后期资助项目"伦理叙事与明清通俗小说的文化史研究"（21FZWB039）的阶段性成果。

《礼记·昏义》上说"昏礼者，将合二姓之好，上以事宗庙，而下以继后世也，故君子重之"①。该书进而在对"五伦"排序的基础上强调昏礼之地位，认为"男女有别而后夫妇有义，夫妇有义而后父子有亲，父子有亲而后君臣有正。故曰：'昏礼者，礼之本也。'"② 古代俗语亦有云"男大当婚，女大当嫁""少女少郎，情色相当"。明清通俗小说真实反映了青年男女成长过程中面临的求偶问题。以往学界的研究较为重视女子冲出礼教和习惯势力的束缚，自主追求姻缘的小说描写，且多偏于从怜才比文和比武招亲的两种故事框架③展开论析，实际则忽略了按照青年男女自择配偶与父母择婿选妇的不同标准，对这一问题重新予以观照。

本文首先提请读者注意的是，且不说儒家经典对于"男女非有行媒，不相知名；非受币，不交不亲""外言不入于梱，内言不出于梱"④ 的要求，"聘则为妻，奔则为妾"⑤ 的利剑时时悬于诗礼之家的头顶。单就明清律法中的男女婚姻律而言，嫁娶皆由祖父母、父母主婚；祖父母、父母俱无存，从余亲主婚——凡此也是明确的规定。古代社会长期时间内，女子一般来说事无擅为，行无独出，谨遵父母之命、媒妁之言，而绝无私奔苟合的行为。因此，出于张扬性灵表彰情教，或仅仅是加强戏剧冲突的需要，主要是通俗小说时或突出女子主见勇气的惊人之处，就不应"混淆视听"，遮蔽今人对往古世态人情的远眺。

即便是就蕴含虚构想象的古代文学言之，我们看到，父亲安排下的

①　王文锦译解：《礼记·昏义》，《礼记译解》，中华书局 2001 年版，第 913 页。

②　王文锦译解：《礼记·昏义》，《礼记译解》，中华书局 2001 年版，第 914 页。

③　借用自日本埼玉大学大塚秀高的说法。分别指第一个故事框架：女将与男将在战场竞技武艺，并嫁给战胜自己的男将；或是为了选择优于自己武艺的男将做丈夫而在战场（或擂台）与其比武。多见于杨家将、呼家将、薛家将等一系列家将小说。以及其后产生的故事框架，多见于明末清初的才子佳人小说：佳人们寻求比自己更有诗才的男子为结婚对象，她们与想和自己结婚的男子们赛诗，选择其中与自己匹配的男子，再女扮男装辅助其一举登科，有时甚至会代替男子去为其再寻找一位与该男子匹配的佳人，使其"双娇齐获"。并且指出二者是同源双生的产物。见大塚先生论文《西王母的女儿们——从"遇仙"到"阵前比武招亲"》，载《中国明代文学学会（筹）第八届年会暨 2011 年明代文学与文化国际学术研讨会论文集·戏曲小说卷》，第 48 页。

④　王文锦译解：《礼记·曲礼上》，《礼记译解》，中华书局 2001 年版，第 15、16 页。

⑤　王文锦译解：《礼记·内则》，《礼记译解》，中华书局 2001 年版，第 399 页。

女方择婿也确乎在在皆是。试举一例，"榜下裔婚"指的是在会试发榜后，朝中显贵在登榜之人中寻找合适的人选作为自己的女婿，此风气在元代颇盛。《万历野获编》卷二十六《嗤鄙》中《裔婚》条便指出："榜下裔婚，古已有之。至元时贵戚家，遂以成俗。"沈德符还专门提了一笔，"故有《琵琶记》牛丞相招婚事，亦讥当时风向也"①。这就道出了文学作品的部分内容是真实历史的镜像。

何况是直击翁婿关系的叙事题材红心的作品。来看通俗小说的篇目和回目对于"翁婿"事项的反映：

《二刻拍案惊奇》卷二十二《痴公子狠使噪脾钱 贤丈人巧赚回头婿》

《型世言》第十八回《拔沦落才王君择婿 破儿女态季兰成夫》

《情梦柝》第九回《费功夫严于择婿 空跋涉只是投诗》

《玉支玑》第二回《欲坦东床先引良人开绛帐 要争西席旁牵野蔓系红丝》

《快心编》第二十九回《捷春闱李公得婿 居武宪柳子迎亲》

《凤凰池》第七回《东床坦腹愿天速变男儿 西阁谈心对月宜联姊妹》

《蝴蝶媒》第十回《蒋青岩坚辞袒腹 袁太守强赘乘龙》

《儒林外史》第十回《鲁翰林怜才择婿 蓬公孙富室招亲》

《绿野仙踪》第六十六回《结朱陈嫖客招驸马 受节钺浪子做元戎》

《娱目醒心编》卷六《愚百姓人招假婿 贤县主天配良缘》

《梅兰佳话》第一段《坦东床梅家结好 迁西泠兰氏定居》

《官场现形记》第三十八回《丫姑爷乘龙充快婿 知客僧拉马认干娘》

不难看出，岳翁择婿已犹如进入了民族深层的文化心理，并凝结为世情

---

① （明）沈德符：《万历野获编》（下），中华书局1959年版，第672页。

题材、婚恋故事的母题，为国人所津津乐道、念兹在兹。

有关翁婿，《尔雅·释亲》给出的定义是"女子之夫为婿"，"妻之父为外舅，妻之母为外姑"①。东汉刘熙《释名·释亲属》进而解说："妻之父曰'外舅'，母曰'外姑'，言妻从外来，谓至己家为妇，故反以此义称之，夫妻匹敌之义也。"② 至于与本文的论题直接相关的研究，例如 2010 年北京大学王苗的硕士论文《明清通俗小说中的"父女关系"与文学书写》，在第二章《婚恋故事中的父女关系》提到，很多明清通俗小说故事都把"父亲择婿嫁女"当成故事的主线，小说的主要内容也是描述父亲嫁女的整个过程。当择婿不成功时，父亲们还会以"退婚"或"管婿"的方式来进行补救。

其后的代表性论文可举叶楚炎的三篇：《被修饰的梦境：明清通俗小说中的"入赘"》《情节的萌发与建构——明清通俗小说中的赘婚》《论明清通俗小说中的赘婿形象及其情节功能》③。不过，叶氏的具体论述少有直接落笔岳父与赘婿关系的。倒是第一篇论文谈到赘婿被激发而离家出走，与他们和岳父的矛盾有关，而矛盾"不仅仅是个人之间的性情对立，更是赘婿受到妻家强权凌逼的一种现实化的反映"④，这样的观点对于本文的研究更有显见的启发意义。

如果从小说史视野出发，回顾文言小说的表现，不难发现翁婿一伦叙事的初兴。至于短篇通俗小说的翘楚"三言二拍"，则代表着翁婿叙事的繁盛阶段⑤。本文的重点在于，集中考察作品反映翁婿关系的叙事机制如何？这一机制给情节进展与人物设置带来了何种新的活力与变化？从中我们又可以总结出古代小说伦理叙事的哪些特点？

---

① 《尔雅注疏》卷四《释亲》，《十三经注疏》（下），上海古籍出版社 1997 年版，第 2593 页。

② 任继昉纂：《释名·释亲属》，《释名汇校》，齐鲁书社 2006 年版，第 159 页。

③ 分别载《云梦学刊》2012 年第 5 期；《重庆大学学报（社会科学版）》2013 年第 5 期；《中国文化研究》2014 年秋之卷。

④ 叶楚炎：《被修饰的梦境：明清通俗小说中的"入赘"》，《云梦学刊》2012 年第 5 期。

⑤ 有关古代小说翁婿叙事的历史变迁，笔者将另文回顾梳理，此处不赘。

一 从情节安排看翁婿关系的建立、冲突及嬗变

在古代社会，以父母命和媒妁言为基本动力，男女婚姻一经缔结，可能就意味着"翁婿关系"走上家庭、家族之人情事务的前台。这重关系到了通俗小说的叙事天地里，又将由情节的设置铺展得以承载。

（一）择婿条件与翁婿关系的结成

如果把婚姻的男女双方比作供求关系，那么只有择婿条件获致满足或大体满足，才能达到市场的平衡。即便是在自由恋爱蔚然成风的现代社会，以下这些条件，很多也是人们就终生大事考虑掂量的对象：年纪、容貌、性格、素养（如孝心）、武艺、才学科名、身份门第、财富聘礼、特殊要求⋯⋯

对此，古代上至帝王将相下到黎庶平民的家训族规多有规定：

> 吴越王钱镠遗训第六：婚姻须择阀阅之家，不可图色美。无与下人结缡，以致侮辱门风。
>
> （浦江郑氏）《义门规范》：婚嫁必须择温良有家法者，不可慕富贵以亏择配之义。
>
> 《白苧朱氏宗谱》：嫁娶本非论财，必须择礼义之家，及察婿、妇之性行纯良。其强暴、乱逆、恶疾者，不可与议。
>
> 合江李氏族规十条族规之一"慎婚嫁"：玉洁冰清，固称佳偶；荆钗布裙，不失良姻。凡族姓为男择配，为女择婚，必须清白之家、门户相当者，方许联姻。不得贪图财物，轻信冰人，不辨薰莸，苟且作合。[1]

除了从正面立论，对于贪图财丰貌美、不察品行、轻信媒人、与娼优奴

---

[1] 分别录自费成康主编：《中国的家法族规》，上海社会科学院出版社 1998 年版，第 229、260、269、335 页。

隶结姻等的危害，通俗小说往往进行惩戒，具备相当的教化意义。

明西湖渔隐编《欢喜冤家》第三回《李月仙割爱救亲夫》中，媒人向王文甫转述李月仙十条择婿条件，分别是：

> 一要读书子弟，二要年纪相当，三要无前妻儿女，四要无俊俏偏房，五要无诸姑伯叔，六要无公婆在堂，七要夫不贪花赌博，八要夫性气温良，九要不奸盗诈伪，十要不吃酒颠狂。若果一一如此，凭你抱他上床。还道财礼不受的。①

这样的要求未免贪多求全，不切实际。但月仙的不计财礼，多少也表明其对于若干条件还是有一定选择汰取的。对于父母来说，更是如此。该书第十回，侍女秋鸿眼中，小姐蓉娘与书生许玄是天造地设的一对，"我看许相公，人才双美，与小姐门户相当。两下芳年，一双孤寡。"② 但读者经由其语又可得知，蓉娘之母嫌许玄小蓉娘三岁，不愿允婚。

至于《拍案惊奇》第二十四卷《盐官邑老魔魅色 会骸山大士诛邪》，应征老道自己口中佳婿的标准，则因达不到仇氏父亲心中预期，而招致不满：

> 老道从容不动，拱立道："老丈差了。老丈选择东床，不过为养老计耳。若把令爱嫁与老仆，老仆能孝养吾丈于生前，礼祭吾丈于身后，大事已了，可谓极得所托的。这个不为佳婿，还要怎的才佳么？"大姓大声叱他道："人有贵贱，年有老少。贵贱非伦，老少不偶。也不肚里想一想，敢来唐突，戏弄吾家。此非病狂，必是丧心！何足计较？"叫家人们持杖赶逐。③

---

① （明）西湖渔隐撰、周有德等校点：《欢喜冤家》，春风文艺出版社 1989 年版，第 41 页。

② （明）西湖渔隐撰、周有德等校点：《欢喜冤家》第十回，春风文艺出版社 1989 年版，第 175 页。

③ （明）凌濛初著，陈迩冬、郭隽杰校注：《拍案惊奇》，人民文学出版社 1991 年版，第 411 页。

出于"何必曰利"的儒家教诲，《玉娇梨》第六回《丑郎君强作词赋人》中，白红玉之父白玄提出择婿时"却不论富贵，只要人物风流，才学出众"。而当舅舅吴翰林受太玄托付收留白红玉，改名无娇，一心想着觅一佳婿，他的期待是"内外兼美"，"我不慕富贵，只择贤婿"①。

如果女儿暴得怪病，父亲很可能放宽条件。据《二刻拍案惊奇》卷二十九叙述，蒋生用狐精所赠奇草让马少卿家小姐云容生癫难治，后又用草医好小姐，从而入赘马家。在此情形下，作为女儿救命恩人的蒋生，更容易得到丈人的接受。

需要指出的是，择婿条件有时并非从自身实际出发而制定。成书于清乾隆四十八年（1783）的《英云梦传》第六回有一段盗首择婿。山寨之王李霸临终对继任者滕武托付了义女英娘，要求他："当为择一才貌兼全的快婿，不可妻于匪人，为他终身之恨。"② 而能否玉成婚事，有些父亲除了把关择婿，也会尊重女儿的意愿，《玉支玑》里归隐的礼部侍郎管灰欣赏村塾先生长孙肖，但其心理是"我为彤秀择婿，阅人多矣，实无过此。但可惜他此时尚处寒贱，未必入儿女之眼，且慢说出"③。

而在樗李烟水散人编次《合浦珠》的叙述中，一项特殊的"择婿条件"俨然成为横亘在儿女婚事和翁婿关系面前的主要障碍，发挥着情节推动原动力的效用。只因爱女梦珠三岁时，一道士留下"有以明月珠为聘者，方可妻之"的话，范太守一直发愁择婿之难——"既要才与貌兼，又须夜光照秉"④。即便他遇到自己满意的人选金陵钱九畹，也没有一锤

---

① 荻秋散人编次，冯伟民校点：《玉娇梨》，人民文学出版社 1983 年版，第 65 页。韩国汉文小说绍云的《淑香传》里，蒋厚也说"婚姻论财，夷虏之道也，吾只择婿而已，不顾其贫富。"有时，对于财力的是否看重，会让两代人产生意见分歧。赵纬韩《崔陟传》中的女性角色玉英不就表示么，"母亲为我择婿，心欲求富，其情则憾矣。专惟家富而婿贤则何幸；而如或家虽足食，婿甚不贤，则难保其家业。人之无识，我以为夫，而虽有粟，其得而食诸？"见林明德主编：《韩国汉文小说全集》卷 7，中国文化大学出版部 1980 年版，第 286、270 页。

② （清）松雪氏：《英云梦传》，载《古本小说集成》，据北大图书馆藏聚锦本影印，第 200 页。

③ （清）天花藏主人述：《玉支玑》第一回，载《古本小说集成》，据法国巴黎国家图书馆所藏醉花楼刊本影印，第 13、14 页。

④ 樗李烟水散人编次，林辰校点：《合浦珠》，载侯忠义主编《中国古代珍稀本小说》(8)，春风文艺出版社 1994 年版，第 284 页。

定音，以致奸人得隙谋害。正如范公与小姐诀别时所说："满望赘婿，使我两人暮年有靠。谁料误听明珠一语，迟延至今，竟以求聘不遂，遭了王贼之害。"① 直至第十回申屠丈获得明珠赠予钱生以毕姻事，有情人才终成眷属。

大量通俗小说的开头有一叙事套路，女儿越是才貌出众，父亲越是视为掌上明珠，不肯轻易择配；岳父越是抬价加码故作矜持，不愿放低女婿的门槛，女儿越是高不成，低不就。由此，除非青年男子有一番发迹变泰的遇合，而成功折桂受官，否则他与佳人的距离会像两条平行线那样难以接近。他与女方父亲的关系由疏远而亲密，由冲突而和谐，最终获得"翁婿"名分的演进过程，于是成为小说大做文章的焦点所在。

（二）翁婿的相处、冲突与和解

以家庭中女儿（妻子）作为情感纽带，家事的兴旺美满作为其共同目标，翁婿的和谐关系不时得到小说的表现②。《英云梦传》讲述一位女婿奉劝两位丈人不恋官爵，及早抽身，他们也对这逆耳忠言欣然接纳——"吴斌、杨凌见王云辞官，想他如此少年，倒急流勇退，我等在暮年，倒不回头，亦各上辞归故土的本章，不期圣上皆准，遂附了王云之舟。"③ 岳父仰仗女婿照拂的例子，还见于《贪欣误》第四回。牧牛郎张福自与素芳结合后，消除癣癞之疾，掘金得官而发迹，以至其岳父彭员外之选官、纳妾都赖其之力。因为火灾烧毁了私衙、堂库以及库中钱粮，本来彭员外面临牢狱之灾，也是女婿"为岳父之事，竭力在上司讨情"④，这才无罪开释。不难发现，正是由于年轻女婿身上品格的闪光，

---

① 檇李烟水散人编次，林辰校点：《合浦珠》，载侯忠义主编《中国古代珍稀本小说》（8），春风文艺出版社1994年版，第298页。

② 赵圣期《彰善感义录》中的一对翁婿，吏部侍郎尹燎看中花珍"言必称婿"，"公子亦以侍郎宽大长者，洒然有林下风致，景仰无已。"这当然体现了双方的融洽相处。林明德主编《韩国汉文小说全集》卷7，中国文化大学出版部，1980年，第114页。

③ （清）松雪氏：《英云梦传》，载《古本小说集成》，据北大图书馆藏聚锦本影印，第548页。

④ 罗浮散客鉴定：《贪欣误》，载《古本小说集成》，据北京大学图书馆藏明刊本影印，第158页。

或者其在事业上已然顺利接班另有光大，岳父才放下年高位尊的架子对他主动亲近。

为了加强叙事曲折和情节张力，叙述者有时会安排一场两代人在议婚事项上你进我退的拉锯战。典型者譬如《生花梦》第五回《女婿忒多心欲兼才美　丈人偏作色故阻良缘》，在亲见贡小姐姿容的前后，康梦庚态度发生一百八十度的转变，他和乡绅贡鸣岐的主动姿态发生更迭。反观贡鸣岐，计较青年一开始百般推脱，故意对婚事冷淡，在引发康生狐疑、忐忑、不满、愧悔的心理流程的同时，也吊足了读者的胃口。此外，翁婿中任意一方态度的犹疑、立场的后退，都会带来叙事节奏的顿挫①。

一旦遇到家变，丈人、女婿诚然是站在同一战壕患难与共。《五美缘全传》第五十二回姚夏封的女儿、女婿被山阴知县屈打成招。姚氏入监探望时，肝肠俱碎。面对女婿垂泪之言："岳父少要悲伤，这乃是小婿命该如此，死而无怨。"他当即表示要"赶上南京上司各处告状，放你二人出狱"②。清南岳道人编《蝴蝶媒》第七回述权臣杨素求亲不成，抓华刺史扭解上京。女婿之一蒋生揣摩岳丈心理，向两位连襟倾吐衷肠："我们三人须索要替他出一臂之力，他年老无子，将三个如花似玉的女儿慨然许我三人，知我三人非碌碌辈，可以娱他夫妇之老。于今他既遭此祸，我们若不作个计策救他，不但半子之道有愧，并知遇之德全忘矣。"③ 出于报恩心理和人情味，女婿们达成一致勠力同心地奔走营救泰山。

当然，由于两代人的年龄和价值观念鸿沟，客观存在的对于亲情的你争我夺及家庭以外力量的介入等原因，翁婿关系中的不和谐因素总是存在，并且时常酿出冲撞、扩大裂痕。于是对于冲撞的缓冲，裂痕的弥

---

① 例如，这出现在可能产生于 18 世纪末、与明代中篇传奇小说渊源颇深的越南汉文小说《花园奇遇集》中。御史乔公一度不再提择婿之事，以致才子赵峤在追求蕙娘小姐的过程中相思成疾。等到他高中解元以后，乔公虽意欲嫁二女，却心存顾虑，"但以公子大名初立，而即以二女嫁之，只恐多事以燕语书虞，谓老夫□趋炎之辈。"功夫不负有心人，多亏了赵峤援引唐尧以二女嫁虞舜传说，打消其心思，才终于抱得美人归。参见陈益源：《越南汉籍文献述论》，中华书局 2011 年版，第 194 页。

② 《五美缘全传》，载《古本小说集成》，据复旦大学图书馆藏本影印，第 701、702 页。

③ （清）南岳道人编：《蝴蝶媒》，载《古本小说集成》，据杭州大学中文系藏"本堂梓"本影印，第 116、117 页。

补，也便成为双方努力的方向。

《儒林外史》第十一回《鲁小姐制义难新郎 杨司训相府荐贤上》，鲁编修听说自己一手培育出的举业"达人"鲁小姐遇上件气闷烦心事，新婚丈夫蘧公孙对八股总是提不起精神，"劝的紧了，反说小姐俗气"，他便亲自出了两题考问女婿，谁想"公孙勉强成篇。编修公看了，都是些诗词上的话，又有两句像《离骚》，又有两句'子书'，不是正经文字"①。结果是丈人也被"传染"上气闷症了。不同价值观和人生道路选择的分歧，由是可见一斑。

《西游记》第十八回里，高太公替三女儿翠兰招赘的"勤谨"能干活的女婿，竟变身猪精，不仅把高太公家的"家业田产之类，不上半年，就吃个罄净"，而且"又把那翠兰小女关在后宅子里，一发半年也不曾见面，更不知死活如何"②。如果说这是借用神怪色彩代表翁婿关系的逐步恶化，那么《儒林外史》胡屠户对女婿范进的称呼，随着其中举，经历了从"现世宝""尖嘴猴腮"到"贤婿老爷"的剧变，就意味着翁婿"冷战"表面的转暖。当然，这实际说明了在功名富贵的侵蚀之下，二者关系的扭曲变质。更不用说那些翁婿未结，由爱生恨的故事，会造成何种的尔虞我诈。

《听月楼》讲述了为人迂拘执拗的柯太仆，初以连襟之子宣登鳌作诗句引诱自家女儿，骂之为小畜生，盛怒之下竟命人将女儿投江。后得女生还，并与宣生结亲，他表现得对宣生倍加亲热，所谓"分虽翁婿，情同骨肉"。直到宣生升为刑部侍郎，"柯太仆也亏了女婿，复了原职衔"③。所谓江山易改，秉性难移，如果不是心头经历了差点痛失爱女的苦楚，宣生与柯小姐的爱情很难想象会有得到柯太仆认可与祝福的一天。

同样经过先冲突再冰释前嫌的，还有烟霞逸士编次《巧联珠》中，小人胡同对闻生挑拨，说方古庵教唆朝廷选其表妹胡小姐为秀女，闻生

---

① （清）吴敬梓，李汉秋辑校：《儒林外史（汇校汇评）》，上海古籍出版社 2010 年版，第143 页。

② （明）吴承恩，李贽评：《西游记》，齐鲁书社 1991 年版，第 249 页。

③ 司马师点校：《听月楼》，载侯忠义主编《中国古代珍稀本小说》第 1 册，春风文艺出版社 1994 年版，第 207、213 页。

因此上疏参方公。于是出现第十三回"听谗言公庭参岳丈"的不同寻常的事件。后来经过面对面地坦诚交流，加上小人身份败露，二人的关系才获得良性发展。

变本加厉的矛盾见诸《东周列国志》第十一回上演的"郑祭足杀婿逐主"一幕。起因是郑厉公命大夫雍纠除去岳父祭足。而《型世言》第二十四回《飞檄成功离唇齿 掷杯授首殪鲸鲵》则告诉我们，沈参将用计成功离间了一对苗酋翁婿。他们二人以翁婿而反目的原由是"岑猛因与其妻不睦，便待岑璋解怠；两边原也不大亲密。不料沈参将知这个孔隙，就便用间"①。岑璋果然声称"只是我虽与岑猛翁婿，岑猛虐我女如奴隶，恨不杀他"②。可见家庭内外因素的作用，使得后天结成的翁婿关系遭受严峻考验，而这也融汇入情节的进路之中。

（三）另许他婿

照理说，具备了父母之命的安排、媒妁之言的联结，男女婚事就不应出现什么意外。但现实有时会横生波折，《映雪堂孙氏续修族谱》上说：

> 男聘女字，缘由素定。男自幼聘，或未婚而损根，或足大而貌陋，或贫富不相当，均由命定，不准嫌退。女自幼字，或所字之家先富而后贫，所字之人损根而变拙，亦属命定，不准败盟。倘或秘相妄为，竟致一女两聘，大乱风化，兴讼破产，每始于此。一经查觉，着先房长退庚还原，鸣公责罚不贷，以杜将来。③

这里提到的"一女两聘"，在《十二楼·夺锦楼》里得到了富于夸张意味的形容。明正德年间渔行经纪钱小江与妻子边氏为二女择婿，因夫妇不合，各自为一对孪生女儿定亲，以致二女许四家，因成讼。府邢尊见四

---

① （明）陆人龙编撰，陈庆浩校点：《型世言》，江苏古籍出版社 1993 年版，第 399 页。
② （明）陆人龙编撰，陈庆浩校点：《型世言》，江苏古籍出版社 1993 年版，第 400 页。
③ 《家法补略》卷首下，光绪二十七年本，载费成康主编：《中国的家法族规》，上海社会科学院出版社 1998 年版，第 344 页。

婿皆丑陋，另出蹊径，以鹿为诗题，约定高中者得女。结果前两名的文章都出自风流才子袁士骏。

值得注意的是《夺锦楼》第一回《生二女连吃四家茶 娶双妻反合孤鸾命》里的一段议论，称得上掷地有声：

> 做父母的，那一个不愿儿女荣华，女婿显贵？他改许之意，原是为爱女不过，所以如此，并没有甚么歹心。只因前面所许者或贱或贫，后面所许者非富即贵，这点势利心肠，凡是择婿之人，个个都有。但要用在未许之先，不可行在既许之后。①

四户人家同时送聘礼上门，礼帖上应征者的姓氏凑成《百家姓》的"赵钱孙李"。类似这样的情节充满巧合幽默，场面描写声色俱出，仿佛作者以匠心巧思举办了一场文字的狂欢盛宴。至于父亲、母亲的各执一词，"在家从父，出嫁从夫"与"娶媳由父，嫁女由母"，也让人物对话具有了一种论辩竞争的性质。

《飞花艳想》第一回借挂名秀才刘有美之口，小说讲述了严相国的一位内亲，因会稽朱家家道中落，而否认当年的指腹为婚，要为女儿另配女婿。结果彼时的舆论导向是"县中人闻知纷纷扬扬，说严府倚仗势力，谋赖婚姻，人都不服"②。对于一些择婿有限度地包容势利心肠，这种态度则让人联系五代章仔钧所作家训中"慎婚配"条。其中的"娶妇须不若吾家者，则女之事舅姑，必执妇道。嫁女须胜吾家者，则女之事夫子，必敬必戒。议婚者其审之"③ 所说"嫁女须胜吾家者"，也就是表达的这个意思。

再来看《铁花仙史》岳父蔡其志因王儒珍父母去世后家业凋零，产生了嫌弃之心。儒珍省试落第，蔡其志毁婚欲将女儿别嫁。后儒珍中榜

① （清）李渔撰，杜濬评，杜维沫校点：《十二楼》，人民文学出版社 1986 年版，第 23 页。

② （清）樵云山人编次，王申、扬华校点：《飞花艳想》，收入侯忠义主编《中国古代珍稀本小说》（3），春风文艺出版社 1994 年版，第 313 页。

③ 《上虞雁埠章氏宗谱》，1925 年本，卷十四《家训二十四则》，载费成康主编：《中国的家法族规》，上海社会科学院出版社 1998 年版，第 234 页。

眼，蔡氏追悔莫及，派家人请回儒珍请他宥谅，认为义子。类似上述另许他婿的现象，反映出丈人德行操守方面的污点，也带给争取婚姻的青年男子以巨大压力，令情节摇曳生姿，错落有致。

二　影响翁婿关系的其他人物之设置

当代学者王凌曾概括两种"影子人物"的设置方法。除了性格对照性人物，另一方法是"作者有意设置外貌、性格、经历等方面颇为相似的人物，让读者几乎可以从其中一个人的身上就直接感受到另一个人的气质特征或命运结局"①。"影子人物"的说法最早见于清代文龙对《金瓶梅》的评点："敬济即西门庆影子，张胜即武松影子，其间有两犯而不同者，有相映而不异者，此作者之变化，全在看官之神而明者也。"② 确实，陈经济代表着尚未发家的丈人，"两人的形象具有互补性，两人的结局也具有某种影射意义"③。这一观点提示我们搁置"真人化"观念④基础上的人物性格、形象的考察思路，多从功能角度，探究某一人物对于沟通其他人物关系，推进情节进度等方面的作用。于是翁婿关系叙事所容纳的不同身份的角色，引起了我们的注意。

---

① 王凌：《形式与细读：古代白话小说文体研究》，人民出版社2010年版，第296页。

② 刘辉：《北图藏金瓶梅文龙批本回评辑录》第九十九回回评，载朱一玄编《〈金瓶梅〉资料汇编》，南开大学出版社2002年版，第655页。

③ 魏崇新：《金瓶梅词话的人物描写与叙事艺术》，《徐州师范大学学报》2000年第4期。

④ 小说人物的"真人化"（humanising approaching）与"非真人化"（de‐humanising approaches）概念为美国兰卡斯特大学乔纳森·库尔佩珀于2001年提出，见 Jonathan Culpeper, *Language and Characterisation: People in Plays and other Texts*, Harlow: (Longman) Pearson Education, 2001, p. 6. 国内学者也曾指出，"将文学形象等同于现实生活中的'人'，是长久以来文学批评尤其是其中的人物形象批评的重要基石"，"显然有意无意忽略了现实世界与文学世界之间创作或叙述这个中介，以及由此带给形象的特定意味和内涵"，提示我们小说人物"除了具有一定的现实'人'性外，还具有明显的结构和叙述方面的符号性"，见罗书华：《中国叙事之学》，中国社会科学出版社2008年版，第103页。林莹据此认为，中国古代小说的多数人物研究，一直借用"真人化"视角，分析人物之情性、体会人物之处境，目前亟需扭转长期以来过分纠结于人物形象、性格、心理、品质诸方面的失衡状况。参见林莹《明清小说人物设置与功能研究·绪论》，北京大学2017年博士学位论文，第2、4页。

（一）媒人等中间人

除去颜俊怂恿尤辰帮忙引用的那句俗语"无谎不成媒"，"媒妁之言""明媒正娶"对于婚姻的重要不言而喻。正是在这篇《醒世恒言》第七卷《钱秀才错占凤凰俦》中，本县大尹惟一惩罚的对象就是媒人，所谓"尤辰往来煽诱，实启衅端，重惩示儆"①。推而广之，凡是为男女择偶双方通风报信、交换想法、担当证见的中间人，都是相关叙事得以推动的不可或缺的因子。

至于中间人的实际身份，则可能多样。《世说新语·雅量》中远在京口的郗太傅，先是派遣门生致信王丞相，后又让门生代劳，到王家东厢看人。《型世言》第十八回《拔沦落才王君择婿 破儿女态季兰成夫》，王太守则是请家中周先生作伐招婿。

《三国演义》第五十四回演绎诸葛亮如何搅乱周瑜让东吴招赘刘备而谋取荆州的美人计。他教刘备拜访孙权和周瑜的岳丈乔国老，托其将婚事告诸吴国太，从而假戏真做，如毛宗岗所评，是"以孙权之母、周瑜之丈人助玄德也。其子之策，其母破之；其婿之策，其丈人又破之。妙在即用他自家人，教他怪别人不得。"② 妙在这时所请的中间人，不仅年高位重，而且是周瑜、孙权的泰山。他和吴国太的"一厢情愿"，彻底改变了这场政治联姻的设定初衷和运行方向，也规定了后续情节的进展态势。

在一些情况下，中间人的设置，还起到补充叙事空白的功用。《儒林外史》第十回《鲁翰林怜才择婿 蘧公孙富室招亲》先说鲁编修在娄三、娄四公子的宴席上询问公孙的生辰，叙述者只是淡淡一笔——"鲁编修点了一点头，记在心里"③。可是随后，叙事节奏明显加快，写道陈和甫

---

① （明）冯梦龙编刊，张明高校注：《醒世恒言（新注全本）》，北京十月文艺出版社1994年版，第152—153页。

② 陈曦钟、宋祥瑞、鲁玉川辑校：《三国演义（会评本）》（上），北京大学出版社1986年版，第664—665页。

③ （清）吴敬梓，李汉秋辑校：《儒林外史（汇校汇评）》，上海古籍出版社2010年版，第133页。

受托为蘧公孙和鲁小姐的婚事奔走，并且借其声口交代了鲁编修对此事的热忱态度，当然也辅以媒人的撮合之辞："令表侄八字，鲁老先生在尊府席上已经问明在心里了，到家就是晚生查算，替他两人合婚：小姐少公孙一岁，今年十六岁了，天生一对好夫妻，年、月、日、时，无一不相合，将来福寿绵长，子孙众多，一些也没有破绽的。"① 无怪乎很快捷报传来，陈和甫不辱使命，完成任务。

反过来，为一桩不被看好的姻缘担当中间人的人物，也担负起不可忽视的职责起来。清代惜花主人《宛如约》第十二回，晏尚书央了司空约的房师吏科给事中张侃来给自家的麻脸女儿做媒。张房师道明原委，可司空约却"醉翁之意不在酒"。小说叙述"司空约满肚皮要吐露他与赵小姐婚姻之事，正苦没个门路，不便对人说起，今忽房师又为晏尚书来做媒，就打动他的机关"②。晏尚书一方派出的中间人由是反而饰演了解决司空约困扰的角色。

（二）竞争者、破坏者

通俗小说里的翁婿叙事，出色者往往并非点对点地打交道，而是善于设置反面人物，如应征择婿或一翁多婿情形下的竞争者，如美好亲事的破坏者。这可能是当局者处事不当得罪人的意外结果。如《官场现形记》第三十八回《丫姑爷乘龙充快婿 知客僧拉马认干娘》，湍制台有心替九姨太的大丫头挑选女婿，碍于面子认其为干女儿，许配给美貌机灵的游击戴世昌。孰料，"这戴世昌自从做了总督东床，一来自己年纪轻，阅历少，二来有了这个靠山，自不免有些趾高气扬，眼睛内瞧不起同寅。于是这些同寅当中也不免因羡生妒生忌"③。

但另一方面，也可能是利益冲突所致。《醒世恒言》第二十卷《张廷秀逃生救父》讲述，张木匠的儿子廷秀被豪富王员外看中，从过继为子

① （清）吴敬梓，李汉秋辑校：《儒林外史（汇校汇评）》，上海古籍出版社 2010 年版，第 135 页。

② （清）惜花主人批评《宛如约》，《古本小说集成》，据醉月山居本影印，上海古籍出版社 1994 年版，第 174 页。

③ （清）李宝嘉、张友鹤校注：《官场现形记》，人民文学出版社 1957 年版，第 658 页。

到意欲收为赘婿，引起王员外长婿赵昂的嫉妒不满。王员外针锋相对，道出自己的理由，为纳新婿，几与赵昂翻脸成仇。这里长婿、幼婿之间发生的竞争，具体体现在长婿算计谋害新婿，其妻子出计，利用父亲离乡时机，陷害张父为强盗同党。后赵昂又当面向岳父进谗，还怂恿其驱逐幼婿。为了避免官司，赵昂还决意派人谋杀廷秀兄弟，冲突随之升级。

《型世言》第十八回《拔沦落才王君择婿 破儿女态季兰成夫》，王太守让李公子与自己的儿子女婿进行文会，从结果看出高下，由是和夫人达成共识，"我两个女婿，都是膏粱子弟，愚蠢之人。我待将小女儿与他，得一个好女婿，后边再看顾他"。或许，丈人态度的微妙变化或多或少被子婿察觉到了，随后李公子明显感受出敌意，"他见两个舅子与连襟，都做张致，装出宦家态度，与他不合，他也便傲然，把他为不足相交"①。

再来看制造情节波折，让好事多磨的婚姻破坏者。《巧联珠》中，方古庵起初赏识闻相如之诗，欲纳为婿。不料其手下书吏贾有道批坏方公、闻生的诗稿又分别嫁祸给二人，让其彼此记仇。在这个案例中，作者如实刻绘出主要人物自身的不足特别是人性的缺点，让一老一少或自恃名宦，或自负才高，对于被人批坏的诗稿起初都不加鉴别，而是怒火中烧冲昏头脑，因此被小人寻隙挑拨，险些反目结仇。

众所周知，《红楼梦》第一回曾批评有些才子佳人之作："不过作者要写出自己的那两首情诗艳赋来，故假拟出男女二人名姓，又必旁出一小人其间拨乱，亦如剧中之小丑然。"② 此处还应提及奸臣的人物设置与"奸臣强婚不遂又加迫害"这一情节模式。

《玉娇梨》第二回《老御史为儿谋妇》说的是杨御史的儿子杨芳在文才考验中依赖父亲提示，又念错匾额。到了第三回，杨御史托苏御史做媒，后其找张吏部"迫胁婚事"，想要霸王硬上弓，强逼白太常嫁女就范。与之类似，《宛如约》中，看到司空约金榜题名，点了翰林学士，晏

---

① （明）陆人龙编撰，陈庆浩校点：《型世言》第十八回，江苏古籍出版社 1993 年版，第 306—307 页。

② （清）曹雪芹著，无名氏续，程伟元、高鹗整理，中国艺术研究院红楼梦研究所校注：《红楼梦》（上），人民文学出版社 2008 年版，第 5 页。

尚书欲为麻脸女儿择婿。他被司空约拒绝后，恼羞成怒想要加害之。

《飞花艳想》第十四回，太师严嵩为内侄女相中了新科探花柳友梅，柳生却坚守与雪太守的婚约，且不愿趁雪公因己之故遭祸下狱之际而背信弃义。"我一堂堂相府，要招一东坦也不可得，岂不遗笑于人，何以把握朝纲？"①——怀着这样心理的奸相，在求亲遭拒后怀恨在心挟私报复，请旨派雪公、柳生这对翁婿冒塞外驱驰之苦，往北方边庭议和。

相较而言，《凤凰池》第十三回是以漫画化笔法极力形容詹兵部之丑女的作品。作者如是作评"若论他不要拣精拣肥，嫁时也是易的，怕没有饥不择食的子弟。偏是詹兵部自道官高，这样女儿还要拿班做势，必要嫁一个少年风流显达之婿，岂知越拣越迟"②。在借故召来状元水湄强嫁其入赘不成后，詹兵部由爱生恨，与白左都、晏吏部合谋保举一介书生的水状元去领兵平定青城山贼寇，为防止他立功归来，还派人入军，寻机谋刺，可谓安排了对付仇人的"双保险"。

而《听月楼》第十四回《奸相逼婚 怨女离魂》的故事，谓奸相蒋文富邀宣状元撰写寿屏，要将其灌醉，送入女儿房中以坑陷其入套，则是以蒋相的不顾廉耻仗势欺人，来对照蒋女连城获知真相而自尽的正直品格和刚烈性气。

我们容易发现，正是由于有了这些以竞争和破坏为主要任务的角色，小说的情节才更加充实紧凑，人物关系也才能敷演出前后变化，戏剧冲突得以具体尖锐，整个故事更具备扣人心弦的魅力。还是在《飞花艳想》，第七回、第十回假才子李君文、张良卿从窃取柳月仙的诗歌，贿赂钱塘学里的值路，到采纳刘有美的毒计，趁朝廷采办宫女的时机，将梅、雪二小姐的美名透露给严太师，企图搅黄才子佳人的好事——"任教那柳生妙句高天下，赔了夫人又折兵"③，二人自身完成了由竞争者向破坏

① （清）樵云山人编次，王申、扬华校点：《飞花艳想》，收入侯忠义主编《中国古代珍稀本小说》第3册，春风文艺出版社1994年版，第405页。

② （清）烟霞散人，林辰校点：《凤凰池》，收入侯忠义主编《中国古代珍稀本小说》第9册，春风文艺出版社1994年版，第447页。

③ （清）樵云山人编次，王申、扬华校点：《飞花艳想》第十回，收入侯忠义主编《中国古代珍稀本小说》第3册，春风文艺出版社1994年版，第379页。

者的转变，而情节的高潮也如洪波涌起，一次次激荡着读者的心田。

倘若按照西方叙事学的观点，那么像这里媒人等中间人，与竞争者、破坏者的角色，作为"共同具有一定特征的一类行为者"①，就可以被分别视为"帮助者"与"反对者"这样的"行动元（actants）"——"每一个帮助者形成一个必不可少的、但本身并不充分的达到目标的条件。反对者必须一个一个地加以克服，但这种克服的行动并不能保证一个满意的结局：任何时候一个新的对抗者都可能露面"。荷兰学者米克·巴尔（Mieke Bal）对此还作出价值判断，称"正是帮助者与对抗者的不断出现使得素材充满悬念，精彩纷呈"②。所谓得道多助，又或者"好事多磨"，这些观点有助于我们认识通俗小说的翁婿叙事何以热衷于在主角之外设置"帮助者"与"反对者"，让不同人物产生合力并抗拒阻力，从而共同朝向一个叙事目标前进。

（二）岳母

在有关翁婿叙事中，岳母的特殊地位并不总能得到重视，这一点值得研究者反思。首先，她们能缓解中和翁婿紧张，改善女婿寄人篱下抑郁不堪的处境。前述唐范摅《云溪友议·苗夫人》岳母的才鉴卓识，正作为岳父有眼无珠，冷落有志未伸的女婿的对比。相对于鲁编修父女大失所望的态度，蘧公孙之所以没有遭遇暴风骤雨，离不开"却全亏夫人疼爱这女婿，如同心头一块肉"③。

当然，如《醒世恒言·张廷秀逃生救父》显示的，有时岳母的作用有限，并未起到化解翁婿双方芥蒂、冲突的功能：

> 至晚，王员外进房，询问其故，才晓得廷秀被人搬了是非，赶

① ［荷］米克·巴尔，谭君强译：《叙述学：叙事理论导论》，北京师范大学出版社 2015 年版，第 191 页。

② ［荷］米克·巴尔，谭君强译：《叙述学：叙事理论导论》，北京师范大学出版社 2015 年版，第 196 页。

③ （清）吴敬梓，李汉秋辑校：《儒林外史（汇校汇评）》，上海古籍出版社 2010 年版，第 143 页。

逐去了。徐氏再三与他分解，劝员外原收留回来。怎奈王员外被谗言蛊惑，立意不肯，反道徐氏护短。①

其次，她们有时也以岳父反对方的姿态示人。《十二楼·夺锦楼》里，边氏寸土不让，一心与丈夫争夺为两个女儿择婿的话语权。《麟儿报》则讲述幸尚书以"三岁看老相"的眼光断定卖豆腐老汉的六岁儿子廉清日后必定发达，而不顾夫人反对，将女儿相嫁。第四回包括"蠢丈母变心逐娇婿"的内容，说的是尚书夫人以廉清的身份会"玷污家门"。由于"外与先生不合，内与丈母不投"②，幸尚书只得把新女婿送出家门居住。

再次，作为择婿一事的主持者，为父与为母之不同也得到了小说作者的展现。不妨来看清初李修行著《梦中缘》。仅仅因为吴瑞生"是山东人氏，非居此土，与之结姻，甚觉不便"，水夫人拒绝了王老妪招赘吴郎的提议。得知以后，水小姐的一声长叹很能说明问题：

> 当日老爹爹在时，为我选择佳婿，选来选去终遇不着才人。若是爹爹在世，我的大事到底得所，孰知好事未成，一旦弃世而去。即此看来，孩儿终身之事可知矣。非命薄而何？③

可见如果无法讨得未来岳母欢心，青年男子娶得佳人的难度丝毫不会因为岳父的缺席而有所降低。

总的来说，无论是正向的推助促成，抑或反面的阻碍搅局，不管在翁、婿心目中的地位显隐高低，其他人物在翁婿叙事中发挥着不容忽视、难以取代的作用。正如米克·巴尔所说，"与其他人物的关系"，是与

---

① （明）冯梦龙编刊、张明高校注：《醒世恒言（新注全本）》，北京十月文艺出版社1994年版，第435页。
② 卜维义校点：《麟儿报》，春风文艺出版社1983年版，第47页。
③ 武继山校点：《梦中缘》，载殷国光、叶君远主编《明清言情小说大观》（中），华夏出版社1993年版，第377页。

"重复""累积""转变"一道"共同作用以构建人物形象的四条不同原则"①。我们在考察部分由翁婿挑大梁出任主角的明清通俗小说时，自然不应将他们从与周边人物的联结网络中割裂剥离出来。

结　语

综上所述，本文倡导研究视角由男女择偶向父亲择婿的转变。既心系情节方面翁婿关系的建立、冲突及各种演变形态，又注意围绕在这一组人物关系周边的岳母、媒人等中间人和竞争者、破坏者的人物设置功能及意义，以此实现对于翁婿叙事逻辑层面的展开。通过深入到作品肌理内部，考察围绕翁婿人伦的叙事机制之运行原理与轨迹，进而发掘相关明清通俗小说中蕴涵的潜能。

宋代诗人楼钥（1137—1213）有一首《戏作》："二子为丞分越邑，女儿随婿过江南。莫言屋里成岑寂，匹似当初只住庵。"② 这位独自在家的老人，终日面对的是儿子游宦在外、女儿远嫁他乡，内心的孤独感可想而知。如论者指出，"看上去微不足道的个人生活书写，既是古人原生态生活的真实反映，也包含着人类永恒的情感因素"③。至于清人郑用锡（1788—1858）《述怀》一诗则以"婚嫁幸完儿女债，田园谁足稻粱谋"④，表达了忽忽白头之际，终于了却后代终身大事之外生发的慨叹。只是与这些直击人心的文字类似的，而又深入到家庭生活的瓶瓶罐罐、旮旯角落，且与翁婿共同相处的千家万户的伦理处境息息相关的鲜活表达，多半还是出现在明清通俗小说中。这不能不说，是文学史和文化史留给我们的一笔宝贵馈赠。

---

① ［荷］米克·巴尔，谭君强译：《叙述学：叙事理论导论》，北京师范大学出版社2015年版，第119、120页。

② （宋）楼钥撰，顾大朋点校：《楼钥集》（第二册），浙江古籍出版社2010年版，第216页。

③ 刘勇强：《掘藏臆说：发现性研究》，载《〈文学遗产〉六十年》，社会科学文献出版社2014年版，第431页。

④ （清）郑用锡撰，杨浚编：《北郭园全集》（上），龙文出版社股份有限公司1992年版，第125页。

作者简介：

朱锐泉，男，北京大学博士，天津师范大学文学院讲师，主要研究方向为中国古代小说。

新见日藏小说《避暑漫笔》考述

宋红玉

摘　要： 日本内阁文库所藏谈修自刻本笔记小说《避暑漫笔》，颇具版本及收藏价值，《四库全书总目》予以著录并列为存目之书。此后是书流传稀少，《四库全书存目丛书》未能影印。谈修愤世嫉俗，钩稽典故，裒辑史料，针砭时弊，虽词有过激，然义存劝诫，旨在教化。《避暑漫笔》体现了谈修厚重的社会责任感，与东林学说存在某种内在渊源，合于《四库全书总目》的道德审查标准。

关键词： 谈修　《避暑漫笔》　过激之辞

《避暑漫笔》二卷为谈修所撰笔记小说，明万历二十一年（1593）自刻本，具有极高的版本价值，备受藏书家青睐①。是书曾入明清两代重要的公私书目，如《千顷堂书目》②《澹生堂藏书目》③《明

---

① 刘川先生在《无锡市图书馆藏古籍珍本丛刊—比璞山房罪言》前言中通过梳理《比璞山房罪言后序》，分析该书版式以及晚明的编撰、刻印图书习惯，认为《中国古籍善本书目》和《江苏艺文志》等认定的自刊本《比璞山房罪言》为十四卷是错误的，完整的《比璞山房罪言》应包括《避暑漫笔》二卷、《呵冻漫笔》二卷、《风雪漫录》八卷和《滴露漫录》六卷，共计十八卷。刘川先生指出，这种时人笔记版本价值是极高的，尤其是这样明刻明印的自刊本，由于校雠严谨，刻印俱佳，更加得到藏书家的青睐。

② （清）黄虞稷撰，瞿凤起、潘景郑整理：《千顷堂书目》卷十二，上海古籍出版社1990年版，第343页。

③ （明）祁承㸁撰，郑诚整理、吴格审定：《澹生堂读书记 澹生堂藏书目》下，上海古籍出版社2015年版，第469页。

史·艺文志》①《传是楼书目》②《四库全书总目》③，及至谢国桢先生的
《瓜蒂庵藏书总目》亦有著录④。《四库总目》将《避暑漫笔》列为存目
之书，并有专文予以介绍。谢国桢先生《明代社会经济史料选编》选录
《避暑漫笔》三则⑤。时至今日，是书中国大陆已不可见，惟日本内阁文
库藏明万历刻本，台湾"中央"研究院历史语言研究所傅斯年图书馆善
本室藏有内阁文库本影印本，《四库全书存目丛书》未能影印⑥。

———

《避暑漫笔》二卷，署"梁溪谈修"撰。梁溪，江苏无锡别称。谈修
（1534—1618），字思永，号信余，自署梁溪无名生、龙山樵客，无锡人。
父悌，少补邑庠序生，晚岁选为鸿胪寺丞，因病早卒。谈修实多受庇于
伯父中丞公恺。谈恺（1503—1568），字守教，号十山，嘉靖五年
（1526）丙戌进士，历官山东、四川按察副使、兵部右侍郎兼都御史，文
采与武功都卓有建树，所刻《太平广记》为现存最早的本子，又颇有经
世之能与军事实绩。谈修侍侧耳濡目染，怀四方之志，却不幸遭遇"贸
首之厄"⑦，自此罢试，以著述为任。藏书颇丰，筑藏书楼"延恩楼"。
著有《比璞山房罪言》《惠山古今考》《无锡县学笔记》等。

---

① （清）万斯同：《明史》卷一百三十五，《续修四库全书》第 326 册，上海古籍出版社
2002 年版，第 409 页。
② （清）徐乾学：《传是楼书目》不分卷，清道光八年味经书屋钞本，作"《避暑漫录》
二卷"，第 141 页。
③ （清）永瑢等：《四库全书总目》卷一百四十三，中华书局 1965 年版，第 1223 页。
④ 谢国桢先生逝世后，他的藏书捐献给国家，社科院历史所专辟"谢氏瓜蒂庵藏书室"
保存他的大部分书籍，笔者曾亲人至社科院历史所查阅，未见谈修《避暑漫笔》一书。
⑤ 谢国桢撰，谢小彬、杨璐主编：《明代社会经济史料选编》，《谢国桢全集》第 4 册，北
京出版社 2013 年版，第 668、675、676 页。
⑥ 因此书流传稀少，故杜泽逊先生未作详细馆藏著录。详见杜泽逊撰：《四库存目标注》，
上海古籍出版社 2007 年版，第 2320 页。
⑦ 关于谈修遭遇"贸首之厄"一事，过雨辰在《谈修〈惠山古今考〉研究》（硕士论文，
东南大学，2019，第 8 页）中钩稽了《比璞山房罪言后序》《呵冻漫笔》《惠山古今考》中相关
材料，并称"我们已经无从查考此处所谓'贸首之厄'的具体详情"。《避暑漫笔》卷下第 27 则
中叙及"贸首"一事的前因后果。

  谈修与东林士人交谊匪浅，他"位卑言高"的精神状态及著述实践与东林学说存在某种内在的渊源。《惠山古今考》中记载了谈修与孙继皋、顾宪成、顾允成、高攀龙等共同捐资为李丞相读书台竖碣之事①，高攀龙还为谈修的《无锡县学笔记》作过序。为《避暑漫笔》题词、作跋的刘日升、安希范亦与东林关系密切。刘日升（1546—1617），字扶生，号明自，江西庐陵人，万历八年（1580）进士，官至应天府尹，著有《慎修堂集》《符司纪》。刘日升曾师王时槐讲学，与"东林党三君"之一邹元标相善，与安希范为同僚，时闻谈修之贤于希范。谈修游白门，得与刘日升抵掌而谈，刘氏甚慕其慷慨贤豪之气。安希范（1564—1621），字小范，号我素，无锡人，巨富"桂坡公"安国之孙，安如山之子，谈修之婿。明万历十四年（1586）进士，历任礼部主事、南京吏部主事，"东林八子"之一。作为安如山晚年庶子，安希范备受排挤，童年多舛。其父垂暮病危之际，将他托孤于好友谈恺之侄谈修。希范藉谈修之助，自立成才。《安我素先生年谱》"谈信余公选授古文词及诸名家制艺。谈氏延恩楼多藏书，先生得总览焉。自谓于外舅贻书大有得力"②。安希范恬静高简，弱冠拜顾宪成为师，参与东林讲学，"暇则纂述诸书切身心性命者"③，著有《天全堂集》《读书旧笔》等。

二

  日本内阁文库所藏《避暑漫笔》，旧藏红叶山文库，明万历二十一年（1593）谈修自刻本。一册，分上、下两卷。半页九行，行二十字，单黑鱼尾，四周单边，黑口，版心上镌书名、卷数、页码。首有万历癸巳九月十日庐陵刘日升题词，又有万历癸巳菊月安希范跋。《避暑漫笔》凡六十九则，涵括官吏品行、科举积弊、世风民情、阶级问题几个方面。谈修择其善者明扬之，其不良者鉴诫之，且隐其名，以"今之宰相""兵部

---

①　（明）谈修：《惠山古今考》，《四库全书存目丛书·史部》第233册，齐鲁书社1996年版，第637页。

②　（清）安绍杰编：《安我素先生年谱》，清乾隆五十九年（1794）刻本，第3—4页。

③　（清）叶德辉：《书林清话》，上海古籍出版社2012年版，第174页。

尚书某""侍郎某""登进士者""此辈""今之富人"等代之。刘日升在题词中称道此书津津于先民嘉德懿行，雅趣悠然，又明断黑白，议论得失，发人省思，并认为谈修"谊存箴规，逸其姓字"的处理方式"犹不失忠厚之意"①。安希范亦在跋文中对谈修语关教化，义存劝诫的著述宗旨大加颂扬，曰："外父斯集，以正直忠厚之心，发其愤世嫉邪之志，虽不无过激之辞，然所关于风俗人心大矣。譬之良医，既直指其病原，又善调其方剂，对症检方，依方服剂，斯人庶几无沉疴乎。"②揭橥谈修正直忠厚之心，将其目为良医，针砭时弊，善治调方，悬壶济世，同时也注意到谈修愤世嫉俗下流露出的"过激之辞"。

　　刘、安二人对谈修正直忠厚之心甚是推崇，认为《避暑漫笔》可"观"可"怨"，发挥了直陈时弊，砥砺人心的作用。《四库全书总目》继承了两人的观点，主要从"正人心而厚风俗"③的角度，对是书进行了人伦道德的审查④，故称："是编皆掇取先进言行可为师法，乃近代风俗浇薄可为鉴戒者，胪叙成篇。其书成于万历中。当时世道人心，皆极弊坏，修发愤著书，故其词往往过激云。"⑤道明了该书的著述背景、宗旨、体例、成书时间和文章特色。此外，对明清江南士族与士人颇有研究的任翌先生，在谈及《避暑漫笔》时，称其"主要是对一地世风民情的描写，也有对本地缙绅士林的批判，其骨骼清奇、愤世嫉俗之风慨，多见于此"⑥，突出了该书在观照风俗人心上的地域性特色，对谈修作为无锡乡贤所展现出的清骨气节与愤世嫉俗的风慨表示出赞赏之意。纵观以上对谈修及《避暑漫笔》的评价，无不突出谈修其人的"愤世嫉俗"，以及呈现在《避暑漫笔》中的"过激之辞"。

① （明）刘日升：《避暑漫笔》卷前《题词》，明万历二十一年（1593）谈修自刻本。
② （明）安希范：《避暑漫笔》卷前《避暑漫笔跋》，明万历二十一年（1593）谈修自刻本。
③ 张书才主编：《纂修四库全书档案》，上海古籍出版社1997年版，第287页。
④ 温庆新：《阅读史视域下纂修〈四库全书〉的历史意义》，《天府新论》2018年第3期。
⑤ （清）永瑢等：《四库全书总目·子部》卷143，中华书局1965年版，第1223页。
⑥ 任翌：《社会转型时期的江南士族》，光明日报出版社2018年版，第32页。

三

清周中孚《郑堂读书记》在评价谈修的《呵冻漫笔》时说："俱极详明，所以为箴砭末俗衰薄之计。故词气过激，此与其《避暑漫笔》同一用意，皆发愤之所为作也。似较当时言心言性之书，徒空言而无补者，固高出数倍矣。"① 《呵冻漫笔》成书稍晚于《避暑漫笔》，与《避暑漫笔》"同为刺世之作"②。更为重要的是，在周中孚看来，《避暑漫笔》《呵冻漫笔》着力于箴砭社会世风末俗，比当时倡言心性的空言之书更为高妙，显示出谈修的济世情怀与经世致用的思想，这与他受伯父谈恺的熏陶与东林士人的交流不无关系。

谈修以著述者之笔，秉正直忠厚之心，抉摘社会时弊，发愤世嫉俗之志，时有"过激之辞"。那么，究竟是怎样的"过激之辞"，且能容于《四库全书总目》的法眼呢？

（一）控诉士之不遇，抨击放纵士风

科举取才制度发展到明代已经是积弊难返。归有光曾一针见血地指出："科举之学，驱一世于利禄之中，而成一番人材世道，其弊已极。"③ 谈修在《避暑漫笔》中集中暴露了权势干预和贿买贪墨的科场沉疴。一方面，公卿权贵子弟举高不避嫌，相沿成习，基本垄断了取士之路。沈德符曾对明代现任大臣子弟登第的情况做过描述，其中六十余人均为朝中现任大臣的子婿、弟侄，自永乐至隆庆，几乎历朝都有，景泰后愈发普遍，嘉靖一朝尤甚。④ 另一方面，科场贿买成风，令下层士人望洋兴叹，谈修即亲受其害："余己卯试顺天三场，朱卷为本房刮目，业已登

① （清）周中孚：《郑堂读书记》卷五十三，商务印书馆 1940 年版，第 1053 页。
② 宁稼雨：《中国文言小说总目提要》，齐鲁书社 1996 年版，第 319 页。
③ （明）归有光撰，严佐之、谭帆、彭国忠主编：《归有光全集》卷 7《与潘子实书》，上海人民出版社 2015 年版，第 161 页。
④ （明）沈德符：《万历野获编》卷 15《现任大臣子弟登第》，中华书局 1959 年版，第 397、399 页。

榜，乃主司受一纨绔子千金之贿，竟易余卷，而俾之上第。此举流传甚广，故知悉为余扼腕。"① 势要子弟躐取高位，孤寒之士沉寂下潦，无奈而诉诸天命，"怀瑾握瑜者，以不隽而深藏于岩穴；舆金妄冒者，或见售于时，而置身青云。士之遇不遇，信乎有命哉？"② 而即使是不通经纶的市井小民，尚不乏怀德直节之士。天顺间，漆工杨埙状告锦衣卫指挥门达，舍身保全袁彬、李贤。谈修大为触动，不禁拷问科目取士的合理性，慨叹士之不遇，控诉显要对才德之士的拦截戕害，愤激之气溢于言表：

> 余因是而叹科目不足以尽士人，奈何国家独重科目耶？讵知贤不肖禀之天，岂以科目皆贤？不与科目者，皆不肖乎？不然也，惟上之人，凡不与科目，悉摈斥为非类。故人无奋志，至怀才抱德之夫，不屑为人摈斥，宁伏草莽而甘困穷。间有刚介植节敢言之士，里中显要，辄生忮害心，蔽美而媒孽之，俾其志不伸。世道至此，良可慨已！使国家仿古立贤，无方遗意，拔怀才抱德、刚介植节之士于下僚，安知其所树立不胜杨埙，有非科目中人所易及者，出于其间耶。③

科举为权要所把持，衡量士之贤与不肖的机制湮塞，真正的才能之士宁愿穷困，亦不屑为之。科场失序，士林鱼龙混杂。士人任诞狂怪之风大盛，肆行无忌，士习日坏，俨然成为国家之大蠹。少年儒生轻躁倨傲，一旦得游庠序，辄藐视侮慢学中前辈。新登进士者皆志得意满，讲究排场，还攘夺时利，恣行腌臜卑劣之事，甚至于为亲友撑起胡作非为的保护伞，或借父之光以逞凶肆虐，或仗子之势横行霸道，谈修怒而骂曰："此辈何异鬼蜮哉？"④

明中叶以后，士人的这种任诞习气，除了科举机制壅滞所带来的沉

---

① （明）谈修：《避暑漫笔》卷下，明万历二十一年（1593）谈修自刻本，第22页。
② （明）谈修：《避暑漫笔》卷下，明万历二十一年（1593）谈修自刻本，第23页。
③ （明）谈修：《避暑漫笔》卷上，明万历二十一年（1593）谈修自刻本，第30页。
④ （明）谈修：《避暑漫笔》卷上，明万历二十一年（1593）谈修自刻本，第22页。

重心理的宣泄，有学者分析，"主要在其时士人的自我意识的猛抬头"①。受阳明思想的影响，士人转而去寻求内在的思维能量。受挫士人大多以诗文自放，或是遁居山林，著述自任。

（二）挞伐豪奴门客，警戒为富不仁

明代江南地区是国家赋税的主要来源，一些自耕农式中下地主，为了规避赋税和徭役的风险，"携带田产，贡献金银，投靠权贵，俯首为奴"②，不惜失掉自由身份。他们不仅成功求得官僚贵族地主的庇佑，而且依仗主人的势力，结识官绅富豪以及朝廷大员，提升自己的政治地位，同时牟取更多的经济利益，甚至于巧取豪夺，仗势欺人，鱼肉乡里。他们中间，不乏卖主求荣之辈，"彼世之藏获，方主盛时，则籍其势而竭力奔走；势衰，则不顾其主，望望然去投势要。至有妄捏旧主之过，献之新主，以肆其毒，不及兽多矣"③。此类行为极其败坏，令人唾弃，谈修深为不齿，鄙之以兽类不如。

借权贵起势而肆行罪恶的还有门客一类。稍有不同的是，豪奴之祸殃及小民，门客之毒流于士类。门客自春秋兴起，发展至明代，已经堕落成清客、帮闲一流人物④。那些仕宦人家的门客，"不过逢主人之意，成主人之恶而已，学得冯驩十分之一也少"⑤。谈修洞穿势要与豪奴门客之间同气相求，同恶相济的性质，称豪奴门客之所以如此猖獗肆恶，主要是因为权贵势要之贪，对于下陈辈不察而用之。他一面谆谆告诫势豪不要受门客蛊惑，替其背负刺骨之怨，一面大声疾呼遏制门客，戢暴锄强。

随着明代商品经济的发展，货物名利之求成为一时风气，不少人走

---

① 宋石男：《张献翼：狂颓于万历年间——兼论明中叶以降士人任诞习气》，《贵州社会科学》2013年第1期。

② 蒿峰：《故圃杂花》，济南出版社2019年版，第55页。

③ （明）谈修：《避暑漫笔》卷下，第24—25页。

④ 陈宝良：《"清客帮闲"：明清时期的无赖知识人及其形象》，《福建论坛》（人文社会科学版），2011年第4期。

⑤ 李乐：《见闻杂记》卷八，上海古籍出版社1986年版，第679页。

上了经商致富的道路。一些江南农耕地主抓住"力田致富"的契机,"以末致财,以本守之",逐渐实现了农商士的融合。如胶山安氏,在安国时期成为显赫一方的富宦大族。① 田产作为重要的起家基础,成为炙手可热的争夺对象。《避暑漫笔》中记载了不少土地兼并现象,有主动不受门生故吏馈赠者,有幡然悔悟而弃夺者,有仗势侵占者,有施计谋取者,有阴险诈害者。天台宋氏富人败落,贫至鬻庐于邻,作诗慨叹,邻见诗生恻隐之心,乃归还屋券,为尚义轻财之楷模。然而,亦不乏富者虎视他们华屋,频弄手段,辗转伎俩,终致屋主求售无门,而自以为得计。谈修对此种损人肥己,见利忘义的富人行径深恶痛绝,言辞义愤,几近于咒骂道:"视诸天台富人,不愧死无地也乎哉?"②

为富者汲汲于求利贪金,永不满足,无视潜藏的祸患。谈修是故大谈积金、贪金之害:"积金之多,则生意斩绝,子孙必微,身亦不能永久。何不悟此,而惟金之贪乎?且贪其金以成富,不顾民穷盗起,天下瓦解,则所积之金必不能独守也。况金乃用世之物,流行天地间,不使之积,积则必生奇祸。"③ 金钱的价值体现在流通之中,倘若一味地囤积金钱而不知足,不但会导致生意难继,身家败落,后辈淹塞式微,而且易为盗贼、兼并、法网之招,终不能独守于一家。谈修倡言富人去贪,是为苍生计,为天下长治计,为子孙福寿计,动之以情理,晓之以祸患,虽不无耸人过激之语,亦可见其良苦用心。

(三) 批判三姑六婆,指摘歌姬后妻

在商品经济和城市生活的刺激下,明代女性积极参与社会各项活动,扮演着更为多元的角色,其中,三姑六婆十分引人注目。"尼姑、道姑、卦姑、牙姑、媒婆、师婆、药婆、稳婆,家有此,必为奸盗之招,故比之三刑六害。大率此辈入门无有不受其害,至有少年僧群尼姑中混入为奸者,尤可痛恨,亦由家法不立,故此辈得进而肆其奸耳。倘严其禁,

---

① 任翌:《社会转型时期的江南士族》,光明日报出版社 2018 年版,第 9 页。
② (明)谈修:《避暑漫笔》卷下,明万历二十一年(1593)谈修自刻本,第 8 页。
③ (明)谈修:《避暑漫笔》卷下,明万历二十一年(1593)谈修自刻本,第 4—5 页。

则此辈何自而入乎?"① "三姑六婆"自陶宗仪正式道明以来,就与巧口利言、搬弄是非、贪财好利等负面形象联系在一起,背负着"奸盗之招"的恶名。"三姑六婆,必不可使入门,尤当痛绝尼人。虽有真修尼人,亦概绝之。盖容一真尼而诸伪尼亦随之而入,不可却矣。此肃闺门第一要义。"② 明中期以后,三姑六婆"不仅仅是大家闺秀与外界交往的媒介体,甚至成为官场行贿、受贿乃至说情面之类的关键性角色。"③ 世人对三姑六婆深恶痛绝,"舆论上尽是一片挞伐、讥讽之声,尤其在戏曲、小说里更是明显,几乎都是以反派或丑角的姿态出现"④。谈修对三姑六婆亦大加贬斥,提出要严修家法,防止三姑六婆窜入,祸害为奸。

如果说谈修对三姑六婆的严厉批判无可厚非,那么他对歌姬烟花与后妻的指责就显得有些过激了。唐元载昵爱薛瑶英,身死,薛姬改适。谈修不禁慨叹道:"大率歌姬舞女皆非士人所宜昵,况烟花妓乎?乃有恋恋不舍至废荡生产,不耻于人而不悟者,何哉?甚者,不吝千金携归为妾,追惟此辈,平昔相与枕席者,更仆未易数,而肯安然独事我一人乎?此比无之事也,倘遭变故,其不为薛姬改适者亦鲜矣。"⑤ 薛瑶英仙姿玉质,体轻善舞,是歌德笔下第一位"最可爱的女士"⑥。元载见诛,谈修归于薛姬之惑,进一步指责烟花女子薄情善变,提醒士人远而避之,并对那些为烟花妓豪掷千金的行为深深不解。歌姬烟花女供男子取悦消遣,并且要对他们坚守不移,甚至还要为他们的沉沦和失败买账,否则,就成了魅惑薄情的典型,往往被当作祸害的罪魁祸首。谈修强调歌姬烟花女子带给士人的不利影响,这固然是出于纯洁士风的目的,然而,对这些女性来说,却是缺少了一种理解同情的心理,而且谈修也并没有像鞭挞官吏、抨击士风、警戒富人那样,同时掇取相应的先进典型,去褒扬

---

① (明)谈修:《避暑漫笔》卷下,明万历二十一年(1593)谈修自刻本,第25页。
② 陈确:《陈确集·别集》卷十《新妇谱补》,中华书局1979年版,第519页。
③ 陈宝良:《从"女山人""女帮闲"看晚明妇女的社交网络》,《浙江学刊》2009年第5期。
④ 衣若兰:《三姑六婆》,中西书局2019年版,第25页。
⑤ (明)谈修:《避暑漫笔》卷下,明万历二十一年(1593)谈修自刻本,第17页。
⑥ 谭渊:《德国文学中的中国女性形象》,武汉大学出版社2017年版,第120页。

一些美貌与才德兼善的风尘女子。

此外，谈修涉及到了后妻的问题，指出后妻离间不睦家，成为贤父孝子的最大障碍。"余尝见世之惑于后妻者，执迷不反，致骨肉残毁。夫恋祍席之娱而亏伦理，岂为人父之道乎？为子者，能体父不娶后妻之心，而承欢左右，服勤无怠，则父慈子孝，庶几两得之矣。"① 吉甫受后妻离间，放逐伯奇。曾参鉴之，后王骏仿效曾参，皆终身不娶。后妻作为再生家庭的重要成员，自古以来就处于比较尴尬的地位，"瞽叟爱后妻子，常欲杀舜"②。后汉尚书令朱晖，年五十失妻，"昆弟欲为继室，晖叹曰：'时俗希不以后妻败家者！'遂不复娶也"③。明嘉靖间，同安忠义之士蔡希旦面对继母与前妻之子的矛盾，仍然是从舆情出发来化解矛盾。"族有悍子，忤继母，至啮其臂。父怒，缚将沉之。希旦曰：'子无状诚当死，然亦念其母，且人其以为惑后妻杀前子也。'引至祠堂，挞而与更新。"④显示出后妻在实际生活中的不利地位。杂剧《继母大贤》中塑造了李氏不偏不倚、深明大义的后妻形象，"贤哉继母，传之有关风化"⑤，给继母带上厚重的人伦枷锁。关于后妻问题，《袁氏世范》"再娶宜择贤妇"说得比较中肯⑥。谈修提倡的父不续娶，父慈子孝则表现出一种退而求其次的审慎态度。

《避暑漫笔》中的女性，无论是三姑六婆，还是歌姬烟花，亦或是后妻，皆多叙其害，亦不录先进典型。这一方面揭示出妇女在明代积极寻求自我解放及其在社会的活跃程度；另一方面，谈修虽是用于警戒世人，却也见出他略显偏颇的妇女观。

---

① （明）谈修：《避暑漫笔》卷下，明万历二十一年（1593）谈修自刻本，第 15 页。

② （汉）司马迁撰，中华书局编辑部点校：《史记》卷 1，中华书局 1982 年版，第 32 页。

③ （南朝宋）范晔撰，中华书局编辑部点校：《后汉书》卷 43，中华书局 1965 年版，第 1461 页。

④ （乾隆）《泉州府志》卷 57，清光绪八年（1882）补刻本，第 66 页。

⑤ （明）祁彪佳：《远山堂曲品》，明钞本，第 45 页。

⑥ （宋）袁采：《袁氏世范》卷 1，上海人民出版社 2017 年版，第 42—43 页。

小　结

明谈修的《避暑漫笔》现藏于日本内阁文库，是一部旨在针砭时弊、义存劝诫的笔记小说，反映了明中后期尤其是无锡一带的世风民情，具有一定的史料价值。谈修不平则鸣，批判社会风俗人心之浇薄，不无过激之辞。他揭露科场积弊，控诉国家独重科目而寒士不遇，抨击士人任诞放纵，士习日坏，严重威胁国家安全；他鞭挞豪奴鱼肉乡里，门客流毒士类，警戒为富不仁，见利忘义，势必招致祸患，殃及子孙；他批判三姑六婆，倡导严守家法，曲之为防，谴责歌姬魅惑薄情，讥讽士人昵于烟花，身死财尽，指斥后妻离间家庭，难叙天伦，鼓励慈父孝子。综观谈修的"过激之辞"，多是出于捍卫人伦道德，纯正风俗人心的呐喊，也显示了部分认识上的局限性。总的来说，《避暑漫笔》体现了一位受挫士人的社会责任感，而这正是《四库全书总目》纂修者所看重的。

作者简介：

宋红玉，女，山东大学博士研究生，主要从事元明清文学、近代文学研究。

基于本事考论的《邻女语》新解

刘 锐

摘 要：对晚清小说《邻女语》的解读，除了在反映历史和谴责政治的层面上进行，还可以借助其文本在历史史实与文学叙述之间产生的缝隙来进一步阐释，通过考察小说中人物与事件的本事，与作者的创作相比勘，进而揭示作者的创作动机及人心世态。此外，小说除了历史与政治的功用外，还有其压在纸背的苍凉，与对离乱之世的慨叹。小说还借助一条暗线，将前后六回做了连接。

关键词：《邻女语》 庚子事变 沈敦和 慈禧

在 1900 年"庚子事变"之后的数年间，有不少反映此事变的文学作品问世。其中若以篇数之多而论，首推诗歌，堪称"庚子诗史"①；散文则秉承史迁以来的"实录精神"，作者虽然立场各异，但对于自己的经历也是秉笔直书，成为了后世史家所依重的宝贵史料；相比之下，小说在篇次上远不及诗歌，就规模而言也无法与散文相提并论，尤其在"史"的层面，小说并没有诗歌与散文对历史直观记录的功效，而是更具虚构的色彩。

但需要说明的是，笔者所谓反映庚子事变的文学，是指创作于此事件发生后不久的作品，或者说有一定的"时效性"或"当代性"，从时间

① 李柏霖：《庚子诗史》，硕士学位论文，山东大学，2013 年，第 3 页。

上来界定，也应该是庚子事变之后到民国成立之前的晚清文学作品。因为这些作品，不存在易代之后，将此事件作为对当下有所寄托的历史材料加以解读并重构的成分，也并没有从此中汲取能量而针对现实目标的打算，而仅仅是以"当代人"的身份，对新近发生的历史事件以文学的方式所进行的描绘。如果以美国历史学家柯文所谓的"历史三调"——作为事件、经历和神话的义和团——来对应，这些作品也应该是对应作为"事件"和"经历"的义和团，一方面，作者如后来的历史学家那样叙述这段历史，"他们知道事情的结果，对整个事件有全方位的了解，他的目标不仅是要解释义和团运动本身，而且是要解释它与之前和之后的历史进程的联系"①，另一方面，这些作者也是事件的经历者或者说观察者，如果将历史叙述的空间拉到足够长，他们也不具备上述对作为"事件"的义和团进行叙述的史家之"全知"的优长，"对整个'事件'没有全方位的了解"②，而仅仅是对自己所经历的"历史"的一种文学化的记录，亲眼目睹也好，道听途说也罢，使得文本背后存留了当时人们对事件的看法。而与这些作品相区别的，即作为"神话"的义和团的相关后世之作，至少从新文学发生的一百多年以来，这样的作品层出不穷，更切近于我们对所谓"历史小说"的理解，它们都不在笔者所考察的范围之内。基于此，笔者选择了小说《邻女语》为研究对象。

一 从反映事变到谴责政治：《邻女语》的研究前史及新解理路

《邻女语》于1903—1904年间在南亭亭长（李伯元）主编的《绣像小说》第6号至第20号上连载，共十二回，未完。1924年出版的蒋瑞藻《小说考证续编》，其中引述了《清代轶闻》中对《邻女语》的评论，即

① ［美］柯文：《历史三调：作为事件、经历和神话的义和团》，杜继东译，江苏人民出版社2000年版，第3页。
② ［美］柯文：《历史三调：作为事件、经历和神话的义和团》，杜继东译，江苏人民出版社2000年版，第3页。

"记庚子国变事颇详确，文笔清隽可喜，实近日历史小说之别开生面者"①。1937年，阿英《晚清小说史》出版，其中以《庚子事变的反映》为题单列一章，将《邻女语》作为"最主要"的"记庚子事变的小说"加以评述，认为全书最精彩的部分乃是前六回中小说主人公北上时"沿路所遇着的逃难的京官，骚扰抢劫的士兵，于一幅逃难图中，活画出清室已达到非覆灭不可的程度"，并认为如果后六回"依照前六回的方法写下去，那真将成为一部了不起的著作"②。言下之意，小说后六回并不成功。1938年，阿英编了一本《庚子事变文学集》，直至1959年才由中华书局出版，该书将《邻女语》全文收入，并撰写了长篇序言。但从《晚清小说史》到《庚子事变文学集·序言》来看，阿英的史观并无变化，对《邻女语》中义和团的定位都是农民起义，因为基于此种认识，所以其对《邻女语》的评论还是趋于表层化。1940年，杨世骥在其《文苑谈往》中对《邻女语》评价甚高："晚期小说，从正面去写庚子之役那个大动荡的时代的，恐怕以此书的成就为最高了"，"细腻地记载着每一社会角落的详尽情形"③，但就其所谈来看也只集中于前六回。此后，郭廷礼的《中国近代文学发展史》（1991）述及《邻女语》，认为根据小说前六回对主人公金不磨的描写以及对比刘鹗的生平行状，认为金不磨就是以刘鹗为原型塑造的④，欧阳健《晚清小说史》（1997）中也认同这一观点，并认为金不磨变卖家产北上赈灾的行为，比刘鹗的境界更高⑤，对《邻女语》缺点的评价也是针对全书结构不统一所发⑥。直到2003年，朱德慈的《〈邻女语〉新论》一文才对该小说的研究有大幅度推进，朱氏不但针对此前将《邻女语》仅仅视为反映庚子事变的小说的看法，进一步论证《邻女语》是谴责晚清政治的小说，而且针对此前研究者认为的小

---

① 蒋瑞藻：《小说考证续编》，商务印书馆1924年版，第55页。
② 阿英：《晚清小说史》，商务印书馆1937年版，第67—68页。
③ 杨世骥：《文苑谈往》第1集，中华书局1946年版，第105页。
④ 郭廷礼：《中国近代文学发展史》第2卷，山东教育出版社1991年版，第1371页。
⑤ 欧阳健：《晚清小说史》，浙江古籍出版社1997年版，第181页。
⑥ 郭廷礼：《中国近代文学发展史》第2卷，山东教育出版社1991年版，第1372—1373页。

说前后六回不统一的结构性问题做了反拨，认为后六回"突破传统叙事模式的结构，正是为了充分地展示自己的'创作激情'，以及创作主题"①。

但上述研究除了在对金不磨原型的探索中比勘了文本之外的资料，其余方面则是就文本而谈文本，并未过多参照文学之外的材料，更多囿于晚清小说史的层面，这当然无可厚非。可是《邻女语》除了文学价值，也有其在历史层面的叙述。如果说这一时期的诗歌、散文更多乃以诗以文记史，可视为基本史料的话，那么小说则更具有文学的特征，其对庚子事变的反映，在很多地方往往溢出基本史实之外，一方面通过虚构，脱离了基本史实，并对此加工、变形，将当时的世态人心存留于纸背，另一方面则在史学求真的侧面，记录着历史除真实以外的悲情、壮烈乃至于苍凉，从文学角度带来更多的对历史的言说。笔者以为，在文本内外之间，通过对小说中所涉及到的历史人物和事件的基本史实的追寻，与作者的基于史实的虚构性描写加以参照，可对《邻女语》做很大的开掘，及进一步的阐释。

二 多智而近妖——沈道台形象及作者的心态

在阿英《晚清小说史》中将《邻女语》后六回视为结构上的败笔之后的相当长的一段时间内，论者多是承袭此说，直到朱德慈《〈邻女语〉新论》中才对后六回重新给予评价，朱氏也就不得不以后六回中的具体内容来举证说明。后六回主要由三组人事构成，即张家口沈道台、天津义和团首领张德成及京师徐氏父子之事。朱德慈特别提及了沈道台，认为这是为此前研究者所忽略的典型形象——一位失路的英雄，是作者"在'谴责'的同时，注意描写真正的英雄挣扎于民间"②，也是《邻女语》相比于众多"谴责小说"的一个亮点。对后六回从结构到内容都给予应有的重视，这当然有助于对这部小说研究的推进，而且笔者也赞同

① 朱德慈：《〈邻女语〉新论》，《明清小说研究》2003 年第 2 期。
② 朱德慈：《〈邻女语〉新论》，《明清小说研究》2003 年第 2 期。

朱德慈在小说结构上的看法。但是如果进一步考究后六回的内容，尤其是小说作者对沈道台的塑造，这个形象实则很难说是一个亮点，更遑论置于众多"谴责小说"中来比较了。而且，对沈道台的塑造也恰恰可以窥得作者在文学观念上的落后乃至一种陈腐的心态。

从朱德慈对沈道台形象的论述来看，其似乎并未意识到沈道台和张德成、徐氏父子一样，在历史中确有其人，只是相比于后两者处于庚子事变的中心且颇具知名度而言，庚子事变时期的沈道台在后来的历史上显得寂寂无名。小说中明确交待过其名号并追述其此前的历史：

> 说起这位道员，并不是别人，就是在南边大大有名的，一个出洋学生，姓沈名敦和，别号仲礼。记得那年刚毅到江南地方搜括民财的时候，说他私卖吴淞口炮台，奏请革职拿问，后来议罪遣戍张家口之外。①

然而一说到沈敦和（1857—1920），还颇有名气，他是中国近代史上著名的社会活动家、慈善家，尤其是中国红十字运动奠基人的身份最享有声誉。沈氏早年留学英国剑桥大学，专攻法政，回国后曾任金陵同文馆教习、江南水师学堂提调、吴淞自强军营机处总办等职，至于他被遣戍张家口，确实是遭刚毅弹劾所致，原因是刚毅保守而仇洋，"嫉敦和谙英国文语，且时与外宾往还，疑有汉奸行径"，故而"借端陷之"②。小说中对沈道台来张家口之前的历史介绍虽然简略，但重点都说到了，即留洋身份和被刚毅弹劾，由此展开了后六回中的第一个"话柄"——沈道台三赚德统帅，收复失地且智退德军的故事。

但殊为可惜的是，小说作者在对这一过程的描写中，基本上是将沈道台的机智拔高到神奇的程度，使其在与中德军队双方将领的斡旋中始终处于游刃有余的地步，似乎前不久还所向披靡的外国军队和已经望风而逃且溃不成军的清军，在沈道台的运筹帷幄之中完成了"反转"，前者

---

① 忧患余生：《邻女语》，载阿英编《庚子事变文学集》，中华书局 1959 年版，第 299 页。
② 南苕外史：《沈敦和》，上海集成图书公司 1910 年版，第 11 页。

更是被沈道台玩弄于鼓掌。尤其是骗德国统帅置换军旗这个情节，显然连机智都很难谈得上，纯粹是由设定的德军只带了一面军旗的巧合，以及沈道台以德军军律（军队与军旗不可分开）对德军统帅所做的一厢情愿式的威胁所完成的。这些实在难以称得上是"亮点"，再加上作者在回目中使用的"一赚""二赚""三赚"式的字眼，让人怀疑这些桥段是作者出于对《三国演义》的低劣模仿，也不由得想起鲁迅在《中国小说史略》中对《三国演义》的相关经典评论——"至于写人，亦颇有失，以致欲……状诸葛之多智而近妖"①，虽然作者对沈道台之多智的描写，尚未达到"近妖"的效果，但移用鲁迅此语来看作者对沈道台的描写，也可谓"亦颇有失"。那么，作者为何要选取这样一个"话柄"展开，其背后所反映出作者怎么样的文学观和心态？这些都可以借助作者对沈敦和这一历史人物的小说化来进一步观察。

先来看看庚子事变中关于沈道台的"本事"。1900 年八国联军攻入北京两宫西逃之后，德将岳克率领德英意奥四国军队继续向西出兵，据沈敦和履历档案载："二十六年（光绪）九月，蒙察哈尔都统奎顺等奏，派赴鸡鸣驿、宣化等处力阻德英意奥四国联军西趋。奉旨免其发遣，交奎顺等差遣委用。随经奏派，总办察哈尔张家口洋务局，统带警察马步等营，因两次阻退敌军西犯，奏请逾格奖励。"②

而目前所见出版资料中最早记录沈敦和在宣化一带退敌的是 1902 年出版的《西巡回銮始末记》（光绪二十八年石印本），因为联军势不可遏，当地清将凤知沈敦和"前在江南驾驭德将，办理洋务，颇有声名，因即禀请察哈尔都统星夜檄调沈君驰抵宣化。……阖郡官商还恳沈君设法调停"，至此便有了一段详细生动的退敌记述：

> 沈君奋不顾身，单骑前迎，行至鸡鸣驿，适与联军先锋马队相遇。其时适有华兵马队疾驰而过，洋将放枪，将个兵击毙，遂疑沈

---

① 《鲁迅全集》第 9 卷，人民文学出版社 2005 年版，第 135 页。
② 秦国经主编：《中国第一历史档案馆藏清代官员履历档案全编》第 7 卷，华东师范大学出版社 1997 年版，第 87—88 页。

君为带兵官，传令洋兵马队围之，拟开枪击之。沈君即操西语侃侃而辩，仍不之信。正危急间，适洋将中有前在自强军之德将某君驰抵其地，知是沈君，遂至统将前力保。统将始回嗔作喜，与沈君握手为礼，而大队已入鸡鸣驿城。沈君偕同绅士等往谒统将，备陈愿备供应，求将城池保全，勿继各国兵队扰害民居。……驻扎一夜，尚无淫掠。沈乘机与统将商议，保全宣化府、张家口两处。……沈君一再婉恳，并允代赴归化城拿拳匪，救英将等事，并许保险费……更许银两……将张家口上下两城池保全。幸经自强军德将往返劝说，始允，传令将西趋马队一并调至张家口再议。……十月初一日，沈君随同都统与联军各将会议，允许于初二日退兵，张家口遂得保全。沈君复从宣化鸡鸣驿官民之请，遂与联军偕行，至鸡鸣驿而返。凡沈君所经过各地，均赖保全，……商民感沈君之德者万口同声。至初六日，沈君自宣化回时，商民夹道跪迎者约七里之遥。①

其实从官方履历档案到《西巡回銮始末记》，其传播是极其有限的，尤其是前者，对于作者而言几乎是无法接触到的。那么《邻女语》的作者对沈敦和事迹最有可能的接受途径会是哪里？笔者认为，这很大程度上来自于报刊媒介尤其是《申报》对沈敦和在庚子之后的不断报道和书写。从庚子翌年开始，到作者创作《邻女语》的1903—1904年间，报刊媒介对沈敦和各种事迹的报道中，对其庚子退敌之事的记录就不断被提及且书写。

1901年《北京新闻汇报》刊有《沈仲礼观察会同法将巴尧订立设卡保护西人章程》一文，此时沈敦和因宣和阻敌之功已调任山西洋务局督办，处理山西教案，但报道中仍不免对其前事之功的提及，"去岁拳匪之变，各国联军欲入张家口。观察适遇诸戎所，竭力排解，得以保全数十

① 佚名：《西巡回銮始末记·卷三·宣化近事记》，此据王独清辑《庚子国变记》，神州国光社1946年版，第217—218页。按，王独清《庚子国变记·序言》："《西巡回銮始末记》本是一种很粗劣的石印本子（光绪壬寅年石印）其中错误百出。我除了一一改正外，还把目录也从新编过了。"（同书第11页）

万人民"①。

1901 年 10 月 28 日《申报》刊有《记沈仲礼观察调停山右教案劝阻联军入境事系之以论》一文，对沈敦和在处理山西教案时"舌战联军保全千百万民命"予以高度评价，并述及"去夏中外衅起京畿一带，联军四出驿骚。……斯时观察方荷戈塞外，……单骑驰往却之"②。

1901 年 12 月 2 日《申报》刊有《派兵保护》一文，转载天津《直报》消息，报道了沈敦和训练张家口警察备文照会之事，并引述沈敦和文字，其中便提及"去岁张家口联军退后"③。

1902 年 6 月 24 日《申报》刊登《照录巡抚岑大中丞清理山西教案章程》，其中第一条即"本部院已奏请前在张家口内外严惩拳匪、清理教案、中外悦服之江苏候补道沈道敦和来晋派委督办全省洋务"④。

1903 年 3 月 18 日《申报》所刊《书客述晋中事》一文，在讲述担任山西洋务总局总办的沈敦和在山西力行功绩时，依旧不忘述其张家口之功："荷戈塞外，力阻洋兵入固关，出入固关，出入于枪林炮雨中，全活人民以数十万计"⑤。

1903 年 7 月 19 日《申报》载有图书广告《新出精印〈沈仲礼观察燕晋弭兵记〉》，说"凡拳匪招衅以来，燕晋一带遍地皆兵，民间惨苦万状，以及沈观察之对付外人、布置巡营，具为详载"⑥。《沈仲礼观察燕晋弭兵记》一书，作者为陈守谦，此书是继《西巡回銮始末记》之后，又一部详述沈敦和述及的著作。

———————————

① 《沈仲礼观察会同法将巴尧订立设卡保护西人章程》（光绪辛丑五月十四日），《北京新闻汇报》，文海出版社，光绪二十七年八月起初一日讫二十九日。

② 孙善根：《中国红十字运动奠基人沈敦和年谱长编》，浙江大学出版社 2014 年版，第 45—46 页。

③ 孙善根：《中国红十字运动奠基人沈敦和年谱长编》，浙江大学出版社 2014 年版，第 47 页。

④ 孙善根：《中国红十字运动奠基人沈敦和年谱长编》，浙江大学出版社 2014 年版，第 48 页。

⑤ 孙善根：《中国红十字运动奠基人沈敦和年谱长编》，浙江大学出版社 2014 年版，第 50 页。

⑥ 孙善根：《中国红十字运动奠基人沈敦和年谱长编》，浙江大学出版社 2014 年版，第 51 页。

　　可见沈敦和在离开张家口之后，因为处理山西教案再度引起新闻媒介的关注。媒体对其报道不断，此中又每每旧事重提，表彰其前事之功，作为一时间较有社会影响力的人物，便很容易成为小说家的素材。从《西巡回銮始末记》的记载，到后来《北京新闻汇报》《申报》的相关报道，其实对于沈敦和在张家口退敌之事的书写，也不断趋于简单化和标签化，报道中诸如"荷戈塞外""单骑驰往"等一类颇具"孤胆英雄"色彩的笼统言辞，便不难让《邻女语》的作者在接受之后产生文学想象，这基本上成为了作者对退敌描写的材料来源。

　　但是，从单薄的历史素材到丰满的文学形象，中间还隔着一条艺术加工的河流，也并非每个小说作者都能成功跨越到对岸。所以，通过几个已被打上传奇色彩的词汇，将晚清报刊媒介中不断被如此渲染的沈敦和，进一步塑造成一个文学形象，作者付出的只能是对这些沉淀着历史故事和民间传说的词汇的想象。这也正是历史与文学间所产生的缝隙。甚至就《邻女语》的创作来讲，最终呈现出来的作品形象其实与真实的历史人物之间又隔了一层，即"历史事件中的沈敦和—新闻媒介中的沈敦和—小说中的沈敦和"，本来新闻媒介中的报道中已经就有了想象和创作的成分，人物进入小说后，可谓二度创作了。但作者的这次"二度创作"并不成功，这在上文已经分析过了，所谓"足智多谋"基本上是作者一厢情愿，虽然"无巧不成书"，但小说中的巧合并不让人觉得可信。

　　当然，作者也很可能看到过 1902 年出版的《西巡回銮始末记》，可是此中记载的沈敦和退敌的事迹，基本没有传奇性和英雄性可言，反倒是在新闻媒介上，将其事迹用三言两语简化成可供发挥和想象的小说素材。如果作者同时接受到了这两种沈敦和的历史形象，从后来呈现的小说文本来看，其俨然选择了后者。不难发现，《西巡回銮始末记》中记载的细致程度本身就不亚于小说，这无形中是对小说作者在创作空间上的一种限制。况且如果是从《西巡回銮始末记》提供的素材基础上进行加工，便很难再有小说所要表达的"智退"敌军的效果出现，因为此中所记载的沈敦和是通过自己的外语能力与外军首领进行谈判，并许诺有各种条件，这也基本符合历史事实。可如此一来，便不会再有小说中后来呈现出的足智多谋和单枪匹马式的英雄形象了。所以，小说作者宁愿选择在新闻媒介中反复书写的"荷戈塞外""单骑驰往"等词语上作文章。

总之，不论是从《西巡回銮始末记》与新闻媒介中提供的素材中选择了后者，还是根本就没接触到《西巡回銮始末记》而直接从新闻媒介的素材出发，最终塑造了小说中沈道台这个并不成功的文学形象，其实都反映出了作者的某种陈腐心态。在沈敦和张家口退敌的历史事件中，确实不能抹杀沈氏个人的贡献，在中央政权已经西逃而当地政府已无能力与外军对话的情况下，他利用曾经留洋及办理洋务的经历，加之娴熟的外语，至少能与外军沟通，最大程度上减少了因沟通不利而带来的对平民的杀戮，可是此事件的本质终究还是通过不平等外交手段并最终签订"城下之盟"。但这些到了小说中，都进行了大幅度的反转，将一场"城下之盟"说成了智退敌军，过于突出沈敦和在此历史事件中的作用，最终将其塑造成一个智勇绝佳的孤胆英雄。那么，这背后潜藏着作者的什么心态呢？

且先看朱德慈的认识，他认为沈道台"凭借自己的知识与智慧……努力保持了中国人的尊严"[1]，这是值得商榷的，也是笔者想通过这种历史与文学间留有的缝隙和文学对史实的再加工过程想谈的一个问题，即小说作者通过对沈敦和的这种虚构，看似塑造了一个很正面的形象，使他和其他无能的清廷官员形成了显明的对比，终于在文学作品中"保持了中国人的尊严"，可这恰恰说明了作者陈腐的观念和心态，也是《邻女语》的一大局限。问题的关键是用什么方式"保持了中国人的尊严"，是小说中沈道台那种哄骗傻子式的"足智多谋"吗？如果说这种用文学作品来聊以自慰的方式能保持尊严，那这样的尊严还是尊严吗？时间后推到一百多年后的今天，小说中沈道台式的智退敌军，不也正是如一些抗日题材的影视剧中的"神奇"人物的"神奇"之举吗？今天的我们还会以此聊以自慰，认为这样的文艺作品能为我们保持尊严吗？当然不能。所以，小说作者的观念和心态，陈腐便陈腐在了以期用传奇性的英雄人物，为读者带来内心的满足和快慰，并以此让人产生了"有尊严"的感觉。

---

[1] 朱德慈：《〈邻女语〉新论》，《明清小说研究》2003 年第 2 期。

三　慈禧"送瓜果"本事考论

《邻女语》作者在创作的过程中，对一些历史信息的处理很值得玩味。这些历史信息不同于上述沈敦和素材，可以寻绎较为清晰的传播链条，并与作者最终呈现的创作相比勘，由于其在文本中的使用较为隐秘，作为读者如果在阅读之前未有相关历史事件的知识储备，且在阅读当中不留意的话，细节便很容易被放过，可谓稍纵即逝。更为关键的是，因为这种历史信息本身就带有保密性，只发生在上层的少数人之间，最后即便流传于社会民众之间，也基本上成为让人半信半疑的流言，甚至有的历史真相与普通民众的基本认知之间差距过大，这些信息在传播过程中连流言都算不上，几乎成为了人们茶余饭后、插科打诨时的笑谈。

小说《邻女语》中提及的慈禧太后给被围攻的东交民巷教堂送西瓜的事，即是一例。小说第八回写沈道台为了不让德军进犯而伤及无辜，就答应德军统帅，他可以去向各地官员寻求给德军的供给，在成功说服了第一个地方官找到供给后，却在第二个地方官那里碰了钉子，沮丧之余的沈道台在这时遇上了已经被进犯的德军吓得化妆成乞丐并准备逃走的张家口都统，沈道台向都统说明了情况，又恐此都统像之前那个地方官一样不交供给，遂灵机一动又多备了陈词：

> （沈道台）忙用哄小孩子的法儿又同都统说道："我听见洋兵说，六七月间，拳匪攻打东交民巷，皇太后尚且送各国公使的西瓜水果。这又是什么时候，又是什么光景，他要我送些水米，就送他写也无妨碍。况且这关口，并非失守，大人送了粮草去，我包管这个关口在我身上讨回，不用一兵一将，就可成功，将来大人还要升官呢！"[1]

这个细节很值得玩味，小说作者的意思也很明白，即沈道台的话是瞎编

---

[1]　忧患余生：《邻女语》，载阿英编《庚子事变文学集》，中华书局1959年版，第303—304页。

的，是"哄小孩子的法儿"，是为了让都统赶紧答应交供。这话首先是带有流言性质，其次在当时的历史背景下，在大部分民众中讲出来基本等同于笑话，但作者用在这里似乎又比较合适，因为足智多谋并可以靠一己之力退敌的沈道台，此时面对的是被作者塑造成贪生怕死、猥琐不堪，在德军尚未到来时就已失去理智，丢官弃印并化妆成乞丐准备落荒而逃的一个无能官员，二者间智谋与勇气的悬殊，使得平时在成人间只能当做笑谈，仅可哄骗小孩子的话，在这时却起了奇效，一下抓住了都统的心。从人物和情节的设定上来看，这段基本可信，至少也能自圆其说，问题的关键是作者为什么选择了慈禧送瓜果这个历史信息来作为填充小说的材料，而且在我们尚无法完全判断作者当时在接受到这个信息之后与其基本认知间的差距时，也不外乎有两种可能，一种可能是作者如小说中的全知视角一样，完全不相信慈禧送瓜果一事是事实，认为这就是"哄小孩子的"；一种可能则是作者半信半疑甚至是完全相信，但在利用这则信息时，进行了反向处理。但不论如何，这些都为进一步考察文本背后的历史背景和隐藏的作者的创作动机，提供了一个契机。

那么，先来具体来考察一下小说中提到的"皇太后尚且送各国公使的西瓜水果"，这在历史上确有其事，还是纯属小说家言呢？据目前笔者所见关于庚子事变的各种研究资料来看，在历史上确有其事。朴笛南姆威尔《庚子使馆被围记》中记载了1900年7月17日使馆外停战的情况，曾有使馆的卫兵到中方防线上参观，并引用了突破防线的相关记录：

> 有一法国志愿兵，但量甚大，忽跨过防线，欲至中国军中一视，众皆阻之，然彼略一迟疑，仍决意前进，愈行愈远，渐渐不见其影，无一人谓其可以生还者，或谓此人真疯癫矣。二点钟之后，忽自此志愿兵处来一通告，言彼在荣禄军中，待遇甚好，至晚间遂归。……此青年法志愿兵至中国军中后，中国人出糕点食之，并饮以佳著，又引之至荣禄处，荣禄详问予等现在之情形何如？粮食足否？死伤之人几何？此人答言予等甚好，但在此炎热之时，所缺者冰果之类耳。荣禄即取桃子置于此人之袋中，又送西瓜令其带回，并言其部下之兵，可以保护使馆，但此事甚难，因人人皆顾惜自己

之性命，不敢十分照顾洋人也。①

此外，近代史大家唐德刚在其名作《晚清七十年》第四卷《义和团与八国联军》中，述及围攻使馆之事时，也特别说到送瓜果的细节，其根据之一则是近乎"口述历史"式的材料："吾友富路德教授那时才六岁。他就时常违父母之命，爬上墙头'观战'。50年后他还用他那地道的通州话向我们笑说庚子佚事，真是绘影绘声。"② 作为史家的戴玄之曾下了这样一句评语："荣禄虽不敢十分照顾洋人，但暗中多方调护，与其说荣禄围攻使馆，不如说荣禄保卫使馆，以免拳民及他军攻入，来得恰当"。③

　　随着后来近代史研究的推进，这背后的原因也就逐渐为世人所知，即慈禧虽然已经宣战，利用义和团围攻东交民巷而泄一己私愤，但其在此事上还想留有余地，因为一旦东交民巷使馆被攻破，那清廷必将很快覆亡。所以，慈禧的态度一直很矛盾，最初宣战是因为"仇洋"的心态更胜一筹，她听说洋人要逼她归政交权，故而为泄私愤而攻打东交民巷，但其泄私愤的同时，也是想逼着洋人改变主意，只要能保全她的地位，此事便可作罢。但作为被利用的义和团和一同攻打东交民巷的董福祥的甘军来说，根本不会揣摩到慈禧的这种用心，他们只知道慈禧要消灭洋人。但让所有人纳闷的是，甘军加上义和团，围攻东交民巷居然打不下来，一方面固然是甘军装备差，士兵素质低劣，而使馆的守卫装备很好，所以，甘军和义和团基本上在远距离就被射杀了。另一方面的原因则是出于荣禄，他能体会慈禧的心思，知道慈禧对洋人的态度并不确定，所以，他虽然掌握德式装备，也不敢用来去攻打使馆，否则一旦攻下，洋人秋后算账，他和义和团就成了慈禧的替罪羊，况且荣禄根本上就是主

① ［英］朴笛南姆威尔：《庚子使馆被围记》，冷汰、陈诒先译，中华书局1906年版，第70页。

② 唐德刚：《晚清七十年·肆》，远流出版事业股份有限公司1998年版，第108页。富路德是美国哥伦比亚大学东亚语文系的"丁龙讲座教授"，精通汉籍。唐德刚赴美之后任教哥大时与其为同事关系。富路德的父母是晚清传教士，当时他们一家在东交民巷的使馆内避难，他目睹了围攻东交民巷的全过程。

③ 戴玄之：《义和团研究》，北京大学出版社2010年版，第90页。

和的，故而他还要偷偷派人给东交民巷的守卫补给弹药送瓜果，让他们加强防卫。

所以，给使馆送瓜果不论是小说所写的慈禧，还是《庚子使馆被围记》中记载的荣禄，在本质上是一样的，即便是后者所送，也是其揣摩到慈禧的心思，很大程度上是替慈禧送的。《邻女语》的创作时间是在1903—1904年间，也就是说在庚子事变后的两三年间，给被围使馆送瓜果这种不会被官方正史记载的历史细节，已经流传很广了。但从作者对这则历史信息在小说中的处理来看，其显然也是认为慈禧给自己授意攻打的外国使馆送瓜果，是一件荒唐而可笑的事。如果与上述笔者所分析的沈道台形象所参照，便可大体上得以应证。因为沈道台在小说中是被当成正面形象来塑造，他的智勇双全与小说中其他清朝官员的昏庸无能形成了显明对比，故而在这个层面上小说具有了后来研究者所提出的"政治谴责"的意义，那么，沈道台在小说中的言行，在某种程度便也在作者所认可的范畴之内，所以其将沈道台对都统的一番话，以全知视角定义为"哄小孩子的法儿"。

可见，小说的作者尚无法接受慈禧送瓜果这一流传于民间的事实，但这也并不妨碍小说中对"政治谴责"意义的表达，因为这部小说与其说是"谴责政治"，不如说仅仅是在谴责清廷官员的无能，所以作者才相应地树立了沈道台的形象以示对照，在更大层面上其实并未走出《水浒传》中"反贪官不反皇帝"的逻辑。试想，如果作者对这则历史信息半信半疑，进而在小说中又将此信息背后的隐幽稍有揭示的话，哪怕是作者不要以其全知视角对沈道台所说的"送瓜果"之事下判断，这部小说在思想上便会更有价值。不难想象，一条关于上层的信息在民间流传，并不仅仅只有具体的内容，也伴随着其背后的事理逻辑，也就是说慈禧送瓜果的事在民间流传的同时，也伴随着此传言对慈禧在庚子事变中矛盾心态的揭示，没有这种矛盾心态来作诠释的"送瓜果"的表面内容，便没有流传的可能和价值了。作者在小说创作的过程中，虽然接受并使用了这则历史信息，但却将其背后的事理和价值做了"屏蔽"，这是作者在材料面前所做的选择，更可窥见其创作动机。正如小说中金不磨看到树林中挂满"拳匪"人头后的感叹："这场残杀，虽则皆由乱民自取，然而终是这班顽固大臣酿成的奇劫，不是这班愚民平白构成的。这班愚民有何知识，有何作用，平日既不蒙官师的教育，到了这时候，反受了长官的凌虐。"① 杨世骥以此为例，认为作者"对于义和团的成因看得很准确"，金不磨的感叹则"可见作者的正义感"②。"正义感"固然是有的，但要说对成因看得准确，则也是高估了作者，这或许就是作者处于"当下"的局限性。

四 从前朝遗梦到现世离乱：
纸背的苍凉与小说的暗线

如《邻女语》这样以反映历史事件为基点的小说，纵使作者在取用的各种历史材料中"闪转腾挪"，在"史"与"文"的纠葛中尽量发挥自己创作才能，但不论对作者还是对读者而言，似乎对"史"的关注总是多过对"文"的关注。作者在记叙历史的同时，也借此表达着自己的史识与史观，而读者在以"文"入"史"的同时，则会进一步追踪史实，甚至考量从史实到文学文本所产生的变化，这也当是此类型的小说在创作和阅读两个层面，对作者和读者的一种不自觉的"诱导"。但是，我们在过于关注历史的同时，往往冷落了作为载体的文学，在面对反映历史事件的小说时，似乎太过用心于析读文本内外对"史"的求真与存伪、直录与演义，而恰恰很少思考作为文学文本的小说在完成这些"历史"任务之外的真正的文学性，抑或在剥去历史的外壳后文学最终留给我们的是什么。或许从这一点上来重新审视《邻女语》这部小说，我们会有一些不一样的认识。笔者也希望通过这种游走在文本边缘的方式，在小说对历史层面的叙述中，析出其文本背后的文学底色，似乎如此才能释放出作为文学文本的《邻女语》的潜在价值。

要说《邻女语》关注了很多那段历史上的大场景，前六回先是通过主人公金不磨的视角，见证了一副南下逃难的流民图，接着北上目睹了

---

① 忧患余生：《邻女语》，载阿英编《庚子事变文学集》，中华书局1959年版，第293页。
② 杨世骥：《文苑谈往》第1集，中华书局1946年版，第105页。

袁世凯督练兵马的壮阔场面，后六回中则突出了沈道台智退敌军，这一过程则犹如全知视角的作者操控的一盘"大棋"，但这些有宏大的历史背景作为依托的场景，却往往将小说文本中其他一些想表达的东西遮蔽了。笔者以为小说作者将整个创作构架于庚子事变这个大的历史背景之下，并非仅仅是要"反映历史"和"谴责政治"，剥去这些文本的历史功用，不难发现作者笔端也常常带有感情，倾诉着人世的苍凉，只是在宏大的历史叙述和不断被阐释的"反映"和"谴责"的创作意图之下，这种文学性便一再被挤压。只有将小说中这种文学性释放出来，才能真正还小说以小说，在这种文本的边缘体味到文学。可以说，作为小说的《邻女语》其更大的价值，正是这种作者诉诸笔端而被压了纸背的感情。一百多年后的今天，我们其实再无法苛责离"当下"未远而进行创作的作者，其所要表达的一切关于历史的认知，反倒是其浸入文本的文学感觉，可以超越时空，从前朝遗梦说到现世悲凉，世间的白云苍狗与人性的冷暖浓淡依旧令百年后的读者唏嘘不已。

其实将小说背后的这种苍凉遗音，串起来的是一条作者设伏的暗线，即将个人在一个离乱时代的飘零与对命运的无可奈何的慨叹，通过几组场景中的几个人物串联了起来，这其中看似并无瓜葛，实则其间留有暗道，从这个意义上来讲，《邻女语》的结构问题也应当重新讨论，至少不能将前后六回在结构的成败上做对立。

小说第二回写了主人公金不磨主仆北上后来到清江浦，晚间借宿在一座名为"银河宫"的尼姑庵内，因为其中法名昙花的弟子是金不磨母亲在世上时常施舍的募化尼僧，所以其金家主仆得以在兵荒马乱之际顺利入内。金不磨先后两次听到了昙花的师父空相谈话，小说作者则是借空相之口道出其对离乱之际苍生的悲悯之意，这似乎是作者在一连串的故事背后真正想要传达的意旨。原来这位空相是"一个经过洪杨大乱奔走江湖的老妓女剃度的优婆尼"，在听金不磨述说北上之意后，免不了连连赞叹，又将昙花支开，介绍了当地寺院被逃难官眷占作行台公馆的原因后，发了一通令金不磨"不觉毛骨悚然"的议论：

老衲幼遭洪杨之厄，长到今年八十四岁，已是第二世为人，前生不知造了什么大罪过，还要再遭此劫呢！我听见北京有一位什么姓徐的宰相，今年已是七十三岁，还是一个不得善终，施主你想可惨不可惨？虽然老衲出家以来，心如槁木死灰，业已置此身于度外，却已看得生就是死，死就是生，分不出什么人鬼的境界。施主做事，将来必须学到这个地步，方得大无畏的好处，大解脱的真相。施主不要忘了，这就当做今日老衲见面礼罢！①

此后金不磨在房中听到外面的喊杀之声和昙花的凄切啼哭，继而便听到了空相师徒的对答，空相便从这现世离乱述说着前朝悲凉：

你是生长太平之世，那里晓得离乱时苦况？想必这又是强奸不遂，放火烧林，以便下手动抢的意思。我想我那年十四岁初到南京的时候，那一处不是满眼富丽之景，后来又那一处不是瓦砾之场？我看见那极盛的时候，那些来嫖的客人，不是候补官儿，就是那混世魔王的少年公子，那一个不威风凛凛，得意扬扬？那里晓得后来比我们这时候还不如呢？那家里烧得精光，抢得精光，一个个逃的逃，一个个降的降，做长毛的做长毛，做叫花子的做叫花子。……好容易等到官兵来了，以为可从此平安了，那里又知道，官兵说我们做百姓的，不该降顺长毛，放开手来杀。可怜呀！可怜呀！我们做百姓知道什么是官兵，什么是长毛，只要不杀我们，就是好人。这些官兵一杀，就杀得惨了！杀得个街上人堆积如山，也有杀死的，也有杀不死的，也有做狗叫的，也有像杀的鸡一般，眼睛闭了，腿还动的，有的求死不得痛苦难当求过路的勒死他的，有的没有膀子没有腿还在地下爬的。那时候我也看得多，这时候说也说不尽了，那里像你怎么好福气！②

---

①　忧患余生：《邻女语》，载阿英编《庚子事变文学集》，中华书局 1959 年版，第 267 页。

②　忧患余生：《邻女语》，载阿英编《庚子事变文学集》，中华书局 1959 年版，第 268—269 页。

后面这段话，小说作者并不是让空相讲给金不磨听的，但却安排金不磨在暗中听到。其实不难体会，前面一段是空相讲给金不磨的"正文"，而后面一段则是让金不磨暗自听到的"注解"，这些何尝又不是作者要传达给读者的意旨呢？作者虽然将这些设计在了小说开篇不久，却很难说有"主题先行"的弊病，反倒是后来的故事过于精彩，从金不磨的视角转到地方官，再从地方官转到义和团首领和朝中大员，将作者带诸笔端的感情，和通过前朝遗事来述说现世苍凉的纸背心情遮蔽了，外加后世研究者过于注重小说在反映历史和政治谴责上的功用，又进一步压抑了作者本想通过这些现世的离乱故事而带出生生死死、人鬼无界的慨叹。

似乎这才是小说的主线，也是小说的暗线，从这一点来看《邻女语》，其前后六回也只是表面上存在分野，于内里却是相通的。其实小说作者也不忘"千里设伏"，在这背后留有相通的暗门。空相在对金不磨的第一段谈话中就点出来："我听见北京有一位什么姓徐的宰相，今年已是七十三岁，还是一个不得善终，施主你想可惨不可惨？"继而告诉金不磨如何才能"得大无畏的好处，大解脱的真相"，即真正达到"看得生就是死，死就是生，分不出什么人鬼的境界"。第二段话作为解释，就更明白了，即那些达官贵人们平时威风得意，但是遇上离乱之时，"那里晓得后来比我们这时候还不如呢？"，结果是逃、降、做花子、做长毛，最后空相一口气列出了书中被"杀得惨了"的众生惨相，似乎在说活着各有各的艰辛，死时也各有各的不同，离乱之世万物为刍狗，很容易便能泯灭生与死的、人与鬼的分界。要说这是作者真正压在纸背的苍凉，小说中除了关于历史的表达外，这种文学底色也多有存留。如空相这个人物和其述说往事的场景设置，本身就带有"白头宫女在，闲坐说玄宗"（元稹《行宫》）式的盛衰易代的感叹，一段明说一段暗听，在青灯古佛的承托下尤为寂寥。再比如小说题目《邻女语》的来源场景之一——第五回中金不磨听隔壁妓女唱曲，啼哭与和弦交织，小则泣诉身世的悲凉，大则是对"万民嗟怨，杼柚空空，风尘鞅掌，奔走西东"①的离乱悲慨，幽怨不绝。就连作者在小说中着意塑造的英雄人物沈道台，在退敌后依旧被

---

① 忧患余生：《邻女语》，载阿英编《庚子事变文学集》，中华书局1959年版，第290页。

都统嫉妒和排挤，后被派往山西处理教案，也是充满了挫败与失意感，再智勇的形象此时也难掩孤寂的苍凉。

而将这种苍凉之气，在小说中发挥到最浓的，无非是小说末章所写朝中徐桐父子之事，似乎也是作者对小说开篇不久"设伏"的呼应①，最终以悲悯之笔写出了徐桐的"可惨"与"不得善终"。历史上的基本情形是洋兵攻破北京，两宫出逃，徐氏父子尚在京城，作为主战派的徐桐当然是逃不掉的，遂上吊殉国，此外，徐桐"守旧，恶西学如仇"（《清史稿·卷四百六十五·列传二百五十二》）。按理来讲徐桐是主战派，在整个庚子事变中起到了很负面的作用，最终祸及苍生，小说作者对徐桐之死的处理即便有让人读之而后快的感觉，也无可厚非，但作者终究在此处技高一筹，并没有做那种简单化的处理，而是在徐桐自杀和守旧这两点上做文章，用一种颇具喜感的描写，道出了人世的悲凉与无可奈何，达到了笑中含泪的效果。

原来在小说中的徐桐，最初并无殉国之意，所谓自杀也是与其子徐承煜商量的结果。徐承煜认为洋兵取胜是天意所属，父子皆降当不失富贵，"只要照明朝诸大老写大清国顺民的法子"，若是日本兵看了，那便无事。徐桐听后大喜，便为自己的投降找到了"台阶"："此计甚妙，横竖清朝的官，我没享着他的福，我活了八九十岁，还是一个协办大学士，中间又耽搁我好多年，你快快去照办，保全我这条老命罢。"徐承煜又补充道，若是不到日本兵，而遇上英法德诸国，岂不是白搭？这时徐桐的守旧与无知再一次为他们父子提供了动力："你又来了，你怎么样也会说这糊涂话？他们外国，那有这许多国名？还不是康有为在日本变了法子，多立名目，想出来骗我们的？你看古书上，那有什么英吉利法兰西等名

① 小说中空相所言"北京有一位什么姓徐的宰相，今年已是七十三岁"，与小说中之后关于徐桐的叙述在具体信息上有出入。徐桐死时已年逾八十，废光绪帝后，他被任命为大阿哥溥儁的师傅，后官拜大学士，而且清末已无"宰相"之说。但这都是出于空相的听闻以及自己的方式表达，因为按民间的说法，"七十三，八十四，阎王爷不请自己去"，这两个年龄分别是孔孟的享年，而历朝历代官职称呼的沿革变化很多，但民间对大官的称呼，还是习惯用"宰相"一词。所以，小说中空相所言看似在具体信息上有误，但也交待了来自传言，作者这样描写反倒显得更加真实。

字?"① 但事不如愿，徐承煜从启秀那里得到消息，降了也是死，遂回家
与老父商议，让徐桐慷慨赴死了。小说这样写道：

> 徐老头儿说："照这样看来，我这老命不牢了。"徐承煜道："正
> 是！我正想与你老人家商议，你老人家今年活到八十三岁，横竖活
> 不了几年就要死的，不如你老人家寻个短见，我将一切罪恶，都推
> 到你老人家身上，说你老人家畏罪自尽，留了我这些小辈，与你老
> 人家承宗接嗣，你老人家日后，又做了一个殉国忠臣，岂不是两全
> 其美？"徐老头儿听了大怒道："怎么，你不想做忠臣，倒要我做忠
> 臣？我活到八十三岁，还怕不会死，怎么你要我寻短见。我养了你
> 这个畜生，你不想，你这个身子是那里来的？侍郎是那里来的？怎
> 么口口声声逼我去寻死！"徐承煜说道："你老人家不要说这些话了，
> 我要不是这个刑部侍郎，今日外国人也不要拿我了，你老人家不肯
> 自己去死，难道想送把外人去杀么？"徐老头儿一想不错，顿时泪流
> 满面，抱着徐承煜哭了一顿，便说："也罢！我就寻个自尽。"顿时
> 在梁上挂了绳子，套了一个圈套，叫儿子徐承煜拿他抱了上去，自
> 己伸着颈脖子，套在圈套之内。终究是做过大学士的人，居然慷慨
> 赴义，就是这么一绳子呜呼吊死了。②

作者对徐氏父子的批判意图再明显不过了，甚至对传统儒家的"忠君"
与"事父"有了进一步的解构效果。然而这种批判并不显得凌厉，从最
初父子对话间的滑稽感，慢慢走向了惨烈而悲凉的叙述效果，徐桐从顿
时的"泪流满面"到就这么"一绳子呜呼吊死"，在褪去了往日的荣华之
后，而显得愈加悲切。作者似乎用徐桐的死，来回应了空相生死不分、
人鬼无界的宣义，京中堂堂徐姓"宰相"最终也不过是离乱下苍生惨死
的一例，"悲凉之雾，遍被华林"③，鲁迅对《红楼梦》的这句评语，其

---

① 忧患余生：《邻女语》，载阿英编《庚子事变文学集》，中华书局1959年版，第331页。
② 忧患余生：《邻女语》，载阿英编《庚子事变文学集》，中华书局1959年版，第332页。
③ 《鲁迅全集》第9卷，人民文学出版社2005年版，第239页。

中所折射出的悲剧意蕴，似乎也适用于《邻女语》，以及像《邻女语》这样反映特殊历史事件中人作为个体的无奈与悲剧命运的作品，它们除了历史与政治的功用外，其压在纸背的苍凉，也不由得让人唏嘘、慨叹。

作者简介：

刘锐，男，中国人民大学博士研究生，主要从事中国现代文学文献学、选本及批评史研究。

文献考辨与辑佚

归懋仪、李学璜集外诗文辑录

葛云波

摘　要：归懋仪是嘉庆、道光时期著名的闺秀诗人，与其夫李学璜唱和，被视为神仙眷侣。赵厚均首次整理点校《归懋仪集》（人民文学出版社2022年版），将归懋仪今存刻本、稿本、抄本悉数收录，并辑有"诗文补遗"，搜集极广，收获颇巨；附录李学璜《枕善居诗剩》，后设"补遗"。全书体例最善，收录作品最为全面。文章就目力所及，对二人诗文再作辑录，归懋仪集外诗文凡3题3首，李学璜集外诗凡4题14首。

关键词：归懋仪　李学璜　集外诗文辑录　《归懋仪集》

归懋仪，字佩珊，号兰皋，常熟（今属江苏）人，巡道归朝煦长女，上海监生李学璜妻室，是嘉庆、道光时期著名的闺秀诗人。李学璜，字安人，号复轩，上海人。夫妻自弱冠始唱和，人誉为赵凡夫、陆卿子之目，谓为神仙侣。归懋仪有刻本《绣余小草》一卷、《绣余续草》一卷本、五卷本，《绣余续草》抄本、《绣余续草》《再续草》《三续草》《四续草》《五续草》稿本、《绣余余草》抄本、《绣余近草》稿本等；李学璜有《枕善居诗剩》。

归懋仪先后拜师于李廷敬、袁枚、潘奕隽，与赵翼、洪亮吉、陈文述、石韫玉、舒位、孙原湘等著名文人，与王倩、汪端、席佩兰等著名闺秀诗人均有交游。蒋寅列举清代闺秀诗人的代表，便举到归懋仪，说

"徐灿、王慧、归懋仪、汪端、秋瑾的诗歌成就，从哪方面说都是前代女诗人所难以企及的，最大限度地妆点了古典诗歌最后的辉煌"（见其选注《清诗鉴赏》前言，人民文学出版社 2022 年版）。李学璜影响相对较弱，但时人王庆勋选录故去交游诗人作品（以江浙人士为主），辑为《可作集》八卷，列李学璜于第一卷第一位，收录最多，可见他在上海一地为一时之选。因此整理二人作品，对于研究清代文学、文化，均有重要的学术价值。

今有赵厚均整理点校《归懋仪集》（人民文学出版社 2022 年版）将归懋仪今存刻本、稿本、抄本悉数收录，并辑有"诗文补遗"，凡集外诗27 题 74 首、词 5 阕、文 5 篇、评语一组，均列出处，涉及别集、总集、笔记、家谱、拍卖书画，搜集极广，收获颇巨。

此书后收有据上海图书馆藏清稿本整理的李学璜诗集《枕善居诗剩》，后设"补遗"，据清道光二十九年（1849）王庆勋循陔草堂序刻本《可作集》卷一，辑录集外诗 6 题 12 首。

赵厚均整理点校《归懋仪集》首次整理归懋仪、李学璜作品，体例最善，收录作品最为全面。本文就目力所及，对二人诗文再作补遗。

归懋仪集外诗文辑录（3 题 3 首）

梅影和韵

飘渺湖光落照痕，望中霏霭罨前村。人临水写三分意，月替春招万古魂。萼绿仙缘原是梦，罗浮往事与谁论。凄清怕听高楼笛，纸帐微茫灯半昏。①

自酌图题词

烟波戴笠，山径扶筇。世情俱淡，逸兴偏浓。时载酒以邀月，每得

---

① （清）黄秩模编辑、付琼校补：《国朝闺秀诗柳絮集校补》卷 2，人民文学出版社 2011 年版，第 71 页。

句而歌风。彼何人斯，曰晚岑翁。道光丙戌仲冬，琴川女史归懋仪。①

北堂薇影图跋

芝草无根，非无根也，根自为嘉种也。醴泉无源，非无源也，源自为泉达也。天生芝草，栽培灌溉，不劳人力，虽产于荆棘榛莽之中，而标异出新，不与菰蔓伍。其无根也，别有凤根，根不可以移栽，亦不烦乎种植，荣枯不显，香色不矜，即尊品如兰，而不能夺芝之前席也。地出醴泉，沉浸浓郁，不逐支流，虽混于涧溪沼沚之间，而分支别派，不与涓滴争。其无源也，自有真源，源莫名其自来，亦不测其所往，独浚一泓，不随五味，故拟诸玄酒，而究不及醴之醇化也。

今闻沈太孺人纪略，直如芝草醴泉，同其品概。孺人幼失怙恃，而寄养贫家，长事舅姑，而克娴妇德，宜其哲嗣英姿飒爽，淹博宏通，以布衣而轩冕不易，母以子贵，其贵在天爵之荣乎！

兹自武林沈征君芝塘先生处，得知母之嘉言懿行，并知其哲嗣春水先生，乞余为记，余拙且老病，因征君之命，不敢辞，力疾而为是跋。②

李学璜集外诗辑录（4 题 14 首）

赵厚均辑校《枕善居诗剩》，据王庆勋编刻《可作集》卷一，已辑录 6 题 12 首。今覆核，仍有 4 题 14 首可辑录，谨录于下：

王春泉别驾辑庭少尹两先生池塘话雨图

康乐诗名推晋宋，惠连才调还殊众。远道常萦两地思，池塘空结三春梦。清宵微雨湿花枝，喜值连床共听时。此际正宜烧画烛，此时正好酌深卮。世间兄弟足与手，夫妇友朋尽居后。谁云中道易参商，几个欢娱同白首。薄俗纷纷不可论，床虚大被莫同温。至性每因田产夺，天伦翻逊友生亲。谁似王家伯仲好，相对怡怡直待老。雨声漏滴不分明，共

---

① （清）张澹：《风雨茅堂外集·自酌图题词》，清抄本，第 21 页。

② 《琴川佩珊归懋仪并书》，载《风雨茅堂外集·北堂薇影诗》，清抄本，第 3、4 页。

向樽前罄怀抱。回头丱角侍譁闹，索枣分梨竞揽衣。衣上尚留针线迹，慈容一隔渺难追。且喜名驹露头角，滋培勤把书田沃。宛转惟倾肺腑谈，徘徊还惜流光促。二老风流望若仙，芳春听雨话年年。风前迭奏埙篪曲，月下同传棣萼篇。画图留作传家样，式好无犹深所望。有泉便合号双清，有木真应唤交让。

题王二如茂才还读图即用自题原韵

一室廓如尔，森然万象来。汲古常苦迟，岂因驹影催。亦有四方志，九陌多尘埃。得失早有命，歧路空徘徊。不如闭双扉，古书诵百回。

我思采紫芝，乘风访蓬岛。招邀安期生，摘星满怀抱。弱水不可航，梦寐徒倾倒。岂知缣缃中，微言贯大道。五城十二楼，弹指现来早。

纵可胪百代，横且览百方。埋头向黄卷，便是青云骧。舍此徒营营，驰驱何足臧。味根追羲文，攀华逮隋梁。如鼎剂醯醢，如乐调笙簧。

家承世德余，积累谅非偶。琼枝秀出尘，显扬蓄志久。词流巫峡三，气吞梦泽九。他年觇建树，科第事犹后。展图清风生，千古寸心有。

二如茂才以新刊会艺见示为题于后

未比尚书持玉尺，征君教泽被乡闾。（杨香林先生与潘芝轩尚书，为壬子同年）河汾事业千秋重，早有鸿文佐石渠。

百尺干云曙海楼，虹光遥起海东头。如何玉树琼林外，也许樗材厕一筹。

何须鹏鷃判高低，认取飞鸿雪爪泥。到底文章光气在，山阳闻笛几回凄。（集中多亡友之作）风木苍凉泪染襟，王戎鸡骨恨难禁。礼经读罢搜残稿，深体当年式谷心。

贺王叔彝庆勋游庠

乌衣才调旧知名，曾记茆堂倒屣迎。谈吐如虹人似玉，怎教着眼不分明。

诗礼传家学有成，满庭兰玉竞敷荣。（尊人庭训极严，望而知为佳品）一言致谑公还喜，雏凤清于老凤声。（用樊南句）

曙海楼开佳气浮，图书金石足千秋。遥知夜半高吟处，定有鱼龙出浪游。

佳句流传遍浙东，（近见浙友诗话采君诗甚多）几人替制碧纱笼。果然早有宗工赏，紫气丰城牛斗冲。

鸾旗扬处篆烟飘，争看王郎夺锦标。寄语子由莫惆怅，明年佳话说连镳。（令弟季平文笔极俊）①

作者简介：

葛云波，男，人民文学出版社古典文学编辑室编审，主要从事古籍整理与研究以及出版工作。

---

① （清）王庆勋：《可作集》卷1，天津图书馆藏道光二十九年序刻本，第6、9—10、11、12 页。

明代李时勉别集版本考略[*]

汤志波　李芷薇

摘　要： 明代永乐至正统间阁臣李时勉现存别集有明景泰七年姚堂刻本《古廉李先生诗集》、明成化间李颙刻本《谥忠文古廉文集》、清李氏世忠堂刻本《李忠文公全集》、清乾隆李锦等刻本《谥忠文古廉李先生诗文集》、清道光刻本《李忠文公集》、清光绪刻本《谥忠文古廉诗文集》及清抄本多种，另有明万历刻本或已亡佚。文集均以成化本为底本，但各有增删，收文差异甚大。故特著录其版本特征，考辨内容异同，并绘制版本源流图，以就正于方家。

关键词： 李时勉　别集　《古廉李先生诗集》　《谥忠文古廉文集》　版本源流图

李时勉（1374—1450），原名懋，后以字行，号古廉，明代吉安府安福县人。永乐元年（1403）举乡荐，次年联捷进士，选翰林院庶吉士，进学文渊阁。与修《太祖实录》，授刑部主事，改翰林侍读。永乐十九年（1421）三殿失火，时勉条上时务十五事，忤帝意，寻被谗下狱，岁余得释。洪熙元年（1425）复上疏言事，触怒仁宗，下锦衣卫狱，宣德初复官。《宣宗实录》成，进翰林学士，掌院事兼经筵官。正统六年（1441）任国子监祭酒。景泰元年（1450）四月卒，谥"文毅"。成化五年

---

　　* 本文系国家社科基金一般项目"明人别集序跋辑录与研究"（编号:21BZW018）的阶段性成果。

（1469）以其孙颙请，改谥"忠文"。

李时勉现存别集有《古廉李先生诗集》十一卷，明景泰七年姚堂刻本；《谥忠文古廉文集》3 种：明成化间李颙刻本、国家图书馆藏清金氏文瑞楼抄本、北京大学图书馆藏清抄本；《谥忠文古廉文集》《谥忠文古廉诗集》合刻 3 种，清乾隆李锦等刻本、清道光刻本、清光绪刻本。另有四库全书本《古廉文集》4 种。本文特著录其版本特征，考辨内容异同，并绘制版本源流图。

一 《古廉李先生诗集》一种

《古廉李先生诗集》十一卷，明景泰七年（1456）姚堂刻本，国家图书馆、台北故宫博物院、湖南图书馆、南京图书馆、日本静嘉堂文库等藏。半叶十行行二十字，四周双边，黑口，黑双鱼尾，版心镌"古廉诗集"及卷次，卷端题"南京国子监祭酒门人吴节编集，致仕大理寺右少卿弋阳李奎校正"。卷首有景泰七年（1456）李奎《古廉先生诗集序》及目录，卷末有景泰乙亥（六年，1455）吴节题识。李奎序云："国子祭酒、前翰林学士古廉李先生既卒之三年，其门人南京国子祭酒吴公与俭，裒其平日所著赋、颂、古选及五七言律绝句，总计若干首，分为十一卷。稿既具，缄封质于奉敕巡抚江右都宪东吴韩公永熙。公重与俭笃于师友之义，属予校正，序其首。郡守四明姚公堂过予所获观焉，欲捐俸锓梓以广其传。……祭酒与俭公能笃于义，郡守姚公能成其美，于是不辞，述此为序云。"① 吴节题识曰："右国子祭酒、前翰林学士古廉李先生所著赋、颂、诗，乃辟雍师友之所共集也。先生致政还安成，未久而物故，平生遗稿多散失。节来南雍，索其家，并交游所录，得若干篇，分为十一卷。将求尚德君子刻梓以传。其续得者，则俟编附文集后，俾无遗憾云。"② 国家图书馆藏本钤"苍茫斋藏""华阳高氏苍茫斋考藏金石书籍记""苍茫斋藏善

---

① （明）李奎：《古廉先生诗集序》，《古廉李先生诗集》卷首，国家图书馆藏明景泰七年（1456）刻本。

② （明）吴节：《题识》，《古廉李先生诗集》卷末，国家图书馆藏明景泰七年（1456）刻本。

本""扫尘斋积书记""礼培私印""华阳高氏藏书子孙保之""德启藏书""兰雪堂王氏珍藏""博览群书"等图记。

按，是书按体分为赋颂部（5 篇）、五言古诗部（92 题 137 首）、五言律诗部（54 题 57 首）、五言排律部（10 首）、五言绝句部（21 题 32 首）、歌行部（94 题 96 首）、七言律诗部（154 题 168 首）、七言排律部（1 首）、七言绝句部（63 题 120 首），共计 626 首。

南京图书馆藏本卷首有清丁丙手跋，增《古廉先生遗像》及杨士奇、李奎所作像赞。内封有佚名手跋曰："此册在明为冯开之祭酒所藏，入国朝，归汪季青家。第一页与第□卷抄补甚劣，然不全。本为金星轺藏本，□成全□□。"① 丁丙跋云："时勉原名懋，以字行，安福人。永乐甲申进士，官至国子监祭酒，卒谥文敬，成化中改谥忠文。……殁后三年，门人吴节哀集其稿，分十一卷，景泰七年弋阳李奎序之，前有先生遗像，杨士奇、李奎并为赞。按杨慎《诗话》云：'元武伯英《咏烛剪》诗："啼残瘦玉兰心吐，蹴落春红燕尾香。"为一时所赏。李古廉《咏剪刀》诗："吴绫剪处鱼吞浪，蜀锦裁时燕掠霞。深院响传春昼静，小楼工罢夕阳斜。"公之直节清声，而诗妩媚如是。信乎赋梅花者，不独宋广平也。'此诗不载古廉集中，金星轺补书于卷端，有'文瑞楼''结社溪山''身在书生侠士间''文瑞楼主人'四印，又有'孤山草堂''冯氏图书'二印，乃明冯开之旧藏，终归休宁汪季青家。又有藏书籍印，又有云溪范藻印，此书叠为名家所庋，尤可珍贵。古廉尚有《文集》六卷，惜不能得耳。"② 递藏过程甚为明晰。丁丙《善本书室藏书志》又载"《古廉李先生诗集》二十卷"③，实为十一卷之误；又言李时勉"卒谥文敬"，当为"文毅"之误。封面手题"明冯开之及金星轺、汪季青藏"，钤有"八千卷楼珍藏善本"等图记。

湖南图书馆藏本卷首有清孙星衍、叶志诜、叶启勋跋。叶启勋跋云："阳湖孙粮储星衍旧藏，即《孙祠书目》著录之本也。前有粮储手跋，下钤'五松书屋'四字半朱半白文方印。序首及卷一首均有'星衍私印'四字

---

① （清）佚名：《跋》，《古廉李先生诗集》卷首，南京图书馆藏藏明景泰七年（1456）刻本。

② （清）丁丙：《跋》，《古廉李先生诗集》卷首，南京图书馆藏藏明景泰七年（1456）刻本。

③ （清）丁丙：《善本书室藏书志》，中华书局 1990 年版，第 847 页。

白文、'伯渊家藏'四字朱文两方印。又有'汉阳叶驾部志诜借读'题字二行，下钤'东卿'二字朱文方印，则曾经遂翁披读者。粮储跋后又有'湘乡李希圣藏书之章'九字朱文大方印，序首眉上有'李印希圣'四字白文方印，盖又经亦元先生雁影园藏过者。……《四库》著录'十一卷《附录》一卷为成化中门人戴难编本，其孙长乐知县颙所刊者，以墓志、传赞之类附录于末焉'，后于此刻十余年，近世亦罕有传本矣。按明杨慎《升庵诗话》载古廉《咏剪刀》诗……此诗不见集中，则当时尚多散佚，特不知成化本有此诗否。古廉尚有文集六卷，惜世无传本，不能得耳。"①

台北故宫博物院藏本卷十、卷十一为影抄补配，卷七有缺页，少《题王节行乐图》《王古用笔华轩》二首。日本静嘉堂文库亦藏是书，《静嘉堂秘籍志》著录："《古廉集》，明李时勉撰，门人吴节编，明刊四本，抄补。《志》：《古廉先生文集》十一卷……李奎序，景泰七年。前有小像，杨子奇并李奎赞。"② 此处"《古廉先生文集》"或是"诗集"之讹，"杨子奇"当为"杨士奇"之误。天一阁亦曾藏是书，《天一阁书目》著录："《李古廉诗集》十一卷。刊本。明国子祭酒安成李时敏著。景泰七年门生吴节、四明姚堂刊。弋阳李奎序。"③ "李时敏"当是李时勉之音误。今查《宁波市天一阁博物馆古籍普查登记目录》中未有此书，当已散佚。

二 《谥忠文古廉文集》三种

《谥忠文古廉文集》十卷，明成化间李颙刻本，台湾"国家"图书馆藏。半叶十一行行二十二字，四周双边，黑口，上黑鱼尾，版心镌"忠文公文集"及卷次，卷端题"门人戴难编集，孙知县颙刊行"，卷首有成化十年（1474）吴节《古廉李先生文集序》及目录。吴节序云："先生没，遗文多散失，门人戴难哀集得若干篇，谨录成帙，征予序附，其孙知县颙镂诸梓。予承诲于先生久，且故窃惟先生闻望在天下，固不俟著

① 叶启勋等撰，李军整理：《二叶书录》，上海古籍出版社2014年版，第143—144页。
② 河田罴撰，杜泽逊等点校：《静嘉堂秘籍志》，上海古籍出版社2016年版，第1786—1787页。
③ （清）范邦甸等撰，江曦等点校：《天一阁书目》，上海古籍出版社2010年版，第406页。

述而可知。"① 钤"翰林院印""四库全书集部""吴兴刘氏嘉业堂藏书记""国立中央图书馆考藏"等图记，书内有删改涂乙处及分校官校签，系四库底本。

按，全书分"文"（卷一至三）、"行"（卷四至六）、"忠"（卷七至九）、"信"（卷十）四集。或是原本十二卷，今缺后二卷欤？卷一收赋 6 篇、颂 2 篇，卷二收记 14 篇，卷三收记铭 36 篇，卷四至卷六收序 67 篇（其中卷五缺页，少《送少宗伯吴公致政序》全文及《送吏部侍郎王公致仕序》部分；卷六缺页，少《送史知府之任建宁序》部分及《送翟知府还任南康序》全文）、赞 13 题 17 篇，卷七收表 2 篇、说 10 篇、叙引 4 篇、像赞 13 篇，卷八收封事 1 篇、题跋 32 篇、书简 8 题 13 篇、序 1 篇，卷九收传表 9 篇、状碣 2 篇、哀祭 14 篇，卷十收碑铭 33 篇。有四库馆臣朱、墨笔校改，如卷一《平胡颂》中改"胡"为"北"，改"虏"为"敌"，改"腥羶"为"兵尘"等，不一一类举。中国科学院图书馆藏明成化间李氏世忠堂刻本《谥忠文古廉文集》十二卷，亦仅存前十卷，未知与此书是何关系，暂未能目验。

《谥忠文古廉文集》六卷，清金氏文瑞楼抄本，国家图书馆藏。半叶十一行行二十一字，左右双边，白口，上黑鱼尾，版心依次题"古廉文集"、卷次及"文瑞楼"，卷端题"门人戴难编集，孙知县颙刊行"，卷首有吴节《忠文公古廉李先生文集序》、傅应祯《续刻忠文公古廉李先生文集序》及目录，钤"金星轺藏书记"图记。吴节序与刻本所载略有不同："先生殁，遗文多为好事者求去，所存者十常一二耳。门人戴难哀其集，得若干篇，谨录成帙，征予序附，其孙知县颙锓诸梓。"傅应祯序云："……文之传在簿海者多至充栋，先生之孙、长乐令颙力不胜梓，仅搜十之三四，刻为文集，若干年矣。闽侯凤寰志在忠义，尤奉先生为鹄的者也，一旦取文集读之，其间残缺者若干篇，晦蚀而不可辨识者又若干字……于是檄先生五世孙德求多方取副本，订其讹而补其缺略，遂捐

---

① （明）吴节：《古廉李先生文集序》，《谥忠文古廉文集》卷首，明成化间刻本。

俸若干两续刻焉。"①

按，傅应祯（？—1587），字公善，号慎所，吉安府安福人，隆庆五年（1571）进士。傅序落款为"南京大理寺右寺丞、河南道监察御史"，核《明神宗实录》，万历十一年（1583）"升河南道御史傅应祯为南京大理寺右寺丞"②，此序当作于万历十一年之后。是书与成化间李颙刻本前六卷编排体例同，但略有增补：卷一增《四友斋赋》，卷三增《伯宏伍先生死孝传赞》，卷四增《严溪堂记》《严溪彭氏族谱序》，或抄录时参校过其他版本。

《谥忠文古廉文集》十一卷《附录》一卷，清抄本，北京大学图书馆藏。半叶十一行行二十二字，无边栏行格，卷端题"安福李懋时勉著，门人戴难编集，孙知县颙刊行，忠文第九世孙奉祀生员绍琳遵誊"，卷首有吴节序、傅应祯序，卷末有成化十七年（1481）萧尚彝《古廉李先生文集后序》。萧序云："翰林学士国子祭酒古廉李先生之殁三十余年，其孙颙宰惠之长乐数年，始克汇集先生文稿若干卷，托广州郡守乡先生伍公校正，寿梓以传，属予一言以序诸末简。"③ 全书分"文"、"行"、"忠"、"信"四集，卷十至附录为"信字号"。无总目，每三卷目录分刊各集前。《北京大学图书馆藏古籍善本书目》载："《谥忠文古廉文集》十卷，明李时勉撰。影成化本旧抄本，四册。"④ 著录卷数有误。

按，是书前十卷较成化本多有删减：卷一删《平胡颂》；卷二删《天威神机火雷大将庙记》，《敕赐广教寺记》《新修宏善禅寺记》仅存留标题，正文缺失；卷三删《临清亭记》《中溪八景记》《刘氏景德楼记》《潘氏祠堂记》《静香书室记》《雪月亭记》《胡氏寿藏记》《清省轩铭》《丁母孺人墓志铭》等9篇；卷四删《谷平李氏族谱序》《上党赵氏族谱序》《燕山胡氏族谱序》《清溪李氏族谱序》《莫氏族谱序》等5篇；卷

① （明）傅应祯：《续刻忠文公古廉李先生文集序》，《谥忠文古廉文集》卷首，国家图书馆藏清金氏文瑞楼抄本。

② （明）叶向高等：《明神宗实录》卷一百四十，中央研究院历史语言研究所1962年版，第2619页。

③ （明）萧尚彝：《古廉李先生文集后序》，《谥忠文古廉文集》卷末，《明别集丛刊》第一辑第31册影印北京大学图书馆藏清抄本，黄山书社2013年版，第281页。

④ 北京大学图书馆：《北京大学图书馆藏古籍善本书目》，北京大学出版社1999年版，第448页。

五删《送王博士还南监序》；卷六删《送王大尹赴宁陵诗序》《赠左觉义无言上人住持大慈恩寺序》《周子赞》《伊川赞》等4篇；卷七删《习静说》《冠礼说》《未斋说》《文江许处士像赞》《戴慎诚思像赞》等5篇；卷八删《书松根子传》《题山谷书》《跋李怀琳嵇康绝交书》《书杨处士墓铭后》《题潮阳李氏族谱后》《题范氏族谱》《题池文华墓铭后》《天台吴同志父祖墓碣铭跋》《跋女教续编》《读行行重行行》等题跋10篇，《与胡侍御书一》《与去伐友书二》尺牍3篇；卷九删《行人曾君惟珍墓表》《马主事父墓表》《息斋王处士墓表》《古愚戴先生墓表》《处士彭敷宽墓碣》《三衢吴处士哀辞》《萧处士挽诗序》《周长史哀挽序》等8篇；卷十删《巴陵程大尹墓志铭》《乡贡进士萧不敏墓志铭》《晚圃处士墓志铭》《刘处士原举墓志铭》《周处士添祥墓志铭》《彭隐士同升墓志铭》《贡士刘宪伟墓碣铭》《李给事中父墓志铭》《张处士尚修墓志铭》《杨处士道存墓志铭》《钱处士秉源墓志铭》《尹处士仲刚墓志铭》《黄助教母杜氏墓志铭》《顺天府丞朱公墓志铭》等14篇。但也略有增补：卷一增补《四友斋赋》，卷三增补《伯宏伍先生死孝传赞》，卷四增补《严溪彭氏族谱序》，与金氏文瑞楼钞本增补基本一致。

较之成化本，是书新增卷十一诗词124题158首，其中仅18题25首见于景泰本。卷十二为附录，计《敕命》1篇、《诰命》2篇、《御祭文》1篇、像赞3篇（杨士奇赞、李奎赞、自赞）、彭琉《谥忠文安成李懋时勉行状》、王直《故祭酒李先生墓表》、尹恕《古廉李先生小传》、彭时《古廉先生祠堂记》、吴节《古廉李先生改迁谥葬墓碑铭》、戴难跋、李颙题识、刘宣《褒忠祠记》、邹守益《忠文公祠碑》、邹善《古廉李先生神道碑》、郭弘化《李忠文先生祠茔重修记》共18篇，其中最后两篇仅录落款，小字原注"中间残缺未录"。成化十年（1474）戴难跋曰："……岂期先生物故，遗稿多失，遂与诸孙及交游士大夫通得若干，谨录成四册，别以文、行、忠、信，质之同门。吴卿与俭曰：'汝当以书付其孙知县颙，锓梓以传。'愚受先生指教之恩谊深渊海，是集焉敢不用情者乎？余文散失，尤冀斯文君子采寄示余，续编可也。"①

---

① （明）戴难：《跋》，《谥忠文古廉文集》卷首，明成化间刻本。

三 四库全书本《古廉文集》四种

《古廉文集》十一卷《附录》一卷，清乾隆间抄文渊阁四库全书本。无目录，卷首《提要》云："时勉本名懋，以字行，安福人。永乐甲申进士，官至国子监祭酒，卒谥文毅，成化中改谥宗文。……其所著作，以当代重其为人，脱稿多为人持去，故所存者无多。此集乃成化中其门人戴难所编，其孙长乐知县颙所刊，并以墓志、传赞之类，附录于末焉。"①卷末有萧尚彝后序。四库全书馆收到进呈李时勉别集至少4种，均是十二卷本：《两淮盐政李续呈送书目》"《古廉集》十二卷，明李时勉，十本"、《浙江省第四次汪汝瑮家呈送书目》"《古廉文集》十二卷，明李懋撰，八本"、《江西巡抚海第一次呈送书目》"《古廉文集》十二卷，明李懋著，四本"②，《浙江采集遗书总目》："《古廉文集》十二卷，刊本。"③今台湾"国家"图书馆藏明成化间李颙刻本《谥忠文古廉文集》十卷即底本之一，亦可佐证其亡佚两卷。

按，文渊阁本共收诗词122题148首，较北京大学藏清抄本少10首，或是馆臣抄写时有所删减，同样亦有18题25首见于景泰本。附录15篇，较北京大学藏清抄本少刘宣撰《褒忠祠记》、邹守益撰《忠文公祠碑》、邹善撰《古廉李先生神道碑》、郭弘化撰《李忠文先生祠茔重修记》4篇。前十卷内容大体遵循成化本，但略有删减，如卷一删《平胡颂》，卷五、卷六部分内容与成化本同样缺失，卷八删《与胡侍御书一》，卷九缺《处士彭敷宽墓碣》后半部分、《安庆张通判哀辞》前半部分。

---

① （清）纪昀等：《古廉文集提要》，《古廉文集》卷首，《景印文渊阁四库全书》第1242册，台湾商务印书馆1986年版，第659—660页。按，《四库全书总目》云"卒谥文敬……其孙长乐知县容所刊……"，"文敬"系"文毅"之误，将"颙"改作"容"，当是避嘉庆皇帝颙琰御名。文津阁本、文渊阁本、文津阁本卷首提要均称"成化中改谥宗文"，"宗文"系"忠文之误"。参见（清）纪昀等：《四库全书总目》，中华书局1997年版，第2292—2293页；四库全书出版工作委员会：《文津阁四库全书提要汇编》集部下，商务印书馆2006年版，第694页。

② 吴慰祖：《四库采进书目》，商务印书馆1960年版，第58、104、159页。

③ （清）沈初等撰，杜泽逊等点校：《浙江采集遗书总目》癸集上，上海古籍出版社2019年版，第640页。

文澜阁本卷首钤"古稀天子之宝""乾隆御览之宝"等图记，《壬子
文澜阁所存书目》载："《古廉集》十一卷《附录》一卷，六册，计补抄
者一册，卷端失录提要。"① 是书卷六至十一为原抄，卷一卷二补丁抄，
卷三至卷五尚缺失。文澜阁四库本《附录》与文渊阁本基本一致，仅缺
萧尚彝《古廉李先生文集后序》。文津阁本卷三缺《丁母孺人墓志铭》，
卷五缺《送吏部侍郎王公致仕序》，卷六缺《送史知府之任建宁序》，卷
八缺《与戴古愚简三》《与同年曾学士书二》《答贡士问书一》《与去伐
友书二》《芳径胡氏族谱序》，卷九缺《处士彭敷宽墓碣》《安庆张通判
哀辞》《绍兴太守彭公哀辞》《三衢吴处士哀辞》《胡参政哀辞》《萧处士
挽诗序》《罗侍郎哀挽诗序》《周长史哀挽叙》《都督曹公夫人李氏挽册
序》《祭柴尚书文》《祭聪孙文》《祭章侍郎文》《祭杨少保文》《祭永怀
知州文》《祭国子监丞李君文》，《附录》亦缺萧尚彝《古廉李先生文集
后序》。文溯阁本《古廉文集》暂未能目验。

四　《谥忠文古廉文集诗集》三种

《谥忠文古廉文集》十二卷《古廉李先生诗集》四卷（缺卷一），清
乾隆李锦等刻本，国家图书馆藏。半叶九行行二十字，四周双边，白口，
无鱼尾。内封镌"李古廉先生文集 世忠堂藏板"，版心镌"李忠文公文
（诗）集"及卷次。卷一、四、七、十之卷端题"门人戴难编集，孙知县
颙刊行，嗣孙锦、士元、匡国、宏象、相国、登元、棣重梓"，卷二卷端
题"门人戴难编集，孙知县颙刊行"，其他卷次卷端不题撰人，卷首有吴
节序、傅应祯序。全书分"文""行""忠""信"四集，卷一至三为
"文字号"（卷一、二为"上"，卷三为"下"），卷四至六为"行字号"
（卷四为"上"，卷五、六为"下"），卷七至九为"忠字号"（卷七、八
为"上"，卷九为"下"），卷十至十二为"信字号"（卷十为"上"，卷
十一、十二为"下"）。无总目，目录分刊各集前。卷一至六大题作"谥
忠文古廉文集"，卷七至十二作"谥忠文古廉李先生文集"。卷三后有补

① （清）章篯：《壬子文澜阁所存书目》卷4，民国十二年（1923）刻本。

遗《梅林刘氏祠堂记》。

《古廉李先生诗集》卷端题"南京国子监祭酒门人吴节编集",卷首有李锦等题识曰:"太祖忠文公斯集,成化甲午汇刊于嫡孙长乐令颙公,续刊于五世孙德球公,迨世远年湮,残缺晦蚀,当代名公巨卿屡为搜采,奈岁板磨灭,缮写不胜。……先君学俨欲重刊,已备枣梨,择吉鸠工,不幸厥功未就,赍志以殁,寝疾犹丁宁不置。锦承命后,即欲刊行……事毕,欣逢圣天子新恩,购访群书,维时缮写斯集呈缴,蒙巡抚大人进呈,以备编列《四库全书》。……外有祭酒竹坡吴先生以师生故,编辑太祖诗稿一部,止存前四卷,卷内颇多残缺,难以另梓,因掇其五言律、古,附刻于后。夫斯集之修,因循迟缓,罪难逭也,实以多故而弗暇。兹幸重梓,庶文有足征,而太祖之忠肝义胆,发为文章,复辉耀于后世云。"① 可知编者曾目验明景泰间刻本,惜所见为残本。

按,是书存卷二至四,卷二、三为五言古诗部(82题123首),卷四为五言律诗部(45题47首)及五言排律部(9首),共计136题179首。卷次编排及篇目内容基本与景泰本卷二至卷四同,部分篇目增删如下:卷二删《立斋》《友桂庭》《送陶给事金宪福建》《送彭教谕赴临清》(失尾二首)5首,增《乐隐》《答安人》《祷社庙》3首;卷三删《过淮阴驿夜宿南锁坝与苗侍读饮柳下》《郭尚书挽诗》《伏日燕吴吉士宅得云字》《送陈御史》《送独孤郎中二首》《听鹤轩》《鲁菴为太守赋》《除夕宴吴编修宅》9首;卷四删《九日呈同饮诸公》《余到城中逢与肃同归过去所留宿明日早别去伐欲留有不满之意作诗赠予予勉强和之云耳》《正月二十日夜宿朝房与苗侍读刘修撰感怀有作》《琼楼书屋二首》《题小景》《梅花》《和章处士韵》《杨村驿》《过进贤行路皆称长尹有善政》《大雨水至》11首。

《李忠文公全集》存十卷,清乾隆间李氏世忠堂刻本,南京图书馆藏。版式特征、卷次内容均同国图藏本,与国图藏李锦等刻本先后关系俟考。卷一至六及卷十大题作"谥忠文古廉文集",卷七至九作"谥忠文古廉李先生文集",卷十一、十二目录尚存,作"谥忠文公文集诗词附录"。是书与成化本相比,卷一增《四友斋赋》,且《平胡颂》未经校

---

① (清)李锦:《题识》,《古廉李先生诗集》卷首,清乾隆李锦等刻本。

改；卷二增《高门读书处记》；卷三增《伯宏伍先生死孝传赞》《瓜番邓文会堂记》，后有补遗《梅林刘氏祠堂记》；卷四增《严溪堂记》《严溪彭氏族谱序》《石壁邓氏谱序》；卷八缺尺牍《与去伐友书》一通。是书缺卷十一及附录，但据目录可知，其篇目基本与北京大学图书馆藏清抄本同，所增《高门读书处记》《瓜番邓文会堂记》《梅林刘氏祠堂记》《石壁邓氏谱序》数篇为北京大学图书馆藏清抄本所阙。北京大学图书馆亦藏《李忠文公集》十一卷《附录》一卷即此书，著录为"清道光刻本"，或是此书道光间印本，暂未能目验。

《谥忠文古廉文集》十一卷《诗集》四卷，清光绪间李氏世忠堂刻本，北京师范大学图书馆、湖北省图书馆藏。半叶九行行二十字，四周双边，白口，无鱼尾，卷端题"门人戴难编集，孙知县顗刊行，嗣孙锦、士元、匡国、宏象、相国、登元、棣重梓，三十三世孙署甲、海福、畴福、炳煊续刊"。内封镌"李古廉先生文集 世忠堂藏板"，次页红印龙纹边框，内题"乾隆三十九年钦定四库全书《李古廉文集》十一卷附录一卷，明李时勉撰。时勉在朝骨鲠，在国学尤师范严正，似刚劲不可狎迩。其文乃平易通达，不露圭角，蔼然仁义之言。盖所养者醇，故不似讲学家盛气凌人也。"此内容系全部录自《四库全书简明目录》①。卷首有吴节、傅应祯旧序，光绪十五年（1889）许乃普《李忠文公古廉集序》、光绪十七年（1891）王邦玺《重刻李忠文公遗集序》，卷末有萧尚彝后序。许乃普序曰："其时泰和王文端、庐陵李布政昌祺与忠文同成永乐甲申进士，王有《抑庵集》十三卷《后集》三十七卷，李有《运甓漫稿》七卷，与忠文此集同著录《四库》，而忠文之集，尤以其躬行实践，发为有德之言，固宜与经训并垂，而足以激发人之志气，其有功于后学甚巨。"②王邦玺序云："今年夏，忽公裔孙邑庠海福持前明所刻诗赋古文全集来言，将重付剞劂，述族人意，属余一言弁其首。……余既获睹是集，欣幸之余，弥深感叹，而又嘉羡公之遗泽长而多贤裔，能举数百年仅存之

① （清）永瑢等：《四库全书简明目录》，上海科学技术文献出版社2016年版，第548页。

② （清）许乃普：《李忠文公古廉集序》，《谥忠文古廉文集》卷首，清光绪间李氏世忠堂刻本。

陈编，新而传之，非独为光先德，所以兴起斯世忠义之风也盖匪浅。于是沐手再拜，而为之序。"①

五　亡佚别集暨版本源流图

台湾"国家"图书馆藏《谥忠文古廉文集》十卷，《中国古籍总目》著录为"明成化十年李颙刻本"②，或是据卷首有成化十年吴节序而判定，但是书似缺最后两卷，据成化十七年萧尚彝《古廉李先生文集后序》可知，成化十年后李颙仍在编纂，李颙题识亦曰："颙惟先大父忠文公平生所著文集甚多，奈岁久散失，存者无几。门人戴先生尝编录成卷若干篇，国子祭酒吴先生又为序以弁其端。颙以菲材，弗克继述，叨承前休，授今惠之长乐令。尝于公退之暇，览大父手泽，不胜感戚。于是遍求余稿而增益之，缮写成帙，特以托广郡守乡先生伍公希渊重加校正，锓梓以传。"③ 可知成化十年戴难编集刊行之后，李颙又"遍求余稿而增益之，缮写成帙"，并托伍公希渊校正，重刊续刻。《谥忠文古廉文集》或是最早在成化十年刊刻文集十卷，后有续刻增补诗与附录各一卷，故本文中将其著录为"明成化间李颙刻本"。

北京大学图书馆藏清抄本《谥忠文古廉文集》卷首载万历间傅应祯序云："先生之孙、长乐令颙力不胜梓，仅搜十之三四，刻为文集若干年矣……于是檄先生五世孙德求多方取副本，订其讹而补其缺略，遂捐俸若干两续刻焉。"④ 国家图书馆藏乾隆间刻本《古廉李先生诗集》有李锦等题识云"太祖忠文公斯集，成化甲午汇刊于嫡孙长乐令颙公，续刊于

① （清）王邦玺：《重刻李忠文公遗集序》，《谥忠文古廉文集》卷首，清光绪间李氏世忠堂刻本。

② 中国古籍总目编纂委员会：《中国古籍总目》，中华书局、上海古籍出版社 2012 年版，第 569 页。

③ （明）李颙：《题识》，《谥忠文古廉文集》附录，《明别集丛刊》第一辑第 31 册影印北京大学图书馆藏清抄本，黄山书社 2013 年版，第 279 页。

④ （明）傅应祯：《续刻忠文公古廉李先生文集序》，《谥忠文古廉文集》卷首，《明别集丛刊》第一辑第 31 册影印北京大学图书馆藏清抄本，黄山书社 2013 年版，第 117 页。

五世孙德球公……"① 可知是书由闵世翔捐俸续刻，李时勉五世孙李德求（球）多方寻访其副本，意在为流传过程中遗失之内容进行订讹补缺。闵世翔，字仲升，号凤寰，浙江乌程县人。万历八年（1580）进士，官至福建邵武知县。

《谥忠文古廉文集》除成化本外，或在万历间另有刻本，惜今已不存。清金氏文瑞楼抄本《谥忠文古廉文集》存六卷较成化本增补若干篇目，且存万历间傅应祯序，故推测抄录时参考过万历本。文瑞楼抄本、北京大学藏清抄本、南图藏清刻本存成化本未收之《四友斋赋》《伯宏伍先生死孝传赞》《严溪彭氏族谱序》等篇目，亦或据万历本所补。综上，可绘制出李时勉别集版本源流图：

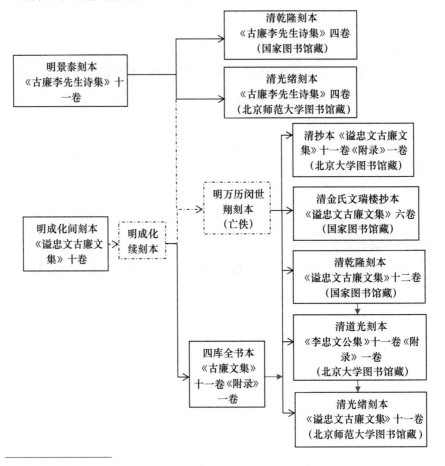

---

① （清）李锦：《题识》，《古廉李先生诗集》卷首，清乾隆李锦等刻本。

作者简介：

汤志波，男，文学博士，华东师范大学中文系副教授，硕士生导师。主要从事明代文学研究。

李芷薇，女，文学硕士，上海市奉贤区曙光中学教师。

李慈铭《春融堂集》未刊批点辑录[*]

蓝　青

摘　要：国家图书馆藏有李慈铭于同治二年批点的《春融堂集》一部，其中有评语119条，为诸多李慈铭研究资料所不载。李慈铭虽不满王昶过于推尊其师沈德潜，但因王昶重视学问，且颇多清隽之什，与李慈铭好尚颇为一致，故仍得其青睐。李慈铭批点《春融堂集》颇为用心，书中多有圈点，其对诗词的思考在批点中亦有集中呈现，这些评语对于李慈铭诗学、词学研究均具有一定价值，值得引起关注。

关键词：李慈铭　《春融堂集》　未刊批点　辑录

作为晚清著名的文史大家，李慈铭（1830—1894）一生酷爱藏书，勤于考订，藏书计八百余种，其中经其批校题跋的达二百余种。这些批校题跋或考订史实、或评论内容、或补充释义，具有很高的学术价值，向为学界所重视。王重民、王利器、薛英、张桂丽、谢冬荣等学者对李慈铭藏书中的批校题跋进行搜集整理，相继完成了《越缦堂读书记》《越缦堂读书简端记》《越缦堂读书简端记续编》《〈越缦堂读书简端记〉补》

---

* 本文系国家社科基金重大项目"全清诗歌总集文献整理与研究"（18ZDA254）的阶段性成果。

《清李慈铭题跋摘录》等①，惠泽学林。李慈铭旧学功底深厚，贯通四部，在诗学方面尤具建树。正如张寅彭先生所言，李慈铭诗学"独特然又极守正统、多方面却又能一以贯通、缜密而终致厚重"②，历来受到重视。2008 年，凤凰出版社出版了张寅彭、周容先生辑校的《越缦堂日记说诗全编》，该书除辑录《越缦堂日记》中的说诗文字外，还搜集了不少批语题识，成为迄今收录李慈铭诗学文献最为完备的整理本。相较诗学，李慈铭于词学用力则少得多，其论词文字虽颇为寥寥，但"独抒己见、个性鲜明，在晚清乃至有清一代的词坛上也甚为罕见"③。2016 年，孙克强先生从《越缦堂日记》《越缦堂文集》等著作中辑出李慈铭词论 53 则，名之《越缦堂词话》，嘉惠学林良多。④ 笔者近来在国家图书馆觅得一部李慈铭手批《春融堂集》，为诸多李慈铭研究资料所不载，对于研究李慈铭的诗词观有着重要意义。本文拟对这一手批本的基本情况作一介绍，并辑录全部批语，以期对李慈铭诗学、词学研究有所助益。

一 李慈铭批点《春融堂集》述略

李慈铭手批《春融堂集》的版本为嘉庆十二年（1807）青浦王氏塾南书舍刻本，半叶十二行，行二十三字，左右双边，上下黑口，单鱼尾，共计六十八卷，附年谱二卷，装为二十册。该集首册首页右上角钤"会稽李氏困学楼藏书印"阳文方印，右下角钤"酿花书室"阴文方印，首行"总序"下钤"李爱伯读书记"阳文长方印、"越缦堂"阳文方印二

---

① 参见王重民整理《越缦堂读书记》，《北平图书馆月刊》1929 年第 2、3、4、6 期；王利器纂辑《越缦堂读书简端记》，天津人民出版社 1980 年版；王利器纂辑《越缦堂读书简端记续编》，天津人民出版社 1993 年版；薛英《〈越缦堂读书简端记〉补》，《文献》1983 年第 3 期；薛英《清李慈铭题跋摘录》，《文献》1984 年第 3 期；张桂丽《李慈铭序跋辑释》，《文献》2005 年第 3 期；谢冬荣、郭建平《李慈铭藏书题记拾遗》，《图书馆研究与工作》2016 年第 1 期。

② 张寅彭：《李慈铭诗观平议》，载张寅彭主编《文衡》2009 卷，上海大学出版社 2010 年版，第 2 页。

③ 李慈铭撰，孙克强辑校：《越缦堂词话》，载马兴荣等主编《词学》第 35 辑，华东师范大学出版社 2016 年版，第 336 页。

④ 李慈铭撰，孙克强辑校：《越缦堂词话》，载马兴荣等主编《词学》第 35 辑，华东师范大学出版社 2016 年版，第 336—361 页。

枚。首册封面后有李慈铭墨笔题识一则：

> 家中向有《述庵诗钞》两巨册，前有小像，忘为何时所刻。今
> 得此于都门厂市，以京铺七缗购之，有昆山友人张纬余明经图记。
> 同治癸亥二月，会稽李慈铭识首。

该页右下角钤"曾游印莋"阴文长方印。题识所言王昶《述庵诗钞》系
乾隆五十五年（1790）经训堂刻本，钱世锡编校，共计十二卷，其中古
体诗七卷、今体诗五卷。同治二年（1863），李慈铭又以七缗的价格从京
师琉璃厂书肆中购得《春融堂集》。《越缦堂日记》中也记录了购买《春
融堂集》一事：同治二年正月二十一日，"游厂阅市，……别买《春融堂
集》两函，议价七千已成。"① 此时正值李慈铭困顿京师，经济拮据，甚
至不得不典当裘衣来换取生活费用，购书遂显得颇为"奢侈"。李慈铭也
只有在过年期间去琉璃厂书肆逛逛，有时还要向朋友借钱②，而《春融堂
集》正于此困顿其间购得，亦可见李慈铭对王昶诗词的钟爱。题识中所
言"昆山友人张纬余明经"即张星鉴，字纬余，号南鸿。李慈铭与张星
鉴于咸丰十年（1860）九月经吕耀斗介绍相交，经常一起讨论经学，相
得甚欢，此题识即作于两人关系挚厚期。同治二年十月，二人因误会险
些绝交，嗣后关系甚为冷淡。至于李慈铭批评《春融堂集》的具体批点
时间，《越缦堂日记》载同治二年正月二十八日，"阅王述庵《春融堂诗
词》。述庵学诗于归愚，词则以竹垞、樊榭为宗。其诗分《兰泉书屋集》
《琴德居集》《三泖渔庄集》《郑学斋集》《履二斋集》《述庵集》《蒲褐
山房集》《闻思精舍集》《劳歌集》《杏花春雨书斋集》《存卷斋集》《卧
游轩集》共十二集二十四卷，计二千余首。……《琴画楼词》四卷，亦
多清雅可诵。"③《春融堂集》中有三则评语分别题"癸亥三月八日"（卷
一卷端）、"癸亥谷雨节"（卷四卷末）、"癸亥七月"（卷二十六卷末），

---

① 李慈铭：《越缦堂日记》，广陵书社 2004 年版，第 2239—2240 页。
② 李慈铭：《越缦堂日记》，广陵书社 2004 年版，第 1685 页。
③ 李慈铭：《越缦堂日记》，广陵书社 2004 年版，第 2260—2261 页。

可见李慈铭购买该书后不久就开始批点，完成时间应该不超过本年。

李慈铭曾品第"乾隆中经儒之称诗者"，以沈大成最胜，王昶次之。[1] 他批点《春融堂集》颇为用心，书中多有圈点，并非消遣般的随手泛览，其文学思考在批点中亦有集中呈现。《春融堂集》首卷卷端的一段批语，基本概括了李慈铭对王昶诗的总体看法："述庵墨守其师归愚之学，故不免格庸气懦，字滞语肤。然酝酿于经籍者为多，自非归愚所可及。未仕以前，尤有清隽之什。观其大体，亦云雅音矣。"李慈铭虽主张学古，且对李梦阳、何景明、李攀龙、王世贞等明代复古派领袖高致推崇，但对以沈德潜为首的格调派评价甚低，一再贬斥沈德潜诗为"恶劣下魔"[2]："肤庸浅陋，殊无足观""选言必腐，结响必浮"，且"流毒无穷""遂令三吴百余年来尽成肤庸甜伪之习"[3]。李慈铭之所以厌恶沈德潜，主要出于二点：一是规规摹拟，二是肤庸平弱。而王昶学诗于沈德潜，亦不免此弊，故受到李慈铭指摘："述庵五律颈联多用单行法，此亦本之归愚，似为唐人正宗也。抑知唐人如太白、襄阳才气超逸，故为之能工。若归愚、述庵之腕力软弱，岂可强效耶"（评《雪》）；"用意不曲，用字不灵，此承归愚庸熟之病"（评《小蒸访元曹贞素知白故居》）。需要说明的是，王昶于诗虽本其师沈德潜绪论，但并非亦步亦趋。他在归愚诗学的基础上增加了学问尤其是经史之学，称"学与才、气与法，四者缺一不可"[4]，诗人若无深厚的学养，很容易堕入剿袭剽窃、粗浮浅直之弊。王昶将书卷视作"淮阴用兵，多多益善"[5]，这一观点与李慈铭颇为一致。李慈铭极重视学问，主张以学问见识充养诗作，他曾以自身经历来说明学问对作诗的重要性："年来诸体不无寸进，则得于读书览古者半。……喜研经学，虽苦健忘，而经籍光华，益人非浅。"[6] 在李慈铭看来，沈德

---

① 李慈铭：《越缦堂日记》，广陵书社 2004 年版，第 5108 页。

② 李慈铭：《越缦堂日记》，广陵书社 2004 年版，第 3004 页。

③ 王昶编纂：《湖海诗传》卷 8，南京图书馆藏李慈铭批清嘉庆八年（1803）青浦王氏三泖渔庄刻本。

④ 王昶：《示朱生林一》，《春融堂集》下册，上海文化出版社 2013 年版，第 1130 页。

⑤ 王昶：《示朱生林一》，《春融堂集》下册，上海文化出版社 2013 年版，第 1130 页。

⑥ 李慈铭：《越缦堂日记》，广陵书社 2004 年版，第 1257 页。

潜之所以"一生虽极讲求格律，而蹇劣惢懦，终无当于大雅"，正是由于
"才力太弱，读书又少"①，故他将王昶诗与沈德潜比较，认为"实胜归
愚，盖源流虽同，而读书与不读书异也"②，此与首卷卷端评王昶"酝酿
于经籍者为多，自非归愚所可及"属同一观点。

李慈铭之所以推崇王昶诗，除重学问外，还与尚清隽有关。李慈铭
于诗虽提倡"不名一家，不专一代"③，但实际上有自己的偏好。胡应麟
曾将汉魏以来古诗审美范式分为浑厚悲怆与清远玄妙两种，前者以左思、
鲍照、陈子昂、李白、杜甫等为代表，后者以王维、孟浩然、常建、储
光羲、韦应物、柳宗元等为代表。④ 相较李、杜一派雄壮高华之音，李慈
铭显然更偏向古澹清远一派，这在其评杜诗时体现得尤为明显："人徒见
杜诗之浑厚雄直，刻挚沉着，而不知其精深华妙，空灵高远，多上追
《三百》，下包六代。……其律诗如'花妥莺捎蝶，溪喧獭趁鱼''飞星
过水白，落月动沙虚''细雨鱼儿出，微风燕子斜''远鸥浮水静，轻燕
受风斜'等语，何尝不细腻独步耶？"⑤ 他取杜诗之"风调清深"而非
"雄阔博大"，正是欲以"沉着细密"⑥ 补救沈德潜等规摹杜诗者之"肤
庸平弱，腔拍徒存"⑦。李慈铭尤推崇王士禛、厉鹗两家，自称："我朝之
王、厉，尤风雅替人，瓣香可奉。"⑧ 李慈铭于诗最长于山水田园之什，
流连光景，清妙绝伦。张之洞曾以"明秀"二字评价李慈铭诗，并赞其
"一时殆无伦比"，李慈铭虽对此颇不服，言"'明秀'二字，足尽余诗
乎"⑨，但其诗风的确以清隽明秀为主，"集子里一些幽秀鲜妍的作品，可
以说是厉鹗、吴锡麒一派的继承"⑩。李慈铭评点《春融堂集》亦以清幽

① 王昶编纂：《湖海诗传》卷8，南京图书馆藏李慈铭批清嘉庆八年（1803）青浦王氏三
泖渔庄刻本。

② 李慈铭：《越缦堂日记》，广陵书社2004年版，第2261页。

③ 李慈铭：《越缦堂日记》，广陵书社2004年版，第5335页。

④ 胡震亨：《唐音癸签》卷7，上海古籍出版社1981年版，第68页。

⑤ 李慈铭：《越缦堂日记》，广陵书社2004年版，第1076页。

⑥ 李慈铭：《越缦堂日记说诗全编》下册，凤凰出版社2010年版，第1030页。

⑦ 李慈铭：《越缦堂日记》，广陵书社2004年版，第1756页。

⑧ 李慈铭：《越缦堂日记》，广陵书社2004年版，第5338页。

⑨ 李慈铭：《越缦堂日记》，广陵书社2004年版，第5336页。

⑩ 钱仲联：《三百年来浙江的古典诗歌》，《文学遗产》1984年第2期，第10页。

玄远为尚，如评《送人之武林》"通首清新可诵"，评《坐小吴轩》"通首亦清远"，评《吴闻杂感》"清绮宜人"，评《宿静长书屋》"颇似襄阳"，评《宿苕罟庵》"极似四灵高作"，评《村居杂咏》"得九僧佳处"，评《秦淮水榭》"神似渔洋"，集中清绮幽秀、空灵高远者明显更得其青睐。王昶虽尊奉归愚诗学，但他生长于江浙，性偏温和，颇多山水清音，"乃从王、孟和清代王士禛一派而来"①，故能得李慈铭首肯。

李慈铭自称："余于词非当家，所作者真诗余耳。"② 相较诗歌，李慈铭于词用力则少得多，其词论字数亦十分有限。他曾在《越缦堂日记》中论及填词之道："盖必若近若远，忽去忽来，如蛱蝶穿花，深深款款。又须于无情无绪中，令人十步九回，如佛言食蜜，中边皆甜。"③ 可见李慈铭认为作词既要缥缈含蓄，又要韵致无穷。具体而言，既要"另有一种婉丽软媚之致"④，又不能流于"淫艳侧媚之词"⑤，小令"须天机凑泊，不著一字，以字句新隽见奇者，次也"，长调"须流宕而不剽，雄厚而不竞。清真未免剽，稼轩未免竞，东坡则或上类于诗，或下流于曲，故足以鼓吹骚雅者鲜已"⑥。以此出发，李慈铭对本朝词家多有指摘，如评陈维崧词"病在熟"，评朱彝尊词"病在陈"⑦，评纳兰词"如寡妇夜哭，缠绵幽咽，不能终听"⑧，评厉鹗词"苦乏韵致"⑨，评汪远孙词"缚于浙派，多饾饤局束之病"⑩。究其审美理想所在，当以清灵婉约者为最，正如其自评曰："余词非叔子所服，顾尝自谓如松竹间语，清婉无凡响，

① 赵杏根等：《湖海诗传前言》，载王昶编纂《湖海诗传》，凤凰出版社 2018 年版，第 5 页。

② 李慈铭：《越缦堂日记》，广陵书社 2004 年版，第 299 页。

③ 李慈铭：《越缦堂日记》，广陵书社 2004 年版，第 299 页。

④ 李慈铭：《越缦堂日记》，广陵书社 2004 年版，第 298 页。

⑤ 李慈铭：《霞川花隐词自序》，《越缦堂诗文集》中册，上海古籍出版社 2012 年版，第 786 页。

⑥ 李慈铭：《越缦堂日记》，广陵书社 2004 年版，第 300 页。

⑦ 李慈铭：《越缦堂日记》，广陵书社 2004 年版，第 298 页。

⑧ 李慈铭：《越缦堂日记》，广陵书社 2004 年版，第 300—301 页。

⑨ 李慈铭：《越缦堂日记》，广陵书社 2004 年版，第 1151 页。

⑩ 李慈铭：《越缦堂日记》，广陵书社 2004 年版，第 4033 页。

不肯一语同《东沤》，而心实喜之。"① 李慈铭批王昶词即鲜明地体现出这一偏好，如评《绮罗香》"通首清婉"，评《惜红衣》"秀澹"，评《迈陂塘·题翁霁堂春篷听雨图》"全首清稳"，评《摸鱼子·端午前三日将返吴淞示子存适庭汉倬肃徵》"婉秀可诵"。李慈铭既肯定王昶词之"清丽婉约"，亦指出词中有"累字""杂字""稚弱""拙滞"等弊病，这正体现出其"博观约取"②的一贯态度。总的来说，李慈铭对《春融堂集》的评价较为公允，其评点亦颇为中肯。李慈铭在批点中表现出对学问和清隽的崇尚，对归愚诗学的不满，这与其在《越缦堂日记》中呈现的诗词观是一致的，而此批点体现得更为鲜明，对于李慈铭及王昶诗词研究均具有一定价值。

二　李慈铭批点《春融堂集》辑录

《春融堂集》卷一《兰泉书屋集》

卷端眉批：述庵墨守其师归愚之学，故不免格庸气懦，字滞语肤。然酝酿于经籍者为多，自非归愚所可及。未仕以前，尤有清隽之什。观其大体，亦云雅音矣。癸亥三月八日，越缦生偶识。

《练时日》眉批："桐"，读如"桐生茂豫"之桐。

《帝临》眉批：密致，有齐梁以前乐歌意。

《送人之武林》眉批：通首清新可诵。

《宿静长书屋》："竹外水禽归，露下荷香发。"眉批：颇似襄阳。

《小蒸访元曹贞素知白故居》眉批：集中五古诸作亦清婉，而用意不曲，用字不灵，此承归愚庸熟之病。

《寒山寺》："回首眺枫桥，渔灯晚迢递。"眉批：结语闲远。

《楞伽寺晚坐》："萝径起春飙，残梅满涧户。"眉批：十字静秀。

《坐小吴轩》："绿阴语幽鸟，山馆晚初晴。"眉批：起联幽隽，通首亦清远。

---

① 李慈铭：《越缦堂日记》，广陵书社2004年版，第301页。
② 李慈铭：《越缦堂日记》，广陵书社2004年版，第1777页。

《送杨石渔磊之安陆》："野花郧子国，新月楚人船。"眉批：中唐佳句。

《题黄尊古鼎小帧》眉批：二十四字，可为清新俊逸。

《宿莒帚庵》眉批：极似四灵高作。

《雪》眉批：述庵五律颈联多用单行法，此亦本之归愚，似为唐人正宗也。抑知唐人如太白、襄阳才气超逸，故为之能工。若归愚、述庵之腕力软弱，岂可强效耶？

《雪后怀杉公归真州》："寒烟生竹屋，残雪满渔舟。"眉批：十字晚唐佳境。

《李长蘅流芳西湖小帧》眉批：四首写西湖清隽。

《过吴江·其一》眉批：二十八字，不让东坡"竹外桃花"之作。

《其二》眉批：春日行浙西道上，确有此景。

《鸳湖道中》眉批：写秀州如画。

《上天竺》眉批：通首平弱，不称题，结语小有致。

"瑞像表环材，历世著灵异。"旁批：二语庸。

《飞来峰》旁批：作《飞来峰诗》，堆写杨髡所镌。胡僧恶状，无识甚矣。

"淘由天竺飞，至此表浙右。"旁批：二语拙腐之甚。

"凹凸莓苔厚。"旁批：不成语。

"仰观兼俯察。"旁批：腐甚。

《灵隐》："宝地声名著。"旁批：起便拙。

"景因慧理胜，诗数骆丞超。"旁批：亦谬。

《林处士祠》："巾拂翛然绝点埃。"旁批：杂糅。

"不须子鹤与妻梅。"旁批：拙语无味。

《春融堂集》卷二 《琴德居集》

《刑女庙》："不知银杏双株下，谁奠云芳烈女魂。"旁批：直率。

《秦淮水榭》："凉露娟娟枫欲下，澄江淼淼雁初飞。"眉批：神似渔洋。

《西汎》："疏阴桑柘外，竹屋栖秋渔。"眉批：十字幽秀。

《溧阳道中怀李布衣客山果》："夜寒宿葭苇，清晓闻桡音。"眉批：写水乡晓行景，宛然。

《归家得邵玉蕖信》眉批：以下九首俱清雅。

《移居八首》眉批：八章极似姚合武功县诗。

《西斋雨夜怀凌秀才祖锡应曾》："黯黯窗下灯，沉沉雨中漏。松篁互萧森，稍辨滴檐溜。"眉批：四语静境，似柳子厚。

《破山寺夜宿止公山房》眉批：率劣。

《题赵秀才升之文哲春感诗后》："料得小楼人独倚，杏花如雨扑帘旌。"眉批：小有风致。

《千尺雪》："山行爱樵唱，况复听寒泉。"眉批：婉约可思。

《石湖怀范文穆公》眉批：起太平直。

"愿继鸥夷踪。"旁批：语凑杂。

《怀蒋秀才升枚业鼎兼寄曹秀才来殷仁虎》："花时常病酒，梦里度残春。"眉批："常病酒""度残春"，句法不对。

《寄内四绝·其二》："溪桥绿水迢迢远，肠断云蓝一纸书。"眉批：语自娟秀。

《其三》《其四》眉批：二首亦楚楚可人。

《晓徵枉过草堂夜话·其二》："作客谁知己，还家愧老亲。"眉批："谁"字与"愧"字不对。

《春融堂集》卷三《三泖渔庄集》

《添胜庵纪事·其二》："小小云房清似水，只留香篆表相思。"眉批：幽致耐思。

《芙蓉湖小泊》眉批：全首韶令。

《春感》眉批：四诗清艳，绝似元相《杂忆》诸作，"青苔"十四字尤幽绮。"潇潇"易"愔愔"更佳。

《无题和企晋策时》眉批：《无题》十二首，缘情绮靡，用事艳逸，可称合作，虽逊韩、李，差胜杨、刘。

《山塘杂诗同朱上舍适庭昇及企晋升之来殷作》眉批：六绝亦流丽可喜。

《礼堂写经图为凤嘧题》眉批：言之有物，字字老到。

《春融堂集》卷四《郑学斋集》

《吴阊杂感》眉批：八绝俱清绮宜人，三、四首尤有晚唐神韵。

《家秀才存愫为画三泖渔庄图因题六绝》："烟中布谷劝躬耕。"眉批："躬耕"字可厌。

《雨后同斗初企晋来殷过支硎山寺》："爱看林际月，流影照溪田。"眉批：结联有妙悟。

《村居杂咏》眉批：六首得九僧佳处。

《其五》："短笠劳僧送，疏钟爱寺撞。"眉批："撞"字韵杂，"僧""寺"亦复。

《饭庆阳院访水月轩故址》："还度锦溪桥，斜阳叠苍翠。"眉批："斜阳"五字，写得出。

《题冈龄南园新居，次归愚先生韵·其二》："丛筱风生闻鸟语，疏槐叶落见虫书。"眉批：静细。

《家二痴玖亦作渔庄图，题两绝句》："莫嫌水墨翻新样，还是山人旧典型。"眉批："典型"二字滞。

《题子存吉人企晋所画册》："古径杳无人，寂历秋泉响。"眉批：押"响"字颇佳，而语未炼。予游惠山诗有云"潭色浮春空，山静游鱼响"，似较此为优。

《过惠山不及游晚至芙蓉湖泊》眉批：此等语最伤诗体。

《秦淮感旧示严秀才东有长明》："银叶香销天似水，枣花帘卷月如钩。"眉批：情景可思。

"惆怅六朝残梦在，药炉经卷伴牢愁。"眉批：用"牢"字便滞。

《清溪夜泊寄朱肃徵·其三》："怅望每沾襟。"眉批：第四语率弱。

《京口寄江秀才宾谷昱及其弟子于九恂》："明月照江水，笛声江上楼。西风吹落木，一夜送行舟。"眉批：四语差可，而气势未贯，作此等五律，固非易易。

《夜泊丹阳·其二》眉批：平熟无味。

《自京口放船至扬州·其三》："夜深闻玉笛，凉月满寒流。"眉批：

十字高远。

卷末总批：此两卷多清绮之作，为集中最佳。盖山水花月之胜，固足以发绮抱、助隽思也。士居承平之世，生长江浙。春弦秋壶，岩筇浪櫂。寄闲情于歌扇，结静悟于禅锡。兴趣既高，吟咏自远。展玩之下，悠然我思。癸亥谷雨节，柯山李莼客识于都门寓斋。

《春融堂集》卷五《履二斋集》

《如皋官舍陈如虹先生焜连宵置酒丝竹骈阗感事触怀因成八首·其三》："青衫欲湿还重掩，怕染愁蛾一样低。"眉批：拙句。

《其八》："望里红栏三百六，故园归去狎何戡。"眉批："狎"字重滞。

卷末总批：此卷入都以后，遂无佳什。济南所作，稍有清思。橘枳之化，岂其诬乎？

《春融堂集》卷六《述庵集》

《同陶秀才蘅川湘李晴洲严东有过袁明府子才枚随园》眉批：全篇清老。

《露筋祠》眉批：律切骚雅。

《直庐晓起》眉批：二诗俱清华高丽，逼近王、岑。

《春融堂集》卷十九《杏花春雨书斋集》

《梳洗楼》眉批：此首及下一首皆典雅律切。

《自山阳至叧川关将由汉江行》："伏波仍试青骢骑，博望将凌白鹭涛。"眉批：杂凑。

《至青柯坪欲登莲花峰风雪不果》："一览欣同鸿鹄翥。"旁批：凑韵。"愿力虽勤未可凭。"旁批：稚弱。

《春融堂集》卷二十五《琴画楼词一》

卷端夹批：述庵词远希清真，近挹樊榭，故清丽婉约，颇入南宋名家之室。而不免牵率拙滞、芜浅浮滑诸弊，盖规规周、姜之法，未有不至此者。

《绮罗香》尾批：通首清婉。

《琵琶仙·秋日过薛淀湖》尾批：用字虽已稍滞，然自是南宋当家。草窗、梦窗，工拙略相等也。

《台城路·友石轩印谱》："金薤琳琅，商略共容与。"眉批："容与"，南宋累字。

《浣溪沙》题下夹批：数阕颇似花间。

《其三》："个人睡起正夭斜。"眉批："夭斜"等字最累，然花间亦时有之。

《洞仙歌·和友人作》题下夹批：数首甚密丽，然累字未净，尘语未除。

《摸鱼儿·丁卯春仲送廖觐扬入都》尾批：此等词别无他妙，只是流丽深稳耳，却是此事当家。

《金缕曲·宜兴道中》："黄叶声疏堕地。"旁批：此句稚弱。

尾批：读后半阕"白发青灯"数语，令人黯然。

《百字令》："付与茶樯列。"眉批："列"字究不稳。

《春融堂集》卷二十六《琴画楼词二》

《南浦·题沙斗初春江雨泛图》尾批：二首结语虽无他妙，却是南宋当家。

《瑶华》："趁新晴，流到吴淞，添了莼波几尺。"尾批：玉田得意语不过如是。

《惜红衣·平桥夏涨》尾批：二首俱秀澹。

《渔家傲·莎村观剧》："红莲今岁收成早。"旁批："红莲"，用字陋。

《月照梨花》："芳草绿遍王孙。"旁批：语未妥。

《扫花游》："袖里音书，目断芦花冷雁。在孤馆。"旁批：句呆。

《迈陂塘》尾批：后半首纯熟入妙。

《前调·题翁霁堂春篷听雨图》尾批：全首清稳。

《绮罗香·题商宝意〈惆怅词〉后》："向银屏小炷薇魂。"旁批：

"薇魂"，用字杂。

《木兰花慢》尾批：平熟拙滞。兰泉词多病直致无味，如是，盖由笔性。

《南歌子·咏别为黄芳亭作》："清泪沾银勒，浓愁入玉船。"尾批："清泪"十字，所谓十成死语。

《剔银灯》尾批：四首可谓恶词。

《解佩令·泊淮关》尾批：才到清淮，便已洗去北地尘浊气。

《临江仙》尾批：后半阕亦自流动。

《早梅芳近》："灯明东阁暖，雪霁西风善。"旁批："善"字究不稳。

"蟾影光初绽。"旁批："绽"，用字腐。

"记清游，贻君同笑粲。"尾批："笑粲"虽本东坡诗，究不妥，用之词尤不妥。

《扬州慢》尾批：通首谐适。

《临江仙·丹阳舟次有怀》："兰窗同命酒，竹屋共弹棋。"旁批："命酒"，用字腐。

《摸鱼子·题嘉定钱氏兼春书屋图》尾批：全首妥适。

《前调·端午前三日将返吴淞示子存适庭汉倬肃徵》尾批：婉秀可诵。

《小重山》："独自掩青牛。"旁批：此等字，正不能用之此等词。

《玲珑四犯·题友人小像》尾批：尽有雅辞，而意未新，语未净。

《石湖仙·南旺湖晓发》："比农桑、更裕生计。"眉批：作公文则可。

卷末夹批：前半卷尽有佳唱，迨将北行，俗状尘容，几不可耐，出都以后，所作又稍复旧，观北土风沙累人如是，可叹也。癸亥七月，莼客识于京师。

《春融堂集》卷二十七《琴画楼词三》

《台城路·寄友天津》眉批：去一纸字，此缩脚词也。

《河传·礼佛》："比同天女何忝。散花好共验。"尾批：可谓拙极滞极。

《潇潇雨》小序："铜壁关芭蕉，颗蕉高至三四丈。"旁批："颗蕉"

二字可省，疑衍。

《忆江南·中秋追忆旧事仿乐天体十二首》题下夹批：此卷只此数首可节取。

卷末夹批：此卷词独拙劣，盖兰泉笔意本滞，又在尘鞅军旅中，宜其才退，不能唱渭城矣。莼客识。

《春融堂集》卷二十八《琴画楼词四》

卷端夹批：此卷皆老年颓唐之笔，虽轻重清浊之间，尚不失分寸，而语庸思拙，触手生硬，其上者仅及平稳，殊不足觏矣。

《春融堂集》卷二十九　赋

卷端眉批：述庵文笔安雅，意亦真切，远胜于诗，赋则非所长耳。

作者简介：

蓝青，女，北京师范大学文学院博士后，主要研究方向为明清文学。

乾隆朝清宫演剧史料拾遗[*]

刘　铁

摘　要：清宫热河档案、雍和宫满文档案中，多见有乾隆朝清宫演剧相关史料，经由梳理分析，从中对于这一时期清宫演剧的专门承应机构南府、景山发展演变有更深入细致的认识，对于承应差事的教习、学生、太监有新的挖掘，对于戏曲演出的具体情形有新的补充，对于戏台修理、切末承做、看戏楼陈设布置和乾隆八旬万寿庆典的相关内容也各有不同程度新的了解，其戏曲史料价值不容忽视。

关键词：热河　雍和宫　清宫档案　演剧

"众所周知，对于任何学科，文献皆是基础。从文献出发，具有'树从根掘起，水从源处流'的正本清源意味。"① 近年来，清代剧本和档案资料的大量发掘出版，给清代戏曲研究带来了深刻影响。有研究者对近十年元明清戏曲研究的动态与方向进行分析研究，指出"2017 年以来的研究有明显的'向下'倾向，清代戏曲尤其是晚清戏曲的研究显著增

---

* 本文系 2020 年国家社科基金重大项目"清代宫廷戏曲史料汇编与文献文物研究"（20&ZD270）的阶段性成果。

① 谷曙光：《戏曲研究：立足于鲜活的"梨园文献"再出发》，《文学遗产》2016 年第 6 期，第 29 页。

多"，"宫廷戏曲"成为其中关键词之一。① 这种研究方向上的发展变化，与相关材料的发掘发现相互呼应。笔者曾对近年来清代宫廷戏研究情况专门作以梳理②，从中也可以清楚看出此种变化趋势。与此同时，诚如人们常说的"成也萧何，败也萧何"，囿于现在可见的清代前期宫廷演剧材料十分有限，目前对嘉庆之前的清宫戏曲演出情况知之甚少。尽管有相关学者在这方面进行了开掘，但限于材料缺失这样的先天不足，对这一时期内研究情况的了解，仍然存在着较多空白，需要我们继续去挖掘材料作以填充。本文即是笔者利用清宫热河档案、雍和宫满文档案所做的一点努力。

一　关于南府、景山的发展演变

清代宫廷演剧机构的出现发展，与清宫演剧活动的变化互为表里支撑，也是一直以来清代宫廷戏曲研究领域关注的重点所在，可惜囿于此前能够见到的相关清宫档案等材料十分有限，对于道光朝以前的清宫演剧机构有关情况，在较长时间内并无过多了解。近几年来，随着对清宫档案和材料的不断发掘，同步推进了相关方面的研究。丁汝芹在回顾勾勒清宫女伶百年演出历史的基础上，据乾隆御制诗推断，直至乾隆初年女伶才被全部裁退。③ 郝成文立足于清宫内务府"宫廷用度类"题本的全面深入分析，细致梳理了景山、南府从"名"到"实"的变化轨迹，指出康熙二十五年（1686）南府虽然与景山官学同步建立，却是仅得其"名"、无有其"实"，当时并未有演剧机构设立，与皇家演剧活动也没有关系，直至康熙三十七年（1698）至四十七年（1708）期间"南府学艺处"正式建立，作为后世演剧机构之南府才真正建立；同时，在景山与

---

① 岳上铧、程芸：《近十年元明清戏曲研究的动态与方向——基于 CNKI 核心期刊的可视化分析》，《戏曲艺术》2021 年第 4 期。

② 李小红、刘铁：《2008 年以来清代宫廷戏研究现状与思考》，《云南艺术学院学报》2021 年第 4 期。

③ 丁汝芹：《清初女伶演戏》，《紫禁城》2013 年第 11 期。丁汝芹：《清宫演剧再探》，《戏曲研究》2013 年第 2 期。

南府二者关系上，指出前者发展要早于后者，且规模一直要大于后者，因此以往将景山之得名和发展建立归功于南府的说法是不成立的。① 随后，郝成文等又借助中国第一历史档案馆新开放的清宫《内务府呈稿》，详细探讨了嘉庆朝景山、南府的机构沿革变化。② 经此梳理分析，目前对景山、南府在康熙朝的发展历程有了新的认识，对它们在嘉庆朝的相关变化业已廓清。

有关雍正朝景山、南府的相关情况，范丽敏仅言"雍正朝南府、景山机构与前朝相比，变化不大"③，但未见所依何据。罗燕援引雍正十二年（1734）刊立的《奉宪永禁差役梨园扮演迎春碑文》以为说明，指"碑文中提到了宫廷内承应差事的景山总管邵圣嘉、陈黄在二人，以及宫中承应差事的四十二位内廷供奉"④，经核对碑文，这四十四名宫内承应差事人员，实见于乾隆元年（1736）七月刊立的《花名碑记》⑤，而非《奉宪永禁差役梨园扮演迎春碑文》。虽然如此，但虑及邵圣嘉、陈黄在能够担任总管一职，其在景山的时日必然不短，且雍正帝于雍正十三年（1735）八月二十三日在圆明园病故，前后相隔不过一年，所以此碑文反映出的是雍正朝的相关情况，这应该没有问题。近来，翻阅雍和宫满文档案时，偶然发现了一条雍正朝的有关记载，见诸雍正十三年十月十一日《关防处为调整雍和宫等处官差人员事呈总管内务府文》："关防处内管领等案呈，为分别派出当差人员事。查，于寿皇殿、恩佑寺佛城供饽饽桌之内管领三员，慈宁宫、永寿宫坐班内管领二员，大班、米班挑取泉水副内管领一员，景山坐班副内管领方国祥、敦卓布，南府坐班副内管领黑格、四保住……"⑥ 康熙朝"宫廷用度类"题本中只提及教习和学艺人，并未提及管理人员，从这条可知南府、景山在雍正时期至少有

① 郝成文：《康熙朝南府、景山机构的设立与演变》，《戏曲研究》2020 年第 1 期。

② 郝成文、李飞杭：《嘉庆朝南府、景山机构之沿革》，《戏剧》2020 年第 5 期。

③ 范丽敏、高臻丽：《清内廷演戏机构南府、景山沿革考察》，《燕赵学术》2010 年第 2 期。

④ 罗燕：《清代宫廷承应戏及其形态研究》，广东高等教育出版社 2014 年版，第 120—121 页。

⑤ 刘念兹：《戏曲文物丛考》，中国戏剧出版社 1986 年版，第 111—112 页。

⑥ 赵令志等译：《雍和宫满文档案译编》，北京出版社 2016 年版，第 36—37 页。

一正二副三名内管领，以景山而言当时仅外学伶人就达四十二人，可想而知是由于这两处的人员和事务相对较多，才产生了设置内管领主管、副内管领协助这样的管理体制和管理班子，且从不止一名副内管领来看，当时景山、南府已经具备了一定规模，管理体制也随之渐趋完善。

对于乾隆朝早期景山、南府的情况，以笔者目前有限所见，似乎尚未有研究触及。此次在清宫热河档案中，见有几条相关记载。如乾隆四年（1739）九月初一日，总管内务府为传王大臣饬令备选管领人员于圆明园等候事致各该处札中，于应挑选副内管领人员花名里，提到"景山学艺处笔帖式福海"①。乾隆八年（1743）六月十九日，总管内务府奏闻安置雍和宫笔帖式等人员情形折中，提到"本年系应试景山官学学生及内务府佐领、管领下人员、笔帖式、司库、库丁之年……再，景山官学学生、年满三年翻译考试学生共计六十四名内，考取九名；缮写文章考试学生共计六十八名内，考取十名；写满汉字考试学生共计七十四名内，考取七名；翻译、缮写文章、写满汉字考试授为四等者共四名。"② 乾隆十年（1745）五月十六日，总管内务府为传王大臣等饬清查苏拉数目事致各该处札中，提到"景山官学学生一百八十名，写档人二名，听差人十八名，以上共人二百名……景山学艺处现有贴写一名，署领催一名，写法十八名，听差人二十二名，苏拉六十四名，以上共人一百六名。南府学艺处现有学生八十五名，写法八名，听差人二十二名，苏拉八十六名，以上共人二百一名"③。综合这几条档案记载来看，至乾隆十年这一时期，景山、南府的设置与康熙后期差别不大，仍然称学艺处。从档案上下文分析，这里提到的官学生所指应为负责日常事务的差役人员，而非承应戏曲演出的伶人学生。但是，由此对于景山、南府学艺处的内部情形可有进一步了解：其人员组成包括内管领、副内管领、笔帖式、苏拉等，且这部分人员数量就达到了二百人左右，数量较为可观；会定期举行笔帖式的选拔考试，并按照考试成绩划分等级、分配职位；笔帖式

---

① 赵令志等译：《雍和宫满文档案译编》，北京出版社 2016 年版，第 120 页。
② 赵令志等译：《雍和宫满文档案译编》，北京出版社 2016 年版，第 161—162 页。
③ 赵令志等译：《雍和宫满文档案译编》，北京出版社 2016 年版，第 219—220 页。

再往上可以挑补为副内管领，其余人员大抵也可以根据相关条件依次晋升，管理体系和管理机制相对更为成熟。

关于此后景山、南府在乾隆朝的发展变化情况，根据中国第一历史档案馆收藏的"乾隆朝奔赴热河行宫南府学艺人名单"，在乾隆十年至四十八年（1783）期间，每年的农历五六月份，内务府都会按惯例上报前往热河行宫参加乾隆万寿承应人员。与之类似的清单，热河档案中也见有三张：一是乾隆三十六年（1771）六月二十日，工部尚书福隆安奏闻"南府学艺人等前往热河供给饭食车马片"，其后所附《前往热河备差人等用车数目清单》①。二是乾隆三十七年五月十八日，内务府总管三和奏闻南府学艺人等前往热河备差拨给盘费车辆派员照管片，其后所附《南府前往热河备差人数清单》②。三是乾隆四十五年（1780）五月二十日，军机大臣福隆安奏报南府学艺人等随往热河预备情形摺，其后所附《南府学艺人等数目清单》③。这些应是相关机构围绕南府学艺人等前往热河备差中不同事务的奏报，与中国第一历史档案馆收藏的南府学艺人名单，可以相互印证。其中，"乾隆十年到乾隆十九年（1754）奔赴热河人员名

---

① 邢永福、师力武主编：《清宫热河档案》（第 2 册），中国档案出版社 2003 年版，第 354—355 页。档案全文：此次热河备差去南府总管二名，内头学十名，内二学三十名，内三学三十一名，外头学三十名，外二学七十五名，外三学五十五名，弦索学十八名，钱粮处四十二名，中和乐二十一名。景山：头学二十九名，二学三十四名，三学五十八名，宫戏学十五名，十番学十五名。以上共人四百八十八名。大车一百二十二辆，行李车四十一辆，拉钱粮车一辆，拉看单总本车一辆，共车一百六十五辆。催总、领催、写法、听差人三十四名，不在数内。

② 邢永福、师力武主编：《清宫热河档案》（第 2 册），中国档案出版社 2003 年版，第 2 册，第 481 页。档案全文：此次热河备差去南府总管一名，内头学十名，内二学三十二名，内三学三十一名，外头学五十名，外二学七十六名，外三学五十五名，弦索处十八名，中和乐二十一名，钱粮处四十二名。景山：总管一品（名），头学三十名，二学三十三名，三学五十七名，宫戏学十五名，十番学十六名。以上共人四百八十八名。大车一百二十二辆，行李车四十一辆，拉钱粮车一辆，拉看单总本车一辆，共车一百六十五辆。催总、领催、写法、听差人三十四名，不在数内。

③ 邢永福、师力武主编：《清宫热河档案》（第 2 册），中国档案出版社 2003 年版，第 4 册，第 429 页。档案全文：南府、景山二拨出外人：总管三员，内头学二名，内二学三十名，内三学三十二名，外头学八十三名，外二学六十八名，外三学九十二名，头学三十六名，二学五十二名，三学四十四名，弦索学十五名，钱粮处四十二名，中和乐二十一名，十番学十五名，宫戏学十五名。以上共人五百五十名。大车一百三十八辆，行李车四十六辆，拉钱粮车一辆，拉看单总本车一辆，共车一百八十六辆。催总、领催、写法、听差人三十九名，不在数内。

单的奏案多残缺，乾隆十七年（1752）六月二十七日（农历）内务府上报前往热河总管、教习、艺人共计227名，但是并未写明具体机构的名称和人员数。"① 此后清单的内容清晰可见，据乾隆二十年（1755）的清单显示，南府下设内头学、内二学、内三学、外头学、外二学、外三学、弦索学、钱粮处，景山下设新小学、小内学、宫戏学、十番学、钱粮处，此外单列中和乐。与乾隆十年相比，此时景山、南府两处不再称学艺处，俨然已经进入了一个全新发展阶段。

在之后的两年内，南府机构保持稳定，景山则连续发生变化。乾隆二十一年（1756）景山出现新中学，小内学改名小新学，中和乐列入其名下，宫戏学、十番学保持不变，钱粮处则不见。乾隆二十二年（1757），新中学、新小学、小新学为头学、二学、三学的名目取代，其余各学保持不变。从此以后，直至乾隆四十八年，景山、南府下辖的机构不再变化。乾隆五十年（1785）《重修喜神庙祖师碑志》②，其中提到的各学，此前全部可见。乾隆五十四年（1789）三月二十八日的"由圆明园南府后台领出衣靠等项物件"③，以清单形式列出盘山、南府、景山等处交出的衣靠盔杂等物品一千七百七十六件，于开列的物品前分别标明由何机构交出，其中具体提到的有南府头学、外头学、景山头学、景山二学、景山小内学、弦索学、宫戏（学）等处。另外一件与其同年的《南府景山出外人数清单》④ 显示，乾隆五十四年南府、景山下面所设的机构有内头学、内二学、外头学、外二学、外三学、钱粮处、中和乐、弦索学、头学、二学、三学、宫戏学、十番学。与乾隆二十二年相比，

---

① 罗燕：《清代宫廷承应戏及其形态研究》，广东高等教育出版社2014年版，第125—126页。

② 张次溪：《清代燕都梨园史料》，中国戏剧出版社1988年版，第913页。具体包括：十番学、钱粮处、中乐、弦索学、外二学、内三学、景山钱粮处、三学。

③ 傅谨主编：《京剧历史文献汇编 清代卷3 清宫文献》，凤凰出版社2011年版，第85—91页。

④ 乾隆五十四年《南府景山出外人数清单》：南府景山出外人数：总管二员，内头学首领太监四名，内二学首领太监三十二名，外头学首领学生六十六名，外二学首领学生六十六名，外三学首领学生八十三名，钱粮处首领学生四十二名，中和乐首领太监二十一名，弦索学首领太监十八名，头学首领学生三十二名，二学首领学生四十五名，三学首领学生三十九名，宫戏学首领太监十五名，十番学首领太监十五名。藏于中国第一历史档案馆，档案号：05-0421-025。

除南府内学改为头二两学之外，其余各学未见变化。由此可见，自乾隆二十二年以后，景山、南府的机构设置已经定型并长期保持稳定。

二　关于教习、学生、太监相关记录

效法《录鬼簿》《青楼集》为艺人传名，《清代伶官传》① 为在清代宫中演戏的四百余名伶人编写传记，《清昇平署志略》② 中设专章分别开列《职官太监年表》《民籍学生年表》。《清内务府升平署演职官员档案名录考》③ 一书，采撷清宫档案二千余件，采录清宫演职伶人万余名。另外，《〈劝善金科〉研究》④《〈鼎峙春秋〉研究》⑤ 等著述，也对参与大戏演出演员的生平作以钩沉。但是，其中涉及乾隆朝的伶人无多，目前，确切所见之乾隆朝伶人中，靳进忠卒于乾隆十九年，张文玉卒于乾隆六十年（1795），刘安泰、尤进喜于乾隆三十六年入署，萧进忠于乾隆四十五年入署，于安泰、刘进喜于乾隆四十六年（1781）入署，郭喜于乾隆五十四年入署，张明德于乾隆五十六年（1791）入署，李禄喜于乾隆五十七年（1792）入署。其余如王麟祥、刘得昇、王喜、王进昇、沈进喜、李雨儿等人仅知其出生于乾隆年间，至于是否在乾隆朝入内承差则无从知晓。此外，所见绝大多数为道光以后的伶人。这与此前所见乾隆朝相关档案记载甚少有直接关系。

"高宗自乾隆辛酉至辛亥，秋狝四十次。"⑥ 乾隆辛酉即乾隆六年（1741），乾隆打着"因田猎以讲武……遵循祖制，整饬戎兵，怀柔属国"⑦ 的旗号，不顾山西道监察御史丛洞奏请暂息行围的劝谏，前往热河

---

① 王芷章：《清代伶官传》，中国戏剧出版社 2016 年版。
② 王芷章：《清昇平署志略》，商务印书馆 2006 年版，第 330—583 页。
③ 毛景娴、俞冰：《清内务府昇平署演职官员档案名录考》，学苑出版社 2017 年版。
④ 戴云：《〈劝善金科〉研究》，北京师范大学出版社 2006 年版。
⑤ 李小红：《〈鼎峙春秋〉研究》，北京出版社 2016 年版。
⑥ （清）吴振棫：《养吉斋丛录》，北京古籍出版社 1983 年版，第 174 页。
⑦ 邢永福、师力武主编：《清宫热河档案》（第 1 册），中国档案出版社 2003 年版，第 184 页。

巡幸行围。此后，"每年夏间驻跸热河，至秋令进哨，以为柔远诘戎之举"①。热河档案中见有十份乾隆帝巡幸木兰哨鹿的御茶膳房拨用物件行文底档，详细记录了乾隆帝巡幸热河期间，官仓每日拨与各处随行人员所用的米面、菜蔬、肉禽等各类物品名目、份额及数量，所涉随行人员包括帝后、妃嫔、光禄寺、掌仪司、菜库等，其中两份中还见有教习、学生、太监相关记录。乾隆二十七年（1762）《拨用行文底档》②载：七月初八日，总管王成传，养心殿出外首领和太监共十人照例食食膳房饭；总管周进朝传，七月出外，每日赏教习、学生、太监十六人伯唐饭；赏教习、学生、太监二十四人盒饭。乾隆三十四年（1769）《拨用物件行文底档》③载：总管王成传，养心殿出外首领和太监共十人照例食膳房饭；总管祥玉传，赏教习、学生、太监十五人伯唐饭；赏教习、学生、太监二十四人盒饭。虽然前后相差六年，但是教习、学生、太监的数量相差甚微。

经过对比，同见于这两份底档中的教习学生太监有福宁、王臣、胡进朝、田国用、张进玉、刘进忠、李长寿、黄福兴、王朝用、王国安、商连用、罗善、喜贵、文玉、双玉、周玉、景福、宁贵、吕祥玉、金福贵、赵玉贵、刘福玉、程琳贵、沈安玉等，这二十四人不见于前述钩沉伶人的著作中，由底档可知，从乾隆二十七年至三十四年期间，他们一直在内承差。只见于乾隆二十七年的有荣喜、李进喜、王添福、张瑞祥、谢凰、霍保、周进朝、陈起麟、罗住、冯鼎、蔡述、金进忠、胡进忠、朱熹玉、陆吉祥等十五人，其中李进喜卒于道光二年（1822），胡进忠在嘉庆十一年（1806）还在，陆吉祥乾隆三十八年（1773）还在。只见于乾隆三十四年的有姚成、兴儿、王祥、秦福禄、彭德、胡贵玉、曹瑞玉、长泰、刘福保、石进玉、陆祥、吴进朝等十二人，其中兴儿在道光三年

① 邢永福、师力武主编：《清宫热河档案》（第 1 册），中国档案出版社 2003 年版，第 6 册，第 319 页。

② 邢永福、师力武主编：《清宫热河档案》（第 1 册），中国档案出版社 2003 年版，第 1 册，第 451—452 页。

③ 邢永福、师力武主编：《清宫热河档案》（第 1 册），中国档案出版社 2003 年版，第 2 册，第 162 页。

（1823）还在，姚成、刘福保乾隆三十八年还在。这些人如果不是在此两个年份未前往热河，就是在这一期间或退出或新进者。无论如何，通过两份底档，增进了我们对于乾隆朝伶人的了解。

乾隆五十三年（1788）《节次照常膳底档》中还反复提到周品官、徐福二人，如七月二十九日，赏周品官学生等饭食；八月初八日，上枪鹿一只，奉旨赏周品官、徐福学生等烧鹿肉食；八月十一日，奉旨赏周品官、徐福学生等饭食；八月十三日，总管王进保据折片一个，奏过传旨：大宴一桌，酒宴一桌，赏南府景山众人一半，乾清宫总管、首领太监等一半；九月初三日，早膳前，小太监常宁传旨：今日晚膳，大戏台底下煮全猪三口，全羊二只，赏徐福、周品官学生等饭食；九月初七日，早膳前，小太监常宁传旨：今日晚膳，大戏台炖杂烩一铁锅、二银锅，煮全猪半口，赏周品官学生等饭食；九月初七日，晚膳勤政殿（大戏台）炖杂烩一铁锅、二银锅，全猪肉丝汤，赏徐福、周品官学生等饭食；九月初七日，晚膳后：找得死鹿二只，除上留用鹿尾、鹿肉，赏周品官学生等烤鹿肉片吃。①

根据乾隆三十三年（1768）至六十年内务府上呈的南府、景山伶人钱粮发放清单推算，"乾隆时期南府、景山的民籍学艺人总数在 200 人到 330 人，旗籍学艺人总数在 150 人到 251 人，外学学艺人总量在 400 人到 500 人，内学太监伶人总数估计与民籍学艺人相近，在 200 人到 350 人；乾隆二十年后奔赴热河行宫的南府学艺人在 410 到 580 人，占了南府、景山的大部分。"② 从平均人数上看，上面这两份底档中共提到的五十三人，相当于南府、景山伶人总数的十分之一左右，数量还是相当可观的。

哨鹿是乾隆每次秋狝必备的节目，打猎所得鹿肉会赏赐承差的太监学生等食用，如乾隆五十三年所载。乾隆四十四年（1779）《哨鹿节次照常膳底档》亦载：八月十四日晚膳后，上枪得鹿一只，太监长宁传旨：

---

① 邢永福、师力武主编：《清宫热河档案》（第 6 册），中国档案出版社 2003 年版，第 252—270 页。

② 罗燕：《清代宫廷承应戏及其形态研究》，广东高等教育出版社 2014 年版，第 134 页。

晚晌，烧些鹿肉赏学生等食，下剩鹿肉六盘，伺候上览过奉旨赏用。[①] 另外，和随行的妃嫔、阿哥、大臣，光禄寺、掌仪司、菜库等各衙及来朝贺的诸番一样，教习学生太监等也会被随机赏赐不同的饭食，如乾隆二十七年《拨用行文底档》载：八月二十二日，如意洲晚膳，燉大杂烩赏教习学生太监等饭食；九月初十日，梨花伴月晚膳赏教习学生太监等过水面食，就用做汤猪肉打卤。[②]

乾隆万寿为八月十三日，所以其前往热河期间万寿与中秋承应往往重叠进行，所见赏赐南府、景山众人的除了上面档案载的鹿肉、猪肉、羊肉等各类肉食，在中秋节当天，还惯例赏赐月饼等节日食品。如乾隆五十三、五十四、五十六、五十九、六十一年至六十三年，均记载在八月十五日这一天，分别由总管王进保、田喜传命，将御案供一桌二十八品（内除米四品，藕山一品，此五品不赏），捶手月饼二品，锦辉堆二品，共计二十七品，遵例赏南府、景山众人等一半，乾清宫总管、首领太监等一半。及至嘉庆七年至九年的八月十五日，亦遵行此例。[③]

三　关于戏曲演出记载

此前相关研究在论及乾隆朝演剧情况时，多据《啸亭杂录》《檐曝杂记》《乾隆英使觐见记》《高宗纯皇帝八旬万寿庆典》《燕行录》等材料，综合戏曲政策、演出机构、戏台构建、戏曲编排、演出场面各方面反映出的情况，指其演出状况如何盛世空前，如"乾隆时期：清代的第一次戏曲高潮"[④]，"乾隆朝——盛世光环之下，内廷演剧之盛达到了顶峰"[⑤]，"有清一代，自入关以还，内廷即盛行演剧，其中尤以高宗乾隆时期最称

---

① 邢永福、师力武主编：《清宫热河档案》（第2册），中国档案出版社2003年版，第304页。

② 邢永福、师力武主编：《清宫热河档案》（第2册），中国档案出版社2003年版，第465页。

③ 邢永福、师力武主编：《清宫热河档案》（第6册），中国档案出版社2003年版，第374—401页。

④ 么书仪：《晚清戏曲的变革》，人民文学出版社2006年版，第3页。

⑤ 朱家溍、丁汝芹：《清代内廷演剧始末考》，中国书店2007年版，第24页。

鼎盛"①，这样基于宏观视角下的分析判断固然没错，也有助于把握这一时期的戏曲演出的总体状况，但是苦于未见如道光朝以后那样的确切承应记载，对于其中的具体情况，因缺少更多细节支撑，仍然没有足够了解。

据清代内府档案《乾隆添减底账》记载显示，在乾隆二十三年（1758）至三十五年（1770）这十三年里面，正月十四日至二十三日，在圆明园同乐园连续十日开连台大戏；正月二十四日至二十七日，在圆明园同乐园连续四日唱连台节戏，已经成为这个期间每年的惯例。同时，从乾隆三十一年至三十五年，正月十四日至二十七日，在奉三无私连续十四日唱曲和侉戏。从乾隆三十八年开始，十二月十一日至二十日，在重华宫连续十日开连台大戏，乾隆三十九、四十、五十七至五十九年亦是如此，且记载所演剧目为《劝善金科》。② 经由此添减底账，除了有助于乾隆朝伶官的钩沉，更为重要的是，既增加了我们对于这一时间段内演剧情况的了解，也订正了此前学界对于"侉戏"出现最早记录认识的讹误。

乾隆巡幸木兰哨鹿底档中，有几份记录有演剧信息，对于我们进一步了解乾隆朝演剧的具体情况，有所帮助。其中，所见最早的乾隆二十二年《拨用行文底档》中记载：七月二十七、八月初三、初七、十五此四日，勤政殿唱戏。七月二十七、二十八、二十九、八月初二、初三、初四、初五、初六、初七、初八此十日，热河勤政殿唱大戏。八月十二、十三、十四、十五此四日，热河勤政殿唱大戏。③ 乾隆二十七年《拨用行文底档》中记载：八月十二日，热河勤政殿唱连台戏。八月十二、十三、十四、十五、十八、十九、二十、二十一、二十四、二十五、二十六、

① 王春晓：《乾隆时期戏曲研究——以清代中叶戏曲发展的嬗变为核心》，中国书籍出版社 2013 年版，第 25 页。

② 李德龙、俞冰主编：《历代日记丛钞》第 28 册，学苑出版社 2006 年版，第 265—643 页。

③ 邢永福、师力武主编：《清宫热河档案》第 1 册，中国档案出版社 2003 年版，第 373、381 页。

二十七此十二日，热河勤政殿唱大戏。① 乾隆三十四年《拨用物件行文底档》中记载：七月二十七日，热河勤政殿唱连台戏。②

乾隆四十年（1775）《哨鹿膳底档》中记载：六月初十日，总管萧云鹏传旨，明日辰初请皇太后勤政殿看戏。钦此。此后，在六月十五、二十、二十五、七月初一、初七、十三、二十日等七日，皆见与此内容相同之旨意。又七月二十四日，上熬茶时，总管萧云鹏奏，明日开连台戏，遵例皇太后早晚膳本宫伺候，随早晚膳每次进菜三品。晌午，伺候皇太后果桌，上用果桌。两旁王公大人，早晚膳赏额食；晌午赏果盒子。奉旨：知道了。又九月初八日，总管萧云鹏传旨，明日辰初请皇太后勤政殿看戏。……太监胡世杰传旨：明日戏台西边楼底下赏军机大臣郭什哈昂帮、郭什哈额驸、郭什哈辖大人等，巴图之子台吉等大菜汤膳全羊吃，钦此。③

乾隆四十四年《哨鹿节次照常膳底档》中记载：七月二十三日，上熬茶时，总管萧云鹏口奏，七月二十五日开连台戏，遵例早晚膳伺候，两边赏王公大人额食；晌午伺候赏果盒，攒盘饽饽果子。奉旨：知道了，钦此。④ 乾隆五十三年《节次照常膳底档》中记载：七月二十二日，早膳后，上熬茶时，总管萧云鹏口奏，七月二十五日开连台戏，遵例早晚膳伺候，赏王公大人额食；晌午伺候上用果桌，赏用果盒，攒盘饽饽果子。奉旨：知道了，钦此。八月十二日，总管萧云鹏传旨，十三日戏毕入宴，茶房首领刘芳进酒。钦此。八月十三日，……送汤膳毕，乐止承应戏。上进膳毕，戏未完。奉旨：送奶茶，奶茶碗盖一出就送，妃嫔等位奶茶

---

① 邢永福、师力武主编：《清宫热河档案》（第1册），中国档案出版社2003年版，第1册，第455、464页。

② 邢永福、师力武主编：《清宫热河档案》（第1册），中国档案出版社2003年版，第2册，第169页。

③ 邢永福、师力武主编：《清宫热河档案》（第1册），中国档案出版社2003年版，第3册，第507—547、598页。

④ 邢永福、师力武主编：《清宫热河档案》（第4册），中国档案出版社2003年版，第289页。

毕，将茶桌请下，戏毕转宴。① 从上面可以看出，乾隆四十年至五十三年，七月二十五日开连台戏，也成为一种惯例。

另外，乾隆六十一年（1796）至六十三年（1798）的内务府御茶膳房档见有基本同样的记载：七月初七日，奉旨着皇帝皇后贵妃供前磕头毕，还继德堂。万万岁看戏，奉旨：要巧果。②

清人吴振棫为嘉庆十九年（1814）进士，道光、咸丰年间先后在云山、山东、安徽、贵州、四川等地为官。其《养吉斋丛录》卷十三记："乾隆年间，年例自正月十三日起，在（同乐）园酬节。宗室王公及外藩、蒙古王公、台吉、额驸、属国陪臣，俱命入座赐食听戏。又万寿庆节前后数日，亦于此演剧。正屋凡五间，圣驾临莅，主位亦从观焉。诸臣命听戏者，先数日由奏事处以名单奏请。皇子及内廷王公、大学士、尚书、御前大臣、军机大臣、内务府大臣、南书房供奉翰林皆与。例坐于东西厢，某某同屋一间，亦先期指定。皆赐茶酒果物。演剧台深广约十丈，凡三层，神祇仙佛由上一层缒而下，鬼魅则自下一层穴而上。所演有清平见喜、和合呈祥、青年独驾、万年甲子、太平有象、环中九九、瑶林香世界等名目。其余传奇杂剧，与外间梨园子弟扮演皆同。特声容之美盛，器服之繁丽，则钧天广乐，固非人世所得见闻。……乾隆五十九年，驻跸热河行宫，赐扈跸诸臣观剧于清音阁，自七月二十四日始，至八月十五日，凡二十日，每日卯刻入班，未正散出。日赐茶果、克什三次。"③

通过吴振棫《养吉斋丛录》中所记与清宫相关档案记载对比观照，可以看出很多具体演戏的惯例先后形成于乾隆时期，联系《节节好音》《九九大庆》《劝善金科》《升平宝筏》等乾隆时期演出的剧目，可以看出当时上元、七夕等节令承应、皇帝和皇太后万寿承应的规制与盛况。

---

① 邢永福、师力武主编：《清宫热河档案》（第 6 册），中国档案出版社 2003 年版，第 249、261 页。

② 邢永福、师力武主编：《清宫热河档案》（第 6 册），中国档案出版社 2003 年版，第 385、393、396 页。

③ （清）吴振棫：《养吉斋丛录》，北京古籍出版社 1983 年版，第 153 页。

四 关于戏台修理、切末承做

按照执掌而言，景山、南府内的一切事务虽然俱归内务府所管辖，但是在实际操作过程中无论大事小事，全部事无巨细直接具奏清帝，包括制作戏衣切末、修理戏台等事项，或请旨教导如何办理，或遵旨照办承做，或奏报落实情况，翻阅现存的清宫档案记载，能够清楚地看到这方面的记载。这也从一个侧面反映出，戏曲演出活动作为宫廷的精神文化娱乐活动，在清代宫廷里面有着不同一般的受重视和受关注程度。

圆明园清音阁戏台，建成于雍正四年，为清代所建第一座三层戏台。从上至下，依次为福台、禄台、寿台。寿台的天花板上有天井，台板上有地井。关于三层戏台的有关情况，一直为诸多研究者和各类戏曲史所关注，经由《昇平署之闻见》[①]《清宫大戏台与舞台技术》[②]《清宫三层戏楼结构新探》[③]《圆明园同乐园清音阁戏楼钩沉——兼论清宫三层戏楼的空间使用特征及其成因》[④]《清代三层戏楼的出现与连台大戏曲本的变迁》[⑤] 等，研究者借助文献记载和实地查看两相交互印证，让我们了解了其造型设计、结构功能、尺寸大小、工程改造、舞台技术运用等方面情况。

关于三层戏台，前人的研究带给我们深度透视，档案记载则为我们提供了细节补充。如关于清音阁地井，乾隆三十六年八月十六日，内务府总管三和等奉旨对清音阁戏台地井砖帮塌陷处进行修理。乾隆三十七年九月十四日，奏销拆修清音阁地井等工用过银两事宜中载：清音阁地井一座，里口径六尺，深一丈七尺五寸。内下截添安生铁桶一个，高五

---

① 岫云：《昇平署之闻见》，分见《国剧画报》1932 年第 14、15、20、22、25、26、28、30、33、39 期（4 月 22、29 日，6 月 3 日、17 日，7 月 8 日、15 日、29 日，8 月 12 日，9 月 2 日，10 月 14 日）。

② 俞健：《清宫大戏台与舞台技术》，《艺术科技》1999 年第 2 期。

③ 张净秋：《清宫三层戏楼结构新探》，《戏曲艺术》2010 年第 2 期。

④ 张龙、吴晗冰、张芝明、张凤梧：《圆明园同乐园清音阁戏楼钩沉——兼论清宫三层戏楼的空间使用特征及其成因》，《故宫博物院院刊》2019 年第 9 期。

⑤ 彭秋溪：《清代三层戏楼的出现与连台大戏曲本的变迁》，《文学遗产》2021 年第 5 期。

尺五寸。上截高一丈二尺，添安红砂石，计十七层，凿做车辋式成砌，上安旧青沙石压面一层。石帮周围背后用旧城砖成砌，高四尺，均宽三尺五寸，其余高八尺，筑打灰上十五步。上面用新样城砖铺墁，并拆卸开刨井桶背后、拆墁院内海墁及出捞碎砖石掏水清挖淤泥，清音阁周围檐内里搭拆保护戗架运料、桥座罐架等项，用过工料银一千十一两一钱五分六厘……①乾隆四十年灯裁承做热河活计档中记载：乾隆四十年五月二十一日，员外郎四德呈为热河清音阁大戏台地井应用白丝绳四根年久糟旧，难以应用，请交该作（灯裁作）照样打做白绳四根，再同乐园大戏台井绳亦属糟旧，请交该作照样打做白丝绳四根。等因，回明公大人准行。遵此回明总管永佛。准行即此。②

除了戏台本身，与戏台相关的配套设施，乾隆也非常关注。乾隆五十五年七月十四日，前者十一日面奉谕旨：本年热河筵宴外藩开戏之期较早，清音阁大戏台对面看戏楼前搭盖凉棚以避炎热。回銮后，同乐园开戏，所有安南国王及蒙古部落各国使臣亦俱入座，恐天气尚未能凉爽，著伊龄阿等于大戏台地方看戏楼前，亦照样搭盖凉棚。军机大臣于西边坐落，亦著搭盖凉棚。钦此。特此达知大人即遵照办理，并将热河凉棚式样烫样附寄。但内开尺寸，系指热河清音阁对面看戏阁间料而言，若同乐园搭棚，自当就同乐园面宽酌量丈尺办理，其式样必须照此，仍各留天井为要。至军机大臣坐落，竟于缎店及南酒店各地方为妥，以该处尚觉宽敞近便，也顺侯不一。伊、巴大人。③

在演出切末方面，乾隆四十五年五月二十日，军机大臣福隆安奏报南府学艺人等前往热河预备差务事宜，其后所附《南府携往热河物件清单》中记载：大戏代用钱粮移往热河，衣箱，戏箱十五个上车。靠箱，戏箱二十个上车。盔箱，戏箱四个上车，圆笼十二个上抬，板箱四个上

①　邢永福、师力武主编：《清宫热河档案》（第 2 册），中国档案出版社 2003 年版，第 513 页。

②　邢永福、师力武主编：《清宫热河档案》（第 3 册），中国档案出版社 2003 年版，第 641 页。

③　邢永福、师力武主编：《清宫热河档案》（第 6 册），中国档案出版社 2003 年版，第 493 页。

抬，带盒一个上台。杂箱，板箱五十九个上抬，圆笼三十二上抬，璧子吉庆有年匾上抬。共戏箱三十九个上车。共板箱、圆笼、带盒等一百六个上抬。①

此中所见规模最大的切末承做记载，见于乾隆五十四年。八月初九日，太监鄂鲁里先后两次传旨交热河大戏所用切末：第一次交靠箱和盔箱切末一千六百十七件，传旨：着交苏州织造处收什成做，钦此。第二次交杂箱八百八十二件，传旨：著交造办处修饰成做，钦此。同时，交靠箱三宗，交衣库成做。于十一月十四日，内务府造办处回奏，共修饰见新成做大戏应用苓芝花、双喜字、云海屋、添筹、白莲花、青瓶等项一千一百一十五件，共核计应用工料银二千四百八十七两八钱三分。② 有关这两次交出的热河大戏所用切末戏目，彭秋溪在梳理内务府造办处《活计档》时连同其他所见相关材料一并辑录，此处不再赘述。同时，据其辑录此前在三月二十七日，下旨将南府内头学交出的一百四十四件衣靠变价；三月二十八日下旨将二百二十四件铜锡物件镕化做材料用，将二千三百八十件切末交苏州修饰见新；四月初一日，下旨苏州照景山头学盔箱的样品成做一百零三件切末。③

另外，乾隆五十五年七月初二日，将苏州送到热河大戏应用盔头等项共一千六百十七件俱不开销，持进安在烟波致爽殿内呈览。奉旨：交南府总管同热河总管查对收贮，钦此。④

五　看戏楼陈设布置

清朝从顺治到光绪的九代皇帝，个个都是戏曲的爱好者，他们不仅

---

① 邢永福、师力武主编：《清宫热河档案》（第6册），中国档案出版社2003年版，第1册，第366—367页。

② 邢永福、师力武主编：《清宫热河档案》（第6册），中国档案出版社2003年版，第6册，第420—425页。

③ 彭秋溪：《雍正、乾隆两朝内府〈活计档〉所见戏曲史料选辑》，《戏曲与俗文学研究》2019年第1期。

④ 邢永福、师力武主编：《清宫热河档案》（第6册），中国档案出版社2003年版，第552页。

对于戏曲剧本的改定、角色的分派、人物的装扮、切末的使用、舞台的调度时有插手，包括看戏楼内部的陈设布置也都不厌其烦，一一下旨具体指示，并且细致到毡子要用什么颜色、加不加封边，挂件要挂到哪里、用什么样的钉子及使用钉子的数量，窗子安装玻璃的制作样式、尺寸，大块玻璃裁剩的余料作何用途，等等。此类指示内容，多见于内务府造办处活计档。以笔者有限所见，或以此方面内容细屑琐碎之故，之前未见有学界研究者提及。在笔者看来，如果说戏台的有关资料有助于我们了解戏台的硬件建设，那么通过此类陈设布置的安排，能够在一定程度上让我们了解看戏楼的软装配套，以诸多的细节和实物还原当时的内部境况，通过想象增加更多的直观感受。因此，不厌其烦，"鹭鸶腿上劈精肉""刮金佛面细搜求"，具体所得如下。

其中，有关于毛毡、地毯、帘子等的铺设者。如乾隆二十年七月初八日，总管内务府大臣三和奏报查明热河看戏楼内应用铺设毡氍尺寸及数目：大戏台铺用青毡二十块，各长一丈五尺，宽一尺。奉旨：知道了。① 乾隆四十年六月十一日，员外郎四德库掌太监胡世杰传旨，看戏楼东西窗户上香色杭绸卷窗十个糟旧，著换新的，钦此。② 乾隆四十一年八月初五日，太监如意传旨，看戏楼高矮床上现铺素红猩猩毡糟旧，着另换所用红猩猩毡，向芳元居挑用，不必沿边，钦此。其后记：随挑得芳元居红猩猩毡一整块呈览，奉旨准用。于本日将红猩猩毡一块，在看戏楼床上铺设，余剩红毡一块，交芳元居讫。③ 乾隆四十四年八月初四日，员外郎四德、催长大达子来说太监厄勒里交长方羊毛花毯四块，方羊毛花毯二块，传旨：着在看戏楼明间里外换铺，余剩花毯在文津阁铺设，俱沿一寸宽青布边，钦此。八月十二日，员外郎四德，催长大达子来说太监厄勒里传旨：看戏楼下穿堂门并对楼梯门上成做红猩猩面夹帘三架，

---

① 邢永福、师力武主编：《清宫热河档案》（第2册），中国档案出版社2003年版，第513页。

② 邢永福、师力武主编：《清宫热河档案》（第3册），中国档案出版社2003年版，第647页。

③ 邢永福、师力武主编：《清宫热河档案》（第4册），中国档案出版社2003年版，第85页。

其应用毡子缎边材料向芳元居要用，俱赶明早要挂，钦此。①

　　有关于挂件陈设、家具制作及摆放者。如乾隆四十年九月初九日，太监胡世杰传旨，看戏楼等处挂挂屏十五对，向造办处要云头钉安挂。其中，看戏楼上下二对。② 乾隆四十一年七月十一日，副都统金□面奉谕旨，热河看戏楼上围屏座子，着用紫檀木色厢做，钦此。其后记：于本月十九日，将热河看戏楼上围屏用紫檀木色的厢呈进讫，钦此。③ 乾隆四十五年七月初三日，太监厄勒里传旨：看戏楼殿内东间东墙挂紫檀嵌玉挂屏一对，用铜如意钉六个，记此。④ 这方面，又以乾隆五十年所见记载最多：七月二十七日，太监长宁传旨：看戏楼下现设案一张，着用紫檀木垫高一寸五分，赶晚要得，钦此。六月初六日起至八月十一日，太监鄂鲁里传热河烟波致爽、狮子园、永佑寺等处挂挂屏、字对，其中看戏楼上明间珐琅挂屏二对，用如意钉八件；看戏楼下西间玻璃挂屏一对，用如意钉六件；看戏楼上西间玉字挂屏三对，用如意钉八件。五月十八日起至八月十五日，陆续交出御笔字、横批字、条子对等，热河等处传旨应镶边者镶边，配璧子者配璧子，随托钉挺钩安挂，钦此。内里，镶一寸蓝绫边托贴字横批字斗字对中，安挂看戏楼白笺纸字匾二张，看戏楼粉红笺纸横批一张；做一寸宽双灯草线锦边璧子挂屏扁对托钉提钩安挂中，安挂看戏楼蓝笺纸字条一张、对一副。八月十六日，接得本报寄来信帖内开七月十二日太监鄂鲁里传旨：一片云看戏殿内宝座床现设小案上添配插屏，量准尺寸，照京内发来新作小插屏做法样款做插屏样呈览，钦此。其后记：于八月初二日，将做得紫檀木小插屏一座，副都统舒文带往热河呈进。九月十一日，太监鄂鲁里传旨：看戏楼承庆堂狮子园等处挂挂屏、对联等，用铜如意钉一百五十二个，记此。其中：看戏

　　① 邢永福、师力武主编：《清宫热河档案》（第 4 册），中国档案出版社 2003 年版，第 411、417 页。

　　② 邢永福、师力武主编：《清宫热河档案》（第 3 册），中国档案出版社 2003 年版，第 679 页。

　　③ 邢永福、师力武主编：《清宫热河档案》（第 4 册），中国档案出版社 2003 年版，第 81 页。

　　④ 邢永福、师力武主编：《清宫热河档案》（第 4 册），中国档案出版社 2003 年版，第 538 页。

楼下挂嵌玉挂屏三件，用如意钉九件。① 乾隆五十四年也见有多处记载：闰五月十二日，总管张进喜传旨陆续交出御笔字条、斗字、横批、挂屏等，应做璧子镶边者做璧子镶边者，随托挂钉倒环悬挂，应镶边者镶边贴落，钦此。其中，大戏台明间现设插屏一对，上现贴旧黄绢四块揭下，托高丽纸长五寸、二寸宽，二尺五寸插屏二面糊什高丽纸底子，用旧黄绢二面糊什一层，外用交出新黄绢，托高丽纸二面糊什，周围镶一寸宽蓝绫边新娟四块，各长五尺二村、宽二尺五寸。七月二十八日，太监常宁传旨：一片云西间看戏殿内现设绣迎手靠背坐褥一分，配葛布套，所用材料向芳园居要用，钦此。八月十四日，太监鄂鲁里传旨：热河看戏楼殿内现挂镶嵌挂屏一件，着穆腾额送进京交如意馆，将树本按红道补做木本，其玉地景颜色不一样，另挑一色玉换赶出，哨以前做得安挂，钦此。于八月二十八日，将做得镶嵌挂屏一件，交催长存柱送往热河。② 这是乾隆帝八旬万寿的前一年，应该是为迎接万寿庆典提前做准备。乾隆五十九年，从六月初一日起，总管张进喜传旨陆续交出各类挂件，其中，狮子园看戏房殿内明间南边柱上用字挂屏一件，长二尺，宽一尺，一寸蓝绫边，在外一块玉璧子，闷钉护眼挂。乾隆六十年五月起至八月，热河园内烟雨楼等处挂挂屏四十对零三件，共用如意钉二百四十九件。其中，看戏楼添挂挂屏二十对一件，等等。③

　　有关于在看戏楼窗户上是否安装玻璃者。如乾隆四十四年即见有两条：一是七月初七日，太监厄勒里交紫檀木边油画玻璃挂屏三对，并传旨查各处窗户上应安玻璃者，随查得延山楼三间，除明间前后榻扇二槽，东西次间南北窗户八扇，安用玻璃四块，画得窗户纸样一张，并看戏楼下西次间现安小玻璃一块，换安二块，画得纸样一张呈览，奉旨：延山楼准在南窗户四扇上各安一块，其看戏楼下玻璃两块，暂不必安，再看

---

　　① 邢永福、师力武主编：《清宫热河档案》（第5册），中国档案出版社2003年版，第323—330、351、359页。

　　② 邢永福、师力武主编：《清宫热河档案》（第6册），中国档案出版社2003年版，第413、419、427页。

　　③ 邢永福、师力武主编：《清宫热河档案》（第7册），中国档案出版社2003年版，第513、641页。

地方画样呈览，钦此。于十一日，太监厄勒里传旨：如意洲一片云看戏楼北窗户现安玻璃一块，着另查大玻璃一块换安，如无大玻璃将窗户二扇满安碎割玻璃，钦此。二是九月十九日，员外郎四德、五德，催长大达色来说，太监鄂鲁里传旨同乐园看戏楼下现安大玻璃窗户二扇，将西边窗户上大玻璃一块拆下有用处，着该工将旧窗户安上，钦此。于二十二日，员外郎四德、五德，催长大达色将同乐园看戏楼下西边窗户上大玻璃一块拆下，随月白春绸夹帘持进交太监鄂鲁里呈览，奉旨：俟有往热河便人带去，明年驾幸热河呈览后，在古松书屋镶窗户用，其春绸帘有用处用，钦此。① 乾隆五十年十月十九日，太监长宁传旨：一片云看戏楼下殿内西次间并稍间南窗户二扇，照西间窗户上现安玻璃，各安玻璃二块，钦此。②

有关于看戏楼安装玻璃镜者。如乾隆四十六年八月二十八日，太监厄鲁里传旨：看戏楼上东边矮床上现安楠木边有玻璃镜一面，对面亦照样厢安楠木边有玻璃镜一面，先查玻璃呈览，钦此。其后记：随量得现安玻璃镜连木边，通高七尺一寸、宽三尺八寸。查得京内送来有锡玻璃三块，长宽尺寸俱窄小，不敷应用。又查得芳园居收贮玻璃围屏量丈中扇，尺寸亦不敷用。随又查得京内玻璃单内有长六尺七寸、宽三尺二寸五分有锡玻璃一片，周围配三寸宽楠木边厢安，抹得玻璃尺寸纸样一张，上粘楠木边纸样，交太监厄鲁里呈览。奉旨：玻璃准用，将纸样代进京成做木边，于明年送来厢安，钦此。于四十七年三月十九日，员外郎四德，催长大达色为热河看戏楼上安玻璃镜一面，查得库存宽三尺五寸、长七尺五寸有锡玻璃一块，宽里下足用，长里下应割去八寸，画得添配三寸宽楠木边纸样一张，交太监厄鲁里呈览。奉旨：玻璃准割用，其楠木边准做。钦此。于四月初四日，将热河看戏楼应安玻璃一块，长七尺五寸、宽三尺五寸，宽足用，长里下割去八寸，画得墨道并看得周身俱有走锡处持进，交太监厄鲁里呈览。奉旨：准用此玻璃做厢安，其割下

① 邢永福、师力武主编：《清宫热河档案》（第4册），中国档案出版社2003年版，第396、330页。

② 邢永福、师力武主编：《清宫热河档案》（第5册），中国档案出版社2003年版，第310页。

玻璃收贮有用处用。钦此。此内割下玻璃一条，用在四十七年正月初一日做葫芦背镜一面上用讫。①

透过这些细小之处，可见皇帝对于看戏楼陈设装潢之关注和用心。推想其背后的原因，乾隆喜爱戏曲进而为更好享受看戏综合体验的个人因素，占据其中相当一部分；与此同时，联想到每次看戏之时，在座的那些蒙古王公、外番君长、各国贡使，此时的看戏楼又不仅仅是作为娱乐场所而存在，同时承载着政治、外交场合的多元功能，同一空间包含多重意味，不由得不重视，这种彰显天朝国威、升平景象的现实需要想必也占据了相当比重。

六 关于八旬万寿庆典

顺治八年（1651），万寿圣节和元旦、冬至一同被定为三大节。按照仪典，演戏是万寿庆典的重要组成部分，尤以乾隆朝为最。特别是乾隆八十整寿之时，据阿桂等人的奏报可知，庆典的相关筹备从三年之前即开始着手，"乾隆五十二年八月十六日奉上谕，兹王公大臣及直省将军大吏等，以乾隆五十五年朕八旬万寿，吁请举行庆典，预祝蕃厘览奏具见诚悃，着照所请于五十五年举行万寿典礼等因，钦此。"② 乾隆本人意在进行盛大庆祝，却又勉为其难称出于臣下"吁请"之无奈。甚至，在时隔四年之后的谕旨中，依然不忘声称"乾隆五十年，届朕八旬寿辰，因内外大小臣工再三吁恳举行庆典。"③ 话虽如此，但对相关准备情况却一刻不曾放下，如乾隆五十四年三月二十六日，军机处奏报各次万寿恩诏

---

① 邢永福、师力武主编：《清宫热河档案》（第 5 册），中国档案出版社 2003 年版，第 53 页。

② 杨连启：《清万寿庆典戏曲档案考》，中国戏剧出版社 2013 年版，第 53 页。

③ 邢永福、师力武主编：《清宫热河档案》（第 7 册），中国档案出版社 2003 年版，第 452 页。档案全文：乾隆五十九年二月初二日，内阁奉上谕：我国家重熙累洽，列圣相承，薄海升平，遐荒宾服，朕簪膺统绪，荷蒙昊苍笃祐，于今五十九年，惟日孜孜无时不以勤民为念。乾隆五十年，届朕八旬寿辰，因内外大小臣工再三吁恳举行庆典。……

颁发日期。① 随后，大学士伯和寄直隶提督阎正祥书信中传乾隆谕旨，命其在八旬万寿时"照（乾隆）三十六年之例，在古北口一带跸路往还所经处备办预备点缀"②。再如本文中所及，乾隆五十四年的各项切末承做，乾隆五十五年七月在清音阁大戏台对面看戏楼前搭盖凉棚等，都是为八旬万寿所作之准备。

"乾隆五十五年，圣寿八旬。朝鲜、琉球、安南、巴勒布皆诣阙祝釐。"③ 一些来朝的使节记录下自己的所见所闻，其中也提到了万寿庆典中的演戏情况。朝鲜派出的使臣徐浩修在其旅行记录《燕行记》中，对在热河避暑山庄和北京圆明园看戏的具体情形做了详细记载。据其记载，从八月初一日至初六日，连续六日演唐僧三藏《西游记》，每天从卯时开演，到未时止戏。④ 日本学者磯部彰在探究徐浩修所记《西游记》为何作品时，引用柳得恭所作《圆明园扮戏》："督抚分供结彩钱，中堂献祝万斯年。一旬演出西游记，完了升平宝筏筵（升平宝筏，戏目）。"据此及《滦阳录》中的详细注释："八月十三日皇帝万寿节，各省督抚献结彩银累巨万两，和中堂珅管料办内务府……皇帝七月三十日到圆明园，自八月初一日至十一日所扮之戏，《西游记》一部也。戏目谓之《升平宝筏》。……"⑤

---

① 邢永福、师力武主编：《清宫热河档案》（第6册），中国档案出版社2003年版，第317页。档案全文：臣等恭查康熙四十二年、五十二年圣祖仁皇帝五旬、六旬万寿，恩照俱系是年三月十八日颁发。乾隆十六年、二十六年、三十六年皇太后六旬、七旬、八旬万寿，恩照俱系是年十一月二十五日颁发。惟乾隆四十五年，皇上七旬万寿，恩照因圣驾临行热河，是以是年正月初一日颁发，谨奏。

② 邢永福、师力武主编：《清宫热河档案》（第6册），中国档案出版社2003年版，第318页。档案全文：乾隆五十四年四月二十九日奉上谕：阎正祥奏，乾隆五十五年恭逢，提镇等未获附襄盛典，肯一体准缴经费等语。三十六年，朕前往热河及回銮时，提督王进泰曾于古北口一带预备点缀，明年夏间朕仍往山庄避暑，于七月内回京，阎正祥等止须照三十六年之例，在古北口一带跸往还所经处备办预备点缀，已足抒其忱悃，然不可过于靡费，所有缴经费之处，可以不必。将此传谕知之，钦此。

③ （清）吴振棫：《养吉斋丛录》，北京古籍出版社1983年版，第166页。

④ 傅谨主编：《京剧历史文献汇编 清代卷8 笔记及其他》，凤凰出版社2011年版，第267—269页。

⑤ 磯部彰：《朝鲜燕行使节所见清朝宫廷大戏——以乾隆时期〈升平宝筏〉为中心》，《文学遗产》2019年第1期。

与徐浩修同样亲眼目睹乾隆八旬庆典盛况的，还有越南西山朝使者潘辉益，其燕行诗集《星槎纪行》之《圆明园侍宴纪事》序中记："（七月）二十日，自热河奉旨，先回圆明馆待驾。二十九日奉御到，候迎道左。八月初一日至初十日，连侍宴看戏。每夜四更趋朝，候在朝房。卯刻奉御宝座，王公大臣，内属蒙古、青海、回回、哈萨克、喀尔喀诸酋长，外藩安南、朝鲜、缅甸、南掌、台湾生番诸使部，排列侍坐。未刻戏毕，赏赍珍玩外，日三次赐食，前后二次赐肉品，中次赐密品，率以为常。"① 陈正宏据其所见《乾隆朝上谕档》②，指潘辉益圆明园侍宴所看之戏"即连台本的大庆戏《升平宝筏》"③。

乾隆五十五年《记事录》中载："八月初一日起，在同乐园预备《升平宝筏》戏六日，初十日预备寿戏一日，十三日在宁寿宫预备寿戏一日，于十九日起至二十一日，预备三日。"④ 对比《八旬万寿庆典日期清单》记载，八月初一日开《升平宝筏》大庆戏起，初六日《升平宝筏》大戏毕，其余皆照此前预备演出，另外，七月初九、十一、十三、十六至十九日，先后七日演大庆戏；八月十二日，重华宫演戏。以此来看，徐浩修记录的完全吻合，潘辉益记录的有所出入，矶部彰指所演《西游记》即《升平宝筏》的结论是对的，但所凭之依据《圆明园扮戏》，据《京剧历史文献汇编》所录，系柳得恭嘉庆六年之作⑤。不过也没关系，无论这首诗作的创作年份对错与否，清单等作为直接证据已经给出了确切答案。陈正宏的推断正确，而且是笔者所见首个援引清单说明这个问题的人，但其文中于清单的具体内容未多作披露，其他著述中也少见提及此清单。细按《乾隆朝上谕档》中所载清单，与《清宫热河档案》所见内

---

① 复旦大学文史研究院、越南汉喃研究院合编：《越南汉文燕行文献集成》（第 6 册），复旦大学出版社 2010 年版，第 237—238 页。

② 中国第一历史档案馆编：《乾隆朝上谕档》（第 15 册），档案出版社 1991 年版，第 777—778 页。

③ 陈正宏：《越南燕行使者的清宫游历与戏曲观赏》，《故宫博物院院刊》2012 年第 5 期。

④ 彭秋溪：《雍正、乾隆两朝内府〈活计档〉所见戏曲史料选辑》，《戏曲与俗文学研究》2019 年第 1 期。

⑤ 傅谨主编：《京剧历史文献汇编 清代卷 8 笔记及其他》，凤凰出版社 2011 年版，第 274 页。

容完全一致，不惟于演戏情况可以一目了然，对于庆典仪制方面亦可增进了解，是以将其全文照录如下：

七月初七日，早膳后，哲木尊、丹巴呼图克图、噶尔丹、锡呼图克图等在依清旷瞻觐。

初八日

初九日，安南国王阮光平、各蒙古、回子王公等瞻觐，演大庆戏。

初十日，早膳后，依清旷递丹书毕，吏兵二部带领引见。

十一日，朝鲜、南掌、缅甸三国陪臣瞻觐，演大庆戏。

十二日，拜庙拈香，念万寿经及哈萨克在惠迪吉门外瞻觐。

十三日，两金川土司、甘肃土司、台湾生番等瞻觐，演大庆戏。

十四日，早在澹泊敬诚殿筵宴，赏项即分设两配殿阶下，晚在万树园大蒙古包看烟火。

十五日，河灯。

十六日，演大庆戏。

十七日，演大庆戏。

十八日，演大庆戏。

十九日，演大庆戏毕，即令南府人等起身。

二十日，安南国王等起身进京。

二十一日，各国使臣等分起进京。

二十二日，土司、生番等分起进京。

二十四日，呼图克图等及都尔伯特、土尔扈特、霍硕特乌、梁海、哈萨克等分起各回游牧在。文庙以西万寿亭处送驾。喀喇河屯。

二十五日，常山峪。

二十六日，两间房。

二十七日，瑶亭子。

二十八日，密云县。

二十九日，南石槽。

三十日，圆明园。

八月初一日，开《升平宝筏》大庆戏起。

初二日

初三日

初四日

初五日

初六日，《升平宝筏》大戏毕。

初七日，社稷坛遣员斋戒，达赖喇嘛递丹书克。

初八日，社稷坛遣员斋戒，众喇嘛递丹书克。

初九日

初十日，同乐园大庆戏。

十一日

十二日，进宫看庆典点缀，后宫内少坐，出顺贞门诣大高殿、寿皇殿拈香瞻礼。重华宫演戏。

十三日，御太和殿受贺礼成，至宁寿宫阅是楼演大庆戏。

十四日，斋戒。

十五日，看祝版，酉刻祭，夕月坛礼成还宫。

十六日，自宫内看庆典点缀，回圆明园同乐园。

十七日，文庙遣员斋戒，各项人等引见。

十八日，文庙遣员斋戒，各项人等引见。

十九日，同乐园演大庆戏。

二十日，正大光明殿筵宴王大臣及蒙古王公、外藩国王、使臣等，礼成同乐园演大庆戏。

二十一日，同乐园演大庆戏。①

---

① 邢永福、师力武主编：《清宫热河档案》（第6册），中国档案出版社2003年版，第465—467页。

十九日　演大戲畢即令南府人等起身

二十日　安南國王等起身進京

二十一日　各國使臣等分起進京

二十二日　土司生番等分起進京

二十四日　呼圖克圖等及都爾伯特土爾扈特烏梁海哈迪克等分起／特賚頒榜烏梁海在文廟迪西等萬壽／各處收在塔喇河屯／亭處送回游牧

一六五

二十五日　常山峪

二十六日　兩間房

二十七日　瑤亭子

二十八日　密雲縣

二十九日　南石槽

三十日　圓明園

八月初一日　開昇平寶筏大慶戲起

初二日

初三日

初四日

八旬萬壽慶典日期

七月初七日　當爾丹錫呼圖克圖等在依清曠時觀／早膳後哲木尊丹巴呼圖克圖等在依清

初八日　安南國王阮光平各家古回子王演大慶戲

初九日　公等瞻覲大慶戲丹書早

初十日　吏兵二處帶領引見瞻覲／早膳後帶緬甸三國陪臣瞻覲

十一日　演大慶戲南掌緬甸三國陪臣瞻覲

十二日　在鮮南掌緬甸三國陪臣瞻覲／萬壽經及哈薩克番子門外瞻覲

十三日　兩金川土司甘肅土司臺灣生番演大慶戲／拜廟拈香惠迪吉

十四日　早在設兩泊馭煤殿下晚在萬樹／項即分在古包泊馭煤殿下晚在萬樹園大蒙古包有烟火

十五日　河燈

十六日　演大慶戲

十七日　演大慶戲

十八日　演大慶戲

四六五

图1　乾隆八旬万寿庆典时期清单

十七日　文廟遣員齋戒　各項人員等

十八日　文廟遣員齋戒　各項人員等
　　　　引見

十九日　同樂園演大慶戲
　　　　引見

二十日　同樂園演大慶戲
　　　　正大光明殿延宴王大臣及蒙
　　　　古王公外藩囘王侍臣等禮成

二十一日　同樂園演大慶戲
　　　　　同樂園大慶戲

初五日　昇平寶筏大戲單

初六日　社稷壇遣員齋戒　達賴喇嘛

初七日　社稷壇遣員齋戒　達賴喇嘛

初八日　社稷壇遣員齋戒　泉喇嘛遮
　　　　遮　丹書克

初八日　丹書克

初九日　同樂園大慶戲

初十日　同樂園大慶戲

十一日　退宮看慶典點綴後宮內少坐
　　　　出順貞門詣大高殿壽皇殿演戲

十二日　御太和殿受賀禮成至　寧壽
　　　　宮是樓演大慶戲

十三日　宮閣拈香瞻禮重華宮演戲

十四日　齋戒

十五日　看祝版　酉刻祭　夕月壇禮

十六日　成還宮
　　　　自宮內看慶典點綴回圓明
　　　　園同樂園內看慶典點綴回圓明

四六六

图2　乾隆八旬万寿庆典时期清单

　　综上所述，乾隆时期，与清宫演剧活动步入第一次高潮的变化相适应，作为演剧专门承应机构南府、景山的管理体系和管理机制也相对走向成熟，自乾隆二十二年以后，景山、南府的机构设置总体定型并长期保持稳定，以内外两学为演出主体的建制贯穿清宫演剧始终，同时相对固定日期承应演出的体制进一步发展完善。福宁、王臣、胡进朝、田国用、张进玉、刘进忠、李长寿、黄福兴、王朝用、王国安、商连用、罗善、喜贵、文玉、双玉、周玉、景福、宁贵、吕祥玉、金福贵、赵玉贵、刘福玉、程琳贵、沈安玉等二十四人，从乾隆二十七年至三十四年期间，一直在内承应差事。亦如后世清宫档案所见，乾隆会随机赏赐这些承差伶人，恩赏所及包括哨鹿所猎鹿肉，以及相应节令所用物品等。戏台修理、切末承做和看戏楼陈设布置，作为演剧活动繁盛不同侧面的见证，始终与戏曲演出相伴而行；八旬万寿庆典，作为演剧活动繁盛的一次综合体现，让世人见证了清宫演剧那段辉煌而难忘的历史。

作者简介：

刘铁，男，文学博士，辽宁大学文学院教授。主要研究方向为元明清小说戏曲。

吴兰修年谱

谢永芳

摘　要： 吴兰修（1789—1839）原名诗捷，字石华，号荔村。广东嘉应州（今梅州）人。嘉庆十三年（1808）恩科举人。署番禺县学训导。著有《南汉纪》五卷、《南汉地理志》一卷、《南汉金石志》二卷、《端溪砚史》三卷、《方程考》一卷、《荔村吟草》三卷、《桐花阁诗集》一卷、《桐花阁词》一卷《补遗》一卷、《守经堂集》一卷。曾校订《第六才子书西厢记》，并附论十则。又辑编《岭南后三家集》（今佚）。

关键词： 吴兰修　年谱

　　吴兰修，原名诗捷，字石华，号荔村。广东嘉应州（今梅州）人。乾隆五十四年（1789）九月初五日生。嘉庆十三年（1808）恩科举人。尝客大同，有《风雪入关图》。道光元年（1821），署番禺县学训导。与曾钊、吴应逵、林伯桐、张维屏、黄培芳、张杓、杨时济、邓淳、马福安、熊景星、徐荣、温训、刘天惠、谢念功、杨炳南、黄子高、胡调德等结希古堂文社。四年，阮元建学海堂，与赵均董其役。堂成，举为学长，兼粤秀书院监院。五年，阮元选辑《学海堂集》，命其编校监刻。六年，翁心存浚治药洲，得仙掌石米芾诗刻，兰修与其事。十二年，程恩泽闻后与兰修等游白云山，会者另有曾钊、陈鸿墀、李黼平、段佩兰、仪克中、梁梅、侯康、谭莹、孟鸿光、居溥等十人，王玉璋为绘《蒲涧赏秋图》。寻补信宜县学教谕，留省办理惠济义仓事宜。卢坤增设学海堂专课生，属钱仪吉与兰修及曾钊等商订课业章程。生平枕经菲史，工诗文，治史精于考核，兼精算术，尤善倚声。道光十九（1839）年逝世。子三，绥纶、章纶、□纶。

吴兰修著有《南汉纪》五卷、《南汉地理志》一卷、《南汉金石志》二卷、《端溪砚史》三卷、《方程考》一卷、《荔村吟草》三卷、《桐花阁诗集》一卷（钞本，国家图书馆藏）、《桐花阁词》一卷、《补遗》一卷、《守经堂集》一卷。曾校订《第六才子书西厢记》，称"桐华阁校本"，并附论十则。又辑编《岭南后三家集》（今佚）。兰修诗，据伍崇曜编《楚庭耆旧遗诗》后集卷一，可辑得佚诗 2 首：《秋胡行》《青楼曲》。兰修词，主要有嘉庆间刻本（与《守经堂集》合刊），道光间刊许玉彬、沈世良编《粤东词钞》本，光绪间《学海堂丛刻》本，宣统间汪兆镛校刻《微尚斋丛刻》本和民国间古直辑刊本，其中《微尚斋丛刻》本收录较全，凡 84 首。另据张宝编绘《泛槎图》《粤东词钞》及潘飞声《在山泉诗话》，可分别辑得佚词 1 首，共 3 首（第一、第三首词题为本谱编者所加）：《浪淘沙·题泛槎图》（供养老烟霞）、《忆秦娥·题叶蓉塘月夜听歌图》（吴声脆）、《金缕曲·题搔首图》（六合茫茫也）。

年　谱

清高宗乾隆五十四年己酉（1789）一岁

九月初五日（10 月 23 日）生。

案：兰修生年月日，系据朱彭寿编著《清代人物大事纪年》。然其书并未交代文献依据。

藏书堂曰守经堂。有藏书印曰"石华藏书，子孙永宝。鬻及借人，是皆不孝"（据韦力《芷兰斋书跋初集》）。

陈昌齐《守经堂记》："守经堂者，吴君石华藏书之堂也。君富于书，四部丛焉，独称经何？宗圣也。圣人之道备于经，余或言事，或言理，皆准之，非然则倍。群言淆乱，盖衷于是矣。其曰守何？励志也。古人治经，一音一义，一名一物，具有师承。六朝后少经师，侏儒问天高汉，故训其修人也。古之治经以为道，今之治经以为艺，志于古者违于今，诽誉之见动于中，利禄之私诱于外，不渝其素者鲜矣。吾定吾力学古，庶几有获也。曰：然则曷不言守道也？曰：经者道之质，道者经之心。徒言道，惧夫主冥悟者得所依托。而道其道，转以乱吾圣人之道也。有为之质者而心在焉，经之所以为常而可法也。曰：经之传也，历祀绵远，时异势殊矣。守其界，或拘于墟，士以通经致用，言守曷若言通也？曰：恒言经，率与权连文。夫子言，可与适道未可与立，可与立未可与权。立即守，而权则通矣。经之用，妙乎权，惟能守也，后能通。自得之，则资深而左右逢源，是在深造之以道者。"载其《赐书堂集钞》卷二。陈在谦编《国朝岭南文钞》卷三题作《吴石华守经堂记》。

叶衍兰编《清代学者象传》有画像可瞻。

陈昌齐（宾臣、观楼）四十七岁。李潢（云门）四十四岁。陈鸿墀（范川）、胡长龄（西庚）三十二岁。曾燠（宾谷）三十一岁。谢兰生（澧浦、里甫）三十岁。江藩（郑堂）二十九岁。王利亨（竹航、寿山）、陈钟麟（厚甫，—1841后）、张宝（仙槎）二十七岁。阮元（云台、文达，—1849）二十六岁。谢清高、邵咏（子言、芝房）二十五岁。吴嵩梁（兰雪）、何元锡（梦华）二十四岁。郭麐（频伽）二十三岁。蒋因培（伯生）二十二岁。李兆洛（申耆）二十一岁。李黼平（绣子）二十岁。陈寿祺（恭甫）、陆耀遹（绍闻、劭文）、刘彬华（朴石）十九岁。卢坤（厚山、敏肃）十八岁。董国华（琴南，—1850）十七岁。谭敬昭（康侯）、林联桂（家桂、辛山）十六岁。邓淳（粹如、朴庵，—1850）、邓廷桢（嶰筠，—1846）十四岁。许乃济（青士）、周仪暐（伯恬，—1846）、黄安涛（霁青，—1847）、祁⬚土贡（竹轩，—1844）十三岁。汤贻汾（雨生，—1853）、林伯桐（月亭，—1847）、黄培芳（香石，—1859）十二岁。潘正亨（伯临）十一岁。张维屏（南山，—1859）、陈在谦（雪渔）十岁。张深（茶农，—1843）、徐松（星伯，—1848）九岁。李秉绶（芸圃、耘圃、芸甫，—1842）、程矞采（晴峰，—1858）、周三燮（南卿）、钱仪吉（衎石、心壶、新梧，—1850）七岁。汪云任（孟棠，—1850）、陈昙（仲卿，—1851）六岁。程恩泽（春海）、陈沆（秋舫）五岁。郑开禧（云麓）四岁。温训（伊初，—1851）二岁。罗文俊（泰瞻、萝村，—1850）、樊封（昆吾，—1876）一岁。

乾隆五十六年辛亥（1791）三岁

翁心存（遂庵、文端，—1862）、潘正炜（季彤，—1850）、陈继昌（莲史，—1849）生。兰修曾作《送陈莲史太守（继昌）归桂林》。翁氏曾作《和李陆平制军年伯重游荔支湾集景苏园元韵》。李陆平，未详。

乾隆五十七年壬子（1792）四岁

龚自珍（定庵，—1841）、徐荣（铁孙，—1855）生。兰修曾作《复徐星伯书》，中有云："前所赠定庵端砚，乃西洞极纯之品，而定庵薄之，大为此砚抱屈，已以略小者易回。兰修有藏砚二，有行砚三。今行砚一归阁下，一归定庵，一归默深，皆著作家亦砚之幸，虽空橐而归，殊快意耳！再砚匣前在途中颠损上方，其损者尚在定庵处，未交还，阁下可到彼处索回补之。"

乾隆五十八年癸丑（1793）五岁

唐树义（子方，—1855）、曾钊（勉士，—1854）、招子庸（铭山，—1846）生。兰修曾作《与曾勉士书》。曾氏曾作《答吴石华书》。

乾隆五十九年甲寅（1794）六岁

谢念功（尧山）、黄子高（石溪）、马国翰（竹吾，—1857）生。

乾隆六十年乙卯（1795）七岁

吴应逵（雁山）中举。

清仁宗嘉庆元年丙辰（1796）八岁

仲秋，梁若珠绘《耄耋图轴》（现藏香港中文大学文物馆）。兰修曾作《减字木兰花·题梁若珠女史画百蝶图册子》。

梁廷楠（章冉，—1861）、仪克中（墨农）、黄德峻（琴山）、冯询（子良，—1871）生。

成格（果亭）中进士。

嘉庆二年丁巳（1797）九岁

张惠言、张琦选编《词选》刊行。张惠言作序，金应珪作后序。

赵光（蓉舫，—1865）生。

嘉庆三年戊午（1798）十岁

侯康（君模、君谟）生。

嘉庆四年己未（1799）十一岁

谭莹（玉生，—1871）、张际亮（亨甫，—1843）生。

何南钰（相文）、张业南（棠村）中进士。

嘉庆六年辛酉（1801）十三岁

刘士菜（心香）、刘彬华中进士。兰修曾作《题牡丹桃花便面应刘心香夫子教》。

林伯桐中举。金锡龄《林月亭先生传》："幼嗜学，遂博通古今。经史子集皆丹黄不释手。及从劳莪野先生游，相与研究理学，得力尤深。时吴雁山、吴石华、张南山、黄香石、曾勉士、张磬泉诸君以学问文章相砥砺，皆爱重先生。"

嘉庆七年壬戌（1802）十四岁

王昶选编《明词综》《国朝词综》刊行，分别作序。

八月十六日，母亲逝世。

《大同寒食作寄呈祖母大人》夹注："壬戌，余有北堂之痛。"

《中秋夜述感》尾注："十六为先慈忌日，废中秋者九年矣。"

宋延春（小墅）生。

嘉庆八年癸亥（1803）十五岁

郭麐《浮眉楼词》刊行。郭氏序兰修《桐花阁词》所云"（兰修）尝见《浮眉词》而心许焉"，当在此后不甚久。

　　案：郭麐本年所作《浮眉楼词序》录以备参："余少喜为侧艳之辞，以《花间》为宗，然未暇工也。中年以往，忧患鲜欢，则益讨沿词家之源流，藉以陶写厄塞，寄托清微，遂有会于南宋诸家之旨。为之稍多，其于此事不可谓不涉其藩篱者已。春鸟之啾唧，秋虫之流喝，自人世观之，似无足以悦耳目者，而虫鸟之怀，亦自其胸臆间出，未易轻弃也。爰钞丙辰以前为《蘅梦词》，丙辰迄今曰《浮眉楼词》，各二卷，序而存之。自此以往，息心学道，以治幽忧之疾，其无作可也。"

嘉庆九年甲子（1804）十六岁

黄培芳副贡。兰修曾作《香石为子俊画天际归帆图题一绝句》。

陈在谦、杨振麟（桂山）中举。兰修曾作《与陈雪渔书》《送杨桂山廉访引疾归里》《送杨桂山都转之任两淮序》。

嘉庆十年乙丑（1805）十七岁

陆树英（春圃）因事遣戍伊犁。兰修曾作《题陆春圃（树英）塞嚶集》《题陆春圃（树英）塞上集》。

李黼平、徐松、李可琼（石泉）中进士。

　　案：王家俭《魏源年谱》据兰修《复徐星伯书》，谓道光二十七年"北归途中，先生游踪颇广，初发广州，乘舟达肇庆，与老友吴兰修把握,吴氏赠以名砚,有诗"。恐误。

冯敏昌逝世。兰修后曾为作《户部主事冯公敏昌传》,收入钱仪吉辑《碑传集》卷60。

嘉庆十二年丁卯（1807）十九岁
秋,汤贻汾以事落职,作《秋江罢钓图》。兰修为赋《摸鱼子·汤雨生骑尉官江口都司以事落职作秋江罢钓图余为赋之》。

> 汤贻汾《自题秋江罢钓图》诗序:"余守江上五年,丁卯秋以事落职,继得平反。已易故步,钓游陈迹,未能忘情,此图之作,亦以志雪鸿之意云尔。"

桂文耀（星垣,—1854）生。
黎应期（海槎）副榜贡生。兰修曾作《金缕曲·送黎海槎落第归里》。

嘉庆十三年戊辰（1808）二十岁
中举。案:叶衍兰编《清代学者象传》作"嘉庆十四年举人",误。
十一月,作《惆怅词》二首赠梅州船妓细细娘。

> 《惆怅词》序:"细细娘者,梅州船妓也。旧本良家子,丰骨棱棱,时露锋锷。谈笑间作,声满四座。戊辰十一月,余自羊城回见之,买酒为北上之饯。倚琵琶歌《阳关》一曲,情声激楚,恻恻动人,余亦遂罢席。书二绝句赠之。"此二首,《楚庭耆旧遗诗》后集卷一题作《留别》。

冬,过浔阳江。

> 《秋夜读白太傅琵琶行题后》二首其二尾注:"戊辰冬,予曾过

浔阳江。"

张杓（庆璇、磬泉）中恩科举人。
陈仙航中举。兰修曾作《清平乐·题陈仙航醉春图》。
赵均恩科副贡。

嘉庆十四年己巳（1809）二十一岁
下第，出关。

梁廷楠《粤秀书院志》卷一六："先生少年有壮游志，当己巳下第，其同乡王竹航刺史延于广陵县署，骑蹇出关，冲寒冒雪，所至辄有题咏。"

陈宗元、杨荣绪（黼香，—1874）生。
顾元熙（耕石）、何太青（藜阁）中进士。

嘉庆十五年庚午（1810）二十二岁
寒食，作《大同寒食作寄呈祖母大人》。

《大同寒食作寄呈祖母大人》夹注："先伯天与、巨川公俱早世。壬戌，余有北堂之痛。今岁庚午正月，复闻先叔父讣。"

陈澧（兰甫，—1882）生。
杨时济（星槎）中举。兰修曾作《浪淘沙·同杨星槎话吴门旧游》。

嘉庆十六年辛未（1811）二十三岁
中秋，作《中秋夜述感》。

《大同寒食作寄呈祖母大人》夹注："壬戌，余有北堂之痛。"
《中秋夜述感》尾注："十六为先慈忌日，废中秋者九年矣。"

本年，岳筠（绿春，1792—）逝世。兰修《绿意·绿春家兰雪舍人侍姬也蘼芜易老风雨无情感逝伤怀言之酸楚仿玉田体赋之》《菩萨蛮·为兰雪题绿春小影》均当作于此后未久。

本年，翁方纲序黄培芳《香石诗钞》。此集为黄乔松（苍崖）所编，有其题辞。

梁慎猷（徽垣）中进士。

嘉庆十七年壬申（1812）二十四岁

周济《词辨》（二卷）刊行，有自序。

九月，与周三燮、刘士菜、黄钥等泛舟丰湖。

> 《台城路》词序："壬申九月，刘心香师招同周南卿、杨小湘、刘霁川、家芷汀、黄鱼门泛舟丰湖，沿苏堤至招鹤庐止。无碍山房，薄雨新霁，水影如烟，西风吹芦，半湖秋雪，遐瞩已畅，尽醉而归。"鱼门，黄钥。宋湘曾作《黄鱼门（钥）以诗介菊见饷戏答》。杨小湘、刘霁川、吴芷汀，不详。

本年，客惠州，作《花面伶歌》。

> 《花面伶歌》序："壬申客惠州，有花面伶者善舞，薛兴庵军门赐食而泣。军门怜之，欲为落籍。刘心香夫子命作歌纪其事。"

罗嘉蓉（秋浦，—1896）生。兰修曾作《得内弟罗蓉裳书知伊兄秋浦病卒感赋三律却寄》。案：罗蓉裳书中之讣闻，似有差误。

李潢逝世。

嘉庆十八年癸酉（1813）二十五岁

本年，编成《女文选》。《题武铁峰夫人讯秋斋集》四首当作于本年。

> 孙云鹤"嘉庆十九年甲戌岁七月"自序《听雨楼词》："去岁，

吴石华先生著《女文选》一书。"案：固始蒋湘南道光二十九年十一月序姚诗雅《醒花轩词》，中有云："君乡人吴校官石华与余论词京邸相得，其为词句锦字珠，几化于王实甫，而独不能为姜白石，每以为憾。迂道千里过余家，听蕙因歌词，写其谱以去，曰：'吾今而知白石之所以为词圣也。'白石一派久无嗣响，致堂起而续之，更参以稼轩之豪隽，生面不别开乎？因详述其所心得者以为之序。"此"吴校官石华"，当非吴兰修。检蒋氏《七经楼文集》《春晖阁诗集》，未见其与兰修有文学交游。

《题武铁峰夫人讯秋斋集》四首其一尾注："时余方编《女文选》。"武铁峰夫人、《讯秋斋集》，均未详。

本年，刘彬华编《岭南群雅》刊行。其《初补下》中选录兰修诗 9首：《杂感》（迢迢揽众星）《鳄潭夜泊有怀荷田竹君》《大同寒食作寄呈祖母大人》《秋叶》《寒夜》《居庸关》《怀颜湘帆》《题陆春圃（树英）塞上集》（二首）。

嘉庆十九年甲戌（1814）二十六岁
二月十五日，作《罗敷媚》。

《罗敷媚》词序："甲戌花朝，同人买舟由南濠西达珠江。相传临濠旧为平康里，孙西庵典籍所云'朱楼十里映杨柳，春风列屋艳神仙'者。洪武十三年，拓城填濠，止容二艇，红楼翠馆改为珠市矣。为赋小词，以志往迹。"

三月，作《台城路》。

《台城路》词序："壬申九月，刘心香师招同周南卿、杨小湘、刘霁川、家芷汀、黄鱼门泛舟丰湖，沿苏堤至招鹤庐止。无碍山房，薄雨新霁，水影如烟，西风吹芦，半湖秋雪，退瞩已畅，尽醉而归。次日，鱼门作图，归之南卿。甲戌三月，重读此卷，相对惘然。时心香师已去官，小湘归杭，下世已逾年矣。抚今追昔，情见乎词。"
案：兰修《齐天乐》词序可参："索居合浦，月圆七度矣，西风吹
人，辄生鲈想。因忆黄鱼门住丰湖，陈金门返甘棠湖，周南卿将归
西湖，惟汤雨生思归芙蓉湖而不得，与余松溪鸥梦，同深寄托也。
间以短竹，抒此永怀，邮寄同盟，聊当招隐。"陈金门，未详。

春，作《菊裳有北上之行余亦将抵五羊城赋此志别时甲戌春初也》
四首。菊裳，吴其山（竹君）。何绍基曾作《寄吴菊裳大令南陵》《庚辰
十一月二十七日夜寒特甚时读吴菊裳其山苦寒诗因和其韵》。
七月十三日，作《卜算子》。

《卜算子》词序："园绿万重，月不下地，夜凉独起，冰心悄然，
惜无闲人同踏深翠也，辄倚横竹写之。时甲戌七月十三夜。"

岁暮，将归梅州，适有廉州之行，作《金缕曲》留别诸友。

《金缕曲》词序："甲戌岁暮，将归梅州，适有廉州之行，留别
雨生、南卿、张南山维屏、陈仲卿昙、叶药三省吾、子春、棠湖、
蒙山诸子。"棠湖，陈备来。蒙山，张养泉。邓显鹤《南村草堂诗
钞》卷一一有《陈棠湖（备来）对庐书屋图》。曾燠《赏雨茅屋诗
集》卷一五有《戊寅初春女夫陈备来索题汤雨生所画梅花时雨生已
迁灵石路都司也》。

本年，与汤贻汾游荔支湾。

仪克中《探春慢》词序："己卯五月十二日，同石华学博、杨秋
蘅茂才放舟荔支湾，南汉故宫也，擘荔赏荷，竟日忘暑。石华忆五
年前，曾共雨生来游，裹荔折荷，吊古而返。"秋蘅，一作秋衡，杨
炳南。

郑开禧中进士。兰修曾作《题郑云麓观察雪堂话别图》《送郑云麓都转之山东》，又《南来诗录跋》有云："余初从郑云麓观察处读亨甫先生诗。"

胡长龄逝世。

嘉庆二十年乙亥（1815）二十七岁
清政府决定进一步查禁鸦片。

周春（松霭，1729—）逝世。

嘉庆二十一年丙子（1816）二十八岁
元日，谢兰生与黎应钟（步蒙、楷屏）、黄乔松（江夏）、梁蔼如（青崖）游罗浮。

> 谢氏《游罗浮日记》："丙子正月元日。风日晴暖，与步蒙、默迟、江夏三子，江、谭两道人携斋素、酒榼至下陂，汲石泉煮香粳作饭。小酌后，或坐禅，或谈道，或拄杖看山，或枕石听泉，尽日而返。"兰修曾作《石湖仙》，序云："黎楷屏少尹（应钟）于罗浮深处辟艮泉，得佳境十二，将隐焉。谢理圃太史（兰生）、汤雨生都尉（贻汾）并作图，余为谱白石翁自度曲题之。"

二月二十五日，作《声声慢》。

> 《声声慢》词序："丙子二月二十五日集雨生惜砚斋，酒后出示《琴隐图》，盖一片归心已在江南云水间也。为赋此词。"

九月十五日，作《虞美人》。

> 《虞美人》词序："丙子九月十五夜，雁翎录事饯于心字香巢。布帆别后，风雨凄然，一种秋怀，未忘鸿爪。以小词寄之。"雁翎，未详。

九月十九日，自序《桐花阁词》。

《桐花阁词序》："余隐桐村，素有词癖。春声秋绪，固不在残月晓风也。乃草草出山，十年万里，边笳警梦，江雨怀人，声音所触，感慨系之矣。近捡吟囊，残佚殆尽，篝灯坐忆，叹息弥襟。爰取近草若干首刻之，虽非夙昔称心之作，亦留此误弦以博周郎一顾云尔。嘉庆二十一年九月十九日，吴兰修自序。"案：与《桐花阁词》合刊的《守经堂集》亦当刊行于其时，凡收赋六篇：《骑牛图赋》《桃李无言赋》《秋雁赋》《铁汉楼赋（以"登斯楼也""仰止高山"为韵）》《说士甘于肉赋》《萝庄赋》。每篇后皆有评语，评点者为曾燠、顾元熙、陈寿祺、胡长龄、陈沆、李陆平、成格、翁心存、何南钰、罗文俊、黄安涛、陆耀遹、萧令裕。

本年后不久，汤贻汾离粤赴山西任职。

汤氏《满江红·题吴石华孝廉小照即书其桐华阁词草》《东风齐著力·石华尝索写风雪入关图未几而余乃出关睹景怀人情思何限即为补图兼寄此阕》与兰修《台城路·藩署东园南汉故宫也余下榻其间古木扶云绿阴如水蝉声酸楚恻然动听为赋此阕属雨生和之》均当作于是时。

熊景星（笛江）、叶轮（曦初）中举。叶辕（星曹），叶轮长兄。兰修曾作《合欢词赠叶曦初（轮）》《夜泊河口闻笛有怀叶星曹（辕）》。

嘉庆二十二年丁丑（1817）二十九岁

小暑（五月二十三日），与谢念功、潘正炜、吴思伦、罗岸先（登道、三峰、野舫）等连袂成《书画合璧镜框》，有题："'唐人临晋帖，尺寸不敢失故步，于晋人真具体矣。余尝见兰亭小本，精妙如凌波神女，后世所持为千金换骨丹者，良至宝也。大抵书贵神力，非徒以形似为止境者。'子璞仁弟正。吴兰修。"吴思伦，未详。

谭敬昭、汪云任中进士。兰修《齐天乐·送谭康候户部入都》《浣溪沙·红叶秋怨图为汪孟棠刺史赋》《沁园春·汪孟棠用唐崔峒红叶近淮村句画为图卷时已辞官将归盱眙也》均当作于是后。

嘉庆二十三年戊寅（1818）三十岁
孟夏，宋光宝（藕塘）作《花鸟图册》十二开。兰修为之题词。

宋光宝《花鸟图册》署款："戊寅孟夏，芸甫先生属画并请训正。宋光宝。"兰修曾作《与叶耘圃书》。

《浪淘沙》词序："宋藕塘善写生，为子璞司马画牵牛花，缀以小虫，各具活相。以小词题之。"子璞，秀琨（？—1850后）。

九月十五日，作《菩萨蛮》。

《菩萨蛮》词序："丙子九月十五夜，燕翎录事饯别江楼，余赋《虞美人》词所云'白鸥阑入鸳鸯社'者。自此，月圆二十四度矣，桐馆秋怀，怅然成咏。"

九月，吴嵩梁序兰修《桐花阁词》。

吴嵩梁《桐花阁词序》："岭南故多诗人而少词人，然石华孝廉则今之玉田生也。夫词与诗异体而同工，力摹标格者，其情未深；专任性灵者，其音易靡。今之词人，稍能修洁者，曰吾姜、史也；喜侧艳者，曰吾秦、柳也；骛豪放者，曰吾苏、辛也；其芜然杂出者，且曰吾固无所不有者也。呜呼！其信然耶？余尝题曾宾谷中丞诗集曰：'千变万化归一真，真为众妙之门，伪则百害随之。'岂独诗词乎哉？石华以所著《桐花阁词》见示，读至终卷，无一字一句不合乎古人之度，而婉约清空，缠绵深至，往复不穷。是夕，携归寓园，掩扉枯卧，闻雨声滴荷叶上，萧萧寥寥，忽断忽续，复就枕畔篝灯讽之。凡人所难言及吾意所欲言者，石华皆能达其隐而被以

声。几不知为古人之词，石华之词，并不知为非余之词矣。非有真
得者，其能移人至此耶？石华学问渊博，著述等身，乃独以词人名，
可为太息。然使世间有井水处皆知石华为真词人，未为不遇，惜乎
其难数数觏也。此余读石华之词，所为掩卷低徊而不能自已也夫。
嘉庆二十三年九月，石溪渔兄嵩梁序。"

《满江红·自题二十岁小像》当作于本年前后。

《满江红》下片："十年事，休重说。只轮蹄万里，壮怀空热。
击筑厌听秦塞曲，拥花拚醉扬州月。算男儿、三十未封侯，非
人杰。"

本年，刘毓崧（—1867）生。尝代乃父刘文淇作《舆地纪胜校勘记
序（代先君子作）》，谓兰修为《舆地纪胜》所加校记、按语，已经搜
罗："文选楼影宋钞本《舆地纪胜》，张氏鉴所校颇详。岑君绍周（建
功）重刻此书，延文淇及子毓崧纂辑校勘记，成书五十二卷，于张氏之
说采录无遗。其是者，则加以引申（注略）；其非者，则加以驳正（注
略）；其有疑者，则为之剖析（注略）；其未详者，则为之证明（注略）；
其论之不定者，则参考以折衷（注略）；其说之互歧者，则援据以决断
（注略）。吴氏兰修所加条记之语，足与张说相辅，则亟为搜罗。（《嘉兴
府县沿革·嘉兴县》注云：表以恶名曰囚拳。张氏云：观第六叶景物
'由拳'条作'囚倦'，未知孰是。吴氏云：按《寰宇记》作'囚倦'
是也。）"

嘉庆二十四年己卯（1819）三十一岁
五月十二日，与仪克中、杨秋蘅放舟荔支湾。

仪克中《探春慢》词序："己卯五月十二日，同石华学博、杨秋
蘅茂才放舟荔支湾，南汉故宫也，擘荔赏荷，竟日忘暑。石华忆五
年前，曾共雨生来游，裹荔折荷，吊古而返。"

六月十三日夜，与仪克中、吴雁山过双燕楼。

仪克中《多丽》词序："同雁山、石华过双燕楼，主人出家伎曰素馨、素梅，歌剧尽妙，烛阑人散，止宿楼中，己卯六月十三夕也。"

马福安、黎炳奎（星初）中举。兰修曾作《招同徐铁孙（荣）黎星初（炳奎）曾勉士（钊）吕小伊（玉璜）黄石碛（子高）诸博士雅集酒楼即送铁孙之官藁城》《台城路·月夜和黎星初寄怀韵》。

顾元熙任广东学政。

嘉庆二十五年庚辰（1820）三十二岁

与谢兰生颇有往还。

据谢氏《常惺惺斋日记》，仅在本年即有以下记载：（二月）"初八日，……晚到研北，陪雁山、石华、仰山、云樵饮，看戏将近二鼓，与雁山、石华宿丛现堂。""十六日，……接石华书。""廿二日……入粤秀晤石华、子山、墨农，谒魏老夫子。"（三月）"初六日……吴石华来，黄亲家来。""十二日……入志局，石华交到《东西洋考》三卷，阅《宋史》。"（四月）"初六日……致书石华、雁山，为海幢性通和尚写山水一帧。""二十日，晴。回拜江西兵部周涧东，往越华书院陪江郑堂饮，同席郑萱坪。散席顺候麦云岩亲家不遇，入粤秀见观楼先生暨石华。送《东西洋考》三卷与郑堂，送黄、戴、郭、郝志书内'海防'一门入局。""廿一日，晴。楷屏为润兄送竹扇至，饭后入粤秀见石华，为祝厘余款未了，订出份金每位十元。"（五月）"初一日，有小雨。楷屏备午斋请客海幢，邀予入席，予以校书不暇陪，还常惺惺斋料理各志。平湖送席至，转送越华书院李监院。郑萱坪所撰《职官表》甚佳，不亚石华之《沿革表》，阅过书名其上。"

唐树义之父唐源准（直甫，1767—）逝世。兰修《台城路》当作于此后未久。

《台城路》词序："雪声堂砚，陈忠愍物也，今归唐直甫明府家。先是，直甫夜泊羚羊峡，梦老人予之砚。次日得此，与梦符焉，作《梦砚图》。哲嗣子方孝廉属余赋之。"又尾注："时子方奉讳，将归黔中。"

嘉庆间，张维屏《海天霞唱》二卷刊行。是兰修《浪淘沙·题张南山海天霞唱词稿》与张氏《浪淘沙·石华见寄新词次韵答之》均当作于其时。张氏另有《满江红·吴石华孝廉出示桐花阁词赋此以赠即题卷后（君尝客大同）》题兰修词集。

《浪淘沙·题张南山海天霞唱词稿》："万里碧磨铜。一个渔翁。扣舷高唱大江东。唱到夕阳西去也，海角霞红。烟水溯空濛。五色云烘。浮槎我欲趁长风。共汝蓬山吹铁笛，唤醒鱼龙。"

张维屏《浪淘沙·石华见寄新词次韵答之》："览镜对方铜。鬓欲成翁。劳劳南北更西东。尘海回头多变幻，蜃气青红。昨日雨濛濛。今日霞烘。兴来歌啸海天风。小技雕虫游戏耳，好去雕龙。"又《满江红·吴石华孝廉出示桐花阁词赋此以赠即题卷后》："一介书生，曾旅食、身行万里。问眼中、几多奇境，几多奇士。苏武城边斜照入，白登台畔秋风起。向天涯、此际复何为，狂歌耳。且莫问，悲还喜。也莫辨，官和征。只酒酣落笔，新词千纸。射虎定偿他日愿，雕龙本是平生技。剩些些、绮语未消除，风流子。"

赵光中进士。兰修曾作《高阳台·送赵蓉舫编修北上》。
陈昌齐逝世。嗣后，兰修为其刻《楚辞音义》。

伍崇曜"道光庚戌端阳令节后"跋《楚辞辨韵》即云："右《楚辞辨韵》一卷，国朝海康陈昌齐宾臣撰。按《雁山文集》称先生博极群书，尝取《汉书》《史记》《十三经注疏》凡陆德明《经典释文》所未备者，录之为《经典释文附录》。又著有《历代音韵流变考》。邻居不戒于火，并所藏书俱烬。后欲重辑之，而未就也。故曾勉士广文谓：是书原为《音韵流变》而作，记于《楚辞》篇中，未立《楚辞音义》之名。先生殁后，吴石华广文从《楚辞》简端录出刻之，名曰《楚辞音义》。其实是书当名《辨韵》，不当名《音义》也。今从之，特改题付梓焉。"曾钊"道光庚子"所作《陈观楼先生楚辞音义跋》亦云："按是书原为《音韵流变》而作，记于《楚辞》篇中，未立《楚辞音义》之名。迨《音韵流变》既成，旋遭回禄，先生不复撰述。先生殁，吴石华学博从《楚辞》简端录出刻之。其实是书当名《辨韵》，不当名《音义》也。后有刻者，当改题之。"

清宣宗道光元年辛巳（1821）三十三岁

戈载《词林正韵》刊行，顾广圻作序。

五月，作《（方孝孺）南海百咏书后》。

《南海百咏书后》："是集刻于元大德间，黄泰泉《广东通志》多引之，而吴任臣作《十国春秋》、厉樊榭作《宋诗纪事》皆不及见，则明季以来流传已尠，故《四库》未著录。余从江郑堂先生假得钞本，爱为校正，并稽其事迹，书于卷末云。道光元年五月，嘉应吴兰修识。"

六月，作《（黄衷）海语跋》。

《海语跋》："余从江郑堂先生借得写本，与张海鹏《学津讨源》本对勘，互有得失，悉厘正之，仍分注各字之下。旧有黄学准注，支离蔓衍，与海无涉，张氏删之，是已，今从之。道光元年六月，嘉应吴兰修跋。"

六月，兰修等人欲刻何梦瑶《算迪》，未果。

江藩序《算迪》："藩昔年即知此书，嘉庆二十五年来粤东，访求不可得。道光元年六月，曾文学勉士于友人处得之，吴孝廉石华将付剞劂，谓藩曰：'何君衍梅氏之义，似不及梅书之详赡也。'答之曰：'是为孤学，一知半解，尚难其人，况中西之法无所不通耶！且寒士有志于九章八线之术者，力不能购钦定诸书，熟读《算迪》，亦可以思过半矣。'孝廉以为然。"

伍崇曜"丙午长至后三日"跋《算迪》："是书为曾勉士广文影钞藏本。廿年前，与吴石华广文欲酿金付梓，嘱江郑堂上舍序焉，而终不果。旧借钞存，爱嘱邹特夫茂才、谭玉生广文校毕，寿之梨枣。"

九月，作《隶经文跋》。

《隶经文跋》："先生受学于元和惠氏，博综群经，尤深汉诂，凡单辞奥义，皆能旁推交通，以得其说。无胶执谶纬之弊，有翼辅马郑之功，近日通儒，舍先生其谁哉！兰辱先生交厚，且服膺是书，乃与曾君勉士校而刻之，两月而功毕。初，先生著《汉学师承记》八卷，于国朝经学渊源，靡不综贯，而阮仪征公又欲萃国朝经说，条系之为《大清经解》一书，以属先生。先生今年六十有一矣，矍铄健饭，揆诸申公、伏生之年，正未有艾。兰将企踵以望其成也。道光元年九月，嘉应吴兰修跋。"

九月，何其杰（惕庵）往访谢兰生。

谢氏《常惺惺斋日记》记曰：（九月）"廿一日晴，仍热，小雨复晴，晚起风。为崔心斋写纨扇一柄。新监院何惕庵其杰来，诚怡晖、吴石华来，为邹蓝田写横幅大画。"

本年，署番禺县学训导。

本年，与张维屏等人结文社。

　　曾钊《希古堂文课序》："文之用重矣哉！自疏释经典、考证史志、发挥道德，虽甚精确，藉令词不文，皆不足信今而传后。孔子曰：'言之不文，行之不远。'信已！朝廷功令以时文取士，盖使学古者小出其技而试之，而躁进之徒日锻月淬，以几速化古文之学置不讲，甚非国家待士之意也。嘉应吴君石华邀同志二十余人，月会于希古堂，堂无常所，二人主之。吾粤自张文献以诗雄天下，而文至今少成家。国初，江西魏叔子文最有法度，汪钝翁、侯壮悔莫能争其胜，无他，易堂诸子日锻月淬不懈而及于古耳。然史深而经疏，故其文薄。吾辈讲习以经为主，子史辅之，熟于先王典章，古今得失，天下利病，而后发为文，将骈汉轹唐，何论宋人！是在勖之无倦而已。爰为序。"《国朝岭南文钞》本序文后附兰修评曰："道光纪元，余与勉士、家雁山、林月亭、张南山、黄香石、张馨泉、杨星槎、邓朴庵、马止斋、熊笛江、徐铁孙、温伊初、刘介庵、谢尧山、杨秋衡、黄石溪、胡稻香诸子结希古堂，课治古文辞。越二年，阮宫保师立学海堂以广之，兼治经解诗赋，与课者数百人，可谓盛矣。"据知社员共十八人。刘介庵，即刘天惠。

谢清高逝世。

道光二年壬午（1822）三十四岁

《吴中七家词》刊行，顾广圻为之序。

二月十九日，汪浦（玉宾）往访谢兰生。

　　谢氏《常惺惺斋日记》记曰：（二月）"十九日晴。阅童生课卷。诸生谒者七人。朴石前辈来，与同入贡院。鹤山二吴生来，李漱六、汪玉宾、袁梦堂来，未晤。罗浮红花庵朱道人来，云其同侣王道人修持甚力，又云三元宫陆道人住后殿，修持甚勤。楷屏云曾会此人，未见高处。"兰修曾作《临江仙·题汪玉奔驰女图四首》。

三月二十八日，阮元上《奏为纂修广东通志告成恭缮正本敬呈御览》。兰修为该志分纂。

　　道光《广东通志》卷首所载《重修广东通志职名》，列两广总督阮元为总裁，广东巡抚李鸿宾、康绍镛、嵩孚为监修，广东督粮道卢元伟、高廉道署督粮道叶申万为提调，原浙江温处道陈昌齐、翰林院编修刘彬华、江苏监生江藩、翰林院庶吉士谢兰生为总纂，户部山东司郎中叶梦龙为总校刊，举人吴兰修、生员曾钊、前举人刘华东、安徽监生胡傅、拔贡生郑灏若、江西举人余倬、举人崔弼、举人吴应逵、生员李光昭、安徽生员方东树、生员马良宇等十一人为分纂，江苏生员许珩、郑兆珩、韩卫勋、江安、举人谢光辅、熊景星、江西岁贡生黄一桂、生员吴梅修、邓淳、赵古龙、福建生员郑兰芳等十人为分校，署南海县丞虞树宝为收掌，道士李明澈为绘图，布衣冯之基、仪克中为采访，议叙从九品钱漳为管掌誊录。案：修志期间，仪克中曾作《春光好·明远楼望月同吴雁山孝廉石华学博》，题注云："时与修《广东通志》，书局设贡院中。"

本年，自序所校订《第六才子书西厢记》，称"桐华阁校本"。该本仅十六出，自《惊艳》起，至《惊梦》止。有邵咏跋及秀琨本年十月跋。

　　《桐华阁校本西厢记叙》："壬午秋夜，与客论词，有举王实甫《西厢记》者。余曰：'字字沉着，笔笔超脱，元人院本无以过之。惜后人互有删改，至金氏则割截破碎，几失本来面目耳。'客究其说，悉胪答之。次日，秀子璞请别著录，乃出六十家本、六幻本、琵琶本、叶氏本、（以上互有异同，今皆谓之旧本。）金圣叹本重勘之。大抵曲用旧本十之七八，科用金本十之四五，虽非实甫之旧，而首尾略完善矣。子璞解人，其视此为何如也？桐花阁主吴兰修序。"案：叙中所谓"琵琶本"，蒋星煜《明刊"琵琶本"〈西厢记〉

之谜——兼谈日本学者久保得二和傅田章之疏失》一文认为，是指清《太古传宗琵琶调西厢记曲谱》，日本学者久保得二和傅田章认为另有一种"琵琶本"《西厢记》，并将其列为明代刊本，是错误的。又，此桐华阁校本卷首《附论十则》，当系"客究其说，悉胪答之"的具体内容，兹择录其中五则如下，以备参酌：客曰：金氏评语何如？曰：猥琐支离，此文字中野狐禅也。客曰：金氏淫书之辩非欤？曰：作传奇者，儿女恩怨，十常七八，大抵文人寓言。若以礼法绳之，迂矣。然金氏必文其名曰才子书，至欲并其人其事而曲护之，则悖甚。客曰：然则传奇仅为儿女作乎？曰：其言情也，柔而善入，其立辞也，婉而多讽。"言者无罪，闻者足戒。"是亦诗人之旨也。至于表扬节义，可歌可泣，是在作者善于择题矣。客曰：毛西河评本何如？曰：求之数年，迄未得见。闻其辩别词例甚精，它日得之，当再订此本也。

邵咏《桐华阁校本西厢记跋》："吾友吴石华学博，擅淹通之名，尤工词曲。有井水处，无不识柳屯田也。尝谓元曲以《西厢记》为最，惜金氏改本盛行百余年，无敢议一字者。乃集诸家旧本，校而正之。今秋北上，以稿付子璞，子璞亦精于此事者也，击节称快，亟付梓人。余钝甚无记曲之能，而旅馆挑灯恬吟竟夕，觉金氏饶舌都有伧气，亦足见石华善读古人书。家藏三万卷，皆未尝草草忽过也。电白邵咏跋。"案：此本卷首附有邵氏致秀琨函，中有云："石华平昔痛绝明人改书之弊，于董、王院本，破例为之。余谓孙夫人颊上獭，髓痕去之，亦良佳。但恐庸医效尤，则美人之颊危矣。石华闻此，当一噱也。"

秀琨《桐华阁校本西厢记跋》："石华先生辟守经堂，藏书三万卷，寝食以之。余与先生游数年，随举一书，皆能彻其原委，究其得失，浩乎莫能穷其奥也。一日，论王实甫院本，琨为击节，固请录之，三日而毕。以稿授余，乃知读书不可卤莽，院本且然，况其他哉！今秋，先生北行。琨恐失此稿，遂刻之。正如昆山片玉，已足珍玩。异日，先生哂我，所不顾也。道光二年十月，长白秀琨跋。"案：此本卷首附有兰修次年致秀琨二函，录以备参："子璞大使足下：顷在扬州，闻黄修存明经云：某氏藏《西厢记》至八十余种。余所见仅十之一。淹通不易，词曲且然，愧何如也！前所定本，闻足下已镂板，甚悔之。如可中止，幸甚！日间与伯恬、竹吾、修存诸子，探梅湖上，甚乐，惜画中楼阁，零落殆尽，惟桃花庵无恙耳。谨报。伏惟珍爱，不宣。癸未灯节后五日，邗江舟次，吴兰修顿首。""顷行归次杭州，得董解元《西厢记》二卷，乃杨升庵定本，图像精好，则唐伯虎所为也。董解元，金人，失其名。此记即王实甫所本，有青出于蓝之叹。然其佳者，实甫莫能过之，汉卿以下无论矣。余尤爱其'愁何似？似一川烟草黄梅雨'二语，乃南唐人绝妙好词，王元美《曲藻》竟不之及，何也？节录十余调，奉寄若见。芝房学博，幸与观之，他日南归，当以元本持赠耳。伏候起居不备。六月十三日，桐庐舟次，兰修顿首。"

黄德峻、张维屏、罗文俊、顾椿中进士。

案：据词作尾注"时琴山应试春官，将次发榜"，知兰修曾于发榜前不久作《虞美人·黄琴山纳姬适如所梦梅花美人作梦梅图携入都门余为赋之》。

谢念功、张其翰（凤曹）中举。

道光三年癸未（1823）三十五岁

春（灯期），作《减字木兰花》。另一首《减字木兰花·过秦淮作》或作于其时前后。

《减字木兰花》词序："癸未之春，邗江小住，恰届灯期。同伯恬、竹吾、修存、善之诸子饮湖上能红阁，听碧云读北宋人词，凄婉可听，酒尽而别。不待廿四桥边萧萧风露，始令人惆怅望江南也。"

与秀琨书："顷在扬州，闻黄修存明经云……日间与伯恬、竹吾、修存诸子，探梅湖上，甚乐，惜画中楼阁，零落殆尽，惟桃花庵无恙耳。……癸未灯节后五日，邗江舟次，吴兰修顿首。"

九月九日，序温训《登云山人文稿》，中有云："今春入都，见龚定庵舍人文，瑰玮渊奥，如黄山云海，不可方物。语魏默深云：'定庵之文，人不能学，亦不必学。'默深韪之。"据知，本年春，兰修曾入都，晤魏源。

案：《登云山房文稿》卷二《驳王厚斋全谢山陈仲子论》《白龙窟记》及卷三《黄节妇传》等文后，附录有兰修评点之语。

九月十三日，叶钟进（蓉塘）访谢兰生。

谢氏《常惺惺斋日记》记曰：（九月）"十三日晴。……午后过河觅铭山、伯临不遇，闻先到蜃楼为予代东候客矣。傍晚客集，畅叙至九点钟，与铭山同还万松山馆。是日之客乃叶蓉塘、健亭、东坪、笛江、季彤共七人，侍者凡十人，亦一时之盛。"兰修曾作《忆秦娥·题叶蓉塘月夜听歌图》。张维屏亦曾作《叶蓉塘钟进月夜听歌图》。

九月十六日，刘彬华序林联桂《见星庐词稿》，评及兰修词："今其门人吾宗棌堂刻其词稿一卷，特管豹之一斑耳。吾粤故多诗人，比来番禺张南山、阳春谭康侯，皆兼擅填词，而嘉应吴石华词笔尤工。辛山出其诗之绪余，与诸子执旗鼓，抗颜行，夫岂多让耶？……时道光癸未九月既望，朴石刘彬华题于粤华山馆。"

十月，周世锦（素夫）"应郑堂先生雅嘱"，作《题郑堂先生小像》。

本年，自记《铁汉楼赋》："嘉庆戊辰，胡西庚学使以此题试嘉应诸生。越今十五年矣，检理旧稿，改而存之。"

道光四年甲申（1824）三十六岁

冬，阮元筑成学海堂于粤秀山。

《学海堂种梅记》有云："道光四年十月，官保阮公启学海堂于越山。"

八月，陈宇（叔安，原名方澜）为吴直《吴井迁先生文集》《诗集》题记一则。兰修曾作《霓裳中序第一·陈叔安客雷州太守幕以词见忆倚声和之》《琐窗寒·叔安自雷州来羊城住不兼旬行将西去示雨夜见怀一阕和以送之》。

道光五年乙酉（1825）三十七岁

六月，谢兰生往会段佩兰（纫秋）等人。

谢氏《常惺惺斋日记》记曰：（六月）"廿五日晴，未刻大雨。写横幅山水成，往会段纫秋、周素夫兼拜各客。绣谷与关六兄铁泉以董画二幅来阅，俱佳。"

本年，邱对颜（玉珊）自识《玉珊诗集》（又名《璜钓集》），有云："此庚辰春所作，专叙港岛之险要，城寨之沿革，战守之筹策，皆闻见亲及者。其言情览胜之作，则另为一册。"

案：据柯愈春《清人诗文集总目提要》卷三九《玉珊诗集》提要所云，该集卷末有兰修本年所作题识。然国家图书馆藏本其一中遍寻未得，另一本又因故无缘查证。

《米票》或作于本年。

《米票》："道光乙酉夏，岭南数郡饥，仰给于广州佛山镇。佛山者，四方米谷之所屯也。番禺南海下令曰，恐有奸民运米出海，是宜禁。凡他郡米商，由州县给票，书其籴米之数。自东江者诣番禺验票，自西江者诣南海验票，然后籴。既籴，由番禺南海验米，然后行。其无票与米石不如数者，以违制论。"

李国龙（跃门）绘《李跃门百蝶图》（又题仙姿寿相、百蝶图谱）有本年及道光十七年刻本。兰修曾作《题李跃门百蝶图》。

本年，参与"西园吟社"第三集。

谭莹《西园吟社第三集珠江秋禊》五首其二"风雨怀人都入社"句自注："谓石华广文、心斋孝廉、君谟茂才。"西园吟社的主要成员，可并据谭氏《西园吟社第一集用乐府题作唐体十二首同集者熊笛江徐铁孙两孝廉梁子春徐梦秋邓心莲郑棉舟四茂才》诗题，以及《与徐铁孙书》大体推知："伯临、石华、子春、墨农、石溪、君谟、梦秋、心斋、苍厓、任斋、心莲、棉洲诸子并已登鬼录，怆绝人琴。等逝水之难留，较晨星而易数。惟与笛翁时相过从耳。"心斋，崔心斋。梦秋，徐良琛。任斋，陈任斋。心莲，邓泰。棉洲（棉舟），郑莱。又，冯询也曾参加过西园吟社的雅集，其《子良诗存》卷一二《补录水仙花诗》题注即云："此诗与第一卷《玉山楼望春》同为少时西园诗社作也。"

道光六年丙戌（1826）三十八岁

五月望夜，与阮元等在学海堂赏月。

《送官保芸台夫子（元）移节滇黔》其八尾注："师于五月望夜携公子赐乡，招何相文、张棠邨两太守、刘朴石编修、谢里甫庶常、何藜阁司马、赵平坦学博与兰在学海堂赏月。今再见月圆，而师移节矣。"阮赐乡、赵平坦，均未详。

阮元《揅经室集》卷七诗题："刘朴石彬华、何湘文南钰、谢里甫兰生、胡香海森、张棠村业南、李绣子黼平诸书院院长暨学海堂学博生徒皆有图咏送别，题答一律。"胡森，字香海，江西南城人。乾隆进士。

六月下旬，作《送宫保芸台夫子（元）移节滇黔》八首。

《送宫保芸台夫子（元）移节滇黔》其一："太岁在丙戌，六月当下旬。父老走相告，九衢同一尘。但云宫保去，气结不得伸。"

秋，学海堂始设学长，为兰修与赵均、林伯桐、曾钊、徐荣、熊景星、马福安、吴应逵。

《送宫保芸台夫子（元）移节滇黔》其五尾注："师学海堂以博笃之学教人。临别，复为筹划经费，岁逾千金，以为诸生膏火。命兰与赵均、林伯桐、曾钊、徐荣、熊景星、吴应逵、马福安八人为学长，以治其事。"据林伯桐编撰、陈澧续编《学海堂志·题名》，其后陆续增补的学长共有四十三位。案：刘成禺《世载堂杂忆·张之洞罢除宾师》所云可参："予按：张之洞废山长，不始两湖，而始于广雅书院。其督粤时，慕阮芸台学海堂之制，有学长而无山长，颜然废之。不知学长之制，皆从肄业生中选学问最优长者为一学之长，如今日学堂之领班，如曾钊、陈澧、吴兰修为经史文长之类。之洞则外延阅卷者为分校，如朱一新之类。"

仲冬，周尚文（释香）作《满江红·道光丙戌仲冬旋里》。周氏曾作《南歌子》题兰修词集。

周氏《南歌子·嘉应吴石华学博兰修诗文皆工而倚声尤妙借得桐花阁词读竟奉题以志心佩》："慧种前生业，才留近代名。柔红软碧句裁成。最是恰当好处，见聪明。羚角寻无迹，蚕丝听有声。心香一瓣尽高擎。合向桐花阁底，拜先生。"

十二月，致函翁心存。

函曰："《使院题名记》及新得米元章诗记石刻，已送使院。惺庵先生云，俟冬底嵌壁间耳。各拓五十通，得便即寄，不足当再拓也。《石室传经》第二图，僧若庵所画，装成卷子，付诸子题矣。《探梅饯别图》，已属熊笛江孝廉为之，俟明春南山司马北上寄呈。桂南华庶常，年甫及冠，咳唾风云，且谦约持重，远大才也。足为阁下得士贺矣。曾君钊授经城中，此岭南经学第一，兰不及也。李君光昭，就高州怡太守书记。杨生懋建，就阳山师令西席，以试东归，欲往韩江谒黄霁青太守，未知有所遇否。昨阮宫保师有书云，杨生可谓冰雪聪明，雷霆精锐，其学可及，其年不可及云云。兰尝以阁下及宫保师期许至意，时砥砺之，不可以饥寒损其气骨也。温伊初，来岁就新宁朱令西席，近日古文甚简老，可以自立门户矣。堂中学长马止斋，已得馆职，其缺以南山暂补。诸子向学如常，黄君子高、谭君莹、陈君澧皆有读书之资，而质地皆佳，可以远到。樊君封、侯君康皆授徒，樊之史学，侯之经义，皆有可观。黄君乔松市隐无恙。徐生良琛诗学锐进，此他日必以诗名者，惜于文太疏耳。儿子绥纶州试幸列第六，未审院试能幸进以副垂望否也。诸关厪念，用并附闻。《校士录》板实难远寄，若印书较易，伏候进止。兰修载疏。"据"俟冬底嵌壁间""各拓五十通，得便即寄"云云，与另一札中"夏间所拓五十通"云云对读，知此札当作于道光六年十二月。

据《送翁遂庵学使秩满入都》四首其二自注："乾隆丙戌，覃溪先生搜米元章诗刻不可得，赋诗志憾。道光丙戌冬，先生于榕根得之，刻石记事。""时于池北立景濂堂，供濂溪先生像。"兰修以下致翁心存三函，均可系于本年十二月。其一有云："九曜断石，乘此水干，即当安置。惟濂溪先生像，望饬署内发出，以便刻石耳。"其二有云："九曜断石，略为扶植，势难舁而出之。池水及沟而下，不能通流，落叶所沤，遂成污浸。"其三有云："卑职承委修九曜池，业于十三日动工。刻下方池水涸，仙掌石露，得题款百余字，自苏斋老人后无复知者。其余断石，举而续之。他日倘得题名，以附不朽，幸甚幸甚。濂溪先生象已访得之，便当刻石，以供诸新祠。此宪台为道统仪型，不仅作园池选胜也。"

本年，作《洞仙歌》赠校书红梅。

伍崇曜编《楚庭耆旧遗诗》后集卷一："岁丙戌，余屡载酒珠江，藉陶写中年哀乐，石华间与同之。有校书曰红梅者，石华以'管领春风'四字榜其妆阁，并赠以《洞仙歌》一阕云：'鹦哥唤客云云。'"

陈沆逝世。

道光七年丁亥（1827）三十九岁
十一月七日，致函翁心存。

函曰："兰修上言遂庵先生官允执事，十月祇奉赐书，当即具复交折，差由梁徽垣舍人处转呈，计腊初可达。昨卢生同伯南归，询悉侍奉康和，起居安泰，遥企道范，无任驰依。兰冷官风味，已具前书。素来孱躯，常患气喘。每当木叶初脱，清风戒寒，拥絮闭门，瑟缩如猬。昨服药散，大吐积痰，廿年沉疴，一旦顿失。从此顽健，岁月益励，钻研覆瓿之书，当卒业矣。《使院题名》及《米诗石刻记》，夏间所拓五十通，兹附乌廉访寄上，各图俟博题续缴。山堂梅花，绕檐欲绽。去年此日，曾侍清尊。依绻之情，如一昔矣。肃书奉布，敬问崇安，伏惟垂察不备。十一月七日，吴兰修百拜上。"据吴绥纶《仙掌石新得米元章诗刻歌》序中"道光六年十二月，学使遂庵先生浚九曜池，因截榕根数尺，濯而出之"云云，知此札当作于道光七年。

本年，作《米舶》。

《米舶》文后道光十一年附记："此篇作于道光七年。自后验米开舱，渐增规费，而米舶少矣。十一年岁歉，中丞朱公会同制府关部出示，如员弁书役等再敢需索留难，许载米船户即赴本衙门具禀，严提重治云云。于是连樯继至，米价顿减，洵善政也。窃谓此示宜刊印数十道，岁给商夷及员弁书役人等，则其弊可绝，为利无穷矣。"

本年，致函翁心存。

函曰："去秋一函，由敝亲家梁徽垣舍人慎猷转致。冬间一书、石刻拓本各五十通，托乌廉访寄上，想先后可达。此函付贡差刘千揔呈上，附卢生书一缄，物一件。又疏，温伊初明经极欲附于门墙，为石室传经弟子也，特未奉明示，故前二书不敢冒称。倘承不弃，则《传经》第二图诗，当列于执业之次耳。伊初已就朱直甫大令西席，属为请示。杨生懋建往韩江谒霁青先生，未有所止。李生光昭仍在高凉怡太守幕。知关垂念，并闻。兰再上。附候祖庚世兄文安。"据上录十一月七日札中"《使院题名》及《米诗石刻记》，夏间所拓五十通，兹附乌廉访寄上"云云，及此札中"冬间一书、石刻拓本各五十通，托乌廉访寄上"云云，可知此札作于道光七年。

《萝庄赋》当作于本年。《题蒋伯生萝庄图（代卢宫保作）》诗二首或亦作于其时。

《萝庄赋序》："萝庄，在济宁蒋伯生寓园也。伯生才气过人。官齐河令，有声。以事谪戍宣府，寻放归。道光三年，余晤于都下，酒酣耳热，抵掌论天下事，凿凿可听。惜乎其竟废也。七年春，伯生来广州。问：萝庄无恙乎？曰：有图在。出其册，题者寸许。且曰：吾老矣，将归虞山。此园非吾有也，然图且传焉，安知此园非吾有也？子盍赋以实之？乃作赋。"

本年，唐仲冕（陶山，1753—）逝世。吴荣光曾作《买陂塘·和唐陶山廉访仲冕江洮柱韵》，结三句评及兰修词："恰赤岸扬帆，沧波如镜，丽以石华句。"

张杓补学海堂学长。

道光八年戊子（1828）四十岁

二月十日，致函翁心存。

> 函曰："兰修谨上遂庵先生官允阁下，去岁两上书函，谅登记室。比惟阁下典学崇德，履中蹈和，望极燕云，无任驰越。兰首蓿一斋，杞菊三径，望道不及，寡过未能，每省循修，用滋愧怼。迩以疏懒，益避器尘打门之声，幸无热客。酣睡以后，只有读书，匪徒疏注虫鱼，庶以消磨岁月。至于上溯渊源，穷览堂奥，积篑之力，皓首是期。阁下夙昔教言，至今铭佩，修阻万里，契若一室，未审能竟斯业以副垂望否也。使院石刻去夏送去，前月始嵌壁间。《校士录》板一百七十八块，装为两篾，藉贡船寄上，伏望察收。肃请起居不备。吴兰修百拜上，二月之十日。"据"使院石刻去夏送去"云云，知此札作于道光八年。

当在本年孟夏之前，酌定温训近来所改正之旧文八篇。

> 温训《登云山房文稿》卷三目录末识曰："右文十八首，都为一卷。内八首，旧作也，近始改正。商之石华学博，颇不以为谬。遂付梓。古人云：家有敝帚，享之千金。文人结习，古今一概矣。道光戊子孟夏，温训识。"

四月，郭鏖序兰修《桐花阁词》。

> 郭鏖《桐花阁词序》："霁青太守自潮州以书寄《桐华阁词》一册，曰此嘉应吴君石华所作也。君于他诗文无不工，而尤刻意于倚

声，尝见《浮眉词》而心许焉，属以此见质，且索弁言其上，幸勿
违其请。余受而读之，跌荡而婉，绮丽而不缛，有少游之神韵，而
运以梅溪、竹山之清真。兰雪以为凡人所难言及意所欲言者，皆能
达其隐而被以声，殆非虚美。夫词蕲至于如此而止矣，今时辈流嘤
然自异，必求分刌节度无不合于姜、张，非是，虽工不足以与于此
事。吾不知其果能悉合与不，即悉合其律吕，而言之不工，吾又不
知古人肯引为同调赏音不也。余往时尝费日力于此，年老心粗，又
为孽火尽焚其三年之作，遂忏除结习，久不复作。因读《桐华阁
词》，瞥然如睹故物，不觉又生见猎之喜。夫词虽文章之小技，然工
拙能不自有定论，能传与不俟之后人，岂好憎同异之心可以轻重于
其间哉！因书以报吴君，并质之霁青、兰雪何如也。道光八年岁在
戊子四月，复翁郭麐序。"

十二月，谭敬昭题诗仪克中《剑光楼词》卷首，中有评兰修词之语：
"近时汤雨生暨吾粤吴石华《桐花阁词》最工。"谭氏《满江红·题石华
桐花阁词》亦当作于其时。

> 谭敬昭《满江红·题石华桐花阁词》："作客梁园，曾踏破、滹
> 沱冰雪。还独立、长风万里，帽檐吹揭。白雁来经沙碛外，黄河泻
> 入长城缺。借胡茄羌笛谱边声，关山月。青草冢，寒云灭。燕支塞，
> 春光泄。又归来遥望，居庸层迭。马上琵琶弦转急，曲中杨柳枝堪
> 折。待皇州春色啭新莺，朝金阙。（石华曾客大同。）"

本年，仪克中作《口怀吴石华外翰》。诗载《剑光楼诗钞·北行草
（戊子）》。

梁梅（子春）为优贡生。兰修曾作《乳燕飞·梁子春少孤其母典钗
珥购书而教之为春堂藏书图志永情也仿辛幼安体赋之》。梁氏所作为《贺
新郎·自题春堂藏书图二阕》（床上书连屋）（枯坐深更后）。

道光九年己丑（1829）四十一岁

二月，临钟鼎款识数种。

铭文略，款识："近日记金石文字者，以阮宫保师所刻王复斋钟鼎款识为最精，积古斋次之。道光九年二月，为琴轩五兄大人临此数种，于古人篆法尚不能得其近似也。石华吴兰修并记。"钤印：吴兰修印（白）石翁书记（朱）。

七月，翁心存广东学政任满。兰修作《送翁遂庵学使秩满入都》四首送其入都。翁氏曾作《吴石华学博兰修桐花阁填词图》。

翁心存《吴石华学博兰修桐花阁填词图》："春情一缕游丝杪，黄缬星星栏畔绕。博山沉水袅余烟，细乳春藏幺凤小。半池吹皱波沦漪，帘幞无人窄地垂。红牙按罢闲庭静，正是桐阴月落时。美人自合伤迟暮，如此才华天亦妒。即今听雨到中年，苦忆二分风露句。（'最忆二分风露、玉钗寒'，《桐花阁词》中语也。）广文官冷菜无鲑，蝴蝶一春飞上阶。万里悲笳寻旧梦，十年尘影上幽怀。白鸥阑入鸳鸯社，（亦词中语。）一掬青衫泪如泻。岭南从古少词人，标格如君真健。者浈江渺渺正愁余，尺素聊凭六六鱼。他时唱遍桐花曲，愁煞新城老尚书。（阮亭和漱玉词，长安盛称之，号王桐花，故戏以相儗。）"

九月二十九日，致函翁心存。

函曰："兰修谨上言遂庵先生阁下，去腊得浈江舟次寄书及题印册，随即具复。九月廿四日载承颁翰，知前一札已付浮沉，罪甚罪甚。敬谂阁下儤直禁垣，领秩清要，弼姬卫之学，树启沃之谟，遥望卿云，无任抃舞。回忆三年敷教，多士承德，辟珥之诏，视犹子弟，缘督之训，严于父兄。两辱赐书，犹勤省过，实以身教，益励吾从，循诵再三，钦佩无已。兰猥以下走，得受深知，勖以治经，勉以进德，铭心刻骨，永矢弗谖。惟是性如野鹤，官若寒蜩，东望故庐，时抱归思。近者买田一顷，远与市隔，种荔百树，高与肩齐，不待十年，足等千户。行当谢绝尘事，料理长镵，紫笋初生，白华无恙，八口之资，已足千人。之指不来，日永如年，书多于屋，俯仰身世，于愿毕矣。否则计门生之雉，议博士之羊，于教不行，于官何补，随人进退，与俗浮沉，坐食俸钱，得毋惭愧！且阁下操履峻洁，可谓严矣，怀抱洞达，可谓公矣。兰每燕见于温室之中，侍坐于皋比之侧，言无不尽，语不及私。即或品鉴人物，破除门户，不掩一士之长，不毁一人之短。此生平所自信，阁下所谅知也。然而伯夷有不洁之名，子舆有杀人之谤，蝇声可畏，蛾眉易妒，自昔然矣。是以力辞荐举，上负慈恩。素无入世之才，恐累知人之哲。此王叔朗所以不爱热官，嵇中散所以愿守陋巷也。辱承挚爱，敢布腹心。所冀崇明，觉其梼昧。朔风渐厉，尚望节宣。吴兰修百拜上。九月廿九日。"翁心存广东学政任满在道光九年七月，兰修《送翁遂庵学使秩满入都》四首其三尾注云："今岁训导满，先生欲加荐举，力辞乃止。"正与此札之意相合。据可定其作于道光九年。

九月，江沅序仪克中《剑光楼词》，评及兰修。

江沅《剑光楼词序》："沅往岁薄游粤中，交吴学博石华、仪上舍墨农，俱喜为词。石华学唐人体，已得三昧。而墨农之才之学，为仪征阮宫保暨诸先达所推许，以其余技为词，颇喜石帚、玉田。而沅未之见也。兹者，道出敝地，始得读其数首，精妙独至，盖管中一斑焉。属沅一言弁其集，沅学殖荒陋，当日承诸君子爱我，而学博于拙词尤有嗜痂之好。录本邮寄，都付浮沉，将因墨农告以他日之更寄也。以此质诸墨农，且以证诸学博也。己丑九月，吴趋江沅。"

九月，阮元辑《皇清经解》由学海堂刊成。兰修曾参与编校及监刻。

《送宫保芸台夫子（元）移节滇黔》八首其七："师仿陶九成《说郛》例辑《皇清经解》一书，洵经训之渊海也。兰与编校及监刻之役。"

不早于九月，致函翁心存。

函曰："前者承许寄钱氏《读书敏求记》足本，盼甚。即需校勘阮世兄近刻耳。昨得恭甫书云，徐星伯舍人所钞《宋会要》已遭回禄。云得之孙宫保，所述未知是否。若晤舍人，幸问之。海内止此一本，向者屡劝舍人传钞，否则恐龙威丈人攫之而去。此言若中，是大憾事矣。兰所编《南汉纪》，舍人曾录《宋会要》数条，正赖有此，足以见一鳞半鬣也。曩曾许舍人老坑端研一方，来春南山司马北上，当寄之。幸先道及。《经解》已刻竣，然书帙太多，极难携带，闻寄入都者二三部耳。《校士录》需印若干，他日付贡船寄上也。兰修再白。"据"《经解》已刻竣"云云，知此札之作不早于道光九年九月。

本年，训导任满。
不早于十月，致函翁心存。

函曰："昨承颁赐，礼不敢辞，再拜受之。兰考满看语，备过其实。又复径赐移行，免其常礼。此兰所毕生铭刻，以求无负知遇者也。《参政公象册书后》先录呈改，然后书之监権。时官职及题诗人名望，补入《兰亭》，正在据桑世昌考本略加推勘，明日跋后呈教。诗册陆续交来，俟汇进耳。肃此，敬请钧安。兰修谨上。十一日。"据"考满看语"，及兰修道光九年所作《送翁遂庵学使秩满入都》四首其三尾注中"今岁训导满"云云，可知其作于道光九年。再结合上录"九月廿九日"札所云，知此札之作不应早于十月。

梁廷楠撰成《南汉书》，有本年自序。

案：梁氏所作《复吴石华司训论南汉书书》当在稍后："承校拙著《南汉书》错误若干条，详录示悉……尊著《南汉纪》，如缮写已毕，幸早垂示，先睹为快，否则统俟晤时，得面商较善也。"

黄子高为优贡生。

张维屏补学海堂学长。

桂文耀、马福安（止斋，1790？—1847）中进士。兰修曾作《顾霭庭水部（椿）入都桂星垣编修（文耀）为珠江话别图卷赋三绝》，其三夹注云："霭庭主丰湖二年，余来岁继之。"顾椿曾作《丰湖书院书籍碑记》。

何元锡、刘彬华、周三燮逝世。

兰修曾作《题何梦华浣花图》《蝶恋花·题姚玉如小影为周南卿（三燮）赋》《虞美人·迟南卿不至》《高阳台·送南卿入都》《题姚玉如小影为周南卿（三燮）赋》《补题姚玉如小影为周南卿作》。又曾作《题赵飞燕印拓本后》，序中有云："此册乃何梦华所拓也，后归潘德畲方伯。"又，据王贵忱、王大文编《可居室藏清代民国名人信札》，兰修曾有至少三函致周氏。其一有云："南卿仁兄足下：昨日醉卧垆头，弟不及候，足下酒醒退去，罪罪。顷阿蓉来，知起居尚佳，慰甚。所委一切如命，送行词已脱稿。"其二有云："南卿三兄足下：前腊一启达否？入春来，绵雨不干，望霁日如望足下颜色也。俗理缠绕，兼无暇时。词料都被海风吹尽，八荒再捕，从何处着手也。前词迟不得改，想足下甚怪，然必图报命，为了此一段业荣耳。"其三云："兰修顿首启：南卿三哥大人足下，海食半载，口燥唇干，谅亦复能说经矣。前殷殷观澜一席者，实欲近丰湖一角地，笠屐往来，随心香师结烟霞宿缘，犹胜终日作肉食汉耳。方伯衣被寒瘦，使郊岛得遂挚性，当不惜词组春风也。三哥爱弟，应为左右一饮一啄。昔人以累人为耻，然此事何妨竟乞也。客中夜长如岁，秋风打屋，仆有归心，三哥盍为早图之？肃此奉启，即请午安不备，并询棠湖仁兄起居。初九日，弟吴兰修顿首。伫候玉音。前示《丰湖载酒图》，俟题好即送呈。弟到惠州昔，即携就心香师一题可也。"

道光十年庚寅（1830）四十二岁
张琦重刻《词选》。董毅《续词选》刊行，张琦作序。
暮春，作《赏雨茅屋诗应宫保厚山夫子（坤）教》四首。

> 《赏雨茅屋诗应宫保厚山夫子（坤）教》诗序："道光庚寅春暮，久旱得雨。夫子于抚署东园，梳竹补篱，编茅结屋，欲以验雨泽，知稼事也。命兰赋之。"

闰四月，阮元作《与学海堂吴学博（兰修）书》，属刻王念孙撰《二十一部古韵》。

> 据阮元《段氏十七部古音序》赘语，是时，阮氏亦寄书王引之，论刻《二十一部古韵》事："此段氏十七部也。后于（道光）十年，得高邮王怀祖先生念孙之二十一部目录，（见其子引之《尚书经义述闻通说》之末。）乃益知王氏论去入二声之类，不但密于段氏，更有陆氏等所未析者。即寄书广东学海堂，嘱刻《二十一部古韵》。书载续。"又，道光十三年六七月间，阮元致函王引之，告以粤中延误刊刻《古韵廿一部》事，并劝其在扬州刻《广韵》："《古韵廿一部》刻字之事，若元在粤，十日即成，而至今杳然。吴兰修办事有名疲缓，（亦不催之矣。）堂中《经解》，若非夏道（广东督粮道夏修恕）与厚民（严杰）紧紧催办，必致中辍。（夏升去，即无人可出力，巧巧刻完即升。）因思年兄大人此时居乡无事，何不将《广韵》取出送一教馆之人令其排写。（字要似《广雅》大字之大。）特须至、祭等一一指示耳。单写大字，不写小字，不过数万字，写成交舍下刻之甚易。舍下管事者张茂才，（鹤书，号琴堂。）舍亲，付之即可刻也。如有书函，扬州太守官封最便。（四十余日即到。）"（《致王引之书（二）》）当年冬半，又函告王引之，曾钊在广州已将《廿一部古韵》开雕，不必在扬州另刻："冬半，接京中来书，知墓铭已收到。冬

间，想已到家乡矣！顷接粤中曾钊书，知《廿一部古韵》已上板，冬初可有等语。然则前书欲在扬另刻者不必矣。"（《致王引之书（六）之三》）未再提及兰修是否与其事。然今未见此《廿一部古韵》粤刻本，仅见《经义述闻》附，以及民国间刊《音韵学丛书》本（题作《古音谱》）。

十月，为《陈厚甫先生小影》碑刻作记并书："道光戊子，陈厚甫先生来主粤秀书院，岭海之士翕然宗之。是年举乡荐者十有八人，明年捷南宫入词馆者一人，皆先生识拔士也。先生精于制艺，有《听雨轩集》，世所称二十名家者。今年六十有八，每有程作，风采英英，精力弥满，所谓寿者相矣。适陈子云为先生写照，长眉修髯如见，齿齿然指画经义时也。及门桂星垣庶常文耀以端石刻之，留于讲舍。先生名钟麟，元和人，嘉庆己未进士，官浙江杭嘉湖兵备道。庚寅十月，监院吴兰修记并书。"

本年，同安陈荣春刻本《词林海错类选》刊行，乃陈渭扬（筼竹）所校。兰修曾作《题陈筼竹知事（渭扬）浮家图》。

本年，胡调德（稻香）助谢兰生等修邑乘。又尝参编《四书文话》："余令学海堂诸生周以清、侯康、胡调德纂之。"（阮元"甲申冬日"序）

黄子高补学海堂学长。

谭敬昭逝世。谭氏曾作《荷叶杯·题吴石华荔村草堂图》《双调南歌子·题吴石华荔村草堂图》《吴石华风雪入关图》。

道光十一年辛卯（1931）四十三岁

本年，萧令裕（梅生）《清河县疆域沿革表》刊行。兰修曾作《虞美人·萧梅生北归淮上有携家重来之约赋小词以实之》。

本年，罗辰《芙蓉池馆诗草》刊行。卷首有叶省五（省吾、约三、药三）题诗。

本年，张宝编绘《泛槎图》第六集刊行（今有浙江人民美术出版社2012年影印清嘉庆至道光间刻本）。兰修所题词自不晚于是时。

　　题词云："供养老烟霞。几尺浮槎。湖山何处不吾家。留汝罗浮三日住，饭饱胡麻。瑟瑟画蒹葭。断雁寒沙。片帆明日又天涯。送汝一筇吟过岭，万树梅花。倚声《浪淘沙》。"尾署："仙槎先生收归白下属题，即请顾误。石华吴兰修。"该首为兰修佚词。

　　郭麐、何南钰（1753？—）、谢兰生、曾燠、江藩逝世。兰修曾作《骑牛图赋》，序曰："曾宾谷方伯师卅年臞仕，一片冰心。于秋谷饱人之余，作春山放牛之想。为《骑牛图》，属兰赋之。"

道光十二年壬辰（1832）四十四岁

周济编《宋四家词选》成，作《目录序论》。

本年，与广东长乐（今五华）令沈芗泉（香泉）书，指陈禁米出境之害。

　　《国朝岭南文钞》本《米票》文前叶省五附识："道光壬辰三四月间，米骤贵，长乐耆户请禁米出境，沈公从之。而奸民藉端发难，沈公悔甚，乃驰米禁，亲率兵役捕之，获其尤桀骜者十余人寘于法。于是，米舶通行，市价日减，道路帖然。乃知米不可禁，长乐为客米所经，尤不可禁也。石华此书，爱人以德，沈公亦善补过矣。余在幕中，目睹其事，附识之。"

不晚于本年六月，作《弭害》。

　　《弭害》："此今日第一大计也，向者欲议之而不敢发。六七年来，商贾闾阎，生计日蹙，乃不得已而著之。吾友萧梅生、杨秋衡各有著论，大旨略同。知当世必有起而和之者，予日望之矣。道光壬辰六月，兰修自记。"

重阳，与程恩泽等十余人雅集。

程恩泽诗题："展重九日，吴石华、曾勉士两学博招予游白云山，饮于蒲涧之云泉山庄。时陈范川、李绣子两山长，山庄主人段纫秋，年友仪墨农暨学海堂诸先辈咸集焉。吾友王雷州为绘《蒲涧雅集图》。爰系以诗，寄呈吴、曾两学博，并诸君子同作。"王雷州，即王玉璋。

仪克中《庆清朝》词序："春海师清德服人，斯文共仰。壬辰展重阳日，攀同陈范川、李绣子两山长、吴山华、曾勉士两学博作白云竟日之游，置酒云泉山馆，曩时读书处也。与斯会者，山馆主人段纫秋茂才暨梁子春明经、侯君模、谭玉生、孟蒲生文学、居少楠上舍，皆试而报罢者也。王鹤舟太守为作蒲涧赏秋图，师纪以长古，诸君子咸继作，因赋此词。"此中"吴山华"，即吴兰修。居少楠，即居溥。

谭莹《程春海侍郎蒲涧赏秋图作于壬辰九月同集者十一人今惟余在耳梁馨士仪部购得嘱补题时戊午重阳日也》四首题注："十一人：陈范川、李绣子两山长，吴石华、曾勉士两广文，仪墨农、侯君谟、孟蒲生三孝廉，居少楠、段纫秋两茂才暨侍郎与余也。"

阮元《诰授荣禄大夫户部右侍郎兼管钱法堂事务春海程公墓志铭》："典试广东，期取实学之士，知曾钊之名，必欲得之。钊久丁忧，公不知也。书榜，大失望，然所得佳士亦甚多。出闱后，与学海堂学长吴兰修等游白云山，名士会者数十人，有蒲涧赏秋之图。"

九月十五日，作《水龙吟》。

《水龙吟·壬辰九月十五夜同墨农陪程春海祭酒登越王山看月》："笛声吹上银蟾，山河影里秋无际。溶溶一色，楼台著处，都成寒水。水气浮烟，烟痕冒树，荡为空翠。正人声断尽，西风料峭，听几杵、疏钟起。难得乘槎客至。爱青山、露华如洗。荒台古甓，再休重问，汉时遗事。黄鹤招来，碧云无恙，梦圆千里。正潮平海阔，珠光隐隐，有骊龙睡。（先生于前岁梦游珠江，至是，果以典试来也。）"

程恩泽《水龙吟·九月十五夜登越秀山看月次吴石华韵》："些些云缕都无，不知谁扫秋河际。天容山色，涵青混碧，烟中有水。风定尤明，夜深全白，一空林翠。想万家清梦，熔成露气，把楼阁、扶将起。客是不眠吴质，耸吟肩、玉壶三洗。小谪人间，举杯能说，广寒前事。海上琴声，一弹谁和，美人千里。正窥帘的的，素娥单独，似敧还睡。"

仪克中《水龙吟·领荐后侍座师程春海祭酒同吴石华学博登粤秀山玩月山响楼石华词先成师次韵和之命克中继作壬辰九月十五夕也》："到门一杵钟声，苍苍暮色横檐际。长烟浩渺，圆灵倒浸，不分天水。高处生寒，望中怀古，旧时山翠。自呼銮道改，几人清兴，能不负、玉蟾起。一样人天冰鉴，照层霄、好秋如洗。沉瀜缘深，蓬莱路近，倚阑心事。别有关情，更谁相赏，露葭千里。镇归来、看剑挂楼北斗，伴人无睡。"

陈澧《水龙吟》词序："壬辰九月之望，吾师程春海侍郎与吴石华学博登越秀山看月，同赋此调，都不似人间语，真绝唱也。今阅十五年，两先生皆化去。"

九月二十三日，致函翁心存。

函曰："去冬由杨生懋建呈上尺书，谅承记注。前阅邸保，敬悉阁下荣膺简命，典试蜀中。伯乐所经，骅骝尽奋，弹冠相庆，何止川西多士也。春海先生来使岭南，得温君训、梁君国珍、仪君克中、陈君澧、李君鸣韶，皆一时之秀。而曾君钊、黄君子高皆以忧未与试，谭君莹、侯君康以小疵致误，是亦得失有数。而春海先生之爱才与阁下之荐士，皆足令八百寒儒镂心刻骨者也。兰在杨桂山廉访署教学，驹隙余光，尚能造述。拙文为人刻十余首，寄呈诲正。别后心力日退是惧，伏望阁下有以策之。蜀中得士定多，并望示悉为快。春海先生垂许过情，文酒追陪，不殊夙契。蒲涧之饯，诸生知名者尽在座中，不异学海堂中与阁下燕别时，亦五十年来所未有也。比来亦为制举业，后年尚欲一与春闱，以塞师友责望耳。肃此，敬问遂庵先生阁下起居。制吴兰修谨上。九月廿三日。"据"敬悉阁下荣膺简命，典试蜀中"云云，知此札作于道光十二年。

长至日（冬至），致函翁心存。

函曰："兰修上书遂庵先生执事，违侍左右，荏苒三年，每诵德音，靡间疏阔。敬惟执事典学崇德，方轨古人，企望风徽，祇益维慕。兰于九月营葬，事毕仍复出门，揆诸读礼之义，实惭且愧。然一家三百余指，仰事俯畜，给于一身，亦明知其僭越而蹈之矣。明年仍治学海堂事，兼主新会书院。家属侨居，越秀山下，检理故业，并课儿曹。次儿、三儿文笔差健，已成边幅，俟后年方令就有司试。杨生懋建幸与秋举，足抒垂念。吾乡后起之秀，惟杨生与张生（其 曾羽 ），皆出执事门下，信伯乐之空群也。杨生学有本原，词无支蔓，从兹砥砺，可冀成家。但少年结习，删除未尽，尚望训诲之余，加以裁抑，则成全终始，亦吾道之光矣。堂中诸子近状，问杨生具悉。肃此，敬请崇安。附呈次儿章绂所作名印二方，伏惟赐纳。制吴兰修谨上。长至日。"据"违侍左右，荏苒三年"云云，知此札当作于道光十二年。案：李红英选编《国家图书馆藏常熟翁氏书札》中第二册《同馆老辈及粤东诸子书》、第七册《粤东诸君书》，共收兰修函十八通。余不具录。

十一月，庆保（蕉园）离任广州将军。兰修作有《题珠江饯别图送庆蕉园将军北归》。

大寒（十二月一日）后一日，与杨振麟、顾椿同观《鬼趣图》，并题款。

腊月中旬，杨振麟序《听帆楼古铜印谱》，有云："迨观察致仕赋闲，余适督制两粤，时相过从，得以纵观，洵快事也。……道光十二年腊月中浣，宛平杨振麟序。"兰修跋亦当作于其时。

《听帆楼古铜印谱跋》："余尝谓印章与隶书盛于汉，坏于唐，宋元以后愈趋愈下，迨本朝而后复古，如近日丁龙泓、黄小松、陈曼生印，皆古雅浑朴，有汉魏遗法云。潘季彤年丈以所藏古铜印千方，用红泥佳楮拓之，古人刀法章字法灿然具在，足以一洗杨宗道、王延年木刻之陋，而与汉隶碑碣并传，惜不令丁、黄诸公摩挲而辨释也。往者毅堂先生曾拓之曰《看篆楼古铜印谱》，今曰《听帆楼》，各随所庋以为名也。间有唐以后印及元人花押，盖未经删汰，姑附见云。嘉应吴兰修跋。"

本年，陈鸿墀受聘来粤，为粤华书院院长。在粤时，兰修常与游。

陈澧《陈范川先生诗集后序》："先生在粤时，粤之名士吴石华、曾勉士常与游，其在弟子之列者：梁子春、侯君模、谭玉生、澧与兄子宗元亦与焉。先生乐之，筑亭于书院，题曰载酒亭，环植花竹，招诸名士论辨书史，酬酢欢畅。间述乾隆、嘉庆时名臣硕儒言行，感愤时事，慷慨激烈。今读先生诗，追忆之若前日事也。"

本年，为李潢《辑古算经考注》作序。

《辑古算经考注序》："《辑古算经》一卷，唐太史丞王孝通撰并注……今以其术考之，立法之要在求小数，以各差加小数而得大数。盖以各差减大数，则乘除加减，正负交变，以小数与各差相加，与他数相乘，用加而不用减，法尤减易也。顾其词旨深奥，卒不易晓，宋元以降，几至废绝。惟汲古阁有影钞宋本，收于《四库》，知不足斋、微波榭、函海并刻之。传写脱误，李云门先生尝校正之，厘为二卷，刊误补阙凡七百余字。每术附以算草及割截分并、虚实比例之旨，是书之蕴毕宣，王氏之真尽出，无庸以天元一术推算矣。道光壬辰，程晴峰方伯命兰覆算刻于广州，距先生之没垂二十年。方伯为先生婿，受学最久，尝刻先生《九章算术细草图说》九卷、《海岛算经细草图说》一卷行于世云。嘉应后学吴兰修。"

本年，陈在谦尝编《国朝岭南文钞》刊行。

　　《国朝岭南文钞》卷一四收"吴石华文十六首"。其中，《与叶耘圃书》，盛康编《皇朝经世文续编》卷一〇五题作《与叶耘圃论九河书》；《释车》，彭精一《先贤吴兰修氏研经长函发现之经过》（载台湾《梅州文献汇编》第四集）一文谓，曾于一九二九年在曾钊故居发现兰修讨论车制考长函两封，函件后为黄任寰保存，竟在香港失落；《说砚》，凡七则，当较《端溪砚史》各相应按语为早出；《李乔基传》，收入钱仪吉《碑传集》卷一二一；《三典史传》，收入《碑传集》卷一二二。又，各篇后皆附评语，评点者为李兆洛、李黼平、曾钊、陈在谦、杨炳南、黄安涛、温训、叶省五、张其翰、萧令裕、张际亮、林伯桐、阮元、陈昌齐。又，《国朝岭南文钞》卷六吴应逵《劳莪野先生传》《黄烈妇传》《薛贞女传》《书钟锡朋》，卷九邵咏《裴晋公论》《荆香斋试帖序》《寓悯忠寺题名册子序》《存杜轩记》《东溪草堂记》《钦州天马山庙祈雨记》《族父乐山公墓碣》《殇儿兆朴圹志》，卷一五邓淳《重修福隆堤记》《邓氏南阳书院记（代）》，卷一六温训《游龙涧记》《南岭文丞相庙碑》《记西关火》，卷十七曾钊《宋义论》《古输廖山馆藏书目录序》《希古堂文课序》《王文成先生文钞序》《归熙甫先生文钞序》《面城楼记》《虎钤经跋》，卷十八陈在谦《博浪沙击秦论》《晁错论》《与喻明府论平巢书》《东斋修竹记》《梁菊泉传》《二何传》《柯英传》《陈政达传》《浙江定海镇总兵罗公神道碑》诸文后，皆附录有兰修评点之语。

谢念功补学海堂学长。

仪克中中进士。

温训、陈澧中举。陈氏曾作《腊月朔日厚甫师招同吴石华何惕庵两学博杨黼香张玉堂学海堂探梅因与玉堂登镇海楼》，又《论印五首》其四注云："归善黄钥，字鱼门，有仿古铜印谱。吴石华广文倩刻一印，岁久漫灭，命其子小华依仿重刻之。其爱重如此。"

李黼平逝世。

道光十三年癸巳（1833）四十五岁

九月望日，跋《宋太宗实录》。

　　跋云："宋太宗实录，残本，八卷，李申耆明府写以寄余，勉士从余转钞者，徐星伯舍人以书索之，不及别写，以勉士此本奉寄，俟他日补写，还之。爱书成癖，亦文字一场公案也。愿舍人以《宋会要沿革》一册报之，以此为引玉之砖矣。道光癸巳九月望日，吴兰修记。"据范学辉《宋太宗皇帝实录校注》，嘉庆、道光年间，开始出现了十二卷和八卷两种《太宗实录》的残本，其八卷本中的一种即与兰修有关：（版本和收藏信息如下：清曾氏诂训堂抄本。清曾钊、吴兰修、章钰跋。一册，十行二十二字，小红格，白口，四周双边。存八卷：二六至三〇、七六、七九、八〇。中国国家图书馆藏。案：曾钊作《残本宋太宗实录跋》在道光七年九月。）八卷本，传抄本，出自陈揆稽瑞楼，其《稽瑞楼书目小橱丛书》曰：《宋太宗实录》八卷，残本，钞，一册。张金吾亦从之传抄，其《爱日精庐藏书志》卷一一《别史类》曰："《宋太宗实录》残本八卷。抄本，从陈君子准藏旧抄本传录。"陈揆稽瑞楼抄本后归瞿氏铁琴铜剑楼，《四部丛刊三编》影印本《太宗皇帝实录》卷二六上端即有稽瑞楼藏书印，下方才为铁琴铜剑楼藏书印。然瞿墉《铁琴铜剑楼藏书》目录卷九《宋太宗实录》条曰："郡中黄氏得南宋时馆阁抄本，此从之传录。"则此八卷，或亦由陈揆转抄自黄丕烈士礼居，为南宋馆阁写本的抄本。此外，道光年间，八卷本已有李兆洛、吴兰修、曾钊等多家抄本，李兆洛抄自张金吾爱日精庐，吴兰修得自李兆洛，曾钊则自吴兰修转抄。徐松亦从吴兰修处得以收藏。同治初年，据缪荃孙《艺风藏书续记》卷四《史学》第五："徐书散出，归韩小亭观察，由韩归郑庵师，今归式之比部。"章钰得徐松、潘祖荫旧藏旧钞本《宋太宗实录》残本，时在光绪三十一年（一九〇五）七月，甚贵重之。据王季烈辑叶昌炽《缘督庐日记钞》，章钰宣统三年五月十九日进京前，与叶氏话别，"述所藏秘册，有《宋太宗实录》残本一卷。"

小寒（十一月二十六日）后十日，作《南来诗录跋》。张际亮于本年十月底到广州，在粤与兰修及陈澧等交。十二月归，陈澧赋《赠张亨甫即题其南来诗录兼以送别二首》，写扇赠之。张际亮有《顷在广州陈兰甫孝廉枉赠诗扇始兴舟中赋此寄酬》，又《心壶先生招饮大梁书院话旧感时辄复成咏兼以录别》自注云："癸巳游粤，始识先生。"

《南来诗录跋》："余初从郑云麓观察处读亨甫先生诗，搴蘅万仞，睥睨六合，直欲旅揖鲍、谢，上薄曹、刘。兹先生南来，载诵此册，扫除门户，独标风骨，如海上孤鹤，天际间云，倏然愈远已。先生到广州尚未经旬，买舟而西，揽崧台、石洞诸胜。及余迹之，而先生东入罗浮矣。健游如此，宜其诗屡进而愈不可阶也。小寒后六日，先生归自罗浮。越四日，同游诃林，访虞仲翔故居，归而题此。愚弟嘉应吴兰修记。"

冬，两广节署本黄叔琳注、纪昀评《文心雕龙》刊行。有兰修本年跋。

《文心雕龙跋》："是书自至正乙未刻于嘉禾，至明末刻于常熟，凡六本。此为黄侍郎手校，而门下客补注。时侍郎官山东布政使，不暇推勘，而遽刻之，寻自悔也。今按文达举正凡二十余事，其称引参错者，不与焉。固知通儒不出此矣。道光癸巳冬，宫保卢涿州夫子命余校刻《史通削繁》既讫，复刊此本。（《史通通释》举例云：书皆举名，篇皆举目，《左传》则称某公某年，《汉书》则称某纪某传之类，例至善也。而注或云《汉书》本传而不称名，或云汉某人传而不称书，或云《汉书》而不举某纪某传，未免矛盾。予改归画一。其文下释语、按语，皆八股家数，概从芟汰。惟注下按语有考证者存之。《文心雕龙》注，其参错处与《史通》注同。然已经文达驳正，当悉用原文矣。）黄鲁直谓：论文则《文心雕龙》，论史则《史通》，学者不可不读。余谓文达之论二书，尤不可不读。或曰：文达辨体例甚严，删改故籍，批点文字，皆明人之陋习，文达固常诃之，是书得无自戾与？余曰：此正文达之所以辨体例也。学者苟得其意，则是书之自戾，可无议也。虽然，必有文达之识，而后可以无议也夫！嘉应吴兰修跋。"

约于本年，辑编冯敏昌、黎简、宋湘三人诗为《岭南后三家集》。其书今佚。有张际亮本年所作《岭南后三家诗序》。

张际亮《岭南后三家诗序》："岭南自昔多诗人。国初屈翁山、陈元孝、梁药亭三先生，以诗名一时。其友王蒲衣尝合为《岭南三家诗选》，其书盛行于世。自三先生后，岭南诗人益多，而乾隆、嘉庆间黎二樵、冯鱼山、宋芷湾三先生又最有名于时。三先生之没，近者且七八年矣。其诗虽各有专集行于其乡，而外间少传本。于是嘉应吴石华学博欲选为《岭南后三家集》，属余襄其别择，且各言其诗大略。当乾隆、嘉庆间，诗道稍榛芜。或以论议考订为诗，或则轻佻浅鄙，无与于风雅之旨。然其人皆有盛名，弟子几遍南北，天下之为诗者多从风而靡矣。而二樵先生倔强海滨，独以其孤清之气，幽婉之情，奥折之思，宗法少陵、昌谷，卓然自成其体，可谓诗人之豪杰矣。鱼山先生早慧，通籍以后，未免以酬应累其诗。然笃于伦类，又游迹最广，其才气发扬矫健，固自不可掩抑也。芷湾先生生平豪宕，其诗不能绳以格律，其雄骏疏快，时得放翁、东坡遗意。先生遇余于京师，有知己之言，尝曰：'吾诗不能如君千门万户，然吾固独来独往也。'先生坦直自许，不为欺矫，卒亦无以易其言矣。三先生之诗，视前三先生者，不无少异，而皆能不相依附袭取以自成其名，信可传于世也。而岭南二百年间，以诗名家，后先辉映于当代者如此，盖其乡先正流风遗韵，有以倡遵之故，历久而不衰尔。然则此后兴起者，当益有人。其进而益上，亦在善择所师焉而已。学博工古文，诗词皆清绝，留意时事，其言皆切实可用，乃徒以燕闲岁月，表章一乡文献，是可惜已。余既将度岭而北，相与游于诃林虞苑，思渔洋与翁山、元孝燕集之日，慨然者久之。归，遂书此为《后三家集序》。"

宋延春中进士。兰修曾作《宋小墅（延春）属张荼农（深）画图四帧索余赋之》。

道光十四年甲午（1834）四十六岁

五月，许玉彬作《重刻两当轩诗竹眠词跋》。

许跋略云："各本字句互有异同，兹依吴石华师所定，不复注云。道光十四年五月，番禺许玉彬跋。"澳门大学图书馆即藏有兰修校钞本《竹眠词钞》不分卷。则兰修《黄仲则小传》或作于是年。

夏，郑廷松作兰修《南汉纪》《地理志》《金石志》刊后跋："石华先生撰《南汉纪》五卷、《地理志》一卷、《金石志》二卷，事备而文简，识通而辨析，三长具焉，足以传矣。余年来数为故人刻集，并欲梓吾粤记载之书，即以是为先导，可乎？道光甲午夏，香山郑廷松跋。"

本年，作《为温双南刺史题王石谷山庄早春图》。

《为温双南刺史题王石谷山庄早春图》二首其二尾注："刺史属余修《封川县志》，兼旬，书将告竣，故及之。"王石谷，即王翚（1632—1717）。

《封川县志序》："开局于道光甲午十月二十一日，越二十五日而竣。"

本年，郑廷松校本《端溪砚史》刊行。有本年中秋后三日钱仪吉序及本年秋卢坤序。

卢坤《端溪砚史序》："道光癸巳，西潦再溢，濒江庐舍，荡析离居。是冬，端州民请开砚坑，以工代赈，谋于守令，皆曰善。乃于十一月二十七日汲水，正月十日采石，三月十日泉至而毕。苏子瞻云：千夫挽绠，百夫运斤，篝火下缒，以出斯珍。淘矣艰哉。得石稍纯者治三百余砚，分饷故人。余数十砚，他日归舟，窃比郁林石耳。石华博士精于品鉴，成《端溪砚史》三卷。生于斯地，会逢其适，萃诸前闻，证以目验，考端石者，此其衡矣。爰记年月，以为是书缘起云。甲午秋，涿州卢坤序。"

本年，铭赠阮元端砚："'著书不可无此眼，传家不可无此砚。'道光十四年，得端州水岩砚，寄云台师相。吴兰修铭并记。"

本年前后，清廷实行的严禁鸦片政策面临严峻考验。兰修有驰禁之论。其间始末，具见梁廷楠《夷氛闻记》。

案：温训曾作《弭害续议》对兰修的观点予以批驳。黄爵滋取温氏说上奏朝廷禁烟。陈澧《祭温伊初文》："畴昔著书，曰《续弭害》，群饮者拘，怙终者罪，与之更始，乃安太平。有大鸿胪，闻言而拜，封事朝入，玉音夕沛。（信宜训导吴君兰修著论曰《弭害》，言鸦片当开禁。君著论驳之，曰《弭害续议》，谓当勒限使戒。鸿胪寺卿黄君爵滋取君之说奏行之。）"

仪克中补学海堂学长。

许玉彬举学海堂，为专课生。

侯康为优贡生。

梁廷楠为副贡。

张其□（张其翰弟）、孟鸿光（蒲生）中举。

陈寿祺、吴嵩梁、谢念功逝世。吴氏曾作《题吴石华孝廉二图》诗，"二图"系《风雪入关图》《荔村图》。

道光十五年乙未（1835）四十七岁
四月，与林伯桐等同作《苍山洱海图石画题记》。

《苍山洱海图石画题记》尾署："道光十五年四月，受经弟子林伯桐、张杓、吴兰修、曾钊、熊景星、黄子高、谢念功、仪克中谨记。"

闰六月，序仪克中《剑光楼词》。

《剑光楼词序》："吾粤百余年以来，留心词学者绝鲜。墨农以精妙之思，运英俊之才，发为倚声，大得石帚、玉田之妙。岭表词坛，洵堪自成一队矣。予亦酷喜填词，今睹斯编，不无自愧，益当自勉也。谨弁数言于简端，以证诸同好云。道光乙未闰月，嘉应吴兰修。"案：《剑光楼词》中有《沁园春·咏猫用吴石华桐花阁词韵》："十二阑边，碧茵堪拥，余寒未胜。想误粘花虱，搔因昼暖，才宽丝系，晒趁春晴。隔牖无人，帘押动是，偶蹴残绒故故惊。回身悄，怎嫌他鹦鹉，半晌无声。阿鬖惯加珍惜。笑撩人小吻递语轻盈。更压股娇慵，贪听蟋蟀，绕裙痴诉，忘扑蜻蜓。饭香初透，鱼香腻记，瓷盆敲时唤小名。红衾底，又几时潜卧，烀了银灯。"兰修原唱为《沁园春·钱葆酚有雪狮儿咏猫词竹垞樊榭谷人并和之征引故实各不相袭后有作者难为继矣余用白描亦击虚之一法也》："江茗吴盐，聘得狸奴，娇慵不胜。正牡丹丛畔，醉余午倦，荼蘼架底，睡稳春情。浅碧房栊，褪红时候，燕燕归来还误惊。伸腰懒，过水晶帘外，一两三声。休教划损苔青。只绕着、墙阴自在行。更圆睛闪闪，痴看蛱蝶，回廊悄悄，戏扑蜻蜓。蹴果才闲，无鱼惯诉，宛转裙边过一生。新寒夜，爱熏笼偎暖，伴到深更。"序中所指数人咏猫词，分别为钱芳标《雪狮儿·咏猫京邸无事戏同锡鬯作》（花氍卧醒），朱彝尊《雪狮儿·钱葆酚舍人书咏猫词索和赋得三首》（吴盐几两）（胜酥入雪）（磨牙泽吻），厉鹗《雪狮儿·华亭钱葆酚以此调咏猫竹垞翁属和得三阕征事无一同者予与吴绣谷约戏效其体凡二家所有勿重引焉昔徐铉与弟锴共策猫事铉得二十事锴得七十事作此狡狯殆非词家清空婉约之旨观者幸毋以梦窗质实为诮也》（雪姑迎后）（花毛褐染）（妆楼镇卧）（称伊虎舅），以及吴锡麟《雪狮儿·曝书亭集中有雪狮儿猫词三阕盖和华亭钱葆酚作也吾杭樊榭尺凫两先生相继有咏其擅撅也富矣暇日戏仿其体复成四章凡诸家所有不引焉》（女奴痴小）（宛然飞白）（一肩香软）（问西来意）。谢章铤《赌棋山庄词话》卷九尝评曰：“即如咏猫一事，自葆酚、竹垞、大鸿、绣谷而外，和作不下十数家。予少日曾为集录，亡友张任如见之笑曰：‘弄月嘲风之笔，乃为有苗氏作世谱哉。’予失笑，投笔而起。是言虽虐，然实咏物家针砭也。”

十一月，李兆洛序兰修《南汉纪》。

李兆洛《南汉纪序》：“吾友石华博士，自以桑梓之邦，数典宜核，乃博综诸家，寻其条贯，熔裁就理，识鉴居宗。义必深严，事求翔实，勒成五卷。体虽约少，亦荀、袁两《汉》之俦矣。为附录、考异注其下，以期囊括无遗，厄当不漏。别为《地理志》，以补诸家之遗舛；为《金石志》，以搜当时之轶闻。皆详而有体，核而不华。夫珍裘以集腋而成，大厦以群材合构，虽材用资于都料，而良苦辨于国能。徒以博聚为工，孟浪剿说，虚张卷轴，罔别乖滥，则亦何关典则，奚取重儓。至乃因文成格，无所抒其跌宕之辞；述事省烦，不足见其恢奇之美。是则刘子元所云：言媸者，史亦拙；事美者，书亦工。时无奇卓，人乏英雄，区区碌碌，抑惟恒理者也。其为之也，十年乃成；其成之也，诸家可废。于心弥苦，于义抑甘。兆洛曩在番禺，与闻商榷，今睹杀青，旷若发蒙矣。道光十五年十一月，武进李兆洛序。”案：李氏《养一斋文集》卷二题作《吴石华南汉纪序》，尾署“道光丙申六月”。又，徐荣《怀古田舍诗节钞》卷六《癸丑岁病中怀人诗·吴石华学博（兰修）》末二句“南汉无纪载，遗稿今何如”注云：“著《南汉书》，未成而卒。”恐非属事实。

仲冬，温恭（双南）序《封川县志》。兰修亦有序。

《封川县志序》：“右《封川县志》十卷，卷为一门，子目三十有六。开局于……先是，明知县方尚祖于万历丁巳撰《志》二十二卷，（十四门，百三十二目。）国朝康熙乙丑知县胡璇始为锲板，附《续志》二卷，（《前事》《职官》《选举》一卷，《艺文》一卷。）即今本也。正其谬误，（如方《志》以士燮、刘隐、刘谦入附传，以刘龑、刘玢、刘晟、刘鋹、李托入外传。今以士燮依陈元例入列传；刘隐、刘谦俱宦封川刺史，有惠绩，入《宦绩传》；刘龑至刘鋹与封川无涉，今删；李托封川人，然不得入传，今附《前事》。人物门分明经、高第、风节、忠义、宦绩、孝友、儒林、隐逸等目，今删。山川门经络、里数多错误，今改正。）删其繁冗，（如方《志》秩礼门凡朝贺、祭祀、饮射、礼仪全载，今删。物产门多至五百六十余种，繁征博引，今止载异产及常产之适用者，余并删。艺文门序记之外，诗多至百余首，今仿史例，止载书目；其碑记有关系者附载建置及金石，诗佳者附载山川及列传余。）百六十年事迹，较之前帙仅三之一。斯亦事增于前，文省于旧矣。昔叶石洞撰《顺德》《永安》二志，屈华夫修《永安次志》，皆称善本。盖图经之法，简赅为贵，言必有征，书期实用，我仪前哲，尚有志而未逮也。是役也，得分撰林子石坡之助。其采访，则温子研农与诸君豫储之，故成书甚速云。嘉应吴兰修。”

本年，两广节署本《苏文忠公诗集》刊行。卷首有兰修所作《纪评本苏文忠公诗集凡例》。

《苏文忠公诗集凡例》：“是书原为刊纪文达公评点，故除自注外，不采各家注释。间附数则，与评语有关会，或与诗有辨证也。”“原批系用查初白《补注》本。是书悉依其编次，间有重出或错误、遗漏者，以冯星实《合注》本定之。”“诗内有字句互异、诸本两存者，兹以纪定之字为准，余不复注。”“原本有上选、次选。上选则于题颠标双〇，次选单〇。其有一题数诗俱同选者，仍统标于题颠。若有双有单，或选或否，则各标于诗颠。”“是本宫保师命兰监刻。间以肺疾，遂付及门陈生（士荃）专任校勘。始于甲午正月，竣于腊月。合并志之。嘉应吴兰修记。"

本年，邓廷桢任两广总督。引兰修为倚声同调。

> 梁廷楠《粤秀书院志》卷一六《传三》："江宁邓嶰筠制府（廷桢）、吴县董琴南观察（国华）同时官粤，政暇偶事倚声，见所作，交口称之，相与引为同调。"传后案语有云："尚书（指邓廷桢）偶收得明朱兰嵎殿撰所写《江南曲》，自原唱元倪云林而下，和者皆嘉靖以后人，属代摹刻，而各为之传。阙故三段，明人有疑格原两阕者，尚书谓：'子盍质诸石华？'既而曰：'石华小令，音节绝妙，顾未必讲及长调。'其为当道所深知如是。"

侯康中恩科举人。
卢坤、林联桂逝世。

> 《番禺县续志》卷一四："总督卢敏肃公坤增设学海堂专课生，属嘉兴钱仪吉与兰修及曾钊等商订课业章程。"钱仪吉《衍石斋记事续槀》卷一〇有《粤海堂诸子课业评》。林氏曾作《水龙吟·题吴石华学博桐花阁词钞》："林梧雨滴疏疏，桐花阁里清声逗。双瞪白眼，半酣绿蚁，两行红袖。一夜金风，三秋玉露，数声铜漏。想当时，唱到红牙拍急，唱得秋山俱瘦。而况越吴燕鲁。塞风关、雪高歌透。千秋怀古，孤灯伴影，几回搔首。四野黄云，九边白草，满囊红豆。万千声，残月晓风柳七，吟魂知否。"

道光十六年丙申（1836）四十八岁

四月，林召棠到广州，与兰修及邓廷桢、张维屏、陈其锟、鲍俊、叶应杨等作文酒之会。（据《林召棠生平年表》）

七月，陈鸿墀逝世。梁廷楠遂总理《广东海防汇览》全书的修订工作，召集兰修与曾钊、林伯桐、仪克中等人与事。兰修事未终而溘逝。

梁廷楠《广东海防汇览后序》："谨案广东海防沿洋，聿推要领，前哲未勒专书。自涿州卢敏肃公，旆转三湘，府开百越，平蛮绩懋，薄海波恬，将贻旧矩之循，肇创新编之纂。星次甲午，以嘉善陈范川舍人（鸿墀）统提全局，简举分修。旋以采撷尚疏，逡巡遂辍。乙未七月，廷楠甫从簪笔，而公适报骑箕。今制府江宁邓公节钺来临，规模丕启，骤闻斯举，乐观厥成。手检丛残，躬为提命。逮明年四月，粗成卷第，遽付胥抄。盖入局至斯，沿秋溯夏，其间抽毫暝写，发韔晨披，骑岁而仅越半年，缉图而兼咨六法。舍人复刻期告藏，极意求详，豫侈波推澜助之观，屡滋头白汗青之惧。因未暇芟夷剩叶，剪裁繁柯。寻以旧雨秋零，客星宵陨，怅体裁之有憾悔，面证而无从。遂乃携诣严辕，质陈疑窦，请招学博嘉应吴石华（兰修）、南海曾勉士（钊）、番禺林月亭（伯桐）、孝廉仪墨农（克中），迭剞校勘，汇订歧纷。会吴、仪所事弗终，同时溘逝，仅与林、曾两学博摊兹成帙。哀厥支辞，部居稍事更移，段节复加裁并，厘存什九。商略再三。同局既昕夕弗遑，不才亦始终厥役焉。入此岁来，又值雷琼观察吴县董琴南先生小驻权蓛，未嗤，复酱，为之从容指授，折衷心裁，爰定为四十有卷。献诸制府，重承匠削，促命工龛。谓是书类集骈条，他日事资浏览，拟循旧籍，定锡今名，使著起讫之绪，别举总分之例，所有卷目，并缀首方。"附识曰："先是，书成于道光丙申，多至百卷，陈舍人意，而予一手所为也。征引既博，不免有小异大同。复阅，自嫌繁衍。请于邓峣筠制府，荐集四君子者商而节之，仍令予始终其事，故节后再有去留如今编。予撰例言，并以是跋详其缘起、曲折之故。甫定而林少穆尚书奉命以海事来，索阅称善，于是制府乃依敏肃初志，有恭录进呈之议，则此跋体裁弗协，印装时遂自除去。而今稿偶存，附识于此，他日有所考焉。"

十月，编刊《学海堂二集》成，有序。

《学海堂二集》卷二一中收兰修子绶纶《仙掌石新得米元章诗刻

歌》，序云："石为九曜之一，横卧池东，老榕踞其上，旧传石上有米元章诗，然不可寻矣。翁覃溪先生有句云：'不知米家诗句刻何处，想在老榕巨根内。'又云：'未知老榕脚下字，后来谁则代我墓。'道光六年十二月，学使遂庵先生浚九曜池，因截榕根数尺，濯而出之，得五绝一首，其文云：'九□石，碧海出屋阁，青空起夏云，瑰奇□怪石，错落动乾文。米黻，熙宁六年七月。'凡六行三十一字，向来搜访金石家皆未著录也。"案：《常熟翁氏亲朋书札诗翰》所载兰修书札，中有云："儿子绥纶州试幸列第六，未审院试能幸进以副垂望否也"（道光六年十二月）、"次儿、三儿文笔差健，已成边幅，俟后年方令就有司试……附呈次儿章纶所作名印二方，伏惟赐纳"（道光十二年）。两相结合，可知章纶为兰修次子，绥纶当为长子，第三子未详。

《学海堂二集序》："宫保中堂云台夫子于甲申冬选刻《学海堂初集》，自乙酉春至丙戌夏，尚经数课，如《释儒》《一切经音义跋》《何邵公赞》皆是。其用江文通杂体拟古诸作，则丙春阅兵时舟中点定者，今卷十八各诗是也。迨丙秋移节，始设学长，料理季课。嗣后，督抚大吏如成大司寇、李协揆、卢宫师、祁宫保暨翁、徐、李、王、李诸学使，皆亲加考校，乐育日深。而堂中后起，亦多聪颖好学之士，蒸蒸濯磨。各体佳卷，兰修等录存积成卷帙。适嘉兴钱新梧给谏游粤，为之汇选。至邓制府课堂中士，屡询近选。于是《二集》刊成。凡为学指归，《初集》叙中隐栝已尽，大抵勖以有本之学，进以有用之书。兰修等谨守师法，不敢愆忘。此集卷帙稍增，而义例一因前功也。剞劂事竣，爰述其缘起，缀于简端。道光十有六年十月，学海堂弟子吴兰修谨识。"案：《学海堂二集》收兰修诗、文、赋各一篇：《方程考》一卷（卷十）、《说士甘于肉赋》（卷一六）、《听琴诗拟欧阳永叔赠沈遵》（卷一八）。其中，《说士甘于肉赋》已收入兰修早前刊行之《守经堂集》，惟"当四姓之分荣"句作"当四姓之争权"异。又，阮元选辑《学海堂集》稍早前刊行，凡收兰修诗7首：和方孚若《南海百咏》之《药洲》《九曜石》《花田》（卷一一）、《陵山》《琵琶洲》《媚川都》（卷一二）、《九日登白云山望海上白云》（卷一三）；文六篇：《易之彖解》《尚书之训解》（卷一）、《昆山顾氏日知录跋》《嘉定钱氏十驾斋养新录跋》（卷六）、《魏收魏书跋》（卷七）、《学海堂种梅记》（卷一六）。又，兰修《招同徐铁孙（荣）黎星初（炳奎）曾勉士（钊）吕小伊（玉璜）黄石碐（子高）诸博士雅集酒楼即送铁孙之官藁城》二首其一尾注所云，当即谋刻《学海堂集》事："时拟订学海堂同人著录，刻为丛书。"

本年，道光《高唐州志》刊行。卷首有祝庆谷（善之、诒庭、藕舫）序。

姚锡范（子俊）《红叶山房诗话》有本年羊城富文斋刻本。兰修曾作《题姚子俊乌目山居图》。

吴步韩（小岩）中进士。兰修曾作《齐天乐·家小岩居桐城丰乐溪画师老圃为作丰溪图黄左田尚书跋为笔墨苍深得子久家法每一展玩如归故乡者也小岩久客岭外属余赋之》。黄左田，即黄钺。

陆耀通逝世。

道光十七年丁酉（1837）四十九岁

戈载编《宋七家词选》刊行。

秋，跋贺兰石随形砚铭："砚出贺兰山，阮仪真公寄赠。巕筠尚书按，西陲产砚，临洮之外无闻焉。石紫肝色，似端溪宋坑。万里石缘，亦殊玩也。道光丁酉秋，吴兰修铭记。"

本年，周以焯校本《端溪砚史》刊行。卷首有周氏序。

周以焯《端溪砚史序》："道光癸巳，随尚书禧公子于役连州。事竣，即就榷使聘。入粤之志遂已，而求砚之心复炽。殆未可以三砚终吾生也。其明年，官保厚山制府从民请，以工代赈，开采水岩。并读嘉应吴石华先生《砚史》三卷，博综古今，辨析疑似。是编之作，讵艺林所可少哉！爰寿诸梓而传之。嘉善周以焯序。"周以焯，字丽亭，号达夫。兰修曾作《题周达夫明府（以焯）游荔支湾图》。

侯康补学海堂学长。本年逝世。

程恩泽、潘正亨、吕玉璜（小伊）、颜崇衡（湘帆、药孙）逝世。兰修曾作《吕小伊学博（玉璜）刻烛吟馆落成以诗索和》《怀颜湘帆茂才（崇衡）》。

　　案：吕、颜二人卒年，系据黄钊《读白华草堂诗苜蓿集》丁酉卷一《闻吕小伊学博之讣寄挽》："鱼书缄去杳难追，（余于六月初十寄一札于小伊，而小伊已于初五日逝。）鹏赋传来怪可悲。精舍已空环翠室，（所居门榜环翠精舍。）墓门谁撰曲江碑。（小伊曾署曲江教谕。）当年灯檠蒙休共，（谓佩仙。）此日泉台向秀随。（闻颜药孙亦于次日委化。）身后簏金漫搜检，平生心事玉溪诗。"

道光十八年戊戌（1838）五十岁

谭莹补、张维屏复补学海堂学长。黄培芳补学海堂学长。

黄洵（树宾、修存，—1851）中进士。案：梅曾亮《悼黄修存》编在《柏枧山房诗集》卷九"辛亥"年，据知黄氏卒年。

仪克中、王利亨、陈在谦、蒋因培逝世。

　　兰修曾作《题王竹航大令（利亨）画册》《居庸道中寄王竹航天史》《题王竹航太守画小册》《减字木兰花·题王竹航天史（利亨）画竹》。王氏曾作《题吴石华学博文集（内《弭害》一篇尤切时务）》《欲寄石华学博信无可托者适得其问病近札作此覆之》《题吴石华孝廉（兰修）风雪入关图》。兹录其《题吴石华学博文集》以备参："识参天地始为通，论权时势方为雄。水经疏凿地脉动，中星提挈天根从。石液凝来作地骨，探厥良楛辨呆活。水底菁华搜不穷，清花白蕉真宰出。天道岂能长相晌，流通稳秸宜熟寿。米票米船除壅阻，补救天憾天无忧。一篇弭海识尤精，公斑红白探来明。沉溺人心人易识，财源剥尽梦难醒。以贱易贵阴谋逞，囊括盖藏入陷穽。即货易货奇策成，权其轻重操其胜。自来合市即边防，桓宽论著真擅场。只可内流饶取给，不致外泄翻相妨。内流外泄重追寻，复见老成垂典型。洞观诸夏耗生弊，勘透奸夷天外心。文章历刭阅风尘，幸而入告逢良臣。大书新猷作奏牍，言言痛切契枫宸。其余记忠与记孝，风霜入吻歌而啸。贞诚喷涌招魂来，感人心脾尽凭吊。此编读罢敲唾壶，合掌沉吟舞掌笼。珠胎珊树郁奇光，精神长想日星照。"

道光十九年己亥（1839）五十一岁

虎门销烟。

与本州岛人士订修志款约当在本年。

光绪《嘉应州志》卷二三《人物》："与州人士订修志款约，深为有见，惜未及举行而卒。（文《志》。）"文《志》，即文晟《嘉应州志增补考略》。

逝世。

案：梁廷楠《粤秀书院志·吴兰修传》："以道光十九年卒于羊城院。"传后案语云："先生在院，自阮相国后，卢敏肃公、邓嶰筠、祁竹轩三制府（祁识先生在巡抚任，其后以辛丑来督粤，则先生殁已两年矣。）并器重之。"又，《林则徐全集·日记卷》：（道光二十一年三月）"二十二日……新制军祁竹轩已于巳刻在三水接篆，亦放舡至彼候潮。"汪宗衍《广东人物疑年余录》谓卒于 1837 年，恐误。

黄子高、许乃济逝世。

道光二十三年癸卯（1843）卒后四年

伍崇曜编《楚庭耆旧遗诗》刊行。

《楚庭耆旧遗诗》后集卷一中收兰修诗 77 首。其中，《秋胡行》

《青楼曲》二首为佚诗。《秋胡行》:"菟丝附乔松,鸳鸯戏清池。结发既有因,形影常相随。妾家与君邻,门户连光辉。十三学织素,十四能裁衣。十五善鼓琴,十六解赋诗。十七应君聘,来上君庭闱。贵贱虽异等,得婿身有归。燕婉未终夕,奄去忽若遗。浮云逐长风。不复留斯须,夫行逾三载。贱妾长独栖。孤灯照暗室,夜夜频苦悲。终宵理刀尺,鸡鸣具晨炊。黾勉事姑嫜,切切时恐违。阳春二三月,采桑城南时。桑叶何青青,好鸟鸣高枝。感此怀远人,泪下如缲縻。采采不盈筐,日昃蚕苦饥。客从何方来,鞍马多容仪。中道蒙倾顾,黄金托相贻。感君区区怀,敛容前致辞。夫行逾三载,贱妾长独栖。菟丝附乔松,死生终不移。鸳鸯虽独宿,岂随黄鹄飞。回首复采桑,攀条常恐迟。白日下空林,执筐城南回。老姑候门迎,相对多欢怡。儿行逾三载,幸复归庭帏。妾心如悬旌,摇摇惊且疑。入门一相见,中肠为之摧。堂前有老鸟,旦夕哺其儿。既念羽翼成,复念得雄雌。一朝秋风起,东西生别离。雄飞恋新巢,雌陨沉江湄。老鸟啼哑哑,日暮当谁依。"《青楼曲》序曰:"广灵城中,有新吏来,衣冠客满坐,纵酒谈燕,若平生欢。而故吏如退院僧,门子昼卧庑下,无觉之者。嗟夫,今之对酒肉、倾肝胆者,非故吏客耶!是可伤也。作《青楼曲》。"诗云:"谁家游侠儿,轩册驻平康。千金买绮筵,万金招名倡。燕姬奏琴瑟,赵女调笙簧。舞凤与歌莺,宛转当春阳。艳冶非一态,耳目不及详。莫愁年十五,顾盼多神光。捧觞前上寿,含笑赠明珰。一朝佩君体,百年依君旁。相知苦不早,行乐方未央。海枯白石烂,誓作双鸳鸯。不见赵公子,纵酒此高堂。金尽酒杯干,出门独凄凉。故情不得终,新欢安可长。"又,小传所附《茶村诗话》论及兰修诗词:"吾粤倚声之学远逊于诗,流传始于五代黄损。谭玉生明经《论词绝句》三十二首专论岭南人,其第一首谓'竟传仙去也多情,得近佳人死也荣。谁谓益之能直谏,平生愿作乐中筝'也。若有集者,则宋刘镇《随如百咏》,迄今未见。此外若李昴英《文溪词》,赵必 王象 《秋晓词》附诗文集中,余尝为刻之。元明两代,作者寥寥。屈翁山崛起,慷慨激昂,所作独多,然微嫌尚沿苏辛格调，究匪词家本色。此外若梁南樵、易秋河，亦哀然成帙，然未算名家。若石华广文者，其岭外之白石翁、玉田生乎？所刻《桐华阁集》，已为海内词人推重。顾晚年复多窜改，并益以未刻者十余阕，所谓老去渐于词律细钦？当为镂板行之。诗亦清丽芊绵，殁后索观全集，其嗣君经年后始以寄余，残缺已甚，然诗笔自翛然绝俗。"

道光二十八年戊申（1848）卒后九年
怀米山房重刊兰修《端溪砚史》。

有怀米山人本年春题记："吴石华《砚史》三卷，汇集诸家砚谱，折衷所见，质辨浅云，精确迈过前人。版藏涿州，吴中流传绝少，因此重刊，以供同嗜云。道光戊申春日，怀米山人记。"怀米山人，即曹载奎（曹奎、秋舫，1782—1852）。

道光二十九年己酉（1849）卒后十年
许玉彬、沈世良编《粤东词钞》不分卷刊行。

《粤东词钞》凡收兰修词58首。其中，《忆秦娥·题叶蓉塘月夜听歌图》一首为佚词："吴声脆。千金一曲珠帘底。珠帘底。年华似梦，月华如水。可怜酒醒人千里。一星星事分明记。分明记。花前双笑，夜阑双泪。"

道光三十年庚戌（1850）卒后十一年
竹醉日（五月十三日），伍崇曜跋兰修《南汉金石志》。

后黄佛颐在《石例简钞叙》中有评："服岭以南，士夫鲜治金石学者。乾嘉而降，风气稍开，如冯鱼山、仪墨农、彭春洲、先香石诸老，其所著录，皆可离方志而别行。若梁章冉、吴石华、荷屋，则足与中原诸子抗席矣。"

伍崇曜《南汉金石志跋》："翁氏《粤东金石略》谓，竹垞记刘
龑冢、碑事，与王文简《皇华纪闻》颇有错互。竹垞称'陈元孝语
予'云云，则是竹垞既得自口传，而元孝复出自记忆，无怪乎传闻
异词矣。文简亦曾晤元孝者，窃疑亦得自元孝口传也。考《莲须阁
集》有《吊南汉墓赋》，观刘氏冢记，纪康陵碑，其最古者，则元孝
所记忆，其又黎忠愍语乎？其错互也宜矣。又《南海百咏》谓，陵
山刘氏之墓也，龟趺石兽，历历具存，昔有发其墓者，其中皆以铁
铸之。尝至其地，摩挲旧碑，不见始末，其词皆是葬妇人墓志。考
之伪史，疑是懿陵也。则伪刘亦踵曹瞒疑冢故智耶？又《南海县
志·金石略》有南汉陀罗尼石幢：'□和三年太岁乙巳二月□□□日
□□□□陈十八郎敬□造。'乙巳，为南汉主刘晟乾和三年，此幢末
纪年，'和'字上当是'乾'字。石在吴氏筠清馆。又《池北偶谈》
载，南粤陆汉东卿孝廉有小砚，是南汉刘鋹官中物，有鋹官人离非
女子篆砚铭。孝廉死，子幼，此砚不知流落何所云云。似均当补入。
又金石以款识为重，此古今通例，故刘氏铜像、铁柱，并见《南海
百咏》，均不录。然考恭岩札记，谓元妙观西院功德林，有伪南汉主
刘鋹及二子铜铸像，状豪恶可憎，俗称番鬼是也。又谓大城既克，
伪官咸遁，藩库吏胥，窃库钥而逃。百计启库，键不可辟，虽炮石
攻之弗得。盖库门有双铁柱，系伪南汉时故物。后悬赏购钥，有南
海潘、麦、陈三姓，赴辕投献。两王悦，厚赏之，令三姓世为库吏，
至今不替。则现存而众著者，恐宜援阮《通志·金石略》例，附载
铜鼓、铜柱而并录之也。铁柱，阮《通志》已附载。道光庚戌竹醉
日，南海伍崇曜谨跋。"案：金武祥《粟香四笔》卷一云："都峤与
桂林诸岩及勾漏洞不同。都峤为阳洞，宜居人，惟离城市较远，路
亦险峻耳。山岩沙与石相间而生，非如他处岩洞，全系石质，可以
磨厓题壁者。岩内存碣，以南汉为最古。有乾和四年陈亿《五百罗
汉记》碑，又断碑一，陈亿姓名尚可辨识。又大宝四年佛像碑。又
大宝七年蔡斑庆赞记碑。此外经幢二，为乾和十三年罗汉融造，尚
完好，其一存半截，款文仅辨女弟子□廿五娘造幢一所而已。窃谓
岭外碑碣，隋唐已鲜，南汉亦渐稀。此六种，《广西通志》及《南汉

金石志》均未著录，故无知者。都峤名山，应存古碣，因详记各刻于左。文虽卑陋，其官位亦足考一时之制，可补《十国春秋·百官表》所未及也。"又，叶昌炽《语石》卷二云："南汉石刻，皆在五岭东西，吴兰修采摭最富。光孝寺二铁塔，余曾偕袁瑰禹、管申季、江建霞登风幡堂，亲往摩挲其下，瑰禹并先以拓本见遗。今三君墓有宿草矣，每开笥，泫然流涕。乳源云门山有《匡直》《匡圣》两大师碑，皆大实中刻。翁氏《金石略》、吴氏《金石记》但有《匡圣》一碑，而《匡直实性碑》，吴氏但据邑志录其文，注云已佚。余前五六年，在厂肆旧书中见一纸黯淡，披视之，即此碑也，一字未损，亟以贱价得之。此真希世秘籍，想未必有第二本矣。东莞资福院《邵廷琄石塔记》，客岭南时闻碑工言，山中有虎，不能拓，亦于厂肆无意得之。江阴金桂生运同榷醋梧州，在容县之都峤山得南汉石刻六通，皆吴兰修所未收：一为中峰石室《五百罗汉记》，乾和四年陈亿文，杨珞书；一为《五百罗汉院经幢》，乾和十三年罗汉融造；一为大宝四年《内常侍梁造象》；一为大宝七年《灵景口同会弟子庆赞记》，景下一字泐；一为《智昔造罗汉象铭》，年月泐，亦陈亿文，杨怀口书，怀下一字已损；又一残经幢，年月亦泐，仅存女弟子廿五娘等字。"其《缘督庐日记钞》亦云：（光绪二十三年）"三月十四日游厂肆，在翰文斋得南汉大宝元年《匡真大师实性碑》，雷岳文，薛崇誉书，在广东乳源县。吴兰修《南汉金石志》云已佚，当是近年复出土也。"又，徐信符著、徐汤殷增补《广东藏书纪事诗·黄遵宪人境庐》注云："有《人境庐藏书目》，虽无珍贵秘本，聊以备宗族、乡里阅览而已。惟庐中藏有《修慧寺塔铭》，颇为珍贵。《人境庐诗》有《南汉修慧寺千佛塔歌》，序言：塔为南汉刘铱时建，有铭文，似光孝寺东、西铁塔。此塔初建至今，九百余年，《广东通志》《嘉应州志》皆失载。吴石华《南汉金石志》搜罗极富，亦不之及。此塔乙丑兵燹以后略毁，而未坏，嗣为群儿毁伤，日久遂圮。余归里后，求之邻家，得塔铭。考之，敬州于南汉至刘晟乾和三年，即潮州之程乡县，升为州，领县一。修慧不入志中，寺址未悉所在。父老传言，乾隆初年由前州牧王者辅于今之齐洲寺移来，去塔不远。

《修慧寺志》既失载,又无碑可证,惟将所得残整各块,置于人境庐。"均可参。

中伏后,伍崇曜跋兰修《南汉纪》。另江藩跋亦当作于其时。

伍崇曜《南汉纪跋》:"竭十年精力,以成是书。考南汉纪事之书,惟胡宾王《刘氏兴亡录》最古。宾王,曲江人。《二十七松堂集》所称关系国家治乱兴亡制作诸大典,故今不传。岂不尤为可惜者也。《广州人物传》称:诸僭国皆有纂录,独岭南缺焉。惟胡宾王、胡元兴二家纂录皆不详。周克明,南海人。访耆旧,采碑志,孜孜著撰,裁成十数卷,书未成而卒。胡元兴,不知何许人。克明书本未成,其不传宜矣。至如近人刘应麟《南汉春秋》十三卷,阮《通志》已著录,而义例未谙,等之自郐,无讥可耳。是书掇拾独富,考核尤精。每条必注出典,以矫吴志伊《十国春秋》之失。为附录、考异于各条之下,见搜罗之已遍,决择之特严。正史纪传,或逊其详明简当,而奚论于霸史也。李申耆序称:'唐之末造,乱贼窃擅,莫正于北汉,莫强于南唐,莫狡于吴越,而莫秽于南汉。'窃谓是书实为十国纪事之书之冠,伪刘何幸得此于广文哉!道光庚戌中伏后,南海伍崇曜谨跋。"

江藩《南汉纪跋》:"五代时,十国纪事之略,吴则有《钓矶立谈》,南唐则有马、陆二《书》,吴越则有《备史》,楚则有《新录》,蜀则有《锦里耆旧传》,惟南汉胡宾王之《刘氏兴亡录》佚而不传。黄文裕修《广东通志》时,其书尚存,《志》中所载南汉事不见群籍者,疑即《兴亡录》也。国朝吴任臣《十国春秋》,掇拾甚富,所载故事不注出于何书,读者病之。吴石华博士枕经葄史,无所不通,仿前、后《汉纪》之例,年经事纬,辑为此书,各注书名以矫其失,至于舆地沿革,考核精详,尤非任臣所能及矣。予谓著正史易,著霸史难,正史有史宬之《起居注》《实录》在,据事直书而已。霸朝多僻处偏隅,又少人士,不设著作郎,不立起居注,著霸史者,势必采之稗官野史。然小说家或传闻异辞,或诡随失实,非明决择，严去取，必致变乱黑白，颠倒是非，就南汉而论，欧《史》世家之纪年，职方之地名，尚有舛误，况不及欧阳氏者哉！是《纪》导禾去节，不支不蔓，当与常璩、崔鸿并肩，陆游、马令之徒不足道矣。甘泉江藩跋。"

末伏后，伍崇曜跋兰修《南汉地理志》。

伍崇曜《南汉地理志跋》："按自注云：'共州六十二，县二百十四。县数与《长编》《宋史》本纪及《地理志》合。惟彼云六十州，不相附耳。'考南汉高祖之兴，至后主之败，凡五十五年。中宗乾和九年，始尽有岭南之地。大有十二年，尚书左仆射黄损，称陛下之国，东抵闽、越，西逮荆、楚，北阻彭蠡之波，南负沧溟之险。盖举五岭而有之，用武之国也。亦铺张扬厉之词耳！高祖亦尝云：'吾子孙不肖，后世如鼠入牛角，势当渐小尔。'而郡县并析，几于月异而岁不同。且于境内置五岳，呼唐天子为洛州刺史。三城之地，半为离宫苑圃，民之得以栖止者无多地也。《长编》云：'后主至公安，邸吏庞师进迎谒。学士黄德昭侍后主后，因问师进何人，德昭曰：本国人也。后主曰：何为在此？德昭曰：高皇帝居藩日，岁贡大朝，辎重皆历荆州，乃令师进置邸于此，造车乘以给馈运耳。后主叹曰：我在位十四年，未尝闻此言，今日始知祖宗山河及大朝境土也。'黄《通志》陆光图列传注：'光图有故吏庞姓者，尝奏事见铼，铼识之。铼降宋过骑田岭，庞来迎。铼惊曰：尔亦在此耶！对曰：大王之国边境至此而极，非有万里之远也。铼初以郴为极边，必在穷荒之北，故使光图居之尔。'宋谢翱作《邸吏见故主曲》：'嗟乎！伪刘之淫侈昏庸至此，获保此疆宇至五十五年而后亡者，幸也！'道光庚戌末伏后，南海伍崇曜谨跋。"案：《南汉地理志》兰修尝案云："黄佐《广东通志》：废齐昌府，在兴宁县北五里洪塘坪，南汉刘铼置，使其子镇之。宋开宝四年废为兴宁。考宋代地志诸书，并无置齐昌府事，今不从。"又云："交州虽已内附，羁縻而已，不能实有其地也。并删之。右《志》共州六十二，县二百一十四。县数与《长编》

《宋史》本纪及《地理志》合。惟彼云六十州，不相附耳。"又案：梁元《南汉地理志考异》认为，吴《志》似不应因宋代地志诸书未记置齐昌府事，而否认其曾经存在。又，似应仍唐志之旧列入交州，因终南汉之世，交州俱与之交往。所云"州六十二"，实未计已列入《志》中的兴王府和桂阳监。所云"县二百一十四"，较《宋史》所记差一县，有两种可能：一是崖山县或为南汉未省，或为省后又复置；二是关于溥州的考证或未尽善。

立秋日（七月初一日），伍崇曜跋兰修《端溪砚史》。

伍崇曜《端溪砚史跋》："是书专论端溪砚石，亦刺取群书，各以类相从，而分注书名于各条之下，间附断语，颇具别裁。昔贤谓今人事事总让古人，而反是者，推算与奕棋是也。而吾谓论端溪砚石者亦同。宋《端溪砚谱》一卷，《四库全书》已著录，《提要》称：后端砚独重于世，而鉴别之法亦渐以精密。亦犹此意也。夫自宋迄今，论端砚专书，阮《通志·艺文略》所收共六种，似均不如是书之精审，遑论其他。即以屈氏《新语》所论，陈乔生所著《砚书》，俱生长岭南，殆尝亲至端州而得其详者。积薪之叹，恐前贤均当畏后生也。是书无甚异于众人之说，而有稍异于众人之说。其最微妙精确者，亦特以所征《宝砚堂砚辨》数条。《砚辨》，端溪何石卿茂才传瑶撰。广文称其剖析毫芒，辨别疑似，虽老石工不能及。洵不诬也。亦可知著撰征引，取其博，尤贵得其精矣。道光庚戌立秋令节，南海伍崇曜谨跋。"

清文宗咸丰九年己未（1859）卒后二十年

九月九日，周士镗序叶砚农刻本《端溪砚史》。

周士镗《端溪砚史序》："予心好砚，而不能得其门径。自砚农出《端溪砚史》一书，口讲指画，复罗列诸品，辨其妍媸，相与质问，始于诸坑石品、石疵各大端，略有师承。是书刻于卢敏肃，而成于吴石华之手。砚农去粤已二十余年，行箧相随，未尝一日离。今则海上鲸鲵，尚稽东观。恐自今以后，开坑无期，佳石更不易靓。且舟车南北，虑是书之佚也，则宝山燕石，辨证何从。用是重刊于大梁官廨，以自述其生平得力之由，而属序于予。予方以砚师砚农，何敢弁厥首，但述其缘起如左。咸丰九年九月九日，浙西周士镗。"

案：该本正文中有不知何人手书评语，如卷二《石品·青花》之《广语》一则末即云："四字分看，成片即大叶青花也。"并时有刊正文本之意，如同则中"盖石极细乃有青花"之"极细"，拟改为"细极"。余不具录。

清穆宗同治十二年癸酉（1873）卒后三十四年

黄燮清编《国朝词综续编》刊行。其卷一〇中选录兰修词7首：《减字木兰花》（月痕依旧）、《罗敷媚》（轻阴着意催寒食）、《黄金缕》（十年赢得愁何用）、《减字木兰花》（春衫乍换）、《金缕曲》（落魄今如此）、《疏影》（三生片石）、《台城路》（西风忽断骚人梦）。

同治十三年甲戌（1874）卒后三十五年

陈廷焯编成《云韶集》。

《云韶集》卷二三中选评兰修词4首：《菩萨蛮》（愁虫琐碎啼金井）："岭南词家绝少。如石华者，真有数作家也。（下阕眉批）神理都到。"《减兰》（春衫乍换）："音节之妙，空绝千古，宜梁应来酷爱诵之也。"《虞美人》（一年又到穿针节）："欧阳公后乃有替人。（结句眉批）语极沉切。"《黄金缕》（柳丝细腻烟如织）："兼晏、欧、秦、柳之神韵，而运以梅溪、竹屋之清真，宜有此合作。"

清德宗光绪二年丙子（1876）卒后三十七年

张之洞《书目答问》刊行。

《书目答问》卷二史部"金石文字之属"之"附录国朝各省金

石书精审者"中，著录兰修《南汉金石志》。

光绪七年辛巳（1881）卒后四十二年
六月，陈良玉序《学海堂丛刊》本《桐花阁词》。

  陈良玉《桐花阁词序》："粤称诗国，惟词寥寥。嘉应吴石华学博史学擅长之外，独工倚声，身后遗书散失，其词亦罕流传。家兰甫先生极称许之，搜访得前后两刻本。以余谬有同嗜，属为校订，重刊入《学海堂丛书》。乃去其重复，并汰其什之一二，得若干阕为一卷，名仍其旧。往道光壬寅、癸卯间，同人结社于羊城，月凡一会，唱和甚盛，惜学博不及见矣。光绪七年六月，铁岭陈良玉序。"

光绪八年壬午（1882）卒后四十三年
谭献编《箧中词》刊行。其《今集续》卷四中选录兰修词3首：《台城路》（寒林渐做伤心色）、《台城路》（闲庭叶落无人扫）、《减字木兰花》（春衫乍换）。

光绪九年癸未（1883）卒后四十四年
丁绍仪《国朝词综补》刊行。其卷二五中选录兰修词5首：《蝶恋花》（恨缕情丝纷似织）、《蝶恋花》（别后相思浑未空）、《台城路》（寒林渐做伤心色）、《金缕曲》（风色寒如此）、《疏影》（帘栊静悄）。

光绪十五年己丑（1889）卒后五十年
许增辑刊《娱园丛刻》，收兰修《端溪砚史》。卷首有周春题诗4首。

  周春题辞："博物胸储七录豪，闲窗余事付名陶。开函纸墨生香处，篆入薰炉波律膏。""瓷壶小样最宜茶，甘饮浓浮碧乳花。三大一时传旧系，长教管领小心芽。""闻说陶形祀季疵，玉川风腋手煎时。何当唤取松陵客，补赋荆南茶具诗。""阳羡新镌地志讹，延陵诗老费搜罗。他年采入图经内，须识桃溪客语多。"案：此组实乃著壶诗，与端砚了不相及，不知何以阑入。

光绪十六年庚寅（1890）卒后五十一年
陈廷焯编成《词则》。

《词则·闲情集》卷六中选评兰修词 3 首：《菩萨蛮》（愁虫琐碎啼金井）："语极松秀。岭南绝少词家，如石华者，即杰出也。"《虞美人》（一年又到穿针节）："语亦闲雅。情真语切。"《黄金缕》（柳丝细腻烟如织）："佳处亦不免浅薄，然不得谓之不佳。"

光绪二十五年己亥（1899）卒后六十年
当在本年，柳桥于"京都厂肆"购得兰修《桐花阁诗集》。有其本年夏月跋。

柳桥《桐花阁诗集跋》："《桐花阁诗集》，世不获见。余偶游京都厂肆，见此甚喜乐。询其价亦廉甚，因购归。此书乃吴兰修先生所辑。尝见其《端溪砚史》及其词，而其诗集则不多见。余子孙其珍藏焉可也。光绪二十五年夏月，柳桥识。"

光绪二十九年癸卯（1903）卒后六十四年
七月，黄遵宪寄赠其手钞《桐花阁词》一册予陈运彰。

该本为人境庐绿格抄本，版心上框有"人境庐写书"字样，封面题为"嘉应吴石华词"，下注："光绪癸卯七月黄公度寄赠囗版已毁矣。"前有郭麟序及兰修自序。卷末有陈氏尾跋："丙寅九月潮阳陈彰借钞一过。"钤有白文"陈彰经眼"小印一方。

光绪三十二年丙午（1906）卒后六十七年
闰四月初六日，香港《华字日报》刊载《在山泉诗话》一则，题为"搔首图"，中有兰修佚词 1 首。

此则《在山泉诗话》曰："杨丈椒坪多藏名人图册，中有陈仲卿先生《搔首图》。余心折仲卿诗。此像与余貌酷肖，每过鹤洲草堂读画，爱不忍释。后杨丈卒以归余。仲卿自题绝句十首云云。图时，仲卿年廿二，故多作兀傲语。吴石华广文（兰修）题《金缕曲》一词云：'六合茫茫也。对苍天、黯然不语，客何为者。恨垒愁城坚似铁，酒力深攻未下。问此事、何关杯斝。河汉西流星斗冷，又空斋、醉读离骚罢。禁不住，泪铅泻。年华贱掷千金价。拼几度、狂歌痛饮，射雕盘马。西风易短英雄髮，蓦换鬓丝盈把。空搔首、徘徊中夜。欲向蓬山吹铁笛，看朝暾、涌出扶桑赭。谁引尔，碧鸾驾。'先曾伯祖伯临比部公（正亨）题云云。此图合伊墨卿《蒲涧坐石图》、居梅生《梅边索句图》，为余斋中三古友。余既重装，邱仲闳工部来观，题其后云云。"后收入民国二至四年上海广益书局铅印《古今文艺丛书》本《在山泉诗话》卷三，今有江苏广陵古籍刻印社影印本。

溥仪宣统三年辛亥（1911）卒后七十二年

汪兆镛微尚斋刻《微尚斋丛书》刊行，中收兰修《桐花阁词》一卷《补遗》一卷。有汪氏上年六月序，汤贻汾题诗1首、题词2首，沈泽棠本年正月跋。

汪兆镛《桐花阁词序》："粤中词家，桐花阁最著，陈朗山先生曾桨其词入《学海堂丛刻》中。偶与陈孝坚（宗颖）论及，因出所藏原刻本见视，互相校勘。山堂本删汰过半，其中不少佳制，弃去可惜。且原有吴兰雪、郭频伽两序及自序共三首，均未刻入，亦缺憾也。今为重桨之，其原刻本所有，而山堂本删去者，附刻《补遗》一卷，庶可窥全豹焉。（上卷悉依山堂本，惟《题汪玉奔驰女图》四首，山堂本只录《缄书》一首，今并刻入《补遗》四首内，俾还旧观。）宣统二年夏六月，番禺汪兆镛。"

汤贻汾《吴石华词稿刻成自粤寄此作诗报之并追悼陈棠湖》："小莲么凤擅才名，一卷瑶华万里情。叹我犹为穷塞主，嗤君也学野狐精。（金陵怀古词三十余家，惟王介甫为绝唱。东坡见之，叹曰：

此老乃野狐精也。）早知哀乐中年集，且许楼台七宝成。肠断中仙仙去远，琐窗残梦怕秋声。"又《满江红·题吴石华孝廉小照即书其桐花阁词稿》："玉树亭亭，休只羡、粉郎年少。曾历尽、骚湘艳洛，雄秦侠赵。秋水聪明生在骨，春花富贵天然貌。怎潘愁沈瘦一年年，生潦倒。琪山上，幽居悄。荔村里，良田绕。（琪山、荔村皆君故居。）尽柴荆深掩，尘飞不到。弹铗登楼君试省，牵萝倚竹人将老。漫风轮、雨檝一年年，仍潦倒。""鱼姊珠娘，唱不尽、桐花新曲。生怜杀、藕丝肠细，断时难续。金屋银屏春似梦，红牙翠管人如玉。便三分、罗绮七分愁，风流足。功名贵，凡夫福。神仙寿，愚夫欲。只骚坛清冷，我堪驰逐。燕颔鸢肩终有老，鸥朋鹭侣从无俗。更何人、能结墨因缘，同歌哭。"案：汤氏诗原在《琴隐园诗集》卷一三，该卷所收为其《北塞集》中"辛巳，年四十四"之作。

沈泽棠《桐花阁词跋》："汪君伯序工倚声，重采《桐花阁词》，校勘极精。如《声声慢·集惜砚斋》风帘原误作花帘，《琵琶仙·题珠江重舣图》怎禁得原误作怎受得，皆能订正《学海堂》本之讹。词虽小道，一字之误，全篇减色，得此足称善本矣。宣统三年正月，番禺沈泽棠。"

国学扶轮社出版虫天子编《香艳丛书》，其第十集卷二中收兰修《黄竹子传》。后台湾新文丰出版公司于1989年影印出版《丛书集成续编》，即据此收入。

中华民国二年癸丑（1913）卒后七十四年
上海广益书局铅印本《古今文艺丛书》刊行。

《古今文艺丛书》凡收书八十种，第十七种为潘飞声《论岭南词绝句》二十首，其中第十五首评兰修词曰："乐府渊源三百篇，淫哇艳曲枉雕镌。采莲一曲罗敷媚，敢向桐花笑拍肩。（石华题采桑图语意浑厚，真得风诗之遗。）"

中华民国三年甲寅（1914）卒后七十五年

古直辑刊兰修《桐花阁词》《桐花阁集外词》。有古氏本年四月跋。

> 古直《桐花阁词跋》："吾州吴石华先生《桐花阁词》身后流传甚罕，番禺陈兰甫先生曾搜访原本，刊入《学海堂丛刻》。今去兰甫先生之世又四十年矣，原词刻本殆绝天壤，《丛刻》亦非人人能得。过此以往，流风歇绝，吾滋惧焉。爰从《丛刻》中抽出，刊为单行本行世，以绍灵芬。好事君子，或有取乎尔。中华民国三年四月，邑子古直题于抱瓮斋。"

> 古直《桐花阁集外词跋》："余年来到处搜访《桐花阁词》原本，迄不可得。惟先后从旧抄本中抄得数十阕，以与《学海堂丛刻》所刊相校，无一重复者，知为集外遗词也。因即校定若干首，附刊集后，题曰《桐花阁集外词》云。中华民国三年四月，古直记。"

中华民国十七年戊辰（1928）卒后八十九年

赵尔巽主编《清史稿》刊行。该书《艺文志》著录兰修词集一种：《桐花阁词钞》一卷。

中华民国十八年己巳（1929）卒后九十年

徐世昌编《晚晴簃诗汇》成书，原名《清诗汇》。

> 《晚晴簃诗汇》卷一二〇中选录兰修诗5首：《春日》《山庄即事》《九日登白云山望海》《药洲》《九曜石》。又小传所附《诗话》论及兰修诗词等："石华诗清新俊逸，尤长倚声。有《桐华阁词》。宗白石、玉田，婉约轻灵，天然雅韵。通算术，著《方程考》。阮文达《续补畴人传》及焉。"

中华民国二十年辛未（1931）卒后九十二年

古直辑刊《客人骈文选》（收入《客人丛书》），凡张九龄、李黼平、吴兰修、张其翮、丁惠康、温仲和、钟动、谢贞盘八家二十四篇。其卷一中收兰修文一篇:《学海堂种梅记》。

中华民国二十三年甲戌(1934)卒后九十五年

管瀚文辑刊兰修《荔村吟草》三卷。有管氏本年二月序,古直本年正月、彭精一本年八月跋。

管瀚文《荔村吟草序》:"予少读吴石华先生《南汉纪》,见伍崇曜跋谓先生著有《荔村吟草》,遍求之不可得。后见光绪间所修之《嘉应州志》,艺文一类载先生所著书目特详,而此集独未载,知原集散佚久矣。频年广搜先生古今体诗,得二百二十三首,都为一册,仍颜曰《荔村吟草》。予恐日久或再散佚,亟付手民印行焉。中华民国二十三年二月,后学管瀚文谨识。"

古直《荔村吟草跋》:"张南山《听松庐诗话》曰:石华专工填词。吾粤词家,屈翁山多苏、辛格调,石华则南唐、南宋,出以天然,词笔天生,一时无两。盖不满于其诗也。然词号诗余,源流非二。今观集中《山庄即事》《严州即事》诸什,风流猗那,类白石翁,何渠不足名家邪!原集久佚,管君类聚复之,其勤有足多者。阏逢阉茂孟陬月,古直。"

彭精一《荔村吟草跋》:"有清道光间,阮文达持节临粤,启学海堂,以经史课士,首选石华先生为学长。其同列曾勉士、林月亭,皆经学大师也。顾世率以词人目先生,而《清史》亦即列之文苑传。夫彦和论文,必宗于经,勤味道腴,英华乃出,由本达枝,序固宜然,儒林文苑,谁能轩轾。而先生自标经学博士,又云'唤作词人,死不瞑目',亦少固矣。余少就外传,尝读《桐花阁词》。及官南海、九江,又得先生与曾勉士论学手札,知其经术湛深。独未见其诗。今管又新先生辑录以来示余。余反复吟诵,喜而不能寐也。因谋重刊,而发其微趣如此。中华民国二十有三年八月谷旦,邑后学彭精一跋于梅县县政府之梅亭。"

中华民国二十四年乙亥（1935）卒后九十六年

黄肇沂汇印旧版本之《芋园丛书》刊行，其中收兰修《南汉金石志》。

中华民国二十六年（1937）卒后九十八年

三月二十五日，冯承钧作《海录注序》。

序云："谢清高《海录》原刻本颇罕觏。今所见本有《海外番夷录》本、《海山仙馆丛书》本，别有《舟车所至》本、《小方壶斋舆地丛钞》本，颇多删节。检光绪《嘉应州志》，知尚有吕调阳重刻本、谢云龙重刻本。此二本，今亦未见。所见诸本，并题杨炳南名，首有炳南序，称嘉庆庚辰（1820）游澳门，遇清高，条记所言，名曰《海录》。则应为清高口述，炳南笔受之本。然考李兆洛《养一斋文集》卷二载《海国纪闻序》云：'游广州，识吴广文石华，言其乡有谢清高者，幼而随洋商船周历海国，无所不到。所到必留意搜访，目验心稽，出入十余年。今以两目丧明，不复能操舟，业贾自活。常自言恨不得一人纪其所见，传之于后。石华悯焉，因受其所言，为《海录》一卷。予取而阅之，所言具有条理，于洪涛巨浸，茫忽数万里中，指数如视堂奥。又于红毛、荷兰诸国，吞并滨海小邦，要隘处辄留兵戍守。皆一一能详，尤深得要领者也。然以草草受简，未尽精审，或失检会，前后差殊。因属石华招之来，将补缀而核正焉。而石华书去，而清高遽死。欲求如清高者而问之，则不复可得也。惜哉，惜哉！就其所录各国，大致幸已粗备。船窗有暇，为整比次第，略加条定。疑者缺之，复约其所言，列图于首，题曰《海国纪闻》云耳。清高，嘉应州之金盘堡人。十八岁随番船出洋，朝夕舶上者，十有四年，三十一岁而瞽。生乾隆乙酉（1765），死时年五十七。吴广文名兰修，亦嘉应州人云云。'记清高始末尤详，因知笔受者又为兰修。兰修，嘉庆戊辰（1808）举于乡，年长于炳南。见清高时，或在炳南前。惟二人笔受之本皆曰《海录》，是为可疑。

明人著述，固亦有题书名曰《海录》者，然同出一人口述，而同一书题者，未之见也。兆洛《海国纪闻》今不传于世，未能取以对正。此疑尚未能明。此本仍题炳南笔受者，姑从众也。……民国二十六年三月二十五日，冯承钧命恕、隐二儿辈受讫。"案：序文中提到的李兆洛《养一斋文集》卷二未见《海国纪闻序》。现存《海录》本中有两处提到《海国见闻》，但其实都是指陈伦炯的《海国闻见录》，而与李兆洛所说的《海国纪闻》无涉。又，《海录》一书，"徐继畬《瀛环志略》、魏源《海国图志》咸采取之"（光绪《嘉应州志》卷二三《杨炳南传》），《书目答问》云杨炳南著，谢云龙《重刻海录序》谓，"则从载笔者而言也"。朱杰勤《我国历代关于东南亚史地重要著作述评》认为，现在流行的《海录》，笔受者应为杨炳南。理由是：伍崇曜《海山仙馆丛书》收入《海录》，署杨炳南为编者；《嘉应州志》中吴兰修传未提及笔授《海录》事，而杨炳南传则记有此事。

中华民国二十七年（1938）卒后九十九年
徐世昌等编纂《清儒学案》刊行。

　　《清儒学案》卷一三二《月亭学案上》所载兰修传文后附"文钞"，凡《易之象解》《尚书之训解》《魏收魏书跋》《顾氏日知录跋》四篇，注谓"见《学海堂文集》"。

中华民国二十九年（1940）卒后一百一年
彭东原默峰斋铅印本《端溪砚史》刊行。

一九六三年（癸卯）卒后一百二十四年
香港商务印书馆出版徐信符《广东藏书纪事诗》，论及兰修曰："呼作诗人难瞑目，每从考订见心灵。桐花词馆饶清韵，家法依然独守经。"

一九六五年（乙巳）卒后一百二十六年

陈融《读岭南人诗绝句》有本年香港誊印本。

其卷八中咏及兰修曰："桐华门寂闭芳草，著作纷纶动望尘。不愿千秋好身手，死甘瞑目作词人。""闲情忏尽剩歌讴，句不惊人不解愁。老去渐于词律细，（《玉山诗话》。）可知诗律也绸缪。""诗声飞出玉山堂，南下秋风有雁行。尚易吟乡数温李，最难岭外得姜张。"

一九七一年（辛亥）卒后一百三十二年

台北广文书局影印出版郑廷松校本《端溪砚史》。

一九七三年（癸丑）卒后一百三十四年

大亚洲出版社出版郭寿华编《岭东先贤诗钞》。

其第二集《嘉应州先贤诗》中选录兰修《荔村吟草诗集》凡15首（目录原作"古近体十四首"）：《山中》《鳄潭夜泊有怀荷田竹君》《山庄即事》《留别》（《惆怅词》二首其一）《舟次万安逢邻人口占》《得荷田书》《怀颜湘帆》《寒夜》《雅集酒楼即送铁孙之官薰城》（二首其一）《同翁遂庵学使玉山探梅》《题桃花燕子小幅》（二首）《赏雨茅屋应官保厚山夫子教》（四首其一、三）《九日登白云山望海山白云》。

一九七七年（丁巳）卒后一百三十八年

台北新文丰出版公司出版《石刻史料新编》，第三辑中收兰修《南汉金石志》。又，台北梅州文献社印行钟应梅《客人先正诗传》，咏及兰修曰："笔削刘王偏霸史，新声传唱到江南。文章自有千秋业，唤作词人却未甘。"又谓："尝入都应礼部试，道出白下广陵，新词流布，传诵一时。然自谓'唤作词人，死不瞑目'，盖其志不在此也。"

一九七九年（己未）卒后一百四十年

香港广东文征编印委员会印行吴道镕原稿、张学华增补、李棪改编《广东文征》。其卷二三收兰修文 16 篇，与《国朝岭南文钞》相较，仅以《顾亭林日知录跋》替代了《弭害》。

一九八一年（辛酉）卒后一百四十二年

香港志文出版社出版王韶生《怀冰室文学论集》，中有《论桐花阁词》一文。

一九八三年（癸亥）卒后一百四十四年

岳麓书社出版黄海章《中国文学批评论文集》，中有《读吴石华桐花阁词钞》一文。

一九九二年（壬申）卒后一百五十三年

中国书店影印出版怀米山房重刊本《端溪砚史》。又，岳麓书社出版钱仲联选注《清词三百首》，选录兰修词 1 首：《卜算子》（绿剪一窗烟）。

一九九六年（乙亥）卒后一百五十七年

齐鲁书社影印出版北平东方文化事业总委员会编纂《续修四库全书总目提要》（稿本），凡叙录兰修著作或相关著作七部。

其一，《南汉纪》五卷（原刻本）。其二，《南汉地理志》一卷（岭南遗书本）。其三，《桐华阁词》一卷（嘉庆刊本），曰："清吴兰修撰。兰修，字石华，嘉应人。嘉庆举人，官信宜训导。是编凡六十五首。《寄内》数篇，情致俳恻，不必以字句论工拙也。《减字木兰花·过秦淮作》云：'春衫乍换云云。'颇潇洒有风致。其《大江东去·渡江至京口》一阕，亦激壮可喜。兰修词不宗一家，故未能纯净。然在经生词中，自可备数矣。"其四，《南汉金石志》二卷

（翠琅玕馆丛书）。其五，《岭南丛书前编》四种□卷（清道光间刻本），曰：“粤中故有《岭南遗书》之刻，此书仅四种，不详编者姓氏。后有吴兰修校字样，此殆《岭南遗书》之前编欤？”包括《岭海舆图》一卷（明姚虞撰）、《海语》三卷（明黄衷撰）、《南海百咏》一卷（宋方孝孺撰）、《泰泉乡礼》七卷（明黄佐撰）。其六，《南汉书三种》八卷（清道光十四年郑氏淳一堂刻本），包括《南汉记》五卷、《南汉地理志》一卷、《南汉金石志》二卷。其七，《端溪砚史》三卷（清道光间刊本）。

一九九七年（丁丑）卒后一百五十八年

台北“中研院”中国文哲研究所筹备处印行吴熊和等编《清词别集知见目录汇编》。

　　该书著录兰修“词别集”凡十种：《桐花阁词》一卷，嘉庆二十一年吴氏自刻本；《桐花阁词》一卷，嘉庆二十三年刻本；《桐花阁词》一卷，光绪八年刊本；《桐花阁词》一卷，钞本；《桐花阁词》一卷《补遗》一卷，宣统三年番禺汪氏微尚斋刻《微尚斋丛书》本；《桐花阁词》一卷，宣统三年番禺汪兆镛重刻本；《桐华阁词》一卷《补遗》一卷，清刻本；《桐花阁词钞》一卷，光绪三年至十二年《学海堂丛刻》本；《桐花阁词钞》一卷《集外词》一卷，民国三年汕头印务铸字局铅印本；《桐花阁词》一卷，近代排印管瀚文辑《荔村吟草》二卷本。然末一种实为诗集（且为三卷），而非词集，应予剔除。

二〇〇三年（癸未）卒后一百五十四年

十月，韦金满《近三百年岭南十家词选析》发表于《新亚学报》第二十二期。

　　该文选评兰修词3首：《虞美人》（青天碧海溶溶夜）：“此首跌荡而婉，绮丽而不缛，恍若西子毛嫱，极有天然韵致，与秦少游

《鹊桥仙》（纤云弄巧）咏七夕不遑多让者也。"《台城路》（闲庭叶
落无人扫）："此首婉约清空，缠绵深至，往复不穷，论者以为深得
白石玉田之趣。宜乎洪稚存评其词如'灵和新柳，三眠三起'者
矣。"《黄金缕》（十年赢得愁何用）："此首题曰寄内，咏尽别后相
思之苦，但用语清而且丽，华而不艳，颇近晏殊《浣溪沙》（一曲新
词酒一杯）之妙。"所云"十家"中，另外的九家分别是：陈澧、叶
衍兰、汪瑔、沈世良、梁鼎芬、汪兆镛、陈洵、梁启超、易孺。

二〇一一年（辛卯）卒后一百六十二年

西藏人民出版社出版日本学者井上裕正《清代鸦片政策史研究》，其
中第二章补论一论及兰修，题曰《吴兰修与广东社会——以嘉庆末、道
光初为中心》。

> 结语云："嘉庆末、道光初正相当于'广东·鸦片论'的形成时
> 期。在这一时期的鸦片论争中，吴兰修作为代表广东立场的文人，
> 起到的作用是在将以程含章《论洋害》为标志的'广东·鸦片论'
> 传播出去的同时，再把'广东·鸦片论'以外的其他鸦片论，尤其
> 是像'对外贸易断绝论'这类会损害广东社会利益的鸦片论传回到
> 广东。在这之后，吴兰修提出了《弭害》这一'广东·鸦片论'，对
> 鸦片战争前夕的鸦片讨论产生了巨大影响。"

作者简介：

谢永芳，男，文学博士，广西科技师范学院文化与传播学院教授、
硕导，主要从事词学研究。

惠周惕行年考

黄传星

摘　要：惠周惕（1641—1697），原名恕，字而行。江苏吴县人。康熙十八年举博学鸿词，因遭父忧不与试，康熙二十九年（1690）中顺天乡试，次年中进士，选庶吉士，后以不通晓满文外调为密云知县，卒于任。惠周惕少承家学，先后从徐枋、王士禛、汪琬游。壮岁困厄，遍游四方，所交皆当时名士。工诗古文词，现存《诗说》三卷、《砚溪先生集》十一卷。东吴惠氏对清代汉学的繁荣有巨大的贡献，而惠氏经学自惠周惕始。惠周惕一生行迹，虽然有数篇传记资料可资参考，但尚有许多细节模糊不清，文章对惠周惕的生平进行梳理，以期为惠周惕的相关研究提供一个相对可靠的基础。

关键词：惠周惕　惠氏　清初诗坛

明崇祯十四年（1641）辛巳　一岁

正月十八日，惠周惕生。

惠士奇（1671—1741）《先府君行状》："公以前明崇祯十四年正月十八日生于东渚旧宅，宅南有溪，方而窪，形如砚凹，俗名砚凹溪，故公自号砚溪。"① 惠氏本为陕西扶风人，始祖惠元祐徙居洛阳，为宋儒尹焞高弟，靖康之乱，惠元祐以文林阁学士扈从高宗跸如临安，居湖州大全港西；后裔分为四支，曰四七、曰廿一、曰三八、曰小一。三八公七传至惠伦，明嘉靖时迁居吴县东渚村，五传至惠洪，为惠周惕曾祖，祖父讳万方，父讳有声。② 惠有声（1608—1677）字律和，号朴庵，明岁贡生，以《九经》教授乡里。③

顺治六年（1649）己丑 九岁
通《九经》章句。

惠士奇《先府君行状》："公少开敏殊常，九岁，通《九经》章句。"④

顺治十年（1653）癸巳 十三岁
学赋诗。

惠士奇《先府君行状》："年十余，暗记三史。为古文，议论英颖。常读《蜀志》，慕关壮缪之为人，因作《关公论》，塾师叹为奇才。十三，学赋诗，天然去雕饰，最善五言，往往有杰句，传诵一时。世所称《阳山草堂集》者，公少作也。"⑤

---

① （清）惠周惕、惠士奇、惠栋撰，漆永祥点校：《东吴三惠诗文集》附录一，台湾"中央研究院"文哲研究所 2006 年版，第 377 页。

② （清）钱仪吉：《碑传集》卷 46，周骏富主编《清代传记丛刊》第 108 册，第 630 页。关于惠氏世系，详见漆永祥《东吴三惠世系考》，《北京大学中国古文献研究中心集刊》第四辑，北京大学出版社 2004 年 9 月，第 292—305 页。《东吴三惠诗文集》前言部分也有介绍。

③ （清）惠周惕、惠士奇、惠栋撰，漆永祥点校：《东吴三惠诗文集》前言，台湾"中央研究院"文哲研究所 2006 年版，第 2 页。

④ （清）惠周惕、惠士奇、惠栋撰，漆永祥点校：《东吴三惠诗文集》附录一，台湾"中央研究院"文哲研究所 2006 年版，第 377 页。

⑤ （清）惠周惕、惠士奇、惠栋撰，漆永祥点校：《东吴三惠诗文集》附录一，台湾"中央研究院"文哲研究所 2006 年版，第 377 页。

顺治十七年（1660）庚子 二十岁

家贫，设法谋生，皆不成。

惠士奇《先府君行状》："既冠，阨于贫，惩曰：'我屈首受书者十年已，盍从业乎？'于是去为府吏，迟顿不及事。去试弁，屏无拳勇。又去为废居，数折阅不售。凡业三迁而三穷，喟曰："命也，亦天也！天可回乎？命可造乎？'遂弃去。"①

康熙三年（1664）甲辰 二十四岁

初识徐枋（1622—1694）及潘耒（1646—1708）、吴榷。

潘耒《送惠元龙》："焉逢执徐年，与君始识面。"② 焉逢执徐，即甲辰。据惠周惕《书徐昭法先生手札后》可知，徐枋隐居苏州宜桥后，与惠有声相得甚欢，惠周惕兄弟"辄操几杖以随，先生见予年少貌恭，因从容问予能诗文乎？予前再拜谢不敏。久之，乃敢出其所作，先生辄叹息以为佳。自后予无日不来，来则流连永日不能去也。……而是时先生之甥超士、超士从甥次耕皆从吴江来省先生，予遂得与二子定交，往往赋诗饮酒为笑乐，而先生辄从旁鼓掌抚几，以助其欢，虽极淋漓颠倒而不厌，如是三年，而先生复迁去。"③ 徐枋有《惠而行诗草序》云惠周惕"今年才二十余耳，负奇气，能诗，著有《东离草》，问业于余。"④ 或当作于此时。吴榷（生卒年不详），字超士，吴江人，徐枋外甥，康熙三十五年岁贡（《同治苏州府志》卷六十六）。

---

① （清）惠周惕、惠士奇、惠栋撰，漆永祥点校：《东吴三惠诗文集》附录一，台湾"中央研究院"文哲研究所 2006 年版，第 377 页。

② （清）潘耒：《遂初堂诗集》卷 3，《续修四库全书》集部第 1417 册，第 210 页。

③ （清）惠周惕：《砚溪先生遗稿》卷下，漆永祥点校《东吴三惠诗文集》，台湾"中央研究院"文哲研究所 2006 年版，第 210 页。

④ （清）徐枋：《居易堂集》卷 5，《续修四库全书》集部第 1404 册，第 154—155 页。

康熙八年（1669）己酉　二十九岁

王士禛（1634—1711）榷清江浦，惠周惕执贽相见。

王士禛撰、惠栋（1697—1758）注《渔洋山人自撰年谱注补》卷上①。

与潘耒同客淮阴。

惠周惕《题邹乾一云石山房诗集》："己酉岁，余与潘子次耕同客淮阴，寝食之暇，辄评论古今人诗。"②

康熙十年（1671）辛亥　三十一岁

八月，次子惠士奇生。

杨超曾（1694—1742）撰《翰林院侍读学士惠公墓志铭》："公生康熙十年辛亥八月，得年七十有一。"③

康熙十四年（1675）乙卯　三十五岁

中乡副榜。

惠士奇《先府君行状》④。劳之辨《喜惠元龙京闱得第》云："空谷斯人十五年，我曾为尔泪潸然。"自注云"乙卯余欲拔惠卷于

---

① （清）王士禛撰，惠栋注补：《渔洋山人精华录训纂》，《四库全书存目丛书》集部第225 册，第 743 页。
② （清）惠周惕、惠士奇、惠栋撰，漆永祥点校：《东吴三惠诗文集》附录一，台湾"中央研究院"文哲研究所 2006 年版，第 358 页。
③ （清）钱仪吉：《碑传集》卷46，周骏富主编《清代传记丛刊》第 108 册，第 631 页。
④ （清）惠周惕、惠士奇、惠栋撰，漆永祥点校：《东吴三惠诗文集》附录一，台湾"中央研究院"文哲研究所 2006 年版，第 377 页。

五魁内，惜有尼者，仅置副车。"①

康熙十六年（1677）丁巳　三十七岁

入京，游于国学，同行者有顾用霖。

　　惠士奇《先府君行状》："丁巳，游国学。"② 清制，乡试副榜可贡送国子监，惠周惕已于康熙十四年中乡试副榜，今始入太学。陈维崧《湖海楼诗集》卷六有康熙十七年所作《题惠元龙暨尊公先生令弟小像》一首，题注云"元龙北上，其尊公贤弟送之出门，画工为作此图。"诗云"去岁君别家，阿翁送出门。有弟立翁旁，颀然秀而温。"③ "去年"即康熙十六年，则此图应该就是惠周惕北上入国学时所作。又惠周惕《寄顾孝廉雨若四十韵》："与君初入京，记是丁巳岁"④。顾用霖（1652—1715），字雨若，苏州人，为宋德宜婿。康熙二十一年进士，官至岳州知府，详见彭定求（1645—1719）《中宪大夫宝庆府知府岩卜顾君墓志铭》（《南畇文稿》卷八）。

入京之后，顾用霖助之参加会试，然终无所获。

　　惠周惕《寄顾孝廉雨若四十韵》："到京值试期，入赀剧千辈。多君与陈生，为我送称贷。虚牝掷黄金，鲍肆入香蕙。"⑤

在京时，惠有声去世，惠周惕仓促南归。

　　① （清）劳之辨：《静观堂诗集》卷7，《清代诗文集汇编》第153册，第614页。

　　② （清）惠周惕、惠士奇、惠栋撰，漆永祥点校：《东吴三惠诗文集》附录一，台湾"中央研究院"文哲研究所2006年版，第378页。

　　③ （清）陈维崧：《湖海楼诗集》卷6，《四部丛刊》本。

　　④ （清）惠周惕：《砚溪先生诗集》北征集，漆永祥点校《东吴三惠诗文集》，台湾"中央研究院"文哲研究所2006年版，第16页。

　　⑤ （清）惠周惕：《砚溪先生诗集》北征集，漆永祥点校《东吴三惠诗文集》，台湾"中央研究院"文哲研究所2006年版，第17页。

惠周惕《寄顾孝廉雨若四十韵》："予时遭父丧，指日即南迈。"①

康熙十七年（1678）戊午　三十八岁

是年正月，朝廷下诏征求博学鸿词之士，惠周惕丁父忧而不起。然在秋天时进京。

惠士奇《先府君行状》："戊午以博学宏词征，丁外艰，不起。"② 前引陈维崧康熙十七年所作《题惠元龙暨尊公先生令弟小像》云："今年君别家，秋风败墙垣。阿翁不复见，空有斯图存。"可见惠周惕因父丧不能参加博学鸿词试，仍然是年秋天入京。惠周惕此翻入京或为生计所迫，其《北征集》开卷《出门四首》其一云"饥寒逼腐儒，颠倒作奇想。长安远于日，无故思一往"；其二云"况复苦征输，膏腴等粮莠"；其三有母亲叮咛之语云"予身寄天涯，衣食谁念汝"。当是作于此时。

十一月，在京城，为宋德宜作《恭寿大司寇南和公四首》。

南和公，即宋德宜（1626—1687）。康熙十七年七月戊申，宋德宜由左都御史改刑部尚书，十二月丙子，改兵部尚书③。惠周惕诗云"岁午月仲冬，是公悬弧日"可知这组诗的创作时间应该在十一月。潘耒《送惠元龙》（作于康熙十九年，详见下文）云"前冬来京华，快意宾筵见。""托身尚书府，兀兀攻结撰。"④ 所谓"尚书"应该就是指宋德宜。

---

① （清）惠周惕：《砚溪先生诗集》北征集，漆永祥点校《东吴三惠诗文集》，台湾"中央研究院"文哲研究所 2006 年版，第 17 页。

② （清）惠周惕、惠士奇、惠栋撰，漆永祥点校：《东吴三惠诗文集》附录一，台湾"中央研究院"文哲研究所 2006 年版，第 377 页。

③ 钱实甫：《清代职官年表》，中华书局 1980 年版，第 180 页。

④ （清）潘耒：《遂初堂诗集》卷 3，《续修四库全书》集部第 1417 册，第 210 页。

是年冬，在京城，拜访傅山（1607—1684），并作《赠太原傅青主先生》。

　　是年博学鸿词之诏，傅山于康熙十七年秋至京，客居京郊荒寺，十八年春获准回山西①。惠周惕诗中有云"至尊问起居，宰相给医药"，是指康熙帝派冯溥（1609—1691）慰问傅山之事；又云："我时客京师，朱门绝芒屩，一心钦英风，比日请尤数。先生为我起，意色都不恶。"②

康熙十八年（1679）己未　三十九岁
在京城，作《呈吴县令郭振公》。

　　据《民国吴县志》卷三载，清初吴县知县中姓郭者只有郭宏化一人。郭宏化，字亮工，潍县人，贡生，十八年四月任，十九年去③，郭振公当即此人。惠诗中云"单车未之官，贤声已先至。鄙夫实吴人，抚事积愁思。及公在都城，请见陈髻髭。"此时郭振公应该是刚刚获得任命，惠周惕亦在京城，献诗陈情，言及家乡旱灾惨状。

张六吉赴严州任，作《张公六吉通判严州赋此作别》④。

　　《光绪严州府志》卷十一载张六吉任严州通判在康熙十八年⑤。张六吉（生卒年不详），字居易，陕西宜君人，拔贡，康熙十一年至十三年任苏州管粮通判（《同治苏州府志》卷五十五）。

① 尹协理：《新编傅山年谱》，山西人民出版社 2016 年版，第 190—195 页。
② （清）惠周惕：《砚溪先生诗集》北征集，漆永祥点校《东吴三惠诗文集》，台湾"中央研究院"文哲研究所 2006 年版，第 8 页。
③ （民国）曹允源、李根源纂：《民国吴县志》卷 3，《中国地方志集成·江苏府县志辑》第 11 册，第 37 页。
④ （清）惠周惕：《砚溪先生诗集》北征集，漆永祥点校《东吴三惠诗文集》，台湾"中央研究院"文哲研究所 2006 年版，第 13 页。
⑤ （清）吴士进原本，吴世荣续修：《光绪严州府志》卷十一，《中国地方志集成·浙江府县志辑》第 8 册，第 214 页。

李因笃（1632—1692）离京，惠周惕作《别李天生检讨》。

惠周惕诗云"飘然归养去，转觉乞身难。破例因明主，辞荣独士安"①。李因笃是年参加博学宏词之试，授检讨，五月乞归养，获允，秋初离京②。

康熙十九年（1680）庚申　四十岁

正月十八日为惠周惕生辰，陈维崧（1625—1682）、潘耒与宋骏业置酒贺之。

《春日杂兴十首》题下自注"庚申"，其二小注云："正月十八日为予生辰，陈其年检讨、潘次耕太史及宋声求教谕酿钱置酒。"③《春日杂兴十首》应是作于此后不久。宋骏业（？—1713），字声求，苏州人，宋德宜长子，善书画。

清明，作《陈其年太史索和清明日遣兴诗次韵》④。

陈维崧《清明游寓柳堂》作于康熙十九年，用韵与惠周惕诗相同⑤。

三月三日，作诗三首。

---

① （清）惠周惕：《砚溪先生诗集》北征集，漆永祥点校《东吴三惠诗文集》，台湾"中央研究院"文哲研究所 2006 年版，第 15 页。

② （清）吴怀清：《关中三李年谱》，《丛书集成续编》第 127 册，上海书店 1994 年版，第 524 页。

③ （清）惠周惕：《砚溪先生遗稿》卷下，漆永祥点校《东吴三惠诗文集》，台湾"中央研究院"文哲研究所 2006 年版，第 184 页。

④ （清）惠周惕：《砚溪先生诗集》北征集，漆永祥点校《东吴三惠诗文集》，台湾"中央研究院"文哲研究所 2006 年版，第 11 页。

⑤ （清）陈维崧：《湖海楼诗集》卷 7，《四部丛刊》本。

《三月三日三首》其二云"愁绝东茅山下路,两年松柏几多长",自注云"先茔在东茅山"①。"先茔"当是指惠有声之墓。盖惠周惕自康熙十七年进京距此时正两年,未曾南归,不知父亲墓木生长几何,故有是语。

劳之辨出任贵州粮道参议,惠周惕作《送石门劳先生之任贵州五首》。

陈维崧有《送劳书升前辈观察贵竹》诗,编在康熙十九年②。劳之辨(1639—1714),字书升,浙江石门人,其生平详见杨瑄(1660—?)所撰墓志铭(《碑传集》卷二十)。

王霖任吴县知县,惠周惕作诗赠之。

惠周惕《赠吴县王明府四首》其一云"明府何卓荦,举体皆清真。十年游京华,姓氏公卿闻。今朝宰吾邑,众口称其仁。"③ 考诸《民国吴县志》卷三,王霖(生卒年不详)字雨臣,清流人,拔贡,十九年九月任④。

惠周惕索读陈维崧诗,陈诗稿散乱,请惠周惕为之编订,惠周惕题诗戏之。

惠周惕《戏题陈征士其年诗卷后》:"年来应诏到京华,匹马凌竞帽敧侧。问君辞赋何所携,却道从前尽陈迹。……长安卿相或好

---

① (清)惠周惕:《砚溪先生诗集》北征集,漆永祥点校《东吴三惠诗文集》,台湾"中央研究院"文哲研究所2006年版,第11页。

② (清)陈维崧:《湖海楼诗集》卷7,《四部丛刊》本。

③ (清)惠周惕:《砚溪先生诗集》北征集,漆永祥点校《东吴三惠诗文集》,台湾"中央研究院"文哲研究所2006年版,第19页。

④ (民国)曹允源、李根源纂:《民国吴县志》卷3,《中国地方志集成·江苏府县志辑》第11册,第37页。

事，先索新诗许酒吃。狂吟一扫一百篇，渐见空斋复堆积。我来索
读令自取，得后遗前不堪译。大呼灯烛照屏间，尽力穷搜到床席。
有时觅得半段纸，书法淋漓迷点画。翁心至此方始悔，乞我编摩成
一册。"①

夏末秋初，南归。

　　惠士奇《先府君行状》："庚申夏，公归自北。"② 陈维崧《送惠
元龙南归》作于是年，诗云："吾生百不遂，万事莽回互。惟堪手一
编，与子共晨暮。何期南归雁，欻忽不我顾。"③ 南归时间，《行状》
说在夏天，陈诗说在秋天，大概是在夏末秋初。至于南归的原因，
应该是为母亲庆七十寿辰。汪琬（1624—1691）《钝翁续稿》卷十七
有《惠母陈太君七十寿序》，云"元龙留京师，日夕往还于予之门，
相与讲道术、晶文谊，甚欢也。既而念其母太君年七十，将南归为
寿，乞予序以一言。"④ 可见此时惠周惕尚在北京。据汪琬年谱可知，
其《钝翁续稿》成于康熙二十四年⑤，所以这篇寿序的创作时间不得
早于康熙二十四年。汪琬于康熙十七年应博学鸿词之诏入京，十八
年、十九年在京，二十年二月告假南归⑥。在此期间，惠周惕此南归
一次，所以惠周惕此次南归应该就是为母亲祝寿。又潘耒《送惠元
龙》云："终然念老亲，负米思乡县。遂赴油幕招，取惬归装便。田
公吾故人，烂烂岩下电。以子载后车，罗一可得万。"田公，即田雯

　　① （清）惠周惕：《砚溪先生诗集》北征集，漆永祥点校《东吴三惠诗文集》，台湾"中
央研究院"文哲研究所 2006 年版，第 20—21 页。
　　② （清）惠周惕、惠士奇、惠栋撰，漆永祥点校：《东吴三惠诗文集》附录一，台湾"中
央研究院"文哲研究所 2006 年版，第 377 页。
　　③ （清）陈维崧：《湖海楼诗集》卷7，《四部丛刊》本。
　　④ （清）汪琬：《钝翁续稿》卷17，《四库全书存目丛书》集部第 228 册，第 206 页。
　　⑤ （民国）赵经达辑：《汪尧峰先生年谱》，《北京图书馆藏珍本年谱丛刊》第 76 册，第
523—524 页。
　　⑥ （民国）赵经达辑：《汪尧峰先生年谱》，《北京图书馆藏珍本年谱丛刊》第 76 册，第
512—517 页。

（1635—1704），将任江南通省学政，可见惠周惕此次南归既是为母亲祝寿，也已接受田雯邀请入其学幕①。

是年冬，在田雯幕中，与汤右曾因阻风联句。

　　据《蒙斋年谱》，田雯于是年六月升任江南通省学政，未及一载而考试已周两江，将前任学政未考八府州之岁试补完②。田雯有《阻风和汤西厓惠元龙联句》，据诗意可知为冬天，诗中小注云："时试淮士回。"③汤右曾（1656—1722），字西厓，浙江仁和人，康熙二十七年进士，历官至吏部右侍郎（《两浙辅轩录》卷十）。

康熙二十年（1681）辛酉　四十一岁
代田雯作《江南试士录后序》。

　　《江南试士录后序》："余来江南，莅事于庚申之九月，告竣于辛酉之七月。"④

康熙二十一年（1682）壬戌　四十二岁
田雯卸任江南学政，惠周惕作《送学使田公归德州序》⑤。

　　据《蒙斋年谱》，田雯于是年四月卸任，七月二十四日抵里门⑥。

---

① （清）潘耒：《遂初堂诗集》卷3，《续修四库全书》集部1417册，第210页。
② （清）田雯编、田肇丽补：《蒙斋年谱》，《北京图书馆藏珍本年谱丛刊》第83册，第362—368页。
③ （清）田雯：《古欢堂集》五言古诗卷2，《清代诗文集汇编》第138册，第238页。
④ （清）惠周惕：《砚溪先生文集》，漆永祥点校《东吴三惠诗文集》，台湾"中央研究院"文哲研究所2006年版，第173页。
⑤ （清）惠周惕：《砚溪先生文集》，漆永祥点校《东吴三惠诗文集》，台湾"中央研究院"文哲研究所2006年版，第131页。
⑥ （清）田雯编、田肇丽补：《蒙斋年谱》，《北京图书馆藏珍本年谱丛刊》第83册，第370—372页。

田雯回山东，邀惠周惕北上。

惠周惕《岁暮杂感十首》序云："壬戌夏杪，田公邀之来此。"①

北上山东之前，回家休整，卜居城东葑门，自号红豆宅主人。目存上人为作图，王石年题诗其上，惠周惕《余卜居城东，以东邻红豆名斋，目存上人为余作图，且属诗人石年题其上，得五绝句五首》《雨后独坐喜目存见过兼示王隐居齐上人和诗复次前韵》《用红豆册子原韵寄尧峰先生》皆是作于此时②。

汪琬有《和诸君子题元龙城东新居图绝句次韵四首》作于是年（详见下文）。惠士奇《先府君行状》云："后移居葑门，宅有红豆树，故又自号红豆主人。"③《砚溪先生遗稿》卷下有《与目存上人》书信若干通，虽未系年，其一至十八，大约皆与惠周惕营建新居、目存绘图、题诗等事有关，如其四："王研老近日在城否？颇思一面，望留意。扇一握，求作红豆庄图，可留隙地，属研翁题其上，何如？"④ 其七："扇头画望辍忙一作，敝寓虽荒陋，左右景物颇佳，东禅树色，浓绿新染，幸竭吾师笔力为之，具题新句其上，石年几时有信？"⑤ 其八："前韵求和，须竭笔力为之，石翁诗想已脱稿，若相过，竟于午日来，何如？仆欲装潢一册，遍乞同里之能诗者题写

① （清）惠周惕：《砚溪先生诗集》峥嵘集下，漆永祥点校《东吴三惠诗文集》，台湾"中央研究院"文哲研究所 2006 年版，第 41 页。

② （清）惠周惕：《砚溪先生遗稿》卷上，漆永祥点校《东吴三惠诗文集》，台湾"中央研究院"文哲研究所 2006 年版，第 182 页。

③ （清）惠周惕、惠士奇、惠栋撰，漆永祥点校：《东吴三惠诗文集》附录一，台湾"中央研究院"文哲研究所 2006 年版，第 377 页。

④ （清）惠周惕：《砚溪先生遗稿》卷下，漆永祥点校《东吴三惠诗文集》，台湾"中央研究院"文哲研究所 2006 年版，第 215 页。

⑤ （清）惠周惕：《砚溪先生遗稿》卷下，漆永祥点校《东吴三惠诗文集》，台湾"中央研究院"文哲研究所 2006 年版，第 216 页。

其上，携示京师诸公，见吾吴风雅居然未坠也。"① 其十二："来诗幸急遣人寄石翁，属其和韵，必于二三日内见示，弟当再叠前韵奉酬，若粗成小帙，乞遍和诸公，如玉山草堂故事，汇刻一集，亦佳话也。"② 瀞睿（生卒年不详）字目存，吴县人，苏州东禅寺僧，工诗善画，名播江左（《同治苏州府志》卷一百三十四）。王石年，不详，《同治苏州府志》卷一百三十六载"王矸《石年诗稿》"。

将北上客游山东，过尧峰拜访汪琬，汪琬作《送惠生元龙并寄纶霞佥事》《和诸君子题元龙城东新居图绝句次韵四首》。

汪琬《送惠生元龙并寄纶霞佥事》在《钝翁续稿》卷八，自注作于康熙二十一年至二十三年冬，云"平原先生富才望，生也从之曳修裾。埙篪彼此迭酬倡，岂伊挟瑟逢齐竽。昨朝喜生似忆我，挐舟竟过尧峰墟"③。所谓平原先生，即田雯。盖惠周惕将之山东，携红豆庄图及诗拜访汪琬请作和诗，汪琬作诗送之，并向田雯致意。

夏杪至德州。

惠周惕《岁暮杂感十首》序云："壬戌夏杪，田公邀之来此。"④

往恩县，拜访县令陆辂。

王士祯《居易录》卷十四云："门人常熟陆辂次公，昔为恩县

---

① （清）惠周惕：《砚溪先生遗稿》卷下，漆永祥点校《东吴三惠诗文集》，台湾"中央研究院"文哲研究所 2006 年版，第 216 页。

② （清）惠周惕：《砚溪先生遗稿》卷下，漆永祥点校《东吴三惠诗文集》，台湾"中央研究院"文哲研究所 2006 年版，第 216 页。

③ （清）汪琬：《钝翁续稿》卷 8，《四库全书存目丛书》集部第 228 册，第 140 页。

④ （清）惠周惕：《砚溪先生诗集》峥嵘集下，漆永祥点校《东吴三惠诗文集》，台湾"中央研究院"文哲研究所 2006 年版，第 41 页。

令，迁东昌别驾，适补抚州。"恩县、东昌，皆在今山东，地近德州。惠周惕《柬陆次公别驾即以为寿》云"昔岁平原游，逢君宰剧县"[1]，可见此时陆辂尚为恩县令。查诸方志发现，陆辂于康熙十九年任恩县令[2]，康熙五年任东昌府管河通判[3]，康熙二十三年任抚州通判[4]。从王士禛的记载来看，《嘉庆东昌府志》所载当有误，结合清代地方官每三年一考核的情况来看，陆辂应该是康熙十九年至二十一年任恩县令，然后升任东昌管河通判，旋调抚州。

冬日，作《遵化李氏族谱序》。

《遵化李氏族谱序》末云："壬戌冬日，吴门惠某书。"[5]

除夕，在德州，与田霖分韵作诗。

惠周惕《除夕同乐园分韵二首》其二云"孤云寄食方三度"[6]。从康熙十九年游于田雯幕中开始，至此恰三年。田霖（1652—1729），字子益，号乐园，田雯季弟，康熙二十六年拔贡，有《鬲津草堂诗》（《道光济南府志》卷五十六）。

① （清）惠周惕：《砚溪先生诗集》红豆集，漆永祥点校《东吴三惠诗文集》，台湾"中央研究院"文哲研究所 2006 年版，第 72 页。

② （清）汪鸿孙、刘儒臣纂修：《宣统恩县志》卷 6，《中国地方志集成·山东府县志辑》第 18 册，第 77 页。

③ （清）嵩山修、谢香开等纂修：《嘉庆东昌府志》卷 15，《中国地方志集成·山东府县志辑》第 87 册，第 233 页。

④ （清）许应镎、谢煌纂修：《光绪抚州府志》卷 38，《中国方志丛书》华中地方第 253 号，台湾成文出版社，第 608 页。

⑤ （清）惠周惕：《砚溪先生遗稿》卷下，漆永祥点校《东吴三惠诗文集》，台湾"中央研究院"文哲研究所 2006 年版，第 206 页。

⑥ （清）惠周惕：《砚溪先生诗集》峥嵘集上，漆永祥点校《东吴三惠诗文集》，台湾"中央研究院"文哲研究所 2006 年版，第 26 页。

康熙二十二（1683）癸亥 四十三岁

正月十五日，与叶旦前往济南，拜访田雯。

田雯有《正月十五日夜病中叶公旦、惠元龙见访》云，"荒村酒
味嫌酸薄""自号半人因病足"①，似在病中。据其自撰年谱可知，
田雯自康熙二十一年归山东后，移居济南养病②，故诗当作于此时。
叶旦（生卒年不详），字公旦，号晓山，本浙江余姚人，康熙十四年
副贡，寓居德州，有《晓山诗》（《两浙诗话》卷四十二）。

作《春日写怀十首》。

田雯《古欢堂集》卷十一有《春日十首》组诗，与惠周惕诗用
韵相同，田雯自注："历下作"，其九云："四十九年心事违"，可见
作于是年。除了《春日十首》，田雯尚有《夏日十首》《秋日十首》
《冬日十首》③，惠周惕亦有《夏日写怀十首》《秋怀十首》《岁暮杂
感十首（有序）》④，用韵虽不相同，但应该是彼此唱和之作。

清明前，作《答田公济南见寄》。

诗中自注云"公来诗有'同君一哭李沧洲'之句"⑤。翻检田雯
《古欢堂集》可知，田雯原诗作《济南病中迟惠元龙不至却寄二首》，

---

① （清）田雯：《古欢堂集》七言律卷1，《清代诗文集汇编》第138 册，第300 页。
② （清）田雯编，田肇丽补：《蒙斋年谱》，《北京图书馆藏珍本年谱丛刊》第83 册，第
372—373 页。
③ （清）田雯：《古欢堂集》七言律卷1，《清代诗文集汇编》第138 册，第301—303 页。
④ （清）惠周惕：《砚溪先生诗集》峥嵘集（上/下），漆永祥点校《东吴三惠诗文集》，
台湾"中央研究院"文哲研究所2006 年，第29、32、37、41 页。
⑤ （清）惠周惕：《砚溪先生诗集》峥嵘集上，漆永祥点校《东吴三惠诗文集》，台湾
"中央研究院"文哲研究所2006 年版，第30—31 页。

其二云："扑地飞花寒食近，同君一哭李沧溟"①。

田雯想请目存上人为作山姜书屋图，惠周惕有信寄目存，语及此事。

惠周惕《与目存上人》其十九云："田学使更极倾心，曾和我红豆诗原韵寄怀两兄，拟即邮示，因彼刻下正往济南，不得遥寄，后次便录上耳。彼意欲求目兄作一山姜书屋图，能辍忙即为之否？"②田雯《和惠元龙寄目存诗用红豆斋韵》其三云："山姜僧舍错峰东，为画新图行脚同。"③

秋，惠周惕《诗说》成，尚未刊刻，田雯为之作序。

田雯序作于是年秋，云："余爱其书，为录一通，序而藏之以俟焉。癸亥秋七月，济南德水田雯书。"④

重阳，有《九日病起有怀六首》⑤。是日饮于山姜书屋，与田雯作有唱和。

田雯作《九日同惠元龙作》四首，其二云"可笑老夫多态度，白头乌帽插黄花"⑥，惠周惕《饮山姜书屋同田公赋二首》戏之云"黄花尔亦何轻薄，不上欹斜破帽檐"⑦。《再用前韵答人五首》也是作于此时。

---

① （清）田雯：《古欢堂集》七言绝卷1，《清代诗文集汇编》第138册，第321页。
② （清）惠周惕：《砚溪先生遗稿》卷下，漆永祥点校《东吴三惠诗文集》，台湾"中央研究院"文哲研究所2006年版，第219页。
③ （清）田雯：《古欢堂集》七言绝卷1，《清代诗文集汇编》第138册，第321页。
④ 费嘉懿：《惠周惕〈诗说〉整理及研究》，硕士学位论文，华东师范大学，2020年，第77页。
⑤ （清）惠周惕：《砚溪先生诗集》峥嵘集下，漆永祥点校《东吴三惠诗文集》，台湾"中央研究院"文哲研究所2006年版，第38—39页。
⑥ （清）田雯：《古欢堂集》七言绝卷1，《清代诗文集汇编》第138册，第322页。
⑦ （清）惠周惕：《砚溪先生诗集》峥嵘集下，漆永祥点校《东吴三惠诗文集》，台湾"中央研究院"文哲研究所2006年版，第39页。

冬，田雯赠褥段衣材等物，惠周惕作诗谢之。

> 惠周惕《田公惠褥段衣材数事赋谢》①。田雯有和诗《答惠元龙即次来韵》中云"君骑蹇驴来夏杪，住此又复秋冬春。……感君淹留将二载，论文夜半灯火分"②。惠周惕自二十一年夏来德州，至此大约两年。

计划明年春天进京。

> 《岁暮杂感十首》诗序云："壬戌夏杪，田公邀之来此，涉春徂冬，行及二载。明春又将辞公北去。"③

本年，作《萧母程孺人八十寿序》（代田雯作）、《寿萧母程孺人八十序》④。

> 萧母，即萧惟豫之母。萧惟豫（1637—?），字介石，号韩坡，顺治十五年进士，历官至翰林院侍读，典试江右，督学顺天，三十三岁时乞养归（《道光济南府志》卷五十六）。陈廷敬《封萧母程孺人合祔墓志铭》载康熙三十年萧母去世，年八十八岁⑤，所以萧母八十寿辰就在本年。

是年，作《赵节母梁氏墓志铭》。

---

① （清）惠周惕：《砚溪先生诗集》峥嵘集下，漆永祥点校《东吴三惠诗文集》，台湾"中央研究院"文哲研究所2006年版，第41页。

② （清）田雯：《古欢堂集》七言古卷2，《清代诗文集汇编》第138册，第264页。

③ （清）惠周惕：《砚溪先生诗集》峥嵘集下，漆永祥点校《东吴三惠诗文集》，台湾"中央研究院"文哲研究所2006年版，第41页。

④ （清）惠周惕：《砚溪先生文集》，漆永祥点校《东吴三惠诗文集》，台湾"中央研究院"文哲研究所2006年版，第135—139页。

⑤ （清）陈廷敬：《午亭文编》卷46，《景印文渊阁四库全书》集部第1316册，第679页。

据《赵节母梁氏墓志铭》可知，梁氏死于康熙十七年，康熙二十二年下葬①。

可能是在本年，代田雯作《志壑堂集序》②。

唐梦赉《志壑堂集》卷后有署名田雯的《书志壑堂集后》，文字稍有差异③。

在德州期间，作《思亭记》《乐园记》④。

康熙二十三年（1684）甲子　四十四岁

初秋，识朱载震。

《长句赠潜江朱悔人》："吾识君自国子师，纪元甲子初秋时。"⑤朱载震（生卒年不详）字悔人，湖北潜江人，诸生，官石泉知县（《晚晴簃诗汇》卷三十八）。

秋，在京城。严曾榘设宴，与会者除惠周惕外，尚有吴雯、陈曾蘗、汤右曾、查慎行（1650—1727）、朱昆田、王申荀、乔扶功、王戬等，席上分韵赋诗。是日，惠周惕与汤右曾、查慎行宿于严曾榘斋。别后，查慎行又赋诗一首赠惠周惕。

---

① （清）惠周惕：《砚溪先生文集》，漆永祥点校《东吴三惠诗文集》，台湾"中央研究院"文哲研究所 2006 年版，第 155 页。

② （清）惠周惕：《砚溪先生文集》，漆永祥点校《东吴三惠诗文集》，台湾"中央研究院"文哲研究所 2006 年版，第 134 页。

③ （清）唐梦赉：《志壑堂集》卷末，《四库全书存目丛书》集部第 217 册，第 529 页。

④ （清）惠周惕：《砚溪先生文集》，漆永祥点校《东吴三惠诗文集》，台湾"中央研究院"文哲研究所 2006 年版，第 140—143 页。

⑤ （清）惠周惕：《砚溪先生诗集》红豆集，漆永祥点校《东吴三惠诗文集》，台湾"中央研究院"文哲研究所 2006 年版，第 73 页。

惠周惕《同吴天章、陈叔毅、汤西崖、查夏仲、朱文盎、王咸中、乔扶功饮严柱峰侍御宅分赋》，题下注"是日同西崖、夏仲宿侍御斋"①。查慎行《敬业堂诗集》卷五有《严孺庵侍御招同惠砚溪、吴天章、王咸中、王孟谷、朱西畯、乔无功、陈叔毅、汤西崖小集即席分赋》《与砚溪别后叠前韵寄之》②。查慎行《敬业堂诗集》按年编排，非常详细，卷五作于康熙二十三年四月至年底，从诗中描写的景物来看，时在晚秋。严曾榘（1639—1700）字方贻，又字孺庵，浙江余杭人，康熙三年进士，历官兵部右侍郎（《两浙輶轩录》卷七）。吴雯（1644—1704）字天章，山西蒲州人，应博学鸿词不遇，有《莲洋集》，详见翁方纲《莲洋吴征君年谱》。陈曾薮（生卒年不详）字叔毅，钱塘人（《樗园销夏录》卷下）。朱昆田（1652—1699）字文盎，号西畯，秀水人，朱彝尊之子。王申荀（生卒年不详）字咸中，吴县人，汪琬尝为之作《石坞山房记》。乔扶功，待考。王戬（生卒年不详），字孟谷，湖北汉阳人，有《突星阁诗集》（《清诗别裁集》卷二十）。

查慎行为惠周惕红豆斋诗册、《峥嵘集》题词。

《敬业堂诗集》卷五《砚溪索题红豆斋诗册二首》《题惠砚溪峥嵘集次汪蛟门原韵三首》③。

冬日，与友人集于张园，分韵作诗。

惠周惕诗题作《同姜西溟、彭孝绪、金谷似、顾九恒、魏禹平、

---

① （清）惠周惕：《砚溪先生诗集》峥嵘集下，漆永祥点校《东吴三惠诗文集》，台湾"中央研究院"文哲研究所 2006 年版，第 44 页。

② （清）查慎行：《敬业堂诗集》卷 5，《景印文渊阁四库全书》集部第 1326 册，第 78—79 页。

③ （清）查慎行：《敬业堂诗集》卷 5，《景印文渊阁四库全书》集部第 1326 册，第 80—81 页。

张汉瞻、查夏仲兄弟、汪寓昭、汤西崖、谈震方会饮张园作歌限张字》①，查慎行诗在《敬业堂诗集》卷五，题中有"冬日"二字②。彭开祐（1648—?）字孝绪，号椒岩，娄县人，康熙十五年进士，官至武冈知州，有《彭椒岩诗稿》二十二卷（《四库全书总目》卷一百八十三）。金居敬（1639—?）字谷似，一名式祖，长洲人，师从王士禛，康熙二十年进士，授山西灵丘知县（《己未词科录》卷七）。顾永年（1639—?）字九恒，号桐村，浙江钱塘人，康熙二十四年进士，官甘肃华亭知县，有《梅东草堂诗》（《晚晴簃诗汇》卷四十八）。魏坤（1646—1706）字禹平，号水村，浙江嘉善人，康熙三十八年举人，有《倚晴阁诗钞》等（《光绪嘉善县志》卷二十）。张云章（1648—1726）字汉瞻，号朴村，嘉定人，有《朴村诗文集》，详见方苞撰《张朴村墓志铭》（《望溪文集》卷十）。汪煜（1657—?）字寓昭，钱塘人，康熙二十四年进士（《两浙輶轩录补遗》卷二）。谈九乾（1602—?）字震方，浙江德清人，康熙十五年进士（《两浙輶轩录》卷八）。

是年冬，王士禛出使广东，惠周惕等人送行。

王士禛《带经堂集》卷五十五《甲子冬奉使粤东次卢沟桥却寄祖道诸子》自注③。

康熙二十四年（1685）乙丑　四十五岁

春，南归，查慎行、张云章有诗赠之。《峥嵘集下》中《微雨》《早发》《赵北口》《香城驿》《过西枝草堂同念始夜话》《饮胡佥宪署》《过

---

① （清）惠周惕：《砚溪先生诗集》峥嵘集下，漆永祥点校《东吴三惠诗文集》，台湾"中央研究院"文哲研究所2006年版，第45页。

② （清）查慎行：《敬业堂诗集》卷5，《景印文渊阁四库全书》集部第1326册，第82页。

③ （清）王士禛：《带经堂集》卷56，《续修四库全书》集第1414册，第486页。

郑圃有怀》等应都是惠周惕南归途中所作①。

《峥嵘集下》有《出都别诸同学五首》用红豆诗韵，其五云"一杯谁肯饷余春"②。查慎行诗见《敬业堂诗集》卷六（自注作于康熙二十四年）③，张云章诗见《朴村诗集》卷五④。

路过德州，大雨，田雯遣人迎接至山姜书屋。

惠周惕《至德州饮山姜书屋》，自注云"是日雨甚，田公遣人马相迎"，诗中有云："公今持节去武昌，我欲把钩归渔庄"⑤。田雯于康熙二十三年入都候补，十一月被任命为湖广湖北督粮道布政使司参议，二十四年正月自都返里，五月初七日莅任⑥。惠周惕南归途中，恰逢田雯未上任，便道来访。

在德州，与田肇丽夜话。

惠周惕《过西枝草堂同念始夜话》为是年南归途中所作，云"沙路萧萧许马迎""细雨孤灯梦不成"，这上文提到田雯遣人马相迎之事一致⑦。田肇丽（生卒年不详），字念始，田雯子，今存《有怀

① （清）惠周惕：《砚溪先生诗集》峥嵘集下，漆永祥点校《东吴三惠诗文集》，台湾"中央研究院"文哲研究所2006年版，第48—50页。

② （清）惠周惕：《砚溪先生诗集》峥嵘集下，漆永祥点校《东吴三惠诗文集》，台湾"中央研究院"文哲研究所2006年版，第48页。

③ （清）查慎行：《敬业堂诗集》卷6，《景印文渊阁四库全书》集部第1326册，第85—86页。

④ （清）张云章撰：《朴村诗集》卷5，《四库禁毁书丛刊》集部第168册，第144—145页。

⑤ （清）惠周惕：《砚溪先生遗稿》卷上，漆永祥点校《东吴三惠诗文集》，台湾"中央研究院"文哲研究所2006年版，第197—198页。

⑥ （清）田雯编，田肇丽补：《蒙斋年谱》，《北京图书馆藏珍本年谱丛刊》第83册，第373—376页。

⑦ （清）惠周惕：《砚溪先生诗集》峥嵘集下，漆永祥点校《东吴三惠诗文集》，台湾"中央研究院"文哲研究所2006年版，第49页。

堂诗文集》。

清明前后，饮于胡介祉署中，作《饮胡金宪署》①。

> 胡介祉（1659—?）字循斋，号茨村，山阴人，宛平籍，有《随
> 园诗集》（《两浙輶轩录》卷十二），康熙二十二年至二十六年任山
> 东监兑督粮道，驻地德州②。拜访之前，惠周惕有《寄胡循斋金宪》
> 一首云："平原昔我旧游地，吟事独数山姜雄。常因杯酒接议论，脱
> 略流辈推明公。栖迟二载未得见，愧我蠢蠢真吴蒙。只今走马叩斋
> 阁，但听铃索摇丁东。"③ 可知惠周惕客游德州时未能拜访胡介祉，
> 这次路过德州前往拜访。

是年，王掞提学浙江，惠周惕游幕浙江，《东中集》即为游历浙江期间
所作。

> 张云章《朴村诗集》卷五《送元龙归里次红豆词韵五首》其二
> 诗末注云"君将赴浙学使幕"④。王掞（1645—1728）字藻儒，太仓
> 人，为宋德宜婿。康熙九年进士，二十四年以右春坊右赞善提学浙
> 江（《嘉庆直隶太仓州志》卷二十八）。

跋汪玢评阅《汉书评林》，重加装订。

> 北京师范大学图书馆官网"特色资源"板块《北京师范大学图

---

① （清）惠周惕：《砚溪先生诗集》峥嵘集下，漆永祥点校《东吴三惠诗文集》，台湾
"中央研究院"文哲研究所 2006 年版，第 50 页。
② （清）冷烜、王镇等纂修：《道光济南府志》卷 29，《中国地方志集成·山东府县志辑》
第 1 册，第 613—614 页。
③ （清）惠周惕：《砚溪先生遗稿》卷下，漆永祥点校《东吴三惠诗文集》，台湾"中央
研究院"文哲研究所 2006 年版，第 198 页。
④ （清）张云章：《朴村诗集》卷 5，《四库禁毁书丛刊》集部第 168 册，第 144 页。

书馆藏古文献珍品鉴赏》，编号 92《汉书评林》，为万历九年（1581）刻本，惠周惕跋云："此书系尧峰先生评阅。是时，先生方在史馆，与诸同馆者议论抵牾，故阅是书以示学者，盖史家凡例与文章法度一一指画如画。昔之读《汉书》者所未及也。书凡三部，一在乔编修石林，一在太学生汪右蘅，一则是书，先生所亲授周惕者。晨夕披诵，或有所见，亦僭评一二，其丹黄则以硃别之。乙丑冬日重加装订藏庋家塾，吾子孙其世宝有之无失也。九月三日惠周惕。"

康熙二十六年（1687）丁卯　四十七岁
是年春，自浙江归，在荨谿营构红豆斋。

　　惠士奇《先府君行状》："丁卯春，公归自东，结庐于荨谿南、清谿北，名其居曰红豆斋，坐卧其中，嚣然而乐，以为达则见之功业，穷则托之文章，于是毕力著书，为千古事。而公亦自此倦游已。"[1]

陆辂六十寿辰，作《柬陆次公别驾即以为寿》。

　　康熙二十一年，惠周惕客居德州，曾拜访时任恩县县令的陆辂，详见上文。惠周惕诗云"冉冉五年来，音书阻河汉""君年虽六十，气力正精悍"[2]。

康熙二十七年（1688）戊辰　四十八岁
正月，作《陆淑人七十寿序》。

---

　　[1]　（清）惠周惕、惠士奇、惠栋撰，漆永祥点校：《东吴三惠诗文集》附录一，台湾"中央研究院"文哲研究所 2006 年版，第 377 页。
　　[2]　（清）惠周惕：《砚溪先生诗集》红豆集，漆永祥点校《东吴三惠诗文集》，台湾"中央研究院"文哲研究所 2006 年版，第 72 页。

《陆淑人七十寿序》："今天子御宇之二十七年，诏免江南苏、松诸府属田赋勿征。""今年正月某日，为其诞辰。"①

五月四日，与顾嗣协（1663—1711）、顾嗣立（1665—1722）等人观赏竞渡，分别作诗，惠周惕诗题作《五月三日顾汉渔、迁客、侠君兄弟招同诸子观竞渡即事十首》②。

顾嗣协《依园诗集》卷二所收作品始于康熙二十七年二月，卷三所收作品始于康熙二十八年春，可见卷二的作品应该是在二十七年二月至二十八年之间，卷中《五月四日舫斋观竞渡诗五首》当作于本年③。又据顾嗣立自撰年谱，可知是年举诗酒之会，四方往还唱酬者甚众，惠周惕亦与其会④。

六月朔，作《历科文录序》。

《历科文录序》末云"康熙戊辰夏六月朔，砚溪惠某书于红豆书屋"⑤。

是岁，代人作《新城县学记》。

惠周惕《新城县学记》："康熙某年，崔君某以明经高等知济南

① （清）惠周惕：《砚溪先生文集》，漆永祥点校《东吴三惠诗文集》，台湾"中央研究院"文哲研究所 2006 年版，第 146 页。
② （清）惠周惕：《砚溪先生诗集》红豆集，漆永祥点校《东吴三惠诗文集》，台湾"中央研究院"文哲研究所 2006 年版，第 67 页。
③ （清）顾嗣协：《依园诗集》卷 2，《四库未收书辑刊》第 8 辑第 26 册，第 466—471 页。
④ （清）顾嗣立：《闾丘先生自撰年谱》，《北京图书馆藏珍本年谱丛刊》89 册，第 66 页。
⑤ （清）惠周惕：《砚溪先生遗稿》卷下，漆永祥点校《东吴三惠诗文集》，台湾"中央研究院"文哲研究所 2006 年版，第 208 页。

之新城县，廉平通敏，百废具举。某年，以历岁俸廪，修葺县之学宫。"① 据《重修新城县志》卷十一可知，崔懋字黍谷，康熙二十一年至三十二年任新城县令，于康熙二十七年捐赀修建县学②。所以惠周惕此文当作于本年。

康熙二十八年（1689）己巳　四十九岁
春，送潘镠、朱载震赴楚。

惠周惕有《次前韵送潘双南同朱悔人楚游》，但不知作于何时。顾嗣协有《己巳春朝雨中雅集草堂送朱悔人还潜江以坡公尽驱春色入毫端为韵得入字》③，顾嗣立有《立春日雨中送朱悔人还潜江以东坡尽驱春色入豪端分韵得春字》《送潘双南楚游次韵》两首④，三人所作相去应该不远。潘镠（生卒年不详），字双南，吴江人，有诗名。

春，查慎行来访。

查慎行《敬业堂诗集》卷十（起于乙巳年正月止于九月）有《吴门与惠砚溪话旧》云"桃花影里抽帆路"，故知是在春天⑤。惠周惕有《别查夏仲》当作于同时⑥。

---

①　（清）惠周惕：《砚溪先生文集》，漆永祥点校《东吴三惠诗文集》，台湾"中央研究院"文哲研究所 2006 年版，第 153 页。

②　（清）袁励杰等修：民国《重修新城县志》卷 11，《中国地方志集成·山东府县志辑》第 28 册，第 116、65 页。

③　（清）顾嗣协：《依园诗集》卷 3，《四库未收书辑刊》8 辑第 26 册，第 471 页。

④　（清）顾嗣立：《闾邱诗集》卷 2，《四库全书存目丛书》集部第 266 册，第 182 页。

⑤　（清）查慎行：《敬业堂诗集》卷 10，《景印文渊阁四库全书》集部第 1326 册，第 129 页。

⑥　（清）惠周惕：《砚溪先生诗集》红豆集，漆永祥点校《东吴三惠诗文集》，台湾"中央研究院"文哲研究所 2006 年版，第 76 页。

六月，代人作《中丞洪公寿序》。

《中丞洪公寿序》："洪公抚吴之二年，康熙之二十八年也。"①

六月，宋德宜下葬，惠周惕作《会葬宋文恪公后有感示声求待诏、念功庶常、衣闻上舍》，时宋骏业邀之进京②。

据徐乾学所撰《行状》，宋德宜卒于康熙二十六年六月，而惠周惕诗其二末自注云"公葬时，适再期"，"再期"即两周年之意，所以此诗当作于本年六月。宋德宜有子四人，宋骏业（？—1713）字声求、宋敬业（1658—1676）字逊修、宋大业（1666—？）字念功、宋建业（生卒年不详）字衣闻。③

作《红树三首》④。

顾嗣立《秀野堂诗集》卷三有《咏红树次惠元龙三首》，《秀野堂诗集》按时间编排，是诗前有《哭仲兄五百字》作于康熙二十八年八月⑤，后有《祭书行（并序）》作于康熙二十八年十二月⑥。所以惠周惕原诗应该也创作于本年。顾嗣协亦有和诗，见《依园诗集》卷四⑦。

---

① （清）惠周惕：《砚溪先生文集》，漆永祥点校《东吴三惠诗文集》，台湾"中央研究院"文哲研究所 2006 年版，第 148 页。

② （清）惠周惕：《砚溪先生诗集》红豆集，漆永祥点校《东吴三惠诗文集》，台湾"中央研究院"文哲研究所 2006 年版，第 79 页。

③ （清）徐乾学：《憺园文集》卷 33，《四库全书存目丛书》集部第 243 册，第 292 页。

④ （清）惠周惕：《砚溪先生诗集》红豆集，漆永祥点校《东吴三惠诗文集》，台湾"中央研究院"文哲研究所 2006 年版，第 80 页。

⑤ 据顾嗣立自撰年谱可知，其仲兄卒于康熙二十八年八月。《闾丘先生自撰年谱》，《北京图书馆藏珍本年谱丛刊》第 89 册，第 67 页。

⑥ （清）顾嗣立：《闾邱诗集》卷 3，《四库全书存目丛书》集部第 266 册，第第 187—188 页。

⑦ （清）顾嗣协：《依园诗集》卷 4，《四库未收书辑刊》第 8 辑第 26 册，第 476 页。

作《题徐大临故宫词卷后四首》①。

徐昂发（生卒年不详）字大临，长洲人，其《乙未亭诗集》卷六为《宫词》，卷末有汪琬、田雯、韩菼（1637—1704）、周斯盛（1636—1669）、惠周惕等人题诗②。张云章《朴村诗集》卷五亦有《题徐大临故宫词》五首③，前有康熙二十八年所作《村居》，后有《庚午元夕》，可见张云章这组诗歌作于康熙二十八年居家时，其一自注"大临云：'原草百首，藏之箧中，为蠹鱼侵食，止存其半'"。惠周惕诗存《红豆集》，创作时间在康熙二十六年至二十九年之间，其诗亦有自注"诗成后，亡失大半"。惠周惕与二人结交甚密，所以惠周惕的作品应该与张云章作于差不多同时。

康熙二十九年（1690）庚午　五十岁
宋骏业力邀北上，惠周惕初不应，母亲促之。

惠士奇《先府君行状》："庚午春，宋公骏业邀之北行，公不许。强之，不可，曰'我穷于世久已，岂堪以五十之年，更向朱门乞食耶？'而宋公数从臾公行，太孺人又以为言曰：'我在也，尔不为菽水计乎？'公奉母命，遂行。"④

秋，北上之前，作《次韵南村杂兴八首》。

诗中云自注云"时余将北行"，有"丛菊砌寒花自发""黄花初

---

① （清）惠周惕：《砚溪先生诗集》红豆集，漆永祥点校《东吴三惠诗文集》，台湾"中央研究院"文哲研究所2006年版，第77页。
② （清）徐昂发：《乙未亭诗集》卷6，《四库全书存目丛书补编》第6册，第420—425页。
③ （清）张云章撰：《朴村诗集》卷5，《四库禁毁书丛刊》集部第168册，第147页。
④ （清）惠周惕、惠士奇、惠栋撰，漆永祥点校：《东吴三惠诗文集》附录一，台湾"中央研究院"文哲研究所2006年版，第378页。

瘦药苗肥""橘香深处两松扉"等句①。

秋，汪琬请惠周惕为删定文稿，恰逢惠周惕北行未果，汪琬乃自删定之。

赵经达辑：《汪尧峰先生年谱》："秋，先生病，以诸稿之删订校雠属之门人惠元龙周惕，惠元龙北去，乃自删前后稿及续稿为《尧峰诗钞》十卷《文钞》四十卷。后林吉人手录镂版，惠元龙、宋仲牧序之。"②

秋，中顺天乡试。

惠士奇《先府君行状》："庚午乡试，中第十。"③《同治苏州府志》卷六十四载惠周惕于是年中举，注云"顺天中式"④。惠周惕于康熙十六年入国学，可直接参加顺天乡试。

康熙三十年（1691）辛未 五十一岁
春，中进士。

惠士奇《先府君行状》："辛未会试，殿试二甲第七⑤。"《渔洋山人自撰年谱注补》卷下云："榜后，（惠周惕）谒山人（王士禛），

① （清）惠周惕：《砚溪先生诗集》红豆集，漆永祥点校《东吴三惠诗文集》，台湾"中央研究院"文哲研究所2006年版，第81页。
② （民国）赵经达辑：《汪尧峰先生年谱》，《北京图书馆藏珍本年谱丛刊》第76册，第527页。
③ （清）惠周惕、惠士奇、惠栋撰，漆永祥点校：《东吴三惠诗文集》附录一，台湾"中央研究院"文哲研究所2006年版，第377页。
④ （清）冯桂芬等纂：《同治苏州府志》卷64，《中国地方志集成·江苏府县志辑》第8册，第692页。
⑤ （清）惠周惕、惠士奇、惠栋撰，漆永祥点校：《东吴三惠诗文集》附录一，台湾"中央研究院"文哲研究所2006年版，第378页。

甫就坐，山人谓曰：'闱中得君卷，张（玉书）、陈（廷敬）、李（光第）皆欲拟第一，予独难之，因置第六。以数十年老门生，暗中摸索，反以予故不得元，岂非恨事'叹息久之。"①

是年四月，康熙在多伦诺尔会阅蒙古②，惠周惕作《巡边恭纪》③。
五月，入翰林。

惠周惕《呓语集》卷端云"余于辛未春举进士，夏五月选入翰林，诵习国书"④。

六月一日，改庶吉士并修撰。

《圣祖仁皇帝实录》卷一五二：谕翰林院：选拔庶常，原以作养人材，今科进士，特加简阅，其杨中讷、张曷、姚弘绪、陈汝咸、张瑗、姜遴、惠周惕、王奕清、狄亿……等三十三员俱着改为庶吉士并修撰。⑤

六月八日，杜立德（1611—1691）卒，代人作墓志铭⑥。
约于此时作《新城先生属和城西别墅杂咏》。

诗题当作"西城别墅"。西城别墅乃王士禛在山东故居所营建，

---

① （清）王士禛撰，惠栋注补：《渔洋山人精华录训纂》，《四库全书存目丛书》集部225册，第751页。

② 戴逸、李文海：《清通鉴》卷48，山西人民出版社1999年版，第1964页。

③ （清）惠周惕：《砚溪先生诗集》呓语集，漆永祥点校《东吴三惠诗文集》，台湾"中央研究院"文哲研究所2006年版，第83页。

④ （清）惠周惕：《砚溪先生诗集》呓语集，漆永祥点校《东吴三惠诗文集》，台湾"中央研究院"文哲研究所2006年版，第83页。

⑤ 《圣祖仁皇帝实录》卷152，《清实录》第5册，中华书局1986年版，第680页。

⑥ （清）惠周惕：《砚溪先生文集》，漆永祥点校《东吴三惠诗文集》，台湾"中央研究院"文哲研究所2006年版，第158页。

长子王启涑首唱之，和者众多。张贞（1637—1712）《杞田集》卷一有《西城别墅诗序》，作于康熙二十九年冬，云："夏日偶过其读书斋，出新诗一帙属序，乃清远自咏园居者。"① 此时仅有王启涑原唱而未有和者，惠周惕所作必在康熙二十九年之后。但具体作于何时无法考证，姑系于此。

康熙三十一年（1692）壬申　五十二岁

是年，作《故河津令李君墓表》。

据《故河津令李君墓表》可知，李君名源，字星来，德州人。姜宸英有《河津令李公墓表》，知李源卒于康熙戊辰四月，即康熙二十七年四月②，惠周惕称李君卒后四年始葬③，那么惠周惕这篇墓表当即作于康熙三十一年。

康熙三十二年（1693）癸酉　五十三岁

正月，作《书尧峰文钞后》。

这篇序文在《东吴三惠诗文集》中自题时间为"癸丑春正月"，误④。《四部丛刊》本《尧峰文钞》卷首惠周惕序自题时间为"癸酉春正月。"

康熙三十三年（1694）甲戌　五十四岁

正月，作《寿娄东王夫子三首》⑤。

---

① （清）张贞：《杞田集》卷1，《四库未收书辑刊》第7辑28册，第564—565页。
② （清）姜宸英：《湛园集》卷6，《景印文渊阁四库全书》集部第1323册，第791—792页。
③ （清）惠周惕：《砚溪先生文集》，漆永祥点校《东吴三惠诗文集》，台湾"中央研究院"文哲研究所2006年版，第156页。
④ （清）惠周惕：《砚溪先生遗稿》卷下，漆永祥点校《东吴三惠诗文集》，台湾"中央研究院"文哲研究所2006年版，第209页。
⑤ （清）惠周惕：《砚溪先生诗集》呓语集，漆永祥点校《东吴三惠诗文集》，台湾"中央研究院"文哲研究所2006年版，第89页。

王夫子即王掞，康熙二十五年曾提学浙江，惠周惕游于幕中，详见上文。惠周惕诗其三云"公生辰在人日，今年立春在初十日。"《奉常公年谱》载王掞生于顺治二年正月初七日①，检阅《钦定万年书》可知本年正是正月初十日立春②。

作《题江东册子四首》③。

诗题注云"唐礼部实君"。唐孙华（1634—1723），字实君，号东江，所以诗题有误，当作《题东江册子四首》。据顾陈垿《唐先生孙华传》可知，唐孙华于本年入京就选，得陕西朝邑令，帝咨访实学之士，唐孙华受到荐举，改授仪曹，兼于翰林院行走④。惠周惕的《呓语集》作于康熙三十年至三十三年之间。

三月二十日，康熙谕吏部将满文成绩差的翰林院庶吉士按原甲第以知县用，惠周惕在列。

《圣祖仁皇帝实录》卷一六二："谕吏部：选拔庶常，原以教养人材，储备任用，张禹玉等教习已久，今加考试满文不堪者甚多，皆由教习督课不严，庶吉士等肄业不勤所致，不加处分，无以警戒将来。……张翔凤、毛鹢、惠周惕、金潮、张孝时、胡麟征、陈绰、陈汝咸满文甚劣，俱照原甲第以知县用。"⑤ 张云章《饮元龙寓斋次日有诗见示次韵答之》自注云"君以庶常调外居京师候补"⑥，所以惠周惕能够在康熙三十四年居于京师，与好友流连诗酒之间。

---

① （清）王宝仁：《奉常公年谱》，《北京图书馆藏珍本年谱丛刊》第66册，北京图书馆出版社1999年版，第389页。

② 王春瑜编：《中国稀见史料》第1辑第10册，厦门大学出版社2007年版，第426页。

③ （清）惠周惕：《砚溪先生诗集》呓语集，漆永祥点校《东吴三惠诗文集》，台湾"中央研究院"文哲研究所2006年版，第93页。

④ （清）钱仪吉：《碑传集》卷58，周骏富主编《清代传记丛刊》第109册，第333页。

⑤ 《圣祖仁皇帝实录》卷62，《清实录》第5册，中华书局1986年版，第777页。

⑥ （清）张云章撰：《朴村诗集》卷七，《四库禁毁书丛刊》第集部168册，第156页。

计默游闽，惠周惕作诗赠之，兼寄林佶。

　　惠周惕《送计希深游闽中兼怀林吉人二首》，自注"甲戌"，其
一云："春步虹桥路，孤帆浦水程，暖烟红荔熟，斜日鹧鸪鸣。"① 可
知作于春夏间。计默（生卒年不详），字希深，江南吴江人，计东次
子，有《菉村文集》《菉村诗抄》等（《同治苏州府志》卷一百零
六、卷一百三十八）。林佶（1660—?）字吉人，福建侯官人，受业
于汪琬，善书，康熙四十五年特旨入直武英殿抄写康熙诗文集，五
十一年成进士，官内阁中书，有《朴学斋诗文集》（《乾隆福州府
志》卷六十）。

夏，作《闲行过积水潭口占寄纳兰恺功六首》②。

　　纳兰恺功，即纳兰揆叙（1675—1717）。惠诗中有"一顷平田数
株柳""提壶来醉一池莲"等句，可知是夏天。揆叙和诗在《益戒堂
诗集》卷二（起于康熙三十二年十二月，止于三十三年七月）③。

六月十五日，康熙帝赐王熙（1628—1703）"曲江风度"④，惠周惕
作《恭纪曲江风度赐额呈王师相》⑤。
　　是年秋，赴山东，《出广宁门》《莱芜道中》《马上口占》《宿山庄题
壁二首》《过费县与沛苍弟分韵》等应该都是作于途中⑥。九月初九日在

---

① （清）惠周惕：《砚溪先生遗稿》卷上，漆永祥点校《东吴三惠诗文集》，台湾"中央研究院"文哲研究所 2006 年版，第 191 页。
② （清）惠周惕：《砚溪先生诗集》呓语集，漆永祥点校《东吴三惠诗文集》，台湾"中央研究院"文哲研究所 2006 年版，第 92 页。
③ （清）纳兰揆叙：《益戒堂诗集》卷 2，《四库未收书辑刊》8 辑 20 册，第 452—453 页。
④ 《清代起居注册·康熙朝》第 5 册，台北联经出版公司 2009 年版，T02684 页。
⑤ （清）惠周惕：《砚溪先生诗集》呓语集，漆永祥点校《东吴三惠诗文集》，台湾"中央研究院"文哲研究所 2006 年版，第 94 页。
⑥ （清）惠周惕：《砚溪先生诗集》呓语集，漆永祥点校《东吴三惠诗文集》，台湾"中央研究院"文哲研究所 2006 年版，第 94—95 页。

济宁，与潘兆遴、魏麐征等宴于太白酒楼。

惠周惕《重九潘长公恬庵昆仲招同魏苍石饮太白楼分韵》①。潘兆遴（生卒年不详）字恬公，号恬庵，潘士良之子，康熙二十九年举顺天乡试，与惠周惕同年，后任天长知县。魏麐征（1644—？）字苍石，江南溧阳人，康熙六年进士，时侨居济宁。

在济宁，同年张为经母寿，作《同年张公纬索寿母诗赋赠》。

诗云"任城诸子多才良，同年最善潘与张"。任城为济宁旧称，惠周惕为康熙二十九年举人，三十年进士，据《济宁直隶州志》卷七可知，与惠周惕同年者，举人为李逊、潘兆遴，进士为张为经②，张为经应该就是跟张公纬。

或于此年作《故城令黄君墓志铭》。

据墓志铭可知黄君名维祺，字五先，兖州府济宁人，顺治十二年进士，官故城县令。卒年八十，文称"某年某日，其孤锦文葬君于某所，因余同年生潘兆遴来乞铭"，具体时间不可考，姑附于此③。

自济宁至河南。

惠周惕《次韵答魏苍石时余将之大梁》云"昨日同登太白楼"

---

① （清）惠周惕：《砚溪先生诗集》呓语集，漆永祥点校《东吴三惠诗文集》，台湾"中央研究院"文哲研究所2006年版，第96页。

② （清）徐宗干、许瀚纂修：《道光济宁直隶州志》卷7，《中国地方志集成·山东府县志辑》第76册，第484—485页。

③ （清）惠周惕：《砚溪先生文集》，载漆永祥点校《东吴三惠诗文集》，台湾"中央研究院"文哲研究所2006年版，第164页。

"离怀孤枕咏残秋"①。大梁，即开封。

康熙三十四年（1695）乙亥　五十五岁

正月，作《敝裘二首》②。

　　诗题自注云"和查夏仲"。查慎行应揆叙之邀，自上年十一月启程，十二月底到达北京，途中所作汇为《敝裘集》，《敝裘二首》在该集之首③。惠周惕所作或许是在新年之后。

上元节前三日，与查慎行、钱名世饮于寓所。

　　惠周惕《谪居集》中有《上元前三日与夏仲小饮分韵》④。查慎行《酒人集》（作于康熙三十四年正月至六月）有《元夕前三日饮惠砚溪寓斋与钱玉友亮功分韵》⑤。查慎行入京之后，"僦居宣武门外，与姜西溟、惠砚溪寓舍相望。自新年始，约为诗酒之会。吴中则唐实君、赵蒙皋，海陵则宫友鹿七人而已。汤西崖、钱木菴亮功兄弟时或一至，后益以翁康贻、陈六谦、狄向涛、杨崑木。稍为好事所传，他有宴会，牵率入座，大约月必有集，集必有诗，声非击筑，名托酒人，各有取尔也。"⑥此时惠周惕居京候补，与友人多有诗酒之会，是年作品汇为《谪居集》。漆永祥以为《谪居集》作于惠

---

① （清）惠周惕：《砚溪先生诗集》呓语集，漆永祥点校《东吴三惠诗文集》，台湾"中央研究院"文哲研究所 2006 年版，第 97 页。

② （清）惠周惕：《砚溪先生诗集》谪居集，漆永祥点校《东吴三惠诗文集》，台湾"中央研究院"文哲研究所 2006 年版，第 99 页。

③ （清）查慎行：《敬业堂诗集》卷 19，《景印文渊阁四库全书》集部第 1326 册，第 243—248 页。

④ （清）惠周惕：《砚溪先生诗集》谪居集，漆永祥点校《东吴三惠诗文集》，台湾"中央研究院"文哲研究所 2006 年版，第 100 页。

⑤ （清）查慎行：《敬业堂诗集》卷 19，《景印文渊阁四库全书》集部第 1326 册，第 249 页。

⑥ （清）查慎行：《敬业堂诗集》卷 19，《景印文渊阁四库全书》集部第 1326 册，第 248 页。

周惕官密云期间，误①。钱名世（生卒年不详），字亮功，武进人，康熙四十二年进士。

花朝节，唐孙华招友人饮于斋，惠周惕与焉。

《谪居集》有《花朝泥饮唐仪部实君寓仝姜西溪、赵文饶、查夏仲、汤西崖、查升山、官友鹿分韵兼寄纳兰恺功得圆床二字》②；查夏仲《花朝实君招同西溪、蒙泉、砚溪、西崖、友鹿、声山寓斋雅集分韵得过字青字》在《敬业堂诗集》卷十九③；唐孙华诗《花朝招姜西溪、惠砚溪、赵蒙泉、查夏仲、声山、汤西厓、官恕堂、姜道泳寓斋小饮分韵得飞字花字》在《东江诗歌》卷三④。赵俞（1635—1713），字文饶，号蒙泉，嘉定人，康熙二十七年进士，详见张云章撰《文林郎知定陶县事赵蒙泉先生行状》（《朴村文集》卷二十四）。官鸿历（1656—1718）字友鹿，号恕堂，江南泰州人，康熙四十五年进士（《清诗别裁集》卷二十二）。查昇（1650—1708），字声山，海宁人，康熙二十七年进士，详见沈廷芳撰《行状》（《隐拙斋集》卷四十九）。姜道泳，待考。

二月末，劳之辨回乡省亲，惠周惕作《送别石门劳先生乞养归里四首》⑤。

劳之辨《自序》云：乙亥二月杪，"忽闻太仆公抱疴，终夕不

---

①　（清）惠周惕、惠士奇、惠栋撰，漆永祥点校：《东吴三惠诗文集》附录一，台湾"中央研究院"文哲研究所 2006 年版，第 433 页。

②　（清）惠周惕：《砚溪先生诗集》谪居集，漆永祥点校《东吴三惠诗文集》，台湾"中央研究院"文哲研究所 2006 年版，第 103 页。

③　（清）查慎行：《敬业堂诗集》卷 19，《景印文渊阁四库全书》集部第 1326 册，第 251 页。

④　（清）唐孙华：《东江诗钞》卷 3，《四库禁毁书丛刊》集部第 187 册，第 320 页。

⑤　（清）惠周惕：《砚溪先生诗集》谪居集，漆永祥点校《东吴三惠诗文集》，台湾"中央研究院"文哲研究所 2006 年版，第 105 页。

寐，诘朝即请假省亲。"① 查慎行亦有《送劳书升通政养亲归里》②。

作《题项霜田读书秋树图二首》③。

查慎行也有《题项霜田读书秋书图》被编排在本年二月至三月之间④，惠周惕应该也作于此这段时间。项溶（1656—1718）字霜田，浙江仁和人，有《北游稿》（《全浙诗话》卷四十四）。

三月初，惠周惕邀好友计划在三月十六日出郊赏杏花。

惠周惕《寄同年永年、立人、时与、西溪、实君、夏仲、文饶、崧木约游郊外》诗云："入月连阴晦，余寒在绮罗。春光未可揽，如此美人何。夜雨朝来霁，清风柳上多。出郊期好客，跋马望君过。"⑤查慎行《酒人集》中有《砚溪传札订望后出郊看杏花，夜来微雨，恐阻兹游，晨起风日晴明喜而有作》⑥。永年，待考。狄亿（生卒年不详），字立人，号向涛，溧阳人，康熙三十年进士（《国朝词综》卷十六）。时与：待考。杨中讷（1649—1719），字崧木，浙江海宁人，康熙三十年进士，有《丛桂集》（《两浙輶轩录》卷十一）。

三月十六日，惠周惕与友人出郊至兴胜寺看杏花。

① （清）钱仪吉：《碑传集》卷20，周骏富主编《清代传记丛刊》第107册，第434页。

② （清）查慎行：《敬业堂诗集》卷19，《景印文渊阁四库全书》集部第1326册，第253页。

③ （清）惠周惕：《砚溪先生诗集》谪居集，漆永祥点校《东吴三惠诗文集》，台湾"中央研究院"文哲研究所2006年版，第109页。

④ （清）查慎行：《敬业堂诗集》卷19，《景印文渊阁四库全书》集部第1326册，第251页。

⑤ （清）惠周惕：《砚溪先生诗集》谪居集，载漆永祥点校《东吴三惠诗文集》，台湾"中央研究院"文哲研究所2006年版，第107页。

⑥ （清）查慎行：《敬业堂诗集》卷19，《景印文渊阁四库全书》集部第1326册，第254页。

惠周惕作《同诸君兴胜寺看杏花二首》《再赋一首示峀木及同游诸子》《再赋得兴胜寺杏花四首》①。查慎行同时所作诗在《敬业堂诗集》卷十九。

三月晦日，狄亿约友人于慈仁寺赏海棠，查慎行适有他约，惠周惕作诗戏之。

惠周惕诗云："人柳吹绵扑苑墙，无多花在赞公房。忍因半日尚书酒，坐失佳期负海棠。"② 查慎行有《狄向涛庶常订同人会饮海棠院，是日仆适有他招，别请卜期，砚溪以诗相恼，戏答之》："一春命侣原多暇，半日看花奈少缘。我为颓唐姑避席，让君独坐海棠颠。"③

三月，惠周惕访姜宸英（1628—1699），赏其所藏祝枝山《离骚经》。

姜宸英《跋祝京兆千文》："昨砚溪庶常过予寓斋，出观余所藏《离骚经》墨迹，砚溪叹绝，因以千文此本见假，余手临一过，颇识其用笔之妙……乙亥春三月记。"④

初夏，与友人于寄园雅集。

惠周惕《初夏寄园雅集四首》，自注云"同唐实君、姜西溟、查

① （清）惠周惕：《砚溪先生诗集》谪居集，漆永祥点校《东吴三惠诗文集》，台湾"中央研究院"文哲研究所 2006 年版，第 108 页。

② （清）惠周惕：《砚溪先生诗集》谪居集，载漆永祥点校《东吴三惠诗文集》，台湾"中央研究院"文哲研究所 2006 年版，第 110 页。

③ （清）查慎行：《敬业堂诗集》卷 19，《景印文渊阁四库全书》集部第 1326 册，第 255 页。

④ （清）姜宸英：《湛园集》卷 8，《景印文渊阁四库全书》集部第 1323 册，第 844 页。

夏仲、赵文饶、杨嵓木,是日立人为酒主。"①

翁嵩年招饮赏芍药花,与会者有惠周惕、姜宸英、唐孙华、赵俞、冯念祖、查慎行、项溶、钱名世等。

惠周惕有《翁户部康贻招同西溟、实君、文饶、子文、夏仲、霜田、文子、亮工饮芍药花下》②。查慎行亦有《翁康贻寓斋看芍药分韵得面字》③。翁嵩年(1647—1728),字康贻,浙江仁和人,康熙二十七年进士,详见张廷玉所撰墓志铭(《澄怀园文存》卷十二)。陈奕禧(生卒年不详),字六谦,又字子文,号香泉,浙江海宁人,有《春霭堂集》、《虞洲集》(《两浙輶轩录》卷五)。冯念祖(生卒年不详),字文子,钱塘人,官至泰州知州,有《快雪堂诗钞》(《全浙诗话》卷四十四)。

六月,作诗赠许志进。

惠周惕《谪居集》中有《六月即事示同年生许念中》④。许志进(生卒年不详),字念中,江南淮安人,康熙三十年进士(《清秘述闻》卷三)。

查慎行将赴河南,七月七日,众人为之设宴送别。

查慎行《敬业堂诗集》卷二十有《将有中州之行,七月七日姜

---

① (清)惠周惕:《砚溪先生诗集》谪居集,漆永祥点校《东吴三惠诗文集》,台湾"中央研究院"文哲研究所 2006 年版,第 111 页。
② (清)惠周惕:《砚溪先生诗集》谪居集,漆永祥点校《东吴三惠诗文集》,台湾"中央研究院"文哲研究所 2006 年版,第 115 页。
③ (清)查慎行:《敬业堂诗集》卷 19,《景印文渊阁四库全书》集部第 1326 册,第 257 页。
④ (清)惠周惕:《砚溪先生诗集》谪居集,漆永祥点校《东吴三惠诗文集》,台湾"中央研究院"文哲研究所 2006 年版,第 122 页。

西溟、唐实君、赵文饶、惠砚溪、杨端木、官友鹿、项霜田、钱亮功、汤西崖、冯文子、杨次也、陈元之、家声山饯饮于陈六谦邸舍席间酬别》①。惠周惕《送查夏仲》当作于同时②。杨守知（生卒年不详）字次也，号致轩，浙江海宁人，康熙三十九年进士，官平凉知府，有《致轩集》二十卷（《两浙輶轩录》卷十）。陈元之，待考。陈奕禧（生卒年不详），字六谦，已见上文。又字子文，号香泉，浙江海宁人，有《春霭堂集》、《虞洲集》（《两浙輶轩录》卷五）。

秋，张云章、冯念祖来访，有唱和。

惠周惕《张汉瞻冯文子见过小饮文子有诗次韵答之》③、张云章《饮元龙寓斋次日有诗见示次韵答之》用韵相同，应该是作于同时④。

冬十月，作家书一通，授二子读书之法⑤。
是年冬，赴任密云知县。临行，友人作诗送之。

姜宸英《与惠元龙》："前年冬，前冬送别之后，去年唐、赵两公亦南发，老友星散，知音无几。"⑥ 姜宸英此信作于康熙三十六年，详见下文。雍正《密云县志》卷三载惠周惕自康熙三十五年始任密

① （清）查慎行：《敬业堂诗集》卷20，《景印文渊阁四库全书》集部第1326册，第263页。

② （清）惠周惕：《砚溪先生诗集》谪居集，漆永祥点校《东吴三惠诗文集》，台湾"中央研究院"文哲研究所2006年版，第118页。

③ （清）惠周惕：《砚溪先生诗集》谪居集，漆永祥点校《东吴三惠诗文集》，台湾"中央研究院"文哲研究所2006年版，第123页。

④ （清）张云章撰：《朴村诗集》卷7，《四库禁毁书丛刊》集部第168册，第156页。

⑤ （清）惠周惕：《砚溪先生遗稿》卷下，漆永祥点校《东吴三惠诗文集》，台湾"中央研究院"文哲研究所2006年版，第224页。

⑥ （清）姜宸英：《湛园集》卷8，《景印文渊阁四库全书》集部第1323册，第839页。

云知县①，可见惠周惕应该是在本年底赴密云，明年正式履职。张云章《送惠庶常元龙之任密云诗序》称作诗送别者十三人②，现存者有张云章《送元龙之任密云》③、纳兰揆叙有《送惠元龙之官密云二首》④、唐孙华有《送惠砚溪之官密云》⑤。

康熙三十五年（1696）丙子 五十六岁
是年秋，为顺天乡试同考试官。

　　惠士奇《先府君行状》⑥。

康熙三十六年（1697）丁丑 五十七岁
姜宸英来信，劝惠周惕归。

　　姜宸英《寄惠元龙》："某以先生两年抚字，能事见于天下矣。板舆侍养，极人生之乐事，何不翻然远引，息弋者之慕乎？与其迈绩龚黄，不如希踪曾闵，悠悠万事，惟此为重。"这封书信没有标记年份，但信中说"某老而得第，禄不逮养，既极酸心，珠桂萦怀，弥成大累，以此自悔少壮谋生之无策。"⑦ 可见姜宸英此时已考中进士，而他正是在本年考中进士的。

---

① （清）薛天培、陈弘谟纂修：《雍正密云县志》卷3，《故宫珍本丛刊》第63册，海南出版社2001年版，第250页。
② （清）张云章：《朴村文集》卷7，《四库禁毁书丛刊》集部第167册，第641页。
③ （清）张云章：《朴村诗集》卷2，《四库禁毁书丛刊》集部第168册，第127页。
④ （清）纳兰揆叙：《益戒堂诗集》卷2，《四库未收书辑刊》第8辑20册，第455页。
⑤ （清）唐孙华：《东江诗钞》卷3，《四库禁毁书丛刊》集部第187册，第326页。
⑥ （清）惠周惕、惠士奇、惠栋撰，漆永祥点校：《东吴三惠诗文集》附录一，台湾"中央研究院"文哲研究所2006年版，第377页。
⑦ （清）姜宸英：《湛园集》卷8，《景印文渊阁四库全书》集部第1323册，第839页。

在密云任内，作《石湖映月》①《暮山亭记》②。

闰三月二十八日，卒于官舍。

　　惠士奇《先府君行状》③。现存挽诗有唐孙华《闻惠砚溪明府讣》④、纳兰揆叙《挽惠砚溪》⑤、张大受（1660—1723）《哭砚溪》⑥。张大受，字日容，号匠门，苏州人，康熙四十八年进士（《同治苏州府志》卷八十八）。

作者简介：

黄传星，男，文学博士，新余学院文学与传媒学院讲师，主要从事明清诗文研究。

---

　　① （清）惠周惕、惠士奇、惠栋撰，漆永祥点校：《东吴三惠诗文集》附录一，台湾"中央研究院"文哲研究所 2006 年版，第 353 页。

　　② （清）惠周惕、惠士奇、惠栋撰，漆永祥点校：《东吴三惠诗文集》附录一，台湾"中央研究院"文哲研究所 2006 年版，第 355 页。

　　③ （清）惠周惕、惠士奇、惠栋撰，漆永祥点校：《东吴三惠诗文集》附录一，台湾"中央研究院"文哲研究所 2006 年版，第 377 页。

　　④ （清）唐孙华：《东江诗钞》卷 4，《四库禁毁书丛刊》集部第 187 册，第 338 页。

　　⑤ （清）纳兰揆叙：《益戒堂诗集》卷 4，《四库未收书辑刊》第 8 辑 20 册，第 487 页。

　　⑥ （清）张大受：《匠门书屋文集》卷 1，《四库未收书辑刊》第 8 辑第 24 册，第 585 页。

后　记

　　《明清文学与文献》创刊于 2012 年,如今已整整走过了十个年头。人事变迁,沧海桑田,十年甚至算不上宇宙间那不经意的一瞬,但于一个人、一群人等都可能产生终身的影响。这本刊物仿佛"十年一觉扬州梦",很多故事曾经发生,很多悲欢离合被悄悄记载;因为主编这本刊物,黑龙江大学明清文学与文化研究中心的工作永远熠熠生辉。2015 年,我的工作关系迁到北京师范大学,但这本基于明清文学建设而创立的刊物没有轻易离开,此后五年,由陈才训教授与我共同担任主编。李亦辉教授、于金苗博士先后参与了合作编辑的工作。合作的岁月愉快而美好,明清文学与文化研究是这种美好的鲜明底色;在这个过程中,每个人都在成长,衬托着《明清文学与文献》的高度和魅力。作为这一领域的深耕不倦者,在明清文学研究已然成为重要学术生长点的今天,《明清文学与文献》将担负更重要的文化建设和学科建设使命,学术影响也将日益广远。

　　十年间,明清文学研究领域发生了巨大改变。2012 年,作为一个曾经多关注小说、戏曲的学术研究领域,其实"明清诗文研究由冷趋热的发展过程非常明显"①,结构性调整正在完成;而文献学研究亦逢其时,与明清时期史料研究的刚需特点正相契合,明清文学研究的整体性呈现将成为学术研究尤其是中国古代文学研究新的学术面向。正是在这样一个时间节点,《明清文学与文献》问世,开启了一个与时俱进的学术过程。十年来,我们专注于海内外明清文学与文献研究的最新成果,大量的明清诗文、戏曲、小

---

　　① 周明初:《走出冷落的明清诗文研究——近十年来明清诗文研究述评》,《文学遗产》2011年第 6 期。

说研究论文借助这一载体刊发，小小的集刊成了十年历史的参与者和见证者。所涉及的话题非常广泛，成果形式也多种多样；所汇聚的学人来自五湖四海，既有朱则杰先生等明清研究领域的重量级专家，也有初涉学术尚显青涩的青年学者。一本学术刊物的意义首重于"推动"，一本学术刊物的价值还在乎促成"发生"，我们努力着，也初步达到了这样的目的。在明清文学研究已取得斐然成绩的今天，《明清文学与文献》的些许创获毫无疑问构成了一个时代的学术史。2019 年，吴承学先生说："经过七十年的发展，近年来的明清诗文研究可谓跨越学科、众体兼备，几乎是全方位、无死角地覆盖了明清诗文的各个方面。"①《明清文学与文献》躬逢其盛，与有荣焉。我们并非最优秀的学术集刊，但在反映明清文学与文献研究成果方面，确是最专业的；我们始终有努力的方向，今后也将保持这样的姿态，赢得这样的优势。希望得到学界同人的建议、批评，期待学界同人继续参与。

从第十一辑开始，《明清文学与文献》由北京师范大学文学院主办，李小龙教授与我共同主编。小龙的加盟，让这本刊物又生色不少，在栏目安排和文稿选择等方面都发生了些微变化；这变化趋向着更好的学术方向，也一定程度上表达着我们深重的学术关怀。

感谢中国社会科学出版社王茵副总编辑、张潜编辑的大力支持，感谢黑龙江大学于金苗老师继续承担所有的编务工作。

杜桂萍

2022 年 5 月

---

① 吴承学：《明清诗文研究七十年》，《文学遗产》2019 年第 5 期。